U0963300

本书系国家社会科学基金项目“莫言与现代主义文学的中国化研究”(13BZW038)成果及浙江师范大学中国语言文学一流学科建设成果

莫言研究书系
总主编 张华

精灵与鲸鱼
莫言与现代主义文学的中国化研究

王洪岳 杨伟 余凡 杨春蕾 著

山东大学出版社

图书在版编目(CIP)数据

精灵与鲸鱼:莫言与现代主义文学的中国化研究/王洪岳等著. —济南:山东大学出版社,2020.10
(莫言研究书系/张华总主编)
ISBN 978-7-5607-6741-3

Ⅰ. ①精… Ⅱ. ①王… Ⅲ. ①莫言－文学研究－文集
Ⅳ. ①I206.7-53

中国版本图书馆 CIP 数据核字(2020)第 193909 号

策划编辑 傅 侃
责任编辑 郭凯迪
封面设计 牛 钧

出版发行 山东大学出版社
社 址 山东省济南市山大南路 20 号
邮政编码 250100
发行热线 (0531)88363008
经 销 新华书店
印 刷 济南万方盛景印刷有限公司
规 格 720 毫米×1000 毫米 1/16
22.5 印张 436 千字
版 次 2020 年 10 月第 1 版
印 次 2020 年 10 月第 1 次印刷
定 价 69.00 元

版权所有 侵权必究

《莫言研究书系》编委会

总 主 编 张　华

副总主编 管谟贤　杨守森　贺立华　王志东

编　　委 张　华　管谟贤　杨守森　贺立华

王志东　齐林泉　孙书文　丛新强

兰传斌

《莫言研究书系》总序

◇张　华

我们谋划编辑出版《莫言研究书系》可谓由来已久。

早在1986年，创刊《青年思想家》杂志的时候，我们就注意到了当时的青年先锋作家莫言；1988年，由《青年思想家》杂志牵头，在莫言的故乡山东高密召开了全国首次莫言文学创作研讨会，会后出版了全国第一部《莫言研究资料》（山东大学出版社出版）；同时，莫言成了《青年思想家》的栋梁作者，他写故乡的许多短篇作品集中发表在《青年思想家》里。2000年后，莫言被聘为山东大学教授和研究生导师，更成了我们重要的教学科研合作导师……与莫言交往二十多年，可谓知根知底，友情笃厚，持续关注。我们一直想编辑出版一套莫言研究系列丛书。

近三十年来，海内外研究莫言的论文和专著众多，从表层到深层，从宏观到微观，从文学领域延伸至边缘学科，研究的视角不断拓展，研究的水平也不断提高。这些研究成果对莫言小说的创作主体、审美意识、主题内涵、艺术风格、人物形象与意象、语言特色等都有广泛的探索，在影响研究、比较研究、叙事学研究等领域也提出了诸多有价值、令人耳目一新的见解和观点。莫言是从山东高密走进他的文学世界的，他笔下的"高密东北乡"是一个"文学的幻境"，也是一个"中国的缩影"。他说："我努力地要使那里的痛苦和欢乐，与全人类的痛苦和欢乐保持一致，我努力地要使我的高密东北乡的故事能够打动各个国家的读者，这将是我终生的奋斗目标。"（莫言《小说的气味》）因此，莫言是山东的，是中国的，也是世界的。莫言获得诺贝尔文学奖之后，国内外一股"莫言热"正在持续升温。无论是大众读者还是研究者，都在以更大的热情和更新的眼光去欣赏、解读、探索莫言的文学世界。特别是在研究者中，将在已有研究基础上，出现更多更新的理论、方法、范畴和观点。无论是什么，有一点是可以肯定的，那就是以一种更加宏阔的"世界眼光"去审视、解读莫言的文学世界。

正是基于以上想法，我们现在推出这套《莫言研究书系》。这个书系的作者群，既邀请了莫言的家人和莫言的学生们加入，也有国内外重要的研究学者，这无疑拓宽了莫言研究的视界，丰富了第一手研究资料。我们希望面向大众读者和研究者两个群体，给他们提供各自或共同感兴趣的作家生活点滴和作品阐释。我们努力在本套书系的可读性和学术性之间找到某种恰当的结合点。

《莫言研究书系》是一个包容国内外研究莫言成果的集中地，是一个开放的书系。第一批书——《莫言研究三十年》《莫言弟子说莫言》《乡亲好友说莫言》《莫言研究硕博论文选编》《海外莫言研究》《莫言与世界》六种，2013 年一经推出即引起了强大的反响，广受学界好评。这也坚定了我们继续将更多莫言研究的优秀学术成果纳入该书系出版下去的信心和决心。2014 年，又推出第二批：《莫言创作的经典化问题研究》《莫言：全球视野与本土经验》《莫言的另类解读——西蒙与莫言的写作比较》《民间中国的发现与建构——莫言小说创作论》《"狂欢化"写作：莫言小说的艺术特征与叛逆精神》等。现在又推出了《精灵与鲸鱼：莫言与现代主义文学的中国化研究》，敬请方家指正。

本书系是个开放的书库，今后还将陆续推出莫言研究的其他成果，欢迎国内外学者加盟支持！

2020 年 9 月

（张华：山东社会科学院原党委书记，教授、博导，
原《青年思想家》杂志第一任社长）

序　一*

◇高建平

王洪岳先生完成了一本关于莫言的厚重的书，要求我写几句。面对众多的莫言研究，作为一名莫学研究的门外汉，如何写，颇使我踌躇。关于莫言，已经有太多的人，说了太多的话，我还能再说些什么呢？拿到这本书稿以后，我更担心的是，在已有那么多莫言研究成果的基础上，洪岳的这本书能写出新意来吗？

转眼又到了诺贝尔文学奖评奖季，莫言获得诺贝尔文学奖已经五年了。过去五年中，中国的文学界关于莫言研究的文章、论文和论著，已经成千上万。中国人对诺奖的关注程度，令瑞典人惊讶而惊喜，在世界上也显得有点特别。大概这都是出于要让世界承认自己的渴望吧！关注者越多，此前的研究成果越多，书就越难写。这就像体育比赛一样，参赛的人越多，脱颖而出，拿一个名次就越难。然而，读完这本书，觉得洪岳的这本书，还是有其独特的价值。

这不是一本及时反应的书。有些评论界的快手，能在莫言获奖后的短短几天就写出文章，几个月后就拿出书来，满足媒体的需求。评论界需要这样的人，反应迅速，才华横溢，身在大潮中，又比一般读者高出一筹，引领大众的阅读；或者，说出使一般读者大吃一惊的话，使人有耳目一新之感。

---

* 此序曾以《既是现代的，又是中国的，才是世界的：读王洪岳〈精灵与鲸鱼——莫言与现代主义文学的中国化研究〉》为题，发表于《中华读书报》2018年3月30日。

这也不是考证性的书。有些用功用心的研究家，考证莫言的家世、个人成长史、山东高密的民风，并将文学心理学和文学地理学引进来，进行学理研究。他们还试图回答这样的问题：小学没有毕业的莫言，为什么能成为大作家？其间有什么因果关系？当大作家出现时，需要有这样的作家研究和作家所属世界的研究，以此与作家的地位相匹配。

当然，还有一种评论，可能更有意义。据说萨特这样教导年轻人，在读一本书时，先从挑剔的眼光去找它的毛病。我们很需要这样的评论，在人人都歌颂时，发出刺耳的声音，说：我不同意！现在有些出了名的作家忌讳批评，听了批评不高兴，发脾气。其实，有人批评是一件幸事。对一位作家的最大的尊重，是认真对待他的作品，围绕他展开讨论。批评比赞扬更需要认真的态度，说一部作品不好，比说这部作品好要难得多，需要更仔细的阅读。

洪岳的这本书，与以上的各种做法都不相同。这是一本理论的书，这本书要向我们展示，一位以文艺理论为背景的研究者，在处理莫言这个研究对象时，采取一种什么样的做法。对作家作品的研究，都要上升到一个层次，这就是理论的层次。在我们说完，这是一本好书，这是一位好作家，或者这不是一本好书，这位作家不怎么样，以及诸如此类的话以后，我们最终还是要归结到这个层次上来。这个层次就是，去追问，去分析各个理论方面，并给予美学上的总结。许多跟着风向走的人没有时间来读这样的书，但是，这一类的书仍然需要，它会静静地躺在图书馆的一个角落里，等评论家们对自己的研究感到不满足，想进一步思考时，到这个角落里来寻找。

这本书所关注的一个核心的问题，就是现代主义文学中国化。中国的文学，怎样才能做到既是现代的，又是中国的？这一要求说起来容易，做起来很难。并不是通过刻意追求，一下子就能做到。这是从一个大的时代发展中，在诸种条件具备的情况下，才逐渐生长出来的。20 世纪 80 年代，是一个文学多样化的时代。我们这些 70 年代末在大学中文系学习的学生，都清晰地记得王蒙的《春之声》《海的梦》给我们带来的冲击。

小说可以这么写！这个感叹号重重地扣在我们的心中。就在这一时期，卡夫卡的《变形记》被翻译出来了，马尔克斯的《百年孤独》被翻译出版了，乔伊斯的《尤里西斯》、普鲁斯特的《追忆逝水年华》也被翻译出版了，这些书彻底改变了我们对小说的看法。一时间,我们大开眼界。

同时,在文学界,要有中国自己的现代派的呼声开始了。最早,这种呼声,不过是打开大门、学习现代派写法的一个托词而已。“中国”这两个字,在最初只是“在中国”的意思,而没有“中国的”含义。作家们开始模仿一些国外小说的写法,学习新的写法,出现了像《无主题变奏》和《你别无选择》这样一些形式特别的小说。

洪岳提到了一本书,即维柯的《新科学》。朱光潜先生在晚年,以一种令人感动的“春蚕到死丝方尽”的精神,花费了很大的精力将这本书译成中文。朱先生这么做,是想在中国将一场讨论进行下去,那就是“形象思维”。“形象思维讨论”在中国是一场大公案,历经20世纪50～60年代前期的“美学大讨论”,20世纪70年代末至80年代的“美学热”。在这两次美学热潮中,“形象思维”都扮演着重要的角色。这场讨论后来结束了,一些粗心的研究者也将这场讨论宣布为过时,不再涉及。其实,这场讨论的遗产是无所不在的。

我们对一个人的了解和认识,可以通过对他的家世、他的行为的历史记录,对他的观察,来实现。但是,我们还有一种途径,这就是在与他的交往过程中以己度人、设身处地、换位思考,以形成对他的认识。艺术创作常常就是如此。创造一个人物,将他放到一些情境之中,让他有各种各样的经历,设想他会如何应对,如何说话做事,如何在面临重大事件时做出抉择,如何让故事的发展出人意料而又尽在情理之中。假如所创造的这个人物个性奇特,就预设了一个奇特的逻辑起点。这时,将这个人物放进一个情境之中,就会生出奇特的故事。这样的故事会有趣,会尽在意料之外却又符合情理。

这种思维方式,可以用一个心理学美学的术语来概括,那就是“移情”(empathy)。关于“移情”,过去已经有很多的论述,但那种论述,大都集中在“以我观物,故物皆着我之色彩”之上,说明主体高兴时就“山欢水笑”,悲伤时就“愁云惨月”。其实,“移情”不能仅仅达到产生对应的情绪、情感投射为止,它的更重要之处在于推己及人和推己及物。这是人的一种重要能力。它从“设身处地”的角度,由为别人或别物着想开始,到换位思考,设想处在对方位置上所具有的各种感觉,并由此生出相对应的思维逻辑和想象的尺度。于是,由“移情”而生出男人、女人、老人、孩子,以及处在极度饥饿、极度绝望和各种极端状态中的人所具有的欲望、追求和幻想，并虚构出人化的动物的思维和感觉。

小说可以这么写！究其原因，还是在于写小说的人可以这么想！这需要能力，这种能力需要培养。缺了这一点，就只剩下了技巧，而一旦玩起技巧来，小说就不免给人“装”的感觉，装模作样，装神弄鬼。这样的小说，不是不能读，但只能是过渡。要从“装”过渡到“不装”，从“端着”到“放下”，才能获得既是现代的，又是中国的文学。

瑞典文学院给莫言授奖时所提供的评论中，有一个评语引起了巨大的争论，这就是将莫言的文学评价为“hallucinatory realism”。究竟如何翻译这个词，这个词包含了什么样的意义？这在中国学术界引起了争议。许多研究者都从莫言作品的特色来寻找对这个词的合适的翻译。这种做法，似乎有一点问题。一个词的历史常常是复杂的。最早，是克莱门斯·赫泽尔豪斯于1975年使用这个词来描绘一位19世纪的德国女诗人安妮特·冯·德罗斯特-许尔斯霍夫的诗，以显示具有梦幻色彩而又具有对现实的观察的锐利性和描绘的真实性。这一表述受到瑞典文学院的关注，则更可能是由于布克哈特·林德纳在1983年发表的一篇论彼得·魏斯的论文。彼得·魏斯是一位旅居瑞典的德国作家，具有强烈的左翼色彩。他的小说《抵抗的美学》以工人阶级为主人公进行阶级分析，在知识左翼中有着巨大的影响。瑞典文学院的学者们能够想到这个词，与从“二战”时就住在瑞典，实际上已经成为瑞典人的著名作家魏斯当然有着密切的关系。联系魏斯的作品来看，hallucinatory更多有“虚幻”的含义。在本书中，洪岳根据莫言作品的分析，又给出了“巫幻”这个词。这种分析是有趣的，也是有益的。是“梦幻现实主义”“虚幻现实主义”，还是“巫幻现实主义”？同一个词用于三位作家，就产生了三种不同的含义，也形成了三种不同的翻译。当然，就翻译学而言，我还是主张统一到某一个更具中性的译法上来。当然，那只能在使用中逐渐形成。莫言的特点带来了困难，然而，这恰恰是莫言的价值所在。

这本书还从美学的角度对莫言的作品进行分析。这种美学，当然与魏斯提出的左翼“抵抗的美学”大相径庭。莫言的小说，是对古典美的大尺度破坏。作品以丑为美，从饥饿达至极致的人的尊严的丧失，到残忍的剥皮、凌迟、檀香刑。如果这与身体美学有关的话，那么，这也是拷问身体之作，是“反身体美学”。不仅如此，莫言还在残酷与恐怖的展示中，显示出荒诞和戏谑。这类同于黑色幽默，但似乎并不完全是黑色的，有时是猩红色，有时是灰色。

现代美学的一个重要的特点，是改变过去对美的狭义的理解，将一些过去不属于审美对象的事物容纳进去。用沃尔夫冈·韦尔施的说法，是一种超越美学的美学。这种激发感性反应的对象，不再是甜美，而是使人震惊，从而使人警醒。

追求什么样的审美效果，在作家那里也许是有意的，也许是无意的。但不管怎么说，莫言有一个特点很明显，那就是彻底放开，做自己。要克服现代主义写作常有的“端”与“装”，很难；但如果决心做自己的话，就不太难了。

读莫言的书，即使这个人名气已经这么大，但我仍有一个想法，就是他的书常常读一遍就不想再读。想起一些古典的名著，总是让人百读不厌，无论是《红楼梦》，还是《战争与和平》《哈姆雷特》。莫言的小说不让人有这样的欲望，读完后，就不想再读。对那些残酷、荒诞的场面，经历一次很长见识，但趋之若鹜的话，就是心里有病了。洪岳的这部书，具有“解毒剂”的作用，可吸引我们将莫言的书再读一遍，从分析的角度去读，并上升到理论的高度来思考。

过去有一种说法，只有中国的，才是世界的。这句话只是一个口号，是否正确，还要看如何理解。这主要在于，这个中国，不能只是古代的中国。古代的中国如果得到了原封不动的保存，在今天就可被当作另类物。它所具有的世界性，只能从猎奇的意义上去理解。莫言的价值在于，他既是现代主义的，又是中国的。如果仅仅是现代主义的，那很可能只是西方的镜像，很难具有世界意义。要成为世界的，就必须既要现代，又要中国。有了这两条，就很好了。人家怎么看，那是人家的事。

2018年1月1日

（高建平：中国社会科学院研究员、博导）

序　二*

◇杨守森

作为首位荣获诺贝尔文学奖的中国籍本土作家，莫言作品的独特性究竟在何处？他所创造的“高密东北乡”文学王国，对于中国与世界文学的贡献究竟何在？这自是莫言研究中的关键问题。浙江师范大学王洪岳教授，在这部《精灵与鲸鱼》中，正是抓住此类关键问题，由莫言与“五四”以来新文学的关系着眼，将莫言置于中国百年文学发展的历史坐标点上，通过对其创作历程与作品的深入探讨，明确提出了自己的见解。关于莫言创作的整体特征，国内外研究界已有多种不同看法，或谓“浪漫主义”，或谓“寻根文学”，或谓“写意现实主义”，或谓“新感觉主义”，或谓“新历史主义”，或谓“魔幻现实主义”，或谓“现代主义”，或谓“后现代主义”。作者认为，这些看法，虽不无一定道理，但因其或是仅就莫言的部分作品，或是仅据莫言作品的某一侧面做出的判断，因而难免有以偏概全之嫌。那么，莫言创作的整体特征究竟如何？作者在综合吸取学术界一些相关成果的基础上，这样表达了自己的看法：莫言虽多方面接受了西方现代主义文学的影响，但又不同于西方现代主义，亦与同时代的一些中国本土现代派或先锋派作家有所区别，走出的是一条真正属于中国更属于莫言本人的现代主义之路。莫言自具个性的现代主义文学，不仅颠覆了传统现实主义与浪漫主义，而且穿越了百年中国文学史上已出现的流连于城市小资产者哀伤的情欲和感官泛滥的现代主义文学范式，开辟了以现代主义手法和创作原则来描写乡村和农民的文学之路。莫言的重要贡献亦正在于，在使现代主

* 此序曾以《莫言的现代主义之路》为题，发表于《社会科学报》2018年8月9日。

义文学中国化方面起到了独特而中坚的作用，并为世界文学奉献了中国化的现代主义文学范本。对其见解，作者主要从以下几个方面进行了翔实、充分的论证：

其一，莫言的作品，虽广泛吸取了意识流、戏谑化、审丑、魔幻等西方现代或后现代主义文学的技巧与视角，但与以“非理性”为主导特征的西方现代主义，以及沉溺于语言能指的狂欢与文字游戏的后现代主义截然不同，不仅继承了“五四”时代即已形成的反抗人性压抑、向往个性解放、抨击专制奴役之类的现代文化精神，而且自具超越时代、超越民族的忧思人类苦难和生存困境的博大世界视野，从而创建了自己内涵深广的文学世界。以具体作品来看，如《红高粱家族》中对于民族血性与人类生存意志的表达；《食草家族》中四老妈对于女性自由观和幸福观的追求；《酒国》中对腐败官僚的痛恨与人类堕落的惋惜；《丰乳肥臀》《生死疲劳》《蛙》中对生命尊严的维护等。莫言小说中的人物，也不同于西方现代、后现代小说中所表现的潜意识的、碎片化的、文本化的符号能指式人物，而是我们民族自近代至今的生活世界、生存世界中充满爱恨情仇的鲜活人物。比如，《红高粱家族》中体现出齐文化血性气质的土匪余占鳌、罗汉大爷、“我”奶奶，《檀香刑》中将杀人达至艺术化的刽子手赵甲，《生死疲劳》中冤魂不散的地主西门闹，《蛙》中在执行计划生育政策时内心一直涌动着矛盾冲突与痛苦忏悔的乡村医生“姑姑”等。其二，莫言在接受西方现代主义文学影响的同时，亦注重继承中国传统文学的艺术手法，如在许多作品中普遍可见的散点透视的叙述视角、故事情节中“志异”式的奇幻陡转、聊天式的语体、注重意象营构，等等。更为重要的是，莫言亦充分吸取了中国传统文化与本土民间文化、地域文化的营养。其小说中天马行空、汪洋恣肆、怪力乱神的想象力，即与莫言所秉承的齐文化与高密地域文化、民间文化中的血性刚勇、敢作敢为、灵物崇拜、绮丽浪漫的传统有关；在《檀香刑》中，会叫人感动于中国式英雄人物的威武不屈、视死如归；在《丰乳肥臀》中，母亲上官鲁氏与上官金童的形象，会让人感受到深隐着民族文化积淀的地母原型与羸弱不堪的小男人原型意味。正是这样一些质素，使莫言的作品，从形式到意蕴，都体现出中国风格与中国气派，都体现出真正属于自己民族的“中国现代主义”特征。其三，莫言的作品，不同于其他一般中国现代主义文学，他找到的是与自己的天赋、个性与人生经历一致的现代主义创作原则。他创作的原动力是他作为一个农民之子曾经有过的饥饿、孤独、恐惧之类的人生苦难，因而他的作品中的复杂意蕴，就绝不是那种西方式的、刻意的哲学思考的产物，而是源于个人深切的生命与人生体验，以及对身处其中的中国乡村社会与自己感同身受的中国农民生活的体认与感知。正是这些，使莫言能够将现代主义艺术追求与乡村生活很融洽地结合在一起。如在《天堂蒜薹之歌》《丰乳肥臀》《生死疲劳》这样一些或是直面乡村的激烈矛盾冲突，或是意在揭示中国乡村历史苦难的作品中，虽亦多见幻觉与写实交织、意识流与荒诞融合之类的现代主义手法，但这些手法，只是为了更淋漓尽致地表现中国农民的真实生存状况，更为有力地抨击社会现实中的丑陋与邪恶，更为深刻地反思中华民族的历史灾难。作者认为，正是经由这样一些作品，可以更为清楚地看出，莫言从根本上改造、重构和超越了西方现代主义，超越了近半个多世纪的中国同行，开拓了一条以现代主义手法和原则来描写中国乡村和农民的文学之路。

在研究方法方面，作者以开阔的学术视野，借用梅洛-庞蒂的“感性的诗学”、舒斯特曼的“身体美学”、鲍德里亚“外爆”说与麦克卢汉的“内爆”说、德里达等人的“解构主义”、巴赫金的“狂欢化”、阿尔托的“残酷戏剧理论”等，从而更为深入细致地分析了莫言作品所具有的“外爆”与“内爆”相融合、互文性与游牧性相统一、“逆向身体美学”叙事、自嘲、亵渎、审丑、审荒诞、审恐怖之类中国化现代主义的具体特征。在分析论证过程中，作者结合具体作品，注意将莫言与陀思妥耶夫斯基、乔伊斯、普鲁斯特、马尔克斯、卡夫卡、柳青、浩然、阿城、韩少功、贾平凹、王安忆、陈忠实、余华、格非等中外相关作家进行比较，进而彰显了莫言的个性创造。正是经由作者翔实、充分而富有说服力的比较与分析、阐释与论证，我们会感到，与已有的相关见解相比，作者对莫言创作的整体特征与价值的判断，无疑是更为客观准确，更切合莫言创作实际的。

值得重视的还有，作者结合诺贝尔文学奖对莫言授奖词中“hallucinatory realism”一语之语意的考察与辨析，认为以“巫幻现实主义”概括莫言作品的整体特征更为恰切适当。作者基于位于东夷的高密及胶东半岛的齐文化圈保留了更多的巫史传统，以及莫言作品中大量存在的诸如《透明的红萝卜》中那位有着超人般的生存能力的黑孩、《夜渔》中那位神仙般的女人之类“巫性”叙事而得出这一独特看法。作者认为，这样一种“巫幻现实主义”，与影响了莫言的马尔克斯的“魔幻现实主义”有着根本不同，是集幻想、虚幻、巫性和现实为一体的一种中国本土现代主义的代表性类型，是中国式的现代主义的实现形式和审美表达，是莫言独创的一种崭新而充满中国智慧的文学审美形式。对此“巫幻现实主义”之说，或许还有待更为学理化的理论阐释。结合作者对莫言作品的进一步论证，仅就作者已有的论述来看，让人感到，这一富有新意的概括，还是有助于说明莫言独特的创造性的。

在中国当代文学界，自20世纪80年代中期以来，莫言一直是备受关注的热点之一，迄今为止，已有大量相关的研究成果问世，但如洪岳教授这样以宏阔的学术视野进行整体把握研究的，尚不多见。尤其是作者基于“现代主义文学中国化”这一重要视角，对莫言作品进行的深入切实的评析，是别有理论深度与学术开拓意义的。其相关论述与见解，不仅有助于我们更好地理解莫言的创作特征与成就，亦可在中西文学如何融通、民族文学如何走向世界、文学创作如何才能获得更为辉煌的成功等方面，进一步启发我们的思考。

2017年12月25日

（杨守森：山东师范大学教授、博导）

目　录

导　论

中国新文学从诞生到莫言开始创作的时候，已经发展了七八十年，其中的现代主义一脉差不多在同时期发生与发展。但是，中国的现代主义文学在莫言等新时期先锋作家出现于文坛之前，基本上是一种西方或日本现代主义在中国的产物。自莫言以降，现代主义在中国的面貌为之一变而为“中国现代主义”。莫言的文学世界与现代主义的关系，即为建构了中国现代主义；或曰，莫言有力地实现了现代主义文学中国化。不过，这一中国化或本土化的过程悲壮而令人喟叹不已。这就需要我们梳理和探讨现代主义在中国的百年历程、莫言与现代主义的关系，以及莫言建构的文学世界所具有的本土现代主义特质等诸多重大问题。

一、从“现代主义在中国”到“现代主义的中国化”

（一）作为理论先导而出现在中国的现代主义

莫言与新文学的关系是本书研究的重点。如果从鲁迅的《狂人日记》开始，新文学发轫到现在（2018）整整 100 年了；如果从学界大多数学者认同的 1915 年陈独秀等人创办《青年杂志》（《新青年》）起，已逾百年了；如果从丁帆等先生的观点即以 1912 年中华民国的建立为新文学的开端，则有一百零几年的历史了；而从钱理群、陈平原、黄子平等先生的观点看，具有现代性特质的现代文学，即较宽泛意义上的 20 世纪文学之起点则可推至 1898 年戊戌维新变法，那么新文学则有 120 年了。在百年新文学历史中，与现代性在中国一起发生的一个文学流派或美学原则就是现代主义。现代主义文学最早进入中国，不是以文学作品形式而是以理论形态。这主要体现在王国维于 1900 年前后从叔本华、康德、尼采等西方现代哲学家、美学家那里汲取了关于文学研究和文学批评的理论和方法。大量的发生学史料证明，正是这种美学理论形态的现代主义最早在中国的发生，才揭开了现代主义文学思潮和文学创作在中国未来百年起伏坎坷的历史序幕。[1] 康德美学理论启发了叔本华、尼采。叔本华的悲观主义的意志主义美学理论，抑或尼采的乐观主义的意志主义美学理论，实质上都是反(思)理性至上的、非理性的美学理论。加上当时学界引介的柏格森的生命绵延理论、弗洛伊德的精神分析学等，都成为19、20世纪之交至"五四"时期西方现代主义文学艺术在中国的理论先导。此时的中国，正是传统文学、文言文学向现代文学、白话文学急遽而全面转型的时期，各种西方思潮纷纷进入中国。清末民初这种开放、自由、多元的时代氛围带来了现代主义的美学理论。当时，中国一批美学家和文学批评家放眼世界所看到的正是这些为西方现代主义文学艺术打下坚实基础的美学理论。王国维的《人间词话》《红楼梦评论》等著作，运用的正是叔本华、尼采等人的美学思想及方法，可谓现代主义理论最早的中国化尝试。后来，他及同时代许多学人包括梁启超、鲁迅等，又专门对更具审美现代性色彩的尼采美学思想进行了大量的介绍和吸纳。梁启超的《进化论革命者颉德之学说》介绍了尼采，并对之大加赞赏："今之德国有最占势力之两大思想，一曰麦喀士(按：马克思)之社会主义，一曰尼至埃(按：尼采)之个人主义(尼至埃为极端之强权论者，前年以狂疾死。其势力披靡全欧，世称为十九世纪末之新宗教)。麦喀士谓今日社会之弊，在多数之弱者为少数之强者所压伏；尼至埃谓今日社会之弊，在少数之优者为多数之劣者所钳制。"[2]他把尼采作为个人主义的代表，可谓切中肯綮。在这些学者中，鲁迅最得尼采精神之精髓，认为重估一切价值的超人哲学是摆脱当时中国受人蹂躏和践踏的思想源泉。另外，尼采张扬个体高于群体、杰出之士(超人)高于芸芸众生(末人)的超人哲学思想，这也是鲁迅等人所感佩的。正是在这样的基础上，鲁迅提出了"掊物质而张灵明，任个人而排众数"[3]。尼采反理性、反启蒙的思想，为当时的中国学人所看重的却是其超绝、豪迈、睥睨一切、重估一切价值学说的气概，而这正是处于水深火热、积贫积弱中的国家和民族极度需要的。于是，反启蒙的尼采审美现代性美学一经介绍到中国就发生了误读，而这种误读是当时知识分子的有意为之，也正是这种误读导致了现代主义在中国转变成一种带有启蒙色彩的理论。继之而来的现代主义文学思潮和文学创作在中国就在有形无形、有意无意之中打上了与其他流派的文学诸如现实主义、浪漫主义同样的启蒙色彩。

(二)从理论到创作实践的现代主义

"五四"时期是中国现代主义从理论到创作实践共同开始繁荣的时期。在理论上，除了鲁迅、沈雁冰、郭沫若等，还有很多哲学家、心理学家、文学批评家等大量引进和试图消化西来的现代主义理论和方法。无论是"为人生"的文学研究会，还是所谓"为艺

---

① 参见王洪岳：《审美与启蒙——中国现代主义文论研究(1900～1949)》，光明日报出版社2009年版，第45～73页。

② 梁启超：《进化论革命者颉德之学说》，《新民丛报汇编》，第139页。

③ 鲁迅：《文化偏至论》，《鲁迅自编文集·坟》，天津人民出版社1998年影印本，第36页。

术”的创造社，其理论和创作无论是尊奉现实主义还是张扬浪漫主义，都带有现代主义色彩，更遑论直接打着新浪漫主义（新罗曼主义）、象征主义、表现主义、世纪末思潮、唯美主义、意象派等各种旗号的现代主义思潮和流派了。各种形态的现代主义文学思潮往往在变异中面目全非、非驴非马、非西非中。最典型的是郭沫若的表现主义诗、李金发等人的象征派诗、邵洵美的唯美主义诗，等等，这些都是西方现代派某种理论或流派的中国反照。西化的意象、语言、语气、表达方式，甚至直接引用的外文词，充斥在这些诗作当中。

这种西化或外化不仅在诗歌创作中根深蒂固，还在小说创作中打上了深深的烙印。出没于上海滩的新感觉派小说正是这种西化（西崽化）的最佳代表。刘呐鸥书写了都市风景线上的肉身的漂移与孤独；作为中国新感觉派圣手的穆时英，写那些在上海滩声光电化的世界里沉迷的男男女女，人性中的兽性与德性交错，最后往往是前者压倒后者。在所有的新感觉派小说家中，施蛰存的小说，如《石秀》《将军底头》等西化色彩依然很浓厚，而《梅雨之夕》《春梦》等具有较多中国文化和心理元素，开始真正潜入中国普通人的生活和情感世界，是现代派小说中国化的重要一步。

这种情况到了 20 世纪 30 年代戴望舒、梁宗岱、卞之琳等人的现代派诗创作，才有了更明显的转机。他们开始从意象选择、遣词造句、情感抒发、思想主题的传达等方面，认真吸收中国古代优秀诗歌传统的精髓和意蕴，以此弥补西化的不足。比如，《雨巷》将传统与现代、中国和西方的审美因素加以融合，创造了属于现代审美感性的新元素。至 20 世纪 40 年代，袁可嘉在理论上对新诗现代化进行了深入探索和总结，其借鉴艾略特而又不拘泥于其中的诗学思想，为当时的现代主义文学创作做了一个较为坚实的理论铺垫。胡风的七月派、中国诗歌派，钱锺书、张爱玲等人的小说，在现代主义中国化方面有了更为深入的推进。在近半个世纪现代主义文学的试验期至 20 世纪 40 年代的总结期及集大成期之后，现代主义在大陆丧失了可以继续探索和发展的语境和空间。

（三）理论与创作相互激荡、曲折演化的现代主义

自 20 世纪 40 年代末至 70 年代末，现代主义在中国大陆的命运几乎等同于资本主义加帝国主义再加“地富反坏右”，几乎就是假丑恶的代名词。所以，除了“五四”时期大量介绍过象征主义、新浪漫主义的茅盾，致力于现代主义研究的袁可嘉等少数学者通过某种隐晦曲折的笔法来表达自己对于现代主义的一点看法之外，几乎没有人涉足这个流派或思潮。[①] 反而在台湾，除了 20 世纪 50 年代早期的“反共文学”外，从 20 世纪 60～70 年代，现代主义文学表现出充满活力和创造力的趋势。但这个时期的台湾现代主义文学基本上与中国传统文学基因相隔绝，近乎全盘西化、全盘美国化的台

① 参见王洪岳：《艰难的过渡：1949～1978 年“现代派”批评话语》，《山东社会科学》2010 年第 6 期。

式现代主义，与现代主义中国化道路颇有些赌气似的游离。张诵圣认为，台湾的现代主义运动从一开始就服膺于西方“菁英式的美学观念”，具有极显著的“高层文化”倾向，对“高层文化”的认同构成现代派作家的一种强韧的内驱力。① 总之，台湾现代主义诗、小说带有强烈的西化的菁英性质，而这并非源自本土母体文学的传统。

在台湾现代派文学开始衰落之际，大陆自20世纪70年代末开始复苏的新时期文学却发起了新的现代主义理论介绍和创作思潮，以至在当下的文学创作中，现代主义日益占据了一席之地，且愈来愈显示出其独具的艺术性和创造性。从最早的意识流文学的论争、文论的向内转到围绕整个现代派理论的论争，从围绕《现代小说技巧初探》而展开的争鸣到关于现代派、先锋戏剧及其理论的争议，从新写实到新状态的小说评论，新世纪之交从新生代小说家和诗人的所谓“断裂”到先锋的式微，再到现代主义文学的丰富与深化，以及后现代主义渗透于现代主义，中国现代主义打上了浓厚的世纪末色彩与杂糅的特点，这些都是新时期现代主义文学幼稚或混乱的表现。

（四）莫言对现代主义的继承与发展

正是在这样的大背景下，莫言一代作家横空出世，在近乎板滞的文学时空状态下，开拓了一片文学的新天地。较之王蒙的意识流小说、谌容的《减去十岁》等荒诞小说所表达的明显的文学反思意图和幼稚手法，20世纪80年代的先锋小说家们西化的色彩更为严重。但是，经过这么一个显然是同样幼稚的摹仿②阶段之后，这批文学“探险者”大多找到了适合自己艺术禀赋和经历体验的领地及表达方式。因为“文化大革命”前后中国社会本身的荒唐、荒诞比比皆是，出生于20世纪五六十年代的这批先锋作家都深刻地观察和体验到了这种荒谬和荒诞的现实。回顾一下这批先锋作家或曰现代主义作家的学历出身，有助于我们进一步理解风起云涌于20世纪80年代以现代主义为核心的新潮文学的特色与价值。“文化大革命”时期只有初中学历的余华找到了冷酷表象下的温情叙述调子，这种调子不但能够刺激当代人日益麻木的审美感官和神经，而且靠着他在20世纪80年代冷叙事或零度叙述所带来的酷汉形象，不断地将冷酷与温暖相融合，不断地撞击当代人的道德底线，又不断通过小说的情感维度撩拨着娱乐至死时代人们的情感底线。他把自己想象为巴尔扎克，却不想自己本是卡夫卡的同道，因此显得饶有特点。只有小学学历的残雪则借助她那女巫般怪异、邪性的眼睛，刻写被久已浸染黑了的民族心灵秘事和秘史，她笔下那肮脏的黄泥街、流着污水的小河、山上幽暗的小屋、门后窥视的眼睛、街坊们恶毒的话语……无一不是这个民族性、国民性充分发酵了几千年的、毫无精神空间和自由度的生存景观的真实写照，由此说

① 参见张诵圣：《现代主义与台湾现代派小说》，《文艺研究》1988年第4期。

② “摹仿说一直是西方传统文艺理论的中心，许多人认为摹仿说是艺术本质论”，“亚里士多德认为摹仿中不仅可以虚构，而且（可以）用媒介、对象和方式加以美化摹仿”（张宪军、赵毅：《简明中外文论辞典》，巴蜀书社2013年版，第230页）。故此，本书从文学批评角度，行文皆作“摹仿”。

她是黑暗的心理现实主义可能正合其艺术特点。作为一种新的审美范式和原则，当代40年现代主义创作与文论、诗学一起促使中国人的审美心理结构发生了重大而深刻的变化，体现出现代性、内在性、动态性、开放性和全球性等特点。① 而张旭东则强调了20世纪80年代现代主义近乎神话般的“赶超”和“创造”的创新冲动与自信力，现代主义把社会的松绑和“自我的膨胀”进行了结合，“不但为这种巨大的压力和焦虑感提供一种形式的升华，而且迅速地把‘新时期’的个人能量、乐观精神和积极态度引入了一种新的、复杂的‘现代’认知模式和表意模式，即如何把握和处理激烈的、无穷的、难以理解甚至令人迷惘和恐怖的‘变’和‘新’，如何通过‘言说’和‘象征行为’把一个异己的外界变成自我的内部风景”②。张旭东把“新时期”的“现代派”文学之于外在世界的关系看作具有内在性的“自我的内部风景”。笔者与张旭东同属20世纪60年代出生的学人，这种看法从国内到海外，大致是一致的。

同样，只有小学学历的莫言冲破了层层桎梏，以200余部(篇)小说、戏剧和散文的辉煌创作成就，实现了当代中国文学一次次漂亮的飞跃。1955年出生于山东高密东北乡一个偏僻小村落里的莫言，受尽了20世纪60年代前后大饥荒的折磨，后来甚至连小学也没正式上完，11岁就辍学，为生产队放羊、放牛，在桥梁工地砸石子、拉风箱，当小伙计，修水利工程，后来进棉花加工厂当季节性工人。因上中农(富裕中农)的身份和自己是个话痨而遭到村人白眼，忍受着饥饿、屈辱、孤独、恐惧。在令人绝望、窒息的土地上，1976年已经21岁的莫言通过参军，迎来了人生的一个巨大转机。小时候的莫言因被迫辍学而不无反讽意味地避开了初中、高中的教条主义式的正规学校教育。因此，少时失学又何尝不是一种诡异而难得的幸运。假若莫言接受了完整的初中、高中教育(而这恰恰可能在“文化大革命”时期完成)，那么，这个成年了的莫言还能保存好那些鲜活灵动、匪夷所思的美妙感觉吗？虽然在一开始创作时，莫言的艺术调子还是追逐那种虚饰做作，所谓充满了人情美与人性美、两条路线斗争的“文革”文学风格，但是一旦在新的文化艺术土壤上扎下根来，他在童年、少年时代积淀下来的，骨子里未经过极左思想和专制思想荼毒的感觉、经验、体验就被激发、调动起来了。他在20世纪80年代接触的马尔克斯、福克纳、卡夫卡、川端康成等，就成了他创作转型的一个个契机，同时激活了潜藏于他内心深处的种种不可替代、不可复制的记忆与灵感。而这正是文学这门艺术所特别需要的那种丰富的、独特的经历和体验。因此，当莫言找到了自己创作的根据地——“高密东北乡”——并为之献出自己的全部精力和创造性的时候，一种带有鲜明中国色彩的现代主义文学就诞生了。莫言的现代主义文学不但颠覆了传统现实主义和浪漫主义，而且穿越了流连于城市小资产者哀伤情欲和感官

① 参见王洪岳：《先锋的背影：中国现代主义文论(1978～2008)·导论》，浙江大学出版社2011年版。

② 张旭东：《从“现代主义”到“文化政治”》(中文版代序)，《改革开放时代的中国现代主义：作为精神史的80年代》，崔问津等译，北京大学出版社2014年版，第2～3页。

泛滥的中国式城市现代主义文学范式,开辟了以现代主义手法和创作原则来描写乡村和农民的文学之路。即使像他直面乡村激烈矛盾和冲突的《天堂蒜薹之歌》也采取了自由联想、内心独白、梦幻等意识流手法,深刻揭示了处于卑微地位的农民群体的内心世界,塑造了他们"羔羊"般(高羊)或野狼般(高马)的性格和形象,以现代主义手法和原则逼近了农民生存的真实状况,批判了地方当权者愚弄、盘剥、欺诈和镇压人民的卑劣行径。莫言创造了一种以乡村社会、农民生活为主题和核心的新型现代主义,从根本上改造、重构和超越了现代主义在欧美和中国以城市市民和小资产者为核心的写作路数。因此,莫言以其一系列别开生面或汪洋恣肆的作品开拓了中国现代主义的新局面。

二、莫言文学与现代主义关系研究综述

莫言研究随着他在2012年10月获得诺贝尔文学奖而方兴未艾,日益繁荣。就莫言文学研究的一般情况而言,大致可分为以下几个方面:第一,莫言与中国古代传统文化和文学特别是《聊斋志异》的关系。第二,莫言与民间文化的关系。第三,莫言与西方及拉美现代文学等的关系。第四,莫言小说的叙述特征研究。第五,莫言作品翻译和其他方面的研究。而这种研究范围或状况,又与莫言的创作及获奖情况形成互动。以下从中国知网(学术期刊网)所收论文和国内外出版的专著情况,略做分析。

中国知网关于莫言研究的论文情况(以"莫言"作为主题词的文章搜索数据,并剔除并非研究作家莫言者,截至2016年6月25日)[①],见下表。

1986～2016年关于莫言研究的论文情况表

年份	1986	1987	1988	1989	1990	1991	1992	1993	1994	1995	1996
发文量	10	10	11	8	6	3	4	9	4	3	8
年份	1997	1998	1999	2000	2001	2002	2003	2004	2005	2006	2007
发文量	4	3	9	14	28	38	49	44	51	84	76
年 份	2008	2009	2010	2011	2012	2013	2014	2015	2016		
发文量	72	103	111	100	939	1034	693	640	172		

从上表可以看出以下特点:第一,21世纪之前,莫言研究和评论处于不温不火的低关注度状态,中国知网上最早出现莫言研究的文章是在1986年(最早的莫言研究是

① 2017年10月23日再检索,2016年的数据则超过了1000篇,与莫言刚刚获奖后的2013年大致相当。

1984 年孙犁先生在一篇文章中谈及莫言的小说，但中国知网上最早出现的相关论文是在 1986 年)，有 10 篇。最多的年份 1988 年，中国知网发文 11 篇，甚至有几年只有三四篇。而 21 世纪之初的 17 年间，研究和评论莫言的文章开始逐渐增多，从 2000 年的 16 篇，到 2011 年莫言获茅盾文学奖前，超过了 100 篇，呈现出稳步发展的研究态势。第二，自莫言获诺贝尔文学奖以来，研究文章数量猛增，2012 年为 939 篇(2012 年 10 月 11 日获得诺贝尔文学奖之后，关于莫言的文章陡然增加，占当年的 90%以上，其中不乏带有商业目的和新闻报道性文章，研究和评论文章所占数量并不多)，获得诺贝尔文学奖次年即 2013 年达到创纪录的 1034 篇(其中依然约有一半是应景的新闻报道、消息类短文)，而 2014 年的近 700 篇是趋于正常研究、评论的状态和数量，2015 年则更趋平稳和理性，但仍呈现出对第一个中国籍诺贝尔文学奖获得者的高关注度。第三，以 2000 年为界，之前的 14 年间(1986～1999)，莫言研究文章多集中于对其某一部作品的评论，或对其重感觉、想象力、幻觉、梦幻、象征或寓言、反讽及语言修辞的写作手法进行评价，或从审美/审丑、亵渎、恶心、强力、酒神精神等范畴出发进行研究，或将其与福克纳、马尔克斯等人进行比较研究，其中一些属于对《丰乳肥臀》进行大批判的文章，连作者姓名都没有的文章也出现在了知网上。2000 年及之后的 17 年间(2000～2016)，研究文章数量由前期渐趋增加，再到获得茅盾文学奖和诺贝尔文学奖后猛增；研究和评论的范围更广泛，从主题探讨到审美类型分析，从单篇作品分析到整体创作观照，从外国哲学、外国作家的影响到本土经验、民间文化挖掘，从作品评析到作家生平研究，从性别分析到性爱分析，从狂欢化到杂语共生写作分析，从中国精神阐释到世界胸怀发挥，从叙述学分析到修辞学解析，从儿童叙述到动物叙述分析，从国内"莫言热"到莫言受到海外热议再到莫言文学翻译研究，从莫言的小说研究到改编为电影电视的研究，从莫言小说研究到散文、戏剧研究，从魔幻现实主义到幻想现实主义，莫言与网络文学，文学史中的莫言，等等。第四，获诺贝尔文学奖前，论及莫言创作原则或流派归属的论文寥寥，之后以诺贝尔文学奖授奖词"hallucinatory realism"(魔幻/虚幻/幻想现实主义)来命名和评说莫言的文章突然多起来了，但大多数依然属于人云亦云的、带有新闻性质的消息类。

不管怎样，莫言研究在 2012 年获得诺贝尔文学奖之后突然热络起来。莫言研究的升温，对于带动整个中国当代文学批评和研究，进而带动整个中国文学和文化走向世界，无疑是一个重要的契机。作为第十位获得诺贝尔奖的华人、第二位获得诺贝尔文学奖的华人作家、第一位获得诺贝尔文学奖的中国籍作家，莫言所取得的惊人成就，就是最好的旗帜。

那么，莫言研究的突破口，或者说莫言文学世界对于中国乃至世界文学所提供的巨大贡献和价值，到底在哪里？想回答这个问题，就需要先从与"莫言与现代主义文学的中国化"相关的领域谈起。为此，需要梳理学术界和批评界已有的相关研究成果。

这些成果大致可以分为以下几个方面。

(一)莫言小说创作主体禀赋

1.怪才与精灵说

较早关注莫言并做出整体评价和研究的是贺立华、杨守森等先生的专著《怪才莫言》。他们认为,莫言是中国当代文学的一个"怪才",其"怪"就"怪"在他把"中国传统文化和西方现代派"在很高的层面上结合了起来。贺立华就此提出了莫言的现代派特色不在于与西方同行一样的反理性,虽然他对理性有过微词,但"针对的只是那些扼杀人性、扼杀创造力,阻碍社会进步的腐朽规范,他崇尚的是一种更高层次的'理性'精神"。莫言的高密同乡和同龄人杨守森进一步指出,中国当代文学并没有形成西方现代派意义上的创作格局。像王蒙的意识流小说仅仅是表层的借鉴,北岛、舒婷、高行健、魏明伦等人的作品也大致如此;而莫言较之上述作家走得更远,也更具中国现代主义的特色。[①] 杨守森认为,莫言的创作开创了"中国当代文学的'恶之花'"。自 20 世纪 80 年代中期到 90 年代初期,莫言除了少量作品歌颂美善,大量作品还是对于人性丑恶、残忍、自私、虚伪、愚昧、龌龊、丑陋的描写和揭示,而这一切不再是所谓敌对人物、反面人物的形象"专利",而是作为普通人的人性体现,莫言的视角是一种人类视角。莫言的文学美学观类似于波德莱尔的观念,因为后者的《恶之花》恰恰是要写出人性的"愚昧、谬误、罪愆、悭吝、奸淫"等,而莫言的作品体现出来的正是一种类似于波德莱尔的那种超时空的人性观和文学观。[②] 德国学者彼得·安德雷·阿尔特在《恶的美学》中认为,某些现代派文学的"构思构成了文学作品的特殊煽动功能:在对残忍、暴力、严刑拷打和性犯罪的描述上,对亵渎神灵和出于意识形态造成的非人性、政治迫害和战争恐怖的描写上表现出来"[③]。对恶的描写,出于作家对人性的深刻认识,并非现代派作家专门追逐恶和丑,而是人性中有很强烈的但往往被压抑的恶的成分。莫言的《透明的红萝卜》《红高粱家族》《食草家族》《枯河》《檀香刑》等,无一不是表达了这种人性观和美学观。由此而知,象征主义鼻祖波德莱尔与 20 世纪末期的莫言之间有一种共同的文学美学观,这便是对人性的深刻全面的认知,尤其是对人性中的邪恶、丑陋的艺术表达,恰是远远超乎同时代作家同行的高明之处。他们都与传统写实主义原则相抵牾,都对以象征主义为发端的现代主义美学进行了创造与发展。在以象征、隐喻、反常、悖论意义上的人性的彻底揭示为鹄的方面,他们殊途同归。但在揭示人性之丑之恶的同时,杨守森又认为,在这方面莫言超越了波德莱尔而与尼采有了某些接近,即在

---

① 参见兰小宁、贺立华、杨守森:《莫言与中国传统文化和西方现代派——〈怪才莫言〉代序》,贺立华、杨守森:《怪才莫言》,花山文艺出版社 1992 年版,第 2～3 页。

② 参见贺立华、杨守森等:《怪才莫言》,杨守森、贺立华主编:《莫言研究三十年》(上),山东大学出版社 2013 年版,第 176～178 页。

③ [德]彼得·安德雷·阿尔特:《恶的美学》,宁瑛、钟长盛、王德峰等译,中央编译出版社 2015 年版,第 595～596页。

高扬、追求、崇拜人性强力方面，莫言的小说又有着尼采思想的面影。今天看来，显然仅仅用“怪”来形容莫言的文学世界已经显得片面，因而不再恰当，但上述两位学者所总结和看重的莫言文学的“怪”味以及对审丑的“恶之花”的揭示，无论从艺术内容还是形式上所呈现的怪异看，不仅是对正统现实主义、浪漫主义文学的反叛和突破，而且体现了莫言文学世界的独特性。如果从更高的层面看，莫言的这种独特性正是从 20 世纪最具先锋性的卡夫卡、马尔克斯和福克纳的现代主义叙述艺术，与最具传统性的中国本土文化尤其是鲁文化、齐文化、儒家文化、道家文化的融合中诞生出来的。

由“怪才”而“精灵”，是莫言早期创作的一个特征。季红真、周海波等较早提出了莫言创作的“精灵”说。季红真认为：“他沉默着走上文坛，像大地活泼的精灵，神出鬼没，任性恣情，全不顾艺术的成规戒律，一支笔呼风唤雨，赋灵于草木众生。”[①]“莫言的灵魂，神游在高密东北乡那片红色的土地上。他的目光掠过血海一样的红高粱丛，一股不可遏止的创造冲动使他入痴入迷地捕捉着那闪烁跃动的生命的精灵，于是有了《枯河》，有了《爆炸》，有了《透明的红萝卜》，有了回肠荡气的‘红高粱’系列。”[②]莫言小说中的一系列儿童叙述、动物叙述，正体现了这种古怪精灵的一面。《透明的红萝卜》中一句话也没有的黑孩、《红蝗》中的红色蝗群、《夜渔》中的儿童“我”，一直到长篇小说《酒国》中的枣红马和一群小孩，都体现出莫言小说创作的精灵特性。可以说，古怪精灵成为早期莫言创作有别于当时其他作家的鲜明特色，也是延续至后来莫言一系列巨作的一个亮丽特点。

2. 鬼才说

无独有偶，批评家李洁非提出了一个与贺立华、杨守森类似的称谓，他称莫言为“鬼才”。他在《鬼才写鬼事》一文中认为，莫言虽为孔夫子家乡之人，孔子不讲怪力乱神，但莫言的前辈、淄川的蒲松龄却大肆讲述鬼故事，莫言无疑继承了蒲松龄的传统。不同于蒲松龄，莫言是从人性的丰富性和复杂性出发的。“人有狗性，狗有人性”，其作品《五梦集》便是施展这种鬼才、展开丰富想象力而描写的鬼故事。其中的《复仇记》和《马驹横穿沼泽》“不纯然是与中国传统鬼怪故事有联系，其思想上的现代派特征实际上很鲜明的”[③]。其梦幻特色以及梦幻中的谎言、虚伪和背叛等内容方面的意义被莫言夸张、放大，在传统民间文学的基础上，融合了新潮小说的笔法。李洁非不但把握了莫言小说与传统文学尤其是蒲松龄《聊斋志异》的关系，而且指出了其与西方现代派的关系。周英雄也阐发了莫言小说《红高粱家族》里的“狗道”与“人道”的辩证关系，人吃狗肉，狗吃死人肉，人狗在这种争斗中几乎平分秋色。[④] 在莫言的眼中，人和狗、人和

---

① 季红真：《忧郁的土地，不屈的精魂——莫言散论之一》，《文学评论》1987 年第 6 期。

② 周海波、赵歌放：《死亡与莫言小说的生命意蕴》，《当代文坛》1988 年第 4 期。

③ 李洁非：《鬼才写鬼事——莫言〈五梦集〉之四、之五》，《青年文学》1988 年第 11 期。

④ 参见周英雄：《〈红高粱家族〉演义》，《中时晚报·时代副刊》，1988 年 8 月 17～23 日。

鬼、人和怪、人和精灵的关系不再是十七年文学和“文革”文学那种绝缘的状况，而是或息息相通，或交融不分。因此，其创作才呈现出“怪”气、“鬼”气。不过这种看法尚需深入探究，这就得与莫言创作的自然神崇拜发生关系了[①]。

(二)创作流派归属说

1. 寻根派说

有一种观点认为，莫言的创作属于20世纪80年代流行一时的“寻根派”，是寻根文学。持这种说法的学者、批评家主要有王德威、梁艳芳、张宁、陈墨、洪子诚等。[②] 但笔者认为，莫言的创作的确带有某种寻根的色彩，而把他归为“寻根派”似乎太牵强，因为莫言的创作范围及成就超出了“寻根派”。“寻根派”的主将韩少功、贾平凹、阿城、郑万隆、李杭育等人的创作，是新时期文学创新到了20世纪80年代中期动力不足而转向传统的结果。当时，新时期文学一路走来，伤痕—反思/改革/新潮—先锋，但到了20世纪80年代则陷入了这种进化论思维方式而不能往前推进的地步。像韩少功的《爸爸爸》等，从传统的乡村械斗到崇拜一个只有三四岁智商的丙崽，寻根终至死胡同。贾平凹在商州叙事中，把西北地区的奇闻逸事当作小说的兴奋点，像《天狗》写打井把式李正和老婆山月以及徒弟天狗三人之间复杂的性爱关系。李正辞退了天狗后，打井时不幸受伤致残。为生活所迫，李正做主让光棍天狗入赘，与山月成婚，三人住在一起。在多重痛苦中生活的李正选择了自杀，但这又导致了天狗和山月沉重的心理负担。阿城在道家思想中寻求寄托，其小说“三王”(《棋王》《树王》《孩子王》)，尤其《棋王》中的王一生似乎是无视环境恶劣的超然物外的仙人，甚至有评论家称其为“圣人般的人物”，但这种自保的智慧在狂热和邪恶的环境中，于事无补。郑万隆的《异乡异闻录》写东北边陲的奇闻逸事。李杭育在《最后一个渔佬儿》中满怀同情和感伤地塑造了在葛川江上打鱼的柴福奎。这种在传统文化或少数民族或边陲地带猎奇寻古的写作方向和路子，或许从其伊始有着良好的创作愿望，也与追赶时髦的创作思潮拉开了距离，为中国当代文学史提供了一种“文化”的视野和写作领域。但是大部分“寻根派”作家走火入魔，专门找那些边边角角的、落后愚昧的、奇异罕见的东西去描写，最后在时代和文学潮流的冲击下，很快便风流云散。莫言曾经也有这种创作倾向，像其1991年在海外发表的《神嫖》等小说，虽然与“寻根派”有了几年的时间距离，但属于那种通过猎奇寻怪的方式，寄托自己苦闷心绪之作。《神嫖》写民国初年一个叫王季范的老先生的“逸闻趣事”。有一天，季范先生突发奇想，要“我的老爷爷”(汉三)到县城窑子里把28个婊子全搬到他府上。当地的百姓和达官贵人都想目睹这神奇之嫖，但见季范先

① 关于这方面的深入探讨在第三章“莫言小说对本土资源的先锋叙述”之第二节“‘怪力乱神’民间故事的先锋讲述”中进行。

② 参见谢静国:《论莫言小说(1983～1999)的几个母题和叙述意识》,(台北)秀威资讯科技股份有限公司2006年版,第38页。

生让28个婊子脱光了衣服，排成一队，四仰八叉躺在毯子上。“那些士绅名流都傻了，怔怔地看着季范先生。我们的老爷爷说季范先生脱掉鞋袜，赤脚踩着二十八婊子的肚皮走了一个来回。然后季范先生说：‘汉三，给她们每人一百块大洋；叫车子，送她们回去。’”[①]到此，小说戛然而止。这篇小说的可取之处在于，用了“我（们）的老爷爷”的视角来断断续续、欲言又止地叙述，最后才说出谜底的讲故事方式。这类小说的确属于上述论及的“寻根派”。

但是，莫言很快走出了这种猎奇的小说创作路数。在种种技巧的、题材的、观念的历练之后，他终于发现或找到了自己的文学领地，这就是他一再表达的那个仅仅属于他的“高密东北乡”。由此，他站在了更深广的历史、战争、人性、道德、信仰层面，创作方法和叙述技巧方面也有了进一步的拓展。于是我们发现，莫言的野心绝不仅仅局限于“寻根派”；相反，他有着更为广阔和远大的愿景，他要“无中生有”地去开拓属于自己的文学王国、文学共和国。

2. 新感觉主义说

最早关注莫言创作的突出特点且定位为“感觉至上”的批评家、理论家张志忠先生，在国内第一部研究莫言的专著《莫言论》（1990年3月初版）中，用了四章外加两篇附录来讨论莫言创作在“艺术感觉”方面的特征和表现，认为“莫言以生命感觉营造他的艺术世界，生命感觉就转化为艺术感觉。……我感觉故我在”[②]。感觉之于莫言，既是其生命的体现，也是其艺术的营造方式。虽然张志忠没有明确提出莫言的小说创作是一种新感觉主义，但他的论证充满了这种意识和思想。莫言小说最早且给人最大的印象是，其对现实世界的独特表达方式，即用感觉赋予现实、思想、情感、超验世界等以生命和色彩。学者大卫一方面指出了莫言小说之感觉世界的特点，另一方面更严厉地指出了其不足之处和严重的缺陷，即一种盲目的无限和神秘的宿命的模式化。[③] 游友基认为，莫言小说是一种“新感觉主义”，它和残雪的“超现实主义小说”都是独具特色的现代主义文学表达形式。[④] 杨联芬也持类似观点。[⑤]

3. 新历史主义说

陈思和先生称莫言小说是一种新历史（主义）小说，且认为正是莫言开创了这一文

---

① 莫言：《神嫖》，《莫言文集 与大师约会》，作家出版社2012年版，第90页。

② 张志忠：《莫言论》（增订版），北京联合出版公司2012年版，第143页。该书由中国社会科学出版社1990年初版。

③ 参见大卫：《莫言及其感觉的宿命》，《文学自由谈》1988年第2期。

④ 参见游友基：《莫言、残雪小说的现代主义特征》，《漳州师范学院学报》（哲学社会科学版）2000年第1期。

⑤ 参见杨联芬：《莫言小说的价值与缺陷》，《北京师范大学学报》（社会科学版）1990年第1期。

学思潮。[①] 旷新年也持此论，认为《红高粱》是“新历史小说”。[②] 张清华等人把莫言的创作放在当代中国文学与西方新历史主义文学思潮的视域中去把握。他以《红高粱家族》《丰乳肥臀》《檀香刑》为例，认为莫言的小说创作推动并完整地反映了当代新历史主义叙事思潮的发展和演变过程。[③] 站在一定的时间点，或者把莫言的部分创作看作“新历史主义”，似无不可；但是把他整个创作用新历史主义来概括，则有以偏概全之嫌。

4.“X＋现实主义”的创作原则说

对莫言的这一命名，一方面说明了创作的现实指向性，另一方面说明了莫言创作的创新性、多义性和繁复性。朱向前曾以“写意现实主义”来命名莫言的小说，认为莫言能够依靠自己那特殊的艺术感觉和直观方法，即联想和通感来捕捉世界。“哪怕是一点最微小的感触，也描绘出一个有声有色的艺术情境。这不仅使作家获得了既节省素材又反映深刻的高产高质的创作效应，还大大丰富了读者对外部世界和人类自身的感知方式与审美情趣——现实世界和感觉世界的有机融合，使莫言的创作呈现出一种‘写意现实主义’风貌。”[④]张闳则用了很多术语来解释莫言文学的特质，诸如“魔幻现实主义”“虚幻现实主义”“幻想现实主义”“迷幻现实主义”[⑤]。到底哪一个更准确，论者也未做最终的判断。另外，还有各种各样的称谓，譬如，有学者称之为“谵妄现实主义”[⑥]。“谵妄”这个术语是胡思乱想、精神错乱之意，带有明显的贬义，因此并不适用于对莫言文学特征的描述。张旭东根据《酒国》里李一斗写给“莫言”的书信中的一个词儿，称其为具有前卫性、创新性意义的“妖精现实主义”[⑦]；周英雄也称《酒国》中李一斗写给“莫言”的短篇小说《神童》为“妖精现实主义”[⑧]。但这个词仅仅是对莫言一部小说中的一个片段而做出的断语，显得太随意。有学者以“怪诞现实主义”来命名之，如刘广远认为：“以怪诞的方式叙述了现代社会现象，在荒诞性原则下建立起虚构话语世界，与制度化的生存世界之间形成鲜明对照。荒诞性的场景和民间的怪诞场景表现

---

① 参见陈思和：《莫言与中国当代文学》，孙宜学主编：《从泰戈尔到莫言：百年东方与西方》，上海三联书店2015年版，第21页。

② 参见旷新年：《莫言的〈红高粱〉与“新历史小说”》，《杭州师范学院学报》（社会科学版）2005年第4期。

③ 参见张清华：《莫言与新历史主义文学思潮——以〈红高粱家族〉〈丰乳肥臀〉〈檀香刑〉为例》，《海南师范学院学报》（社会科学版）2005年第2期。

④ 朱向前：《深情于那方小小的“邮票”——莫言小说漫评》，《人民日报》1986年12月8日。

⑤ 参见张闳：《莫言的美学及其政治性》，《上海采风》2012年第12期。

⑥ 孙青、汪太伟：《从〈蛙〉看莫言的谵妄现实主义》，《新闻世界》2014年第1期；浪行天下：《莫言：谵妄现实主义的批判焰光》，《泉州文学》2012年第12期。

⑦ 参见张旭东、莫言：《我们时代的写作——对话〈酒国〉〈生死疲劳〉》，上海文艺出版社2013年版，第40页；张旭东、陈丹丹：《“妖精现实主义”与“社会主义市场经济”的叙事可能性——莫言〈酒国〉中的语言游戏、自然史与社会寓言》，《天涯》2013年第1期。

⑧ 参见周英雄：《酒国的虚实——试看莫言叙述的策略》，《当代作家评论》1993年第2期。

了小说对现实的批判和反思。”[①]日本的莫言文学翻译家吉田富夫也认为莫言的《蛙》是一部运用了“怪诞现实主义”手法的作品。[②] 张柠提出了“肉体现实主义”一说，在题为《文学与民间性——莫言小说里的中国经验》的论文中，他对“肉体现实主义”进行了评说，但题目中的“中国经验”似乎过于庞大，其实他只揭示了莫言小说的底层叙述经验。[③] 张柠的“民间性”和陈思和、王光东的“民间”似乎是一脉相承的，对于解读莫言小说不失为一种有效的话语尝试。上述各种现实主义的理解、阐释、界定或命名，从不同侧面对莫言文学世界的勘察和判断，都有一定的道理；但它们的一个共同取向便是从各自的角度或视域出发，均显得以偏概全。

周锡山提出，莫言的创作体现出一种“神秘现实主义和神秘浪漫主义”。他不但对新华社电讯稿将授奖词中的“hallucinatory realism”译为“魔幻现实主义”持有不同看法，而且对授奖词本身也持不同的看法，认为“使用不当”。有鉴于此，周锡山把莫言的创作特征定位为“神秘现实主义和神秘浪漫主义”[④]。不过，这个命名的问题也显而易见，带有当年的“革命的现实主义和革命的浪漫主义”的“两结合”创作方法的印记，且概括性和精练性不够。法国作家、2008 年诺贝尔文学奖获得者勒克莱齐奥认为，莫言“用全部作品诠释了一种抒情现实主义”，且这种“抒情现实主义”与拉美魔幻现实主义大家，如胡安·鲁尔福、加西亚·马尔克斯等交相呼应。[⑤] 诸如此类，恐怕新的“X＋现实主义”的命名还会出现。这种情况凸显了莫言全部作品的复杂性、丰富性和深广性。

5. 现代主义创作原则说

从现代主义创作原则角度对莫言进行评价的是同在山东长大且在那里工作的贺立华、杨守森和张学军等学者、批评家。贺立华和杨守森等在他们的莫言研究专著《怪才莫言》中，鲜明地提出了莫言创作具有强烈的现代主义气息和艺术上的叛逆风格。他们发掘了莫言小说与(尼采张扬的)酒神精神之间的隐秘关系，认为从文学审美和人性的角度看，莫言的作品既融合又超越了西方现代主义。

张学军先生较为系统地论述了莫言小说与西方现代主义文学的关系，他的论文《莫言小说与西方现代主义文学》把莫言的小说放到整个现代主义的世界大背景下予以观照，可谓莫言研究的一个新路向。他指出，莫言小说对于西方现代派，诸如马尔克斯和福克纳的小说，有一个模仿、借鉴、融合与创新的渐进过程。由此，莫言首先确立了自己的文学王国，一个可以寄托他的主要文学理想和疆域的地方，一如福克纳的“约克纳帕塔法县”和马尔克斯的“马孔多小镇”。莫言创造了自己文学世界的时空载

---

① 刘广远：《莫言小说的怪诞现实主义》，《辽宁工学院学报》2007 年第 2 期。

② [日]吉田富夫：《莫言神髓》，上海文艺出版社 2015 年版，第 44 页。

③ 参见张柠：《文学与民间性——莫言小说里的中国经验》，《南方文坛》2001 年第 6 期。

④ 参见周锡山：《莫言获诺贝尔奖获奖词商榷——神秘现实主义和神秘浪漫主义，还是魔幻现实主义？》，孙宜学主编：《从泰戈尔到莫言：百年东方与西方》，上海三联书店 2015 年版，第 146 页。

⑤ 参见[法]勒克莱齐奥：《文学与全球化》，施雪莹译，许钧校，《小说评论》2016 年第 1 期。

体——“高密东北乡”。其次，莫言广泛借鉴和吸收了诸多西方现代主义流派，尤其在审丑方面有着更为深入的发挥和发展。莫言小说审美对于传统文学美学观念包括鲁迅美学观念都是一种突破，鲁迅先生认为的那些不能写入作品的意象和形象，在莫言那里都不是禁区和问题，而真正的问题是如何去写，如何去创作新的美学范式。于是，审丑就成了莫言文学选择的一个突破口。张学军意识到莫言小说在充分借鉴西方现代主义的同时，也对之不无警惕，他通过强化自己作品的民族审美特质来超越前者。“莫言小说中对人的孤独痛苦的表现，并不等同于西方现代主义文学，而是有着本质的差异。西方现代主义文学中的痛苦，是伴随着资本主义社会的政治、经济、文化的危机而来的，他们往往把个人的迷茫和痛苦夸大到现代世界的危机和全人类的苦难，他们表现的是整个世界的荒谬性和全人类的悲剧性，是对整个人类的绝望。”而“他牢牢地立足于中国现实的生活土壤，给予更多关注的仍是外部环境对人的压抑，是中国北方农民的生存状态。他揭示的是荒谬的岁月、贫困的生活、旧的道德价值观念对人性的扭曲，批判的锋芒指向的是封建主义的残余，是对人的尊严和个性精神的呼唤”。① 在《中国当代小说中的现代主义》一书中，张学军按照章节顺序，从心理分析、存在与选择、意识流、荒诞意识、象征与寓言、审丑观念、叙事策略、形式试验和生存困境等九个方面，较为系统全面地考察了现代主义在中国的创作实践，其中便涉及莫言的创作特点。② 书中，张学军对莫言的小说《欢乐》的评价一改批评界的观点，认为它是对中国意识流艺术的一次具有“本体意味”的创作。③ 作为一位严谨的学者，张学军对莫言文学作品所做出的研究和评价是中肯的。但在中国新文学中最富创新意识的现代主义走过了近百年历程后，或许因论题的限制，张学军的论著并没有从莫言与现代主义中国化的关系角度去观察莫言小说。游友基在比较莫言小说和残雪小说的艺术特征时，认为前者是“新感觉主义”，后者是“超现实主义”，他们共同具有“现代主义特征”。④ 这是颇为敏锐而精到的观点。兰传斌从莫言乡土文学作品的现代性角度，探讨了其现代主义和乡土文学嫁接的可能性，认为莫言创造了“现代主义化的乡土中国景观”，为中国现代主义文学开阔了新的天地。⑤ 张炯在总结和评价莫言的文学成就时认为：“莫言对西方现代派文学的吸收借鉴是富有创造性的，他坚持用‘讲故事’的方式去书写现实。在现代派文学离读者越来越远的时候，莫言经过多年的艺术探索，选择了‘向民间的大踏步撤退’，他讲的故事不是简单的说书人式的故事，而是一种融合东西方文

---

① 张学军：《莫言小说与西方现代主义文学》，《齐鲁学刊》1992 年第 4 期。
② 参见张学军：《中国当代小说中的现代主义》，山东大学出版社 2005 年版，第 13 页。
③ 参见张学军：《中国当代小说中的现代主义》，山东大学出版社 2005 年版，第 71 页。
④ 参见游友基：《莫言、残雪小说的现代主义特征》，《漳州师范学院学报》（哲学社会科学版）2000 年第 1 期。
⑤ 参见兰传斌：《莫言乡土文学作品的现代性》，《临沂师范学院学报》2005 年第 5 期。

学技巧的中国新故事。”[①]陈晓明则把“莫言的崛起”看作莫言在现代派、拉美魔幻现实主义与本土性三者之间本没有多少联系的情况下，通过自己的道路而将其联系在了一起，其“在地性”与“越界”(异地性)的结合，促成了专属莫言的“异本土”“异托邦”文学世界的实现。[②] 他用很多新潮的概念表达了莫言创作的独创性和特异性。

上述观点在一定程度上把握了莫言创作的现代主义特色，只是文字比较简约，没有触及其何以具有现代派色彩。对此，尚需展开更加深入的文本分析和美学研究。

从莫言小说所具有的象征、寓言与神话因素来讨论其所蕴含的原型与新创之间的关系，也是将之放在现代主义视域加以审视的一种学术探索。按照加拿大神话—原型批评家弗莱的观点，人类最初的文学样式包含着后世的基因或原型，到了当代文学又重新回归原初的神话、寓言形式。李洁非就把莫言小说作为新的寓言写作的代表，认为其“现代小说的清醒，正表现在它的寓言特征上”，莫言的小说始终在写“主体悟性”。[③] 寓言的世界和感觉、悟性的世界差不多，都是靠着使外在的事物变形、夸张来实现叙述的。因此，莫言的小说往往把复杂的人性和事物化繁为简，表层叙述的繁复实际上可以简化为儿童般的明净和单纯。当然，把寓言向小说那般转写，就可实现化简为繁的效果，如《丰乳肥臀》当为生殖崇拜寓言的繁复化写作。另外，海外学者杨小滨也较早把莫言的《酒国》作为当代的寓言来考察，所论精辟而切中肯綮。[④] 张学军对莫言的几部作品，如《透明的红萝卜》《红高粱家族》《丰乳肥臀》等，也从象征的角度进行了评析，认为“莫言是一个喜欢并善于运用象征的作家”。[⑤] 在此基础上，他从创作流派和创作原则角度认为莫言的创作与西方现代派有很多的相通之处。李迎丰在比较福克纳和莫言的“故乡神话”时，其实也涉及了“寓言写作”这个问题。作为一个象征，莫言的“高密东北乡”是一个体现了中国现代性艰难程度的文学世界。[⑥] 除此之外，莫言的“高密东北乡”文学世界还体现了包括人生在世即人性本身的复杂性等诸多方面，而不仅仅是关乎中国现代性艰难程度的寓言。在此方面，莫言可谓继承了鲁迅的传统，从而成为中国新时期最早直面人生生存及其悖论——死亡——的先锋作家。

另外，考察莫言创作所受的后期印象派绘画之影响，也是一个与本书论题有关的研究角度。有学者提出，莫言受到后期印象派画家的影响，特别是凡·高作品的影响。林坚较早地提出了这个话题，并且从后期印象派绘画给予莫言小说叙述的自由联想和

---

① 张炯：《莫言的文学道路与中国文学经验》，张志忠、贺立华主编：《莫言：全球视野与本土经验》，山东大学出版社2014年版，代序言。

② 参见陈晓明：《“在地性”与“越界”——莫言小说创作的特质和意义》，张志忠、贺立华主编：《莫言：全球视野与本土经验》，山东大学出版社2014年版，第91～111页。

③ 参见李洁非：《回到寓言——论莫言及其近作》，《当代作家评论》1993年第2期。

④ 参见杨小滨：《历史与修辞》，敦煌文艺出版社1999年版，第98～113页。

⑤ 参见张学军：《中国当代小说中的现代主义》，山东大学出版社2014年版，第105页。

⑥ 参见李迎丰：《福克纳与莫言：故乡神话的构建与阐释》，《解放军外国语学院学报》2002年第1期。

色彩感觉，以及通过色调而体现作品的感情色彩的影响等方面，进行了初步探讨。[①]吴非谈到了莫言小说的“感觉语言”和“色彩语言”与欧洲后印象派画家之间有一种跨越媒介的默契。[②] 前文提及的李洁非亦有此类说辞，他在20世纪80年代中期的一篇评论中认为，莫言与凡·高绘画有相通的精神，莫言小说语言中的那些色彩的视觉刺激与后期印象派绘画有异曲同工之妙。更进一步，从叙述者与人物关系模糊的角度分析，莫言20世纪80年代的小说以强烈的感官感觉代替了精雕细刻的现实主义风格。[③] 他认为《怀抱鲜花的女人》有一种马奈《奥林匹亚》和高更《游魂》的情境，平静与冷漠、清醒与神秘，这个“怀抱鲜花的女人”幽灵般地追随着回家探亲、结婚的军人。[④]这种分析视野开阔，见解独到，在当代批评界较早把握了莫言小说的特点，虽然篇幅较短，没有深入展开，但窥一斑而知全豹，写得很有力道。其实，莫言自己也有过类似的表述，谈及自己受到凡·高等后期印象派画家的影响。[⑤] 从这个角度进行探索，不但能够开拓莫言研究的学术视野和广度，而且对于进一步理解和阐释莫言小说的特色，也有一定的助益。

（三）莫言小说与传统关系及其新质研究

批评界较早就关注到莫言小说与传统的关系。这是一个极为重要也很复杂的领域，我们所要关注的是这种传统之于莫言文学创作的创造机制以及促进其小说现代技法等方面的作用。如谭好哲先生分析了莫言小说的“祖宗崇拜”特点，但也指出了其小说的文化意向的偏颇。[⑥] 张清华认为，中国式的“酒神崇拜”、自然文化因素、传统浪漫主义精神、感觉的变形与夸张、浓郁的神秘主义，以及文体结构中的传统审美、追忆式视角、感觉变形、融合主客、神秘氛围的营造等，充溢于《红高粱家族》等小说当中。[⑦]虽然其描述比较粗疏，且不太准确，如将莫言小说同传统浪漫主义精神挂钩，但他所关注到的莫言小说与传统的关系，则是20世纪80年代以来莫言研究深化的一个标志。江南则从感觉的丰富与语言表达的关系角度，探讨了《透明的红萝卜》《红高粱家族》《红蝗》《爆炸》《欢乐》等小说超常的、陌生化的语言使用特点。[⑧] “超常”一词透露出当时的研究者已经初步发现了莫言小说语言的非写实性特征，但他们又局限在比喻、比拟等修辞方面去谈论，因而未能真正揭示莫言20世纪80年代小说语言的特质。在某

---

① 参见林坚：《色彩的魅力：莫言与后期印象画派》，《盐城师专学报》（社会科学版）1988年第2期。

② 参见吴非：《莫言小说与印象派之后的色彩美学》，《小说评论》1994年第5期。

③ 参见李洁非：《莫言的意义》，载《漂泊者手记》，人民文学出版社2000年版，第21～28页。

④ 参见李洁非：《回到寓言——论莫言及其近作》，《当代作家评论》1993年第2期。

⑤ 参见杨庆祥：《先锋·民间·底层——莫言访谈录》，《南方文坛》2007年第2期。

⑥ 参见谭好哲：《“祖宗崇拜”与莫言文化选择的偏执》，《文学批评家》1989年第1期。

⑦ 参见张清华：《选择与回归——论莫言小说的传统艺术精神》，《山东师大学报》（社会科学版）1991年第2期；张清华：《莫言文体多重结构中传统美学因素的再审视》，《当代作家评论》1993年第6期。

⑧ 参见江南：《论莫言小说语言的超常使用》，《徐州师范学院学报》（哲学社会科学版）1991年第4期。

些学者看来，莫言与传统的关系体现了一种“先锋民间”意识和姿态。有学者就称莫言的创作是“扎根于民间的先锋写作”，是“对西方现代主义文学的民间化改造”，是一种“走入先锋—回归民间—先锋民间的‘二元交合’”。[①] 这个“先锋民间”说不无新意，只是该文对此尚缺乏扎实有效的论证。还有的批评家认为，莫言超越了一般的“乡土文学”，而达到了普遍人性存在的高度。其原因在于，他写出了生息在乡村的人们有一种不同于“寻根派”对于传统文化的片面追逐，而对物质和肉体本身及其狂欢化、戏谑化的描写，恰是其具有普遍性的主题。[②] 这些观点和认识，与那种仅把莫言看作肉体或物质写作，或者把莫言文学看成乡土文学的看法相比，显出了对于研究对象理解的恰切度，也更符合莫言创作的实际。

从莫言创作的寓言性角度进行探讨也别有新意。方汉文等学者认为，莫言的创作实际上是一种带有齐鲁神话色彩的第三世界寓言，在其“小说叙事中，齐鲁大地深厚的神话传说，《聊斋志异》的叙事模式，使他具有独特的民族想象力空间与挥洒自如的历史叙事话语，当然，也必然成为他再建个性话语的依据”[③]。

马瑞芳教授从文本间性(互文性)的角度看待莫言学习和借鉴《聊斋志异》，并做出了很多具体的阐述。莫言作品里那些匪夷所思的夸张和奇特的想象往往来源于中国古老的传说，受到了山东半岛齐文化的滋养，如《奇遇》中关于夜间步行返家探亲的军人，遇到死去几天的赵三大爷，且与之交谈的鬼故事。我们在《聊斋志异》中会看到诸多类似文本，如《尸变》《咬鬼》《成仙》《王六郎》等，这是山东齐文化不同于鲁文化，而专讲那种“怪力乱神”的文化精神对于莫言的影响。又如，他的很多小说中关于鸟仙、人与鸟的故事源于胶东文化中以鸟为图腾的东夷文化，以及受到了齐地道家文化的影响。再如，《生死疲劳》中的六道轮回和冤魂叙述源自中国化的佛教故事，同时与齐文化在封建社会晚期的文化代表《聊斋志异》中的有关篇什直接相关。《生死疲劳》中“将我扔到沸腾的油锅里”，“鬼族还用叉子把我叉起来，一步步走上通往大殿的台阶”；西门闹被鬼族“一刷子紧接着一刷子，将驴血涂遍了我的全身”；西门闹从高台上跑下来；“我睁开眼睛，看到自己浑身沾着黏液，躲在一头母驴的腚后”等情节，都可以在《续黄粱》中看到类似的描写：“鬼以左手抓发，右手握踝，抛置鼎中。觉决然一身，随油波而上下。皮肉焦灼，痛彻于心”，“约食时，鬼方以巨叉取僧出，复伏堂下”。曾宰相转世为女人前，“鬼使数辈，更以钩灌其口：流颐则皮肤臭裂，入喉则脏腑腾沸”。曾宰相从火轮上坠下来，“开眸自顾，身已婴儿，而又女也”。另外，蒲松龄的《三生》写刘孝廉投胎三世，即为马、为狗、为蛇、为人，且某举人与判官兴于唐的恩怨纠葛直至三世才和好，

---

① 参见江磊：《扎根于民间的先锋写作——浅谈莫言对西方现代主义文学的民间化改造》，《武汉科技学院学报》2008 年第 2 期。

② 参见张闳：《莫言小说的基本主题与文体特征》，《当代作家评论》1999 年第 5 期。

③ 方汉文、徐文、邹婷：《世界文学视域中的莫言本土文化寓言》，《池州学院学报》2013 年第 1 期。

与莫言《生死疲劳》中的西门闹经过“六道轮回”才重返人的世界相近(西门闹为驴、牛、猪、狗、猴、大头儿蓝千岁,一步步接近人。由于一种积压在内心的愤怒未了,一直在轮回。每一次轮回中,其被屈辱枪杀的仇恨记忆就会淡化一些,直至这种仇恨消失,重新转世为人)。马瑞芳把《聊斋志异》与莫言的小说进行比对,发现后者有些篇章或情节与前者有着或显或隐的关联,如《檀香刑》用眉娘和她的“三爹”——亲爹孙丙、公爹赵甲、干爹钱丁——结撰故事,次要人物赵小甲有特异功能,从中能够看出人物的原型:妻子眉娘是白蟒,父亲赵甲是黑豹,干爹县令钱丁是白虎。这些描写与《聊斋志异》之《梦狼》何其相似:白翁梦中看到儿子在官衙里站着、坐着都是狼;在金甲使者面前,白翁做县令的长子变成猛虎。蒲松龄据此发出“官虎吏狼比比也”的喟叹。莫言的《生死疲劳》则把《三国演义》的章回体形式与《聊斋志异》的魔幻理念融为一体。《聊斋志异》之《席方平》是鬼故事,讲席方平父亲在阴司受豪强陷害被拷打,席方平愤赴阴司替父申冤,经城隍、郡司、阎王殿一级一级告上去,但各级官吏都受贿,对席方平用尽酷刑。最后二郎神判案,将阎王殿大小受贿官员绳之以法。而《生死疲劳》中的地主也有类似遭遇。[①] 莫言自己讲,《生死疲劳》的这个故事框架是从《席方平》那里学来的。

蒲松龄和莫言作品都受到佛教“六道轮回”观念的影响,或者说莫言受到蒲松龄作品中佛教、阴间故事的启发,创作出自己的代表作《生死疲劳》等。

(四)美学分析

1. 审丑说

较早从美学即审丑角度对莫言小说进行评论和研究的是批评家丁帆。针对许多主流批评家对莫言小说《红蝗》的尖锐批评乃至全盘否定,丁帆从文学创作的审丑层次深入分析了这篇小说。他深刻指出了《红蝗》反传统美学的叛逆姿态,小说歌颂红色蝗虫、香蕉般的大便、动物尸体和人类性分泌液,“作者对描写对象的选择是颇有用心的,什么丑我就写什么,几乎是作者故意的夸张”[②]。原先那些丑的、恶的、无良的,像鲁迅先生断然拒斥的物事,在《红蝗》中都变得可爱可亲、美丽动人。这种反其道而行之的颠覆式写作,被丁帆认为是一种“亵渎的神话”。它力图打破既有的各种关于美和善的习俗、说教与规范,以还原或重建一个消弭善恶、泯灭妍媸的境界,至少是在小说艺术的王国里。但过于弗洛伊德化,这部小说给读者带来了愕然。丁帆并不认同此前批评家[③]的观点,而是认为莫言以一种美与丑的高反差的刺激作为媒介来转换审美感觉,《红蝗》打破了传统的审美定势,带来的是传统审美经验的失灵和传统审美意识的惶惑。[④] 丑占据文学的舞台中央,这是一种属于近代的美学观念。莫言的《红蝗》只不过

① 参见马瑞芳:《马瑞芳教授谈莫言:他的成功在于向经典致敬》,《蒲松龄研究》2013 年第 3 期。

② 丁帆:《亵渎的神话:〈红蝗〉的意义》,《文学译社》1989 年第 1 期。

③ 参见贺绍俊、潘凯雄:《毫无节制的〈红蝗〉》,《文艺报》1988 年 3 月 26 日。

④ 参见丁帆:《亵渎的神话:〈红蝗〉的意义》,《文学评论》1989 年第 1 期。

是一个显著的文学代表而已。20 世纪 80 年代末,丁帆的分析从美丑转换和高反差的叙述功能角度切入,在某种程度上超越了那些否定莫言及其《红蝗》的声音。另外,颜纯钧认为,莫言在艺术上"以丑为美,使美变丑的独特趣味,在表现出一种人格样式的同时使小说处处显示出狞厉的美。……莫言的小说已经在当代文坛上显示独特的价值。那不仅仅是某些艺术手法的模仿和探索。更重要的是,他为中国的读者提供了一种新的审美经验"①。张学军认同这样的观点,"如果不是以传统的审美趣味为价值尺度来衡量莫言小说的话,那么可以肯定地说,莫言对丑恶的描写是有一定价值的"。它"使人们能够正视现实中的丑恶和阴暗","表明了人类自身认识的深化","有着以回归自然来排拒都市文明的倾向"。② 在其专著中,张学军认为,"当代文学中的审丑意识最早出现在莫言的小说中",并从"亵渎文明""人性批判"等角度对莫言等先锋小说家进行了分析研究。另外,张学军还在《怪才莫言》第五章"融合与超越"中集中论及了莫言小说所谓"审丑阴影下的亮色"。他从两个方面探讨了莫言小说的审丑性:一是审美观念的转移或审美领域的开拓,即"正视和反映了人与人之间的孤独、阴暗、痛苦和冷漠",并认为莫言对丑的描写有一种回归自然来排拒城市文明的倾向;二是审美(审丑)的表达形式的创新,莫言通过借鉴和融合诸如感觉主义、意识流、黑色幽默、表现主义、荒诞派、魔幻现实主义等西方现代主义手法,创造了具有独创性的文学世界。

涉及莫言小说审丑意识或审丑特征的评论与研究,还有诸多批评家和学者。比如,杨联芬基本上否定莫言的写丑与审丑,她提出的解决方案是以"真诚的现实主义精神之理性"来补救莫言"写丑的失控"。③ 王干则认为,当时莫言的小说是"反文化的失败"④。颜纯钧认为,莫言的创作是一种对于幽闭、骚乱人生与人性的艺术表达。莫言童年时代在一种幽闭、恶毒、敌视、骚乱的环境中成长,从而养成了他对于人的生存、人性的独特的悲观主义看法。"在莫言看来,活着就是受罪,就是没完没了的苦煎苦熬。"这是一种苍凉、痛苦的人性、人生感悟和体验。正如莫言自己在《爆炸》中所言:"悲剧是世界的基本形式。"⑤在对莫言小说人性丑恶的观察和评价方面,颜纯钧与贺立华、杨守森是基本一致的。但前者看到的更多是一种叔本华意义上的悲观主义,是莫言的以丑为美的狞厉之美,不同于杨守森从莫言早期作品中所看到的压抑、丑陋、残忍之外而进一步探察出的带有尼采乐观主义色彩的人性观和文学观。王金城认为,莫言是 20 世纪 80 年代新潮文学中极具个性的作家,但在 20 世纪 90 年代他的小说创作却呈现出从审美到审丑的美学走向,且其丑多为非审美意义上的丑,其文本丑的多种反常

---

① 参见颜纯钧:《幽闭而骚乱的心灵:论作为一种文学现象的莫言小说》,《当代作家评论》1988 年第 3 期。

② 参见张学军:《莫言小说与西方现代主义文学》,《齐鲁学刊》1992 年第 4 期。

③ 参见杨联芬:《莫言小说的价值与缺陷》,《北京师范大学学报》(社会科学版)1990 年第 1 期。

④ 参见王干:《反文化的失败——莫言近期小说批判》,《读书》1988 年第 10 期。

⑤ 参见颜纯钧:《幽闭而骚乱的心灵:论作为一种文学现象的莫言小说》,《当代作家评论》1988 年第 3 期。

形态是对业已形成的东方传统审美心理和审美经验的一种无情打磨，造成这种样态的主要原因是莫言主体的文化缺席和审丑的心理失控。[①] 王金城的这一论断带有全盘否定的意味，其实并不完全适合其所论之对象。莫言小说的审丑，其实包含多重复杂的意蕴，更多体现了作家对社会、历史、人性和文化所进行的真实性、复杂性、立体性、全息性的审美/审丑观照。夏志厚认为莫言这么做，“只能是以一种褊狭的追求去反对另一种褊狭的禁忌”[②]，这一看法倒是比较中肯。

在如何看待莫言小说审丑的问题上，批评家们有着尖锐对立的意见。从美学及审丑角度去观照莫言小说，自然是可行的，但要真正进入其文本所创设的情景并做出较为恰切的评判，却是一件十分困难的事情。这不但需要批评家在文学观上转型，而且需要其美学观的嬗变；否则就是缘木求鱼，南辕北辙，于事无补。笔者曾经从美学史及审丑（丑学）的角度和小说叙述创新的角度，多维地看待莫言小说，并在一篇论文中引用过《红蝗》中一段充满了悖论性质的话语：“总有一天，我要编导一部真正的戏剧，在这部戏剧里，梦幻与现实、科学与童话、上帝与魔鬼、爱情与卖淫、高贵与卑贱、美女与大便、过去与现在、金奖牌与避孕套——互相掺和、紧密团结、环环相连，构成一个完整的世界。”[③]这不是一种荒诞，而是一种反讽。反讽是破坏的过程本身，毕竟对世界还抱有一线希望；而荒诞则将一切都解构掉，世界进入了一个虚无的状态。显然，莫言的小说处于反讽这一感性学（美学）范畴之中。[④]

（五）叙述的先锋性

有关“叙述的先锋性”方面的研究成果在 20 世纪八九十年代还很少看到，但也有评论家和学者注意到莫言小说刻意追求的那种摇曳生姿的叙述姿态和叙述成效，并对莫言小说意象营构进行了观察。批评家们注意到莫言小说喜欢用意象，并对意象做多层次、多视角的描摹和渲染。香港学者周英雄特别谈到了《红高粱家族》中的“红高粱”和“狗”这两个卑微而有着关键作用的意象。在周英雄看来，莫言的“红高粱”是图腾、祖先，甚至连“我奶奶”的死去也象征着高粱的死去。[⑤] 贺立华在论莫言生平与创作的长文中，也提到了莫言小说的叙述特点，认为《红高粱》有三种层次视角——“我”的视角（现在）、文学的视角（过去）、“父亲”的回忆（过去的过去），这种叙述方式打破了传统

---

① 参见王金城：《从审美到审丑：莫言小说的美学走向》，《北方论丛》2000 年第 1 期。

② 夏志厚：《红色的变异——从〈透明的红萝卜〉〈红高粱〉到〈红蝗〉》，《上海文论》1988 年第 1 期。

③ 莫言：《红蝗》，《收获》1987 年第 3 期。

④ 参见王洪岳：《西方现代审丑思潮与中国先锋小说丑学观念》，《郑州大学学报》（哲学社会科学版）2003 年第 2 期。

⑤ 参见周英雄：《〈红高粱家族〉演义》，《当代作家译论》1989 年第 4 期。

的时空观念。[①] 张志忠认为莫言取法广泛,并不能仅用“怪味”“怪才”来概括他。[②] 毛克强等谈到了莫言小说的叙事视角和非常态叙述,以及主观切入历史的叙述姿态。[③] 王光东专门论及《红高粱家族》的叙述特色,认为小说是叙述者或作者莫言处在一种传统和现代之间的“民间叙述”,它藏污纳垢,但多元复义。[④] 这些看法和观点都是对莫言小说文本叙述实验性的发现与阐释。

(六)风格研究与定位

1.空灵说

莫言最早时期的作品,如《春夜雨霏霏》《放鸭》《白鸥前导在春船》《岛上的风》《民间音乐》等,体现了一种对人情美和人性美的文学追求,带有某种空灵的意蕴,因此像《民间音乐》受到了具有同样风格的老作家孙犁的好评。朱向前认为,莫言小说具有空灵飘逸的朦胧之美和蓬松潇洒的意境。[⑤] 李陀也有类似观点,他充分肯定了《透明的红萝卜》,认为它是“处在似与不似之间”,具有朦胧虚幻之美,是恢复古代小说的现实与虚幻相结合的传统的一个很有成效的努力。[⑥] 小说中的“黑孩”不但是评论家们乐于评说的独特形象,而且让作家自己找到了创作的原型般的源泉。莫言谈道:“黑孩是一个精灵,他与我一起成长,并伴随着我走遍天下,他是我的保护神。”[⑦]然而,自《红高粱家族》发表之后,这种空灵说的断语就流于表面了。

2.梦幻说

较早意识到莫言小说创作蕴含着深厚而独特的梦幻色彩还是国内较早对莫言做出较为系统研究和评价的两位学者、批评家——贺立华和杨守森。他们在给莫言的长篇小说《食草家族》作序时指出,在这部作品中,“作者以梦幻与现实、科学与童话、过去与现在、呈现与剖析等错综交织的艺术视角,通过感性文明与理性文明、乡村文明与城市文明、原始文明与现代文明的尖锐对立,深刻地揭示了人生宿命般的悲剧困境”[⑧]。两位论者从哲学的高度来剖析莫言充满感性和感觉的小说世界,认为《食草家族》以批判和怀疑的视角,试图粉碎已为人类语言符号以及有关的政治、道德、审美意识规范化和秩序化了的既定世界,使其还原为最初的混沌状态。这实际上是对人性本相的一种探索。这部小说表现出与西方现代派文学相近的悲观情调,同时充分借鉴了各种传统

---

① 参见贺立华:《红高粱歌者的履印》,《怪才莫言》,花山文艺出版社1992年版;杨守森、贺立华主编:《莫言研究三十年》(上),山东大学出版社2013年版,第15页。

② 参见张志忠:《莫言文体论》,《文学评论家》1987年第2期。

③ 参见毛克强、袁平:《当代小说叙述新探》,《当代文坛》1997年第5期。

④ 参见王光东:《民间的现代之子——重读莫言的〈红高粱家族〉》,《当代作家评论》2000年第1期。

⑤ 参见朱向前:《莫言小说的“写意”散论》,《当代作家评论》1986年第4期。

⑥ 参见李陀:《“妙在似与不似之间”——评中篇小说〈透明的红萝卜〉》,《文艺报》1985年7月6日。

⑦ 莫言:《小说的气味》,春风文艺出版社2003年版,第122页。

⑧ 杨守森、贺立华:《说梦:人生之谜的沉思〈食草家族〉序》,莫言:《食草家族》,花山文艺出版社1992年版。

和现代的艺术手法,如童话、传说、传统的意象营造、意识流、魔幻现实主义等。① 可以说,这些观点较早发掘了莫言小说独特的艺术魅力和特色。

(七)现代派文学对莫言的影响和比较研究

莫言在《两座灼热的高炉——加西亚·马尔克斯和福克纳》一文中,专门谈到自己受到了马尔克斯和福克纳的影响,尤其是前者的《百年孤独》和后者的《喧哗与骚动》的影响。马尔克斯教会他潇洒地叙述,从哲思的角度俯瞰这个纷纷扰扰的世界。马尔克斯作品的魔幻、梦想、夸张、荒诞等特点以及人物、情节、色彩和叙述,在莫言 20 世纪 80 年代中期及以后的小说中都有不同程度的表现。莫言称 20 世纪 80 年代接触马尔克斯《百年孤独》时,他只是翻看了几页就受到了极大的创作启发和冲击,于是便把书放到一边,开始了自己崭新的创作。幸运的是,他的创新热情被真正点燃起来。② 马尔克斯在 1982 年诺贝尔文学奖授奖仪式上的讲演题目为《拉丁美洲的孤寂》③,他论及的这种"孤寂"既是个人的,更是民族的,甚至是整个拉美世界的。莫言也有一文《饥饿与孤独是我创作的财富》④谈到他的创作契机与资源。他一再表达的"孤独"显然与马尔克斯的"孤寂"不尽相同,一如他们的创作之间存在着差异。莫言的"孤独"往往伴随着他作为个体的屈辱的饥饿与恐惧(当然这种饥饿、屈辱、恐惧不是莫言一个人的,而是当时整个国家几乎所有人的体验和感受)。张卫中较早论及福克纳与马尔克斯对莫言的艺术蜕变有着多重影响:一是在艺术观念方面的启迪,使莫言确立了独特的悲剧意识,张扬了主观表现意识,形成了强烈的乡土意识;二是这两位作家在艺术上以鲜明的反传统特点作为一种范例,为莫言大胆的艺术探索提供了一种心理依托。⑤ 朱世达从自然环境、祖先遗传、民间口头文学,以及颠倒时间顺序、依靠意识流动叙述、象征主义的启示等方面,论及莫言小说《你的行为使我们恐惧》等对上述手法尤其是现代主义艺术的借鉴。⑥ 这些较早被批评家们挖掘和分析的特点,昭示着莫言未来创作的超现实的磅礴力量。

有学者指出,莫言的想象和夸张不同于马尔克斯,"马尔克斯常在夸张现实时,运用印第安传说、东方神话以及《圣经》典故等加强作品神秘虚幻之气氛。如老布恩迪亚受仇人普罗登肖的冤魂纠缠,是取材于印第安传说中的冤魂自己不得安宁,也不让仇

---

① 参见杨守森、贺立华:《说梦:人生之谜的沉思——〈食草家族〉序》,莫言:《食草家族》,花山文艺出版社 1992 年版。

② 参见莫言:《两座灼热的高炉——加西亚·马尔克斯和福克纳》,《世界文学》1986 年第 3 期。

③ 参见[哥伦比亚]马尔克斯:《拉丁美洲的孤寂》,《外国文学动态》1983 年第 3 期。

④ 参见莫言:《饥饿和孤独是我创作的财富——在史坦福大学的演讲》,《恐惧与希望:演讲创作集》,海天出版社 2007 年版,第 44～49 页。

⑤ 参见张卫中:《论福克纳与马尔克斯对莫言的影响》,《徐州师范学院学报》(哲学社会科学版)1991 年第 1 期。

⑥ 参见朱世达:《福克纳与莫言》,《美国研究》1993 年第 4 期。

人安宁的说法；而俏姑娘乘床单升天的情节则是来源于《天方夜谭》；马孔多镇连续下了‘四年十一个月零两天’的大雨是《圣经·创世纪》中有关洪水浩劫故事的移植”[1]。“莫言似乎在试图打通现代小说与中国古典小说的通道，在现代小说中恢复中国古典小说的某些宝贵传统，如对‘意象’的营造，将写意与写实交融并举，追求一种空灵飘逸的朦胧之美和一种蓬松潇洒的哲学意境等。”[2]日本学者、翻译家藤井省三论及莫言小说，认为莫言是“魔幻现实主义地描写中国农村”，是加西亚·马尔克斯的中国翻版，他魔幻但真实地描写了中国乡村。[3]

英国学者的眼光往往落脚于莫言作品人物对自由和压制之间的较量。如加内斯·威克雷认为，莫言的人物“为了自由，为了主宰自己的命运，为了从繁重的体力劳动、既有关系网络、性压抑，以及传统道德习俗中解放出来”，其行动往往不是消极的、被动的。他还认为，“莫言实时地富于创造性地借鉴了魔幻现实主义”。更为深刻的是，威克雷看到了莫言小说中那种异化存在以及人物的种种精神的畸形表现。但是，他对莫言小说《爆炸》的解读还有些误差，如认为主人公即丈夫（“我”）坚持要妻子第二次怀孕打胎是“极力为了维护自己独立行动的权利，他要打破传统血缘和不幸婚姻的羁绊”云云[4]，这显然是对中国当代政治、生活生态的陌生所致。

美国学者托马斯·英奇在题为《莫言与福克纳》的论文中，比较了两位身处不同地区、不同时代的作家的创作特征以及莫言所受到的福克纳的影响，其中还特别提到了莫言的小说《枯河》与福克纳的《喧哗与骚动》的关系。除了叙述视角及某些情节受到福克纳的影响，《枯河》还用了意识流和超现实主义的手法。福克纳身居乡村却创造了“约克纳帕塔法县”这一文学王国，莫言运用的不是福克纳具体而微的主题或手法，而是他从福克纳那里所汲取的更为重要的艺术营养。英奇还从卑微的小人物的尊严和自尊的角度论证了莫言与福克纳之间的精神关联。[5] 这种视角是国内批评家和学者所缺少的。另外，英奇指出，“莫言或其叙述者只是把历史转化为神话、把事实转化为虚构，并邀请读者参与进这一通过悬置怀疑那些神奇和不可思议的事件的过程当中”[6]。这种小说虚构的能力是建立在莫言丰富的想象力以及他对事物、历史的变形

---

① 王国华、石挺：《莫言与马尔克斯》，《艺谭》1987 年第 3 期。

② 王冲、石挺：《融合与超越》，《外国文学研究》1987 年第 4 期。

③ 参见[日]藤井省三：《魔幻现实主义地描写中国农村》，莫言短篇小说集《来自中国乡村的报告》，胡以男译，日本 ICC 出版局 1991 年版；杨守森、贺立华主编：《莫言研究三十年》（上），山东大学出版社 2013 年版，第 260 页。

④ 参见[英]加内斯·威克雷：《英文版〈爆炸及其他的故事〉引论》，杨守森译，季广茂校，香港中文大学出版社 1991 年版。引文见杨守森、贺立华主编：《莫言研究三十年》（上），山东大学出版社 2013 年版，第 261～264 页。

⑤ 参见[美]托马斯·英奇：《莫言与福克纳》，王林铧译，杨守森、贺立华主编：《莫言研究三十年》（上），山东大学出版社 2013 年版，第 249～255 页。

⑥ M. Thomas Inge，“Mo Yan：Through Western Eyes”，*World Literature Today*，Vol. 74，No. 3，2000，p. 502.

能力之上的。

国内学者朱宾忠在博士论文基础上写成的《福克纳与莫言比较研究》一书，从比较文学的角度深入地探究了莫言与福克纳的关系，特别是福克纳对莫言的影响。通过对比，他肯定了莫言小说的想象力、诗化、结构、儿童和痴傻人第三人称限知叙述、语言上比喻的新奇有趣等方面，但认为其“想象常失控”，语言“堆砌臃肿”，以及第一人称、第二人称叙述导致在“对叙事角度多元化的追求上失之偏颇，不少时候破坏了叙事的可信度”。另外，他认为莫言小说的政治价值大于伦理价值，重视暴力和欲望原则而忽略了小说的伦理价值。[①] 对莫言进行这种美学的、伦理的批判，虽然不尽妥当（比如，朱宾忠基于莫言作品尤其“中期之后的作品只有悲剧感和喜剧感，他的作品从来没有过崇高感”[②]，而认为其审美价值不高。这种评价就缺乏美学史和文学史的视野，失之轻率），但是至少可以提醒作家莫言在未来的创作中应该加以节制和修正。

20 世纪 80 年代对莫言的研究和评论，大致追随着莫言同时期的创作，围绕着对其作品的得与失、成与败、审美与审丑、创新与泛滥等两极对立的阐释与评判而进行。虽然 20 世纪 80 年代莫言创作的影响力和艺术成就远不如 20 世纪 90 年代和 21 世纪，但是其作品已然开始变得日益庞杂且怪异，充满鬼气和自然力。在这样一座艺术大厦面前，评论家和研究者已经开始变得无从下手、无处把握，就像盲人摸象，几至众说纷纭，莫衷一是。这一点也昭示着莫言研究将进入更加驳杂、更加丰赡、更加具有创造力和判断力的阶段。

将这种比较研究推而广之，便是对莫言借鉴西方某种创作思潮、流派或方法的研究。在莫言创作的“爆炸期”(1985～1987)，他广泛吸纳了世界上先进的或先锋的文学思想，尝试着各种各样的艺术手法。其中，除了人们已经谈论很多的对拉美魔幻现实主义的借鉴，还有一个重要的方面，即他对意识流或弗洛伊德精神分析方法的借鉴。批评家季红真认为，莫言的早期小说将弗洛伊德理论用于其中，尤其是写乡村那些悲惨、屈辱遭遇的少年时，往往把性的觉醒、压抑与人物外部的行为、语言结合起来，在淡化性心理、性行为的同时，也给人物和情节涂上了一层别致的色彩。这在无形中改变了弗洛伊德理论的偏颇处，同时给自己的作品打上了民族审美心理的特色。季红真的这种认识还是很有见地的，但她把莫言此时期的创作归结为浪漫主义[③]，则不妥当。

综观整个 20 世纪 80 年代学界和批评界对莫言创作的研究和批评，可以发现批评家和学者所关注的莫言文学往往在于其开放的视野、广泛的吸纳。不管其南腔北调、欧风美雨、神仙魔幻、天马行空，只要是对创作有所助益，莫言就吸收、学习、借鉴，批评

① 参见朱宾忠：《跨越时空的对话——福克纳与莫言比较研究》，武汉大学出版社 2006 年版，第 240～248 页。

② 参见朱宾忠：《跨越时空的对话——福克纳与莫言比较研究》，武汉大学出版社 2006 年版，第 248 页。

③ 参见季红真：《现代人的民族民间神话——莫言散论之二》，《当代作家评论》1988 年第 1 期。

界和研究者就尽量做出符合其创作本原的评论来。至于莫言的现代主义色彩或风格方面的研究和评论,当时还是一种比较微弱的声音和观点。但是,随着《透明的红萝卜》《红高粱家族》《枯河》《爆炸》《金发婴儿》《大风》《红蝗》《欢乐》,尤其是长篇小说《十三步》《酒国》等作品在20世纪80年代中后期和90年代初期的问世,莫言创作的现代主义色彩愈加浓郁,而从这一创作思潮和美学原则出发的研究成果,理应愈来愈占据一定的位置。本书的写作正是朝着这个目标努力的。

三、世纪之交:莫言研究的深入与得失

30余年来,莫言研究取得了丰硕的成果,随着莫言获得茅盾文学奖尤其是获得诺贝尔文学奖之后,这种研究可谓方兴未艾。但是这当中也出现了许多有意无意的误读,仅就莫言之于西方文学的关系而言,目前众说纷纭,其中就有许多讹误。

早在20世纪80年代,有学者就把莫言在80年代中期及之前的创作概括为"浪漫主义"。比如李万钧认为,莫言的《透明的红萝卜》表现了作家独特的浪漫主义艺术个性[①],这是一种艺术评价尺度上的误读。而批评家黄国柱则认为,莫言的创作为我们创造了一种冷峻的现实主义的风韵。[②] 如果就某一作品而言,莫言的创作或许有着某种浪漫主义或现实主义因素,但是不能因此就断定他的创作属于浪漫主义或现实主义。

20世纪80年代的学者在研究和把握莫言创作特征时,有的还未能从世界文学思潮的全球化演变角度去观照,因而做出的某些结论就可能与真实的莫言创作发生抵牾。莫言研究领域的第一部专著,即张志忠的《莫言论》,曾遭到张军锋的批评。张军锋认为,该著从莫言创作的感觉系统和生命意识层面总结了其艺术生命的独特形式,并从生命感觉和农民文化两个视角提出了理解莫言的两个基点。但正如其作序者徐怀中先生所含蓄指出的,这样认为莫言及其作品也许不会被所有人认同。或许出版较早,这部著作出版时莫言最具现代主义风格的作品,如《十三步》《酒国》《丰乳肥臀》等尚未发表,《莫言论》还没有从创作原则出发对莫言的创作进行论述和评价。对此,张军锋认为,不应该忽视这一点,即"莫言创作本质上是与现代主义相通的"。[③]

近年有学者撰文认为,"在创作思潮方面,福克纳代表了现代主义的文学成就,莫言则为后现代主义文学指明了发展方向"[④]。断定莫言为后现代主义指明了发展方

① 参见李万钧:《试论莫言小说的借鉴特色和独创性》,《当代文艺探索》1987年第6期。

② 参见黄国柱:《莫言对军事文学的激扬和催化》,《文艺报》1988年6月4日。

③ 参见张军锋:《纵向剖析与立体透视——谈理论专著〈怪才莫言〉与〈莫言论〉》,杨守森、贺立华主编:《莫言研究三十年》(上),第265~269页。

④ 胡铁生、夏文静:《福克纳对莫言的影响与莫言的自主创新》,《求是学刊》2014年第1期。

向，恐怕还显得过于草率，这既是对后现代主义的片面理解，也是对莫言文学成就与文学特色的片面理解。因为后现代主义关注语言的游戏和话语的狂欢，能指压倒了所指，文本的游戏性便是写作的目的；但莫言的创作绝不仅仅是一种语言能指的狂欢和文字的游戏，而是有着深切的生命关怀和人生关怀，是富有精神深度、广度和高度的别具一格的文学世界。

另外，2012 年关于莫言诺贝尔文学奖授奖词的中译文也存在问题。授奖词的中译文是这样写的："他将魔幻现实主义与民间故事、历史与当代社会融合在一起。"（The Nobel Prize in Literature 2012 was awarded to Mo Yan "who with hallucinatory realism merges folk tales, history and the contemporary."）最早的中译文是新华社的通讯稿，它把"hallucinatory realism"翻译为"魔幻现实主义"。王春林认为，把"hallucinatory realism"理解为"魔幻现实主义"是不妥当的。他抓住了 20 世纪 90 年代以来莫言的"去'魔幻现实主义'的自觉倾向"，分析了莫言的几部代表作与中国传统包括现代文学传统的关系。[①] 这一质疑是及时的，也为进一步准确理解莫言文学的特质提供了新的思路。"魔幻的"一词的英文是"magic"，而非"hallucinatory"，自然把这个授奖词翻译为"魔幻现实主义"就存在着不怎么对位的问题。较之拉美尤其是马尔克斯的文学创作，莫言的文学世界自有其艺术和思想的独创性，硬把他的文学解读为"魔幻现实主义"实在是低估了其独特的价值。稍后，中国文学批评界和读者倾向于将"hallucinatory realism"译为"幻想现实主义"。查阅维基百科可知，对"hallucinatory realism"有两个很重要的界定和解释——"manages to make imaginary universes feel concrete and believable"（设法使虚构的世界让人感到实在和可信）和"making reality and subjectivity indistinguishable"（使真实和主观性/主体性不易区分）。综上，笔者认为莫言的创作属于现代主义范畴，可考虑将诺贝尔文学奖的授奖词"hallucinatory realism"命名为"幻想现实主义"或"巫幻现实主义"。其基本理由容后阐述。

莫言在现代主义文学本土化、中国化方面起到了独特而中坚的作用，然而这方面的研究相对薄弱，还有很大的研究空间，需要加大研究力度，提高研究水平。一方面，莫言把中国传统文化和文学审美融合于其文本当中，创造了别具一格的新小说艺术，如《檀香刑》《生死疲劳》等小说从形式到意蕴对中国风格、中国气派的运用和表达；另一方面，他借鉴和融会西方包括拉美的现代主义，使之转变为真正属于自己民族的"中国现代主义"，如《酒国》既浪漫又巫幻的想象力，《蛙》的叙事技巧和结构布局，等等。

概言之，莫言强力推动和基本完成了从"西方现代主义在中国"到"现代主义中国化或本土化"艺术转型的使命。莫言独创了一种崭新而充满中国人幽默智慧的文学艺

① 参见王春林：《莫言小说创作与中国文学传统》，《山西大学学报》（哲学社会科学版）2013 年第 1 期。

术审美形式:幻想现实主义/巫幻现实主义。这是一种独特的现代主义,是中国式的现代主义的审美表达和实现形式。用"巫幻现实主义"来理解和界定"hallucinatory realism",概括莫言文学世界的创作原则或特质,乃是从其创作的实际出发,强调和尊重其感觉性、幻觉性或虚幻性,以及挖掘和阐释莫言文学与传统文化,尤其是齐文化、仙道、怪力乱神等民间文化的亲缘关系,从而彰显莫言文学的丰富性与独特价值。

第一章
莫言文学王国的诞生与壮大

莫言在中国文坛横空出世，时至当下再回顾就会发现其意义愈加明显。在到处满溢着人情美、人性美的莺歌燕舞般集体无意识的"歌德文学"氛围中，莫言及其一代先锋作家出现了。他们到处堆起熊熊燃烧的篝火，在文坛的边缘起舞狂欢。在这种时代文学的氛围中，莫言开始了创建自己文学世界的宏大愿景，最终建构起完全可以和世界上一流作家及其文学世界如卡夫卡及其布拉格、福克纳及其约克纳帕塔法县、肖洛霍夫及其顿河、马尔克斯及其马孔多镇等比肩的文学王国——"高密东北乡"。这个文学王国自有其独特之处，是莫言对现实、历史、巫幻和想象加以糅合的产物，当然首先是他的文学地理学的产物。

第一节　高密东北乡："洼地"上的文学高原

我们研究的出发点，在于莫言作品所显示和透露出来的审美、文化、心理等诸方面信息。由此，一个带有文学地理学意义上的坐标——莫言的文学王国"高密东北乡"——便被指认。在莫言不同的表述文本中，"高密东北乡"这个地理上的"洼地"却成为他的"文学高地"、他的文学王国。这个文学世界具有多层、多重、多维的意义。

第一，"高密东北乡"是一个地理学概念。在幼年时期的管谟业（莫言）心目中，高密东北乡就是他生活、玩耍、成长的家乡。他少年时代基本上连高密都没有走出去过，最远的一次出门是到青岛。但是他在后来的回忆中谈到那次出行，大概是在一个放置木料的场地里转迷了路，无缘见识青岛美丽丰富开放的真实面目。这个在中国地理版图上不起眼的高密东北乡，处于胶东半岛的腹地，高密、胶州、平度三县（市）交界处，却有着很重要的地理位置。贯穿此地的河流有胶河、墨水河、桑马河等，莫言家的老屋就在河崖镇（曾称"大栏乡"）的平安庄村，紧靠胶河南岸，附近有高平庄村、大石桥村等。这里地势低洼，有大片的草甸和湿地，每逢夏季常常洪水泛滥，因此有满坡的野高粱、疯长的水草、柳树，有成群的大雁、天鹅、野鸭等各类鸟儿，还有震耳欲聋的蛙鸣，“方圆数十里，一片大涝洼，荒草没膝，水汪子相连，棕兔子红狐狸，斑鸭子白鹭鸶，还有诸多不识名的动物充斥洼地”[①]。因地势低洼，土地盐碱化厉害，只能种植一些抗涝的庄稼，如高粱等。洪水来临时，这些植物生灵共同构成了高密东北乡的天然生趣图。莫言曾经讲过，小时候因为脚上长疮而不得不待在家里，他在炕上通过紧靠河沿的后窗户能够看到胶河水像马头般，浪花翻滚着，那种大水泛滥的场景多少年后依然历历在目。这个三县交界处，地广人稀，在乱世适合土匪出没。莫言的《红高粱家族》就写出了这种广袤的野生高粱和出没其中打家劫舍、杀人越货，也精忠报国、英勇牺牲的复杂的土匪群像。即使在当下，这里村落也较为稀少，依然显得有些辽阔和空旷。虽然那时候这里贫穷，但是多种多样的动植物还是给少年莫言以充沛的生命感觉。他与小草小花、小鸟小虫对话，和生产队的牛羊对话，和天上的白云对话，和流动的空气对话，听羊儿谈情说爱，看雌雄牛交配，观蝴蝶双飞，望大雁成排飞翔，等等，这种对自然的亲近，这种全身心地沉浸于大自然的细腻体验和感受，给了莫言以深切的灵与肉的刺激。可以说在当代中国作家中，除了阿来等，几乎没有一个作家能够像莫言那样对贫穷、落后、闭塞象征的草甸、河流、树林、庄稼地和动物有那么丰富的体验和感受。其中，鸟的形象多次出现在其小说、散文等作品中，甚至到2017年下半年发表的剧本《锦衣》，代表着飞翔、自由、空灵等精神的鸟意象/鸟形象依然集中出现。这种自然环境，不但是莫言成长的第一环境，而且造就了莫言文学世界丰富、鲜活、独特的意象、情感、想象、人物、故事等。如果把莫言的家乡与他后来居住的北京相比，就可看出莫言心灵深处对于纯净大自然的那种深切眷恋，也可看出他对虽不富裕但充满了自然生灵和纯净空气、水、阳光和蓝天白云的家乡的无限怀恋。如他写道：“上个世纪里那些文人笔下的北京的秋天里美好的天”，“那样的秋天是与蚂蚁般的车辆和高入云霄的摩天大厦为敌的，那样的秋天亲近寂寞和悠闲，那样的天被畸形的繁华和病态的喧嚣扼杀了”。[②]“美好”“悠闲”与“畸形”“病态”是对立的，现代化、城市化所导致的纷扰、繁华和喧嚣在莫言看来，价值并不高于乡村的寂寞和悠闲。关于这一点，本书“出走与回归：莫言的文学地理学”一节将做详细的阐释。

第二，“高密东北乡”是一个人文学概念。从宽泛的意义上看，高密处于山东半岛的腹地，贯通济南、淄博、潍坊和青岛等大中城市的交通要道胶济铁路横贯全境。其中，离高密不远的青岛作为山东开埠最早的城市，其经济、文化都对高密有着直接的辐射和影响。历史上发生在山东特别是胶东半岛的大事件无不深刻影响着高密。山东是齐文化和鲁文化的主要所在地，是儒家文化最重要的发源地，胶东半岛又是东夷文化、齐文化、道家文化、民间信仰文化、鬼神文化传播的核心或重要地区。东夷文化崇

① 莫言：《秋水》，《白狗秋千架》，上海文艺出版社2012年版，第186页。

② 莫言：《北京秋天下午的我》，《北京秋天下午的我：散文随笔集》，海天出版社2007年版，第120页。

尚鸟图腾。在大汶口文化和龙山文化中，大量陶鬶以燕子或其他鸟类为原型，东夷原始先民创造的这种陶器，在实用、祭祀和审美方面都有体现。陶鬶往往有三只肥大的空袋足，像女人下垂的饱满乳房，上部有弯柄、鸟喙变形后的仰流，有红、褐、灰、白等各色，这种极原始又极富情趣的器皿，在潍坊、胶州、诸城、即墨、济南、青岛乃至山东省、国家的博物馆都有收藏。离高密不远的胶州三里河遗址出土的东夷文化的代表性文物就是这种大量出土的陶鬶。另外还有神秘的玉璇玑和高柄黑陶。齐国建立伊始，显然继承了这种鸟崇拜文化，后世文化，包括高密在内的胶东半岛文化同样深受这种崇尚自由的鸟意象、鸟文化的影响，直到“文化大革命”爆发前，胶东半岛各地农村还有大量的鸟仙庙。乳房般的三足和鸟喙形象的仰流大量出现在东夷文化中，后来就积淀到以半岛为核心的齐文化当中，为山东齐鲁文化注入了基因般的文化和审美质素。有专家认为，陶鬶的“三足为造型之要，空为性灵之本”[①]，在实用、礼器和图腾方面为后世山东文化或齐鲁文化开辟了路径。仅仅局限于实用，就不会讲究空灵和美观，但像陶鬶这样的器皿/法器/礼器就有明显的空灵感与趣味性。空灵以及建立在其上的趣味充满了独特的海岱文化特色。如果把东夷文化与大致同时期的新石器时代仰韶文化进行比较，则会发现后者更加滞重、沉稳，而前者呈现出空灵感、神秘性，这与东夷文化以鸟作为图腾不无关系。鸟自由飞翔的姿态与人们对自己生存世界的认识和超越是联系在一起的。在海岱之间，在俗雅之间，在空灵自由与伦理道德之间，作为齐文化或齐鲁文化原型的东夷文化无疑具有得天独厚的优越性。现当代山东文化甚或中国/华夏文化，不仅仅有严整的以道德伦理为基础的鲁文化、儒家文化、德治文化，更有充满着审美想象力和自由精神的齐文化、道仙文化、民间文化。离高密不远的临淄曾经作为齐国的首都，其稷下学派充分体现了先秦百家争鸣的光荣传统，其流风所及，无不留下辉煌的精神光影和历史印记，深刻影响了山东乃至整个中国文化中的多元、自由精神及其走向。另外，先秦时期的齐国最早实行的一系列文化和社会政策，可以发现以齐文化等为代表的先秦文化具有很强的吸纳、融合和创生的机制。而高密处在潍河流域、齐鲁文化的中心地带，正可得风气之先，其历史上的文人墨士、侠客仙道、武人居士，灿若群星，举不胜举。和莫言一样成长于高密的杨守森认为“山东有条潍河流域文化带”，潍河流经八九个县级区域，它处于山东半岛中部，“数千年来，沿河流域，文风盛炽，英才辈出，早已形成了一条一直在放射着灿烂光辉的文化地带”。此地是东夷文化和中原文化激烈碰撞的地区，“东夷人身材魁伟，勤劳勇敢，性格豪爽，刚毅决绝，不屈不挠，又天性好仁，有君子之风”。[②] 潍河流域大致是南北走向，而齐鲁（山东）从大的地理方面讲，又是东西较长的，这样处于东西和南北两条文化带之核心的潍坊、淄博地区的文化正是多种文化杂糅的产物。杨守森认为东夷人（其后人多为今天的胶东人）

① 隋永琦、巩升起：《海陆一体化维度上的东夷文化》，文物出版社 2015 年版，第 77 页。
② 杨守森：《山东有条潍河流域文化带》，《齐鲁文史》2015 年第 3 期。

的性格具有两面性，即豪爽和好仁，也就是齐文化和鲁文化（儒家文化）碰撞交融结合之后的性格禀赋。正是这种性格包蕴张力，不断形塑和制约着包括高密在内的胶东人的性格特点。后世在潍河流域诞生或做一方之长的文人雅士屡见不鲜、层出不穷，以至有“两汉诸儒半齐人，五经博士多潍生”之说，这“与崇书尚学与开放性的襟怀相关，潍河流域，亦是外来佛教文化很早就浸染的地域”。①

可以想见，莫言有形无形地受到这些文化遗存的影响。莫言小说《枯河》等作品中的父亲性格和形象正是齐、鲁两种亚文化，在当代特殊社会形势下交融变异的艺术呈现。豪爽刚毅但又君子好仁，就难免会牺牲掉父子间的亲情、兄弟间的敬悌之情，当然这种牺牲和隐忍中还有敬畏甚至匍匐在等级制下的一面。就潍河流域而言，古代有南北朝时期刘勰自南京回归故里在潍河上游的莒县浮来山近四千年（至今已逾五千年）树龄银杏树下编订《文心雕龙》之举，近代有离高密不远的潍县知县郑板桥流播遐迩的风雅事迹，有淄川名士蒲松龄及其《聊斋志异》奇幻神秘故事的流传，当代有附近的人文荟萃之地诸城相州镇“王姓作家群”王统照、王希坚、王愿坚、王意坚（即现今台湾作家姜贵），以及后来成为反面人物的康生（原名张宗珂，此人系莫言小说《丰乳肥臀》中推行极左土改政策的领导人“张生”的原型）等。就莫言出生和成长的高密地区，历史上有“高密三贤”——春秋时期的政治家、军事家、外交家、齐国名相晏婴，汉代经学大师郑玄（郑康成），博学多才的清代大学士、书法家刘墉。清朝时“高密诗派”的“三李”（李怀民、李宪暠、李宪乔）是中国文学史上颇有影响的诗人，有震惊中外的抗德英雄孙文（莫言小说《檀香刑》主角孙丙的原型），还有抗日战争末期被日寇掠去日本北海道做劳工后逃出魔窟在深山老林里过了近14年野人生活的高密籍人士刘连仁，等等。此外，还有远近闻名的“高密四宝”——茂腔（猫腔）、扑灰年画、剪纸和泥塑：茂腔格调高亢悠长，往往放出悲声，能够表达这块土地上人民朴素而鲜明的感情和个性；高密剪纸往往有奇思怪想，不羁的想象力蕴含着冲出现实桎梏、向往精神自由的天性，举凡周围的动植物和日常生活场景，再加上奇特的幻想和想象，就形成了老鼠娶亲、蝈蝈出笼、鹿身花角、鬼狐拜堂、牧童骑牛等具有无穷无尽的形态、连环画般的情节和故事内容；高密泥塑，材料简单，当地的黑黄泥土加上一块能够发出鸣声的粗布，在民间艺人的手下就可成为造型简约而夸张、色彩黑白红绿鲜艳的可爱有趣的各式形象；扑灰年画则显得有些高雅又不失简朴明快，往往昭示着生命和生活的丰收与温馨。在日常交流中，胶东人包括高密人的民间日常语言往往表现出一种毫无禁忌的做派，善于和敢于调侃，无论对方来头多大，特别是民间口头禅式的骂人话，也显出迥异于其他地域的“直露的蛮性”。这种日常语言由于“常常夹杂着叫异乡人目瞪口呆、粗俗不堪的用语”，而显出一种“直露的蛮性”，同时“是一种不顾及任何形而上束缚的感性生命形态

① 杨守森：《山东有条潍河流域文化带》，《齐鲁文史》2015年第3期。

的实现”。[①] 莫言小说那种上天入地、天马行空般的语言无不与其故乡民间的这种日常口语的表达风格息息相关。

其他方面，如绘画、医学、工艺等领域亦是人才辈出。从清代直到民国时期，由于远离政治中心，天高皇帝远，各路失意者如在城市里生存不下去的人、诉讼失败者、寻求自由的人、流浪者、土匪、强盗等纷纷云集在广袤的高密东北乡大地上。这里既是近代齐鲁人民抗击侵略，与德国人、日本人进行殊死搏斗的热土，又是国共两党进行拉锯战，还乡团和八路军混战的地方。1938 年初，高密县长曹克明等在高密北部组建第六游击纵队，并在孙家口村的大石桥上击毙 39 名日军。后来逃跑了一个日本兵，日军为了报复，血洗了附近的公婆庙村，169 名无辜平民被杀害。[②] 这些历史故事给在高密东北乡生息的人们留下了深刻的记忆，当然更在少年莫言的记忆中留下了难以磨灭的惨痛印象。这些后来都转化为作家莫言创作的宝贵财富和源泉。

从时空维度看，高密位于山东半岛腹地，属于古齐国文化圈。虽然学术界有所谓“齐鲁文化”的统称，但从实际情况来看，齐文化和鲁文化是不一样的。鲁文化倡导孔子“不语怪力乱神”，“非知生，焉知死”，“敬鬼神而远之”等观念，强调儒家的道德（实用）理性和等级制；而齐文化所处的“齐地风尚，巫术迷信色彩浓厚，海神的传说盛行，且自太公立国后，又大行‘行礼祀名山大川及八神’而‘依于鬼神’之事。这与继承了夏、周的鲁文化不同，而更近于商人所崇之对象”[③]。齐地保留了更多李泽厚所说的“巫史传统”，而“高密民间有着独特的世俗文化，最为突出的便是泛神论色彩的动植物崇拜意识。在民间信仰中，刺猬、狐狸、黄鼠狼、蛇虫、蜘蛛、喜鹊、古树，等等，常被人们视为灵异之物，受到人们小心翼翼的敬奉与尊崇”[④]。实际上这是一种泛神论或万物有灵论，这种信仰在中国的盘古神话中有大量遗存，盘古死去，身体器官变成天地间的自然万物。高密民间信仰中的对象大都是些充满灵气、精神或古怪、异形的动植物，它们虽然外形古怪、神秘，但与当地人世代和谐相处，为他们提供生命力量和祸福善恶的启示。总之，齐文化和鲁文化有相近之处，但也有不同，高密文化以齐文化为主，又兼及鲁文化，可谓齐鲁文化交汇的产物，这两种文化共同塑造了高密人的文化性格和审美心理。

因此，不但当代的莫言和齐地作家们充满了这种浓郁的万物有灵论意识，而且早在近 400 年前同处于齐文化核心地带的蒲松龄就把这种鬼神色彩甚浓的信仰文化以小说的形式赋予了新的魅力。春秋时期的齐国首都临淄的稷下学派，可谓中国历史上

---

① 贺立华、杨守森等：《怪才莫言》，花山文艺出版社 1992 年版，第 25 页。

② 参见高密县地方史志编纂委员会编：《高密县志》，山东人民出版社 1990 年版，第 19 页。

③ 吴庆：《先秦时期齐地古国考论——兼及齐文化之形成》，《山东师范大学学报》（人文社会科学版）2014 年第 1 期。

④ 贺立华、杨守森等：《怪才莫言》，花山文艺出版社 1992 年版，第 23 页。

最自由洒脱的学术创造群体，田骈、邹衍、淳于髡、田巴、鲁仲连等，作为君主的座上宾并得拜为上大夫，皆可自由畅达地发表自己的见解和思想，“不治而议论”（《史记·田齐世家》）。这也成为莫言效法的准则或继承的文化基因，且这种文化基因在与鲁文化的对比中显出自由无羁的特点，在以儒家文化为代表的整个中国文化版图上呈现出自己的特色。在讲求伦理和道德等级的华夏文化中，此地的文化却有一种想要冲破等级禁锢的力量和灵动性。所以，莫言的长兄管谟贤认为：“研究莫言应该从齐文化里寻根。”“莫言的幻觉的现实主义，是从中国古老的叙事艺术中来的，这是莫言对中国神话、民间传说，尤其是齐文化的传承和创新。莫言崇奉蒲松龄，喜爱《聊斋》，在小说中多次直接引用爷爷们讲的民间故事。行文风格大有庄子之风，汪洋恣肆，如行云流水，一泻千里；如楚辞汉赋，状物叙事，极尽铺陈渲染之能事。”[①]这段话揭示出莫言文学世界受到了本土传统文化尤其是齐文化的深刻影响。在齐鲁大地上，莫言是一个借助于创作而勇于冲出传统道德礼法束缚，并创造出一种以自由精神为核心、以张弛有度谦谦君子为立人修身之根本的新道德、新礼仪、新文化、新艺术的文学家。

和平、杀戮、战争、动乱、饥饿、屈辱、恐怖、孤独等交织的这片属于莫言故乡的大地，承载了这里一代又一代人民生生不息的期望、痛苦、磨难和幸福，这里有苦难也有欢笑，有恐怖也有狂欢，它们共同构成了莫言文学世界的一个重要的文化地理学特点。

莫言的故乡赋予了他源源不断的生活和精神营养。这里的农人生活，带有狂欢化色彩的节日，民间祭祀与信仰及其仪式，会剪纸的奶奶，会木工的爷爷，当中医的大爷爷，会捏泥人泥塑的乡邻，会扑灰年画的民间艺人，还有集市贸易、附近农场右派们、下乡知青的运动会、被辞退返乡的右派大学生、考上华东师范大学中文系的高材生长兄，等等，构成了莫言文学世界最早的人文背景和民间景观。历史原本的丰富性和历史著述的简约性，构成了我们认识历史真相的矛盾。在同王尧的对话中，莫言就回顾了1958年“大跃进”时期的荒诞，“报纸通篇都是魔幻现实主义小说，夸张，变形，没有一句真话”[②]。这一段话揭示了“大跃进”的一个令人震惊的事实：糟糕的现实与当时宣传品如报纸“没有一句真话”的粉饰美化，导致了魔幻与荒诞，荒诞成为现实，现实变成荒诞，而当时的作家们竟然没有一个去写这种变形和荒诞的现实。现实本身就显出荒诞性。1947年，胶东有一个地主家的长工组织还乡团给东家报仇[③]，这个真实故事透露了土改时期的历史真实性、复杂性。莫言的爷爷是一个一直拒绝为公社下地劳动的老农，莫言夫人村里一个姓孟的贫农一直坚持单干，这些农人具有朴素但不无锐利的眼光，能够看穿“大跃进”、人民公社的实质。另外，在莫言出生、成长、劳动的小村

① 管谟贤：《在山东大学“莫言文学创作学术研讨会”上的发言》，高密莫言研究会编：《莫言研究》（2013年卷），第311页。

② 莫言、王尧：《莫言王尧对话录》，苏州大学出版社2003年版，第32页。

③ 参见莫言、王尧：《莫言王尧对话录》，苏州大学出版社2003年版，第18页。

庄——高密东北乡平安村——虽然只有几十户人家，但离关押山东省右派劳改的胶河农场很近。莫言“当时每到放学以后，牵着羊就往那边跑，要不就背着篓子去，我站在胶河农场后边的河堤上，看着农场里那一片红砖瓦，痴痴迷迷，一棵草也割不回来。当时我想，长大了，我一定要做一个‘右派’，而且要做大‘右派’”[①]。一个懵懂的孩子对当时右派的遭遇还不怎么了解，但在他的眼中，当时的成年人没有几个敢于坚持自己的真实观点，在十来岁的孩子管谟业眼中，这些劳改中的右派却是实实在在的、令他仰慕和学习的榜样。那样一个世界在一个天真的孩子那里却是另一番景象，这种不无叛逆的思想和情感实则体现了少年管谟业的超常禀赋。村里还有一个由瑞典传教士担任神甫的天主教堂，这一切对后来成为作家的莫言来说，都很特别也很重要。《丰乳肥臀》中的司马库形象除了有还乡团的凶残之外，也有对家人的关爱与温情，对情人的炽热爱情，对乡亲们的保护等复杂性格和行为。莫言有好几部小说写到了教堂或神甫，以至后来他产生了一定程度上的罪感意识和忏悔意识，形成了要“把好人当坏人写，把坏人当好人写，把自己当罪人写”这一有关文学与人性关系的认知，这些都与家乡的风物和人情息息相关。这些文学思想构成了莫言的“艺术辩证法”。

第三，“高密东北乡”是莫言文学王国的代名词，既是莫言文学的起点又是其归宿，是他海纳百川、融会古今与中外，尤其是吸收包括蒲松龄等在内的齐文化的丰富营养以及借鉴欧美现代主义文学经典的结果。因此，他的“高密东北乡”不是封闭的，而是开放的。自 1984 年秋创作《秋水》《白狗秋千架》（这两部作品在莫言的整个创作中最早打出了“高密东北乡”的文学旗号）起，莫言就意识到，像美国的福克纳创造了文学虚构中的“约克纳帕塔法县”和拉美的马尔克斯创造了文学世界的“马孔多镇”那样，创造一个属于自己的、独特的文学王国是一个很重要的写作目标。从此，他就有意识地建立自己的文学王国，他的小说和散文、随笔、访谈录都在力图集中展现和描摹“高密东北乡”的文学世界。此后，他的大部分创作与此前的小说创作就有了一个显著的变化。在此之前，莫言不由自主地用一种略带“十七年”的笔调，书写着美好的爱情、苦闷的相思、乡亲中的人性美或人情美，甚至有的作品还带有某些教条主义的印记，故事的发生地也游移不定，并没有以一个统一的人文地理名称来统摄这些故事和人物。如称得上莫言处女作的《春夜雨霏霏》(1981)，以刚刚结婚的妻子向因从军而不在场的丈夫倾诉的角度，描写了妻子深沉的相思，小说语言婉约，甜美中透出些微苦涩。稍后发表的《丑兵》《放鸭》《白鸥前导在春船》《因为孩子》等小说，都带有那种追求人性美、人情美而提纯拔高的倾向，虽然初步显示出莫言描写场景和捕捉人物性格的语言功夫，特别是于 1983 年在保定文学杂志《莲池》上发表的、得到著名作家孙犁称赞而极大增强莫言创作自信的小说《民间音乐》。但莫言在反思这篇作品时写道：“我现在确实正在折

---

① 莫言、王尧：《莫言王尧对话录》，苏州大学出版社 2003 年版，第 115 页。

服于拉美的'爆炸文学'——'魔幻现实主义'的创作方法,认为必须用动荡不安的语言,反传统的形式来形成自己的风格。"[①]他发誓要创建属于自己的文学世界、文学王国,这个王国充满了创造的冲动、动荡不安的话语、反叛的姿态、强力扩张的意志与旺盛的"力比多"(libido)。用陈晓明的话来说,莫言所挖掘和开启的本土经验性表达,并非被规训和理想化的本土,而是一个叛逆的异本土、异托邦。[②] 虽然莫言追求的可能并不是很理想化的世界,但是他创建和期盼的肯定是一个超乎寻常,超出现实苦难、黑暗和邪恶的美好世界。在这个意义上来审视莫言的文学世界,笔者倒是赞同以"异本土""异托邦"等术语来描述"高密东北乡"文学王国。

从《白狗秋千架》《秋水》开始,莫言从福克纳、马尔克斯等外国现代主义大师以及鲁迅、沈从文等中国伟大作家那里获得了启发,汲取了灵感,从而走上了营造以"高密东北乡"为核心的文学王国的悲壮而又艰难的艺术历程。莫言多部作品的发稿编辑叶开认为:

> 因为生逢其时,莫言在进入青壮年时,碰上了当代中国打破封闭走向开放的新时代,原来被禁绝的西方文艺作品,尤其是隔绝了近四十年的西方现代派作品,通过那些老当益壮的老翻译家的不懈努力,被大量地介绍进来,而深刻地影响了中国当代文学创作的进程,可以说没有一个有成就的当代作家敢说自己没有受到过外国现代派作品的影响,就如同马原、余华等先锋派小说家都承认自己深受法国新小说派阿兰·罗伯-格里耶、阿根廷作家豪尔赫·博尔赫斯等的深刻影响,莫言也在自己的很多创作谈里,频频谈到威廉·福克纳和加夫列尔·加西亚·马尔克斯等外国文学大师,在他自己的持续学习和创作中,莫言从模仿、学习而进入到形成自我风格,以自己创作的一大批杰出作品,使得他自己也进入到这些文学大师的行列中。[③]

正是这种正逢其时,得风气之先,再加上自己的勤奋努力和天才,莫言在文学创作的道路上渐入佳境,即使 20 世纪 90 年代以来经商下海潮涌起,也没有怎么影响莫言投身文学事业的雄心。自 20 世纪 80 年代初期到随军转移至河北保定一带,最后得到著名作家、军艺文学系首位系主任徐怀中的赏识而进入军艺的莫言,在后来 30 年的创作生涯中,向世人贡献了 11 部长篇小说、30 余部中篇小说、70 余篇短篇小说,还有多部电影剧本、戏剧剧本。以上作品大约 700 万字,另外加上其散文集、演讲集、对话录等文字,总计超过了 1000 万字。在这漫长又短暂的时间里,他获得了几大国内外奖项,至 2011 年获得第八届茅盾文学奖、2012 年获得诺贝尔文学奖,他的文学成就得到了全国

---

① 引自贺立华、杨守森等:《怪才莫言》,花山文艺出版社 1992 年版,第 16 页。

② 参见张志忠、贺立华主编:《莫言:全球视野与本土经验》,山东大学出版社 2014 年版,第 344 页。

③ 叶开:《莫言的文学共和国》,北京大学出版社 2013 年版,第 56～57 页。

和全世界的认可和嘉奖，他的文学事业达到了顶峰。莫言通过自己的“高密东北乡”文学世界而达到了人生成功的极致，他以如椽巨笔，实现了与1800年前曹丕的“文章者，经国之大业，不朽之盛事”(《典论·论文》)理念相近的宏伟理想和伟大目标。可以说，莫言通过文学创作的不断成功而一再体验着如马斯洛所说“高峰体验”。在一片远离都市的高密东北乡的草甸洼地上，莫言建起了属于自己的文学高原。在这片文学高原上，莫言俯瞰众生，睥睨四方，傲视群雄，颐指气使，生杀予夺，霸气十足。

第四，“高密东北乡”和“红高粱”成了当代中国美学的某种标志。此处笔者只能简略地论述一下，更详尽的阐释和论证见第七章“莫言文学的感性—审美之维”。很多国外的学者和作家到现实中莫言的老家，看到他长到20来岁才离开的那座鄙陋的老房子时，震惊之余，也发出突然领悟了莫言小说和莫言美学的感喟。2014年法国诺贝尔文学奖获得者勒克莱齐奥到访莫言旧居，他认为，高密这方丰沛的土地展现了莫言作品强大的美学力量。[①] “丰沛的土地”是一个会让人产生丰富联想和想象的词，是勒克莱齐奥参观了莫言自己称之为“寒酸”的“旧居”之后所用的术语，蕴含着丰沛的莫言美学的张力。这是一个法国著名作家敏锐而具有超越性眼光的发现，他对遥远东方中国的作家莫言发自心底的赞佩给予我们诸多启发。莫言从最底层、最寒酸的处境出发，抵达了世界文学的最高端，中间他到底用了多大的努力，调动了多少艺术的潜能，挥发了何等的文学力量？这一切都引起了勒克莱齐奥的强烈震撼和情感共鸣。所以，从美学的角度去探察莫言的文学世界的动能，从莫言的“高密东北乡”文学世界去辨析、挖掘和阐释其所蕴含的巨大而丰沛的美学势能，也就是从更高的视点来观照莫言文学世界这一耀眼夺目的艺术现象，正是本书的研究任务。

我们再沿着这种地理的、文化的、文学美学的思路，分别往深处思索，就会发现原先不怎么被重视的一些问题。高密东北乡自然属于高密，属于潍坊，属于地理和文化上的胶东，胶东又属于齐文化圈，属于山东。在第二届香港“红楼梦奖”的评审会上，有评审专家点出当时入选的7部作品中有3部的作者是山东人，进一步讲则是他们都属于“齐国人”，在齐文化圈长大或影响下长大的，除了莫言、张炜，还有台湾的朱天文，其祖籍也是山东齐地。对此，批评家黄子平谈道：“齐文化就是齐东野语那种，就是巫啊、鬼啊、海市蜃楼啊，胶东一带的地方。……他们以不同的表现方式呈现那种巫的想象、巫的叙述方式。”[②]莫言的故乡处于胶东的腹地、齐文化的核心地带，往西几百里地又是产生了蒲松龄及其《聊斋志异》的小说家福地，往东不远有很多道家、道教的历史文化遗存，几乎每个乡村里都有乌仙庙之类寄托当地人鬼神巫术信仰的宗教场所。对于一个作家的成长来讲，这些都是非常重要的文化存在和遗产。由此，我们可以更便捷、

① 参见许均、莫言：《关于文学与文学翻译——莫言访谈录》，《外语教学与研究》2015年第4期。

② 香港“红楼梦奖”之黄子平“讨论记录”语。香港浸会大学文学院编：《论莫言〈生死疲劳〉》，天地图书有限公司2010年版，第22～23页。

更准确地进入莫言的文学世界。

第二节　莫言文学创作的分期

“高密东北乡”作为莫言创立的文学王国，从初创到逐渐壮大，根据其创作风格的演变轨迹，可以大致分为以下几个阶段。

第一阶段：“感觉”与“怪异”。1984～1986年，是莫言文学世界的奠基期。他开始抛弃当时文学界既有的“歌德”派和荷花淀派的创作手法，有了创建以“高密东北乡”为根据地的文学王国的雄心和气势。从1984年莫言创作《秋水》《白狗秋千架》起，经《透明的红萝卜》到《红高粱家族》，是莫言由默默无闻到一鸣惊人的成名期，也是其创作第一阶段代表作(上述几部作品)的时期。这一阶段初步确立了莫言以丰富、虚幻、怪异的感觉描写制胜的文学策略。自1981年开始发表作品至1984年，莫言的创作还囿于狭小的格局和幼稚的手法。自莫言1984年考入军艺至1985年，他的创作像井喷一样，中篇小说《金发婴儿》《透明的红萝卜》《球状闪电》《爆炸》《流水》，短篇小说《白狗秋千架》《秋水》《老枪》《枯河》《五个饽饽》《大风》《石磨》《三匹马》，以及创作谈《天马行空》等集中发表，尤其是1986年发表了《红高粱》及其系列中篇小说之后，莫言独特的创作一再震惊文坛。《透明的红萝卜》和《红高粱家族》等作品运用许多新的小说手法，比如重感觉、时空错乱、自由联想、内心独白等，初步创造了属于莫言的“高密东北乡”文学世界。这种依靠感觉和怪异、巫幻风格为莫言的下一步创作进入一个更加扑朔迷离的怪诞审美境界打下了基础。

第二阶段：“对抗”与“亵渎”。1987～1997年，在《红高粱》之后，莫言的创作进入了与文坛长达10年的“对抗期”。他向世俗的道德观念和审美观念发起了毫不留情的猛烈挑战。土匪杀人越货也精忠报国，抢人老婆又爆发出热烈非凡的爱情，这种种两极对立(对应)的人物性格构思模式不但使得莫言赢得大名，而且改变了当代中国文学审美和艺术发展的路向。这种挑战式、对抗性的创作确立了莫言在新时期文坛的地位。在《红高粱》之后的10年时间里，尤其是亲身经历了20世纪80年代末期激烈的社会转型和审美风尚转型，莫言的内心世界愈加苦闷、压抑，他采取了与这个社会、文坛及其既定观念彻底决裂的姿态，并将之付诸新的创作实践探索。他没有宣言，不像南京的韩东、朱文、鲁羊等所谓“断裂派”那样鼓噪和叫喊，而是靠创作实力说话。此时期他发表的多部作品都引起了巨大的争议，甚至有完全否定的声音；同时，进一步增强了莫言的抗压能力。1987年他发表《欢乐》和《红蝗》，前者不但在叙述形式上运用了第二人称，而且有的地方数百字甚至数千字不分段、不分行，还描写了主人公永乐的心理自由联想，写到跳蚤跳进母亲的生殖器官里，这种亵渎性的文字震惊了文坛和世人，因此引发了巨大的争议；后者大篇幅地写了人排泄大便的畅快感觉，从而引发了批评界一系列的尖锐批评。1993年莫言像《红高粱家族》那样将《红蝗》《玫瑰玫瑰香气扑鼻》《生蹼的祖先们》《复仇记》《二姑随后就到》和《马驹横穿沼泽》等6部有一定内在联系的中篇小说合成了长篇小说《食草家族》。这些对曾经的文化和观念进行亵渎的对抗型小说，在《红高粱家族》基础上对当时既有的文学审美趣味带来了又一次深重的冲击和破坏。这种对传统美学观的挑战、亵渎和对抗在莫言那里最早有着明确而刻意的目的："我们思想解放运动的一个最起码的低层次上的起点，就是要敢亵渎所有的神灵，打破一切价值和标准……亵渎神圣的最好办法就是佛头着粪。"①这些出格的亵渎姿态和话语，无疑极大地挑战和影响了当代中国文学审美的发展路向和进程。当然，对人类数千年建立起来的一些基本的价值标准进行颠覆和亵渎，是需要勇气也需要力量的，就像100多年前尼采对整个西方文明包括古希腊理性文化和基督教信仰文化的全面重估和否定那样，在彻底否定的同时需要重建。尼采对美学的改造就意味着彻底的扭转。美学在尼采之前曾经作为感性学，是与人的直接欲望和肉体情欲无关的、非功利、无利害的精神领域的审美建构，但在尼采那里，美学成为关于男女性爱即肉体交媾、心灵交流的情—性—爱之学。但是在20世纪这种美学观念已经很普通，被人们普遍接受了。与尼采极其类似，莫言的亵渎式、对抗型创作，作为一种探索和试验，自然是有一定意义的。

这一时期，莫言对文学形式的亵渎由于其功力和极端偏执，有时候还处于表面的对抗。莫言自己也在2001年与人对话时谈到了这种写作是一些"非常表面化的东西，一种对抗式的写作"②。这种"表面化的对抗"还包括长篇小说《天堂蒜薹之歌》《十三步》《酒国》等，直到1996年长篇小说《丰乳肥臀》依然有这种刻意的对抗意识和姿态。但是其汪洋恣肆的审丑、审荒诞、审恶心、审恐怖的姿态和文本，已经对当代审美和艺术观念产生了巨大的颠覆性冲击作用。同时，因为此时期不但是莫言自己创作生涯中一段起伏不定的、亵渎与对抗的时期，而且是我们国家处于非常复杂、充满变数的急遽转型时期。所以对于莫言来说，这种对抗性既体现在对小说叙述艺术的刻意反叛与探索上，也体现在他对社会、家国命运的强烈关注上。《天堂蒜薹之歌》就是运用意识流等手法对当代中国最底层的农民生活、遭遇和命运的深沉思考与表达，莫言正是以这部作品回应了那些认为他是犬儒主义作家的质疑和否定声音。《酒国》则是他对即将到来的堕落时代的预言般的书写，其形式不拘一格，非常自由而奇妙。《十三步》运用现代派手法，以令人眼花缭乱的人称变换描写当代知识分子(教师群体)生活的艰难和怪诞，同时写出了当代社会金钱拜物教的匪夷所思。小说写中学物理教师方富贵工作兢兢业业，累倒在讲台，后被误判死亡送进了殡仪馆，当他阴差阳错地苏醒过来伺机逃出来后，朝夕相处的妻子屠小英却以为他变成了鬼而不让他进家门。他只好接受邻

① 莫言:《我的"农民意识"观》,《文学评论家》1989年第2期。

② 莫言:《茂腔大戏——与〈南方周末〉记者夏榆对谈》,《碎语文学》,作家出版社2012年版,第11页。

居、殡仪馆美容师李玉婵的整容，成了李玉婵的丈夫、同为一所学校的物理教师张赤球的替身。李玉婵让他代替自己的丈夫去给学生上课，而让真正的张赤球隐姓埋名去做生意赚大钱。但张赤球做生意失败，方富贵也在回归自身不得、找不到自己真实身份的情况下自杀而死去。这次的死人身份却是张赤球，追悼会是为张赤球开的。小说充满了惊悚、离奇和荒诞的情节，不但人物遭际是荒诞的，而且其真实的所思所想由于前提(生活和突变)的荒诞，也变得荒诞起来，整个世界都是荒谬怪诞的。《十三步》是一部“鲨鱼般”的作品，还不是莫言的老师刘再复所提示的“鲸鱼般”的沉雄博大之作。倒是《丰乳肥臀》有了些许“鲸鱼般”的追求，它把《红高粱》《欢乐》《红蝗》等小说中的相关技法和意识(包括性意识)，放在更为大胆也更为广阔的视域中去加以表现，被中国女人们紧密包裹着的乳房成了小说的主角般显豁的意象。但这部小说也充满了对抗与反叛的美学旨趣，故仍然属于第二个时期的作品。莫言这一时期的创作还有一个特点，即面对动荡的时局和纷乱的世道人心，许多作家纷纷下海，他也写了一些电视剧、电影剧本和报告文学之类的文字。这虽对莫言有不良的影响，但多样化的生活体验和多元化的艺术探索也对他的创作的丰富性和复杂性提供了难得的经历。他始终没有远离真正的文学领域。

第三阶段：“撤退”与“缓解”。这个阶段指 1997～2012 年，即从他 1997 年转业到检察日报社影视部工作，到 2007 年从检察日报社调到文化部中国艺术研究院，再到获得诺贝尔文学奖的 15 年时间里。这是莫言日益走向文学的浩瀚大海，追求鲸鱼般深邃境界的创作时期。此时期伊始，他不得不从军队转业到地方，并且已然从《丰乳肥臀》的阴影中走出来。其创作先是“变得很低调，很多锋芒被藏起来了，当时往后退了一步，有意识地压低了写作的调门”，发表了《三十年前的一次长跑比赛》《长安大道上的骑驴美人》《牛》《师傅越来越幽默》《拇指铐》《姑妈的宝刀》等中短篇小说，文字变得很有节制，追求一种异趣，幽默感也常常伴随着叙述的节奏自然出现。总之，莫言的新的小说艺术秩序稳步建立起来。这一时期莫言的创作可以 3 部长篇小说为代表：《檀香刑》《生死疲劳》和《蛙》。长篇小说《檀香刑》作为一部“大踏步撤退”的作品，完全走出了西化或摹仿的路数，是一部全新的带有本民族精神、灵魂和叙述语言之美的巨作，是真正实现其现代主义文学中国化的作品。长篇小说《四十一炮》是个异类，它再度“高调”：在继承第二阶段汪洋恣肆、天马行空的想象力和幻想力的基础上，进一步更新文学观念，正如他在该书后记“诉说就是一切”中所言：“罗小通试图用喋喋不休的诉说来挽留逝去的少年时光，本书作者，企图用写作挽住时间的车轮……借小说中的主人公之口，再造少年岁月，与苍白的人生抗衡，与失败的奋斗抗衡，与流逝的时光抗衡，这是写作这个职业的唯一可以骄傲之处。所有在生活中没有得到满足的，都可以在诉说中得到满足。”[①]这是一种洒脱而自由的写作意识和写作姿态，但笔者却读出了中国古人“三立”的恢宏之气。无疑，莫言“立言”的理想得到了较为充分的实现。正是在《四十一炮》中，莫言延续了前期创作的语言和想象力特点：一泻千里、肆无忌惮、歇斯底里、狂想、妄想、谶语、呓语、性欲、肉欲、食肉欲、报复欲等，这些特点统统爆发了出来。但较之20世纪80年代莫言《欢乐》《红蝗》之类的创作意识和姿态，此阶段的创作已经有了天壤之别，这种区别就在于《欢乐》面对现实的苦难和无望而希图寻找来世的欢乐，小说以“欢乐”来抵制现世遭遇的悲苦；《红蝗》传奇般的诉说还带有浓厚的历史想象的面影，这两部作品依然是“及物”的写作，而《四十一炮》大致是一次“不及物”的叙述话语的实验性探索，淡化了对现实苦难和历史苍凉的观照，而以生命中的“食色性也”的语言狂欢，挥霍着叙述实验中表达的快感。《四十一炮》《欢乐》《红蝗》等与较早期作品也有着相通(相同)之处，它们继续挥发了那种天马行空的语言表达力，依然带着创作者近乎先天的“诉说”或语言敏感如黄河壶口般喧嚣而泥沙俱下的特点。这是作家自童年作为话痨、渴望自由表达而不得，转而通过文学创作来曲折达到这一目的的最后一次不无悲壮的告别式写作。自此，莫言的创作在语言表达方面变得大致既追求洒脱自由又讲求秩序、有所节制。莫言第三阶段的创作在上述由高到低再由低到“高”的叙述调门中，而日渐进入鲸鱼般或海洋般的雄浑博大的境界。此时期创作的长篇小说如《生死疲劳》(2005年完成，2006年出版)，以传统的章回体结构形式、自由潇洒的叙述手法、大气磅礴的思想气势、俯瞰众生的悲悯情怀，融合古今中外的小说创作艺术和技法，真正写出了具有中国气派、中国精神和中国特色，同时不乏创新性的大作品。在狂欢化的语言之流中，《生死疲劳》写出了深重历史的复杂性，写出了这种历史和现实遭遇中人性的复杂性。从地主西门闹到长工(贫农)蓝脸，再到西门金龙(蓝金龙)，以及支书洪泰岳等人物，无一不是在历史的巨浪中跌宕起伏、复杂立体的个性形象。六道轮回的讲述方式又把灵魂叙事和鬼神世界纳入对现实生活的表达中，通过这种怪诞、奇异的叙述方式来象征刚刚过去的历史和生活。史诗般、狂欢化和审丑化的复式叙述格调赋予了莫言长篇小说一种既幽默诙谐、美丑与共又浩荡广袤、深沉雄奇的品格，即莫言在《捍卫长篇小说的尊严》一文中所表述的那种“那响亮而沉重地呼吸着，波浪翻滚地交配着，血水浩荡地生产着”[②]的“鲸鱼状态”“鲸鱼精神”[③]。该文从长度、密度和难度等方面，论及长篇小说文体的特征，并将之上升至尊严的高度来加以认识，认为只有拒绝成群的鲨鱼般的生存和写作，应像鲸鱼般孤傲地生存和写作，作家才能保持和维护这种尊严。莫言说“只有正视人类之恶，只有认识到自己之丑，只有描写

① 莫言：《诉说就是一切——后记》，《四十一炮》，春风文艺出版社2003年版。

② 《捍卫长篇小说的尊严》一文作为代序，载于上海文艺出版社2012年出版的莫言诸种长篇小说。

③ 刘再复：《审美笔记》，三联书店2014年版，第22页。

了人类不可克服的弱点和病态人格导致的悲惨命运”①,才能真正产生惊心动魄的大悲悯。这种独特而珍贵的小说美学其实是他创作了《丰乳肥臀》《生死疲劳》等长篇小说后的经验提炼和理性认识。到2009年发表长篇小说《蛙》,在胆识与智慧、开拓与收敛、创新与节制的辩证法中,莫言并没有放弃一个知名作家对于现实人生重大问题和人性复杂性的探察力度,进一步实现了他的这种宏大的长篇小说的审美构想。随着先后获得茅盾文学奖和诺贝尔文学奖,莫言达到了人生和文学事业的巅峰。从一片乡野洼地上走出来的作家莫言,终成一代文学大家,建构起自己文学世界的高原,并矗立起数座文学高峰。

除了上述小说创作,莫言在这三个时期还创作、发表了大量关于文学的随笔、散文、访谈录、对话录、讲演录、序、跋等。这些文字对于深入了解莫言,了解和阐释莫言文学世界无疑具有重要的参考价值。

莫言上述三个创作时期大致呈现出阶梯式上升的趋势。在第一阶段1984～1986年,他以“怪才”形象而引起文坛关注,“怪异”是其创作的风格,汪洋恣肆、天马行空的感觉占据其文本的核心地位,打破了他原先创作的路数,同时与文坛流行趣味拉开了距离,初创的一种让人无法模仿的小说,其背后是莫言独特的语言表达方式。他曾经说过:“在我的家乡方言中,说一个女子很美丽,会说她‘奇俊’,说天气很冷会说‘怪冷’,‘奇’和‘怪’的用法,跟普通话不一样,但读者会理解。”②“奇”“怪”等词被用来形容女子之俊之美、天气之寒冷等,会获得一种奇特的审美接受效果,虽然不同于普通话,但是由于其源自独特的生活感受而更富有鲜活的审美意味。莫言此阶段“球状闪电”般的“爆炸”式创作不但震撼文坛,而且其影响开始远远跃出文学界,波及当代电影、电视剧、美术、戏剧、音乐等艺术领域,小说《红高粱》带动了整个“红高粱”艺术思潮。所以“怪”的背后是带有普适性和共通性的人性表达。莫言以“怪异”为审美风格的集束炸弹式的短中长篇小说创作,颇具冲击力地炸开了对他紧闭的文坛大门。1987～1997年的10年间,是莫言走向更为广阔的文学王国的阶段,但是这个阶段的开端却是以对抗式的、亵渎性的、惊世骇俗的、激进的小说艺术形式为表征,无所顾忌地继续对温柔敦厚、粉饰太平的文坛实施他的“轰炸”战略。他左冲右突、南征北战、上天入地,既强烈地关注现实生活中的正义问题和复杂的人性问题,也对近现代民间历史持有浓烈的文学重构欲望,同时对于小说艺术的叙述试验保持着浓厚的兴趣。这个阶段的莫言,视野既开阔又专心,不断地进行文学的试验,这种向“佛头着粪”的亵渎神灵和形式试验中的强烈对抗姿态也带来了很大的争议,但最终还是对莫言的“高密东北乡”文学王国的建立起到了奠基筑城的作用。1998～2012年的15年间,莫言在经历了种种文学试验和坎坷遭遇之后,依然像刘再复在评价他时所期望的那样,鲸鱼般

① 转引自张新颖:《人人都在什么力量的支配下——读〈生死疲劳〉札记》,《当代作家评论》2009年第6期。
② 许均、莫言:《关于文学与文学翻译——莫言访谈录》,《外语教学与研究》2015年第4期。

地奋力潜泳搏击，但其艺术姿态进一步降低，保持着对小说艺术探索的低调，从激烈的反传统立场“后退”到对传统重新进行审视并怀有敬意。这个巨大的艺术姿态和艺术原则的转变，导致莫言在文学思想和个人精神世界中显得愈来愈谦卑。与此同时，他获得的包括诺贝尔文学奖在内的各种文学大奖也为他采取愈来愈低调的社会和文学姿态提供了厚重的背景。莫言此时期根本不需要社会和文坛特别关注他，但是他愈来愈作为一个巨大的文学高原而存在着、矗立着，让人们包括文学批评家和理论家们不得不关注他。他开始成为绕不过去的文学大海里遨游的鲸鱼、文学王国里颐指气使的国王。2007 年 9 月 14 日，他在山东省图书馆的讲演中为读者写下了“把好人当坏人写，把坏人当好人写，把自己当罪人写”的字条。这可谓“莫氏创作三原则”，是一种对人性复杂性、矛盾性和流动性的认识理念，也是莫言这个阶段体现在其创作中的文学思想。然而，对于莫言来说，无论其创作经历了怎样的转折和风格的变化，有一点万变不离其宗，那就是他对底层民众尤其是对农民的强烈关注和爱恨交加的情感。在一次访谈中他提道：“文学说到底还是反映底层人的文学，反映下层人的生活，反映不幸者、受迫害者、被侮辱和被损害者的生活。”①这个认识之于中国文学来说，基本上是具有永恒真理性的，因为那些没有话语权的人，他们的苦难生活，不公遭际，被损害、被侮辱的处境，需要具有良知的小说家、艺术家去艺术地表现。莫言在《生死疲劳》中塑造的单干户蓝脸，因为敢于坚持己见，不惜与整个社会对抗，“最后用生命捍卫了自己的尊严”②。在小说中，蓝脸活到了改革开放的 20 世纪 80 年代，见证了人民公社的解体和新的生产方式（家庭联产承包责任制）的实施，最后胜利了。但是在现实中，那个姓蓝的单干户却没那么幸运。所以，当莫言说姓蓝的单干户“用生命捍卫了自己的尊严”的时候，那既是一种对现实的真实描写，也是他作为作家发自内心地“作为底层人、作为农民”的写作观的体现。对农民尊严的看重让莫言超越了很多同时代作者，这应该视为其“高密东北乡”文学共和国具有根本意义的创作原则。

莫言的创作还可以说出现了第四阶段，即“沉寂”与“复出”时期，也就是自 2012 年 10 月他获得诺贝尔文学奖至 2020 年的 8 年间。莫言的时间被大量的社会活动、出访、会议等分割，除了一些演讲、对话、散文、随笔，这几年他没有发表多少文学作品。直到 2017 年 9 月他分别在《人民文学》和《收获》上发表了剧本《锦衣》、诗歌《七星曜我》和短篇小说《故乡人事》等，终于再度复出了。这新近发表的几个作品延续了莫言此类创作的写实与幻化相结合的文学风格，关注人性、社会、历史和文化的关系。除了诗歌之外，他还把笔触放到了晚清和“文化大革命”时期，而绕开了像《天堂蒜薹之歌》

① 邢舟、江迅：《莫言荣获“红楼梦长篇小说奖”》，香港浸会大学文学院编：《论莫言〈生死疲劳〉》，天地图书有限公司 2010 年版，第 94 页。

② 林翠芳：《莫言访港谈创作〈生死疲劳〉的历程》，香港浸会大学文学院编：《论莫言〈生死疲劳〉》，天地图书有限公司 2010 年版，第 99 页。

《酒国》那种与现实较为紧密关联的文学题材，但是发挥了自己通过幻想/巫幻和现实相结合的审美构思，从而与自己此前的文学美学有着内在的关联性和统一性。即使像2017年11月在《人民文学》上发表的短篇小说《天下太平》，写当下现实（通过一个大名叫马迎奥、小名叫小奥的儿童视角，写了当代农村一味追求金钱，因道德沦丧而导致养殖产业排污全面且严重污染食品、水、土壤等的畸形发展。这大概是莫言第一部关注环保的小说，说明他开始具有新的环保理念和生态创作），然而其笔触已经不同于《天堂蒜薹之歌》中那个回乡探亲的军人那般义正词严、慷慨激昂。他通过每个具有明显性格缺陷或道德缺陷的人物，如借村书记张二昆这个"当官前是村子里最大的刺儿"的人物之口，揭示出当今乡村自然和社会环境的恶化、人们利欲熏心的恶行、百姓无可奈何的窘境。张二昆恨恨地说："我们这大湾也被袁武这个狗日的给污染了，满湾激素。"[①]较之此前莫言的创作，他新近发表的作品在叙述、对话语言和结构方面更加讲究，更加简洁、审慎、精粹、巧妙。诗歌、小说、戏剧同时出世，且这三种文体的艺术手法也互相映衬、互相渗透，篇幅不像此前的长篇小说那样波澜壮阔，语言往往不再泥沙俱下地宣泄，而是追求一种节制精致、干净利落、俗中有雅的文学风格，显示出莫言创作的一种新的审美倾向。

第三节　现实与历史幻化后的小说生成与命名

2012年10月11日，莫言获得了诺贝尔文学奖。瑞典文学院称莫言的文学是"幻想现实主义"（hallucinatory realism）。整体看来，他的获奖是一个标志，因为莫言本身的巨大文学存在，无论是认同者还是反对者，都不得不承认一个前提，即诺贝尔文学奖作为一个具有标杆性的奖项，对世界文学的影响是巨大而不容忽视的。自鲁迅开始，中国现代文学家逐渐关注的诺贝尔文学奖所代表的具有人类普适性价值和艺术审美形式，终于在莫言身上得到了验证，其文学成就终于得到了世界的承认，"走向世界"再也不是什么高不可攀的目标，而是被一个出生于中国边远农村且没有上过中学的作家真正实现了。而那些全盘否定和反对他的人特别反感瑞典文学院竟然把这样一项文学界的最高荣誉授予莫言。这种源于他们此前对莫言所做出的彻底的、不留空间的否定，导致了他们后来的尴尬和愤愤不平。

其实，如果把目光往回折返，回顾2011年中国批评家们授予莫言《蛙》第八届茅盾文学奖时的情况，或许会稍微平静一下激动或不平的心态。当时茅盾文学奖一共授予了5位作家的5部作品：张炜《你在高原》、刘醒龙《天行者》、莫言《蛙》、毕飞宇《推拿》、刘震云《一句顶一万句》。当时莫言的授奖词是："在二十多年的写作生涯中，莫言保持

① 莫言：《天下太平》，《人民文学》2017年第11期。

着旺盛的创造激情。他的《蛙》以一个乡村医生别无选择的命运，折射着我们民族伟大生存斗争中经历的困难和考验。小说以多端的视角呈现历史和现实的复杂苍茫，表达了对生命伦理的深切思考。书信、叙述和戏剧多文本的结构方式建构了宽阔的对话空间，从容自由、机智幽默，在平实中尽显生命的创痛和坚韧、心灵的隐忍和闪光，体现了作者强大的叙事能力和执着的创新精神。”诺贝尔文学奖和茅盾文学奖两份授奖词，一个简明扼要，一个丰富驳杂，但都从各自的选择及立场出发对莫言的小说创作做出了切中肯綮的评价。

诺贝尔文学奖给出的评语核心词是“hallucinatory realism”。对于这个词的理解和翻译可以说是五花八门，不一而足。最快速、最直接的翻译便是新华社的稿子，将其译为“魔幻现实主义”。但是，魔幻现实主义的英文是“magic realism”，并且专指拉美20世纪中后期的“爆炸文学”，有时候又特指1982年获得诺贝尔文学奖的哥伦比亚作家加西亚·马尔克斯。“hallucinatory”一词有“幻想的”“虚幻的”等意思。早在20世纪70年代，该词就开始出现在西方批评家对于艺术作品的分析用语中。“hallucinatory realism”通常更具有梦幻的特殊意味，在某些情况下它也同“magical realism”一词有着联系。1975年，被克莱门斯·赫泽尔豪斯首次引入文学界，用以描述诗歌的梦想性特点。1981年，《牛津20世纪艺术指南》将之视为一种超现实主义的倾向，这并非一种真实描写外部现实、精确把握细节的描绘，而是对属于梦想或幻想的领域的真实描述。1983年，林德纳教授把“hallucinatory realism”定义为用纪录片的真实性和对现实的审美增强使已成过去的现在依然保留下来的一种努力，其旨在实现一种类似梦想的真实性。莫言2012年获奖词的瑞典原文有英文“hallucinatory sharpness”（幻觉的锐度）的意味，后来正式文本改为“hallucinatory realism”，而后一个词组在近40年的文学和艺术批评中已经被批评家运用。另外，“hallucination”（幻觉、幻想）表示感官、感觉的首要性。瑞典文学院所用的“hallucinatory realism merges folk tales, history and the contemporary”一语可谓准确地把握了莫言文学世界的特征。

此一认识源于笔者2013年7月4日参加的一次题为“莫言现象与中美语言文化”的学术会议。这次会议由浙江师范大学国际学院李贵苍教授主持，是几位中美学者参加的对话会。会上，笔者提到“hallucinatory realism”一词汉译的混乱，美国加州州立大学英文系张爱平教授就专门从“维基百科”词条谈到这个词在英语语境中也是歧义多现，他认为“hallucinatory”（幻想、虚幻）一词略带通俗的意味，没有“magic”（魔幻）那样严肃。瑞典文学院以“hallucinatory”来命名莫言的文学成就和特点，而非“magic”一词，既是为了区分马尔克斯和莫言，也是对不同文学风格的区分，可谓恰到好处。这对于我们充分、正确地理解该术语的产生背景以及与莫言文学的关系不无裨益。

西方的术语、标准虽然有其价值，然而真正针对莫言的文学文本，我们还要看到一种显然属于莫言又带有中国元素的具有独特气质的东西。朱向前曾经以“写意现实主义”来命名莫言的小说，认为莫言能够依靠自己特殊的艺术感觉和直观方法，即联想和通感来捕捉世界：“哪怕是一点最微小的感触，也描绘出一个有声有色的艺术情境。这不仅使作家获得了既节省素材又反映深刻的高产高质的创作效应，还大大丰富了读者对外部世界和人类自身的感知方式与审美情趣——现实世界和感觉世界的有机融合，使莫言的创作呈现出一种‘写意现实主义’风貌。”[①]朱向前较早把握了莫言小说中的现实与感觉相融合的特点，但以“写意现实主义”判断并命名之，则稍嫌匆忙。“写意”带有中国艺术的文雅气息，具有浓厚的士大夫审美意识，不适合用来涵盖莫言文学尤其是《红高粱》之后的小说创作。有学者称之为“冷眼旁观社会现实，绵绵不断的‘叙事’”的所谓“谵妄现实主义”。[②] 然而，用“谵妄”[③]这个贬义词来评价莫言的小说艺术并不适合。诸如此类的命名和说法，大致可接近莫言的文学世界的某一方面，但是总让人感到有些过于唯美或过于惊悚了。其实，莫言对自己的文学特点有一个基本评价，他说：“历史和现实的结合。这两部分缺一不可，如果没有虚幻，仅仅写实，这部小说（指《生死疲劳》）没有生命。反之，全是虚幻，和现实中国没有联系，也没有意义。作家的责任、本事就是写出立足现实又超越现实的东西。既是现实生活但同时又高于现实生活，有变形有夸张有想象有虚构。”[④]这段比较辩证的话语表明了他不太同意把他的创作理解为“魔幻现实主义”，也说明了莫言对于自己文学创作特点和价值的自我认识。因此，他倾向于把自己的创作风格界定为“虚幻现实主义”或“幻想现实主义”。

笔者亦倾向于称莫言文学为“幻想现实主义”，或者干脆称之为“巫幻现实主义”，用这样一个极具中国巫史传统的术语，意在强调其幻觉或虚幻性与传统文化尤其是齐文化、仙文化、巫史传统等近亲型本土文化对莫言创作的潜在影响及价值。巫性或巫幻是古老的中国神传文化渗透或延续至今，且已然化为民间文化的一种思维方式，带有较为强烈的诗性智慧的特征。而根据具体语境，在研究表述的行文中，巫幻现实主义作为一个中性词，不带有褒义色彩或贬义色彩。笔者认为这个术语作为中国现代主义文学的某种类型，是较为成型或典型的中国本土现代主义的代表。如果用巫幻现实主义（英文词还是借用诺贝尔文学奖授奖词“hallucinatory realism”），它之于莫言，既可保留诺贝尔文学奖的经典性评价，又可表达出莫言作品的中国特色、审美情调和艺术独创性。李泽厚在《说巫史传统》一书中指出，中国文化（主流儒、道、法）的源头可以

---

① 朱向前：《深情于那方小小的“邮票”——莫言小说漫评》，《人民日报》1986 年 12 月 8 日。

② 严慧：《莫言小说的批判精神》，《当代作家评论》2013 年第 2 期。

③ 谵妄，指一组综合征，又称为急性脑综合征。表现为意识障碍、行为无章、没有目的、注意力无法集中。故该词带有一定的贬义性。

④ 《南方周末》主编：《说吧，莫言》，二十一世纪出版社 2012 年版，第 5 页。

追溯到巫史传统，巫向史的转化是中国文化发生跃动或转折的标志，但是巫性并没有因此而彻底消失，而是留存在后世政教伦理的历史中了。[①] 位于东夷的高密及胶东半岛的齐文化圈保留了更多的巫史传统，这种传统对于现代化而言可能是一个劣势，但是对于发达的现代化之后的文化、文学创新来说却成为一个鲜明的特点和优势。在工具理性和明晰性日益张扬的当代，那种带有原始意象和先民文化遗存信息的非理性文化样态重新受到人们的关注和喜爱；同时，在经过了现代理性的洗礼之后，这些带有原始审美信息的文化心理遗存对于文学艺术创造来说尤为珍贵，莫言的小说当属这种情况。莫言具有开阔包容的眼界、精深敏锐的意识、创新创造的能力，不但能够吸纳西方最新的文学思潮，而且能够从自己民族甚至原始文化中汲取营养，从而创造了波澜壮阔的艺术世界。我们理解的“巫幻现实主义”或“幻想现实主义”作为中国现代主义的代表形态，具有马克思所说的“人体解剖对于猴体解剖是一把钥匙”[②]的特性。现当代那些最高级、最复杂的伟大小说，其实是数千年来人类小说或文学想象力、叙述能力的集大成者，《城堡》《尤利西斯》《喧哗与骚动》《百年孤独》等是如此，莫言的一系列小说也是如此。因此，这里所说的巫幻现实主义或幻想现实主义正是对莫言文学(小说)的理论概括，是对莫言的虚构、想象、幻想、叙述等诸种小说创作和审美能力的一种具有针对性的术语提炼。和他同时代的作家尤其是先锋作家们相比，莫言不属于那种绝对的冲锋陷阵的斗士、前锋，他的作品虽然说有几部均引起了巨大的争议，如《欢乐》《红蝗》《十三步》《檀香刑》《丰乳肥臀》等，但是他在小说的叙述形式试验方面，还是尽量保持了某种节制，并非完全的语言游戏之作；甚至到了 20 世纪 90 年代他干脆宣布要“大踏步后退”。他没有孙甘露笔下的“信使之函”的彻底反小说的形式，也没有格非笔下寻找“青黄”的扑朔迷离和“褐色鸟群”的飘忽朦胧，而是在现实主义和激进先锋派之间保持了一种有距离的从容的叙事姿态。且不说他的《天堂蒜薹之歌》《红树林》《十三步》《蛙》等侧重于直面现实的小说自始至终保持着对生活的热切关注和表达，就连比较倾向于历史叙述的《红高粱》《粮食》《牛》《三十年前的一次长跑比赛》《丰乳肥臀》《生死疲劳》等作品，同样体现出莫言的人间情怀和社会担当意识。但这种情怀和意识是透过独特的小说结构、丰满的人物形象和丰赡的小说话语表达而体现出来的。这些作品及其各种创作手法与话语融合了川端康成式的“细部描写”、卡夫卡式的“变形记”、福克纳式的“喧哗与骚动”、马尔克斯式的“百年孤独”，以及凡·高等后印象派绘画那

---

① 参见李泽厚：《说巫史传统》，上海译文出版社 2012 年版，第 1～46 页。

② 中共中央马克思恩格斯列宁斯大林著作编译局编译：《马克思恩格斯文集》第八卷，人民出版社2009 年版，第 29 页。

种猛烈、旋转与疯狂的情绪①，又有中国传统神魔小说、传奇小说、蒲松龄《聊斋志异》和民间文艺因素等。他的创作姿态因为这种重视吸收传统，再加上创作理念的“后顾”或“撤退”而显得不那么先锋，但正是这种姿态使他站在了文学的峰巅。最美的状态恰恰是掌握好了“度”的结果。在此意义上，并非急先锋的莫言较之那些激进先锋派更占得了先机和有利的文学地形，更有助于文学作品的传播和影响力的扩大。

有鉴于此，从莫言所有的作品出发，对莫言文学世界的审美特色和叙述特色进行深入研究，并结合学术界和批评界特别是诺贝尔文学奖的评论，笔者认为，巫幻现实主义（幻想现实主义）正是在莫言丰富而独特的创作基础上概括归纳出来的，属于当代中国的一种现代主义文学形态、术语命名和理论表述。这个术语对真实与虚幻、世俗与神话、理性与幻觉、当代与历史等充满张力的方面，都有所关涉和照顾。因此，该术语既能用来命名莫言小说创作的特点，又能使之与一般学术界和批评界所认可的“魔幻现实主义”近似而联系在一起。同时，它更准确地挖掘了莫言小说创作的特点而与马尔克斯的“魔幻现实主义”有了迥然有异的区别。

第四节　出走与回归：莫言的文学地理学

莫言从开始创作到寻找到自己的文学王国的过程表明，他的创作经过了“出走”与“回归”的曲线形历程。最早他“用耳朵阅读”，因为在远离县城的三县交界处的高密东北乡根本看不到多少经典名著，尤其是西方经典著作，他能够接触和阅读到的除了 20 世纪五六十年代的红色经典如“三红一创”以及《青春之歌》《苦菜花》《三家巷》等，古典小说《封神演义》《隋唐演义》之类，还有就是从爷爷、奶奶等长辈和集市上听来的类似于《聊斋志异》那样的民间奇异故事。这些小说和故事带有很浓厚的传奇色彩，注重故事情节，注重悬念的预设和照应，培养了莫言基本的道德观念、美学品位和认识世界、认识人生社会的方式方法。他最早的创作就是对这些听来的故事和主张人情美人性美的当代红色小说的摹仿和翻版。但在考入军艺后，莫言的创作发生了巨大的变化，如同鲁迅那样，他开始了对西方精密短篇小说的摹仿和学习。在 1999 年莫言编选出版的《锁孔里的房间——影响我的 10 部短篇小说》②中，他选取了波兰作家显克微支

---

① 莫言曾谈到《金发婴儿》《球状闪电》等受到了凡·高绘画的某种影响。他说：“在‘军艺’的图书馆里面反复阅读了欧洲印象派画家的很多作品，像凡·高、高更等。这些现代派画家的作品带给我的震撼一点也不亚于《百年孤独》。那种用色彩的方式，那种强烈的对比，那种想象力，凡·高笔下的树、星、云等事物，都和我们日常所见到的完全不一样，这种对画家、对美术的学习对我的小说风格也产生了很大的影响，我早期的小说里面有大量的关于色彩的描写，有人说是一团一团化不开的色彩，就来自对这些绘画作品的学习和借鉴。”（杨庆祥：《先锋·民间·底层——莫言访谈录》，《南方文坛》2007 年第 2 期）

② 参见莫言编选：《锁孔里的房间：影响我的 10 部短篇小说》，新世界出版社 1999 年版。

的《灯塔看守人》[①]、阿根廷作家胡里奥·科尔塔萨尔的《南方高速公路》[②]、爱尔兰作家乔伊斯的《死者》[③]、哥伦比亚作家加西亚·马尔克斯的《巨翅老人》[④]、美国作家福克纳的《公道》[⑤]、俄罗斯作家屠格涅夫的《白净草原》[⑥]、奥匈帝国时期的捷克作家卡夫卡的《乡村医生》[⑦]、日本作家水上勉的《桑孩儿》[⑧]、英国作家劳伦斯的《普鲁士军官》[⑨]和鲁迅的《铸剑》[⑩]。这些短篇小说大致勾勒了莫言所受到的中外短篇小说的影响，其中比较明显的是现代主义小说占了一大半，包括鲁迅的《铸剑》这篇带有现代派风格的小说，也成为莫言筛选出来的世界短篇小说的最爱。莫言作为选编者，同时就是这些大多为现代主义小说选篇的"理想读者"，为我们提供了许多接受美学方面的重要信息。

莫言在北师大读文艺学硕士研究生时，完成了毕业论文《超越故乡》。该文较为系统地表达了莫言在20世纪90年代初期的文学观，也阐释了他对文学创作的母地和"血地"[⑪]之于其创作的根据地和永恒的源头意义。莫言之所以用"血地"这样的字眼来表述他的出生地，即他的故乡，实在因为它是一个"有温度"的字眼。而莫言开始走出社会主义现实主义的创作路数，走向自己心目中朦朦胧胧但又异常强烈地向往的他的那片"高密东北乡"文学王国的时候，他曾经被归为"先锋派"。其实，先锋派或现代派内部也是有区别，甚至是分层的，莫言可谓"有温度"的先锋派。从《透明的红萝卜》等小说起，莫言就与余华等先锋派作家在小说的审美旨趣和关乎人道方面判然有别；更遑论那些无论年龄还是经历更年轻的先锋派作家如苏童、格非等"没有温度"[⑫]的写

① 《灯塔看守人》(*The Lightkeepers*)，这部小说训练了莫言对海洋精细的观察力，直接启发了他的《春夜雨霏霏》和《红树林》对海洋的描写。

② 《南方高速公路》(*Autopista Sur*)，这启发、引导莫言写了早期小说《售棉大道》。

③ 《死者》(*The Dead*)，颇具革新意义的作品，有许多游离于情节之外的情节，包括回忆、畅想、引文、剪报和对读者的说教，这对莫言的许多作品如《三十年前的一次长跑比赛》《长安大道上的骑驴美人》等提供了很好的借鉴。

④ 这部小说类似于卡夫卡小说《变形记》和《饥饿艺术家》的融合，老人长着一对巨型翅膀，被人关在笼子里，村民们来参观这个奇异人物，最后巨翅老人恢复了飞翔的能力，振翅远飞了。小说有融合现实与魔幻、真实与幻想的超强的叙述能力，启发了莫言熔现实与幻想于一炉的创作能力和方向。

⑤ 《公道》(*A Justice*)，以平淡的、时空交错的叙述方式，讲述了美国南方白人与黑人及其他有色人种之间错综复杂的关系，其中买卖黑人如交易牲口与用具那样随便。这种叙述方式影响和提高了莫言小说描写的剖析能力。

⑥ 这部小说属于儿童文学，讲了一个鬼故事，启发了莫言讲述自己早年生活所遇到、看到、听到的各种鬼故事。

⑦ 这部小说属于仿梦小说，激发了莫言同样的梦幻小说创作欲望。

⑧ 水上勉小时候当过和尚，因此其小说有浓厚的宗教的超然精神以及乡村风俗风景，这都刺激了莫言小说类似的创作情调。

⑨ 《普鲁士军官》(*The Prussian Officer*)，有重口味的同性恋情节。

⑩ 热烈与冷酷的互转、真情与荒诞的并存。

⑪ 他称之为母亲生他时的痛苦流血之地。

⑫ 艾伟：《从"没有温度"到关注"人的复杂性"》，《文艺争鸣》2015年第12期。

作了。先锋文学的代表作家如余华、格非和苏童，大致属于“没有故乡”也“没有温度”的一代，先锋文学的逃离、反叛和零度写作自有其价值和意义；而莫言从来就没有丧失或忘却过自己的血地故乡，哪怕他少儿时代在故乡有过饥饿、辍学、受辱、恐惧、孤独等悲惨遭遇，他还是不同于“数典忘祖”的“60后”先锋派。也因此，莫言提出了“作为老百姓的写作”的理念，以示自己不同于那些“为老百姓写作”“为人民写作”的作家的文学理念和文学立场。同时，在这篇硕士论文中，莫言更以意义丰富和扩大了的“故乡”来表达一种文学的“辩证法”：在与故乡的关系上，莫言起先是无意识地吸收和依赖，因为还没有一个参照系让他能够摆脱故乡的桎梏；等参军后，阅读和经历使他了解了外部世界的精彩，他便“头也没回”地逃离了故乡，此时莫言自小到大对于故乡的情感可以用一个词——“仇恨”——来表达。他写道：“当我作为一个地地道道的农民在高密东北乡贫瘠的土地上辛勤劳作时，我对那块土地充满了仇恨。”[①]然而怀着“仇恨”的心情逃离了故乡的莫言，等到三年后回家探亲时，一听到故乡的鸟鸣声，闻到故乡的炊烟味，便热泪盈眶，不能自已：

> 当我重新踏上故乡的土地时，我的心中却是那样激动；当我看到满身尘土、眼睛红肿的母亲挪动着小脚艰难地从打麦场上迎着我走过来时，一股滚热的液体哽住了我的喉咙，我的脸上挂满了泪珠。那时候，我就隐隐约约地感觉到了故乡对一个人的制约。对于生你养你、埋葬着你祖先灵骨的那块土地，你可以爱它，也可以恨它，但你无法摆脱它。[②]

无论作为心灵的归宿还是成为仇恨的对象，故乡都是莫言牵挂的地方。从空间上讲，故乡是作家的成长之地，而落后闭塞的故乡又是作家必须逃离的地方，但最终必然还是作家回归的地方。逃离—回归，如此往返，周而复始，但“故乡”已经作为一种新的美学概念重新升腾起来。在时间上、情感上，由无奈到怨恨，再到爱恨交加，最终爱的情感又占了上风。这背后就是如莫言所深刻揭示的，故乡是作家儿时最深刻的记忆，是作家的肉体和精神的“血地”。无论作家远走他乡千万里，终究放不下对故乡人物和土地的爱恨情仇。因此，故乡之于莫言，通过其“高密东北乡”文学世界的创构，无疑得到了极大的丰富和升华。简而言之，故乡最先桎梏着莫言但最后又成就了他。《超越故乡》这篇论文还重点论及了文学中的小说创作——这是莫言最拿手的文学体裁，并提到他自1984年到1990年每年都会提出不同的小说定义。到了写这篇硕士论文时，莫言认为小说或他的写作是“寻找失去的故乡，因为我的童年生活的地方就是我的故乡”[③]。故乡与作家的关系是一种制约和反制约或超越制约的关系。故乡之于作家，

① 莫言：《我的故乡与我的小说》，《当代作家评论》1993年第2期。

② 莫言：《我的故乡与我的小说》，《当代作家评论》1993年第2期。

③ 莫言：《超越故乡》，《莫言文集 小说的气味》，当代世界出版社2004年版，第363页。

在中国近代以来常指较为偏僻的农村，后来成为作家的写作者往往身居外地的城市，这样就构成了“故乡（农村）—他乡（城市）”的二元关系。故乡当然制约了作家，如果他没有机会逃离或走出故乡，那他就永远地被故乡拘囿、限制。所以，莫言在这篇论文中以理性与感性相结合的文字，提出了“故乡的制约”这一话题。

> 它耗干了祖先们的血汗，也正在消耗着我的生命。我们面朝黄土背朝天，比牛马付出的还要多，得到的却是衣不蔽体、食不果腹的凄凉生活。夏天我们在酷热中煎熬，冬天我们在寒风中战栗。一切都看厌了，岁月在麻木中流逝着，那些低矮、破旧的草屋，那条干涸的河流，那些土木偶像般的乡亲，那些凶狠狡诈的村干部，那些愚笨骄横的干部子弟……当时我曾幻想着，假如有一天，我能幸运地逃离这块土地，我决不会再回来。①

这简直是字字刻骨铭心，句句触目惊心。作为逃离者的莫言，对中国近代以来关于凋落破败农村的所有怨恨情感，都集中地体现在了这段话语中。逃离了它，才感到了“自由”。这里没有音乐家马思聪《思乡曲》那般悠扬和婉转，也没有阿炳《二泉映月》对苦难如泣如诉又哀婉动人，有的只有决绝的拒斥和暗自庆幸。莫言的故乡是处于边缘的、贫困的、落后的、破败的、愚昧的农村，莫言的童年是不幸的、贫穷的、黑暗的、孤独的，“我的童年是黑暗的，恐怖、饥饿伴随我成长”②。但是，故乡就像生命的基因，那里有母亲生你时的气息，有颤巍巍踮着小脚的母亲，你永远忘不了故乡的一草一木，哪怕它是让人逃离和憎恨的。莫言对如此的童年和构成他如此童年的故乡是恨大于爱，逃离的渴望大于固守的念想。作为莫言的“血地”，故乡给予他的多是苦难和饥饿、屈辱和恐惧、孤独和绝望。为此他把自己对农村故乡和那些上山下乡知青作家对第二故乡（农村）的看法，结合他们的作品进行了比较，认为如知青作家史铁生的《我的遥远的清平湾》和《我与地坛》，前者逊色于后者，原因就在于前者不是史铁生的“血地”故乡，而后者是他出生到生活的故乡，印刻着他生命的最初记忆。莫言还提出一种观点，好的文学大都是关于不幸和苦难人生的，而坏的文学大都是关于幸福生活的，他的这个观点阐发了一个有趣的现象或悖论。海明威亦有言：“不幸的童年是作家的摇篮。”在军营里，莫言最早写的是关于战士与海岛生活的小说，但下笔出来的却是关于故乡的物象、意象、情节、方言、人物、故事。人类的生活是浩荡蓬勃的，但是个体往往面临着不可思议的、痛苦的境遇，而个体的最终归宿又决定了他的悲剧性。这也是宗教所着力关注和试图索解的问题，文学和宗教在关乎生死方面的确有相交叉的地方。童年，尤其那种不幸的童年，成为作家创作的源泉就是一件顺理成章的事情了。不幸的童年会成为作家创作的宝库，这正是作家从故乡出走又回归的心路历程的写照。生活和

---

① 莫言：《超越故乡》，《莫言文集 小说的气味》，当代世界出版社 2004 年版，第 363 页。

② 莫言：《超越故乡》，《莫言文集 小说的气味》，当代世界出版社 2004 年版，第 369 页。

人生中的不幸恰恰能够成为比幸福更为本质、更为普遍的存在，一个现代作家如果不能够从自己卑微、屈辱、压抑、不幸、苦难的童年生活中汲取、提炼出创作的营养，那么他就不配作为社会和时代良知的代表，也就谈不上是真正的作家。生活和创作就是如此悖论地构成相互的关系，安逸、幸福的生活是作家的坟墓，而不幸、愤怒、苦难才是造就作家的摇篮。这一观点和中国古代的“发愤著书”（司马迁）、“国家不幸诗家幸，赋到沧桑句便工”（清代诗人赵翼《题遗山诗》），以及西方的“愤怒出诗作”（古罗马诗人尤维纳利斯）、“愤怒出诗人”（马克思）[①]，可谓一脉相承。

经过了这种否定之否定的生活和认识过程的莫言，不但从不幸、苦难的早年生活中不断汲取着创作的营养，而且善于发现存在于那种种不幸生活中有趣的东西，结果就形成了其别具格调的艺术观，以至能够以超脱的、喜剧的审美眼光看待悲剧和苦难的人生。在故乡成长的21年，正是极度贫穷、压抑不幸的时代，但农人们依然葆有韧性的乐观和乐趣，那些农民在田间地头说笑，那些小孩子在野地里和动物植物一起的景象，四季流转中的大自然；还有自己十来岁就辍学，给生产队放羊放牛，离家好几里路远，和牛羊等朝夕相处的童年少年岁月，统统都潜移默化为他对家乡、对自然、对动物、对植物深沉驳杂丰富的感情。他反思那段浸入骨髓的童年记忆时，常常对故乡的大自然充满了复杂的感觉和情感：“高粱叶子在风中飘扬，成群的蚂蚱在草地上飞翔，牛脖子上的味道经常进入我的梦，夜雾弥漫中，突然响起了狐狸的鸣叫，梧桐树下，竟然蛰伏着一只像磨盘那么大的癞蛤蟆，比斗笠还大的黑蝙蝠在村头的破庙里鬼鬼祟祟地滑翔着……”[②]莫言进而提出了关于景物、风景、背景描写的“万物通灵”观点。故乡关于鬼怪的故事培养了莫言对大自然的敬畏，他认为：“大自然是有灵魂的，一切都是通灵的，而这万物通灵的感受主要是依赖着童年的故乡培育发展起来的。”因此，莫言对故乡的一切，包括动物、植物、河流、湖泊等，都充满了敬畏感。所以，莫言在演讲《饥饿和孤独是我创作的财富》和《恐惧与希望》中提到的恐惧感，不仅仅是对缺衣少食的寒冷和饥饿的恐惧，也不仅仅是对被批斗、被羞辱的恐惧，还有对自己小小年纪就被迫到荒无人迹的大草甸放牛放羊的孤独的恐惧，这种恐惧的背后还有自小听来的鬼怪故事的影响。他写道：“童年的我是被恐怖感紧紧攫住的。我独自一人站在一片高粱地边上时，听到风把高粱叶子吹得飒飒作响，往往周身发冷，头皮发炸，那些挥舞着叶片的高粱，宛如一群张牙舞爪的生灵，对着我扑过来，于是我便怪叫着逃跑了。”[③]莫言的《草鞋窨子》就写了成人讲的各种鬼怪故事对少年叙述者所造成的恐惧及少年叙述者欲罢不能的好奇与渴望的心理状况。这是一种深切的生存和生命的恐惧感，在中国当代作家中，莫言发掘了经过传统加工过的鬼故事所具有的某种存在主义况味。鬼故事

① 陈福季：《“愤怒出诗人”的出处》，《咬文嚼字》2009年第6期。

② 莫言：《超越故乡》，《莫言文集 小说的气味》，当代世界出版社2004年版，第370页。

③ 莫言：《超越故乡》，《莫言文集 小说的气味》，当代世界出版社2004年版，第375～376页。

几乎对山东齐地乡村的孩子来讲是与生俱来、如影随形的，在20世纪50～70年代的无神论氛围中，鬼故事和万物有灵论像独异的怪精灵，浸入农村少儿的心扉，令人恐惧但又充满吸引力。莫言的这篇小说写出了这种迥异于主流文化的独特奇趣。因此，审丑和审恐怖在莫言的小说创作中就成为重要的表征与指标性的追求。他通过对苦难、丑陋和恐怖的审视和表达，不但走出和克服了苦难、丑陋和恐怖施加给他的屈辱感、恐惧感，而且以艺术的形式向世界表明：这些苦难、丑陋和恐怖的存在也是世界的一部分，但是它们终究会被人类战胜，从而成为人类生存强力和精神强大的一种佐证，甚至在某种程度上表征了崇高精神和崇高美学。

研究莫言文学世界，很多学者和批评家注意到其中的审丑（宽泛意义上还包括审恐怖、审荒诞等）现象。莫言所谓的丑，也包含着恶。他的写人三原则正说明了他对于人性复杂性的深刻认识。但是，对于何以有莫言这般的大面积、深广度、多层次的审丑、审恶以至审恐怖、审荒诞作品的问题，现有大多数论者的评论和研究却并没有给出令人信服的解释。我们在阅读莫言的《超越故乡》时，不能忽略如下的表述："不幸福的童年最直接的结果就是一颗被扭曲的心灵，畸形的感觉、病态的个性，导致无数的千奇百怪的梦境和对自然、社会、人生的惊世骇俗的看法。"[①]这段话是理解和分析莫言小说中的审丑现象的重要依据，可以说此文与《饥饿和孤独是我创作的财富》一起，是解开莫言小说审丑现象的钥匙。人类特别是我们中华民族经历了数千年的坎坷、痛苦、磨难、暴力、战争、饥馑、恐惧等，尤其是20世纪我们民族更是经历了空前的苦难。对于作为个体的莫言来说，他童年少年时代的每一步、每一时刻、每一个阶段，都打上了饥饿、孤独、恐惧、屈辱、卑微等病态的、非正常状态的烙印。童年的遭际正是作家创作的摇篮，有什么样的遭际和心灵历练，就会有什么样的文学作品。不幸的童年会促使作家更早也更深切地体察到人生存在的苦难，也会为后来的创作注入这种经过了苦难浸泡的精神汁液。因此，莫言在《超越故乡》以及《生死疲劳》台湾版后记中理性地表达了这种深切的体验，其观点与整个世界现代主义文学的美学观是基本一致的。现代主义文学不是莺歌燕舞的花前月下的浪漫主义，不是讲究理性、秩序、规范和尊严的古典主义，也不是对丑恶与荒诞的外在现实的摹仿式描写，而是通过一种"畸形的感觉"和想象，表达出来的一种"病态的个性"，一如波德莱尔及其"恶之花"那样。这种文学形态为什么会赢得当代人的青睐？这关乎一种新的美学的诞生及新的审美心理机制的形成。现象学美学家、批评家英伽登试图将实在论和现象学融合起来，他接受导师胡塞尔的意向性学说、现象学还原的方法和建立严密科学的信念，又力图抛弃胡塞尔的先验原则，希图确立独立于意识的实在，在意识和实在之间建立以实在为基础的对应性关联，从而以实在论的常识性信念来弥补现象学的偏颇。为此，英伽登强调被胡塞

① 莫言：《超越故乡》，《莫言文集 小说的气味》，当代世界出版社2004年版，第367页。

尔束之高阁的本体论的优先地位，认为认识论和价值论的研究都必须以本体论的研究为依据。他对文学的思考就以此为依托。在著作《文学的艺术作品》(*The Literary Work of Art*)中，英伽登提出了"伟大作品的形而上质"，再现客体呈现出"崇高、悲剧性、恐怖、震惊、神秘、丑恶、神圣、悲悯"等特质。这些特质既非客体的属性，亦非主体心态的性质，它们作为精神性的氛围而显现，是近乎迷狂状态中体悟到的那种价值性。在本质上，形而上质是观念性的，而非结构性层次，只有伟大作品才具有，它已经属于作品价值论的范畴了。① 由此，我们去看莫言的多部长篇小说，如《酒国》《丰乳肥臀》《生死疲劳》等，就会在更高、更深的层面上理解其审美意蕴。莫言如上长篇小说的美学精神或审美意蕴体现了各种并非和谐优美的趣味或类型，而是与现代美学所倡导的趋向相类似的意蕴。关于这一点，后文将有详论。从这个意义上讲，莫言创作了堪称带有形而上质的伟大作品。

当然，建构其伟大的"高密东北乡"文学王国，莫言付出了 30 年乃至整个前半生的巨大心血和智慧。起初的这个文学王国并不恢宏但带有强烈的个性色彩。1992 年莫言专门提及了他首次提出"高密东北乡"的小说《白狗秋千架》，其实最早亮出"高密东北乡"旗号是在小说《秋水》中②。不管《秋水》还是《白狗秋千架》，都是关于"高密东北乡"的文学叙事，带有这个王国的文学印记：感觉奇崛突出、色彩斑斓浓烈、写实虚幻交融、主题朦胧象征。从此，莫言开始了作为"高密东北乡"文学王国国王的生涯，他"发号施令，颐指气使"，"君临天下"。"虽然我身居闹市，但我的精神已回到故乡，我的灵魂寄托在对故乡的回忆里，失去的时间突然又以充满声色的画面的形式，出现在我的面前。"③这与马塞尔·普鲁斯特在《追忆逝水年华》中的艺术追求有异曲同工之妙。作家的精神洄游到对故乡的回忆中，失去的时间以一种新的形式(感觉和记忆)重新出现，这构成了现代作家创作的一种绵延不绝的叙述方式和审美方式。莫言后来构筑的"高密东北乡"文学王国，便是这一出走与复归、经历与记忆、时间与回忆相互交织、相互激荡的结晶。

---

① Roman Ingarden, *The literary Work of Art*, Trans. George G. Grabowiez, Illiois: Northwestern University Press, 1973, p. 30.

② 莫言在《超越故乡》(写于 1992 年 5 月)中写道："到了一九八四年秋天，在一篇题为《白狗秋千架》的小说里，我第一次战战兢兢地打起了'高密东北乡'的旗号，从此便开始了啸聚山林、打家劫舍的文学生涯，'原本想趁火打劫，谁知道弄假成真'。我成了文学的'高密东北乡'的开天辟地的皇帝，发号施令，颐指气使，要谁死谁就死，要谁活谁就活，饱尝了君临天下的乐趣。"(《莫言文集 小说的气味》，当代世界出版社 2004 年版，第 365 页)这里莫言大概有一点记忆误差。2015 年管谟贤认为，莫言最早在小说中擎起"高密东北乡"文学大旗的是《秋水》(原载《奔流》1985 年第 8 期)，在写作时间上《秋水》要早于《白狗秋千架》。莫言接受了长兄的看法，他在瑞典文学院的讲演《讲故事的人》中说："在《秋水》这篇小说里，第一次出现了'高密东北乡'这个字眼，从此，就如同一个四处流荡的农民有了一片土地，我这样一个文学流浪汉，终于有了一个可以安身立命的场所。"(管谟贤、管襄明：《莫言与红高粱家族》，江苏凤凰文艺出版社 2015 年版，第 96～97 页)

③ 莫言：《超越故乡》，《莫言文集 小说的气味》，当代世界出版社 2004 年版，第 365 页。

故乡和文学,或童年记忆与文学的关系,是一个文学创作学的话题。只不过在不同的作家那里,故乡的成分有多少之分。对于莫言来说,故乡和童年是一个近乎永恒和不可摆脱的宿命般的主题。20 世纪随着世界新移民浪潮和全球化的到来,人类产生了日益浓重的寻根意识。不但美国的黑人、海外的华人、拉美的混血儿在纷纷寻找自己的“根”,而且在各个国家和民族内部,随着城市化和工业化进程的加剧,因无根而产生的寻根意识也日益强烈。中国 20 世纪 80 年代中后期的寻根文学就是这种意识的艺术呈现。从近代文学史来看,那些中外大家无不是具有强烈寻根或故乡意识的作家,如鲁迅的鲁镇、沈从文的湘西凤凰城、老舍的北京城,卡夫卡的布拉格、乔伊斯的都柏林、福克纳的约克纳帕塔法县、马尔克斯的马孔多镇等,愈是倾向于现代主义创作美学的作家就愈是强烈地意识到选择和寻找具有存在意义的“故乡”“血地”的重要性。

然而实际上,一个作家是永远也不能真正回归到他的“故乡”和“血地”的,他所寻找和书写的是如美国作家托马斯·沃尔夫所说的为克服“无家可归的痛苦”而寻求建立的“精神故乡”。故乡是一种寄托,莫言的所有创作正是“这种将故乡梦幻化、将故乡情感化的企图”,也正是在这种努力中,他才拥有了超越故乡的希望和可能。[①] 这种梦幻化和情感化了的故乡已然不是原本的故乡,但是这种故乡情结或精神追求却是文学,尤其是先锋派或现代主义文学所不可或缺的、最为宝贵的美学要素。莫言早年写过一篇文章,谈到了自己的写作源泉和惯用手法:“故乡留给我的印象,是我小说的魂魄,故乡的土地与河流、庄稼与树木、飞禽与走兽、妖魔与鬼怪、恩人与仇人,都是我小说的内容。”[②]这段话与他在《红高粱》“创作谈”中所表达的那些两极对立因素的嫁接式写作方法,实有异曲同工之妙:“我曾对高密东北乡极端热爱,曾经对高密东北乡极端仇恨,长大后努力学习马克思主义,我终于悟到:高密东北乡无疑是地球上最美丽最丑陋、最超脱最世俗、最圣洁最龌龊、最英雄好汉最王八蛋、最能喝酒最能爱的地方。”[③]这些两极对立的因素被莫言融合于小说文本中,从而打破了小说创作许许多多的限制和禁区,在这种对立因素所构成的张力中,他开始变得游刃有余,大刀阔斧,天马行空,生杀予夺,为所欲为,无所不能,而这些因素也成就了当今的大作家莫言。

莫言正是这样一个作家。他的“高密东北乡”作为文学共和国,自然已经不仅仅是地理学上的高密东北乡,当然也不是纯粹文化学象征意义上的“高密东北乡”,而是一个具有“文学地理学”意义上的“高密东北乡”。这正如欧洲小说家昆德拉所说的:“当

---

① 参见莫言:《超越故乡》,《莫言文集　小说的气味》,当代世界出版社 2004 年版,第 376～377 页。

② 莫言:《我与农村》,《农民日报》1991 年 8 月 29 日。

③ 莫言:《红高粱家族》,解放军文艺出版社 1987 年版,第 2 页。

我谈到布拉格,我谈的是欧洲。"[①]昆德拉的意思是,他作为一个欧洲公民,他的文学世界远远超出了捷克和布拉格。莫言的"高密东北乡"其实也是如此,它表征了整个中国社会,莫言以小说艺术的形式表达着他心目中的整个中国乃至世界。或许有人认为,莫言写的是乡土文学,乡土代表不了中国。其实,对于生活在当代中国的人们来说,乡土恰恰是中国与之俱来的印记和特征,无论北京、上海、深圳多么繁华,多么现代化、后现代,而生息其间的市民的文化心理、行为做派,其实与生活于高密东北乡的农民,并没有多么大的差距。综观中国当代的政治生态、经济生态和文化生态,无不如此。专权与放纵、自在与自由、政教伦理与科技理性,相互交织地存在于每一个中国公民的心理世界。一个高密东北乡的农民和一个北京知名大学的教授的文化心理也许有一些差异,但是在对生息其间的政治、经济和文化氛围、环境的适应程度上,大致是一样的。况且,莫言的"高密东北乡"还平添了来自他乡、来自城市、来自异域的文化渗透。研究文学地理学的学者梅新林认为:

> 文学地理学,是融合文学与地理学研究、以文学为本位、以文学空间研究为重心的新兴交叉学科或跨学科研究方法,其发展方向是成长为相对独立的综合性学科。文学地理学中的"地理",依次包括:1.作家籍贯地理;2.作家活动地理;3.作品描写地理;4.作品传播地理等四个层序。通过对这四个层序动态的、立体的、综合的分析研究,不仅可以使我们更真切地了解文学家的生态环境,复原经过文学家重构的时空场景,揭示隐含于文学家意识深层的心灵图景,而且还可以由此探究文学传播与接受的特殊规律。这里,需要特别关注一下文学地理学中"地理"之于"文学"的"价值内化"作用,所谓价值内化,就是经过文学家主体的审美观照,作为客体的地理空间形态逐步积淀、升华为文学世界的精神家园、精神原型以及精神动力。[②]

按照这个观点来看莫言的创作,则可以发现他的出生地即他的籍贯地——山东高密东北乡的独特之处。这个三县交界的广袤的草甸子地带,远离城市,植被(尤其是红高粱)和动物(尤其是狗、狐狸和鸟类)以及风土与人情(大胆泼辣,言语放肆,敢爱敢恨)都有不同于其他作家成长地的独异之处。当然,我们不能拘泥于某些具体的地理物象、景致,因为我们在莫言描写故乡的小说中看到了山脉,其实他的家乡是一片平原,根本就没有什么山脉。但是莫言在《丰乳肥臀》等作品中,把别处的山脉大川"搬到了"他的故乡,使得他所描写的场景丰富、立体、驳杂起来,也与整个20世纪的战争、动乱的历史背景有了更多的契合之处,其叙述就更具纵深感。

---

① [法]安·德·戈德马尔:《小说是让人发现事物的模糊性——昆德拉访谈录(1984年2月)》,[英]乔·艾略特等:《小说的艺术》,张玲等译,社会科学文献出版社1999年版,第72页。

② 梅新林:《中国文学地理学导论》,《文艺报》2006年6月1日。

作为作家，莫言所活动的地理范围就极其广阔了，从高密东北乡到烟台黄县附近他开始参军的地方，再到河北保定及北京北部长城军营，最后到北京，都是他长期生活的地方。另外，还有他出访、游历的地方，几乎涉及全国各地和世界五大洲，但主要是山东高密和北京。而莫言以北京作为背景的小说却寥寥无几，除了带有调侃和反讽意味的《长安大道上的骑驴美人》等几篇小说外，莫言对北京这座他长期生活的城市反倒没有多少叙述和表达的欲望，他魂牵梦绕的还是高密东北乡。莫言这种坚守在他的"高密东北乡"的写作姿态和成就，由于吸纳了现代主义的精髓而涨破了中国的城市现代主义。谢有顺认为："20世纪中叶以来，诺贝尔文学奖几乎未曾颁发给传统作家，获奖作家都是现代主义的，在艺术上有探索精神的人。"①莫言获诺贝尔文学奖也是20世纪现代主义延续至当下时代文学思潮的一个重要环节或节点。这让我们想起李欧梵的观点，他认为早期现代主义（指20世纪二三十年代的欧洲现代主义）只能在欧洲的几个大城市里诞生，或者至多蔓延到中国上海这样的大城市，而不可想象它会在乡村里产生现代主义文学。② 但后来现代主义的发展，比如福克纳、马尔克斯以及莫言就彻底消解了李欧梵的这一观点。尤其是莫言的写作领地就在高密东北乡这个典型的中国农村社会中，他在破败的车间、厂房和农村四合院式的住宅里创作出了《丰乳肥臀》这样表现乡村和农民的现代主义作品。莫言文学的现代主义对于逐渐成为经典的现代主义的突破由此可见一斑。简言之，莫言的现代主义精神和乡村生活很融洽地结合在了一起。超越故乡不但要走出故乡，而且要真正获得外部世界的认可，至于文学的超越故乡还涉及走出国门，走向世界，甚至超越时代。莫言借助《红高粱家族》怪异浪漫的故事及其独特的讲述方式，以及同名电影的艺术传播效应而受到了欧美批评家们的关注。比如，《纽约时报》的书评人维尔伯恩·哈普顿认为，莫言那些"土匪种"的角色和入了神话架构的"高密东北乡"从此上了世界文学的版图。③ 另一位美国文学研究者英奇称："莫言是世界级的作家，可能是老舍、鲁迅以来最有前途的中国作家。但这二位前辈的文学才华却不如莫言。英译《红高粱》的出现是英语文学（English-language literature）一大盛事，本此可预见中国小说在21世纪的活力和影响力。"④这些20余年前的判断已经得到了证实，因为中国当代文学尤其是先锋文学或现代主义文学已然获得了世界各主要国家和民族的认同，莫言几年前获得诺贝尔文学奖则是这种认同最有力的体现。

---

① 谢有顺：《莫言小说与诺贝尔文学奖的价值观》，孙宜学主编：《从泰戈尔到莫言：百年东方与西方》，上海三联书店2015年版，第42页。

② 参见李欧梵：《上海摩登：一种新都市文化在中国1930～1945》，北京大学出版社2005年版。

③ 参见刘绍铭：《入了世界文学的版图——莫言著作、葛浩文译文印象及其他》，《作家》1993年第8期。

④ 转引自刘绍铭：《入了世界文学的版图——莫言著作、葛浩文译文印象及其他》，《作家》1993年第8期。

第二章
苦难中的精灵与沉潜的鲸鱼：莫言文学的主体性因素

一个作家的创作往往源于其独特的个人体验以及想象力的孕育和开发。海明威所说的“不幸的童年是作家的摇篮”，正说明了独特的个人体验和经历是一个作家成其为作家的根本所在。“不幸的童年”之所以是作家创作的源泉、摇篮，概因作家的所思、所想、所写常常与普通人遭遇的不幸息息相通，但常人往往写不出来；又因为童年的记忆是文字化、文明化、格式化之前的记忆，是感同身受的切身体验，是一种身体和心灵深处的记忆，所以更加深刻难忘。成为作家就意味着把这些难以忘怀的记忆转化为文学的资源，使其成为进入文学世界的钥匙。研究一个作家的文学成就和特点，就要从作家作为创作主体的形成因素出发，探索其独特性和独创性。

莫言之所以在小学都没怎么上完的情况下，成为第一个获得诺贝尔文学奖的中国籍作家，进而成为当代中国最具世界性影响的大作家，其个人的、主体方面的因素正包括“不幸的童年”所带来的丰富、复杂、悖反的种种情结，以及他后天个人的刻苦努力和自我塑造。

第一节　独特的体验与文学世界的基点

莫言 1955 年出生于山东省高密县(现为高密市)河崖镇东北乡一个叫“平安庄”的村子，莫言旧居紧靠胶河，河的北岸就是莫言上的大栏村小学。这里是高密、胶县和平度三县交界处，也是“三管”“三不管”的交叉地带，有连片的草甸子和水塘，纵横交织的胶河、墨水河，适宜种植耐涝的高秆作物高粱。莫言出生的那一年，在共和国的历史上发生了两件大事：一是农村高级合作社在全国纷纷建立起来，二是胡风集团事件。前者是农村生产体制的剧烈变化，关乎中国的物质生产方式；后者是关系当代中国知识分子精神世界的一场重要的政治斗争。这两个重大历史事件后来在莫言的创作中留下了深刻的烙印。莫言的童年和青少年时代是他出生至 1976 年参军这段时期。2005

年在意大利的一次演讲中莫言说:"回顾往昔,我确实是一个在饥饿、孤独和恐惧中长大的孩子。"[①]"饥饿、孤独和恐惧",正是童年和青少年时代莫言所体验的三种苦难和不幸。其实,与之相随的还有贫穷、屈辱、压抑、自卑等负面遭遇、体验和心理。虽然莫言也认为"不幸的童年是作家的摇篮",但是饥饿、孤独及恐惧等苦难带来的不幸由于其负面性和否定性,更可能加重童年和青少年时代的感觉和体验的深度,更加让人刻骨铭心、终生难忘,就像弗洛伊德所说的"情结"(complex),会成为一个伴随终身而难解的"结"。这个"情结"就是经常出现在作家作品中的"情节"(plot)。当然,一个人能否成为作家,还要看是否具备其他的诸多条件,包括人的禀赋、意志力和成年后的境遇,等等。莫言出生于 1955 年 2 月 17 日,按照星座说,他属于水瓶座。水瓶座的人往往脑子里充满了古怪的念头,思维能力高于本能,喜欢创造新颖、独特的东西,崇尚先锋派,现实观念淡漠,不喜欢平静的生活,常常被某种稀奇古怪的新念头搞得废寝忘食,但往往不能生活在谎言之中,过分耿直坦率。这些性格特征或秉性,莫言大致都具备。即使面对童年饥饿、孤独、恐惧和屈辱的遭际,莫言(管谟业)却特别喜欢找各种书来阅读,尤其是八九岁上小学时就读到了带有插图的《封神演义》这一大部头的神魔小说,以及被鲁迅称为"用传奇法,而以志怪"的《聊斋志异》,等等。这些书籍对尚为儿童的莫言来说,重要性自不待言,也潜在地影响了后来的作家莫言的创作意向和语言风格。"文化大革命"前莫言还阅读了古代小说名著《三国演义》《水浒传》《儒林外史》,20 世纪五六十年代的红色小说如《青春之歌》《破晓记》《三家巷》《苦菜花》以及《钢铁是怎样炼成的》等。这些阅读丰富和刺激了少年时期的莫言的想象力和幻想力。齐文化富有想象力的绚烂、浪漫的表现形式强化了他那些古灵精怪的奇思妙想。在饥饿、孤独、屈辱、恐惧等负面性经历和体验方面,莫言在当代先锋派作家中几乎是孤立的个案,而他成了作家之后对这方面体验的文学表达则使他独树一帜。也许正是在这个意义上,作家艾伟才说:"就先锋性来说,可能莫言的文本可能更先锋。"[②]也有批评家称莫言为"置身于苦难中的黑色英雄"[③]。刘再复称其为具有鲸鱼般气质和追求的作家。精灵、怪异、空灵、先锋、黑色、英雄、鲸鱼般的秉性或性格特征,体现在其创作主体之维,构成了莫言独特的主体性心理结构、审美倾向及其张力,以及独特的苦难叙述或苦难美学。下面针对其切身的负面性体验,择其要者加以论证。

一、饥饿

无论从唯物主义还是从唯心主义(包括存在主义)来看,饥饿都是人类面临的最为

① 莫言:《恐惧与希望——在意大利演讲》,《恐惧与希望:演讲创作集》,海天出版社 2007 年版,第 160 页。
② 艾伟:《从"没有温度"到关注"人的复杂性"》,《文艺争鸣》2015 年第 12 期。按:引文原文如此。
③ 赵月斌:《置身于苦难中的黑色英雄》,《上海文化》2009 年第 3 期。

悲惨的肉体和精神的体验。中国的近现代历史上发生了人民普遍不能果腹的惨痛的饥饿现象，尤其是在1958～1962年的严重灾难时期。根据公布的数据，学者们进行研究后得出了基本符合实际的结论。根据权威资料即中国国家统计局公开发布的数据，金辉得出结论："1959年～1961年，全国的自然灾害从气象水文统计资料上看，既说不上'严重'也算不上突出，但是，中国大地上却出现了灾害的最严重后果——千百万人的非正常死亡，低限值也在4000万之巨。""3年—4000万，无疑是人类生命史上单位时间内最大的人口减员。"与此同时，"1959～1961年，中国并没有发生什么'严重自然灾害'，而是'基本上风调雨顺'"。[①] 另外，有文献表明，"三年自然灾害说"不成立，1959～1961年发生的那场灾难，人们已习惯称之为"三年自然灾害"，这似乎已成不争的事实，后来国家将其改称为"三年困难时期"。这三年自然灾害确实有些严重，但与往年相比，粮食减产的幅度更大，1959年比1958年锐减15%，1960年比上年再减15.6%，这在共和国历史上是绝无仅有的。1949～1983年，年均成灾面积为1295万公顷。这就是说，一年中全国有1000余万公顷耕地受灾，并不算真正的灾年。1959年受灾面积其实只有1373公顷，而1956年和1957年都超过这个数字，但粮食并没有减产。1980年受灾面积达2232公顷，粮食减产量却是微乎其微的。这说明在大多数年份，自然灾害与成灾面积并不能直接决定粮食的收成。实际情况是，1959～1961年，之所以农作物产量比常年减产30%以上，主要原因不是什么自然灾害，而是"左倾"狂热及其指挥下的9000万人去大炼钢铁、大办食堂以及兴起人民公社的"共产风"等。正是这些因素直接和决定性地造成了三年灾难，显然不是什么自然灾害所致。[②]

然而，20世纪六七十年代的中国当代作家几乎全部在这一人类历史惨剧面前保持了沉默。杨朔、刘白羽和秦牧等人的散文写的多是歌舞升平的场景、过着幸福甜蜜生活的人们；浩然、李心田、谌容、蒋子龙等小说家的作品多设置两条路线、两个阶级的激烈对抗和斗争，最后是无产阶级（工人、农民）战胜了资产阶级（资本家或地主、富农），毫不涉及这场灾难；甚至在当代最为严谨的现实主义作家柳青的《创业史》（第一部完稿于1959年10月，第二部出版于1977年6月）中，读者也看不到对于这场大灾难、大灾荒只言片语的描写。在灾难发生及之后的近20年时间里，读者在当代作家公开发表的作品中根本看不到对三年大饥荒哪怕一丁点的描写文字，遑论对那个时期的研究了。

改革开放以后，作家开始了对这个中华民族在和平时期最大的灾难的艺术表达。路遥的《在困难的日子里》开启了对农民在1960年前后遭遇严重灾难和饥饿的文学书写潮流，他后来还写了关于这场大饥荒的一系列作品，如《姐姐》《黄叶在秋风中飘落》

① 金辉：《"三年自然灾害"备忘录》，《社会》1993年Z2期。

② 参见金辉：《风调雨顺的三年》，《方法》1998年第10期。

《人生》及《平凡的世界》等。后来张贤亮的《灵与肉》《河的子孙》《绿化树》《男人的一半是女人》等小说写了知识分子从精神的屈辱到肉体的饥饿状态。张一弓的《犯人李铜钟的故事》更加直面那场给我们民族尤其是农民造成极大灾难的大饥荒，悲壮中透出悲凉。茹志鹃的《剪辑错了的故事》、左建明的《阴影》、高晓声的《漏斗户主》等，是对农民饥饿状态的艺术表达。李锐的"厚土"系列之《假婚》写了逃荒女人，刘震云《塔铺》写了饥饿状态下，无论是委身男人的女人，还是寻觅蝉蛹的磨桌，都仅仅是为了获得一点食物而丧失了尊严。赵本夫的《涸辙》中的鱼王庄人外出要饭，"每次外出归来，总会有十个八个姑娘媳妇怀孕。受到侮辱而侥幸没有怀孕的，更无法计算。她们中情况多种多样，被人施暴的虽有，但毕竟不多。多数出于被迫和无奈。她们要活着。有时，十块钱，一顿饭或半个月的临时工，都能诱惑她们去出卖身体"[①]。尤凤伟的《中国一九五七》写反右派运动及其惨痛的后果，较之《绿化树》更加凸显了强权对人尤其是知识分子的毁灭性打击。上述作品大多为写实主义的，书写了人因饥饿所产生的生理反应和对食物的追逐，人在饥饿中几乎彻底丧失了本身的尊严。这类作品所激发的阅读感受往往是崇高的、悲壮的和酸辛的。

还有一类描写饥饿的作品，像刘恒的《狗日的粮食》、毕飞宇的《叙事》、余华的《许三观卖血记》《活着》，一改往昔写实手法所表达的饥饿与人性的关联，采取一种荒诞、冷漠、近乎零度的先锋叙述，把对1960年前后饥饿与人性关系的描写扭转到了一个别样的荒诞的路径上。这种表达方式同样能写出现实的真实性，试想：大丰产之年却发生了大饥荒，这中间所透露出来的关系难道不是荒谬甚或荒诞吗？当代中国这类饥饿叙述把曾经大面积加于中国人的饥饿、饿死人的真实历史以一种现象学式的方法，呈现、讲述给读者，它们降低了身段，消弭了崇高，化解了情感浓度，以平视的叙述姿态，讲述中国历史上曾经发生的一幕幕饥饿的故事和故事中人物的生存状态。冷观和呈现是这类小说叙述的基本方式，它们能够令读者产生毛骨悚然的阅读感受，并且和那些现实主义作品所带来的悲壮、崇高接受效果一起，构成了关于饥饿作品的现象学—接受美学之维。

莫言的小说兼有上述两种形式的叙述，他的多篇小说和散文描写了那种不堪忍受的极度饥饿。短篇小说《粮食》以"粮食"为题，以反讽的方式凸显了"粮食"这一物象/意象，小说写的是没有一丁点"粮食"的饥饿状态。"伊"一家五口，有3个孩子——女孩梅生、男孩福生和寿生，还有80岁的老婆婆。村里的榆树皮都被啃光了，女孩去挖野菜。田野里能吃的野菜早就被挖光了，只剩下婆婆丁、野蒿子这些本不能吃的野菜。这些野菜，再掺上观音土，蒸熟了有着毒药般的味道。这些就是一个农户家的所有的"粮食"。每个人的皮肤都泛着绿光，肚子里的肠子都能够看到。即使这样，小脚的女

① 王彬彬：《民以食为天——当代小说中饥饿描写的文学意义》，《文艺评论》1989年第1期。

人们还要在石磨房里推磨。7个饥饿的女人发现了生吃粮食的门道，也怂恿伊这个富农的老婆偷吃粮食，并且把粮食粒儿放进裤子里，结果在下工时被看管王瘸子逮住了。带走粮食的可能性几乎没有了，伊却出人意料地想出了一个新的匪夷所思的办法：她把粮食粒儿塞进嘴里，囫囵吞下去，回到家用筷子刺激喉咙深处以吐出粮食。后来，她便条件反射地头一低就能吐出粮食粒儿。靠着伊吞吐出来的粮食粒儿，她的孩子和婆婆得以度过那个艰难的饥饿年代。[①]

这类情节积淀在经历过那场惨烈大饥荒的莫言心里变成了情结，因此在莫言的其他小说中屡次出现。中篇小说《梦境与杂种》写女人们在推磨时把粮食往裤腰里、袜筒里装，母亲被发现了，妹妹代替她去推磨，“我妹妹每天下工前，在黑暗中，把大把的粮食囫囵着吞到胃里，然后大摇大摆地回家。回到家，她端出一个盛满清水的盆，找一根筷子捅喉咙，把胃里的粮食吐出来。……我妹妹的咽喉都捅坏了，吐出来的粮食上沾着血丝”[②]。长篇小说《丰乳肥臀》里母亲上官鲁氏用同样的方法来获得活命的粮食：“她用手捂着嘴巴，跑到杏树下那个盛满清水的大木盆边，扑地跪下，双手扶住盆沿，脖子抻直，嘴巴张开，哇哇地呕吐着，一股很干燥的豌豆，哗啦啦地倾泻到木盆里，砸出了一盆扑扑簌簌的水声。……后来吐出的豌豆与黏稠的胃液混在一起，一团一团地往木盆里跌落。终于吐完了，她把手伸进盆里，从水中抄起那些豌豆看了一下，脸上显出满意的神情。”“刚开始，都往袜筒里装，出门被搜出来，被人家像狗一样地羞辱。后来，大家就吃。有一次回家呕了，呕在院子里，下大雨，没收拾，早晨看到一些豌豆粒，鹦鹉韩捡着吃，娘也吃了几个，娘就开了窍。第一次往外吐，要用筷子搅喉咙，那滋味……现在成习惯了，一低头就倒出来了，娘的胃，现在就是个装粮食的口袋……”[③]这是关于粮食和饥饿的描写，在现代那些从没有经受过饥饿的人看来，简直是编造，但这样的光景其实在三年灾难期间屡见不鲜。莫言曾经幽默地说，他们村里的树是全世界最悲惨的树，被饥饿的人们啃得树皮消失殆尽，一棵棵都模样可憎。在题为《吃相凶恶》的散文中，莫言回忆了那场延续了好几年的大饥荒：饥饿的人们吃草根、树皮、房檐上的草，吃自己老婆腿上的肉，吃南洼里的白色观音土，吃了土拉不出来，憋死了一些人。吃煤块，学生、老师都吃煤块，孩子们拉的屎填到炉子里呼呼地燃烧。这些看似荒诞、魔幻的场景其实是真真切切发生过的事实。饥饿也因此导致莫言进城后依然“吃相凶恶”，以至于让城里人笑话。《吃相凶恶》只不过写出了这种饥饿后遗症的一个小侧面。五六岁时的莫言小胳膊小腿，肚子大得像皮球，能够看见里边的肠子，腿肿得像大人的腿那般粗。在这篇散文中，他栩栩如生地写了他与堂姐争食一片发了霉的红薯干的情景，最后不但惹得姐姐哭了，而且招来婶婶的不满。饿死人的事件到处发生，“1960年

---

① 参见莫言：《粮食》，《莫言文集 与大师约会》，作家出版社2012年版，第102～111页。

② 莫言：《怀抱鲜花的女人》，上海文艺出版社2012年版，第381页。

③ 莫言：《丰乳肥臀》，上海文艺出版社2012年版，第417～418页。

的春天，在人类的历史上恐怕也是一个黑暗的春天。……村子里几乎天天死人。都是饿死的，起初死了人还掩埋，亲人们还要哭哭啼啼地到村头的土地庙去‘报庙’，向土地爷爷注销死者的户口，后来就没人掩埋死者，更没人哭嚎着去‘报庙’了”[①]。饥饿难耐，有了一点食物便狂吃滥吃，控制不住自己，于是就有吃了得传染病、带瘟的猪肉撑死的，吃了当作救济粮的豆饼撑死的。他们村仅仅一次发放豆饼，就撑死了17人。[②]莫言的乡亲和广大农民一样，承受着人类历史上惨绝人寰的饥饿的折磨。莫言在散文中还回忆了刚刚当兵吃饭的样子，第一顿饭吃到八个馒头的时候住了嘴，他还是当时吃得最少的一个新兵。第二天管理员杀了猪，任由他们敞开肚皮吃，还有雪花膏似的大馒头，“这顿饭吃罢，我们几个新兵，走起路来都有些摇摇晃晃，吃猪肉吃醉了。我个人的感觉是肚腹沉重，宛若怀了一窝猪崽”[③]。长篇小说《四十一炮》正是通过对各种肉食的大肆泛滥的描写，从而反衬了饥饿记忆的难以磨灭，饕餮暴食同根本没有食物的饥饿难耐其实是“吃”这个问题的两面，就像一张纸的两面，不可分割。

40年后，莫言在美国的一次题为《饥饿和孤独是我创作的财富》的演讲中，还专门用一种略带幽默的语调谈到了他所遭遇的这种极度的饥饿状况：

> 我们的胳膊和腿细得像木棍一样，但我们的肚子却大得像一个大水罐子。我们的肚皮仿佛是透明的，隔着肚皮，可以看到里边的肠子在蠢蠢欲动。我们的脖子细长，似乎挑不住我们沉重的头颅。……那时候我们这些孩子的思绪非常单纯，我们每天想的就是食物和如何才能搞到食物。我们就像一群饥饿的小狗，在村子里的大街小巷里嗅来嗅去，寻找可以果腹的食物。许多在今天看来根本不能入口的东西，在当时却成了我们的美味。我们吃树上的叶子，树上的叶子吃光后，我们就吃树的皮，树皮吃光后，我们就啃树干。那时候我们村的树是地球上最倒霉的树，它们被我们啃得遍体鳞伤。[④]

许多在常人看来根本不能吃的东西，在当时饥饿的小莫言们看来就是美味佳肴。“1961年的春天，我们村子里的小学校拉来了一车亮晶晶的煤块，我们孤陋寡闻，不知道是什么东西。一个聪明的孩子拿起一块煤，咯嘣咯嘣地吃起来，看他吃的香甜的样子，味道肯定很好。于是我们一拥而上，每人抢到一块煤，咯嘣咯嘣地吃起来。我感到那煤块越嚼越香，味道的确是好极了。看到我们吃得香甜，村子里的大人们也扑上来

① 莫言：《吃相凶恶》，《莫言文集 会唱歌的墙》，作家出版社2012年版，第141页。
② 参见莫言：《忘不了吃》，《莫言散文新编》，文化艺术出版社2010年版，第68页。
③ 莫言：《忘不了吃》，《莫言散文新编》，文化艺术出版社2010年版，第68页。
④ 莫言：《饥饿和孤独是我创作的财富——在史坦福大学的演讲》，《恐惧与希望：演讲创作集》，海天出版社2007年版，第45页。

吃，学校里的校长出来阻止，于是人们就开始哄抢。”[①]在这篇著名的演讲词中，莫言纪实性的笔触却透露出某种匪夷所思的荒诞性。关于小时候吃煤块的情景，莫言还在另一篇散文中写道：“在饥饿的年代里，我们吃野草和树皮，吃光了野草和树皮后，我们曾经在学校里吃过煤块。”[②]一群小学生“吃煤块”的滑稽、幽默又带点荒诞的场面，因为超越了一般的现实生活的可能性，而永远地留存在作家莫言的记忆深处，并时常勾起他深沉的回忆，而这种记忆和回忆及其所寄托的人文情怀恰恰构成了莫言文学最独特、最别致、最富深情之处。“很快，村里村外的树都被剥成裸体，十分可怜的样子，在寒风中颤抖着。”[③]饥饿的终极结果就是死，莫言在小说《红高粱家族·狗道》中写到的狗吃人的尸体的种种场景，惨烈而不堪过目。其实这些形象和情节来源于童年莫言忍饥挨饿的切身体验和记忆。在散文《忘不了吃》中，莫言写了 1960 年前后故乡村庄里大面积饿死人的状况：“发放救济粮的钟声敲响时，连躺进棺材里的人也会蹦出来。这当然是夸张。那时候，人死得太多，哪里还有什么棺材。死了，好歹拖出去，让狗吃了拉倒。那是狗的黄金岁月，吃死人吃的，都疯了，见了活人也往上扑。有人可能要说：你们为什么不去打狗吃呀？狗肉丰富，味道鲜。你问得好，你这念头，我们早就想到了，可我们脚肿得如水罐，走两步就喘息不迭，根本不是狗的对手。与其说去打狗，毋宁说去给狗加餐。”这样的现实生活场景表现到其小说创作中，自然就显出一种别样的叙述与审美的情调。疯狂的现实，逼出了疯狂的人性，还有匪夷所思的无穷想象力。莫言有一篇小说《铁孩》写了一群幼儿被三个长得像巫婆样的老太婆看管而没有任何吃的东西的故事。小说中，一群三四岁的小孩子在“幼儿园”里，每顿饭都是一盆野菜粥，因饥饿难耐，孩子们只好去找铁筋吃，并且吃得津津有味，“越嚼越香”。不但物质极度贫乏，而且人们之间的关系更加阴暗甚至恶毒。那个黄头发的男青年等孩子们问他见过自己的爹或妈没有时，一口一个你们的爹妈被钢轨或枕木砸死了，而老太婆们恶狠狠地诅咒着，“再哭送你们去万人坑”。吃铁筋的情节实在超出了人们的想象，从而显得魔幻抑或虚假。考究莫言的这篇小说，他没有通过这种文体去写孩童吃铁的情景，而是在其中对硬似铁的人和人的关系予以充分的表现，这显示了作家莫言艺术表达的分寸感。实际上在当时的社会情势下，人性及人与人之间的关系恶化了，话语中充满了恶毒的气息。小说还有一个特点，就是用了“我们”这一复数人称作为叙述的角度。这样的表达其实是莫言的文学世界对于“现代主义文学的中国化”的一种努力，在某种意义上是对当代荒唐现实的真实写照。

为了解决食物匮乏的严重问题，莫言真的像小狗一般，到田野里去寻找可以吃的

① 莫言：《饥饿和孤独是我创作的财富——在史坦福大学的演讲》，《恐惧与希望：演讲创作集》，海天出版社 2007 年版，第 45 页。

② 莫言：《说说俺们山东人》，《北京秋天下午的我》，海天出版社 2007 年版，第 151～152 页。

③ 莫言：《忘不了吃》，《莫言散文新编》，文化艺术出版社 2010 年版，第 68 页。

一切东西，除了植物类的浮萍、藻菜、树叶、树皮、草籽、草根，他的眼睛还盯上了那些小昆虫，像蚂蚱、蟋蟀、蝈蝈、金龟子、豆虫、蛤蟆、鱼虾、螃蟹，等等。他逮蚂蚱的本领在孩子们中是首屈一指的，原因是他动了脑子，先用草汁把手染成绿色，青草的味道掩盖了人手的味道，并且草绿色的手也与草地的颜色一样，于是他能够捉到很多的蚂蚱。多么像凡·高笔下的画作啊，生动、怪诞、异想天开，充满了自然的谐趣和小主人公的丰富想象力。这正是他后来成为作家的潜质。

这些从大自然中攫取食物以活命的刻骨体验，后来都成了作家莫言的创作素材。他的很多小说都与家乡的动植物有关，有的甚至还以这些动植物为核心去叙述。短篇小说《金鲤》《夜渔》《粮食》《铁孩》《蝗虫奇谈》《嗅味族》《小说九段》《飞艇》《秋水》等，中篇小说《牛》《野骡子》《金发婴儿》《透明的红萝卜》等，长篇小说《红高粱家族》《食草家族》《丰乳肥臀》《生死疲劳》《蛙》等，都充满了动植物灵动的身影。这些充满了生命力的生灵给予了莫言在极度饥饿状态下活命的机会，也渗透进他的血液进而成为后来他创作的某些情结、契机和源泉。

饥饿有一种存在论的意味，它是人和动物的机体得不到足够的食物养料而导致的感受。内在的原因是肝的糖原水平低于了一个阈值。这种不快的感觉是在下丘脑产生，由肝和胃的感受器感应到的。等到血糖水平升高，饥饿感才会被消除。除去节食、减肥等现代生活方式之内在原因，贫穷和灾荒是饥饿的重要的外在社会原因。我们所讨论的莫言小说和散文中大量关于饥饿的描写显然是外在社会、人为造成的大饥荒带来的，这里就涉及饥饿的文学社会学。饥饿所导致的人的感受由最初的欲望得不到满足的焦虑，再到仍然得不到食物之后的渴望与恐惧，最后由于身体处于极度的虚空甚至浮肿，人的意识随之趋近于“空无”的境地，处于缥缈的幻境当中，从而无意识地死去。这是一种带有存在主义意味的存在论，它的特性便是典型的身体与意识的本体存在论，充满着身体的渴求、失望乃至绝望。莫言小说的主人公饥饿的肉身体验而来的身体感觉、心理描写和叙述表达，我们又可称之为“关于饥饿的身体美学”（感性学）。在饥饿的状态中，人的主体感受和物质（粮食）的极度匮乏之间构成了一种存在和意识、物质和精神的二律背反关系，此种人的主体感受、意识和精神要依靠物质（食物）之于肉体（肠胃）的趋近于“无”的极端境地才能深切体会到。而这种“无”的境地实际上是一种反唯物主义、反马克思主义，因而是唯长官意志论横行霸道的悲惨结果。

莫言的饥饿、饥渴还有另外一重表现，那就是精神或灵魂方面的。1955 年出生的莫言，到 1961 年 6 岁时开始上学，5 年后即“文化大革命”爆发那一年小学毕业后便失学。莫言有着管氏家族重文尚德家风的基因，受到爷爷、奶奶和大爷爷等长辈的影响，又受到 1963 年考上华东师大中文系的高才生大哥管谟贤的影响，因而特别渴望读书。但是当时他所能找到的书也就是几本古典小说和 20 世纪五六十年代出版的红色小说，以及《鲁迅选集》等，除此之外他几乎就无书可读了。他甚至为了能够读到同学的一本《封神演义》，答应了同学的条件，就是帮其推磨。有时候，爱读书的莫言实在无书可读，就读大哥留在家里的课本、作业本，还有《新华字典》、墙上贴着的报纸文字。好在早早辍学的莫言从大自然中汲取了成长的精神营养。

这种极度的饥饿体验之于莫言是真实的、深刻的，但是在多年来的历史叙事和文学叙事中，20 世纪 60 年代的大饥荒似乎成了一个传说甚或笑话。借用一个美学（感性学）术语来讲，饥饿首先是一种身体的感觉和体验，这种感觉和体验是一种身体美学（身体感性学）；如果借用存在主义哲学观来看，饥饿可谓一种关乎身体的当下性和此在性的痛苦和绝望的存在状态，既是此在此时此地的一种严重匮乏性存在，也是一种"事实本身"，还是一种独特的存在（反）本真。由之，可在某种程度上印证存在主义（生存主义）的"现象即本质"的观点。而从马克思主义来看，丧失了物质、经济第一位的前提和条件，任何美好的社会勾画都是一种天真的乌托邦。因此，马克思主义认为经济基础在终极的意义上决定着人们的观念和意识形态，正如李泽厚所说的"吃饭哲学"的重要性。莫言当然属于当年巴金先生所倡导的讲真话的作家行列，但是他的"讲"具有自己的特色和美学追求，他不但讲出了真话，说出了真相，而且讲得精彩、讲得艺术。真实与虚幻，现实与巫幻或者写实与虚构，是很多作家不可或缺的写作手段，对于莫言来说，同样是其小说创作的两支如椽巨笔，如墨水渗入宣纸，可以勾画出无穷无尽的情节、细节和造型；又如两把上好的手术刀，解剖人体，锋利无比。深切的个人体验与民族遭际是现实主义的基础，而莫言的现实主义是要穿透现实表象，抵达背后的本体存在，尽量还原中国人生存的真相，尽量抵达人的生活及人性的真实。在这种体验基础上，莫言又吸纳了方方面面、形形色色的奇异怪诞的思维和想象方法，他汪洋恣肆天马行空般的想象，使他从众多的写实派作家当中脱颖而出。瑞典人给他一个标签"hallucinatory realism"（如前理解翻译为"巫幻现实主义"），实际上就是以一个特殊的命名概括了其小说创作的特点：写实（现实主义）和巫幻（幻想、虚幻，现代主义）的密切结合。这里就产生了一个有趣的现象：如果亦步亦趋地摹仿现实生活的真实，反而可能得不到那种真实的震撼性，因为现实生活往往发生得匪夷所思、奇异怪诞，此时就需要作家以其超强的虚构力来加以构思和想象，从而印证了亚里士多德所说的写诗这种活动比写历史更真实、更具普遍性，也更能接近于真理的观点。因此，莫言的这种语言风格和叙事风格给人以充满强烈张力和爆炸力的感觉。饥饿的体验正是这样一种既真实又虚幻的体验，尤其是在饥饿过去了几十年之后从事写作时，这种体验就更加真实且虚幻。莫言曾经用饱含深切生命体验的语言说："饥饿使我成为一个对生命的体验特别深刻的作家。……因为吃我曾经丧失过自尊，因为吃我曾经被人像狗一样地凌辱，因为吃我才发奋走上了创作之路。"[①]物极必反，就像曹雪芹从鼎食之家、鲁迅从小

① 莫言：《饥饿和孤独是我创作的财富——在史坦福大学的演讲》，《恐惧与希望：演讲创作集》，海天出版社 2007 年版，第 46 页。

康之家坠入困顿之后，发愤而为，成为伟大的作家一样，莫言是反其道而行之，饥饿的体验使小时候的莫言丧失了人的尊严，遭受了无尽的屈辱，但也激发了他摆脱这种没有尊严、屡遭贫穷屈辱境地的理想和意志。他在《我的文学历程》的演讲中提到了饥饿等苦难之于他的影响和意义，他说：

> 饥饿的岁月使我体验和洞察了人性的复杂和单纯，使我认识到了人性的最低标准，使我看透了人的本质的某些方面，许多年后，当我拿起笔来写作的时候，这些体验，就成了我的宝贵资源，我的小说里之所以有那么严酷的现实描写和对人性的黑暗毫不留情的剖析，是与过去的生活经验密不可分。当然，在揭示社会黑暗和剖析人性残忍时，我也没有忘记人性中高贵的有尊严的一面。因为我的父母、祖父母和许多像他们一样的人，为我树立了光辉的榜样。这些普通人身上的宝贵品质，是一个民族能够在苦难中不堕落的根本保障。[①]

由此，莫言从最卑微、卑贱的狗一样过活的、吃过煤块的孩童、少年，经过了无数层面的不断超越，一步步走向了知名作家、伟大作家的行列。

二、孤独

孤独自古以来就是诗人和作家念兹在兹的一个重要母题。存在主义更是把孤独当作人的重要的在世方式之一。人从一出生就是被抛出来的、被动的存在者，一直到离开这个世界仍然是孤独地死去。莫言的创作当然有这种根本意义上的孤独性的一面，但是我们要着重讨论的是莫言所体察到的那种与恐怖、饥饿、屈辱相随，幼年便失学，独自一人在远离人烟的大草甸子里的儿童的孤独。这种苦难孤独的生活一直延续到他参军，大概有 21 年的时间。正如他的长兄管谟贤在文章中提及的，这 20 多年农村生活，莫言曾用 8 个字来概括："提心吊胆，郁郁寡欢。"[②]这种"抑郁寡欢"的性格气质自然会对他的创作产生巨大的影响。

莫言自生下来就生活在一个家庭成员众多、极度贫穷、亲人之间为了生计根本顾不上亲情的环境中。在小学五年级时他就因为他家的富裕中农出身，且因他是个话痨子，经常少不更事，随口乱说得罪了当时学校里的校长和老师，最后被剥夺了上初中的权利。在那个时代，富裕中农也称为上中农，是被排挤、边缘化的农民成分，备受窝囊气。他的父亲在队里当会计深受压抑，回到家里便对家人撒气。有一次，他受到大哥管谟贤返家时从大学带回来的一些资料的影响，便跑到学校里喊出了"老师是奴隶主"

---

① 莫言：《我的文学历程——第十七届亚洲文化大奖福冈市民论坛》，《用耳朵阅读》，作家出版社 2012 年版，第 193～194 页。

② 管谟贤：《莫言和他的"高密东北乡系列"小说》，高密莫言研究会编：《莫言研究》2010 年卷，第 59 页。

的口号。尤为关键的是，他看到学校房舍里男老师和女老师的暧昧场景，便大嘴一说，这样就彻底得罪了校长和老师。11 岁的管谟业失学了，开始在公社的桥梁工地上做工，为铁匠师傅拉风箱、砸石子，经常因为力气不够，也不够协调而砸得自己的手臂鲜血淋漓。由于饥饿难耐，他逛到地里偷拔了生产队的一个红萝卜，结果被发现，在工地上当着几百号人的面，向主席像谢罪；回到家，便遭到父亲、二哥的毒打，甚至连母亲都用戴顶针的手打了他。这段经历后来成了他创作《透明的红萝卜》(最早的题目叫《金色的红萝卜》)，以及《枯河》(最早的题目叫《屁股上的红太阳》)[①]等小说的素材。《透明的红萝卜》中自始至终一言不发的黑孩正是这种极度贫穷和孤独状态下一个时代儿童形象的缩影和代表。黑孩对外在世界极度敏感，能够听到几里地外的天籁，能够嗅到很远地方的香味，能够感觉到外在细微的温度、湿度的变化。他没有家庭的温暖，他的后妈和父亲都不管他，他在大人的怂恿下到大队的萝卜地里去偷拔萝卜，结果被逮住了，“队长把黑孩的新褂子、新鞋子、大裤头全剥下来，团成一堆，扔到墙角上”，“黑孩转身走了，起初他还好像害羞似的用手捂住小鸡儿，走了几步就松开了手”。[②] 孤独伴随着更严重的恐惧和屈辱，一起倾泻到他的身上。这个黑孩形象正是少时莫言自身孤独的外化和表达。

后来，莫言被安排去给生产队放羊放牛。在离家很远的洼地草甸里，少年莫言默默承受着难以言说的孤独和恐惧。孤独产生了，就要有克服孤独的方式。莫言不能够像同龄人那样到学校里与同学们在一起，只好与大自然中的万物“对话”。对话的对象就是鸟兽虫鱼、花草树木。在远离人烟的大草甸里，莫言也只能够同花草、虫子、鸟儿、牛羊以及天空、大地对话。在这里，他看到了公羊和母羊如何调情、如何交配结合，牛儿如何瞪着大眼睛默默地看着他，鸟儿如何婉转鸣叫传达着彼此的爱情，甚至蝗虫如何飞舞，蜻蜓如何捕获猎物，蚂蚁怎样搬家，蚯蚓如何蠕动，鸣蝉怎样振动翅膀翘起尾巴“撒尿”，鱼儿如何产卵游荡，虾米怎样游泳，水中的红虫子如何跳舞，水草如何漂荡，空中的大雁如何布阵飞翔，老鹰如何飞获兔子等猎物，等等。这些画面和形象都成为他的小说素材，化为小说的情节和背景，甚至成为小说的主角。

如果说饥饿首先关乎人的身体之维，进而刺激人对食物和饱食的想象力，那么，孤独则带有精神现象学的本真性。孤独的体验是人来到这个世界上产生了意识和思想之后的重要表征。陈子昂的“前不见古人，后不见来者。念天地之悠悠，独怆然而涕下”的空寂悲怆，罗马皇帝奥勒留《沉思录》中那种类似的无所凭依的虚无感，都体现了人类的孤独感。莫言小时候的孤独更多还是一个少年置身于辽阔的、没有人烟的草甸上的恐惧。这是一个早早辍了学的少年的孤立无援的感受，一种被人群抛弃了的孤独的感受。当其他的孩子还在学校里念书的时候，少年莫言感觉自己与人群、社会分离

---

① 参见莫言：《我的故乡与我的小说》，《当代作家评论》1993 年第 2 期。

② 莫言：《透明的红萝卜》，《中国作家》1985 年第 2 期。

了,他只能同牛谈话,但牛只管吃草而不能领会他的话;他想跟白云说话,但白云悠悠飘动也不理他;他想跟鸟儿交流,可它们很忙也不理睬他。对于这种难忘的体验,莫言在演讲录《饥饿和孤独是我创作的财富》中做了总结和升华,他说:“我躺在草地上,心中充满了悲伤的感情。在这样的环境下,我首先学会了想入非非。这是一种半梦半醒的状态。许多美妙的念头纷至沓来。我躺在草地上理解了什么叫爱情,也理解了什么叫善良。然后我学会了自言自语。那时候我真是才华横溢、出口成章、滔滔不绝,而且合辙押韵。有一次我对着一棵树在自言自语,我的母亲听到后大吃一惊。”[①]一个话痨的儿童往往会讲出“皇帝的新衣”那样的真话,而讲真话在莫言的小时候是极其危险的,于是成了作家的管谟业给自己取了个颇具悖反意味的名字——莫言,以告诫自己少说少言,但话痨的秉性并不能因此完全消除掉。在稿纸上写作便成了作家莫言宣泄自己澎湃的激情和不可遏止的言说欲望的最佳途径。成为作家的莫言及其创作真是一个充满了悖论的研究命题。

莫言在随笔中还回忆过他三四岁时打碎了一个暖水瓶的事情。打碎了暖水瓶,他不敢回家见父母亲,就躲到了柴草垛里,母亲担心地找他,喊他的名字,直到听到母亲焦急而关切的语调时他才出来。小时候的莫言曾因偷了生产队的萝卜而被批斗,又被父母亲和哥哥狠劲打骂的可怜、痛苦与无助,让尚在幼童时期的莫言过早地体味到了贫穷、饥饿、孤独和恐惧。然而,孤独对于一个学者和作家来说又意味着高贵和特立独行。莫言对于前辈学者冯牧就用了“高贵而孤独的灵魂”[②]来刻画。

正因为此,莫言早早地与包容、伟大的自然界有了别人所没有的那种亲密无间的关系。他在2001年提出要用“作为老百姓写作”取代作家们那种“为老百姓写作”的姿态,而这正是他青少年时代生于斯长于斯的朴素而诚挚的农民心态和秉性的一个典型体现。

在《会唱歌的墙》一书中,莫言用了大量的篇幅记载和描述了他童年、少年时代与自然界中的动植物在一起的景象。开首第一篇《我与羊》写了给他印象最深的两只绵羊。文章写六七岁的莫言同爷爷的把兄弟送的两只羊成了好朋友,所写的他家附近一家国营农场里的羊和他家的羊混战的场面,激烈而充满趣味。这种独特的经历和体验使莫言养成了善于观察和描写大自然及其中的各种动植物、自然现象的才能。

除了跟自然对话,莫言摆脱孤独的方式还有幻想、阅读和听书。幻想是某种超越现实禁锢的心理,大致属于想象的范围。现实生活,无论在物质层面还是精神层面愈是匮乏,就愈能激发人的幻想力和想象力。在严酷而孤独的环境里,莫言充分发挥了

---

① 莫言:《饥饿和孤独是我创作的财富——在史坦福大学的演讲》,《恐惧与希望:演讲创作集》,海天出版社2007年版,第46~47页。

② 莫言:《高贵而孤独的灵魂——在第二届冯牧文学奖颁奖大会上的演讲》,《恐惧与希望:演讲创作集》,海天出版社2007年版,第50页。

他的幻想力和想象力；同时，齐文化的那些情思飞扬、怪异神秘的传说更加激发了他的这些能力。除了直接的现实刺激之外，莫言通过长辈们的叙述、集市上说书艺人的演义，而获得了大量关于狐狸变美女，死去的亲人、朋友、熟人又返归人间和人对话等的奇异故事。这些耸人听闻但又让人欲罢不能的故事，无疑是开启少年莫言的幻想和想象的心理世界的钥匙。那种朦朦胧胧的曙光初现，恰是莫言小说艺术破茧而出的时刻。莫言在异常艰苦的岁月里，常常一个人躲在故乡的破旧仓库里从事他的创作，在寒冷的冬天手脚被冻得麻木，手都冻烂了，结了很多冻疮，即使如此，他依然坚持着心中的理想，一部部作品就从这破旧寒冷的仓库里诞生了。他不但在创作中时时突破和超越故乡的限制，而且时时突破和超越了孤独。从不得不忍受的孤独状态，到走出孤独融入棉花加工厂和军队的大熔炉，见识到外面的精彩的世界，进而为了转干、为了留在城市让家人过上体面的生活，只有小学文化的莫言不得不重新忍受着超人的孤独和寂寞，开始他漫长而宏伟的文学旅程。孤独似乎是莫言的生命和创作中如影随形般的一种宿命。

三、恐惧

恐惧是一种人在真实或想象中的强烈的压抑情感。从克尔凯郭尔开始，存在主义哲学就对这个问题进行过多次、多重的深入探讨。克尔凯郭尔在《恐惧与颤栗》一书首先谈到了《圣经》中亚伯拉罕晚年得子以撒，但是要献祭给上帝，后来上帝赦免了以撒，以一只羊来代替，并说以撒的后代的品格才是从信仰中而来的人类所应具有的品格。克尔凯郭尔从中发现这个关于神的故事或叙述遗漏了不安（angesten），而不安（恐惧）恰恰是从献祭以撒与意图谋杀以撒所带来的矛盾的缝隙里透露出来的。海德格尔从自己的存在主义哲学出发，对人类生存和个体生存中的“畏”（恐惧）进行过哲学沉思。他认为，从来源上看，恐惧是由两种情况所致：其一，个人悲惨苦难的体验，如饥饿、被殴、孤独等；其二，这些体验又无一不是外在的社会所强加的。

海德格尔意义上的恐惧在莫言的成长和生活中屡见不鲜。从生存论来讲，饥饿、被殴等带来的是直接的肉身苦痛，进而转化为心理或精神体验的恐惧。2005 年在题为《恐惧与希望》的演讲中，莫言着重提及自己童年和少年时代所遭受的来自同类所施加的痛苦和恐惧。他说：“几十年来，真正对我造成过伤害的还是人，真正让我感到恐惧的也是人。”在向意大利听众解释了富人和穷人在中国 20 世纪 50 年代境遇变化的时代背景之后，莫言谈到了农村里那些“丧失了理智和良知的人”迫害和拷打那些被关押的所谓的“地富反坏右”时，被害人的惨嚎声使当事人和听到这惨叫的人，都陷于极大的恐惧当中，“这恐惧比所有的鬼怪造成的恐惧都要严重”。[①] “文化大革命”时期恶人横行霸道和肆意施虐的红色恐怖给莫言幼小的心灵带来了无以复加的负面影响，这些印记后来转化为他一系列小说的主题选择和叙述基调，《透明的红萝卜》《枯河》《飞鸟》《檀香刑》《生死疲劳》等便是明证。

孤独更多是因为失去了与社会其他成员的联系而带来的恐惧，尤其对于一个成长中的孩童来说，这种孤独所带来的恐惧与直接的肉体所感受到的恐惧，具有同等的程度。莫言所遭受和体验的恐惧正属于这两种。前述饥饿伴随着莫言成长的历史，1959～1962年，即他4～7岁的时候，正是中国当代史上最悲惨的大饥荒爆发的时期，莫言时常处于难忍的饥饿中，并常常有着濒临饿死的恍惚感和恐惧感。这是一种生存论意义上的恐惧，即感到肉体时常处在即将消失的、死亡的恐惧当中。

莫言的大量作品还充分书写了鬼神所导致的恐惧。置身齐文化怪力乱神氛围中的莫言，自然深受这种文化的影响。莫言多次表示，他最热爱的中国现代作家是鲁迅，最热爱的古代作家是蒲松龄。莫言的家乡高密东北乡离《聊斋志异》作者蒲松龄的居住地淄川不到300公里，莫言深受蒲松龄所描写的精灵古怪的狐狸精、吊死鬼、长舌鬼、鸟仙等鬼神形象的影响。“我的文学经验，说复杂很复杂，说简单也很简单。刚开始是不自觉地走了一条跟蒲松龄先生同样的道路，后来自觉地以蒲松龄先生作为自己的榜样来进行创作。”[②]对于蒲松龄来说，除了众所周知的十几次科考失败之外，还有一件鲜为人知的事情就是，他爱上了一个朋友的小妾顾青霞，可是囿于礼教不能结合，他只好把这一切深藏于心。但是我们从蒲松龄留下的诗词和小说中依然能够看出他的这种复杂情愫的端倪。《聊斋志异》中，有很多关于狐狸、鸟类、鬼魂的故事，这些故事大多与宣泄科考失败、怀才不遇的郁积有关，也与他爱而不能的无奈与悲戚有关。我们从其作品中会读出这些遭际的影子，但正如莫言所认为的，蒲松龄没有沉溺于自己的七情六欲和喜怒哀乐等平凡世俗的感情之中，而是“把这种感情进行了升华，他把他的个人生活跟广大民众的生活结合在了一起。他把他个人的科场失意变成了对科举制度的讽刺和批判，但这种批判不是说教式的，他把自己所有的思想，所有对社会不公正的批判都首先付诸人物形象”[③]。

蒲松龄和莫言都生活在古齐国的区域。齐国古为东夷，是周王室分封给姜子牙的封地，高密便属于齐国或胶东的核心地带，姜子牙的道家思想和相距不远的周公旦的封地鲁国的儒家思想，相互渗透、相互激荡，一道成为高密及其周边地区的文化形态。儒家文化发扬光大者孔子“不语怪力乱神”，而齐国这边却大谈特谈这些“怪力乱神”。

① 莫言：《恐惧与希望——在意大利演讲》，《恐惧与希望：演讲创作集》，海天出版社2007年版，第159页。

② 莫言：《我的文学经验（在淄博山东理工大学的演讲）》，《用耳朵阅读》，作家出版社2012年版，第244页。

③ 莫言：《我的文学经验（在淄博山东理工大学的演讲）》，《用耳朵阅读》，作家出版社2012年版，第246～247页。

于是，在齐鲁或山东这片土地上便产生了颇具张力和互补性的文化：既不乏张扬个性自由的道家的洒脱以及充满了想象力的民间文化，又要遵循儒家的等级制文化，恪守纲常伦理，尤其是父子之间存在紧张关系。少年莫言阅读和聆听这类怪力乱神的故事时所产生的恐惧，有时候还和神奇怪诞的想象结合在一起，从而使恐惧也可以转化为小说叙述和审美的素材。

恐惧成为莫言心灵想象和小说创作的丰富源泉，成为他所刻画、所描写中往往能震撼人心的部分。而这大多源于莫言儿童时期对于鬼神恐怖故事的那种欲罢不能的接纳，源于他对恐惧的独特看法和认知。在《恐惧与希望》的演讲中，莫言把恐惧列为除饥饿和孤独之外的第三种童年生活的深刻印记。在莫言的童年时期，没有电灯，甚至连煤油灯都点不起，经常在黑暗中摸索着吃晚饭。当莫言咕哝着为啥不点灯时，长辈们就说，你还能吃到鼻子里去？这些20世纪五六十年代底层人日常生活的体验，往往就是当下年轻人们匪夷所思的地方。就在这种黑得伸手不见五指的夜晚，“老年人便给孩子们讲述妖精和鬼怪的故事。在这些故事中，似乎所有的植物和动物，都有变化成人或者具有控制人的意志的能力。老人们说得煞有介事，我们也就信以为真。这些故事既让我们感到恐惧，又让我们感到兴奋。越听越怕，越怕越想听”①。莫言自称那是他文学的最早课堂，漫长的黑夜和齐文化中的怪力乱神故事，给莫言以极大的想象空间。祖母给他讲的男青年每天夜间来与一个妙龄女子幽会，然而这男子是一个公鸡所变的故事，使莫言后来看到公鸡便感到恐惧，看到大街上的英俊青年也总疑心他是公鸡变来的。还有能模仿人说话、像黄鼠狼的小动物，经常在月光皎洁之夜身穿小红袄在墙头上奔跑和歌唱，这导致小时候的莫言不敢在月夜里抬头看墙头。他祖父讲的村后小石桥上的“嘿嘿”鬼，则是一个让他感到最可怕的鬼。这种万物有灵论和恐怖故事的结合，也就产生了怪诞感伴随着的恐惧感。“青少年时代对鬼怪的恐惧里，其实还暗含着几分期待”②，这成为童年和少年时期莫言对世界的一种独特精神世界和想象力发生的机制。当然，这里莫言所表述的恐惧已经是一种被他多少美化了的感性审美状态，而非当时他遭遇各种身心苦难所导致的现实恐惧。

四、怨恨与超越

除了上述几种不幸和痛苦的体验之外，还有一种被外在暴力或社会氛围所施加的精神屈辱。那种缺衣少食的光着屁股长大的饥饿与贫困状态，那种在众人面前被批斗的场面，那种少时便失去了上学机会的压抑心理，那种自己的母亲为了养活家人而遭邻人打骂的记忆，那种因自己少时多言而给家庭招惹的是是非非、胆战心惊，等等，都

① 莫言：《恐惧与希望——在意大利演讲》，《恐惧与希望：演讲创作集》，海天出版社2007年版，第157页。
② 莫言：《恐惧与希望——在意大利演讲》，《恐惧与希望：演讲创作集》，海天出版社2007年版，第159页。

构成了作家莫言早年遭受的屈辱体验，进而形成了他对造成这一切的诸种原因的怨恨心理。他参军离开家乡时连头也不回，并且期盼自己逃离家乡，越远越好。但是造成他的苦难的实在的世界即他的家乡，又是让他魂牵梦绕的地方。因此，他在1987年才说出这样的话："尽管我骂这个地方，恨这个地方，但我没有办法割断与这个地方的联系。生在那里，长在那里，我的根在那里。尽管我非常恨它，但在潜意识里恐怕对它还是有一种眷恋。这种恨恐怕是这样的，我一直湮没在这种生活里，深切地感到这地方的丑恶，受到这土地沉重的压抑。"①怨恨与眷恋这两种情感恰恰是很多离开贫穷落后家乡到异地、到城市谋生活的人的共同心理状态。这种相互冲突的心理结构撕裂、纠缠着作为作家的莫言，同时使他的精神世界充满了多层次遭遇的叠加、积淀。恰恰是乡村苦难的生活磨砺出莫言强健的心智和身体，使他能够在零下二十几度的严冬里，在没有取暖设备的仓房里创作出一篇篇小说，哪怕自己的双手长满了冻疮。正是这种充满了矛盾、悖论的体验，使他的精神世界充满了张力，一方面他能够从发达的城市文明视角来反观乡村的闭塞、愚昧和落后；另一方面他又近乎本能地葆有乡村人的良知和美德，这有助于他的艺术世界的丰富性和张力结构的生成。莫言的小说由此而获得了叙述艺术的近乎无限自由的境地，从而令许多其他同时代作家望尘莫及。这些苦难和屈辱最后都转化为作家莫言创作的主体心理机制。但是，正如他评价蒲松龄的《聊斋志异》那样，莫言将这些苦难的经验进行了升华，使之与广大的民众生活结合起来，并全心地塑造自己笔下的人物，这样才有了那么多性格各样、异彩纷呈的人物形象。莫言的这一认识与西方作家米兰·昆德拉的看法不谋而合，昆德拉认为："依我看，这(指自传式的小说写作——引者注)与今天权力意志的最可笑、最怪诞的表现有关：把'我'强加给别人。这一切都与小说毫不相干。只有当您割断了与您的生活相连的脐带，并开始探询生活本身而不是您自己的生活时，小说才能真正地充分发展。一个小说家描写嫉妒，就应该把它当作一个存在的问题，而不是当作一个个人的问题来理解，即使他生活在嫉妒的氛围中。"②由于莫言拥有这些独一无二的痛苦体验，他又获得了超越个体苦难的视野和心志，因而其作品也往往显示出磅礴雄浑又别出心裁的审美气势。这也就是莫言在硕士论文《超越故乡》中所提倡的作家创作时的超越意识，超越不是与故乡、自我经历和体验失去任何联系，而是一种艺术升华的需要。

综上，无论饥饿、孤独、恐惧抑或屈辱，都属于苦难。苦难几乎与人类的历史相伴，更与中国人的历史相伴，国人所遭遇的苦难除了与人性恶以社会恶的力量占据上风的情势有关，也与人本身的相对性存在有关。莫言早年经历了种种苦难遭遇，后来超越苦难，自谓"寄生在悲剧里的""丧失了欢乐权的飘零者"。他在接受施叔青的访问时说过："一个好作家是应该听到大地悲怆的长歌的……土地在叹息、呻吟、悲歌，负载着先

① 莫言、陈薇、温金海：《与莫言一席谈》，《文艺报》1987年1月10日、1月17日。

② [英]乔·艾略特等：《小说的艺术》，张玲等译，社会科学文献出版社1999年版，第82页。

辈不死的魂灵——每当想起这些我就激动不安。”“我是个丧失了欢乐权的飘零者，因此必须寄生在一种色彩艳烈的悲剧里，高密东北乡的历史与现实都具有大悲剧色彩，我必须依附着它。”①“色彩艳烈的大悲剧”是独属于莫言的深切体验，更是他对高密东北乡人民痛苦遭际的勘察与升华，是悲怆但不无强悍的生命力量。而从终极的意义上讲，苦难和悲剧是人的宿命，因为人终有一死。哲学家、美学家阿多诺说：“苦难是艺术的人性内容，如果抹掉了对积累起来的苦难的记忆，是难以想象作为历史缩影的艺术会变成什么样子的。”②所以，作为犹太人的阿多诺谈论苦难自然使人想起奥斯威辛集中营之于犹太人的苦难遭遇，如同索尔仁尼琴笔下的古拉格群岛之于苏联人。同理，日军南京大屠杀与大饥荒、“文化大革命”之于中国人的苦难，更是中国人无比惨痛的经历和记忆。除了战争，莫言经历了饥饿、孤独、恐惧、屈辱等苦难而坚韧地活了下来，但为何出生于苦难，成长于饥饿、孤独、恐怖和屈辱中的他仍然有那么强大的善的力量，并且以自己的切身体验和丰沛的想象力，书写了20世纪的战争灾难、反右、饥荒、“文化大革命”等苦难，却让读者感到强烈的向善的冲动？这里就涉及莫言所继承的父母亲血缘基因及其言传身教。在散文《卖白菜》中，莫言写自己占了小便宜后母亲那责怪的眼神。当成年后的莫言在街市上遇到曾经羞辱过自己母亲的男子而想报复时，母亲阻止了他，并且说，眼前这个男的已不是当年欺侮过她的那个男子了。母亲不但生育了莫言，而且以其近乎天然的善良秉性与宽恕情怀给了他以极大的道德熏陶，塑造了他出淤泥而不染的超越和反思精神。这种创作主体的陶冶，促使莫言不断走出贫困、苦难生活所施加的难以避免的阴霾，不断走向越来越广阔的世界；促使他不断地吸收和选择，朝着精神的重塑和道德的完善不断迈进；促使他不断地创造属于自己的充满了个性品格和色彩丰富的小说艺术大厦。然而，莫言又绝不固守不变的教条式道德伦理，而是以出奇的、大胆的幻想力和汪洋恣肆的想象力，在小说艺术中给这种道德伦理注入新的内涵，改变了这种道德伦理的表现形式。简而言之，他以自己很少受到正统的、体制化教育的遭遇，悖论般地、颠覆性地提供了让当代国人通过阅读其小说来放飞、解放自身从而获得自由的艺术审美世界的方式。在某种意义上，莫言的《红高粱》《红蝗》《欢乐》等小说给读者的最大感受和冲击就是精神枷锁的一再被打破。所以在20世纪80年代中期，正是这种带着深厚道德感但又不被这种道德伦理禁锢的主体性，促使莫言冲破了各种各样的理论教条，在中国文坛上放飞了一只只或夺目耀眼或轻盈自由或血性偾张或狰狞怪诞的小说艺术的风筝。

在莫言的故乡，他所生活的小村庄里有一座建筑特别显眼，那就是夹在村民房子间的天主教堂。这座教堂及其传教士所带来的异邦信仰文化、宗教文化，以及丰厚而

---

① 转引自谢静国：《论莫言小说（1983～1999）的几个母题和叙述意识》，（台北）秀威资讯科技股份有限公司2006年版，第33～34页。

② ［德］阿多诺：《美学理论》，王柯平译，四川人民出版社1998年版，第444页。译文稍有改动。

神奇的齐文化和民间文化的馈赠、母亲身上的佛性与爱心、爷爷的韧性与宽厚、大爷爷的专业与见识等，在很大程度上弥补了莫言“爱”的匮乏。

莫言的青少年时代，正如贺立华所认为的，是一种“残酷的现代‘种姓’制度”[①]的时代。在开拓文学疆域方面，也就是在现代甚或后现代状况下，在文学争奇斗艳的创新浪潮中，莫言的横空出世给文学尤其是小说领域带来了一股强烈的冲击波。如果说华裔学者李欧梵借着研究上海滩20世纪30年代文学而发掘了某些一味追随西方和日本的中国城市现代主义——新感觉派文学，那么，我们可以自豪地说，莫言创造的是乡村—城市二元结构中的现代主义文学，他的文学被他自己命名为“高密东北乡”文学共和国，其乡村—城市二元结构之上还有生活、伦理、生命等关系中的现代主义、个体异化的现代主义。这种更具民族性和中国特色的现代主义，是对文学现代性及民族化的有益探索，是真正现代主义文学中国化的创造。其背后的创作主体因素除了上述所阐发的之外，还有莫言遭受的种种磨难所赋予他的鲜明的“农民性”。在这里，“农民性”绝非贬义词，而是一个近乎褒义的中性词。中国是一个传统的农业国家，自古以来就是靠农业立国，以农为本，农业是国家安定的基础和先决条件，农村之于城镇是中国最为广大的区域，而农民则是这个国度稳定的基石。但是，历朝历代的广大农民也是这个国家和社会中最底层的、遭受苦难最多最烈的群体；相对而言，生活在城市里的市民则没有经受像困守在农村里的农民那样悲惨的遭遇，即使在“三年困难时期”也基本上有生活用品和粮食的供应，而农民只能等待自己被饿死的命运。杨继绳的《墓碑——中国六十年代大饥荒纪实》从严谨的调查研究的角度，提出了饥饿至饿死的痛苦过程是非常惨烈的，称这是一种施加到人的身体内部器官的凌迟。莫言在体验和经历了如此残酷的磨难后依然抱持了坚韧的创作活力，实在是得力于马克思所说的“农民式的狡黠”。张志忠认为：“它（指这种‘农民式的狡黠’）是本能与经验的叠合而非老谋深算的策略，它是自为性的而不是以嘲弄生活和他人为目的的，生存和发展的异常艰难迫使他们聪明起来，开发自身的潜能。没有这种机智，就不会有今天的莫言。他的机智造成一种幽默感，但幽默之中又含有更多苦涩、悲凉。”[②]莫言作为创作主体，其作品的幽默或喜剧性是同苦难、悲凉融合在一起的，它绝不是那种西方式的、刻意的哲学思考的产物，而是源自生命和感觉、艺术和创造的产物。这就涉及莫言的艺术思维或艺术想象力等诸多问题。

---

① 贺立华：《莫言文学创作背后的人——莫言的长兄、学者管谟贤先生》，管谟贤：《大哥说莫言》，山东人民出版社2013年版，代序言。

② 张志忠：《莫言论》（增订版），北京联合出版公司2012年版，第232页。

第二节　奇特怪诞的文学想象力的开发

想象力(imagination)是一种基本的创造性虚构的心理力,是对既无法看到又无法确切感知的事物在脑海中形成印象或意象的过程,更是文学家必不可少的心理构形能力。在某些语境中,它还是个带有幻想、理想化色彩的概念。艺术想象力是以意象或形象(image)为基础的,或者想象(imagination)就是一系列意象的排列组合,而意象又可称为“心理意象”[①]。萨特在《想象心理学》一书中研究了意象与意象家族、心理意象、情感、象征和梦,他认为这些都属于想象的范畴。在萨特看来,想象甚至成为“祛除遮蔽”、还原真实的人的存在方式,人从形象出发经由想象,最终会获得自由。而艺术是自由的一种“非现实”表达,所谓“非现实”是指和现实具有相似性但又截然不同的、由想象性意识所构造的对象。想象性意识会假定其对象不存在,因此它又可理解为对对象虚无的直接感受,具有一种产生并把握意象对象的自发性,因而是一种创造性的意识。[②] 想象的活动是一种变幻莫测的“非现实的对象化”活动,一旦现实化,想象力就会随之消失。因此,非现实是想象力的先决条件和前提。而现代主义文学是对现实世界的否定或抗议,其中所描写的“现实生活”其实是一种想象性意识或想象力构建的非现实的存在,是依托语言符号而发挥想象力精髓的产物,是以一种深刻的心理真实、诗艺真实来超越和否定日益变得虚饰的生活世界的艺术结晶。

一、现代主义文学想象力的综合特征

西方现代主义文学的想象力是在西方现代社会文化和心理潜藏着巨大危机情况下丰富、发展起来的,卡夫卡是其中的代表。他把自我感受到的危机和恐惧通过小说表达出来,开启了为19世纪所遮蔽的小说的自由表达方式,这就是所谓的“卡夫卡式的想象”。昆德拉通过对卡夫卡小说的研究而认为,其想象属于一种最疯狂的现象,通过这样一种想象,卡夫卡真正领略了小说艺术的自由本质。小说就是个人想象的天堂,卡夫卡小说用不同于拉伯雷和塞万提斯,也不同于19世纪批判现实主义小说的“另外的方法”,“超过了真实性的疆界”,从而更好地把握了“真正的世界”、存在的世界。[③] 哥伦比亚作家马尔克斯等曾惊讶于卡夫卡而发出“小说还可以这么写”的感叹,莫言面对马尔克斯、福克纳等人的作品同样发出了“小说原来可以这么写”的惊叹。卡

① 王洪岳:《现代主义文学想象力刍论》,《东岳论丛》2009年第6期。

② 参见[法]让-保罗·萨特:《想象心理学》,褚朔维译,光明日报出版社1988年版,第32页。

③ 参见米兰·昆德拉:《被背叛的遗嘱》,孟湄译,上海人民出版社1995年版,第48页。

夫卡说自己表现的是“人类的普遍弱点”[①]，包括孤独感、恐惧感、软弱感、负罪感和虐待狂。东方的现代主义小说家、日本的大江健三郎提出的“性的人”[②]和“政治的人”[③]的文学观，充分揭示了暧昧的日本人的内在精神矛盾，展现了日本现代主义的品格。大江健三郎认为：“文学是一个把想象力推到人的意识和肉体的所有机能——存在——之前，使人的全体朝着想象力所指示的方向推进、抛出的作业。”在日本，“想象＝虚构＝不真实＝谎言”是带有普遍性的推理逻辑和认识。[④] 针对这种文学观，大江健三郎论述了文学的想象力和语言的关系。他认为，文学的想象力使我们把语言从概念和意义的装饰中解放出来，达到一般意义上语言所无法到达的层面：更加贴近事物本身，从而超越概念化理解。他还通过对“天皇制”的反思和批判，从“政治的想象力”的角度提出对存在的批判——“文学参与”理论。无论是“核时代的想象力”还是“民众共同的想象力”，大江健三郎的“政治的想象力”理论无疑从日本乃至东方文学长久被遮蔽的层面，打破了“政治的人”和“性的人”的两极对立的文学构思模式，使想象力向着社会全体释放能量。[⑤] 这样，大江健三郎通过想象力而使文学与严峻的社会现实联系起来，避免了后现代文学凌空蹈虚的弊端。

综观艺术史上的想象类型，大概有神话想象、古典想象、象征想象和现代主义想象等四种。[⑥] 而现代主义想象正是把前三种想象进行统合的想象方式，因而产生了诸多的想象形式和方法。对于现代主义文学来说，这些构形能力或手法主要有象征、隐喻、变形、怪诞、悖谬、佯装、梦幻、迷狂、意识流、黑色幽默、间离、反讽、戏仿等。所以，像卡夫卡、福克纳、马尔克斯、大江健三郎等现代主义文学家的想象力不是向壁虚构，而是作家广泛认识、揭示世界存在和现实生活的方法。只是它不再拘泥于外在的现实生活本身，而是凭借更加富有张力和空灵的思维、语言、想象，表达更为飞腾跃动的艺术世界。莫言的小说就充满了这种奇异的、灵动的想象力，是一种融合了写实、浪漫、神话、传说、象征、悖谬、怪诞、梦幻、迷狂、心理独白、自由联想、反讽、戏仿、幽默、诙谐等手法的想象力集大成者。其中，感觉、梦幻、幻想、心理独白、自由联想等是其想象力的主要手法。

二、感觉和梦幻，是莫言小说想象力的重要方式

莫言生活的世界是一个民族特色被激活、想象力被激发的世界。与卡夫卡、大江

① 叶廷芳：《现代艺术的探险者》，花城出版社 1986 年版，第 35 页。
② ［日］大江健三郎：《性的人》，郑民钦译，光明日报出版社 1995 年版，第 92 页。
③ ［日］大江健三郎：《小说的方法》，王成、王志庚等译，河北教育出版社 2001 年版，第 113 页。
④ 参见王琢《想象力——论大江健三郎的小说方法》，上海文艺出版社 2004 年版，第 1 页。
⑤ 参见王洪岳：《文学如何表现完整的人——以大江健三郎为例》，《浙江学刊》2009 年第 3 期。
⑥ 陈浩：《事实与价值——论艺术想象》，《绍兴师专学报》1993 年第 4 期。

健三郎的观点有异曲同工之妙，莫言调动了各种艺术手法进行自己的“高密东北乡”文学王国的营构，他的“高密东北乡”文学王国里充满了善、恶、美、丑、滑稽、悲剧、恐怖、荒诞，应有尽有，并且恶的、丑的、悲剧的、恐怖的、荒诞的因素压过和谐优美的因素。他在一次对话中谈及“文学就要揭露、批判人性的恶……”[①]然而莫言写丑和恶，不是依靠浪漫主义的激情和现实主义亦步亦趋地摹仿外在生活的手法，而是依靠其独特的现代主义想象力来实现的。其中，感觉和梦幻是莫言小说具有独特性并显示出鲜明风格的最重要的两个方法。

感觉，可以说是莫言开始寻找到自己创作之路的第一契机。他早年仅仅上了5年学即被迫辍学，当了生产队的儿童社员，放牛放羊，割草下地，在桥梁工地拉风箱、砸石子，没有多少时间受正规的学校教育和书本教育，但与大自然有了更多的超过其他同龄孩子的接触的机会。他在大草甸子里认识了各种小动物、昆虫、树木花草、飞禽走兽，躺在草地上看天看云，看偶尔飞过的飞机，听天籁，观地理……另外，他从长辈那里听来了有趣的民间故事，汲取了很多有益的艺术营养。所以，等莫言意识到要建立“高密东北乡”文学王国的时候，其优势正在于这些经历。孤独、卑微的儿童和青少年时代，恰恰促成了莫言能够葆有纯真、直觉发达、感觉敏锐等作为作家难得的品质。关于自己的创作与感觉的关联，1984年莫言在题为《天马行空》的创作谈中强调，要跟着感觉走。[②] 他虽然在后来的文章中对自己早年的看法进行了反思，认为《天马行空》“年轻气盛，口出狂言”，但是他依然坚信“好的小说就像幽灵一样”。莫言解释“幽灵”即强调创作中的刹那的灵感、感觉的重要性。

根据学者余凡的研究，莫言创作中感觉的作用异常突出，莫言在文论和演讲中也多次表达过自己区别于其他作家的鲜明特点正在于感觉的敏锐、发达，认为自己能够通过身体的各种感觉器官去深刻体会别人无法体会到的、难以言表的主观感受，并将其诉诸创作，从而获得了其他作家所没有或达不到的那种境地。莫言在文论《当代文学创作中的十大关系》中，深入阐释和说明了感觉之于他的创作的重要性。莫言关于感觉的创作观念和论说又化为了其具体的创作实践。《透明的红萝卜》中黑孩的各种感觉特别敏锐，尤其是听觉异常发达。虽然黑孩在整篇小说中一句话也没说，但是其鲜明的形象却让人过目不忘。除了正常的感觉之外，黑孩还有特别发达的“异化”了的感觉，如手握火红的铁块而感觉不到痛，对于别人包括后母的打骂充耳不闻，头部被敲打会上瘾，等等。[③] 这些一正一反的感觉现象，敏锐的与钝化的，都恰切地表现了黑孩这个形象的特质。某些发达的感觉由于其他的感觉被压抑而凸显，而被钝化的感觉则是使自己处于一种本能的自保状态的结果。

---

① 朱向前等：《横看成岭侧成峰——关于莫言〈生死疲劳〉的对话》，《艺术广角》2007年第1期。

② 参见莫言：《聆听宇宙的歌唱》，中国文史出版社2014年版，第175页。

③ 参见余凡：《莫言文艺观研究》，浙江师范大学硕士学位论文，2015年，第25页。

除了上文谈及的莫言独特的体验及地理上的“高密东北乡”给予他的难忘的童年和少年体验之外，其文学世界还有一个近乎无限的资源库，这就是他所置身和成长的文化环境。虽然在莫言成长的时期，整个国家基本上处于各种“运动”状态之中，但是散落在民间的书籍，还有从爷爷、大爷爷及周边村庄集市奶奶听来的说书艺人的评书，都成为莫言文学世界的文化背景。在《用耳朵阅读》的演讲中，莫言说：“我的知识基本上是用耳朵听来的。”他谈到，他的爷爷、奶奶、大爷爷，还有村上的其他人，都给他讲了许多的故事，包括许多关于鬼怪和妖精的故事，这些成了他最早的文学营养。这种文化传统中有其重要一脉，即民间文化与正统文化、神怪小说与写实小说的对峙、互补之势。关于这种民间文学、神怪小说的创作和接受的传统在齐文化地区更加兴盛，蒲松龄的《聊斋志异》便是这一传统的最佳代表。因此，莫言文学想象力的开发有着齐文化重幻想、重神怪、重想象的传统文化滋养。有学者称中国古代小说有非现实形象和现实形象两大类，但是学界对前者的研究和理论建设还远远不够。[①]“非现实形象”的神怪小说传统对莫言“巫幻现实主义”（幻想现实主义）的影响是显而易见的。莫言在小说《学习蒲松龄》中，借助小说这种艺术形式，通过梦幻和想象，深刻而自由地表达了自己所受的齐文化尤其是蒲松龄《聊斋志异》的深刻影响。在这个微型小说中，莫言视蒲松龄为自己的“祖师爷”，他从“祖师爷”那里接过了一管黄毛大笔。这一隐喻和象征让我们意识到，在山东这块伟大土地上，古代和当代两位最为著名的小说家的内在精神联系与艺术传承关系。

在集中接触了大量现代派的创作和理论之后，莫言意识到，仅仅凭感觉写作还不足以使自己具有更大的艺术冲击力和艺术生命力。于是，他充分调动自己潜在的富于幻想、耽于做白日梦的特长，把梦幻、幻想的因素注入自己的创作当中，一个更加空灵又更加玄幻的想象世界便一再地出现于当代文坛。如果说感觉尚是莫言创作的第一推动力或第一契机，那么在产生了这一动力之后，幻想（巫幻）便是他利用其所产生的动能和势能而向更深广的艺术境界进发的力量，他的小说艺术也由此发生了质的裂变。他对生活世界的关注，对不合理、不公义社会现象的抨击和强烈的愤怒，由于这种幻想的空灵而减弱了其中的戾气。此时，他的小说语言往往变得汪洋恣肆、一泻千里。这种幻想（巫幻）的成分或特质在他的诸多小说中都有体现，如短篇小说《翱翔》，美丽的农村姑娘燕燕为了让自己的哥哥娶上媳妇而不得不接受换亲，即嫁给一个又老又丑的男人。就在举行婚礼的时候，燕燕第一次看到了自己的丑陋丈夫，她不顾一切地逃跑。参加婚礼的人们去追她，在她即将被抓住的那一刻，她突然飞翔起来，美丽的身影仿佛敦煌壁画中的仕女飞天形象，她最后飞到了一片墓地的松树上。这里，燕燕飞翔的行动显然是一种心理的极度渴望，刹那的心理具有了强烈的现实性，于是现实便以

---

① 参见李勇强：《非现实形象构成：神怪小说的艺术传统》，《中国社会科学报》2015年1月23日。

心理的真实呈现出来，以带有巫幻色彩的心理真实打破了现实桎梏。因此，读者并不感到突兀，反而觉得合情合理，符合创作的法度。

对于1987年出版的《天堂蒜薹之歌》（曾用名《愤怒的蒜薹》），莫言称其为一部“义愤填膺的长篇小说”，是“为农民鸣不平的急就章”，也是为自己说话或者说出自己话的作品，因为自己本身就是农民。[①] 在一次对谈中，莫言说：“我写《天堂蒜薹事件》实际上是把我积压多年的、一个农民的愤怒和痛苦发泄出来。”[②]这是对“作为老百姓写作”理念的一次践行，张学军称之为类似于中国古典文学的“块垒”之作。[③] 这是一部敢于直面现实的作品，但其写作方法或文学理念却不属于那种声嘶力竭的写实主义作品。在现实中，自己的四叔在赶着牛车卖甜菜途中被给公社书记建房拉砖的汽车撞死，堂弟到公社讨说法而未果，就把自己老爹的尸首弃之不顾，在公社办公室里看起有趣的电视剧来，最终也未能讨得真正的公道。亲人惨死的事件郁积在心底的痛苦，突然在这个蒜薹事件发生之际爆发了，莫言在创作的过程中又将之与更广大的农民命运紧密结合起来，同时调动了当时自己所掌握的各种实验手段，如精神分析和意识流方法，创作出这部不同凡响的力作。

从某种程度上，我们可以发现这是莫言走出对沉重历史的恐惧和反感，近距离直面现实生活之作，是一部继承又超越了批判现实主义优良传统之作，它艺术地表达了几代农民的卑微屈辱、苦难抗争及其失败的生存状态和心灵世界。因此，这更是一曲唱给这些卑微屈辱受难人们的心灵悲歌，在它滞重的外表下掩藏着作家及其一代人挑战黑暗和苦难，摆脱卑微和屈辱地位的空灵化审美追求的结晶。小说之所以迥异于传统写实主义作品，就在于它以梦境、幻觉与写实相交织的手法，通过不同角度、不同叙述者（高羊、高马、金菊、四婶等）对蒜薹事件进行全方位的描写，关键是把人物放在事件的核心地位并对其进行深入的外在形象、行为及内心世界、潜意识的描写，从而全景式、立体式地重构了这个现实中真实发生的故事。小说采取全知叙述和限知叙述相结合的方式，除了常见的对场景、故事情节的叙述，更多是对人物内心活动的捕捉，虽然较为粗糙，但是真实地表达了处于悲苦中的人们的精神状态和生存状态。另外还有瞎子张扣的说唱、政府公告的文件式叙述，三种不同的叙述格调互相映衬，在叙述者叙述的氛围中加进了与之互相参照的叙述角度，既能让人看到事情真相，也交织着某种民间或官方力量的博弈。现实中的事件会随着时代的变化而被人们淡化以至忘却，然而正如莫言在该书“新版后记”中所言：“事过多年，蒜薹事件已经陈旧不堪，但小说中的

---

① 参见莫言：《天堂蒜薹之歌》，上海文艺出版社2013年版，新版后记。

② 莫言：《与王尧长谈》，《碎语文学》，作家出版社2012年版，第132页。关于这部小说的名字，莫言在谈话中称《天堂蒜薹事件》。着重点为笔者所加。

③ 参见张学军：《〈天堂蒜薹之歌〉的叙述方式》，张志忠、贺立华主编：《莫言：全球视野与本土经验》，山东大学出版社2014年版，第255页。

人物也许还有几丝活气。”尤其值得注意的是，莫言并没有到那个事件发生地山东苍山县(今兰陵县)去调查采访，而是凭着他对农民遭际的深切洞察以及对当代农村基层现实的透彻了解，仅用35天就写出了这部27万字的长篇小说。在这部作品里，当时莫言的想象力和调动各种艺术手段的能力可谓登峰造极，令人称道。

三、莫言小说运用意识流的心理独白、自由联想与时空嫁接等，为小说创作开辟了新天地

心理独白和自由联想大致属于意识流这种创作方法中的具体方式。心理独白也叫“内心独白”，可以理解为“在假定没有其他人倾听的情况下，一个人物把自己的所感所思毫无顾忌地直接展露出来”①。内心独白无须叙述者介入人物和读者之间，因为它与潜意识密切相关，可以直接加以呈现。莫言的很多小说都有着内心独白的影子，前文论及的《天堂蒜薹之歌》对于主人公的遭遇以及梦境的描写，有的就是内心独白。不同于西方现代派小说如乔伊斯《尤利西斯》的内心独白，莫言在小说中让这种独白指向缺席的对象。张扣在说唱表演的时候，恰是高马发誓要抓住金菊的手的时候。高马紧张的心理导致周围丝丝的玉米叶子随风而刮的声音都变得异常刺耳，以至“好像我的心脏在跳动”。此处的叙述亦变幻多端，一会儿第一人称，一会儿第三人称，一会儿第二人称。高马忽而想起白天金菊割麦子的样子，“她把麦子一把把塞进两腿之间，麦穗沉甸甸晃动着，高高地翘在她的屁股后，好像粗大的金尾巴”。这绝不是简单的写实，而是凡·高式的印象与感觉，充满了叙述的张力。另外，金菊与自己肚子里的胎儿的对话也是一种准内心独白。

《天堂蒜薹之歌》写许多农民被抓进看守所，小说通过高羊、四婶的叙述视角而呈现出来。对于看守所里众犯人的描写，不能靠一种全知叙述去完成，而只能以某个人物的视角去完成，这样才能让读者有身临其境之感。通过高羊和四婶各自的视角，不但描写了他或她的五官所感知的一切，甚至在其整个身心的切肤体验中，高羊或四婶与读者“分享”了其中的惨状、肮脏、丑陋、歹毒，人人在其中都变得心思险恶，甚至丧心病狂。不但看守不把嫌疑犯(犯人)当人，而且狱霸欺凌新来者、软弱者。这里除了直接的感官呈现，更多是靠高羊、四婶的自由联想加以表现。在叙述中，叙述者常常把现实的场景和虚幻的梦境通过时空交错而嫁接到一起，形成了扑朔迷离、虚实相生的艺术效果。

这方面比较典型的例子还有中篇小说《欢乐》，这同样是一部表现当下生活的小说。《欢乐》以第二人称的叙述视角，写复读多年、五次参加高考，但因为心理压力巨大而再次落榜的农村青年永乐(与那位明成祖朱棣的年号相同，这一点不无反讽意味)，

---

① 袁可嘉：《欧美现代派文学概论》，广西师范大学出版社2003年版，第250页。

喝了农药自杀的故事。围绕这个中心情节，小说还写到了20世纪80年代农村暴虐与人情相扭结的计划生育结扎以及日益恶化的人际关系。永乐（齐文栋）是一个生活在极端贫困状态下的农村青年，哥哥的无能、嫂子的轻视、邻居的奚落，各种对他的打击不断，尤其是屡次落榜，更是对他的巨大而致命的打击。除了惯常的感觉叙述之外，小说还依靠幻想手法，写喝了农药的永乐在即将死亡之际，思想被彻底打开，思维无阻碍地自由畅想着，幻想自己进入了自由的欢乐境界。小说一开头：

> 离开苍老疲惫的家门，像逃出一个恐怖的梦境，你，穿过了浮土噗噗的大街，贴着几排红色瓦房的墙根，晃过了十几个散发着腐败气味的隔年柴草垛，爬上绿水大湾子凸凸凹凹的堤崖，往南往前走了二百米，就进入了蓊蓊郁郁的秋天的原野。密集成群的庄稼徒然唤起了你心里失群落雁般的凄凉。你的心在有气无力的飞行中发出绝望的嘹唳，宛如失群的孤雁。你知道一切都完了、晚了。[①]

凄苦苍凉的氛围令人压抑，虽然田野里的景物依然，甚至不乏美丽丰盈，但是主人公永乐的心情却如离群的雁，孤独凄清，这个世界既让他留恋又使他恐惧。他走向了绝路，喝了农药，嘴角流出绿色的汁液，苦涩悲戚的感觉布满他的全身。

> 你心里顿时泛起一种又冷又腻的不良感觉，你感到不美好，十年前你站在池塘水边看景时，有一只三条腿的癞蛤蟆从你的倒影上滑过，你看着它艰难地、顽强地爬到水边，钻进青青的水糁草丛里去时，眼里流出不知是恐怖还是同情的泪水。这只蛤蟆歪着身子爬动时的形象像烙印般打在你的脑子里。那时候你十四岁，现在二十四岁你还牢记着残废蛤蟆脸上孤独愤怒的表情和它洒在墨绿水糁草的焦黄的尿水。发情的公山羊……长胡须的角怪……三条腿的癞蛤蟆……[②]

这种自由联想先是从当下的感觉开始，接着是对过去感觉记忆的回顾，最后回到当下，过去的记忆、现时的感觉就交织在一起，跳跃的意象断断续续闪现着。勤奋但命运悲苦的永乐在五次高考失败的阴影里喘不过气来。为了表现这种复杂的心情，叙述有时又变成了内心独白："我不赞美土地，谁赞美土地谁就是我不共戴天的仇敌；我厌恶绿色，谁歌颂绿色谁就是杀人不留血痕的屠棍。"[③]土地和绿色这原本被人们歌咏赞美的对象，在永乐这里却成了无法忍受的仇敌与屠棍。整个世界乾坤颠倒，充满生命力的大自然成了扼杀永乐的敌寇。

希图依靠上大学来改变自己命运的永乐，不得不接受这悲剧的结局。他回到家乡，受到了村人的奚落和嘲笑，甚至连老丑而乱伦的三仙姑似的臭婆子也挖苦他，此时

---

① 莫言：《欢乐》，《莫言文集 欢乐》，上海文艺出版社2012年版，第215页。
② 莫言：《欢乐》，《莫言文集 欢乐》，上海文艺出版社2012年版，第216页。
③ 莫言：《欢乐》，《莫言文集 欢乐》，上海文艺出版社2012年版，第216页。

的永乐骂了一句。骂过之后的永乐又后悔做出骂人的粗俗行为，随后小说以第二人称叙述者"你"（永乐）来叙述，文本又陷入对学校生活的中回忆去了。老师要为"三仙姑"平反，男女老师恶毒地诅咒着对方……随后，"你"又联想起刚刚走过的摇摇晃晃的牛车、土路，甚至想到自己没出生时候的景象，幻想着捡到金刚石，"你"的思绪又回到了牛车，还有牛车上的建仓与建仓长了猪屎牙的老婆娘，吴敬梓、《儒林外史》、范进……错乱的神经，紊乱的思绪，周围的一切，话语、景物、人物……纷纷涌入永乐的脑海。永乐喜欢的姑娘鱼翠翠喝农药死了。翠翠和他的关系也只是他掀开她的褂子看了一眼她刚刚发育的白白的乳房而已，可他顿时感到自己像犯了罪一般。歹毒的嫂子不但轻蔑永乐，而且用最恶毒的语言咒骂婆婆，他的母亲只能忍辱负重。退了休的长着白肉的公社党委副书记幸灾乐祸地称永乐为"永乐皇帝"，老师称永乐大号"齐文栋先生"，这无疑与永乐的实际状况构成了反讽。巨大的期望与巨大的失败、巨大的幻想与巨大的落差，导致永乐精神彻底崩溃。羞辱、悲凉和忧郁充满了永乐的整个身心，他厌恶世界上的一切，追随鱼翠翠而去成了他的唯一选择。与永乐的心境相适应，小说中的大自然被描写成恶毒的渊薮。当代中国还从来没有一部作品像《欢乐》那样，把大自然的景致描绘得如此令人厌恶。这让人想起萨特的小说《恶心》，主人公洛根丁面对周围的生存世界，甚至面对一棵溢出了虫子屎的树，也产生了呕吐（恶心）感。莫言和萨特在作品中体现出来的思想都属于生存主义艺术观。

《欢乐》的整个文本，从景致、意象、氛围到人物、情感、主题，完完全全就是一出巨大的悲剧和反讽剧。一个喝农药自杀的落榜农村青年，何谈"欢乐"？他心中只有无限的悲苦、绝望，以至于只有选择死亡才能摆脱这无边的苦海。对永乐来说，这个世界糟透了，或许只有死后的天国才是他得到安慰和欢乐的去处。这里，叙述者用了自由联想、内心独白等手法，打破了小说写作的滞涩状态，开启了小说叙述的新天地。

另外，《欢乐》还充满了别样的叙述创新。如在小说叙述中出现了日记，而日记是齐文栋（永乐）用第一人称方式（与萨特的日记体第一人称小说《恶心》类似）写的，穿插于第二人称叙述当中。那段被很多批评者诟病的关于跳蚤钻进母亲阴道的描写就出自这篇日记。然而，当年的批评者们忽视了文字（日记）中有这么一句："1984 年 8 月 12 日 雨 星期？我烦闷。我压抑。我痛苦。我仇恨。我嫉妒。我浑身发痒，胳膊上肚皮上布满了跳蚤咬出来的红色小疙瘩。"[①]"星期？"暗示着主人公思绪的紊乱，在这个"心灵的战场，一个无法解决的疑难或一个知觉与感觉之流"[②]，小说的叙述挥发了一种由自由联想所带来的横冲直撞般的奇特狂想。令人厌恶的老鼠带来了同样令人厌恶的跳蚤，接下来就有了那段著名的文字。母亲的形象愈加丑陋，一如这跳蚤、老鼠、

① 莫言：《欢乐》，《莫言文集 欢乐》，上海文艺出版社 2012 年版，第 231 页。

② [美]欧·豪：《现代主义的概念》，刘长缨译，袁可嘉等编选：《现代主义文学研究》（上），中国社会科学出版社 1989 年版，第 194 页。

八月里沉闷压抑的天气。永乐就置身于如此惨不忍睹的肮脏、丑陋、恶心的环境中，烦闷、压抑、痛苦、仇恨、嫉妒，五种负面性的情绪笼罩着他，还有身体上难忍的痒。在这里，跳蚤就变成了某种象征——丑恶的、令人讨厌至极的象征物，是它侵犯了母亲。这段意识流式的日记体叙述文字，同第二人称叙述结合在一起，构成了一种文本内的互文。一个濒死的青年绝望而疯狂的意识之流，无所顾忌地在“心灵的战场”上往前延展、狂奔。这种彻头彻尾的审丑在让人感到震惊的同时，也带来了小说叙述话语的奇异化。虽然被许多批评家严厉批判过，但在 2012 年的新版本中，莫言依然保留了小说发表时的原样，一字未改。这颇值得我们深思。

莫言的小说依靠手法各异的叙述技巧，拓展和开发了想象力，创作主体和接受主体共同在小说的文本中遇合，从而共同营构了其小说的艺术世界。

第三节　巫幻艺术世界的个人主体性

通观莫言的创作，他的文学尤其小说创作作为巫幻（幻想）现实主义，具有鲜明的特点。所谓巫幻是融合了幻想和巫性的一种虚幻，巫幻现实主义即是融合了幻想、虚幻、巫性、现实和历史记忆的一种创作手法。此术语强调了莫言小说创作融合古今中外的创新性。在他的许多小说作品中，这种巫幻现实主义特征表现得很明显。虚构、幻想、巫幻，但又让人觉得真实，这正是莫言小说创作所追求的艺术效果。《奇遇》《夜渔》《神嫖》《飞鸟》《五个饽饽》《草鞋窨子》《姑妈的宝刀》《麻风的儿子》《拇指铐》《长安大道上的骑驴美人》《一匹倒挂在杏树上的狼》《翱翔》等短篇小说，《怀抱鲜花的女人》《战友重逢》《梦境与杂种》《藏宝图》等中篇小说，《酒国》《生死疲劳》《丰乳肥臀》《蛙》《十三步》《四十一炮》《食草人家》等长篇小说，均以巫幻与写实相结合的莫言式小说艺术而带来了当代小说的创新。下面以莫言具有代表性的几篇作品——短篇小说《夜渔》《长安大街上的骑驴美人》，中篇小说《怀抱鲜花的女人》《战友重逢》等进行分析。至于其长篇小说，如《十三步》《四十一炮》《生死疲劳》《丰乳肥臀》等的巫幻现实主义特点，我们将在各个章节中予以讨论和研究。

《夜渔》写还不到 19 岁的九叔夜里带“我”去逮蟹子，从出发到在河沟里筑坝，从用高粱秆结成栅栏，到静谧的中秋天籁般的各种虫鸣声、水流声……久等不到蟹子来，九叔就用树叶吹出怪异清冷的声音，并且人也变得浑身冰凉。“我”害怕起来，想逃但不知道怎么逃。朦胧中，“我”向一朵荷花走去，但是总靠近不了它，“我”前进，荷花就前进，“我”后退，荷花就后退，突然荷花凋落了。这是一种神奇的、梦幻般的叙述调子。就在深夜里，恍兮惚兮的氤氲中，马蹄般大的螃蟹成群结队地沿着他们设置的栅栏往上爬……九叔静止不动。更奇幻的一幕出现了：一个美貌的年轻女子兀然而至，她突然一甩高粱秆到了栅栏处，螃蟹就沿着秆子飞快地爬上来，爬进了麻袋里，一忽儿两只麻袋里就爬满了螃蟹。女人像神仙，又像狐狸，“我”还摸了她的屁股，以证明她不是狐狸。但她又说自己是人：“二十五年后，在东南方向的一个大海岛上，你我还有一面之交，那时你就明白了。”这似乎又是一个美梦，醒来那美丽女人就不见了。全家人着急地找“我”，九叔找到“我”时发现“我”的身边还有两袋螃蟹。小说的末尾，在新加坡的一家大商场里，“我”猛然见到一个美艳少妇，她对“我”妩媚一笑，转身就消逝了。“我”掐指一算，此时距“我”梦到随九叔逮螃蟹、帮“我”捉螃蟹的女人，正好25年。[①]

《夜渔》中捉螃蟹的神奇氛围、九叔的怪异、美丽的荷花、神仙般的女人、25年后女人话语的验证，统统强化了小说神秘迷离的审美效果。虚实相生的古典诗学意蕴被这篇小说来了个新的彻底的叙述实践。小说变得很富诗意又很怪诞，很真实又很空灵。虽然莫言受到了卡夫卡的影响，但两者还是有着很大的不同。卡夫卡的小说，比如《一场梦》是梦中的非逻辑、潜意识、无意识的荒诞，是双层的或双重的虚构，只有梦是真的，但梦和梦境是荒诞的；莫言的小说，比如《夜渔》中的虚和实不能断然分离开来，而是已经深切交融在一起的。那真切的夜色、地里的小动物、河水的流淌声、慢慢爬上高粱秆的螃蟹、螃蟹窸窸窣窣的声响，都是真实的，但夜幕和天籁却是飘忽的，还有帮我捉螃蟹的神秘女人、女人神秘的话语，都是虚幻的。而这虚幻却又真实，并且多年后还在新加坡这个大海岛得到了验证，大海岛的偶遇意在强化这种真实性。

《长安大道上的骑驴美人》是另一种类型的虚幻作品。小说中的侯七在一天下午沿北京长安街骑自行车，以及这之前上班的情景，都是对现实生活场景的逼真描写。然而，在这种庸常的生活之流中，突然他看到长安街上“一个身穿红裙的少妇，骑着一头油光闪闪的小黑驴”，紧跟着她的是一个骑马男子，穿着银灰色盔甲。两人旁若无人地闯了红灯，结果一路上引来愈来愈多的围观者，惊动了警察。在广场附近，因为国旗护卫队挡住了人群，侯七终于赶上了骑马骑驴的男女，围观者们此时已经散去，尾随者只有侯七了。黑驴白马停住脚步，侯七期待着会有奇幻的事情出现，这让他的心狂跳不已。但结果白马和黑驴都翘起了尾巴——各自拉出了十几个粪蛋子，然后电一样地往前跑去。[②] 显然，在当代社会，长安街上是不可能出现这样一幕的，这是作家的虚构和幻想。小说对侯七这个现实中工人阶级一员的描写是真实的，甚至关于骑马骑驴的男女具体的动作细节也称得上真实。然而以长安街为背景就导致了不真实，并且产生了滑稽和反讽的接受效果。这无疑是一出无聊生活中的奇思妙想，从现代繁华的街市返回古代的浪漫传奇，从现实界返回想象界，从平凡返回奇幻，从不完美的碎屑到完美的整一。其叙述格调是戏仿和反讽的，尤其是小说的结尾，特别滑稽而让人忍俊不禁，极具亵渎性。那种正经的、严肃的、宏大的甚至有点神圣的大街，大街上的人、事、物，还有红裙美人与黑驴、黑汉子与白马，特别是黑驴、白马翘起尾巴排泄的细节，简直让

① 参见莫言：《夜渔》，《与大师约会》，作家出版社2012年版，第28～36页。

② 参见莫言：《长安大道上的骑驴美人》，《与大师约会》，作家出版社2012年版，第215页。

人大跌眼镜，大大出乎人们的意料。在细节描写方面类似于卡夫卡的小说，而在夸张和滑稽方面则类似于拉伯雷《巨人传》的调子。戛然而止的结尾，愈加凸显了小说的反讽意味。

莫言的此类短篇小说既继承了中国古代小说尤其是志怪小说、神魔小说和蒲松龄《聊斋志异》虚幻叙事的传统，又借鉴了民间文学特别是齐文化“怪力乱神”的遗风，同时揭示出当代生活的悖论、滑稽、怪异甚至荒诞。

同样，他的中篇小说，如《怀抱鲜花的女人》《战友重逢》等以更加怪诞和荒诞的影子叙述或灵魂叙述，让人瞠目结舌的同时，表达了其小说审美观的特异性和艺术创新性。《怀抱鲜花的女人》写海军上尉王四返乡同百货大楼的女售货员燕萍结婚，但路上遇到了一个怀抱鲜花、穿墨绿色长裙的大眼高鼻的美艳女人，女人向他妩媚微笑。看到女人灿烂迷人的微笑，王四的心便紧起来。女人身边还有一条狗。在随后的叙述中，他们俩还情不自禁抑或莫名其妙地在一个桥洞下拥吻起来，然而刚刚开启了艳遇之心的王四一想到自己即将结婚的对象，就想摆脱这个如影随形、怀抱鲜花的女人。可无论他跑向汽车站想赶紧逃离这笑容已经变得令人恐惧的女人，还是连跑带颠地跳入河中潜泳，他怎么也摆脱不了她，女人和她的狗尾随他毫不畏惧地趟入河中，被河水淹没，但她还是一只手紧紧抱着那把鲜花。已经站在岸边的王四又不忍心了，下水把她托上了岸。

王四就陷在这种欲罢不能的两难境地，一方面，“她的绿裙如一泻瀑布，到小腿肚中央时却突然中止，然后是肉色丝袜，然后是托尔斯泰的女人们穿过的华贵皮靴。上尉不得不看到女人修长得令人惊讶的双腿，这是应该令人爱慕的两条腿”①。另一方面，上尉的内心更多的是对女人这双腿的恐惧。尾随而来的女人和狗让王四惊惧异常，他想起了狐狸和美女的关系，想起了《聊斋志异》。果然在他们穿行的芦苇地出现了一只狐狸，欲望（或爱慕）与恐惧两种情绪情感交织在一起，使王四从邂逅到勾连到恐惧到逃避，但终究没能摆脱这个女人的追随。就在这种矛盾心理的纠缠中，王四回到了他的故乡，身后还有一直追随他的女人、鲜花和狗。他的父母一见面便劈头盖脸地打他，他的未婚妻愤怒地离开了他。在洞房里，唯有他和那怀抱鲜花的女人，“上尉觉得她的眼里一会儿射出温柔可人的爱之光，一会儿又喷吐出磷光闪闪的地狱之光”②。女人在夜晚脱下了绿裙，上尉王四虽然对她已经不感兴趣，但还是迎上去拥吻着她。第二天人们发现上尉和女人搂在一起死去了。

《怀抱鲜花的女人》把人的理性和感性、道德感和欲望等两极对立的心理因素鲜活地呈现了出来。正如山东文化的两极，一是儒文化，一是齐文化，前者重在道德理性和秩序，后者看重怪力乱神及其所蕴含的自由自在。在上尉王四这里，两者不能达成统

① 莫言：《怀抱鲜花的女人》，上海文艺出版社 2012 年版，第 99 页。
② 莫言：《怀抱鲜花的女人》，上海文艺出版社 2012 年版，第 119 页。

一,理性压不过爱欲,于是他只有被美、欲望和爱慕牵着走,最后葬身在女人的怀抱和温存中。小说所表达的除了那种不可思议的决定人的命运的力量之外,还有一种寓言式的叙述情怀。小说的非写实或超写实特征也由此而体现得尤为明显。

莫言短中长篇小说共计100余部(篇)。他之所以在构建自己的"高密东北乡"文学王国中独树一帜,甚至鹤立鸡群,就在于他的文学王国里有一个"国王"。这个文学王国元首具有叱咤风云、发号施令、一呼百应的禀赋和魅力。在现实的世界里,那种"克里斯马"式的英雄或领袖已然消逝了,但是在莫言创造的"高密东北乡"文学王国里,这位"克里斯马"式的、具有生杀予夺大权的国王却依然显豁而颐指气使地存在着。这是因为,莫言的文学世界拥有一个既具有自己独特鲜明个性,又带着强烈时代气息的创作主体。莫言创作伊始,正值关于主体性讨论的高潮时期,高潮过后就是主体性衰微的开始,主体性遭到人们的否弃。然而,莫言没有受到主体性问题讨论退潮的影响,他坚定地认为,建立自己的文学根据地,对一个有着远大目标的作家来说非常重要。而建立这样一个根据地的艰巨任务,没有一个坚韧的、富有创新精神和创造热情的作家主体,是不可能完成的。悖论的是,莫言凭着自己的小学学历,在学术界、批评界对主体性一片围剿的氛围中,奇崛而反讽地建构起了名为"高密东北乡"的文学王国。但中国当代文坛往往在某一哲学美学思潮或文学创作思潮发生、发育不足十年便转向他顾,尤其是主体性哲学、美学和文论,自20世纪90年代以来便被弃之如敝屣。其实这种转向恰恰暴露了思想界和文论界的机会主义和犬儒主义做派。远离了传统的刻板教育包括文学教育的莫言避免了一次人云亦云的反主体性鼓噪。他从自己的立场、观念出发,从民间文化和西方现代派文学中汲取营养,公然宣布要创建自己的文学共和国。因此,如果没有强烈的主体创造精神,没有主体性的支撑,这种宣言就是空中楼阁。令人欣慰的是,虽然莫言提出了以"作为老百姓写作"取代"为老百姓写作",似乎是在降低自己的身份和调子,而实质是把自己带有强烈的民间、百姓的印记再次深深地烙印在自己的文学创作当中。他不是刻意地拔高或美化,而是全息式地呈现自己身上原本就天然存在着的丰厚的民间文化和百姓精神。表面看来,民间文化和百姓烙印是去主体化的,事实却正相反,中国民间文化和百姓身上才蕴含着异常丰富的宝贵资源,她驳杂、丰厚,独具民族特色、民族神韵,具有我们民族坚韧的主体性,比如中国人非常认同的历史善恶观、民心观、良知论。这种群体性的主体性正是我们民族生生不息的一种独特的主体性,不同于西方的个体性的主体性。当然,莫言在小说世界中所创作的人物群像,既有走出群体性的主体性的人物,如《天堂蒜薹之歌》中的探亲军人、《红高粱》中的戴凤莲、《生死疲劳》中的蓝脸;但更多还是肩负着传统的群体性的主体性人物。此前,新文学追随西方,欧化现象比较严重,直到莫言的闯入和崛起,中国当代文学、当代小说才彻底地扭转方向,脚踏实地,从而发生了某种"化学反应"。西方先锋的创作理念和技巧,与中国古老而深厚的民间文化、叙述传统相结合,产生出类似于拉美马尔克斯魔幻现实主义那般的“爆炸”文学的艺术冲力。这种化学反应表明，人类的诸民族、诸种族虽然各异，但在人性深处是息息相通的。中国古代特别是齐文化氛围中所产生的历史叙述和小说艺术，充满了对怪力乱神、仙魔鬼道天马行空的自由想象，有一种在现世中努力挣脱桎梏、追求自由的空灵。莫言恰恰幸运地生息、成长于这一丰厚的文化艺术土壤中。

莫言的巫幻现实主义创作与西方诸种现代主义有些殊途同归，二者有着某些不谋而合的精神秉性。虽然这两种方法及哲学观不一样，但莫言小说世界却借以打破了传统桎梏，无论是冲破儒家的伦理等级、礼教的压抑，还是反抗西方理性的独断，它们都起到了釜底抽薪的作用。就在20世纪80年代当代中国文学、小说处于踟蹰趑趄、徘徊不前的窘境之时，莫言等既非最具先锋意识也非固守传统的作家，以扎实、沉稳、厚重、集束炸弹式的方式横空出世，给予文坛以极大的冲击力，改变了中国现代主义文学自诞生以来的疲沓萎靡、松散羸弱的形象。莫言不是一个张扬的作家，他为人低调，甚至在散文和小说中进行自我嘲讽和自我贬抑，提出“作为老百姓写作”的小说观念，一反传统的高高在上的启蒙的、灵魂工程师式的作家观念。然而，即使在所谓后启蒙时代，在反主体性的时代，莫言以其低调的姿态大规模、大密度书写20世纪历史、社会和人性的大气势、大格局，其所产生的恢宏的艺术成果，在主体离散、启蒙式微的时代，起到了弥补缺憾、引领文学往纵深发展的作用。因此，莫言是以无视主体的创作主体建构而建立起了他的庞大的“高密东北乡”文学共和国。其创作主体一改那种说教式的、居高临下的导师般的作家风格，其人物主体也由革命英雄、红色伟人、超人般的先知变成了土匪、民夫、哑巴、蒜农、单干户、寡妇、右派、酗酒的检察员、不断借种生子的农妇、抗日英雄兼还乡团团长、被枪杀的地主鬼魂、乡村医生……这些原先不入当代前30年作家们法眼的人物，即使那时的作家们写到他们，他们也仅仅作为配角，且属于被贬低、被抑制、被镇压的身份和地位；但是在莫言的小说中，他们纷纷成为主人公、主角儿，不仅仅是被压制、被镇压、被侮辱的对象，而且成为20世纪中国走向新生、参与抗战、坚韧生存、改革开放的弄潮儿的民族成员。相对于此前浪漫主义、现实主义乃至现代主义作品来说，莫言这种主体观的异变还蕴含着他对理想读者或隐含读者的期盼。这样的隐含读者能够全息地直面中国人的生存真实，这样的读者能深切地理解莫言笔下的人物，理解20世纪以来中国人的真实追求和精神。

第三章
莫言小说对本土资源的先锋叙述(上)

本土文化是相对于外来文化而言的，对莫言来说，本土文化就意味着他早年置身的故乡的文化，包括齐文化、鲁文化、胶东(高密)民间文化、道佛文化等，它们是莫言文学世界的根本和土壤，带着泥土的气息与厚重的生命力。从创作伊始到“回归传统”的小说叙述时期，莫言都从本土文化中获得了足够多的营养。莫言的文学世界所涉及的历史和现实，在时间上，大约是20世纪(《檀香刑》《丰乳肥臀》等从晚清写起，一直到新时期和20、21世纪之交)；在空间上，除了少量作品写到京城生活与幻想(《长安大道上的骑驴美人》)，写到南方变革与欲望交织的生活(《红树林》)之外，他主要是以“高密东北乡”为范围的。然而，在创建他的“高密东北乡”文学王国时，历史、现实世界仅仅是他文学创造的酵母，在文学本体上，除了前文所讨论的莫言文学世界独特的主体因素之外，莫言往往更多地依靠独辟蹊径的新颖的创作技巧、手法和语言修辞来完成。也就是说，他在自己力所能及的范围内，尽量吸收了传统和西方小说叙述和表达的技术，并加以创新，使之融为一体，从而生成了属于莫言的小说美学。本章着重探讨莫言文学世界(主要是小说)对于本土文化的小说艺术重构，以及在这种重构中体现出来的颇具先锋姿态或现代主义风格的叙述特点。而本土文化之于莫言，似乎需要首先从齐鲁文化及齐文化和鲁文化的区别、联系的角度出发，兼及儒家、道家和佛家等更宽泛意义上的文化，是如何为莫言所吸纳、所改造、所重构的。因此，这里所涉及的“莫言小说对本土资源的先锋叙述”实际上是莫言小说叙述艺术的先锋性与本土性的结合。这种“结合”在推进先锋文学之经典化即现代主义文学中国化的方向上取得了显著成效，并最终实现了这一目标。

第一节 在齐文化与鲁文化的张力中构筑文学王国

20世纪80年代以来，文学批评界笼统地谈论齐鲁文化、齐鲁作家群，认为齐鲁文化是一种文化，或一体化的文化，很多批评家甚至以“山东作家群”或“齐鲁作家群”来命名和进行研究，这在某些刚刚进入山东工作的他省学者、批评家那里表现得尤为明显。他们往往在评价山东作家时，抓住一点（道德）而不及其余（人性的、时代的复杂性）。的确，经过了几千年漫长的演化和融合，齐鲁文化确实存在着一体化的趋势。比如，重视道德伦理，重义轻利，“三纲”“五常”、等级思想、宗法思想的潜在影响等，无论鲁文化地域还是齐文化地域，自先秦迄今，较之其他地区，这些文化理念和特点的确比较明显。但是，这种道德批评的出发点弊端明显，既简单粗暴，又教条八股。山东作家尤其是胶东地区作家如莫言、张炜、尤凤伟等的作品，均表现了复杂社会中的复杂人性，仅仅以道德来评判其作品显然过于狭隘了。这类批评无视山东文化中的各种不同变种而统称“齐鲁作家群”或“鲁军”，忽视了山东内部文化的多元化表现。齐文化重事功、求利益、尚自由，在男女关系上表现得更丰富洒脱；而鲁文化则崇伦理、重礼仪、尊等级，在男女关系上表现得压抑，缺乏自由，齐文化和鲁文化在面对等级文化和道德伦理方面恰成对照。

一、齐文化与鲁文化的分野与融合

首先就地理位置而言，以岱岳南北和古济水（今黄河山东段）为界，齐文化所处的齐国不但延续时间比鲁国长，而且面积远大于鲁国，大致在以山东半岛为核心，包括今淄博、潍坊、青岛、烟台、威海、聊城、德州、滨州、东营、临沂、日照、济南、济宁（部分），以及现河北北部等地；而鲁文化所处的鲁国面积比较狭小，大致位于岱岳之南的济宁（部分）、枣庄、菏泽等地，在战国时期基本上处于齐国的包围当中。虽然地理相近，文化互渗，齐文化和鲁文化有共性，但两者还是有很大的不同。远古时期形成的道德文化更多地为鲁文化所继承，经过孔子等历代儒家代表人物和历代帝王的支持就日益成为巩固和发展封建专制的文化信仰系统。鲁文化的核心是儒家文化，由于周公特别是孔子及其弟子们的发扬光大，在全国范围内来说，鲁文化抑制和掩盖了尊重或崇尚神灵鬼怪的齐文化，以至于人们一谈到山东文化，便统称为“齐鲁文化”或简称“鲁文化”。孔子所在之鲁国的鲁文化中心是儒家文化，后借助汉初的“罢黜百家，独尊儒术”而成为整个中华文化最为核心的文化原型。

齐文化在汉代受到抑制，被迫转入民间或隐匿起来，并逐渐与黄老之学融合。[①]然而在以现在的胶东半岛为核心的齐文化圈，依然保留着很多自远古以来的文化传统。远古时代，东夷人即先齐人崇拜鸟图腾，这已是考古学界和历史学界的共识。从“人面鸟身”仙人传说，到把鸟看成人格神，“羽化升仙”可以说是东夷人鸟图腾崇拜的

① 参见安作璋：《齐文化与黄老之学》，《文史知识》1989 年第 3 期。

升华。[①] 关于鸟图腾崇拜和鸟仙的神话传说，在山东半岛一带流传深远。鸟形象的那种飞腾、飞跃、飞翔的姿态无疑具有超越现实桎梏、通达自由境界的象征意义。至“文化大革命”前，胶东一带农村还有大量的鸟仙庙之类的神灵崇拜场所。胶东一带民间关于鸟(公鸡)变靓男来到女子家偷恋的故事、狐狸变仙女的故事，等等，都遗留着先齐人对于孔子反对的“怪力乱神”的热衷。春秋五霸之首的齐国为齐文化打下了坚实的基础，齐文化对于神仙世界、长生不老之地的想象，甚至到了秦汉时期依然很有影响。秦始皇东巡半岛地区，除了政治原因外，还是为了寻求长生不老的良方而来。“姜太公钓鱼——愿者上钩”的潇洒也为齐文化平添了颇富想象力的光彩。管仲的思想显然迥异于鲁国的儒家文化，他提倡将人的一切行为的根据和出发点视为增进个人幸福和利益，满足个人的欲望，力倡“民恶贫贱，我富贵之”(《管子·牧民》)，“凡治国之道，必先富民”(《管子·治国》)。“莱之夷维(高密)人”晏子使楚的典故则以暗藏锋芒的机智和巧言，在维护了国家利益的同时捍卫了自己的尊严，这与孔子反对“巧言令色”，崇尚木讷内秀的性格，显然迥异。晏婴之学无所主，一切本着国情民俗出发，辅佐景公，治国安民，他的义利观既看重“义”，认为“义，利之本也”，又主张“拒欲不道”(《晏子春秋外篇·不合经术者》)，他反对孔子的繁文缛节的礼仪制度，变易齐风齐俗。齐人的“好货”“重商”传统抵制和破除了他们本已淡漠的宗法观念，以致发生了男女求欢、不顾礼法的故事，“齐女因东邻男子美而思与之同宿，因西邻男子富而思与之同食”，这反映了“齐国两性关系相对自由的事实”。[②] 齐人的“足智匿智”“虚诈不情”是有悠久传统的，姜齐的开国之君太公吕望，为兵家之先圣、权谋之鼻祖。[③] 当然，称齐人“言与行谬，虚诈不情”(《汉书·地理志》)，是汉代班固站在邹鲁缙绅阶级立场上的贬抑之说，不足为凭。但显然相较于鲁人，齐人的自由度要大得多。不同于在儒家文化影响下，男女不能同席吃饭，齐国可以同座、同席。战国时齐国著名政治家和思想家淳于髡描绘了齐国男女聚会的场景：“若乃州闾之会，男女杂坐，行酒稽留，六博投壶，相引为曹，握手无罚，目眙不禁，前有堕珥，后有遗簪，髡窃乐此，饮可八斗而醉二参，日暮酒阑，合尊促坐，男女同席，履舄交错，杯盘狼藉，堂上烛灭，主人留髡而送客，罗襦襟解，微闻芗泽，当此之时，髡心最欢，能饮一石。”(《史记·滑稽列传》)司马迁将他列为《滑稽列传》之首，因此齐人淳于髡“遁辞以隐意，谲譬以指事”(刘勰《文心雕龙·谐隐》)的隐喻、滑稽、诙谐、幽默，苦中寻乐、苦中作乐，再加上同为齐人的晏婴的机智巧妙、能言善辩等，就成为齐文化的鲜明特点。而男女同席、杂坐，在儒家文化、鲁文化那里，是不可想象的(只能出现柳下惠这类“君子”)，但在齐文化中就是很自然、轻松、欢欣的事情。张华

① 参见刘德增：《东夷与鸟图腾》，《文史知识》2006年第1期；谷玉梅：《论淄博地区先齐鸟图腾崇拜》，《管子学刊》2012年第4期；王瑞霞：《东夷人的鸟图腾崇拜及影响》，《中国文物报》2010年3月19日第6版。

② 张华松：《齐地历史与济南文化》，齐鲁书社2010年版，第75页。

③ 参见张华松：《齐地历史与济南文化》，齐鲁书社2010年版，第185页。

松认为："东夷族人天性粗犷强悍，尚勇好斗，他们的后裔——齐人继承并弘扬了这一精神。"[①]齐文化和鲁文化可谓这两个地区孕育、发展而来的带有原型色彩的文化类型。邱文山致力于齐鲁文化研究，他指出："齐文化以务实性、尚变性、开放性、兼容性等鲜明特征著称于世，鲁文化则以其勤俭质朴、注重传统、恪守礼乐、重德尚恩等显著风格深刻影响了中国传统文化的形成和发展。"齐文化形成的渊源具有多重性，从民族学角度看，它融汇了"东夷文化、姜炎文化、商文化和周文化，是民族文化的多元复合体；从地域来说，齐文化融汇了滨海文化与内陆文化；从物质文化看，齐文化兼具农业文化、畜牧文化和渔业文化的特点"。[②] 齐文化具有七大个性，即尊贤尚功的政治文化理念，农工商并重的经济文化模式，崇力尚武、重兵权奇计的军事文化特色，注重赏罚的法制文化观念，重俗轻礼的文化传统，兼容并包的思想特征，混合的宗教文化形态等。[③] 孔子言："知者乐水，仁者乐山；知者动，仁者静；知者乐，仁者寿。"（《论语·雍也》）大致可以用来标榜齐文化与鲁文化的不同。当代学者郭丽称齐文化是一种"实用主义形态的文化"[④]。在具体而微的研究中，比如我们探究莫言的小说创作与本土文化之间的关系时，就要考虑到这两种传统文化类型的差异。在齐文化和鲁文化原型中，两者不是截然绝缘的，而是由于地理相近、心理相通、人文互渗，成为你中有我、我中有你的最为壮观的中华文化基因般的景观。也就是说，这两种异质文化相互激荡、相互渗透，才在保留基本特质的前提下，又有着较为鲜明的差异，以及两者之间所构成的文化张力。莫言的文学世界正由此而充满了各种新奇、流动、跳跃的艺术新质。

二、齐文化与鲁文化（儒家文化）构成了莫言小说的叙述张力

莫言（短中长篇）小说有一种被读者和批评家忽视的张力。这种张力既体现在小说的艺术表现形式结构方面，又体现在思想情感道德理念方面；既存在于某一部作品当中（如《红高粱》《丰乳肥臀》等），又存在于多部作品所构成的莫言文学世界当中（如《枯河》与《生死疲劳》所构成的互文或张力结构）。1993 年，莫言在台湾《中国时报》发表了《好谈鬼怪神魔》（又在大陆的《作家》上发表）一文，其中谈到自己创作中某种本土资源对他的影响："一个小说家能写出多种多样的小说，把自己的某一时期的感情物化在小说中。我在今后一段时间内还想写些神神怪怪的小说，心情改变了，也许会改变样式，但老祖父的方法，永远是暗夜中引导我前进的一盏灯笼。"[⑤]台湾学者谢静国就

---

① 张华松：《齐地历史与济南文化》，齐鲁书社 2010 年版，第 77～78 页。

② 邱文山：《齐、鲁文化及其交融与整合》，《管子学刊》2002 年第 3 期。

③ 参见梅馨：《齐鲁文化研究的又一力作——读〈地域文化视阈下的齐文化与鲁文化〉》，《管子学刊》2014 年第 2 期。

④ 郭丽：《齐文化：实用主义形态的文化》，《中国社会科学报》2012 年 8 月 14 日。

⑤ 莫言：《好谈鬼怪神魔》，《作家》1993 年第 8 期。

此认为："这些天马行空、鬼怪神魔始终是莫言小说形式内容、内容形式二而一的资产。"①阿城认为："莫言也(和蒲松龄一样)是山东人，说和写鬼怪，当代中国一绝，在他的家乡高密，鬼怪就是当代世俗构成……我听莫言讲鬼怪，格调情怀是唐以前的，语言却是现代的，心里喜欢，明白他是大才。"②莫言所提到的"鬼怪神魔"恰恰是齐文化的特征，是混合了早期东夷文化、道家文化、民间文化的杂糅型文化观念。在某种意义上，这正是莫言小说天马行空、汪洋恣肆想象力的主要来源，并且它在和邻近的儒家文化、鲁文化相互渗透当中，构成了轻松与紧张、诙谐与正经的对位关系。另外，孔子的"不语怪力乱神"，可能正说明齐和鲁都有鬼神文化流行的氛围，因此孔子主张"敬鬼神而远之"(《论语·雍也》)，"祭神如神在"(《论语·八佾》)，并不代表鲁国、鲁文化、儒家文化就杜绝"鬼"或"神"。齐鲁文化的张力不在于是否彻底根绝鬼神思想，而在于对待鬼神的态度是张扬还是抑制。显然，齐文化是大事张扬的，而鲁文化则是尽量远离和抑制的。

现代主义文学的中国化正是在这种张力和对位中得到丰富和真正实现的，莫言是完成这一文学演进历史任务的第一骁将。他写自己的故土故乡，不同于"五四"时期的乡土文学，不同于20世纪五六十年代的农村小说，不同于20世纪80年代盛行一时的寻根文学，亦判然有别于同时期的知青文学。"五四"时期的乡土文学是进入城市后怀念和想象乡村良善伦理和人情的产物；20世纪五六十年代的农村小说主要颂赞从土改到人民公社的当代社会；而新时期的寻根文学作家和"五四"作家类似，是在想象中寻找中国文化断裂了的根脉，他们的意图是好的，甚至也不无虔诚，但结果他们不是寻到了超稳态的儒、释、道的古老理念并以这理念的生硬表现为尚(阿城《棋王》等)，就是"发现"了边陲或落后地区的野蛮文化原型(韩少功《爸爸爸》、贾平凹《鸡窝洼人家》、郑万隆《异乡异闻》、郑义《老井》等)。或许因为寻根者所寻之本土文化本身就遮蔽已久且淡漠不清，或许寻根者本身的主体性不够强悍和明确，寻根文学在刚刚开始时就方向模糊、弱不禁风、羸虚不堪。同样，一批被迫上山下乡的知青作家在返回城市之后，既怨恨又怀恋曾经的乡村生活，其中不乏真诚，但作秀的成分也很明显，同时他们笔下的乡土生活总是带有一种浓重而虚饰的浪漫主义情调，其创作与生活的世界和其中的农人们总是隔着一层厚厚的皮。莫言一度追随寻根文学，创作了《透明的红萝卜》《红高粱》等，然而即使这几部作品也与公认的寻根文学大相径庭，他对"黑孩"(《透明的红萝卜》主人公)的体验式描写也迥异于王安忆笔下的"小鲍庄"里的捞渣(鲍仁平)。捞渣形象似乎是作者用理念堆积起来的，虽然用了很多对话和环境描写，但是小说中的人物及其情感、遭际都外在于作者，作者更像一个采风者，在叙事和记录捞渣及其乡亲

① 谢静国：《论莫言小说(1983～1999)的几个母题和叙述意识》，(台北)秀威资讯科技股份有限公司2006年版，第26页。

② 阿城：《闲话闲说——中国世俗与中国小说》，作家出版社1998年版，"三十九节"。

们的故事，仅此而已。莫言自己有点反感这个“寻根”的提法，他说自己在写《红高粱》时就“没有这个‘寻根’意念”，而且“寻根文学没有什么特别有艺术的作品”，它只是一种特别有意识的行动，实际上成不了什么气候，也不会产生伟大的作品。[①] 况且莫言早已跃出这一流派，而独成一派。他以自己独特的生命体验，孕育出不同于流俗的“作为老百姓写作”文学观，尽量体现出自己作为农民一员的感觉、感受、生活、情思，而不是有意无意地拔高或提纯农村和农民的生活及境界。在其后的创作（如《丰乳肥臀》《生死疲劳》等）中，莫言不但写出了农人们的悲惨遭遇和悲苦命运，而且写出了这种苦难中坚韧而活的乐趣和达观，透露出诙谐和幽默，其作品的人物形象呈现出丰富的人性内涵。

三、复式叙述与土匪抗战增强了莫言文学世界的丰厚度

莫言的代表作《红高粱》先是由一部中篇小说《红高粱》引发了较为强烈的阅读评论之后，作家意犹未尽，又写出了系列中篇小说《高粱酒》《狗道》《高粱殡》和《狗皮》，最后“把五章合一，权充一部长篇”[②]。长篇小说《红高粱家族》不但在《透明的红萝卜》基础上进一步奠定了莫言先锋小说家的地位，而且成为最具莫言特点的代表作，甚至成为莫言的符号、莫言的美学，进而成为当代中国文学水准和审美品格的某种表征。

莫言以其踌躇满志的创造者身份，汪洋恣肆的语言修辞，天马行空的叙述姿态，“我爷爷”“我奶奶”式的复式叙述方式，“土匪抗战”的新颖主题，审丑、审恐怖的思想内涵，真正在当代中国文坛掀起了一股颠覆红色叙事既有模式的审美新风。1986 年莫言发表《红高粱》绝不是偶然的，而是他善于吸收古今中外优秀文学传统和营养的结果，最主要的是从西方现代派和中国古代文化特别是齐文化包括齐地民间文化中汲取了大量营养的结果。

首先，《红高粱》体现了独特的审丑与审恐怖的美学意蕴。文学和其他艺术形式有一个很大的不同，其他艺术可以侧重表达美，但是文学尤其是小说可以深入细致地表现丑，进行审丑。李泽厚与刘再复在 20 世纪 90 年代的对话中就提出了这个问题。对于艺术，李泽厚认为应该保持较为纯粹的形式美，刘再复认为文学“可把人的丑恶淋漓尽致地表现出来”，但两人对莫言的小说《红高粱》及改编的同名电影评价都很高，认为表达了我们民族粗犷、苍凉的生命力，热烈、粗糙、顽强，很有想象力。[③]《红高粱家族》

① 转引自谢静国：《论莫言小说（1983～1999）的几个母题和叙述意识》，（台北）秀威资讯科技股份有限公司 2006 年版，附录二。

② 莫言：《红高粱家族》，解放军文艺出版社 1987 年版，跋。

③ 参见李泽厚、刘再复：《告别革命——回望二十世纪中国》，天地图书有限公司 1995 年版，第 303～305 页。

不但打破了莫言自己原先小说讲求和谐优美的叙述调子,而且开始突破当时整个小说界那种哀怨、伤痕、反思的路数,走向了一条审丑、审恐怖的新路。此前,研究者和批评者多从小说的审丑性进行了讨论;此处,我们从审恐怖的角度展开进一步的讨论。

小说伊始就写"我父亲这个土匪种"(豆官)跟随实际上的亲身父亲、土匪司令余占鳌穿行在漫无边际的高粱地里。作为一部描写战争的小说,里面的主角竟然是土匪,任何时代土匪都属于贱民、流民、恶人,是不入流的人群,但在《红高粱家族》中却成为结结实实、酣畅淋漓地参加抗日战争且打死了很多日本侵略者的群体。这一点较之此前的战争小说和革命小说,是一个巨大的跳跃、挑战和创造。另外,既然写的是抗日战争,那么小说自然要用很多的笔墨写其残酷性和恐怖性;对恐怖和残酷的血腥场面的描写,透出了叙述者迥然有别的叙述基调。其一,以滑稽或喜剧的格调化解恐惧。小说中,跟着余占鳌行军的王文义突然挂了彩,他却喊起来"司令——我没有头啦——司令——我没有头了——"这是以滑稽、悖反写恐怖。其二,以夷制夷,以恐怖制恐怖。鬼子将罗汉刺伤,又看上了美貌的"我奶奶",急中生智,"我奶奶"在罗汉大爷流血的头上抓了两下,血抹到自己的脸上,顿时成了魔鬼一样可怕的样子,暂时脱离了危险。鬼子押着罗汉去工地修公路了,"我奶奶"到酒坊用满缸的高粱酒来洗脸,罗汉的血染红了高粱酒,"父亲揭开瓮盖,闻到了罗汉大爷的血腥气。他想起了罗汉大爷的血头和娘的血脸。罗汉大爷的脸和娘的脸在瓮里层出不穷"。这段描写极像鲁迅的《铸剑》,怪诞而冷酷。其三,以冷静笔法写恐怖之事。冷静的叙述笔调蕴含着作者压抑着的巨大愤懑,但是作者不让它显露出来。为了抵制为日本人修公路,罗汉大爷砍断了东家即"我奶奶"家的骡子的腿,而被日本兵抓住,日本兵威逼杀猪匠孙五来剥罗汉的皮。这是极度残忍的情节,但小说写得非常细致又异常冷静。叙述视角是"父亲","父亲看到孙五的刀子在大爷的耳朵上像锯木头一样锯着。罗汉大爷狂呼不止,一股焦黄的尿水从两腿间一蹿一蹿地呲出来。父亲的腿瑟瑟颤抖。走过一个端着白瓷盘的日本兵,站在孙五身旁,孙五把罗汉大爷那只肥硕敦厚的耳朵放在瓷盘里。孙五又割掉罗汉大爷另一只耳朵放进瓷盘。父亲看到那两只耳朵在瓷盘里活泼地跳动,打击得瓷盘叮咚叮咚响"[①]。"孙五弯下腰,把罗汉大爷的男性器官一刀旋下来,放进日本兵托着的瓷盘里。……孙五操着刀,从罗汉大爷头顶上外翻着的伤口剥起,一刀刀细索索发响。他剥得非常仔细。罗汉大爷的头皮褪下。露出了青紫的眼珠。露出了一棱棱的肉……"[②]这里关于罗汉被剥皮的细节让读者胆战心惊,然而又有一种欲罢不能的接受心理。实施剥皮的孙五和被剥皮的罗汉,都是这个恐怖事件的角色,孙五后来变得疯疯癫癫、神志不清了,但是我们并不怎么恨孙五,而是对日本人的歹毒、凶残、暴虐、无耻、卑劣等有了新的认识,这种认识又是透过这个令人惊悚的恐怖叙事实现

① 莫言:《红高粱家族》,解放军文艺出版社1987年版,第40页。

② 莫言:《红高粱家族》,解放军文艺出版社1987年版,第41~42页。

的。这种叙述话语和方式在后来莫言的长篇小说《檀香刑》中被更加集中和艺术化地运用过。虽然莫言写此类恐怖情节极尽精雕细刻之能事，但是对于一个心智健全、情感正常的读者来说，并不会产生所谓审美的变态。倒是那种依然风花雪月、莺歌燕舞的小说让人感到滑稽可笑，产生审美疲劳。这里，作为语言艺术的小说的恐怖氛围经过语言这层复杂而抽象的思维符号载体的过滤，恐怖性已经减弱了。

其次，《红高粱家族》的语言的悖论助力实现了充满张力的小说叙述策略。“十七年”的传统小说迈着方步，进行着优雅的庙堂叙述。但是《红高粱家族》撕开了这种小说的面纱，用泥沙俱下的语言和充满张力的叙述策略，给当时的小说创作以重大冲击。小说所用的“我爷爷”（土匪余占鳌）、“我奶奶”（戴凤莲，九儿）和“我父亲这个土匪种”（豆官）这样的复合式叙述人称，完全不同于传统的第三人称叙述、第一人称叙述。这样的人称至少有三个方面的新意：一是联结了过去（爷爷、奶奶和父亲生活的时代）和现在（叙述者当下写作或生活的时代），因而语言有了一种由于集合而颇具高密度审美信息的艺术张力。二是“我父亲这个土匪种”“我爷爷”这个土匪、“我奶奶”和“我爷爷”在高粱地里“野合”了，这样的叙述人称和语言表达方式，一改往昔小说叙述视角的单一、叙述语言的纯净。原先那种长者为尊、为长者讳、服从家长权威的儒家等级文化和观念，在这样的叙述人称和修辞当中被解构得荡然无存，并且带上了浓烈的戏谑意味。三是这样的叙述人称还有一种表达作为晚辈的“我”的窥视心理的元叙述意味，如此既发挥了作者的想象力，又强化了这实际上是在解构传统小说故事的似真性观念，还原了小说的虚构性（fiction）功能。“父亲不知道我的奶奶在这条土路上主演过多少风流悲喜剧，我知道。父亲也不知道在高粱阴影遮盖着的黑土上，曾经躺过奶奶洁白如玉的光滑肉体，我也知道。”[①]这样的描写简直充满了亵渎和不敬，三代人——爷爷奶奶、父亲和“我”——的时空被压缩至一体，使我们想起对莫言产生过重大影响的拉美作家马尔克斯《百年孤独》中的开头：“多年以后，面对行刑队，奥雷里亚诺·布恩迪亚上校将会回想起父亲带他去见识冰块的那个遥远的下午。”[②]马尔克斯的这句开场话，像浩浩荡荡、汹涌澎湃的亚马孙河水，混合着强烈的泥土和植物气息，又充满了感伤与怀旧情怀。而莫言的这种叙述人称和叙述语言，像浑浊的黄河水和胶河水，充满了叙述者得意地对祖宗历史进行窥视与揭秘的诡异气息。另外，像隋清娥所分析的，莫言的小说还大量使用了胶东方言，如《模式与原型》《欢乐》等称未婚女子为“嫚儿”，《猫事荟萃》把 20 世纪 60 年代之后出生的那批小孩称为“地瓜小孩”，《生死疲劳》中“打出来的老婆揉到的面”这一胶东生活谚语的意思是老婆越打越贤惠，如同面越揉越劲道一样，

① 莫言：《红高粱家族》，解放军文艺出版社 1987 年版，第 5 页。
② ［哥伦比亚］加西亚·马尔克斯：《百年孤独》，范晔译，南海出版公司 2013 年版，第 1 页。

这是对过去胶东地区普遍存在的家暴现象的总结。[①] 这些方言、谚语、歇后语甚至骂人话，由于进入了莫言所创设的小说艺术境界当中而显得颇富张力且饶有情味。

再次，《红高粱家族》作为救赎的怀旧作品，充溢着血性的张扬，也有对当代社会的批判。莫言一再在散文和小说中提及我们民族近代以来之所以被蕞尔小国日本欺凌得那般悲惨，原因在于我们民族丧失了起码的血性。莫言写《红高粱家族》时，时时刻刻汲取着这种民族血性丧失的惨痛教训，通过如椽巨笔，浓墨重彩地写出了中国尚有血性的人们的鲜明形象。这可谓鲁迅先生所称的“中国的脊梁”般的人物，既是莫言借助小说这种艺术所传达的一种小说美学思想，也是流淌在国人尤其是那些下里巴人血脉中的血性的真实写照。土匪余占鳌的血性、罗汉大爷的血性、“我奶奶”的血性……一连串人物鲜血淋漓抗争而死去的场景让读者看到了小说《红高粱家族》的锋芒。作家正是要借助这种血性的张扬，反衬现实中人性的萎缩，刺激和提振国民的觉悟，再造新的血性精神。在反法西斯战争胜利70周年之际，包括莫言《红高粱家族》《丰乳肥臀》等在内的当代中国的现代主义文学，和世界上其他国家如法国的萨特的《苍蝇》、加缪的《鼠疫》、西蒙的《弗兰德公路》、勒克莱齐奥的《乌拉尼亚》、莫迪亚诺的《星形广场》与《夜巡》等反法西斯题材的现代派作品，都为世界反法西斯文学做出了贡献。[②] 这不但是莫言的光荣，而且是整个中国当代文学的光荣。

第二节　“怪力乱神”民间故事的先锋讲述

莫言开始创作的时候，宏大叙事的写实或浪漫传统还主导着中国文坛。而莫言逐渐寻找到了适合自己的文学之路，其中一条就是从民间故事中发现了小说叙述的宝藏。莫言精灵古怪的小说叙述艺术，极大地搅扰了新时期的中国文坛，给予小说创作界类似于福克纳、马尔克斯般的“小说可以这么写”的感喟，引发了当代中国小说界“哥白尼式的”革新潮流。为什么一个出身和成长于齐鲁之邦、没有受到多少学校教育的作家，反而成了中国当代文学，尤其是当代小说的革新者甚至颠覆者？这其实涉及莫言小说创作的内在机理。莫言说过，要大踏步地后退。然而，莫言的这一回返，并非当时的寻根文学那般，到深山僻林、落后愚昧、痴呆病态、悍妇蛮民那里去寻什么根，而是指作家“找到了自我”[③]。总体上讲，莫言关注本土叙述的传统，观照从《封神演义》到《聊斋志异》对“乱力怪神”的叙述及其背后的叙述方法，然而又赋予自己的小说以新的

① 参见隋清娥：《论莫言小说“胶东味儿”的语言民俗表现》，张志忠、尹建民主编：《莫言与新时期文学研究》，中国石油大学出版社2016年版，第71～81页。

② 参见吴岳添：《战争与和平的文学“凯旋门”——法国反法西斯文学的演变和创新》，《中国社会科学报》2016年1月14日。

③ 莫言、王尧：《莫言王尧对话录》，苏州大学出版社2003年版，第125页。

形式和风采。可以说，莫言的小说是对巫幻故事、民间文学、历史传说、日常生活、想象幻想的先锋式讲述的艺术结晶。

一、象征和隐喻克服了肉身物性，体现出莫言小说的空灵性和超越性

从18世纪意大利美学家维柯《新科学》的观点来看，人类最早的智慧不是理性的，而是非理性或感性、感觉方面的，这就是所谓"诗性智慧"。诗性智慧的一个显著特征是"以己度物"，从自己的感觉世界和身体感应来对尚陌生的世界进行命名，也就是用自己的语言来理解和表达。因此，以隐喻和象征方式进行的对世界的语言表达（命名）就近乎于人类的一种本能性的智慧。《山海经》就是中国古人诗性智慧的体现。莫言说过："我认为，没有象征和寓意的小说是清汤寡水。空灵美、朦胧美都难离象征而存在。"①在一次对话中，莫言被称为"黑色精灵"②。在莫言看来，象征和寓言便是打破摹仿生活的现实主义和直抒胸臆的浪漫主义的技术法宝。罗强烈称莫言的世界"全然是一个鬼怪神话世界"，如其《五梦集》"生蹼的动物世界""食草家族"。③王春霞称莫言的小说体现了"灵异叙述"的特点，创造了一种"新聊斋小说"。④在众多对莫言小说的所谓物质性和象征性的评价中，有两种截然相反的声音。一种看法是，比如张闳认为莫言关于食物的描写不具有张贤亮作品那种象征性，而是物质的、质料性的、农民性的、肉体性的。⑤类似的说法还有，如陈晓明认为莫言有一种对"生活状态的认同"⑥。如果说莫言仅仅对生活状态尤其是对物质性、肉体性的认同式书写，那么其创作的价值就会大打折扣，甚至成为文学的反义词。另一种看法是莫言小说深具象征性，如张清华认为莫言小说是"大地的感官"，莫言构建了自己的"生命本体论"诗学。⑦吕周聚认为，莫言的作品尤其是《檀香刑》的主人公赵甲是人性恶的象征符号。⑧评论界还有关于莫言的《生死疲劳》《蛙》《儿子的敌人》及莫言小说的色彩、肉等的象征性的研究文章，如尚亮等认为，"福克纳小说的虚构性和象征性也体现在莫言的小说创作的实践中"，尤其是其《透明的红萝卜》《怀抱鲜花的女人》《战友重逢》等小说，受到了福克纳的

---

① 贺立华、杨守森主编：《莫言研究资料》，山东大学出版社1992年版，第103页。

② 莫言、王尧：《莫言王尧对话录》，苏州大学出版社2003年版，第12页。

③ 罗强烈：《莫言的冲突》，《青年文学》1988年第11期。

④ 王春霞：《幻境人生——文学山东的灵异叙事研究》，山东师范大学硕士学位论文，2005年。

⑤ 参见张闳：《莫言：感官王国》，《声音的诗学》，中国人民大学出版社2003年版，第186～187、188页。

⑥ 陈晓明：《表意的焦虑》，中央编译出版社2002年版，第82页。

⑦ 张清华：《叙述的极限》，《当代作家评论》2003年第2期。

⑧ 参见吕周聚：《人性恶的象征符号——莫言〈檀香刑〉中的赵甲解读》，《海南师范学院学报》（社会科学版）2005年第3期。

虚构性和象征性的影响。[①] 因而，莫言不仅仅是写个人的、肉体的感官所感知的世界，而且触及了当代中国人的生存真相及其背后的文化隐喻或象征意味。笔者认为，前一种认识局限于莫言的某些文句，只看到了莫言文学世界的表层，没有深刻理解莫言小说的张力以及作为一种新型美学的特质，对莫言作品的评价显然是肤浅的，也是不公正的；后一种认识则比较符合莫言创作的实际。

按照维柯的观点，任何语言的表达都是某种隐喻或诗性智慧的表现。诗性智慧即通过原初先民的隐喻性、象征性的思维方式，来表达和命名事物，是一种较之理性思维更为根本和原始的思维方式。而文学恰恰是这种诗性智慧或象征性思维在现代最为直接和集中的体现领域。况且，对于当代的先锋文学或现代派来说，诗性智慧经过近代理性智慧或理性思维占据独裁地位之后，终于夺回了失去的地位。对于改变了这个时代和民族的文学艺术思维方向和表达方式的莫言等现代派小说家来说，借助文字和文学的力量来冲击甚或颠覆民族既有的审美思维和艺术思维习惯的内在动力还是存在的。莫言自己多次提到，自《透明的红萝卜》之后，他就再也不会跟在传统现实主义的后面亦步亦趋，而是要通过他所擅长的超感或通感来发动感觉的叙述威力，进而依靠某种带有象征性和隐喻性的语言、意象、主题、形象甚至结构，来建立他的文学王国。他的《红高粱》《红蝗》《红耳朵》等小说，就充分发挥了色彩的象征意味，满坡的红高粱、满眼的红蝗虫、幻化的红耳朵，这个鲜艳耀眼的红色凸显于莫言小说中关于灰黑土地的叙述。在某种意义上，莫言这类小说体现了民间文化的“生命主体精神”[②]。还有高密的大红剪纸、红白黑绿相间的泥塑等民间艺术相互映衬，呈现了黯淡乡村生活的亮色和旺盛生命力。有学者认为，莫言小说的“肉”意象具有某些文化象征意义，表征了当代人的肉体、欲望、生殖和大地。[③] 细究之，莫言的“肉”意象、“肉”叙述，具有丰富的象征意味，除了上述几种寓意外，还具有物极必反的反讽和狂欢化的热闹意味。在《四十一炮》中，肉能够理解人的思维，可以和人对话，会盼望小主人公罗小通来吃它。相对于莫言写饥饿的篇章来说，《四十一炮》正是以相反相成的方式，戏拟了严酷的苦难岁月。饥饿和酒池肉林不断成为莫言小说叙述的一个绞麻花辫般的结构。《粮食》《五个饽饽》《丰乳肥臀》等写 1960 年前后的大饥荒，饥饿像死神般如影随形；而《四十一炮》《酒国》《红树林》等小说则把酒肉当成了填满曾经饥饿的肉体的原料，吃和喝，就不仅仅是出于果腹和解渴这类生理的需要，而且凸显了近半个世纪国人心理和精神的畸变的需要，哪怕饱胀得要死，哪怕喝得烂醉如泥，还是要吃要喝。在《酒国》中，对各种肉食大快朵颐，那些彻底堕落的主人公们像喝凉水般喝茅台、五粮液、猿酒，已经由单

---

① 参见尚亮、夏文静：《虚构与象征的典范：〈纪念爱米丽的一朵玫瑰花〉——兼论福克纳对莫言的影响》，《河南师范大学学报》（哲学社会科学版）2014 年第 5 期。

② 张灵：《叙述的源泉——莫言小说与民间文化中的生命主体精神》，中央编译出版社 2010 年版，第 24 页。

③ 参见申长崴：《论莫言小说中“肉”意象的文化象征意义》，《和田师范专科学校学报》2012 年第 1 期。

纯的物质存在、物质享受变成了对某种精神（当然是病态的）的肆意追求。一种以满足肉体的快感需要，一个在酒场上借助于喝酒来“套近乎”“拉关系”的民族性、国民性和时代特征就跃然纸上。一个时代的精神缩影，就在《四十一炮》《酒国》《红树林》这类作品中被艺术地表现出来。美学家李泽厚总结的中国人一直以来生活在“一个世界”而缺乏超越性维度的画面，就时时出现了。这三部长篇小说对于饥饿和物质的匮乏及其悖反形式（酒池肉林、饕餮滥饮，简直达到了穷奢极欲的程度），在某种程度上正表征了民族精神和尊严的沦丧。从这个角度讲，饥饿和酒肉就不仅仅是作为食物匮乏和食物滥用那么简单了，而是隐喻着深刻的生存论思想。

莫言作品的超越性维度，并不是理论教科书那般显豁呈现，而是通过形象化的情节和对人性的刻画来实现的。《儿子的敌人》就是这样一部作品。有学者论及这部小说时，认为它通过五重（种）象征——作为主题呈现的色彩象征、作为主题强化的声音象征、作为主题延伸的气味的象征、作为主题深化的光的象征、作为主题升华的人物象征——体现了母亲博大的胸怀，她无私接纳和料理了儿子的敌人的尸体，又收到了自己亲生儿子死亡的消息。[①] 这无疑是一部具有强烈的超越意识、深刻的宽容精神、深沉的博爱情怀的作品。小说中的色彩、声音、气味等感官感觉对象及世界被打通了，并且上升到人性的丰富性和崇高性层面加以叙述。小说的精神性、灵魂性是很密集、很高超的。如果认为莫言小说仅仅体现了所谓的物质性和肉体性，那不但是对莫言小说的曲解，也是对作为文学的小说叙述的误解。

二、通过重构民间故事，莫言创造了新的小说叙述方式

重构民间故事这种叙述方式从容有致，又不失灵动、奇异，因为它从传统民间文化中汲取了丰富营养，再加以先锋叙述，成就了一种别有洞天的写实与虚幻或怪诞相结合的叙述艺术。莫言出版过一本《学习蒲松龄》的小说选集，里面的 19 个中短篇小说有一个共同特征，就是在遵重现实和遵循写实原则的基础上，往往在关键的时刻或地方出现陡然转变的故事情节，叙述此时溢出了常规，呈现出一种空灵和奇幻之感。但是这种陡然转变又是从情节中自然生发出来的，并不违背存在或心理的逻辑，反而更加深刻地揭示出某种生存的悖论或本质的东西。《奇遇》写一个返乡探亲的年轻军人，由于傍晚没有赶上回家的公共汽车，决定步行回家。一路上，曲折坎坷的乡间土路两旁全是庄稼地，夜间田野的宁静使得主人公内心忐忑不安，关于鬼的想象再也不能摆脱。在黎明时分他走到了村头，遇见了赵三大爷。赵三大爷给他一个玛瑙烟袋嘴，说是以此还上曾经借过他父亲的五块钱。等见到了父亲，拿出烟袋嘴，父亲犹豫着不敢

① 参见史玉明、陈丽敏：《莫言小说〈儿子的敌人〉中象征手法的应用和主题探析》，《芙蓉》2014 年第 2 期。

接,母亲说,你赵三大爷早在大前天就死了。平平淡淡的故事突然出现了一种意想不到的逆转,从现实界到了灵魂界,关于鬼的故事和现实中所发生的事件融合起来了。《铁孩》中饥饿难耐的幼儿失去了父母,没有任何吃的东西,但他们有坚强的胃囊,仿佛能消化任何东西,甚至大炼钢铁的废钢渣、铁丝都成为他们的食物,他们吃得津津有味,觉得味道好极了。这是一种纯粹的文学想象力的表达还是一种对于严酷苦难现实的反讽?作家的想象力远远超出了一般人的阅读接受心理结构。从《透明的红萝卜》到《红高粱》再到此类短篇小说,莫言的想象和叙述上天入地、纵横捭阖,在对于那个饥饿年代的深刻记忆中,又加进了飞腾的审美想象力的自由创造因素。

《嗅味族》和《铁孩》有异曲同工之妙,也以儿童的视角描写了冲出糟糕现实(饥饿)的神奇幻想,只不过《嗅味族》更加富有传统和民间的想象特征。《嗅味族》可以使我们想起《封神演义》中的土行孙形象,莫言自己也多次谈到这个形象给予他的小说叙述的刺激。可以随时遁形、在地下日行千里的土行孙是个神奇变形的人物形象,这个形象对少年管谟业、后来的作家莫言产生了深刻影响。

《嗅味族》(2000 年 10 月最早发表于《山花》)中的"我"是一个调皮捣蛋的孩子。小说中的孩童,和当下倒是有一比,处在巨大的危险当中,说不定什么时候就会被拐走。一个杂耍班子用蒙汗药拐走孩子,然后用锋利的刀子在孩子身上划出无数的血口子,再把新杀的狗的皮剥下来,贴到孩子身上,还要把孩子的舌头割下来,防止泄密,这就是"狗人"。小说叙述者把这则故事的背景设置在了现代,其实在明代野史中,就有关于如此惨无人道故事的记载。莫言化用这个故事,并将它作为"嗅味族"的活动背景写进这篇小说。更为惊悚的是,"嗅味族"到地下深井里的经历才是小说的重点。这一讲述不是直接的叙述,而是由作为儿子和兄弟的"我"转述给家人听。嗅味族不用吃任何食物,仅靠嗅味,便能生活得极其惬意和满足。但是,长鼻子嗅味族还是要做饭、做菜,做出来的鸡鸭兔子肉等,他们嗅闻香极了的味道便能很好地过活。但"我"的父母和兄弟姐妹都不相信,不是连骂带打就是以鄙夷的神态对待"我"。父亲对"我"这个调皮孩子却这样调侃道:"说吧,好汉,到哪里去了?"这种叙述方式和对亲人关系的描写,就使小说带上了浓郁的反讽和戏谑意味。反讽作为一种语境与话语的悖反,构成了一种表达的张力,一切原本合法的存在或意义在此失去了合法性或意义。在小说中,叙述的表征和实际意思之间所产生的巨大空隙正是叙述者所刻意追求的。《嗅味族》至少从三个层面体现了反讽叙述及反讽美学。其一,叙述语言的反讽。小说中的语言表达与语境之间的反讽是如此强烈,以至于字里行间充满了悖反和怪异的审美气息。其二,情感的反讽。家庭成员之间的亲情几乎荡然无存,只有父母哥姐对儿子、弟弟的打骂,反过来就是"我"对家人的痛恨与怨毒。在地下井道的嗅味族里吃饱喝足的"我",在家人的盘问下,"打了一个饱嗝,让胃里的气味汹涌地蹿上来:我陶醉在美好的气味里,心中充满了幸福的感觉。我看到我的那些兄弟姐妹们都把鼻子翘起来,脑袋转动着,在搜寻美好气味的源头。在饥饿的年代里,人们的嗅觉特别的灵敏,十里外有人家煮肉我们也能嗅到,当然也说明了那个时候空气特别纯净,一星半点儿的污染都没受……”[①]物质的匮乏与美味的享受,以及由此带来的亲情突变之间构成了巨大的反讽。其三,现实与虚构之间的反讽。“我”的口腔里发出来的美好的气味,以及在井道里吃的丰富美食,这两个情节本身是叙述者的讲述,并非现实,亦无这种存在的可能性,但是小说叙述的情节和细节又酷似现实,这就与小说中的家人们及叙述接受者所处的现实构成了巨大的反讽。“我”的叙述其实仅仅是一种叙述而已,它并不建立在事实的基础上,而是一种心理补偿机制在支配着叙述者及其叙述。莫言说过,饥饿养成了他善于幻想和想象的能力。对吃饱穿暖、过上富足生活的向往是莫言文学想象力和幻想力的重要契机或推动力。《嗅味族》通篇以传说和幻想构成,其故事原型就来源于20世纪60年代大饥荒中的极致饥饿经历带给莫言的关于食物的丰富怪异的想象力。

长篇小说《丰乳肥臀》同样从民间故事中汲取了许许多多的叙述的营养。西方学者马连诺·西斯根德认为,莫言的《丰乳肥臀》“用一双奇怪而敏锐的眼睛,改写了20世纪的中国历史……通过民间故事、传说和神话的运用,莫言有效地‘解构了关于这个世纪中国革命历史的宏大叙事’”[②]。小说中的鸟仙、雪集、饥饿、生殖、摸乳、恋乳,等等,都是通过民间文化的形式,实现了对晚清、民国、抗日战争、“文化大革命”及20世纪80年代的改革等宏大事件之于虚构的中国的“马孔多”——“高密东北乡”的影响的重写和再叙述。莫言非常看重自己这部引起很多争议的作品,认为如果要了解他的创作,其他的作品可以不读,这部《丰乳肥臀》却是要读一读的。为何这部作品在莫言自己看来在其整个创作中如此重要?莫言对这部作品倾注了最大的心力和艺术情怀,不仅表达了莫言文学观的象征或寓言式维度,而且带有很强的民族审美和文化原型意味。母亲上官鲁氏(鲁璇儿)遭受了多重的屈辱,为了摆脱命运摆布不断“借种”而最终生下儿子上官金童,与此同时她还默默地忍受着苦难、饥饿、恐惧等,辛劳抚养来自不同阵营(国民党、还乡团、共产党、伪军等)的孙辈们,无论他们和她有无血缘关系。另一形象上官金童则是中华文化延续到现代的一个自然的产儿,他有着中西混血儿的鲜亮外表,甚至可以说不无英俊;但他又丝毫没有适应繁复、复杂、堕落时代的能力,其最大的秉性便是吃母亲的奶水。除了奶水(后来由于母亲要照顾其他的吃奶婴儿,不能满足金童的需要,他便开始喝羊奶),长大成人的金童不能吃任何其他的饮食,并且对女人的乳房有一种变态的兴趣。恰好在一年一度的雪集上他有了“用武之地”,作为雪公子,他能够在严寒的冬天节日里隔着帘子,任意抚摸女人们各式各样的乳房,这一度满足了上官金童的恋乳癖。正是基于作为小舅舅的金童有这种对乳房的深切体验,他

---

① 莫言:《嗅味族》,《学习蒲松龄》,中国青年出版社2011年版,第71页。

② Mariano Siskind, *Cosmopolitan Desires: Global Modernity and World Literature in Latin America*, Evanston; Illinois: Northwestern University Press, 2014, p. 89.

的外甥司马粮委托他担任“独角兽乳罩大世界”的董事长。但是,他却掉入了一个叫汪银枝的女人的陷阱,汪银枝攫取了乳罩公司,然后和另一个男人一脚把他踢出了公司。连遭羞辱但毫无还手之力的金童被扫地出门,成了流浪汉。最后他只能在母亲的坟前孤独地暗自泣饮着无尽的辛酸和悲凉。从母亲和金童这两个形象来看,莫言这部小说从民族文化和道德心理的背后,挖掘出两种原型(集体无意识)来:前者是中国母亲含辛茹苦、忍辱负重、默默生存和无私奉献的大地母(母神)原型,后者是中国文化和基因中羸弱不堪的、长不大的小男人原型。① 中国文化及其传承方式的败落和混乱在很大程度上造就了这类男人。如果把金童这个形象同“我爷爷”土匪余占鳌相比,可清晰地看出两者的巨大差异,也可窥见作家莫言创作这两类形象的文化救赎和审美意图。

三、怪诞化和狂欢化手法造就了小说的奇异化

日常生活往往平淡无奇,但是小说家的文学想象力却能赋予这种生活以别样的色彩和奇特的功能。莫言极大地开拓了中国当代文学审美想象的空间。他的想象力在中国当代作家中几乎是无人可比、出奇的旺盛和怪异。从受传统文化的滋养角度看,莫言显然秉承了齐文化中绮丽、梦幻、大胆、浪漫的传统。齐文化的瑰丽想象力渗透到本地的民间文化中,并与民间文化的鬼神信仰相结合,从而形成胶东地区不同于中原甚至同处山东地区的鲁文化地区的特征。莫言家乡“四宝”中的高密剪纸,不同其他地方剪纸的鲜明特点正在于其怪异奇特的造型想象。莫言在《红高粱》中提到了“我奶奶”戴凤莲会一手好剪纸,其中就有一只梅花鹿,脊背上长出了婀娜多姿的花枝。这样的审美想象力有《山海经》那般神奇和独特。高密茂腔(猫腔)往往合辙押韵,具有或优美或高亢的唱腔以及表现忠义的故事情节。高密泥塑憨态可掬的造型,通过鼓风机般的暗哨设置还能发出各种奇妙的叫声,泥塑虎用布做成的软腰,前后推拉就可发出“呼呼”的鸣声,很受当地儿童的喜爱。高密扑灰年画则以简洁质朴的造型模式,参与了塑造当代民间文化、民间审美和民间信仰的过程。莫言吸收这些珍贵的、优秀的地方文化和民间审美资源,从而为其小说创作带来了崭新的格局和表达形式。

民间资源之于莫言是多方面的。如他受到《封神演义》土行孙形象的启发,受到卡夫卡《地洞》的影响,还受到他工作的河北保定地区“地道战”电影作品的启发,从而对地下世界充满了探索和描写的兴趣。再加上他充分调动儿时的记忆,除了《嗅味族》,他还写出了《草鞋窨子》《地道》《木匠与狗》以及《蛙》(该小说有主人们为生育儿子、躲避计划生育挖地道的情节,以互文的方式又一次写到了地下的世界)等小说。自由飞翔的鸟儿和匍匐地下的嗅味族,这两个相反世界里的形象(意象),在莫言的小说世界

① 金童形象与《巨婴国》所描述的成年人极其类似。在心理学家武志红看来,大多数成年人的心理水平还停留在婴儿水平,如此群体就构成了“巨婴国”。(参见武志红:《巨婴国》,浙江人民出版社是 2016 年版)

中互相沟通、融合起来，这主要是靠想象和幻想的力量，靠小说叙述本身，才能达到。《木匠与狗》试图把天上和地下的世界来一个直接的融合，当然其叙述顺序也是由现实界而至幻想界。第一层，由木匠的儿子钻圈讲述闲汉管大爷经常看爷爷和爹做木匠活。第二层，闲汉管大爷作为叙述者，讲述他爹管小六捉鸟、吃鸟、卖鸟的鸟事。第三层故事的讲述，是年迈的木匠钻圈给孩子们讲了一个人称李大个子的木匠和他的狗的故事。而第四层即最后的讲述，是由那个对故事异常感兴趣的嗵鼻涕的小孩30年后写出的《木匠和狗》。在小说的结尾，木匠得罪了自己的大黑狗，黑狗记仇出走。后来在木匠外出伐木返家的必经之路，黑狗设了埋伏且挖好了一个长方形大坑，那是给木匠设下的葬身之地。碰巧捕鸟的管小六在附近，木匠就给小六讲了他的黑狗如何挖好坑要害死他的故事。另外，木匠和黑狗在丛林里竟然展开了一场对话(这种人与狗、狗与狗的对话，到了长篇小说《生死疲劳》达到了极致)。管小六故意不信，木匠李大个子就领着小六来到坑前，自己示范着跳进坑里，小六此时把死狗踢进坑中，压住了老李，并用锯子推土落坑，要埋掉他。故事到此把几个叙述圈套做了一个整体的结，这似乎是卡夫卡《一个梦》中叙述人的遭遇，又似博尔赫斯的故事圈套那般的叙述。叙述如同缠绕的线团，形成回环式结构，而其报仇和自由的主题倒显得无关紧要了，即故事的叙述压倒了叙述的故事本身。

四、万物有灵论或自然神崇拜赋予自然以真切的生命感

莫言的小说叙述中，往往有一种儿童叙述视角，在这个叙述者眼中，世界、自然的一切都打上了生命的色彩。叙述往往呈现出以下状况：

在故乡21年的生活，尤其是在11岁时就失学，在生产队当放牛娃、放羊娃、小工等经历，使莫言获得了一般作家所没有的超常思维，包括儿童视角(童话思维)、动物思维、寓言思维、自然神崇拜等“诗性智慧”。其小说赋予动物以人的思维、情感甚至语言，或赋予动植物以鬼神的外形或精神。除了《丰乳肥臀》里的三姐鸟仙形象、《生死疲劳》里六道轮回中的驴牛猪狗猴等形象，莫言还在其他的小说中写出一种融合儒、道、佛三家又超乎其上属于中国人的自然神崇拜和万物有灵信仰系统。古老的信仰在莫言笔下变成了具有先锋意味的表达方式和表现对象，这与莫言从出生到成长过程中所遭受的匪夷所思的苦难不无关系。自20世纪50年代直至“文化大革命”，再到新时期改革开放，社会的变动不居和人们所遭遇的现实世界，让一个真正的作家日益体验到强烈的非现实的，甚至荒诞的感受。在自然尤其是在动物身上，莫言发现了一个叙述的秘密或起点，他把儿童视角和思维方式同动物叙述结合起来，从而找到了一个迥异于一般作家的叙述密码，即从儿童兼动物的视角来观照这个已然变得面目全非的人的世界。人的世界似乎变成了丛林法则般的生存世界，而动物(儿童)的世界则能够看出

这个世界的荒唐怪诞与狰狞可怕。这正如安徒生的童话《皇帝的新衣》里那个小男孩单纯大胆的表达,也如同鲁迅《狂人日记》中成年的狂人那般,似乎唯有变得疯狂才能看到这世界的真相,才能发出真正理性的批判声音。但莫言小说的庞杂和恢宏已非安徒生甚至鲁迅的作品可以比拟。原因就在于莫言眼中的现实世界变得更加复杂和荒诞。

20世纪的文学艺术有一个特点,即从原始思维或原始艺术那里汲取了丰富的营养。季红真认为,莫言的家族长辈们以口耳相传的方式讲述过的故事,大多带有神奇和历史色彩,其"思维方式大致都属于广义的原始思维方式的神话范畴",包括《聊斋志异》在内,"这些沉入民间的故事带有万物有灵论的泛神论意识形态特征,这是从神话到六朝志怪,一直到明清神魔小说与拟晋唐小说共同的想象方式。这使莫言处理现代生命故事的时候,明显区别于现代理性教育出来的知青作家"。[①] 莫言作品所体现出来的这种万物有灵论或泛神论较之黑格尔所说的启示宗教和理性宗教还处于较为低级的信仰层次,但较之无神论者却是思维方式的巨大不同。也正是莫言对于神灵的这种朴素而真实的敬畏心理,给其小说艺术表达带来了某种宽度、厚度、深度和高度。他在20世纪90年代写过一篇文章《好谈鬼怪神魔》,在这篇文章中他认为:"我们无法步马尔克斯的后尘,但向老祖宗蒲松龄学点什么却是可以的也是可能的。"[②]这与他20世纪80年代提出"在文学的范围内""我痛恨一切神灵"[③]的说辞有了很大的反差。这说明经过了时代和自己心境的巨大变化,莫言已经由一个受一般无神论意识形态控制和影响的普通作家跃升为一个有着自己宗教观和神性信仰的作家。当然,他的这种宗教性、神性信仰并非某一种具体的宗教信仰,而是受我们民族和外来宗教文化影响的诸多因子杂糅的产物。他指出:"魔幻是西方资源,佛教是东方的魔幻资源,六道轮回是中国的魔幻资源,我们应该写一部有中国特色的魔幻小说。"[④]"在佛教的概念里,并没有悲悯,却有慈悲,慈悲比悲悯更广博。站在超脱六道轮回的角度,超出人,超出动物,也超出了鬼……是一种无形但巨大的道德力量,社会还能比较安定,就是因为在老百姓的内心里有这样一种天然的自律。"[⑤]这是一种很敏锐又很深刻的观察。莫言的宗教观或神性信仰是各种关于道德善恶观念的综合与融合的结果,佛教的因果报应观念、儒家的仁义礼智信观念、道教的天道循环善恶承负观念、基督教的罪感与救赎观

---

① 季红真:《莫言小说与中国叙事文学的传统》,张志忠、贺立华主编:《莫言:全球视野与本土经验》,山东大学出版社2014年版,第114页。

② 莫言:《好谈鬼怪神魔》,《作家》1993年第8期。

③ 莫言:《我痛恨所有的神灵》,张志忠:《莫言论》,中国社会科学出版社1990年版,附录。

④ 莫言、李敬泽:《向中国古典小说致敬》,张清华、曹霞编:《看莫言》,华中科技大学出版社2013年版,第86页。

⑤ 莫言、李敬泽:《向中国古典小说致敬》,张清华、曹霞编:《看莫言》,华中科技大学出版社2013年版,第87页。

念,以及民间万物有灵观念等,都成为莫言关于神灵和信仰的思想来源。中国人的观念,除了现代以来排除以前的各种神性信仰而导致当代无神论思想的蔓延,古代和当今台港澳地区的中国人及海外华人大多仍然是有某种宗教信仰的,这些信仰都基于一个灵魂不灭或善恶报应的信念。当然,这种种固有的关于各种神仙信仰思想杂语共生而成的中国人的信仰及天堂和地狱的变幻莫测的景象,如何转化为小说艺术的叙述对象和描写对象,却是一个关乎当代作家艺术品格的重要问题。如果没有对当代各种西方的新潮艺术技巧和叙述方式的学习、刺激和借鉴,那么很难说莫言能够真正进入带有巫幻色彩的小说创作的自由与深邃的境界。

这种对于复杂荒诞世界的体验,由于受到20世纪80年代新潮文学技巧和思想的深刻影响,且与胶东、高密地方的自然神信仰结合,便产生了莫言小说叙述的奇妙、先锋之处。关于高密的民间信仰,莫言的高密同乡杨守森在《高密文化与莫言小说》一文中做了很好的阐述,他指出:"高密文化有着明显的个性特征,最为突出的便是刚健不屈、侠肝义胆、豪放旷达以及泛神论色彩的动植物崇拜意识等。至今,在高密民间,刺猬、狐狸、黄鼠狼、蛇虫、蜘蛛、喜鹊、古树等,仍常被人们视为灵异之物,受到小心翼翼地敬奉。就其本原特征来看,这类高密文化,体现出的是典型的齐文化的个性风范。"①即使在最艰难的岁月、最恐怖的时代、最悲惨的境遇,处于底层的民众也会寻找到生活的乐趣。莫言在他的一系列小说中对我们民族的这种特征进行了深度的描写,从中篇小说《三十年前的一次长跑比赛》到长篇小说《生死疲劳》,都是如此。前者写在"文化大革命"时期,在右派劳改农场里,右派们个个身怀绝技,在一次运动会上,甚至连其貌不扬、驼背的小学教师出身的右派朱总人,也让人刮目相看,跳高、打乒乓球,姿势怪异,但打败了很多对手。"他的球好像是从地狱里升起来的,带着一股子邪气。……又一个阴风习习的球从地狱里升起来了……"三局皆赢,对手是县里的冠军,恼羞成怒,竟然说朱总人是"鬼球"。这种描写没有一点蒲松龄和卡夫卡的功夫是做不到的。怪异和鬼气,打败了正经和正统,滑稽有趣代替了剑拔弩张,讽刺与正经同时产生,当下及其观念和30年前的场景交错出现,巨大的反差和怪诞的思维产生了喜剧的效果,中国式的幽默油然而生。先锋叙述不一定非得靠技巧和技术,其实在朴素的叙述中,同样能够蕴含颇具先锋叙述的动能和势能。

《三十年前的一次长跑比赛》的结构也匠心独运。第一部分为"小引",第二部分为"大引",已经充分酝酿并调动起读者的兴趣,但直到第三部分才是所谓"正文"。然而"正文"伊始就笔锋陡转,叙述似乎向着与长跑比赛毫无关系的地方溢出。由发令员、总务主任钱满囤,引出在小学里由他掀起的捡鸡屎运动,这让小学生们恨之入骨。为了找到鸡屎,小学生、老师还有社员们,绞尽脑汁,甚至吓得鸡只拉稀。在长跑比赛开

① 杨守森:《高密文化与莫言小说》,徐怀中、马瑞芳、杨守森、贺立华等:《乡亲好友说莫言》,山东大学出版社2013年版,第85页。

始后，叙述仍然有着曲折和旁溢，村里的不良青年桑林摘吃未成熟的杏子，但众人敢怒不敢言，此时朱总人出现了，他用头颅做炮弹，把嚣张的桑林顶进了学校厕所。前面的铺垫蓄势和叙述的溢出，不但延长了长跑比赛这个需曲径通幽的叙述焦点，而且增加了小说叙述的趣味性和幽默感。小说写出了艰难困苦当中依然存在很多生活乐趣。

虽然长跑比赛及其趣味性是小说很重要的艺术追求，但透过比赛而穿插描写的右派们、社员们和小学生们的生存状况和人性的坚韧，才是小说更为深层的追求。在这种氛围中，小说不失时机地叙述了朱总人和其他参加长跑比赛的人们的背景、特长等。朱总人"这个右派是怎么划成的呢？说起来很好玩"①，朱老师还有"我大姐"因为走路先迈右脚，于是就被划成了右派，抗议甚至像"我大姐"那样撒泼，都不顶用。而跑道两旁的观众中，二流子"嘿嘿"戏弄、羞辱两个美女右派蒋桂英和陈百灵，却被前二流子桑林给打趴下了。于是"嘿嘿"只有跑到自己赶的运粪的马前，狠命地抽打马匹，路过的大队长、复员军人崔团被抽了一鞭子，可这个平日暴躁的家伙却灰溜溜地走了。还有对于右派游泳和社员洗澡及其相互关系的议论，看似一幕幕滑稽的场景，却满含着辛酸和荒诞。中国式的荒诞不是卡夫卡那种臆测和想象中的存在本真丧失之后的荒诞，而是生活世界中实实在在发生的事件往往裹挟着的悖谬和荒唐。如此怪诞、荒唐的发生，使得作家不能用常理、常识来表达，只能借助鬼怪世界来理解和叙述。实际上，不是有一句著名的话语吗："无产阶级要把牛鬼蛇神打翻在地，并踏上一只脚！"这牛鬼蛇神也就是"地富反坏右"，右派位列"黑五类"之第五位，属于十恶不赦之列。人变成了牛鬼蛇神，正常与反常、写实与虚拟、滑稽与严肃，往往交织互渗在一起，似乎只要把现实中发生的事情"如实"地叙述出来便会产生浓烈的荒诞意味。

小说的结尾有些意料之外而情理之中。正在进行长跑比赛的场边，突然来了两位穿警服的警察，几个跑在前面的运动员鬼使神差地跑向扔铅球的地方，跑在最前面的李铁，突然口吐白沫；警察拍背，掐人中，李铁浑身打着哆嗦，哭叫着："不怨我……不怨我……是她主动的……"观众群里，蒋桂英"哇"的一声哭了。警察还想抓黄包车夫张家驹，可朱老师主动说，大烟是他种的，于是也被一并带走。② 这个结尾有点类似于冯骥才的中篇小说《啊！》，但叙述的洒脱和复杂又远超后者。时时刻刻处在惊恐中的人们尤其是右派们，似乎时刻做着被抓捕的准备。对于莫言来说，小说艺术在于从平凡普通的生活和人生中发掘出超乎这种平凡普通的细节，并使之变得有趣因而可以忍受。另外，在小说中，生活之所以变得引人入胜正在于它的叙述，即时而从容、时而紧张的叙述集中了生活中的许许多多的不可能的、千奇百怪的隐秘，并且往往带有滑稽

---

① 莫言：《三十年前的一次长跑比赛》，《师傅越来越幽默》（中篇小说集），上海文艺出版社 2012 年版，第 146 页。

② 参见莫言：《三十年前的一次长跑比赛》，《师傅越来越幽默》（中篇小说集），上海文艺出版社 2012 年版，第 156～157 页。

性和喜剧性。

由此我们可以发现，正是莫言善于从传统比如蒲松龄《聊斋志异》的妖狐神鬼和地狱叙述方式汲取营养，正如季红真所指出的："神话铸就了莫言的思维方式，六朝志怪影响了他取材的向度，唐传奇则激发了他奇诡的想象力。"还有元杂剧的那些句式、形象与构思对莫言的影响。[①] 他还对"文化大革命"时期文革文体、红卫兵文体、社论文体加以有意无意地戏仿与反讽，带来了喜剧式叙述效果，加之充分借鉴西方现代主义小说艺术，从而形成了莫言小说艺术海纳百川的宏大气象。

第三节 散点透视的叙述方式与"历史的重构"

莫言的长篇小说代表了他文学的最高成就，这一点应该是毋庸置疑的。本节我们就以其长篇小说为例，分析莫言小说中的独特叙述方式和结构方式。叙述方式和结构方式是紧密联系在一起的，因此下面的论述主要论及叙述方式，兼及结构分析。

莫言的长篇小说叙述和结构方法有着很别致的地方，细究之，就在于他采用了一种既不同于西方现代派小说纯粹内心独白、自由联想等意识流手法或哲理小说手法，也不同于中国传统小说全知叙述手法；而是采用了一种类似于中国传统绘画的散点透视法，又充分借鉴和融合了多种技巧和方法后所形成的新的叙述和结构方式，其背后有着深厚的传统文化与心理特色，以及强烈的时代特色和个人独创性。

一、散点透视式叙述

这里所说的"散点透视式叙述"借自中国传统绘画。传统国画自有其独特而内在的画法，不同于欧洲的"焦点透视"，而是一种"散点透视"。北宋画家郭熙总结绘画"每远每异，每看每异"，将数十百山的形状汇集于一山，而提出"高远、平远、深远"之"三远说"绘画境界；宋韩拙《山水纯全集》在此基础上提出"阔远、幽远、迷远"之"新三远说"，增加了迷离恍惚、氛围幽邃、景随意动、意境深远的境界。散点透视不是单一焦点透视的产物，而是多点"游移"的视觉感受的重新组合（如宋代张择端的《清明上河图》、清代徐扬的《姑苏繁华图》《盛世滋生图》等）。中国传统小说也有类似的安排和表现手法，即不能在同一时间或叙述中同表诸事，而只能按照一定的叙述顺序（叙述时间顺序），花开两朵（或几朵）各表一枝，从而达到小说叙述交错延伸、摇曳生姿的艺术效果。

西方传统长篇小说与其绘画在内在肌理方面是一致的，其焦点透视般的叙述具有画面/场景的深邃感和单一聚焦的空间感，司汤达、巴尔扎克、哈代等人的小说景物描

---

① 季红真：《莫言小说与中国叙事文学的传统》，张志忠、贺立华主编：《莫言：全球视野与本土经验》，第 115 页。

写、人物描写与叙述的基本走向便是西方绘画的焦点透视法的文学翻版，是文学对物理学、解剖学、生理学等近代科学方法和绘画艺术加以运用或汇通的结果。19世纪末到20世纪的意识流（心理分析）小说虽然打破了这种聚焦方式，但是把叙述的基本“点”立足于某个人物的大脑（心理），由此生发出对世界、人生、存在的看法，以及对场景、心理、情感、人格的描写等。在根本上看，这还是一种有一个“焦点”的聚焦叙述方式，只不过是聚焦透视法的现代心理变形而已。

我们不能确定莫言长篇小说是有意还是无意地对散点透视这种中国传统绘画方法和技巧进行运用，但能够在其中寻绎到一种类似于散点透视的方法或思维方式。当然，他不是简单地套用散点透视法，而是配以突出的幻觉或梦幻手法。这样的叙述往往打乱了叙述的时间顺序或逻辑明晰性，特别强调对某些事件、情节、故事的描写，在这些地方反复回忆、勾陈、萦绕、跌宕起伏，这就大致构成了莫言长篇小说叙述的基本特征，形成了其小说叙述鲜明的民族特点和时代特点，不同于西方焦点透视的方法。1986年莫言尚未创作出长篇小说的时候，金汉就提出莫言创造了“那打破时空观念，多元、多维、‘散点透视’的立体时空叙事结构”[①]。莫言长篇小说的散点透视特点愈加明显和突出，其叙事不能说没有聚焦，但往往比较飘忽和游移，并非长久、一贯地集中于某一焦点进行叙述；或者说其聚焦是发散的、多点的、非典型的，各种聚焦方式——零聚焦、内聚焦和外聚焦等——交错甚至杂糅，往往在不经意间叙述视角就跳到了另外的“点”上。这种叙述方式尤其体现在《红高粱家族》《天堂蒜薹之歌》《酒国》《丰乳肥臀》《生死疲劳》《蛙》等长篇小说当中。

《天堂蒜薹之歌》写蒜薹事件及其背后深层的体制和政教伦理给农民带来的戕害与恐惧，是对农民精神和心理世界的深层描写，这已经属于现代主义文学的范畴，而不是有人认为的那样属于现实主义文学。从某种程度上，这是莫言走出对沉重历史的恐惧和反感，近距离直面现实生活之作。但细读文本会发现，这是一部继承了批判现实主义优良传统而又超越了现实主义的新小说，它艺术地表达了一代农民卑微、苦难、抗争与屈辱的生存和心灵悲歌。它凝重的外表下掩藏着作家以及一代人挑战黑暗和苦难，摆脱卑微和屈辱地位的空灵化审美追求的艺术结晶。

为了实现这一目的，作家调动了当时他已经掌握的各种叙述技巧，除了少量篇幅和文字类似于零聚焦或全知视角的叙述之外，分量占得最多、也最为重要的就是“散点透视”，并结合了内聚焦、内心幻想或梦境描写等叙述手法。小说中的叙述“视点”不像焦点透视手法那样“聚焦于”一个“点”（消失点），而是有多个“视点”。这些“视点”包括高羊（被捕、卖蒜薹、被挤进县政府糊糊涂涂地参与打砸、被关进看守所、埋葬母亲、老婆住院生儿子等）、高马（与金菊恋爱、私奔逃亡、被抓回遭毒打、被追捕、怀孕的金菊上

---

① 金汉：《评近年小说新潮中的莫言——兼论当今“新潮小说”的某种趋优走向》，《浙江师大学报》（哲学社会科学版）1987年第1期。

吊自杀身亡引发他的愤怒而砍乡政府大院里的植物发泄、最后再次逃跑时被枪杀等）、四婶（稀里糊涂地冲击县政府而被捕、被关进看守所、为儿女操办三连环的换亲最终鸡飞蛋打、老伴儿四叔被撞死、俩儿子分家、女儿金菊自杀等）、金菊（她同高马的恋情及悲惨的遭际、怀了孕而得不到任何的照顾、她与肚子中的胎儿的“对话”、最后悲苦绝望而上吊自杀），还有回乡探亲的军官、瞎子张扣的说唱及报章上对蒜薹事件的报道。视点众多，但散而不乱，原因就在于这种散点透视法同人物幻觉化、心理化的视点紧紧围绕事件中人物的悲惨遭际和卑微屈辱的精神状态而展开。前面四个基本的叙述“视点”作为小说这种文字排列所构成的时间的综合艺术来说，不是静态的，而是游移的、滑动的，并且这些游移的“点”不仅仅局限于对外部世界的描写，更多的是对人物的感觉世界以及对其内心世界的深入刻写。对于感觉世界和内心世界的描写也不是那种条理化的心理描写，而是如凡·高绘画般的起伏与飘忽，充满了激情的律动和主观化的色彩感。但莫言对感觉、幻觉、梦幻的描写并非仅仅取法于西方作家艺术家，更为重要的来源当为中国自己的传统，既有齐文化瑰丽奇特的想象力之赐，也有唐传奇以降的小说传统之滋养。中国人专意于小说之开始的唐传奇中就有很多关于梦的篇章，其真假难辨、虚实相融，颇为可观，这种传统直到《聊斋志异》不绝如缕。感觉、幻觉、梦幻、巫幻叙述在莫言小说中比比皆是，尤其在其长篇小说中更是频繁出现，不但增加了小说纵横捭阖的自由度，增强了小说的艺术张力，还赋予了小说对于社会和人性之“真实”性描写的审美效果。这是深具现代性的小说写法和小说观的表达，而不是德国汉学家顾彬所说的那样，讲故事的莫言小说是落后的、背时的。《天堂蒜薹之歌》中随着蒜薹事件的发酵，四叔之死的场景逐渐成了一个交汇点，不但通过在场者高羊的眼睛和感觉多有描述，而且不在场者四婶的幻觉中也总是出现老伴惨死的场景，四婶梦幻中出现了四叔之死的种种可能的情节，这是以幻写实的艺术手法。除此之外，还有全知叙述四叔之死。这是“假实证幻”[①]的艺术手法，对于四叔惨死场景的多重、多侧面、多维度的描写体现了叙述者刻意反传统美学的姿态，而追求审美与审丑合一的生命全息式、包容式的美学（感性学）意向。蒜薹事件在小说中被分解为诸多的点与块——人物和小事件，一个个点与块的叙述，无论外在的还是内在的、实在的还是虚幻的、全知的还是限知的，均构成了小说对一个个场景或梦境的具体而微的透视方式。这类似于散点透视的视点之于中国绘画的景象，众多的景象（场景、幻境、梦境等）构成了小说的文本内容。这种复杂的、立体的、全息的叙述方式实际上借鉴并改造了“散点透视”的叙述方式，已经不同于古典小说那种“花开两朵各表一枝”的“绞麻花”式叙述，而是既有一定的外部情节的全知叙述，又有大量从某点（某人物）出发的意识流般的限知叙述，从而写出了 20 世纪 80 年代中国底层农民地位的贫穷低下、人格的扭曲卑微、精神

① 语出鲁迅《中国小说史略》第九篇“唐之传奇文下”。

的悲苦无告以及抗争所付出的悲痛代价等多方面的真实存在。这说明，现代主义小说完全可以和现实主义小说一样，对农民生存的现实和底层人存在的真实进行深入的揭示和表达。

此种散点透视叙述方法和感觉—幻想式叙述方法的结合，根源在于我们民族的思维方式的独特性——这种独特性具体体现为儿童式、感觉化、混沌式的思维方式。同时，莫言较少受到当时的正统教育，恰恰避免了教条化、模式化、公式化、概念化等僵化思维模式的影响。其长篇小说的创作在其短篇、中篇小说基础上进行，莫言能够扬长避短，发挥与突出这种儿童式、感觉化、混沌性思维方式的特长，避免小说艺术形式被概念化、公式化、模式化的弊端，由此尽量避免了"实用理性"的浸染和侵蚀。实用理性是一种以实现自己利益、判断和处理利害关系为鹄的的所谓"理性"，带有浓厚的实用主义和相对主义色彩(在当代的翻版即是日益织就的"政教伦理"之网)，简而言之就是处理中国式关系网的关乎利害算计的理性。它既非康德所指称的真理性的理性(诉求)或纯粹理性，也非康德和基督教作为道德之基础的实践理性。因此，实用理性实际上是一种非理性、反理性。莫言少年失学因而较少受到这种实用理性、政教伦理教育和影响正是不幸中之大幸，从而能够进入和保持一个以感性、感觉为主体，以混沌式思维为特征，以生命的全息展现为目标的小说创作的新境地。

这种混沌的、全息思维还与女性化思维息息相关。文化人类学家和实践民俗学家户晓辉在《中国人审美心理的发生学研究》一书中，从生产方式与生活方式(主要是食物来源)的不同比较分析了中欧的文化和审美心理的不同取向。中国民族不同于欧洲民族，前者为女性化特征明显的民族(一般来说，其谋生以土地耕作、采集、农业为主，食物以谷类为主，其人体光洁无毛或少毛。因此，饮食文化发达，整个文化偏于女/母性化和感性化)；后者为男性化明显的民族(一般来说，其谋生以渔猎、航海、商业贸易为主，食物以肉食为主，其人体胸毛乃至整个体毛发达。因此，性爱文化和身体美学发达，整个文化偏于男性化和理性化)。感性的、感觉至上的、变幻多端的、跳跃性的思维是一种无理性的或非理性的思维方式，更多地属于女性和儿童。女性(母性)化的文化正表现在这种感性化、感觉化、变幻多端和跳跃性等方面，而与理性相去较远，因此以感性、感觉为内容和基础的心理美学发达。[①] 总之，作为思维方式，西方民族偏于理性和分析的思维特点；中国民族偏于感性和统合，带有综合性的思维特点。上述特点体现于近现代长篇小说创作当中，就是中西方小说艺术的重大区别。西方小说偏重于或宏大或细腻的精雕细刻的叙述，故事的推进环环相扣，逻辑缜密，结构严谨，如司汤达的《红与黑》那种叙述及结构的精妙、精密出神入化；而中国则偏重于散漫的、游移的、跳跃性的叙述视点和游记式的编年史叙述结构，如刘鹗的《老残游记》，没有一个贯穿

① 参见户晓辉：《中国人审美心理的发生学研究》第二章《孕育期：心理感知的起点》，中国社会科学出版社2003年版。

全文的故事情节[①]，虽然以一个人物（老残，有时候又有一个代述人申子平替老残叙述，其实是老残的耳目和延伸）来进行（限知）叙述，但其游走的观察视角类似于散点透视的叙述推进方式，如长幅画卷那般徐徐展开。

莫言长篇小说之所以有这种儿童化、感觉化、混沌式、女性化的思维特征，源于先民文化乃至生理基因，也与莫言个人的身世经历关系密切。民族文化中占据主流的儒、道等诸家不是论语式的说话、聊天语体，就是朴素辩证关于道的玄学或天马行空般的浪漫畅想，而民间则依靠鬼神信仰或成仙成道、长生不老向往而得到慰藉或寄托。莫言无疑打上了上述文化的基因。从其个人的成长史来看，他 11 岁即失学，在高密东北乡广袤的草甸上孤独地放牧，他的世界是靠听觉、味觉、视觉、嗅觉和触觉等来感知的，这个世界可谓全息的、混沌的、充满生命整体感受的世界。他说过自己小时候常常是"用耳朵阅读"的，他靠调动自己的所有感官来感受、体验这个完全不能给他带来童年温馨和幸福的世界。十一二岁的莫言为了一个红萝卜而遭到几百号人的批斗和羞辱，遭受父亲和二哥的毒打；他的母亲为了一点粮食也受尽屈辱，被逼下跪，遭人打骂，他的上中农的家庭出身和大爷爷的地主身份、堂叔出走台湾等，都给少年时代的莫言带来了屈辱、卑微、压抑的切身感受。他在家中排行老幺，一直受到祖辈、父辈、兄长、姐姐、姑姑等人的关爱或压制。他的奶奶管戴氏，在日本人侵占高密、大肆掠杀，而听到口风的爷爷早就跑得无影无踪的情况下，勇敢地留下来照顾老人和幼小的孩子们；还有母亲的忍辱负重、任劳任怨的形象以及父亲那种无处宣泄的怨怒都倾泻到孩子们身上的做派，等等，都给少儿时期的莫言留下了深刻的心理印记。从大的方面来看，整个近代史，就是我们民族遭受列强欺侮、屠戮、剥夺的历史，尤其是从《马关条约》到全面抗战，往深了想实际上就是中国的男人们活得不像男人所致，即鲁迅先生所说的民族劣根性，而这劣根性笔者以为主要体现在中国的男人们身上。这一切使少年莫言形成了对男人和女性角色的鲜明对照性看法——整体上看，这让他对女性的看法远远好于对男性的看法——这与《红楼梦》中的贾宝玉的看法极其相似。他笔下的女性们（奶奶、母亲、姐姐等）都是勇敢追求自己幸福和性爱的角色，而男人们（如《丰乳肥臀》中的福禄、寿喜、金童三代上官家的男人）除了少数草莽英雄（《红高粱》中的余占鳌、《丰乳肥臀》中的司马库等），多显得窝囊、懦弱、病恹恹。在社会上，在公社里，莫言是最小的社员，早年的饥饿、孤独、屈辱、恐惧还有长相丑陋使他倍感无望和苦闷，使他不能够明显地在大人和长者面前自由而理性地表达自己，孤独和恐惧使他只能在广袤的田野里同牛羊、鸟雀甚至小草、树木、河流、池塘等自然物对话（这也养成了他的万物有灵的泛神论思想），尤其是夜幕降临，返家时要靠自言自语、不断地诉说或歌唱来摆脱孤独和恐惧，从而小小年纪就养成了话痨。为此他说过，小时候最难受的是他听到的母亲叹

---

① 参见徐鹏绪：《论〈老残游记〉的艺术形式革新》，《东方论坛》1995 年第 2 期。徐鹏绪先生称，《老残游记》为中国第一部比较自觉地在完全意义上运用了第三人称限知叙述方法的小说。

息，母亲会因为他的话痨或者因家中断粮而担惊受怕。从一个极端到另一个极端，于是他就转而缄默“莫言”，发展了自己善于幻想和想象的能力；话痨毛病的克服或转移，以及心理得以补偿、转化是后来通过写作实现的，因此其作品往往呈现出没有节制、滔滔不绝的话语特征。然而，不曾想缄口“莫言”、自称“令人讨厌”的管谟业最终阴差阳错地，也许是必然地成了当代中国最著名的大作家莫言。

我们指出莫言的长篇小说叙述有童稚化、混沌化、母性化的特征，丝毫没有贬低莫言的意思，而是对莫言长篇小说创作美学特征的一种描述和判断。在某种程度上，男性作家须具有某些女性气质，而女性作家须具有某些男性气质，这样的作家才能更好地发挥独特和交融的跨界优势，克服单纯男性或女性的片面性。在传统中国社会，伦理——实用理性（如上所说乃一种伪理性，实则还是反理性或无理性）过于发达，从而导致了对整个社会的感性、情感、艺术创造力的压制、封闭、窒息。针对这种历史久远的传统男权社会所导致的弊端和危害，孙钦芬认为，传统“女性的形象带有鄙视的、主观的色彩，女子不过是男子的附属物和点缀物，是生育的工具和家庭的奴隶。女性在其历史中，是作为历史的败北者和现实异己者的面目而出现的。她不是主体的人，而是失落的人”[①]。这一论断可谓对女性所遭遇的历史与现实的精辟准确的理论概括。由此我们再看莫言在其作品中对女性的描写，《透明的红萝卜》中的菊子姑娘，善良、美丽，富有同情心，成为作者深深赞颂的人物形象；《红高粱家族》中的“我奶奶”戴凤莲，敢爱敢恨，以身报国，她由追求爱情自由的个人主义女性，最后成为杀身成仁的巾帼英雄，令人肃然起敬；《丰乳肥臀》中的母亲上官鲁氏，其一生可以用波澜壮阔来形容，作为丈夫和家族的生育工具，她为了改变自己的命运，不停地从不同的男人那里“借种”，其遭际是屈辱、卑微、痛苦的，然而她含辛茹苦、忍辱负重的一生化为真正的历史，便成为坚韧、博爱、宽容、静穆的代名词。莫言通过一系列作品中的女性形象，宣示了一种男性作家可以称得上伟大的女性观。

由是再考察莫言长篇小说那种经过改造了的散点透视的叙述方法会进一步发现，其所包含的那种儿童化、童稚化的叙述姿态正好可以解构中国正统的、成人化的、说教式的叙述模式；其感觉化、梦幻化的叙述生成机制，正好可以解构固化的伦理实用理性、政教伦理（伪）道德化叙述模式；而其女性（母性）化的叙述方式正好可以解构那种男性的、男权的尊卑等级化叙述模式。如果再考虑到其民间狂欢化热闹叙述对于打破庙堂的、钦定的、等级制的叙述“法则”的作用，就更能清楚地发现莫言长篇小说叙述方式恰恰与母性的或女性化的叙述有异曲同工之妙，即母性化叙述伴随着新生命的降生而呈现出美丑与共、感性至上、生命为本的美学特点。《四十一炮》采用的是儿童叙述视角和姿态，讲述“我父亲”和“我母亲”的故事；副线写一个老和尚强烈追逐“食”与

---

① 孙钦芬：《简论女权主义文学批评》，《妇女学苑》1995年第2期。

“色”的传奇人生。《丰乳肥臀》更是这种小说观、美学观的集中体现。小说中母亲上官鲁氏生孩子和上官家的毛驴下崽是在同一时刻发生的，而上官家的人们关心的不是婴儿的诞生，而是驴子的降生，人并不比动物高贵多少。上官鲁氏唯一的儿子上官金童一直处于吃奶、寻乳、恋乳的儿童心理状态，虽然身体早已成人，但其心理、精神发育一直处于柔弱的、阴性的儿童状态。《生死疲劳》采取了三个叙述角度——蓝千岁、蓝解放和“莫言”，均为第一人称，再加上一定的全知叙述，就构成了小说叙述的复式视角。蓝千岁和“莫言”的视角均属于儿童化叙述。小说写了“高密东北乡”1947～2000年，地主西门闹、农民蓝脸的生存挣扎与抗争的故事，重构了既是地主又是善人的西门闹、全省乃至全国唯一的单干户蓝脸、老革命但脑筋僵化的村支书洪泰岳、地主崽子又成雇农养子的西门金龙（蓝金龙）等的“个性化历史”。情节和叙述都具悲剧性和荒诞性。仅以第四章和第五章为例来看该小说的叙述特点就是，叙述视角腾挪转换，让人眼花缭乱。第四章开头写道：“1954年10月1日，既是国庆日，又是高密东北乡第一家农业合作社成立的日子。那天，也是莫言那小子出生的日子。”这里第一句似乎是全知叙述，第二句是带有一种评价性的叙述句，紧接着是叙述者“我”（西门闹第一次轮回转世的小毛驴）。本来这可以成为限知叙述或聚焦叙述，但是由于“我”（西门驴，有时候又自称西门闹——因为“只要沉浸在西门闹的记忆里，这些人我全都认识”）可多面多重地变换，可以自由地描写、叙述、抒情和议论，似乎变成了全知叙述。不过，西门驴及后来的西门牛、西门猪、西门狗、西门猴和转成人世的大头儿蓝千岁这一连串叙述者的叙述本身（实则为西门闹的灵魂转世叙述）即带有喜剧性和荒诞性，冲淡或解构了主人公们的悲剧性遭际。如此，小说就把现实与历史、今生与来世、写实与虚幻、常态与变态的界限彻底打破了。这种人和动物的“视角、叠加”①式叙述，被王西强称为“寄居叙事”。从而类似于卡夫卡的变形叙述、马尔克斯的魔幻叙述，但小说叙事的根源还在于中国民间佛道思想基础上的鬼神叙述，从而取得了一种化腐朽为神奇、化沉重为轻盈、化悲剧为热闹的多声部艺术交响效果。在写完“蓝脸家那头驴会飞的传说，至今还被西门屯里那些老人们提起”之后，第五章结尾还加了一句“当然，在莫言那厮的小说里，更被描写得神乎其神”。这是一种元叙述和低叙述，增加了叙述的复杂性。总之，小说中驴、牛、猪、狗、猴和大头婴儿蓝千岁的“六道轮回”叙述，再加之“莫言”作为小说叙述者的出现，使叙述出现了“复调”，不仅挑战了西方现代主义小说的叙述法则，还是对中国传统小说和现代小说叙述的极大挑战和丰富，从而兼具和融合了“巫幻”与“志异”的写作手法，显得别有洞天。

截至目前，莫言的最后一部长篇小说是《蛙》。这部小说以书信和戏剧的形式，塑造了主人公姑姑坎坷复杂的形象。姑姑的大半生都是关于节生、计生和接生的医生生

---

① 参见王西强：《讲故事的人：莫言小说叙事视角和人称机制研究》，秀威资讯科技有限公司2018年版，第157页。

涯。姑姑曾经热恋着自己的男友，但以失败告终，作为飞机驾驶员的男友驾机叛逃到了台湾。失恋后的姑姑几乎全身心地投入计划生育工作中，逐渐变成了一个丧失女性温婉和母性爱心的中性人。晚年的姑姑又逐渐恢复了女性和母性特征，并且获得了迟到的爱情。为赎罪，她对于那些即将诞生和刚刚诞生的幼小生命充满了怜爱和宽厚的温情。这是一部人性之爱失而复得的故事，与之相伴的是政策的变动不居和社会的动荡不安。这部小说同样有散点透视般的叙述方法和人物内心独白、自由联想的内在视点叙述相结合的特点。给人看病夜晚返家的姑姑碰到了无数青蛙造成的阻碍，这样壮观的场景使姑姑震惊不已。如果说姑姑作为医生的前半部分为带有男权化、体制内的科层理性所制约，为专门完成政府计生任务而拼搏奋斗；那么其后半部分则试图回归、还原自己作为产科女医生、女人的角色。晚年的姑姑开始了对节育、为执行上级政策而实施种种逼迫怀孕妇女堕胎（虐杀胎儿）方式的痛苦忏悔，这与她的侄儿、作家蝌蚪的忏悔相互辉映，共同构成了小说难得的宗教般的超越情怀。之所以在宗教意识很不发达的情况下，以科学理性及政教伦理两种理性武装起来的医生姑姑，晚年产生了较为强烈的忏悔意识，究其根源乃在于中国人的“信仰本根，夙在巫鬼”①。愈近晚年，姑姑的灵魂愈得不到安宁，那万千青蛙铺天盖地挡住了她返家道路的场景，让她胆战心惊，于是她思想中释道、鬼神、因果报应等因素逐渐占了上风，她开始抛弃曾经坚信不疑、执行不误、视若真理的原则，接受或采纳了超理性的、能够抚慰人心的佛教神灵思想，从此她获得了心灵的安宁和迟来的爱情。这恰恰是她走出由男性主导的科层化理性和实用理性，走出男尊女卑的伦理理性，走向正常女性角色所带来的必然善果。这是小说最震撼人心的地方，中国文化和文学因此具有了厚度的忏悔赎罪维度和深度的反思维度。在诺贝尔文学奖演讲《讲故事的人》中，莫言明确指出：“我是一个绝对的有神论者，我相信万物都有灵性。”这对于打破无神论给文学乃至整个社会生活造成的干扰，对于丰富文学的精神品格、促进艺术表达的多样化，无疑具有很重要的导向作用。《蛙》正是体现莫言万物有灵思想的优秀长篇小说。

长篇小说作为当代最能建构和涵容各种艺术手法技巧的宝库，是经过了后现代洗礼的当代人审美的重要领域。莫言的长篇小说正如他自己所言，叙述的“结构就是政治”。这句话也可理解为，政治不仅仅是激烈的斗争，而且是包括思维变革、艺术变革、审美变革、方法变革与技术变革在内的生命存在的全息运动。莫言长篇小说那种游移的散点透视叙述和潜隐的、内在化的、幻觉化的叙述相结合的艺术特质，体现的正是反叛日益科层化、理性化尤其是土产的伦理理性（实用理性）的艰难努力的艺术结晶，她瓜蔓样生长、块垒状扎根、鲸鱼般游动的姿态，不正像含辛茹苦、呕心沥血、忍辱负重又沉默寡言的伟大地母（母亲）形象吗？更不用说，他的一系列长篇小说《红高粱家族》

① 语出鲁迅《中国小说史略》第十一篇“宋之志怪及传奇文”。

《酒国》《天堂蒜薹之歌》《丰乳肥臀》《生死疲劳》和《蛙》当中那些强烈的女性反叛意识、惊世骇俗的性爱行为、忍辱负重的宽厚情怀、宽容博大的心灵信仰所透露出来的女性、母性色彩，更是让读者感怀和震撼。莫言虽为男性作家，但其长篇小说所表现的女性形象的大胆、泼辣、真诚、率性与相对来说的男性形象的畏缩、彷徨、自私、虚伪等性格特点，以及文本的叙述特点及背后的思维方式、审美方式无不有着浓烈的女性化色彩，从中也可看出他的长篇小说贯穿了一种为女性、女权辩护的思想意识。

二、"历史的重构"

近百年中国近现代史著述中有许多遮蔽，包括英雄对群众的遮蔽、官方对民间的遮蔽、主流意识形态对其他意识形态的遮蔽，如抗日战争史就是如此。如今在海峡两岸甚至全球华人世界纪念伟大抗战胜利 70 周年的时候，学界已经开始反思原先的抗战史。同样在文学领域，原先关于历史尤其是抗战史在文学中的表达，不是简单幼稚的"小兵张嘎"式的轻飘剧风格，就是"荷花淀"般的战争美化风格，因为在这种描述中，抗战的真相被淡化甚至被歪曲了。台湾学者钱怡雯在专著《莫言小说"历史"的重构》中，较早提出了莫言小说创作对于既有文学当中的"历史"和教科书中的"历史"进行重构的观点，并且她从"独白到复调的质变""溯源：从高密到'高密'""狂欢化的话语策略""'嘉年华'的生命形式""个人/主体性历史的'重构'"等方面，对莫言 20 世纪 90 年代中期之前的作品进行了全方位的研究[①]，较早从狂欢化等角度提出了莫言小说对"'历史'的重构"问题。

按照刘康的说法，莫言的小说语言具有"革命狂欢节"的先锋性，这表现在其对主流意识形态话语和社会主义现实主义创作模式的挑战与颠覆，也表现在其积极地肯定和张扬了肉体感性欲望所表现的大众文化特征。[②] 刘康从莫言的小说话语看出了感性欲望表达的"大众文化"性质。其实，莫言本人写作时并非明确具有这种意识，或者说，他通过肉体感性欲望表达去冲击和颠覆传统意识形态的桎梏，而其所谓的大众文化性是附带的，是由批评家阐释出来的。莫言小说的先锋性竟然会产生出大众文化特性，这的确是文学这门神奇事业的特有之处。也难怪，先锋与大众（媚俗）实在是一张纸的两面，历史上曾经的先锋大多后来成了大众共享的艺术和审美类型或风格。

莫言从《红高粱家族》开始就针对这种简单而具有强制性的文学中的战争描写进行颠覆和解构，一群以"我爷爷"余占鳌为首的、尚不乏正义感的土匪，"杀人越货，精忠报国，他们演出过一幕幕英勇悲壮的舞剧，使我们这些活着的不肖子孙相形见绌，在进

---

① 参见钱怡雯：《莫言小说："历史"的重构》，（台北）文史哲出版社 1997 年版。

② 参见钱怡雯：《莫言小说："历史"的重构》，（台北）文史哲出版社，第 2 页。

步的同时,我真切感到种的退化"[①]。这种对战争的重写或重构曾被称为"新历史主义"。当然新历史主义对于传统历史著述大量遮蔽历史真相来说,自然具有一定的艺术价值,但是对此也不能过高估价。因为在所谓新历史主义旗号下,有的先锋作家竟然违反起码的常识,予以匪夷所思的叙述,如格非的《风琴》写保长冯金山的老婆被一对日本鬼子掠去,吓得屁滚尿流的冯金山爬到屋顶,躲过了日本人的抓捕,但当他窥视到自己的妻子被日寇强暴时,多年来丧失性欲、不能勃起的毛病突然间恢复了。这种惊悚场景的瞬间转换也太轻浮了。在此,笔者基本认同陶东风对《风琴》的看法,即此小说就是毫无道德的、"彻底的冷漠"式书写。[②] 在这方面,莫言与此类彻底禁绝了道德进入和评判的文字是不同的。《风琴》的描写不但彻底解构了曾经深受意识形态遮蔽的历史,也彻底洞穿了传统道德的底线,它与莫言此类文字相比也是大相径庭。莫言所强调的"种的退化"是由于后来我们这些不肖的子孙忘记了祖辈们曾经的辉煌,哪怕自己的祖父是土匪,但是他们有血性、有勇气,而这正是中华民族在近现代历经劫难而终究不亡的根本原因。格非小说中的主人公冯金山却恰恰是个提不起来的"保长"、假正人君子,其变态人格,除了让人感到弗洛伊德理论的无所不在、深入骨髓,人性无以复加的畸变与卑琐,还让读者感到小说叙述者甚或作者有些莫名其妙、毫无理性。《风琴》仅仅让人通过变态心理和人格展示而看到民族的宵小行径、卑琐、无耻甚至无厘头。这是文学书写的走火入魔,因此这种所谓的新历史主义不足为据;而莫言的《红高粱》不是彻底的颠覆历史,而是重拾我们民族曾经的坚韧、刚强、勇武和血性,两者的思想境界和艺术格局由此可判。

第四节　膨胀与内爆:莫言小说的语言表达方式

一、莫言小说话语的"膨胀"与"内爆"

膨胀和内爆构成了莫言文学语言表达的两种方式。要理解和阐释这两个概念,需要从人的存在(此在)的在世方式的两种状态入手。康德在《纯粹理性批判》之"论空间"和"论时间"两章中,分别论及空间、时间与人的关系,前者关乎人自身存在的"外感官",后者关乎"内感官"。"借助于外感官(我们心灵的一种属性),我们把对象表象为外在于我们的,它们全部在空间之中",外感官的抽象形式即为空间;而"借助于内感官,心灵直观自己本身或者其内在状态",这种内部规定的东西"都在时间的关系中被

① 莫言:《红高粱家族》,解放军文艺出版社 1987 年版,第 2 页。
② 参见陶东风:《文体演变及其文化意味》,云南人民出版社 1994 年版,第 224 页。

表象出来。时间不能在外部被直观到，就像空间不能被直观为我们内部的某物一样”[①]，内感官的抽象形式即为时间。简而言之，康德的内感官感知的是人的存在的时间维度，外感官感知的是人的存在的空间维度。这种由人的感官感知作为存在论基础的认识论观点，可以视为康德人文主义的基点之一。也正是从这个意义上看，康德哲学具有启蒙主义性质，人是出发点也是目的，人不但为自身立法，还为世界和宇宙存在立法。如果将此学说引申到对文学叙述语言的分析，则可发现所谓内爆的语言即向心灵/内心深处钻探、开发的语言，时间在此是内向的、感知的、心灵的，时间转化为时间性的时间，即心理时间；外爆的语言即往外（空间）开拓的话语，要经过我们的心灵/内心折射才能得以空间化。“空间无非是外感官的一切显像的形式，也就是说，是感性的主观条件。”因此，康德说，必须从一个人的立场出发才能够谈论空间，谈论具有广衍性的存在物。[②] 从莫言小说的叙述语言在内感官和外感官即时间性和空间性的构成角度，我们可以进行一番深入讨论。不过这需要一个过渡，即用从麦克卢汉的传播学借来的两个概念“内爆”和“外爆”，来完成这种分析讨论。

膨胀亦可理解为“外爆”(explosion)，是法国学者让·鲍德里亚借用加拿大传播学学者麦克卢汉的“内爆”概念而提出来的一个相对应的概念，此处我们借来表达文学语言的生成机制。外爆指称现代性的过程，即商品生产、科技、国家疆域、资本的扩张以及社会、话语和价值的不断分化等。因此，借用这两个概念来分析文学语言的不断分化和延展状况。所谓语言的“外爆”（膨胀），指的是语言的表达呈现出一种极度的外扩性，话语能指依托于所指不断外拓、增殖。在此种情况下，语言依然被所运用的主体即说话者控制，但是控制力较传统文学如写实文学、浪漫文学的表达方式，即那种紧跟生活现实或情感逻辑的表达方式，已经迥然不同，语言自身在某种程度上似乎有了一种生长性和衍生性。这种语言的膨胀现象，用杰姆逊的理论来讲，就是所指(signified)、能指(signifier)和参指(referent)三者之间的关系，不像写实主义那样不可分割，而是参指同语言符号中的另外两个部分分离，开始把曾经为现实主义提供的客体的参指的经验弃之一旁，从而导入了一种新的半自主性(floating semi-autonomy)。[③] 这里，半自动性还不是后现代主义那种绝对的自动性、全自动性，而是一种同主体和客体仍然藕断丝连的现代主义。然而，这种半自动性已经打开了语言能指自发运动的大门，语言能指与客体、主体那种亦步亦趋的关系被打乱，语言能指的运动势能得到强化，并由此带来了文学语言尤其是小说语言的外爆。

“内爆”最早是麦克卢汉 1964 年在《理解媒介》中提出来的概念。他认为：“凭借分

① 参见[德]康德：《纯粹理性批判》(第 2 版)，李秋零译，中国人民大学出版社 2004 年版，第 47 页。

② 参见[德]康德：《纯粹理性批判》(第 2 版)，李秋零译，中国人民大学出版社 2004 年版，第 50 页。

③ 参见[美]詹明信：《现实主义、现代主义、后现代主义》，刘象愚译，张旭东编：《晚期资本主义的文化逻辑：詹明信批评理论文选》，三联书店 1997 年版，第 283～285 页。

解切割的、机械的技术，西方世界取得了三千年的爆炸性增长。现在它正在经历内向的爆炸(implosion)。"[①]"内向的爆炸"亦可简称为"内爆"。内爆产生的前提是信息时代电子技术使人类的中枢神经得到爆炸性的刺激与丰富，现代传播技术和手段"把人从肢体中解放了出来，人们才深深卷入了自己所从事的各种活动之中。而存在感、焦虑、恐惧、麻木，也是'内爆'将人类深度卷入事物之后带来的必然情绪"[②]。现代电子传播技术使人类生存的地球成为"地球村"，人类生存及其意义和价值发生加速度的内爆，也就是原来的一元意义、一元价值会迅速地变成多元意义、多元价值。另外，内爆的语言也与弗洛伊德所阐发的人的潜意识息息相关。如果话语沿着这个深度意识层而无限内爆，最终导致崩坍(implode)，结果就化为后现代主义话语的完全的能指滑动，而丧失任何所指与意义。

二、借鉴后现代主义叙述手法，把外感官与内感官、意识与潜意识、外宇宙与内宇宙、能指与所指加以结合

"外爆"和"内爆"相融合而生成了莫言小说的语言。在语言表达技巧上，它既通过若有若无的所指(外界的某种刺激、背景)来加强语言半自主性能指的急遽扩张，又把当代人在各种异常艰难境地中的体验、感受、情绪、感性(如快乐、幽默、幸福、和谐，饥饿、孤独、恐惧、屈辱、焦虑、恶心、麻木、怪诞等)予以虚幻和写实相交织的多方位、多层面的表现。这种外爆和内爆、能指和所指的组合，不仅是由于电子时代技术的刺激，而且是作者/叙述者丰富的感性经验和独特的思维方式(多元的叙述视角)使然。莫言小说语言由此获得了一种猛烈生长和蔓延的力量。莫言不属于后现代主义作家，后现代主义是绝对的语言游戏主义、文本主义，但是他吸收了不少后现代主义的观念和方法，所以他的巫幻现实主义文学才显得独树一帜。《透明的红萝卜》初显莫言小说叙述语言的这种外爆和内爆相融合的特色。此前批评界多以感觉化来分析莫言的这篇小说。感觉化的语言打破了线性的、因果逻辑的语言。比如：

> 他听到黄麻地里响着鸟叫般的音乐和音乐般的秋虫鸣唱。逃逸的雾气碰撞着黄麻叶子和深红或是淡绿的茎秆，发出震耳欲聋的声响。蚂蚱剪动翅羽的声音像火车过铁桥。他在梦中见过一次火车，那是一个独眼的怪物，趴着跑，比马还快，要是站着跑呢？[③]

小说主人公黑孩的听觉、视觉和梦境混合在一起，产生了超乎现实的巨大而怪异

① [加]马歇尔·麦克卢汉：《理解媒介——论人的延伸》，何道宽译，商务印书馆2000年版，第一版序言。

② 蔡晶晶：《麦克卢汉的媒介认知与后现代的关联》，http://media.people.com.cn/GB/22114/44110/189065/13003420.html。

③ 莫言：《透明的红萝卜》，《欢乐》，上海文艺出版社2012年版，第6页。

的力量。将听觉和视觉打通后加以表现并不足为奇，但是莫言在30多年前较早将其与梦境结合起来，却是值得进一步分析的话题。小说中的黑孩没有说过一句话，但是他的世界依然丰富多彩，虽然这种种的生活遭际是悲惨的、压抑的。黑孩通过听觉、视觉，更通过触觉、嗅觉、味觉以及类似于英国美学家哈奇生所说的“第六感”，来感知和体验这个对他并不友好甚至是敌对的异化世界。加之梦境的进入，小说的语言就具有了半自动性和相当的精神深度。由此，微不足道的、沉默的黑孩就成了一个立体、生动、丰满的人物形象。

与《透明的红萝卜》类似，长篇小说《天堂蒜薹之歌》进一步加强了语言的外爆和内爆效果。蒜薹事件仅仅是一个触发创作动机的酵母，真正的叙述动力来自作者30余年的切身体验，特别是他对小说语言及叙述方式的不懈探索。其中，自动回忆、意识流、自由联想等手法被大幅度地运用于小说叙述当中。在这种关于人物意识的能指的半自动性中，语言呈现出浩浩荡荡、一泻千里的气势。蒜薹事件在小说中并不是逻辑地、线性地呈现，而是模块化、时空错乱化、梦幻化地加以呈现。如小说把几个农民的性格和心理世界通过种种外爆和内爆的叙写方式加以表达，扭转了此前对农民性格的简单化和表面化的书写，从而对他们丰富、复杂、痛苦、悲切的精神世界进行了深度挖掘和表现。

三、《十三步》：叙述语言的尝试和创新

《十三步》《酒国》和《四十一炮》是莫言最具实验性和创新性的长篇小说，在这几部小说中，叙述语言的半自动性和人性的复杂性得到了更具深度和更为自由的展示。我们准备在其他篇章中论及《酒国》和《四十一炮》，下面仅以1988年发表的长篇小说《十三步》为例，对莫言小说的多元叙述视角与外爆—内爆的语言特色进行深入分析，以期对这部并不受人关注，但在莫言创作美学中极具重要性的作品做出新的阐释和解读。这部作品较早把小说叙述和语言的实验性进行了发挥，在变幻多端的视角游弋和荒诞故事中，描写了两个中学物理教师的悲喜剧，表现了当代知识分子辛酸而卑微的生活和荒诞的遭际。如果比较一下《十三步》与稍早发表的蒋子龙的小说《阴阳交接》，以及多年后发表的余华的小说《第七天》，则会发现莫言这部作品的独特价值。《阴阳交接》讽刺了现今社会浸入骨髓的等级制，即使人死了也要排出等级，有权有势的就优先安排火化，无权无势者就被挤到后面烧掉，生活的非常态日益变成常态，人到了另一个世界这种“秩序”还要保持下去，于是就产生了荒诞意味。蒋子龙小说的线索和结构都是明晰的。余华的《第七天》也属于灵魂叙事，然而在故事的荒诞性、叙述视角的多变性、话语生成方式的探索性和实验性等方面，与《十三步》相比，则让读者产生小巫见大巫之感。

《十三步》反映的背景与生活，和当时苏晓康的报告文学《神圣忧思录》类似。报告文学虽切中时弊，但时过境迁，故事已经变得陈旧不堪；而好的小说却有一种审美叙述和话语实验的气度，足以使它更久远地流传下去。所以，直到2000年写《十三步》"代后记"时，莫言还是对自己在小说形式方面的探索很自信，自称这是一部"关在笼子里的老虎"般的小说，还说明写作时曾想用"笼中叙事"来命名。"笼中叙事"增加了小说创作的实验性和阅读接受的难度，这种实验性和难度，首先体现在叙述视角变换不居和"十三部"这个结构布局上。小说伊始先声夺人，第二人称叙述视角就让读者产生某种眩晕。"你"的话语在接下来的叙述中变成了"我们"对"你"—"他"的描写和评述，而且涉及"我"（"真理就像我一样，赤条条一丝不挂"），瞬间几乎全部的人称视角都纷纷出现了。这个"你""是关在笼子里的叙述者"，是喜欢吃粉笔的中学优秀物理教师方富贵。他突然栽倒在讲台上一动不动了，有学生喊他"死了"。"你"的叙述和"十三"这个在西方不吉利的数字，成为小说怪异怪诞、神秘兮兮的渊薮。其次，体现为荒诞故事本身。方富贵"死"在了讲台上，被送进了殡仪馆，而殡仪馆的特级整容师恰恰是方富贵的邻居、同一个教研室的物理教师张赤球的老婆李玉婵。因为必须为刚死了的王副市长让路整容，方富贵被塞进冰柜，后来他居然阴差阳错地复活了；而妻子屠小英以为他已经死去，拒绝他再进家门。李玉婵将死而复生的方富贵易容成自己的丈夫张赤球，让他代替张给学生上课，同时让真正的张赤球去做生意赚钱。真张赤球做贩卖香烟的生意，当时这属于投机倒把，因而被警察抓了起来。

这种变幻莫测的叙述视角和人称、故事的荒诞怪异、情节的错综复杂、时空的交错叠加，构成小说文本的一种基本话语表达方式和结构方式。如写李玉婵在殡仪馆美容室内为她的情人、刚刚死去的王副市长美容的情景：

> 她把墙壁上的抽屉拉开，拿出乳胶手套戴好，手套又薄又亮好像没戴手套。你又捏起一把比日光还要亮比窗纸还要薄的手术刀。甜蜜的笑容浮了一脸，你站在了工作台前。
>
> 王副市长肥胖的大脸上，凝固着惊恐的表情，那两片吻过我的芳唇的坚硬的山东嘴唇似乎在哆嗦着。①

这里的"她""你""我"三种人称均为李玉婵一人，"她"这一句，似乎有一个全知叙述者在叙述；接下来的"你"这两句，转向了第二人称限知叙述，"甜蜜的笑容"等话语中含着浓浓的反讽意味；下面的一句为第一人称叙述，在巨大的语境反差和强烈对比中，进一步加强了话语的反讽张力和虚幻性。这几个不同人称叙述视角的句子叠加在一起，叙述话语既有膨胀、外爆，又有内探、内爆，并且带有两者交汇、难解难分的表达效果。在接下来的叙述中，这三种人称不断变换使用，同时把"她"与"他"瞒着她的母亲偷情的

---

① 莫言：《十三步》，上海文艺出版社2012年版，第47页。

对话、场景、感受等，以及在工作台上，在方富贵变脸为假张赤球之后，李玉婵的各种动作、心绪、回忆、想象、幻觉、梦境等交织在一起，其实验性也由此而显得异常突兀：

（方富贵）那块高凸的骨头在校长拇指的强烈压迫下，不情愿地往里缩。疼痛难忍，小脑震颤，脊椎上迅跑着电一般的热流。你咬紧牙关，为了报答校长苦口婆心的叮嘱，把涌到喉头的言语硬憋下去。家燕子粪便的味道又腥又咸，勾起肠胃的反抗——这是双倍的痛苦：硬憋下去的言语在肠胃中翻腾，硬咽下去的燕粪在肠胃中翻腾。翻腾加翻腾是双料的翻腾，痛苦加痛苦是复合的痛苦，死人加活人是半死不活的人。语言加燕粪混合在一起，就像酵母和面团混合在一起，生发开来，膨胀开来，产生大量的气体，气体急于找到出口，于是，语言与屁就混合在一起，所谓的屁话就是这样产生的。你换了一个蹲踞在横杆上的姿势，用一种难以分清是油滑还是庄重的口吻对我们说。[①]

这里依然有话语的爆炸效果。但是，外爆和内爆的界限被进一步消弭，骨头"不情愿地往里缩"，"脊椎上迅跑着电一般的热流"，既是对外在影响的反应，也是内在的感觉。"你咬紧牙关"一句，同样如此，第二人称的叙述视角所呈现的更多是内爆的感受，但依然有一种对于环境的反馈。家燕粪便掉落到"死去了"的方富贵嘴里，这可视为客观事实，但这个"事实"带有某种邪恶的亵渎和调侃的意味，如此就转向了主观感受，"味道又腥又咸"。"勾起肠胃的反抗"一句，如果是"勾起肠胃的反射"，可基本视为一种客观描写，是一种外爆式的描写；但是"反抗"一词又使语意向主观精神方面转化，成为内爆话语，被压抑下去的言语和燕粪，双重地在肠胃里翻腾，又导致憋闷与恶心相交织的感受。最后几句沿着上述两种爆炸方式继续往前推进，结果又到了将这两种话语的爆炸方式糅合的方向：物质（燕粪）和精神（言语）混合在一起，从而这双重翻腾的"膨胀"式感受/表达更多地滑入了"屁话"——这一语言能指层面。

在第八部中，超级叙述者设计了一套梦境，以此增加了小说语言内爆的分量。方富贵被整容成假张赤球之后，真张赤球外出做生意，而他则代真张赤球讲课，每日返回张家，两个多情多欲的中年男女烈火干柴，且日久生情，最后缠绵在一起。接着，七个梦（整容师和物理教师方富贵/假张赤球各三个，最后两人合做一梦）纷至沓来。叙述语言急遽聚集、分裂、爆炸，但都在方、李二人的思维和意念深处。梦境外围除了这两个人物外，还有李玉婵的老母亲，还有"我们看到叙述者躲在笼子阴暗的角落里，窥探着物理教师和整容师的全息梦境，并听着他把他看到的杂乱无章地转述给我们"[②]。七个梦虽从不同的人称视角来叙述，但都不是随意的，而是和整个小说叙述的故事情节有着或隐或显的关联。整容师的第一个梦的内容是她拔了王副市长三颗金牙，这是

① 莫言：《十三步》，上海文艺出版社 2012 年版，第 60 页。

② 莫言：《十三步》，上海文艺出版社 2012 年版，第 249 页。

一个噩梦。两个人其他的梦，要么围绕着背叛与思念，要么关联着整容的下脚料和狮虎出笼，要么梦中的树会冷笑且生着乳房，要么两个女人屠小英和李玉婵比美而争夺男人……在方富贵的第三个梦中，出现了关于"十三步"（十三部）的寓言式阐释：

> 人只要看到麻雀像小鸡一样往前走，就会有好运气降临，它走一步你交好运，走两步你交官运，走三步你交桃花运，走四步你身体健康，走五步你精神愉快，走六步你工作顺利，走七步你智慧倍增，走八步你妻子忠诚，走九步你名满天下，走十步你容貌变美，走十一步你妻子美丽，走十二步你的妻子和情人和睦相处，亲如姐妹。但是决不能看到第十三步，如果看到它走了第十三步，前边的所有好运都将变成加倍的坏运气降临到你的头上！①

这个谶语般的寓言出现在梦中，首先体现的是一种怪诞想象，包括梦的怪诞以及好运与坏运的寓言性。其次，这个怪诞传说点出了小说的主旨，不幸似乎是命运中不可跨越的，梦中的物理老师又一次死了，自缢而亡。再次，"十三"在西方是不吉利的数字，而在小说中它同样充满神秘和死亡的气息，当然在中国文化语境中并没有这种意思，如《鬼谷子》《孙子兵法》等古书均为十三章，这么看，"十三"还是一个吉祥数字。作者的意图到底是什么？这尚待进一步索解。但是，借助于七个梦、十三步/部之类的数量词，小说的叙述容量成倍地增加，话语能指凸显、增殖，审美游戏的成分得以呈现。第七个梦是两人的同梦，梦中的男和女、女和男，相互缠绕、相互进入对方的梦中。但这一切，梦境和非梦境、叙述和反叙述、荒诞和非荒诞、现实和非现实，都是在"叙述者的语言浊流里"②发生的，一切均是叙述的话语圈套、叙述实验所致。

《十三步》语言的膨胀性体现在，围绕着这两个物理教师和各自妻子奇特遭遇的种种枝蔓，故事及其语言得以播撒开来，构成层层的话语涟漪，不断向四周荡漾，然后与新的话语涟漪发生碰撞，如此往前激荡，构成小说语言的外爆。如第二部写李玉婵少女时代就被母亲蜡美人的情人王科长、后来的劳动局王副局长、再后来的王副市长勾引而献出自己的处女之身。接着，叙述者对政治家与情人、政客与性爱、女人的性爱体验大加议论，又对王副市长和两位物理老师所在的八中的工作关系进行描写，还写到了张赤球跟踪自己老婆的时候，李玉婵却看到了王副局长携自己的妻子儿女在小河边散步的场景。由此又联想到，河边的绿草地和排椅，"孕育了无数婴儿"；清洁工每天打扫避孕套，然后像铁饼运动员那样把这些套子扔进河里，等等。王副局长避开了李玉婵的目光，李玉婵恼恨之下把衣服脱光扔给王副局长，自己裸体跳下了河，情急之下王副局长也脱得只剩下大裤衩子跟着跳下河去救她。后来的王副市长由于肥胖症，在出

---

① 莫言：《十三步》，上海文艺出版社 2012 年版，第 249 页。这段文字在第十三部即最后一部的结尾处（第 322 页）重新出现了一次。

② 莫言：《十三步》，上海文艺出版社 2012 年版，第 251 页。

外视察时死在了婚姻介绍大楼的沙盘上。现在，李玉婵在工作台上，对着她母亲的情人也是她自己的情人王副市长，为他整理脸部器官，拉舌头，拽嘴唇，减少赘肉，以显得清瘦，而不是保持百姓口中所称的胖脸、“大肚子”。其间，她还发现他镶了三颗金牙，她毫不犹豫地把它们一一拔了下来。她如何整王副市长——她的情人——的容？这堪比《红高粱》中孙五剥罗汉大爷的皮，让人头皮发麻。工作间只有李玉婵一个人，明亮的灯光，惨白的工作台，似乎还有一个看不见摸不着的人在窥视着她所做的一切和王的尸体，那便是死去活来的方富贵。追悼会上，李玉婵受到了市领导和馆长的高度赞扬，也看到了王副市长那瘦骨嶙峋的妻子和两个孩子。叙述到此已经既令人惊悚又让人好奇。

由于各种相互关联的外界刺激，李玉婵在殡仪馆工作台前为王副市长美容的动作及其叙述并不连贯，而是呈现出断断续续的状态。叙述视角的游移、飘忽不定就像舞厅里闪烁摇晃的各色彩灯，让人眼花缭乱。她的思绪不断地回到过去两个人偷情的情景，这让她成为一个多愁善感的真正的情人。有时候，这种回忆和想象如此深沉，可以引导她飘向虚幻的极乐世界，她往往不穿裤衩而直接穿上洁白的工作服，这时她就会幻想自己是个洁白的天使，但是三颗金牙又把她拉回现实。就这样，在多重叙述者的叙述中，美容师李玉婵同王副市长的死尸对着话又调着情，现实与幻象、过去与当下，叙述者和李玉婵想象中的情景、细节，交织在一起。

第三部重回方富贵的叙述，仍然是“你”“他”“我”以及“我们”叙述人称，同样变幻莫测。方富贵活了过来，但是从校长到普通百姓，再到他的妻子屠小英，没有一个人愿意或者相信他复活了。文本还以不同的字体来标示人物的行为、动作和心理活动。比如，人们不愿意接受方富贵活过来的现实，校长等人的心理活动（由方富贵——“他”——感觉而探测出来）用的是楷体字，而非正文的宋体字。另外，笼中叙述者的声音时常出现，如当方富贵死去时，他却感受到校长的真情流露，一下子眼泪便挂满面颊，这“是多么深刻的悲痛，使死去的人热泪奔涌！”[①]死去活来但尚未被人发觉的优秀人民教师方富贵，从一个当事人及旁观者的角度，荒诞而深刻地洞察了社会与人性。他活着时没人把他当回事，死后却成了当地电视台和宣传部门大肆宣扬的楷模。然而他的死和王副市长的死撞在了一起，因此他只能给王副市长让路，却也阴差阳错地得到了时间而复活。现实生活较之非现实，怪异、荒诞甚至不可思议。

方富贵之死与活是小说的关键环节，也是小说展示其叙述方式的扭结点。在抬着方富贵的校工看来，方富贵就是装死，因为他们发现他尚有气息，脉搏还在跳动。不过，这种感觉和认识都是通过抬担架的两位校工的心理活动（用的也是楷体字）呈现出来的。一个校工甚至出现了幻象，瘦骨嶙峋的方富贵从停尸房里悄悄地爬起来，卸下

① 莫言：《十三步》，上海文艺出版社 2012 年版，第 59 页。

殡仪馆里所有的灯泡溜出了大门。而另外抬着方富贵的两个见习老师是双胞胎，是方老师的学生，他们的内心独白(亦为楷体字)混合着敬仰和亵渎的矛盾意味。校长继续他的下意识思维，由方老师脑后突出的骨头想到了方富贵平时怂恿学生上告，想到了双胞胎考上师专也算给学校增加了升学率。原来从方老师所在的第八中学毕业但现在却严重刁难人的"二郎神"、把门的漂亮女郎非要证件才会放行，而死者要处级以上才能到这"美丽世界"来美容，结果逼得死了的方富贵发出了"我要回去"的呐喊。好不容易挤进了殡仪馆的方富贵却因要给死去的王副市长让路而被放进了冰柜，在里面他回想起自己的一生，这种回顾属于内爆性的畅想、联想、独白等心理活动，既具有历史的纵深性又具有精神的幽微性。像卡夫卡笔下的"饥饿艺术家"那样，在冰柜里方富贵施展自己空前的想象力和巨大的抱负，而与"饥饿艺术家"不同且更为匪夷所思的是，方富贵是死去活来为掌权者美容火化让路的冰柜中的无观众畅想者，他的感觉和所体验到的孤独、恐惧、悲凉，可谓无以复加、登峰造极。

> 你处在生与死的十字路口——笼中食粉笔者言。
> 他站在天堂和地狱的分界处——我们随声附和。[①]

这里所出现的三种人称视角恰恰暴露或显现出小说文本的叙述层次："你"既是小说的主角方富贵也是主要叙述者之一(笼中叙述者)，"他"是"我们"(旁观的看客？超乎故事中的人物和叙述者的超级读者?)眼中的方富贵。也就是说，在"你"的叙述之外，存在一个俯瞰式的叙述者(有些类似于全知叙述者)。从冰柜里跳出来的方富贵在停尸房整容间里继续胡思乱想，但直挺挺躺在整容床上的王副市长却让他意识到现实和历史的联系，原来王副市长是曾经在内战中救过他命的小王叔叔。这种回忆的软弱感情使他想起一半血统是俄罗斯人的妻子屠小英及一双儿女方龙、方虎，她们都美帅而妖冶，等等。此类叙述视角的变换，在《十三步》中比比皆是，如第四部的开头，各种叙述视角不断变换，但是万变不离其宗，总有一个超级叙述者在操纵着叙述的进程。"你"和"李玉婵"即第二人称和第三人称(近乎全知)视角不断变换，正是这个超级叙述者的疑似全知叙述掺杂了第二人称叙述，把上级交给李玉婵的任务即为王副市长整容的过程和心理感受再一次呈现出来。这里的叙述视角又分几种情况："你"作为李玉婵叙述、"你"被操纵的叙述、"你"中的"她"(李玉婵)以及"他"对"我们"说"你"的第二人称，还有第三人称、第一人称单数复数叙述，纷至沓来，统统拢到一起，从而构成叙述话语的内爆和外爆的万花筒。

方富贵的思绪激荡，他要告别真正死了的王副市长，他想起过去物理教师在办公室的对话，他们谈论市政府宴会上的道道奇菜：红烧蜥蜴、油炸蝗虫、活吃蜻蜓、清煮蝌蚪、盐水螳螂、糖酥蜜蜂、爆炒胎盘等，吃胎盘已经接近于吃人了，他们进一步谈到未来

---

① 莫言：《十三步》，上海文艺出版社2012年版，第71页。

人们有可能吃人（这自然会让读者联想到莫言另一作品《酒国》烹食婴儿的情节）等等，这些都属于方富贵的自由联想——虽然有着曾经的外在遭遇的影子和当下正在发生的种种奇遇。他逃出殡仪馆大门时还碰到了现在当警察的老学生；偶然碰到在杨树林里撒尿的女青年，由于看到了人家的屁股而想入非非又严厉地自我批评；返家的路上掉进了建筑工地上的石灰大坑；等妻子屠小英见到浑身雪白的丈夫认为是来了鬼，但也有着人物内心所体察到的种种感受、思虑、情感，这些都体现了内爆话语和外爆话语杂糅的趋势。

第四部还写到了殡仪馆整容师李玉婵第一次整容时，工作对象是一个纺织厂为救火而被烧死的女工。小说叙述至此，叙述者笔锋几转：一转为解析这种美容的实质——新的美是假货，以及李玉婵闻到女工烧熟了的肉香味（这具有很强烈的反讽意味）。二转为女工的丈夫、军人中尉的表现和表达。在后来的各单位报告中，中尉的话语表达越来越流畅，思想越来越神圣，甚至在“新婚之夜，她与我一起在灯下并肩学习毛主席的光辉著作《为人民服务》，一直学到天亮，她让我背诵《纪念白求恩》，背错一个字不允许我上床……”[①]神圣、正经中透着伪饰、做作，然而这是一个时代的话语，崇高、伟大、光荣，没有人敢不相信，但暗含叙述者浓烈的反讽意味。三转是李玉婵的六舅这个屠夫的杀猪技术，深刻影响和促进了她现在的整容工作。最后，这三次转折合而为一，在英雄事迹的报告会上，中尉含情脉脉地和李玉婵握手合影，但也引发了台下女同事们的嫉妒。那些关乎肉体与灵魂的故事、那些外爆和内爆的伎俩，在话语的大纛下统统成为被俘虏的对象。叙述的实验、话语的传达成为小说的第一要务，而对人性的深刻解剖、对美丑的对立描写，则成为陪衬和背景。叙述回到故事发展的阶段，李玉婵在给王副市长整容、瘦身，开膛破肚，撕下他的脂肪，把那些重达45斤的脂肪放在由猛兽饲养员送的3个黑色塑料袋里，再修复着他的脸。整容师的工作得到了市领导的赞扬，市报记者采访她，发表的文章好大喜功，但人们习以为常。假冒舅舅的王副局长（即后来的王副市长）看望假外甥女，大家都装得认认真真，话语表达得恰如其分，皆大欢喜。演戏，戏如人生，人生如戏，这是国人一贯的生活、生存智慧，其他一切都是低级的，都是可以被轻而易举抛弃的。稍后，情节又回到拔牙上。此时多重的怨恨（“舅舅”怂恿中尉和李玉婵结合，中尉发现李玉婵非处女，王副局长即王副市长玩她的母亲又玩她……），使得整容师咬牙切齿，她拔出三颗金牙，但叙述并非摹仿或写实的，而是带有一种心理解剖的、手术刀般的语言传达的快意，是整容师急遽变幻的心理活动，“他痛得吱吱叫，你恣得咯咯笑”[②]。在惝恍的月光下，猛兽饲养员约殡仪馆整容师来到猛兽馆，看猴子们亲热、打闹、接吻、性交，似乎天上的父又好似长着硬爪子小手的猛兽饲养员，不断发出指令，让她观看带有怪诞意味的狮虎交媾。饲养员的叙述让整容

① 莫言：《十三步》，上海文艺出版社2012年版，第86～87页。

② 莫言：《十三步》，上海文艺出版社2012年版，第100页。

师和王副局长的秘密再也掩藏不住，且描述中充满了亵渎与反讽的意味。在河边树林里，他和“你”(李玉婵)翻云覆雨，屁股底下压着市报的快讯，副局长英勇抢救落水女青年，而此时的“你用一种分泌物把快讯濡湿啦”。蒙太奇般的镜头，饲养员设置的照相机在拍摄她与副局长性交的场景；猛兽馆正在遭遇重大损失，老虎被歹徒剥皮——第八部有写到老虎被剥皮后，饲养员急火攻心，疯狂至自杀，并且留下遗书，尸体要送给老虎的两个孩子狮虎或虎狮吃！方富贵逃到张赤球家，“死人”同活人李玉婵对话，张赤球的话语充满了同情和蔑视，对话荒诞而恐怖——这既是某些人物视角的遭际性的描写，又是其想象性、幻想性的叙述，但都属于“铁笼中古怪口味叙述者”或“脖子上拴着无法逃脱的绳索吃着粉笔”的叙述者的叙述，而这个叙述者似乎是死而复生的方富贵。“铁笼”“古怪”“脖子上拴着绳索”“吃粉笔”界定了这个不是全知叙述者的超级能力和戴着镣铐跳舞的超级技巧。

小说话语的繁殖性即所谓节外生枝，似乎越出了外爆或内爆的范畴，但这种节外生枝恰是外爆和内爆两种话语方式杂糅的产物，促使小说文本趣味横生、摇曳生姿。在写到这天早上方富贵历经艰险来到张赤球家时，隔壁传来了自己妻子屠小英的哀泣声，张赤球一家奉劝他返回殡仪馆等待美容和火化。整容师想起猛兽饲养员讲的荒岛上一个男人与母猴恋爱结合生子，儿子考上状元，问出真相寻找母亲只见白骨一堆，遂头撞石壁而死的故事。这种境地让方富贵左右为难，最后的协定是整容师将方富贵整成张赤球去给学生上课，而张赤球去经商，经商所得平分以养活两家人。

这种穿插补充、节外生枝的叙述手法，增加了小说的趣味性和广延度。补充和穿插是莫言小说叙述语言繁殖的两种手法。在第五部中，对于人猴结合的故事，以及方、张改换容貌、生与死等情节的叙述还有十个“补充”，这些“补充”对于整个文本故事来说不可或缺，否则整个叙述就出现空当和不合理。文本就这样不断敷衍、生长、延展，但又万变不离其宗，紧紧围绕着“笼中叙述者”所勾画的既充满陌生化又让人叹为观止的方、张两家的故事，交错往前推演。整容师把方富贵整成张赤球的手术紧张细腻，把方富贵的面部整得完全像张赤球，大功告成。恢复为活人的方富贵不知道自己究竟是姓方还姓张，这个死里逃生的人物变得更加复杂多面、扑朔迷离。方和张长着一样的脸，宛若孪生兄弟，还要生活在同一个屋檐下。假张赤球即方富贵在李玉婵的安排下，只好去学校替真张赤球上物理课，这使人想起爱伦·坡的怪诞小说《威廉·威尔逊》中的叙述者“我”和对手威尔逊，转眼间威尔逊和“我”的穿着和五官一模一样，而这个叙述者“我”也叫威廉·威尔逊。他们同一天入学，同一天的生日，长相一样。威廉·威尔逊做了错事，就会出现一个如此的人来提醒他。结果威廉·威尔逊恼羞成怒，拔剑刺向了那个折磨他的人。[①] 当然，爱伦·坡是那种哥特式恐怖传统做派的作家，其小

① 参见[英]戴维·洛奇：《小说的艺术》，王峻岩等译，作家出版社1998年版，第237～238页。

说关于善恶、美丑的争斗带有某种寓言化和象征派的特点，那个和叙述者、真人威廉·威尔逊一模一样的家伙经常闪现出来的道德、良知，是其寓言性的一种表达。莫言的小说是否受到爱伦·坡的影响尚不得而知，但是他的作品的确有着关于善、恶、美、丑和恐怖等元素，似乎他乐此不疲，并深得此种叙述的奥妙，所以他笔下会有类似的滑稽、怪诞与荒诞不断出现的小说情节、故事、人物、场景等。

第六部“补充”了两个故事，以“故事一”和“故事二”的形式特别标示出来。故事一写的是古时断案如神的县官偶遇在新坟边哭泣的女子，结果女子的红裙露出了她伙同奸夫毒杀亲夫的罪行。故事二写古时一年轻女子在丈夫新坟前扇扇子，一得道之人问其故，答曰丈夫生前与她有约，他死后坟土干了，她就可改嫁。得道之人将此事告诉自己的妻子，妻子发誓丈夫要是死了，自己终身不嫁二男。当夜得道之人竟然死了，但在当夜这女子就跟前来念经的小和尚做成了好事。第二夜在小和尚怂恿下这女子穿上了红绸衣，终夜狂欢。第三夜行鱼水之欢时，小和尚头痛难忍，直呼唯有人脑可治。女人就要揭开棺材，劈开刚死去的丈夫的脑袋，但只听一声冷笑，死人丈夫从棺材里跳了出来。两个故事相似，都是妻子对丈夫的不忠或背叛，且其中的女子均穿红衣。这种穿插的叙述并非多余，而是和故事叙述有潜在的关系。这两个故事是千百年来中国伦理道德的一种集体无意识的提炼，因此可以说是对刚刚“丧夫”的屠小英的重大考验。关键是这两个故事深入屠小英的骨髓，她时时刻刻、强迫症似的在想着这事。这是由既有的故事（话语）引发的小说叙述话语的内爆。

第七部主要写张赤球“经商”奇遇卖香烟的铁皮小屋漂亮女店主，经不住诱惑，和女老板云雨一番，后贩卖女老板给的香烟，结果被警察抓住，路上就一直想着自己的老婆要和假张赤球真方富贵上床。这一部充满了意识流手法。而第八部写李玉婵和假张赤球逐渐习惯了一种新鲜刺激的生活氛围，开始打情骂俏、亲吻拥抱。叙述依然是通过某一主人公，在此是通过李玉婵的心理活动表达的，两人的温度在升高，但是隔壁屠小英的哭泣干扰了他们，他们的温度在急速下降，然后又上升，最后两个人疯狂拥在一起。这是一种疯狂的话语的内爆，一个细微的动作或眼神就足以激发出连篇累牍的思绪和狂想，李玉婵既要鼓励假张赤球去关心自己的妻子，又很担心他回到原先的温床上不回来。第九部写被抓进派出所的张赤球被遗忘在监房里，被羞辱、被罚款出来后，身无分文，饥饿难耐，再摆摊卖香烟，被工商管理人员追得狼狈不堪，逃到一片玉米地里，狂吃了一顿嫩玉米，此时大雨倾盆而下。

第十部写屠小英在丈夫死了半个月后去校办兔肉罐头厂上班，路遇李玉婵，似真似幻地被李玉婵羞辱一番，屠小英内心翻滚着对亡夫热辣的思念和情欲，又在似真似幻中，隔壁假张赤球也就是方富贵来到屠小英的家，两个人翻云覆雨。两人充满了强烈的但反差很大的刺激和快感，屠小英感到的是对隔壁李玉婵实施报复的快感与欢娱，方富贵感到的是重温旧梦但又复杂难言的快感与欢娱。罐头厂提拔屠小英当了车间副主任，主任还让她练习拳击以便痛打用言语羞辱自己的刘金花。刘金花常常用铁钎子戳母兔的阴户，这类似于巫术的行为导致屠小英下体疼痛难忍。屠小英痛打了刘金花，她又被提拔成了副厂长。但接下来却出现了这样的文字："叙述者说：前边告诉你们的如果不是屠小英的梦境，就一定是我的梦境。"[①]关于屠小英的叙述由于这个叙述者一再的公开声言而具有多重的可能性：一是她卷入了一场伪钞案；二是她嫁给了市纪委书记，并且怀了孕，纪委书记宁愿丢了党籍也要她把孩子生下来；三是她跳河自杀，三天后尸首在下游找到；四是她神经错乱到市政府、殡仪馆找她的丈夫，都被轰出来，最后进了黄楼(精神病院)；五是她冲进烈火中抢救国家财产而牺牲，李玉婵为她整容……

第十一部继续写穿着绿衣的张赤球在玉米地里遭遇瓢泼大雨，狼狈不堪，思绪里全是由身体诸感官打开之后的各种各样的感受，怪异的大自然中的动植物似乎都成了有灵的存在，它们都在阴森森地冷笑和号叫。在迷蒙中，张赤球被一对父女当作邮差而救出，他们拿出酒肉、蜂蜜给"邮差"吃。但随之张赤球就发现了这父女俩是屠宰户，夜里专门往刚刚被杀死的牛身上注水。夜间还来一个小伙子铁牛，他是这女孩的未婚夫，还带来了一张巨大的虎皮！四个人被警察逮捕了。

第十二部写被无罪释放的张赤球无家可归，而假张赤球真方富贵则有家难回，要李玉婵给他重新整回自己方富贵的脸。第十三部写假张赤球在办公室里听到同事议论屠小英和车间主任勾搭做爱，他怒不可遏；传言一再传来，屠小英嫁给了市纪委书记，一个有了寿斑的老男人，假张赤球气得口吐鲜血。又传来屠小英投河自尽的消息，假张赤球在妻子屠小英的尸体旁，任由乌鸦啄食、野狗撕咬、蚂蚁啃噬。学校又一次宣布，(假)张赤球(真方富贵)老师也(又)死了。校长在追悼会上痛彻心扉，号召学生们誓死拼搏考上大学，以此告慰张老师。而真张赤球苍老了不少，此时就在操场上、讲台下，也回不到原来了，人们以为是他的父亲来了。

四、"人称、视角就是结构"，"结构就是一种政治"

在《十三步》中，叙述的无限可能性进一步打破了限知视角的叙述，小说文本成为一个"笼中叙述者"的近乎全知叙述者的叙述。纷繁多样的故事，变幻莫测的叙述人称、叙述视角都是通过背后的笼中叙述者这个超级叙述者表达出来的，只有他才能保持冷静的语调尽量客观地叙述。这个超乎某一小说人物和叙述者的叙述者，这个被称为"笼中叙述者"或"吃粉笔面的叙述者"赋予了小说文本复杂的叙述视角变换、情节的腾挪转换、人物情感的瞬息万变、故事结构的编制安排、语言修辞的选择表达。有时候，当叙述遇到困难或线索繁杂不易梳理时，这个超级叙述者就会出来做出说明。比

---

① 莫言：《十三步》，上海文艺出版社 2012 年版，第 285 页。

如，在第六部中，小说写到屠小英听了两个关于惊悚的妻子偷情杀死丈夫的故事后，抑制不住紊乱的感受，加之隔壁张赤球家隐隐约约传来已死去的丈夫的声音，更让她心烦意乱。她还忆起大学期间他们恋爱时充满性爱和色情的往事，其间混合着苏联电影《雁南飞》的情节，当下的哭泣声和隔壁整容师与假张赤球对话的声音混合在一起。物理组老师们来探望丧夫的屠小英，他们带来了屠宰了的肥鹅，而混在教师中的冒牌张赤球却怪异地联想到了人体、鹅体、水的导电性能。假张赤球即真方富贵想了办法去亲近自己的妻子，但是又一次把她吓得半死，自己也被称为鬼而不得不再一次逃走。屠小英在兔子加工厂专门屠宰兔子，给兔子剥皮，这工作本身也带有不同于日常生活的怪异之感。总之，整个叙述被笼中叙述者赋予了怪诞、神秘、超现实的氛围。

另外，某些游离于情节之外的文字也时常出现，如：

> 目前正是倒霉的气味汹涌澎湃的高潮，被头上和枕头上的气味是高潮中的高潮。这究竟是一种什么物质构成的气味呢？为什么出现在本书中的人物对气味有着特别的感受力，但对语言的逻辑麻木不仁呢？我们把这些麻烦统统推到叙述者那颗被粉笔面儿污染的脑袋上。[①]

这段文字看似游离于故事情节之外，但是它却富有意味：一是关于“气味”的议论，莫言小说中的味觉和嗅觉都具有某种特殊的重要性；二是关于语言逻辑的感慨，非逻辑、非理性的感觉常常压倒逻辑和理性；三是许多匪夷所思的情节和叙述都归结为那个超级叙述者。然而还有一个不易理解的地方：在文本中常常出现的“我们”到底是正在阅读接受的“我们”“读者”，还是一个更高级的叙述者呢？这个“我们”似乎又不是赵毅衡所说的“叙述者干预”(narratorial intrusion)或者“评论干预”[②]。小说中类似的表述比比皆是，如“如我所述”“依我们之见”“我们在整容师和叙述者之间发出疑问”，等等，这应该是那个“笼中叙述者”的叙述不能涵盖的地方。有时候这些话语不但是对人物及其感受的评论，而且是对叙述的评论，是对小说做法的评论，这就有些元小说的意味，更增加了叙述的不确定性。由此理解，“我(们)”这个叙述者是一个以邀请读者的口吻来参与叙述的超级叙述者，是“笼中叙述”的裂变，其目的还是试验对叙述可能性边界的探察。

小说曾经被叫作“传奇”，奇异的、惊悚的、骇人的故事和情节是其应有之义。《十三步》深得个中三昧，除了死里逃生的大故事，还有诸多耸人听闻的小故事。在第四部，车祸中失去了帅气儿子的公园猛兽馆管理员，要与李玉婵做笔生意，交换彼此所能支配和拥有的肉，一个是狮虎们吃的牛羊鸡肉，一个是整容手术割下来的人的各种肢体残肉。如果说《红高粱》中的剥皮场景是莫言小说最早赋予叙述语言以强烈刺激性

---

① 莫言：《十三步》，上海文艺出版社 2012 年版，第 158 页。

② 赵毅衡：《当说者被说的时候：比较叙述者导论》，四川文艺出版社 2013 年版，第 40 页。

和震撼力的，《欢乐》《红蝗》等小说开启了亵渎叙事的先河，《檀香刑》是刽子手酷刑恐怖叙述的集大成者，那么《十三步》则把有关人性的、物质的、肉体的、心理的、道德的、良知的、精神的，统统大卸八块，放倒在地，一任那个“笼中吃粉笔的超级叙述者”来操控、铺排、叙述，甚至有时候又出现一个凌驾于这个笼中叙述者的叙述者来叙述。这个(些)时时处处在折磨着读者的叙述者本来可以用全知叙述，但是他偏偏要变换各种叙述方式和技巧。不得不接受交易的特级整容师李玉婵做了一个噩梦：吃“美丽世界”下脚料长大的狮虎或虎狮，冲破了牢笼，追逐着她——这是叙述者“你”告诉“我们”的。这一梦境恰似超现实主义绘画“美女与野兽”。幻觉或梦境的穿插，增加了叙述的可变性和偶然性，强化了内爆话语的分量。但是这种内爆绝非与周围遭际或环境绝缘的，而是往往由之生发而来的。往往外界一丁点儿刺激或环境的稍许变化，便引来叙述者或人物波澜起伏的话语延展，这种或连续流畅或断续晦涩的、蒙太奇般的话语，传达的是叙述者和人物不能把握自己命运，包括死不成也活不成的滑稽与悖谬、卑微与荒诞的存在境地。

方富贵和张赤球两位中学物理教师换脸换位、死去活来的荒诞故事，深刻反映了莫言所意识到的人性的两面性或复杂性。20 世纪 50～70 年代，人们往往靠两套话语、两副面孔而生活，因为仅仅有 套话语、一副面孔，那简直会死无葬身之地。然而这两套话语和两副面孔，不但造成了人的性格扭曲和病态，而且造成了社会生活的种种悖谬、滑稽、荒唐、怪异等状态。《十三步》虽然有作家的安排和集中，但生活的悖论、荒诞早是活生生的现实。这是莫言通过小说艺术所发现的当代中国的一个重大而可悲的生存问题，然而生活和社会的复杂并不能转化为伟大的艺术，它尚需作家的艰苦创造。莫言正是从生活、思考中发现了这种存在于我们生存世界的悖论和荒谬，从民间和经典那里汲取营养，从拉伯雷、卡夫卡、福克纳、马尔克斯等大师那里发现了复调写作方式，并经自己丰沛的想象力而把这种两套话语、两副面孔的生活和民族性格描写出来。2005 年 12 月，莫言在香港公开大学接受荣誉博士学位的讲演中，专门提到了自己少儿时代就生活在如此矛盾、压抑和恐惧的两套话语和两副面孔中，小孩子爱说话，经常不经意地说出真相，讲出真话，从而给家人和自己带来灾祸，被人贬称为“炮孩子”，所以他给自己取笔名“莫言”，意在提醒自己勿言、莫言，但还是禁不住发出自己的言论和声音。追求真实性依然是莫言小说艺术的至高目标之一。因为他意识到一个真正的作家是一个站在底层为百姓讲出真相、说出真话、发现真理的人，否则就配不上“作家”的称号。这与捷克作家哈维尔所提倡的“生活在真实中”，白俄罗斯女作家、2015 年诺贝尔文学奖得主斯维特拉娜·阿列克谢耶维奇所倡导的“书写真实”等文学观、世界观可谓不谋而合；除此，几位作家还在文学叙述方式上做了多方面的探索，都有一个共同的追求，即通过“复调的叙述，建立起我们时代面对苦难和勇气的纪念碑”[①]。无论以纪实文学还是小说形式写作，一个最重要的前提或准则便是如何面对真相，讲出真话，发现真理，而做到这一点需要的是作家有直面苦难的勇气。

《十三步》是莫言在探索小说叙述语言之途上的一部重要作品，在谈到自己这部实验性很强的作品时，莫言深刻地指出：“视角就是结构，人称就是结构，一旦确定了人称之后，你就不是在叙述故事，而是在经历故事。……人称的变化就是视角的变化，而崭新的人称叙事视角，实际上制造出来一个新的叙述天地。”[②]人称、视角就是结构，甚至莫言还认为叙述、形式、结构就是一种政治。[③] 这是一种更高层次上对小说叙述形式的理性认识。《十三步》和《欢乐》《红蝗》《酒国》《四十一炮》等实验性小说典型地体现了叙述形式的多元化，体现了“外爆”“内爆”的语言特点。这两种语言/话语的不断勘探、分延、播散和增殖的叙述方式，使得莫言小说走出了传统纪实性、纯美性的路径，走向了一条充满坎坷和风险的创新之路。后来的创作实践证明，莫言的探索和实验是大胆而卓有成效的，极大地冲击了当代小说创作和小说叙述的既有范式。正是在齐鲁文化的交织中，在怪力乱神的民间故事基础上，莫言借助于中国本土固有的传统叙事资源、西方现代派及后现代小说叙述方法的融合，改造和更新了当代小说的创作方式，其人称视角变换的多元叙述方式不但可以重构事件和存在，而且实现了对人性复杂性的描述。其小说语言表达的膨胀和内爆极具话语的张力，是其小说叙述先锋性的重要特点。

---

① 参见2015年诺贝尔文学奖颁奖词（*for her polyphonic writing, a monument to suffering and courage in our time*），http://news.163.com/15/1008/19/B5E8NDRV00014JB6.html。

② 莫言、王尧：《莫言王尧对话录》，苏州大学出版社2003年版，第154页。

③ 参见莫言、王尧：《莫言王尧对话录》，苏州大学出版社2003年版，第155页。

第四章
莫言小说对本土资源的先锋叙述(下)

莫言的文学表达方式和认知方式往往与既有的背道而驰,反叛和创新因素突出。一般认为,植物和动物的杂交会带来具有强悍生命力的新种,但是在莫言看来,杂种恰恰是堕落的、每况愈下的。因此,他更呼唤纯种的保存。他对强权者有意无意间带有一种骨子里的蔑视,他对弱者则时时处处流露出深沉的爱怜,从而书写了大量的弃儿、弃婴形象,同时以冷静的笔触,以儿童的或神灵的或动物的视角描写了牲畜和人类混杂的现世以及由历史构成的巫幻世界。在其庞大的叙述文本里,不断出现近似的意象、情节、故事、人物等,这些不断重复的文学叙述因素其实深刻地传达了种种萦绕着作家的生命体验和审美情结,从而带来了其描写、叙述、刻画的自涉互文性。另外,其叙述和描写语言具有独属于莫言的泥沙俱下的游牧性。

第一节 “种的退化”与杂种叙事

莫言闯入文学圈,其成名作《透明的红萝卜》描写了成人和常人社会的内斗、贫穷、狂热、愚昧,及其导致的孩子世界贫穷、无依无靠、饥饿、屈辱等悲惨的图景。从某种意义上可以说,这实际上就是我们民族“种的退化”的体现。到了其代表作之一的《红高粱家族》,莫言这一文学观进一步深化,他发现了种族/民族的退化问题。

生存在这块土地上的我的父老乡亲们,喜食高粱,每年都大量种植。八月深秋,无边无际的高粱红成洸洋的血海。高粱高密辉煌,高粱凄婉可人,高粱爱情激荡。秋风苍凉,阳光很旺,瓦蓝的天上游荡着一朵朵丰满的白云,高粱上滑动着一朵朵丰满白云的紫红色影子。一队队暗红色的人在高粱棵子里穿梭拉网,几十年如一日。他们杀人越货,精忠报国,他们演出过一幕幕英勇悲壮的舞剧,使我们这些活着的不肖子孙相形见绌，在进步的同时，我真切感到种的退化。①

这是莫言正式提出的“种的退化说”的具体表述。在“红高粱”故事发生的时期，面对异族入侵，不但在很大程度上民族的血性荡然无存，而且大批汉奸纷纷出笼。另外，党争和内战不已，民族内部力量严重分裂。这些都不仅仅是种族退化的问题，而是一种民族生存危机在中国爆发的体现。所以，所谓“种的退化”实则涉及民族文化心理和体制的问题，并不仅仅是一个“种族”性格的问题。“自我退化”“自我矮化”“自我贬低化”等，都是个体或族群在全球现代化和西方现代性挤压的语境下，所采取的鸵鸟式应对策略和生存策略。近代以来，或许日本人正是看到了中国民族的这一根性或表现，而实行了侵吞中国的战略，发动了一系列战争。

置身在这样的大背景下，莫言从分析既有军事文学简单的二元对立的思维方式和表达方式的弊端的角度，从民族血性有无和民族性格重塑的角度出发，担起了创作新型军事文学的重任。而最能代表战争年代血性的无疑是那些不怕死的人，哪怕他们是具有匪性的人。不乏血性的土匪，只要他们尚有良知和道德意识，能够积极参与抗战，就可以转化为民族的有生力量。血性之于他们自然不成问题，一旦其良知复活，参与抗战，当然就是我们民族血性复活的标志，也是抗战的形势所需要的。在高密的现代历史上，在山东乃至全国各地的现代史上，土匪抗战屡见不鲜，小说对此进行描写就是顺理成章的事了。这是仅就其在军事文学创作题材上而言的，从题材的突破就可看出莫言作为小说家、艺术家的过人胆识和艺术爆发力。当然，描写甚或歌颂土匪抗战是一种对“种的退化”的权宜之计，没能进入历史学家法眼的土匪在抗战期间却有很多令人刮目相看的抗日表现。莫言的长兄管谟贤曾经撰文研究高密土匪，他认为，匪亦有道，还规定了何种情况下不得抢劫的信条。这种情况就体现了土匪的复杂性，体现了人的复杂性、人性的复杂性。

但依靠土匪抗战显然是幼稚的，那么，如何应对“种的退化”现象？那就需要“种的改良”。但是作为作家的莫言却拒绝提供什么良种或良方。如果说莫言提出了这个问题，在漫长的创作生涯中并不想解决这个问题，当然说不过去。但是莫言似乎在张扬了“红高粱”式的酒神精神和土匪抗战的悲壮之后，在探索和面对真正的历史和现实的时候，很遗憾地发现，这种血性和强力实在微弱得可怜。在较早提及“高密东北乡”的小说《白狗秋千架》开首他就显豁地写道：“高密东北乡原产白色温驯的大狗，绵延数代之后，很难再见一匹纯种。现在，那儿家家养的多是一些杂狗，偶有一只白色的，也总是在身体的某一部位生出杂毛，显出混血的痕迹来。”②本来在一般人看来，杂交才是获得高品格的方式，但在莫言的经验世界里，保持“纯种”才是克服和摆脱“种的退化”

① 莫言：《红高粱家族》，解放军文艺出版社1987年版，第2页。

② 莫言：《秋千架》(后改名《白狗秋千架》)，《中国作家》1985年第4期。

的唯一方式。在《红高粱》中，作家试图以土匪的血性抗战来替换民族劣根性和懦弱性，但是这似乎成为一个虚幻的神话传说。在这部小说中，大片原始野生而纯种的红高粱才是小说的背景，而“杂交高粱”不但作为食物难以下咽，而且长相恓惶，绝没有纯种高粱的挺拔英姿。在小说中他一再歌咏的还是传统的高秆高粱，而对这种杂交高粱嗤之以鼻。“骡子”是马和驴杂交的产物，但在《野骡子》中那个叫“野骡子”的女人夺走了“我”（罗小通）的父亲罗通，夺走了母亲的丈夫，这女人并没有和父亲生育个一男半女，是一个不能生育的“野骡子”，由此，“种”都要断绝了，何谈“种的改良”？《你的行为使我们恐惧》中的主人公吕乐之（驴骡子）的自我阉割，不但使人恐惧，而且根本不能完成传宗接代的天然使命，何谈改良任务的完成？《草鞋窨子》以笑谈的方式侧面写了五叔六叔共用一个女人，但没写他们育有后代，暗示了这种乱婚现象存在严重的危机。《梦境与杂种》互相骂着对方为“杂种”的树叶们，并没有体现出杂种的优势，而是呈现了他们被饿死、遭羞辱的种种常态，以致苏老师说：“人怎么能被活活地饿死呢？这么富饶的土地，如此滋润的气候，怎么能没有粮食吃呢？”[1]再联系到当时的背景（1958年粮食获得了大丰产，却烂在地里；公共食堂又造成了极大的浪费），吃苦耐劳的农民却被活活地饿死，难道这不荒唐荒诞吗？《马驹穿过沼泽》（《食草家族》之“第六梦”）写人与马驹的媾和，产生了一种表面的祥和，但蕴含着无尽的危险和悲剧，生出来的是长蹼的小杂种，其退化变异的形象，让人仿佛感觉到可怕的隐秘和族类的罪恶。《丰乳肥臀》中的母亲上官鲁氏跟多个男人杂交媾和，尤其和瑞典传教士马洛亚结合而生下双胞胎上官玉女和上官金童，上官金童是母亲寄托了几乎全部的爱和牺牲而生下的唯一的儿子，这个儿子长得外表光鲜、帅气，却几乎一无是处，他先天不足，孱弱无能，直到少年时期也离不开母亲的乳汁，成人后则离不开女人的乳房。《蛙》中的万足（万小跑）前妻王仁美流产而死，再婚娶了小狮子，但她不能生育，只好借种。代孕女子是自己小学同学陈鼻的小女儿，曾经美丽的陈眉在大火中毁了容，只好以为他人代孕谋生，这么做不但存在伦理问题，而且这个代孕的产儿的未来仍然是模糊不清的。“种的退化”问题依然悬而未决。

针对莫言的“种的退化”问题，杨守森认为莫言用“强力”来解决，甚至一度有“力的崇拜”的观念。[2] 其实，自《红高粱》之后仅仅过了一两年，在创作《天堂蒜薹之歌》的时候，莫言就已经意识到这种强力崇拜的幻灭。小说中，地主儿子高羊性格懦弱，生下的孩子也悄无声息地活着，三连环换亲中的方家大哥，都没能结成婚，遑论生下正常健康的孩子。退伍军人高马爱上邻居方家的女儿金菊，金菊怀了孕，但孩子还没生下来金菊就上吊自杀了，以致断了高马的香火。作为退伍军人的高马似乎在追求一种强力，但他是手无寸铁的农民，与武装到牙齿的体制镇压系统抗争，而一旦后者开动起来，强

① 莫言：《梦境与杂种》，《怀抱鲜花的女人》，上海文艺出版社2012年版，第382页。

② 参见贺立华、杨守森等：《怪才莫言》，花山文艺出版社1992年版，第183页。

力就转向了当权者一方，弱势的农民毫无强力可言，唯有接受酷刑和屈辱。

莫言本想探索走出“种的退化”的窘状，可是纵观历史、综观现实，他还是很难发现真正切实可行的路径。但一个作家就像孔子那样，是“知其不可为而为之”的，莫言真正走出这“种的退化”泥淖，是采取了他熟稔的儿童叙述和动物叙述。

第二节　弃儿情结与儿童叙述

在当代小说中，作品的主人公往往是嫡长子继承制式的角色，柳青《创业史》中的梁生宝，浩然《艳阳天》中的萧长春、《金光大道》中的高大泉等人物形象所代表的是共和国蒸蒸日上、莺歌燕舞、战天斗地的壮丽景象和崇高画卷，这样的人物形象往往是高大全的、受宠的，几乎毫无缺点。这是所谓“两结合”创作原则和创作手法臆造出来的“典型人物和典型性格”，在现实中是根本不可能存在的。这种文学美学理念曾经鼓舞或构造了几代人的生活理想热情，对于克服当时的物质贫困生活自然有所助益，但完全违背了生活的真实和文学创作的规律。因此，“高大泉”这一形象恰恰可以作为那些“高大全”式人物形象的代名词，“高大全”就近乎“假大空”了，也就没有什么生命力。到了新时期莫言开始创作的时代，关于人的哲学、美学、心理学、伦理学、社会学等便开始瓦解这种“高大全”形象。在冯骥才的小说《啊！》中，那个历史研究所工作组组长贾大真是个专门迫害知识分子的狠毒的当权派，这么个“假大空”的角色，在“文化大革命”及“十七年”时期的文学中，就是一个高大全式的人物，但在冯骥才笔下，他的画皮被剥下，就是呈现于小说中的歹毒阴险的恶人角色。

正是在新的现实和文学背景下，莫言的创作除了伊始短暂摹仿孙犁荷花淀派的风格，很快便调整了自己的创作路径和创作理念，从一个卑微几至于无的小小人物“黑孩”出发，开始创造一系列崭新的、迥异于传统小说的人物形象，同时不断垦荒拓展，创建以“高密东北乡”命名的、以作家莫言为国王的文学王国。《透明的红萝卜》中的黑孩形象，一改中国文学史中正统的、标准像般的，非好即坏、非忠即奸、非此即彼创作思维模式塑造出来的模型化人物形象。黑孩在作品中自始至终一言不发，但是他的感觉与众不同，其触觉迟钝，甚至能够手握烧红的铁棒，甚至于冒出皮肉烧焦的烟气而不觉痛，而其听觉、视觉、味觉、嗅觉敏锐。这是个没有亲妈，被父亲和后妈非打即骂乃至遗弃了的苦孩子，他在桥梁工地上砸石子，为铁匠拉风箱，大冬天都衣不遮体，终日里忍饥挨饿，忍耐不住到生产队偷了一个红萝卜，结果被追打、批斗，还遭到父亲的咒骂和毒打。但他依然不言一语，似乎在冷眼旁观这个对于他来说的异己世界、非人社会。与“黑孩”构成参照的是“铁孩”形象，《铁孩》写在幼儿园里，大人们都去大炼钢铁了，留下一些三四岁的小毛孩被关在用栅栏围起来的院子里，孩子们饿了就找铁丝来吃，吃得津津有味。这当然是一种荒诞叙述，但从一个侧面写出了当时严酷而荒唐的饥饿惨况。这种边缘化的弃儿情结在莫言的其他作品中也有表现,如《枯河》中的小虎、《欢乐》中的永乐、《复仇记》中的大毛二毛、《罪过》中的大福子、《马驹横穿沼泽》中的小杂种,甚至还有一篇小说就叫《弃婴》。[①] 另外,还有《牛》中的罗汉、《野骡子》中的罗小通、《白狗秋千架》中的暖姑、《嗅味族》中的小孩子"我"、《三十年前的一次长跑比赛》中的以朱总人为代表的"右派"群体,等等。所以,弃儿不仅仅是小孩子形象,成年人、老年人都有可能成为社会的弃儿。《师傅越来越幽默》中的下岗工人丁十口在59岁临近退休时,被迫下岗失业,生活无依无靠,生病花光了所有积蓄,成了社会的年老弃儿。弃儿形象有共同的特征,即处于社会的底层,精神上也没有寄托,在物质上往往处于极度贫穷的状态,饥饿常常是他们最惨痛的体验和记忆。

在这种背景下,莫言调动了一种弃儿叙述或儿童叙述。如上的小说大都是从儿童的视角进行叙述的,《透明的红萝卜》虽然还是全知叙述,但是笔墨对准黑孩,深入他的感觉世界,力图发现他的内心世界。《枯河》的叙述始终围绕着小虎进行,小虎从树上摔下来,恰巧砸到了在树下指挥他折树枝的村支书的女儿小珍身上,遭到支书的毒打,接着遭到父母哥哥的毒打,直到奄奄一息凄然死去。和前述因饥饿而吃铁的"铁孩"类似,《嗅味族》写了饥肠辘辘的孩子们发现了地下的"嗅味族",叙述者"我"是一个十来岁的孩子,由于饥饿难耐,跟小朋友于进宝钻进了一个水井中,发现了一条通道,在地下有一个长鼻子嗅味族,他们做了很多美味佳肴,但仅靠嗅一嗅这些美味佳肴就饱了,而饭菜就让这些孩子吃掉。返回地面家中,同样处于饥饿中的大人们也嗅到了"我"口里的美好食物的气味,逼问"我"到底吃了什么,无奈之下只好撒谎说烤吃了生产队的小牛。这纯粹是一个儿童在严重饥饿状态下幻想的产物,却充满了对美好生活的憧憬和渴望;故事可谓画饼充饥、望梅止渴,带有强烈的寓言色彩,却又有着浓烈的现实色彩。《野骡子》中的叙述视角是罗小通的,他是一个被父亲抛弃了的孩子,在他的眼里,成人的世界是互相欺骗、毫无感情的,是冷酷的。《草鞋窨子》的叙述者也是儿童,在冬天人们都潜伏进地窨子里,编织草鞋,也有贩卖花生米、烟卷、虾酱的,来地窨子里讲各种各样的历险故事、鬼故事、大奶子女人冷笑的故事,等等。《师傅越来越幽默》的叙述者是下岗工人老头丁十口,这个老年弃儿可怜兮兮,像儿童般胆小怕事。在徒弟的帮助下,他在山坡上将废弃的公共汽车粉刷后改造成休闲小屋,使其成了恋爱野合男女幽会的好去处。他以此糊口谋生,但这个他赖以为生的小屋却在一天突然被清理掉了,他又失去了生计来源。

儿童叙述同成人叙述自然是不同的,成人眼里的世界是算计的、实用的,有时候又是狠毒的、伪善的;但在儿童的眼中,这个世界仍是让人易于产生幻想的,有可能变好变美的,哪怕关于鬼的故事,关于扫帚疙瘩的蹦跶声,关于话皮子的说话声,虽然恐怖

---

① 参见贺立华、杨守森等:《怪才莫言》,花山文艺出版社1992年版,第106页。

瘆人，但是能激发起儿童心目中无穷的想象。长篇小说《檀香刑》中“凤头部”第三章“小甲傻话”，讲述了子虚乌有的虎须传奇，有人一旦得到这神奇的虎须就能辨认出眼前的人物的原型，原来人们都是由畜生变来的；“豹尾部”第十七章“小甲放歌”，讲述了傻子小甲眼中看到的聪明人的世界，唱出了“校场上，全是些猪狗马牛，狼虫虎豹，还有一个大鳖乘坐着八人轿。他就是袁世凯那个老杂毛。别看他的官儿大，比起俺爹差远了——咪呜咪呜咪呜～～喵～～”。其叙述或唱词均带有傻子的特点，有些像福克纳小说《喧哗与骚动》叙述者之一班吉的叙述。虽然幼稚痴傻，但是赵小甲的叙述却透过外形看到了人物和事实的真相。长篇小说《四十一炮》是在中篇小说《野骡子》基础上完成的，全篇用儿童视角来叙述人性中的各种贪欲：食欲、色欲、权欲、名利欲。儿童叙述由于具有天真、毫不做作的特点，能够把各种感官感受到的、想到的都倾诉出来，从而在最终的意义上满足了少年莫言完全彻底地表达自己作为话痨的言说欲望。正因为成人的世界充满了做作和虚伪，莫言这类小说中的儿童就有“拒绝长大”的倾向。《四十一炮》中的罗小通、《酒国》中的余一尺、《丰乳肥臀》中的上官金童，都是“拒绝长大”（莫言语）的孩子。[①] 在儿童叙述中，往往有所谓“自由的诉说”，也经常出现“天籁之声”，而这一切都带有一种自在性，尚达不到真正的“自由”，但作者却通过这种诉说和仿佛天籁之声以达到接近真实的地步。正如李贽“童心说”所言的“赤子之心”，毫无芥蒂、毫无城府，可以最大限度地描述出文学世界里的生活、社会和人性。这是作家莫言的叙述切入点，也是其高明的叙述策略。季红真指出，“乡土社会为基本视角与有限制的童年视角相重叠”是莫言早期小说叙述的特点。[②] 后来莫言的很多作品仍然采取了这种儿童叙述视角。作家的童年经验和创作的关系研究，是一种“发生学意义上的研究”[③]。莫言的创作和文学世界更是对这个判断的一种确证，几乎莫言的所有重要作品，无不打上童年苦难遭遇的烙印。这种烙印是如此根深蒂固，以至于这种苦难符号在那个伪古典或伪浪漫文学时代过后，成为一代先锋作家或现代派作家的标识，而莫言就是其中的代表。尤其是他独特卓绝、形式多样的苦难遭际，在当代中青年两代作家中，简直可以用独一无二来形容。

莫言曾自述，像在《四十一炮》这样的作品中，“罗小通的吃肉表演体现了这个社会反崇高、反理性的荒谬本质”。之所以要选择罗小通这种儿童视角叙事，“是为了继续保持儿童视角下的世界的童话色彩和寓言本质，是为了不被现实生活束缚，是为了让现代社会的荒诞本质，得到更为集中的揭示。当然，也是为了更为深刻地对这荒诞进

---

① 参见黄万华：《自由的诉说：莫言叙事的天籁之声——莫言新世纪10年的小说》，《东岳论丛》2012年第10期。

② 参见季红真：《恋乡与怨乡的双重情结》，《文学自由谈》1993年第1期。

③ 郑春：《序》，翟瑞青：《童年经验与现代作家的文学创作》，人民出版社2014年版。

行批判”[①]。这段话至少有两层意思：其一，莫言认为现代社会是束缚人、压抑人的，甚至是荒诞的；其二，对于这样的社会及其荒诞性，需要童话和寓言类的手法和技巧去表现。莫言一直主张文学应该发挥语言文字本身所具有的象征性和暗示性功能，而弃用那种直白的、写实的、实用的功能。儿童眼中的世界就像蜻蜓的眼睛，可以看出成人眼睛看不到的世界，那个世界更加逼近真实，贴近真相，从而更能够通达被种种世俗的、世故的东西遮蔽的真理。

第三节　万物有灵观与动物叙事

莫言关于生命平等的思想来源于佛教“众生平等”观念的深刻影响，又与中国传统文化中的传奇叙述、奇异叙述有密切关系。人和动物之间的叙述转换，人像动物般行动，人和动物的对话，人和植物的对话，这种叙述方式彻底打破了人和人基于利害考虑或理性的对话交流，还原到人和自然的原初状态。笔者看过一个女人和一头成年狮子一起玩耍、拥抱、亲吻、贴面的视频短片，这种人和动物、人和自然的关系，正是莫言通过其小说艺术世界所探寻、所张扬的理想状态。莫言的英译者葛浩文也注意到：莫言“惯于融合民间信仰、奇异的动物意象及各种各样的想象性叙述技巧，同国家的和地方的、官方的和民间的历史现实融为一体，从而创造出别具一格而又令人过瘾的文学，描写了那些通常很吸引人的主题和内在的意象，使之易于跨越国家与民族的界限”[②]。与儿童叙事类似，动物叙事在莫言的文学世界中占有举足轻重的地位。它不同于儿童文学和童话中的动物故事，虽然具有一定的生态学的观照意味，但是莫言的动物叙事重在通过动物的视角，以动物的自然性、生命力来反讽、隐喻、反观人类社会和人性本身。这种低摹仿或低叙事可以有效化解那种理性的、规范的叙事所带来的假正经、真虚伪的写实路数。莫言的这种动物叙述不是所谓的生态写作，虽然莫言无意地写出了当时尚没有被恶化的环境污染的儿童和动物世界。如果我们把重心转向生态写作，那么不但曲解了莫言动物叙述的价值和意义，而且没有真正深切地意识到生态失衡、生态污染问题其实不是生态本身的问题，而是人类社会自身、人类精神扭曲和异化的结果。因为生态问题是一个社会问题、政治问题。

在第一章中我们分析了“高密东北乡”作为“洼地”上的文学高地，其“洼地”的意义就在于保留了莫言文学世界的众多生灵：动物和植物、大地和天空、河流和山岭、乡村和城镇。其中，动物和植物是他一再描述、诉说的对象和叙述的切入点。莫言小说和散文所涉及的动物达100余种，其中篇名直接涉及动物的就有23篇，如小说《蛙》《牛》

---

① 莫言：《小说与社会生活》，《用耳朵阅读》，作家出版社2012年版，第147页。

② Goldblatt Howard, “Introduction”, *Big Breasts and Wide Hips*, New York: Arcade Publishing, 2004.

《狗文三篇》《蝗虫奇谈》《一匹倒挂在杏树上的狼》《猫事荟萃》[1]，以及《狗道》《狗皮》《白狗秋千架》《野骡子》《三匹马》《苍蝇·门牙》《马驹横穿沼泽》《人与兽》《鱼市·夜渔》《马语》《木匠和狗》《金鲤》等，散文《我与羊》《马蹄》《黔驴之鸣》《狗·鸟·马》《狗的故事》《我家的杂种狗》等。动物的生存是自在的，它们本身就是其存在的全部，它们不需要别的存在来验证自己存在的价值。正因为如此，动物世界的存在包括其亲情的表达方式就没有人类社会那种世故性、道德性等，但是有时候动物又显示出超乎人类社会的自我牺牲和奉献的品格，从而成为人类的榜样。

少小失学，焉知非福？莫言无形中摆脱了当时的教条主义和蒙昧主义教育，在大自然中，在民间的故事中，在口头文学的传说中，开始了一种"自我教育"。这种独特的经历使他自小到大没有中断与大自然及动植物的天然联系，并且由于他与动物和植物"朝夕相处"，对它们的习性了如指掌，同它们结下了很深的感情，因而他能够听懂牛、羊、马、驴、狗、鸟等的语言，动植物世界环绕着他，构筑起了他的生命背景，也成为他的生活世界的重要环境因素。他又继承了传统的中国民间信仰，其中万物有灵论无疑是他的动植物崇拜的文化心理契机。他说："我见到一棵大树会肃然起敬。我看到一只鸟会感到它随时会变化成人，我遇到一个陌生人，也会怀疑他是一个动物变化而成！"[2]人、鸟、树之间如此互变，形成了一种专属于莫言的独特的人与自然界关系的观念，在从事文学创作的时候，这样的观念会自然而然地进入其中，从而产生其小说的动物叙事。

有研究者把莫言文学的动物叙事分为"本相动物的诗性书写""异化动物的寓言书写"和"人兽交织的魔幻书写"三个表征。[3] 这种关于动物的"诗性""寓言"和"魔幻"书写，都是建立在对现实世界进行想象性变形的基础之上的审美形塑。正是这个丰富多彩的动物世界，冲淡和化解了莫言孤独、屈辱、饥饿、恐惧的苦难的童年和少年时代。当莫言描写那个贫穷、落后、愚昧时代的时候，他笔下不仅仅是这些负面的、不幸的画面和故事，还有一种轻松和戏谑的情味意蕴。莫言赋予了动物以人性和人情，他笔下的动物身上，几乎无不带有人性的某个或多个方面，甚至就是人的情感的载体和化身。除了少量地方描写了动物之于人类的兽性或负面性，如《红高粱家族·狗道》写了群狗争吃人的尸体，狗的数量之多，竟然踩出了一条"狗道"；同时"狗道"又喻示红狗、绿狗和黑狗三条头狗带领下的三个狗队（群）的争霸之道，也就是残忍的丛林法则。在大多数的小说和散文中，莫言深情地描绘了动物之于人类的善良、和谐，注重表现其正面性价值。在散文《狗的悼文》中描述了他家的大狼狗既凶悍又忠诚的形象，但因为咬伤人而被处死，从而引发了作者对这条狗乃至狗们强烈而复杂的情感。在散文《狗·鸟·

① 参见林洁：《莫言小说中的动物叙事研究》，西南大学硕士学位论文，2015年，第7页。
② 莫言：《讲故事的人——诺贝尔文学奖颁奖典礼上的讲演》，《当代作家评论》2013年第1期。
③ 参见林洁：《莫言小说中的动物叙事研究》，西南大学硕士学位论文，2015年。

马》中，作者以对比的手法写了德国的狗和中国家乡狗的异同之处，抒发了世界乾坤颠倒、人狗不分的狗被人化的现象。德国的一只小老狗被打扮得娇喘微微，如中国的古典美人；而家乡的狗则活得艰难，但是自有更多狗性，更少人性，因此更像狗。以狗喻人，揭示了动物和人之间的种种深刻的联系。这些作品均可视为长篇小说《生死疲劳》中那个第四道轮回之狗（西门狗）叙事的演练。

《生死疲劳》是莫言动物叙述的一部集大成之作。西门闹的从阴间里轮回为驴、牛、猪、狗、猴和大头婴儿蓝千岁的叙述视角，集中调动了莫言关于动物的知识和想象，从而通过这样一个荒诞而神奇、纪实与纪虚相结合的层面，再现了 1950～2000 年半个世纪发生在中国的社会大变动、人物命运大变化和人性大变异。在谈到为何以这些动物来进行叙述时，莫言回答是因为他熟悉这些动物，在写作时根本不需要额外揣摩和苦思冥想，而是很自然地就用各种动物来叙述，推动故事往前发展。的确，在莫言笔下，驴的灵活和韧性，牛的倔强和隐忍，猪的懒惰和撒欢，狗的敏感和机智，猴的滑稽与聪明等，都被赋予了人性大主题下特有的意味。屈死的地主西门闹以这种转世为动物的形式，一再表达着他的冤屈和愤恨，但是在这五种动物的生存中，它（他）们渐渐淡化了被枪毙的最大冤屈和愤怒。在动物的眼里，人类有时候显得妄自尊大，不敬神灵，劈斩了太岁的西门闹的遭遇正是小说的核心和主题之一；有时候显得自怨自艾，人类的性交和动物的交配有何区别？爬到树上的西门猪看透了人间的爱情与动物的情欲极其类似；有时候显得滑稽可笑，西门金龙因不小心抖擞身体而把主席像章掉进粪坑，转瞬间在他得罪过的坏分子杨七跟前脸色变得煞白，恐惧不已，进而职务被撤销，由盛气凌人的大队主任成为被人管制的坏分子。总之，在动物世界，在仅有 3 岁智商的大头婴儿蓝千岁的眼中，人类的各种纷争、杀戮、拆台，各种的爱情、事业和牺牲，都如那墨水河，滚滚逝去，留在岸边的是一些泡沫和泥土残渣。人间的怨恨，就如同动物界的争斗，会随着时间的长河而烟消云散。《生死疲劳》中的动物叙事显示了作者高妙的策略和技巧，同时不乏通过动物性来观照人类和人性。本来土改以及地主、农民的命运在当代的历史变迁是一个沉重的主题，但是在《生死疲劳》中作者却采取了一种轻松幽默、自我解嘲、自我反讽的手法，毕竟半个世纪过去了，所有的愤怒、怨恨都会随着历史长河的演进而淡化。从这个意义上来看，莫言反思那句"忘记过去就意味着背叛"的狭隘性和局限性，如果再根据莫言愈来愈浓厚的宗教性信仰意识来看，他对于西门闹从形象塑造和叙述技巧的处理，充分体现了其超越性的眼光；他打量人类社会和人性时，难免会带上一种类似宗教的悲悯情怀。悲剧、崇高之后便是笑剧、喜剧，那些曾经的价值变得无足轻重甚至丧失了价值，那些原先被认为毫无价值甚至反动的负面的存在，反而显示出难能可贵的品格和价值。

建立在朴素的宗教观念即万物有灵论基础上的莫言的动物叙事，丰富了他的文学创作及其叙述技巧和手法，为当代文坛增添了难得的表达方式和新颖独特的文本。同时，他把动物性因素渗透进人性和人类社会的描写中，不但没有降低人类的尊严，反而因其对动物的“万物协同”“众生平等”等带有一定生态学意味的观念而提升了人对自然界的认知境界，带来了对人的主体性扩张的某种反思性。

第四节　自涉互文性与游牧性

莫言短中长篇小说存在着某些人物、故事情节和意象反复出现所形成的自涉互文性。这种互文性呈现为后文本对前文本的增补或改写，因而具有小说叙述学的功能和价值；在其不同的小说文本中，“莫言”或叙述者的现身说法，或后本文对前文本的提及、重述，在某种程度上又构成了小说的元叙事特征；这种互文性还具有文本间的对话性质，产生的是不确定性与增殖性的意义。自涉互文性凸显了莫言少儿时期以饥饿、孤独、屈辱、恐惧为核心的苦难记忆与生活经验对其“高密东北乡”文学（小说）王国的决定性影响。

一、“互文性”及其表达特征

（一）互文性与自涉互文性

互文性（intertextuality，又译为“文本间性”）概念主要是由法国学者提出、丰富和发展的。最早由克里斯蒂娃吸收巴赫金的对话理论而率先提出，她认为：“文本是由许多文本的排列和置换，具有一种互文性：一部文本的空间里，取自其他文本的若干部分相互交汇与中和。”[①]罗兰·巴特从读者参与文本的阅读而能够获得多层次意义的角度理解和阐释互文性。德里达从解构主义方面讨论了互文性。热奈特认为互文性指一个文本与可论证存在于此文中的其他文本之间的关系。[②] 米歇尔·施奈德则将互文性当成写作的基本机制和存在原因，而不只是写作的一种现象。[③] 概言之，互文性是一个文本对其他文本的改编、延异[④]、增补，进而可以理解为任何文本都是对其他文本的吸收和变形。在各种各类的互文性文本中，存在一种自我指涉互文性文本。“自我指涉”是由语言学引入文学理论中的一个概念，最早出现在雅各布森的《语言学与诗

① 转引自王瑾：《互文性》，广西师范大学出版社 2005 年版，第 35 页。

② 参见罗婷：《克里斯特瓦的诗学研究》，中国社会科学出版社 2004 年版，第 83 页。

③ 参见[法]蒂费纳·萨莫瓦约：《互文性研究》，邵炜译，天津人民出版社 2003 年版，第 31 页。

④ 延异，“也译作异延，法国哲学家德里达提出的一个解构主义术语。是德里达将法语中名词‘差异’（difference）的词尾-ence 改拼为-ance 而成，用来同时表示空间上的‘异’和时间上的‘延’。延异没有本质可言，它所展示的是差异的踪迹，并表现出强烈的非中心特征”（张宪军、赵毅：《简明中外文论辞典》，巴蜀书社 2013 年版，第 383 页）。

学》中,他从语言的诗性角度认为,“文学是一种自我指涉的语言(self-referential language)”[①]。文学的语言、文本指向的是自身的其他语言符号。我们借用这一概念,在文论和批评界首次把存在于一个文学场域内或一个作家创造的文本系统内的互文性称为“自我指涉互文性”,简称“自涉互文性”。

一般而言,一个小说家创作的大致轨迹是由短篇到中篇再到长篇,其小说文本在篇幅上愈来愈恢宏,手法、技巧愈来愈丰富,结构上愈来愈丰赡,但透过文本的表象,我们能够发现小说家往往依托于早年(童年)时期所吸纳和积淀的意象、故事、人物、情节乃至手法、技巧等,并围绕上述种种因素首先在短篇或中篇小说中出现,继而在中篇或长篇小说中一再出现,由此从内容到形式,就形成一种作家文本内部的自涉互文性。一般来讲,小说来源于作家经历或体验过的生活,以及在此基础上想象的生活。其实,小说(文学)还有一个生成的来源,即“文学的记忆”,互文性便是一种文学的记忆。蒂费纳·萨莫瓦约指出了这种写作中的现象:“文学的写作就伴随着对它自己现今和以往的回忆。它摸索并表达这些记忆,通过一系列的复述、追忆和重写将它们记载在文本中,这种工作造就了互文。”[②]无论从作家创作源于对他人文本的记忆,还是对自己先前文本的记忆,其所构成的互文性,都是现今文学文本产生的重要契机。这不是对生活乃文学来源的反叛或歪曲,而恰恰是对当代文学产生机制的一种客观审视。

例如,梁斌从 1935 年起就开始酝酿长篇小说《红旗谱》,随后 10 年他写了各类作品,包括三幕歌剧《抗日人家》、五幕话剧《五谷丰登》、五幕话剧《千里堤》、短篇小说《三个布尔什维克的爸爸》、中篇小说《父亲》等,最终他的代表作长篇小说《红旗谱》就是在上述作品基础上扩充、发展、丰富与改写而成的。在某种意义上可以说,梁斌的一生就是创作《红旗谱》的一生,该小说与他的其他作品构成了一个自涉互文性文本系列,虽然梁斌并没有明确的互文性创作理念。

这种自涉互文性原先一般认为是作家对于自己的重复,是创造力减弱的表现。对于这种“重复”的创作现象,早期莫言也颇感困惑。但是,当看到福克纳认为这种“重复”实际上是作家围绕一个创作基点不断丰富、不断超越艺术创造的一种方式之后,莫言就开始有了一种崭新的互文性的自觉意识:“一个作家一辈子可能写出几十本书,可能塑造出几百个人物,但几十本书只不过是一本书的种种翻版,几百个人物只不过是一个人物的种种化身。这几十本书合成的一本书就是作家的自传,这几百个人物合成的一个人物就是作家的自我。”[③]他甚至声称读了《百年孤独》,发现马尔克斯之前“所有的小说都在《百年孤独》里重新写了一遍,或者说他过去几乎所有的小说都是从《百

① [英]特雷·伊格尔顿:《二十世纪西方文学理论》,伍晓明译,陕西师范大学出版社 2007 年版,第 7 页。
② [法]蒂费纳·萨莫瓦约:《互文性研究》,邵炜译,天津人民出版社 2003 年版,第 35 页。
③ 莫言:《在京都大学的演讲》,《用耳朵阅读》,作家出版社 2012 年版,第 9 页。

年孤独》里分出去的分支”[1]。其实，无论马尔克斯还是莫言，其不同的小说文本中相同或类似的地方并非简单的重复，而是不断自涉、改写与创造，是其艺术创造理念和手法日益丰富的体现。对于这种所谓“重复”现象，美国批评家J.希利斯·米勒概括和区分为“柏拉图式的重复”和“尼采式的重复”，前者即“相似中的相异”，后者为“相异中的相似”。[2] 而“自涉互文性”既可以回应米勒的问题，又可以通过“互文”来确证“文本”的原初含义和衍生义。

在“高密东北乡”文学王国里，莫言一再表示他将永远地、反复地、钟情地在这片文学国土上流连、创造。因此，他就必然会在小说创作所涉及的领域里有意无意地触及一种创作的手法，即其文本与文本之间因为在人物、主题、情节、意象、修辞、元叙事等方面的互涉（这种互涉源自他对童年、少年时代深刻体验的记忆，即弗洛伊德精神分析学意义上的情结，以及他对自己成功文本的文学记忆）而具备较为强烈和明显的自涉互文性，这种互文性在小说叙述功能方面改变、丰富了莫言小说的面貌，推动其创作不断迈上新的台阶，不断走向小说艺术的自由王国境界。

（二）人物形象塑造和主题建构的自涉互文性

莫言小说的人物形象塑造和主体建构的自涉互文性具体表现在婴儿、女性、儿童形象，命运、饥饿、孤独等主题叙事，以及“莫言”在小说中显身等方面。这种自涉互文性体现了莫言小说所要表达的作者内心原初的浑整性，是其小说叙述功能的一种不断拓展与衍生。

1. 婴孩形象及其命运主题

婴儿尤其是女婴在一个社会的遭遇和命运是体现这个社会文明程度的标志之一，如同女性的地位其实昭示着一个社会的文明程度一样。莫言关于婴孩的小说从短篇到中篇再到长篇，构成了一个较为完整的系列。他从生命的本源出发，从世间最天真无邪的婴孩出发，关注到中国文化及心理结构的某种病症。《弃婴》（短篇）、《筑路》（中篇）、《金发婴儿》（中篇）、《爆炸》（中篇）、《酒国》（长篇）、《蛙》（长篇）等小说以婴儿为对象进行的书写，就形成了婴孩形象及其命运主题方面的自涉互文性。这主要体现在弃婴、计生与堕胎、杀婴（烹食婴儿）等三个方面。

第一组作品，《弃婴》《筑路》均选择了“遗弃女婴”这一主题。《弃婴》写“我”（军人）偶然捡到一个被丢弃在高粱地里的女婴，抱回家费心费力地买了奶粉养着，又忍受着妻子及家人的埋怨。最后“我”只好送到姑姑所在的妇产医院，没想到姑姑还要“我”收养另一个被抛弃在医院里的女婴，“我”赶紧抱着自己捡来的女婴落荒而逃。《筑路》中的小孙想要男孩，在生完女儿后因无力承担“超生”罚款而扔掉女婴。第二组作品《爆炸》和《蛙》，《爆炸》中的“我”因是国家干部而只能生一个孩子，当妻子再度怀孕后，

① 莫言：《我的文学经验》，刘再复等：《狂语莫言》，明报出版社2013年版，第220页。

② 参见［美］J.希利斯·米勒：《小说与重复》，王宏图译，天津人民出版社2008年版，第7～24页。

“我”逼她做流产手术。《蛙》则大篇幅地书写了计划生育，丰富了计划生育过程中人的权利、价值及离散的主题。“我”是一名军官，妻子在流产手术中意外死亡，“计划生育”工作中溺死、流产的胎儿不计其数。第三组作品《金发婴儿》《酒国》，前者写了由于夫妻感情破裂，婴儿遭到扼杀，后者写了关于烹食男婴的扑朔迷离的惊悚故事，这两部作品构成有关婴儿命运的、更为刺目的主题。上述两两相对的文本在“抛弃女婴”“强行堕胎”“扼杀或烹食婴儿”的主题上分别具有互文性，而这六个文本在描写婴儿悲惨命运上共同形成了更大范围的互文性。《弃婴》《筑路》《爆炸》《金发婴儿》虽都有婴儿叙事的内容，但较《蛙》来讲，仅仅具备故事的雏形，叙事还显得单薄。《蛙》“以解放初期、‘文革’、改革开放、新世纪这四个不同的历史空间作为小说展开的背景，围绕‘计划生育’的不同叙事，努力使这四个时空的计划生育故事形成互文参照性，从而达到历史反思和人性高度的统一”①。同时，小说除了书信体，还在最后部分运用戏剧体重构一番。因此，《蛙》具有双重的自涉互文性，一为《蛙》与《弃婴》《爆炸》《筑路》等莫言其他小说构成的互文性，一为《蛙》内部诸叙述层次间的互文性。《蛙》的多重自涉互文性，正是就女婴被弃被害及怀孕女人被迫堕胎的双线索与主题内容而展开叙述的结果。

在《酒国》中，莫言从另一角度更为醒目地书写了婴儿命运这一主题。婴儿成为被烹食的原料，成为酒国市官员们的盘中餐。对酒场上国企和政府官员酗酒兼吃名为“红烧婴儿”的恶劣又恶心言行的描写，显露了莫言运用反讽、狂欢和寓言化的叙述格调来戏仿当代酒国社会一种最公开又最令人震惊的歇斯底里的精神综合征的一种方式。婴儿成为食物这一构思线索或主题，是该小说由鲁迅《狂人日记》之“吃人主题”演变而来的，与上述其他小说构成潜在互文的元素。

2. 女性、儿童与饥饿叙事

莫言的多部小说都有悲剧性的女性人物及其爱情叙事，其情节有惊人的相似之处，这些追求爱情而丧失了生命的女性形象之间，也构成了互文性。比如，《白狗秋千架》中的暖姑，《丰乳肥臀》中的三姐领弟，《天堂蒜薹之歌》中的金菊，《白棉花》中的方碧玉，《生死疲劳》中的庞春苗，《蛙》中的王仁美等，这些女性的爱情曲折离奇、历经磨难而难成美满正果，最后往往以死抗争或结束。少女时代的暖姑因和“我”一起玩荡秋千，不幸摔进树丛而扎瞎了一只眼，后来只好嫁给一个哑巴，生了三个哑巴儿子。这与《丰乳肥臀》中三姐领弟嫁给哑巴孙不言而生了大哑和二哑的情节极为相近。金菊、王仁美、庞春苗等都是怀孕后因种种苦难而走向死亡的女性形象。已有婚约的方碧玉在棉花加工厂暗中恋爱、偷情被发现而精神恍惚，被清花机搅碎而死。这些为了爱情奋不顾身最后死去的女性形象构成了莫言小说互文性的重要方面。

关于哑巴的情节一再出现，这是莫言少时的一大情结，也与现实中他的一个好朋

① 吴义勤：《“极品”莫言——以莫言的两部长篇小说为例》，杨守森、贺立华主编：《莫言小说研究三十年》（下），山东大学出版社2013年版，第50页。

友突遭意外，伤了一只眼，只好嫁给一个哑巴，于是生的孩子都是哑巴自然分不开。《蛙》中的哑巴的情节，在《白狗秋千架》中就出现过，后者中的暖姑，少年时代同叙述者“我”是两小无猜的玩伴。后来当了大学讲师的“我”返乡遇到已是三个哑巴孩子的母亲的暖姑，因为她的丈夫是一个哑巴。莫言的散文《也许是因为都当过“财神爷”》，写成年后回乡探亲的“我”见到过去的伙伴冬妹，遂忆起当年春节临近俩人一块扮成财神挨家挨户讨要饺子的情景，然而她已经是三个孩子的母亲，其中两个是哑巴，因为她的丈夫是个哑巴，且疑心很重，这和小说里的暖姑的哑巴丈夫性格非常相近。

饥饿是莫言小说最为突出和重要的母题。在小说中，莫言全面写到了儿童们的成长伴随着饥饿，因饥饿而吃煤块、铁、树皮、草根、观音土，以及由战争或动乱所造成的恐惧，对孤独的惧怕，对屈辱的忍受，等等，多重多维震撼人心的苦难场景。在《五个饽饽》中，“我”怀疑五个饽饽是“财神”（一个叫花子）偷吃了，后来“我”梦到五个饽饽又回到了方凳上，果然院里的方凳上有了这五个饽饽，从而为被冤枉了的“财神”申了冤。在《梦境与杂种》中，也有五个饽饽在供奉时丢了，奶奶怀疑“我”的母亲藏起来偷吃了。后来“我”梦到这五个饽饽被黄鼠狼叼到柴垛中糟蹋掉了，结果真的从柴垛中发现了饽饽的残渣，从而为母亲“平了反”，使母亲从被祖母怀疑的窘境中摆脱出来。这样的饥饿情节一再出现于莫言的各种短中长篇小说中。如前述女人吞粮食和吐粮食的情节，在长篇《四十一炮》中再次出现。而《丰乳肥臀》中医学出身的七姐乔其莎是一个最漂亮、最不驯服的右派分子，但她为获得一个馒头而任人奸污，最后又因多吃了豆饼而撑死，这与《四十一炮》中妹妹因多次偷吞粮食造成条件反射、不能进食而死的情节可构成对照。中篇小说《牛》写一次生产队死了牛，死牛被公社干部截留，在公社食堂做饭的张五奎近水楼台，偷吃了不少死牛肉，村里人都传言他是吃牛肉撑死的。这些情节均构成了莫言小说文本的自涉互文性。

在系列女性形象中，莫言小说还有另外两种叙述结构。第一，“女人与狗”相伴而出现的形象。如《屠户的女儿》中的香妞儿与黑狗，《怀抱鲜花的女人》中的女人与黑狗，《筑路》中的女人与狗，《生死疲劳》中的黄合作与狗等。这种女人与狗的对位叙述模式将狗人化，形成狗与人的对话交流模式。另外，从《透明的红萝卜》开始，莫言的小说创作就以儿童叙事而别具一格。后来的《梦境与杂种》中的“我”与妹妹，与《四十一炮》中的罗小通与妹妹，有一种人物形象及其结构方式上的呼应。他们都经历了上学、辍学的过程，皆有特殊功能，《梦境与杂种》中的两个孩子可以做梦预知隐秘的事件，《四十一炮》中的“我们”能够听懂肉的言语，与肉对话。作为中篇（或长篇）的后文本相较于作为短篇（或中篇）的前文本有了丰富和擢升。其中，“梦幻”与“写实”相交织是此类文本构成互文性的方式，也是莫言小说叙述的基本特征。这近似于米勒所谓的“相似中的相异”重复，恰似柏拉图的艺术（影像）、现实与理式，但有现象和本质的区别，即“柏拉图式的重复”。莫言大部分的自涉互文就是这种情形。第二，与米勒所说的“相异中的相似”接近的重复(互文),如《丰乳肥臀》中8个女儿/姐姐的遭际、爱情、命运和形象迥然有异,具有各自的个性,但又都作为“丰乳肥臀”的母亲的某种补充或映射,或与母亲唯一的儿子、她们唯一的弟弟金童的命运交织,并且都死在母亲之前。这类似于“尼采式的重复”,有一种“家族的相似性”。

3.“莫言”显形于文本与元小说叙事

现实中的作者或者假托作者名字进入小说文本,是一个极具叙述学意义的手法。自从拉美的博尔赫斯、中国的马原这样做了之后,在当代中国文坛,作者以自己的真名实姓进入小说文本的案例就多了起来。莫言小说就常常以“莫言”或“管谟业”或“作家莫言”现身于文本,作为元小说的叙述方式,强化了小说叙述的先锋意味,也增强了小说的戏仿和反讽的审美意味。这种解构意味浓厚的小说叙述技法,对于淡化因主题沉重而带来的过度压抑,起到了明显的作用。这形成了一种元小说自涉互文性,比如:“管谟业呀,你等等我嘛”(《我们的七叔》)①;“大嘴”因说话漏嘴而引出爹偷吃包子的事情(《大嘴》),与现实中少年时代莫言的话痨多嘴性格近似;《木匠和狗》中“那个嗵鼻涕的小孩,在三十年后,写出了《木匠和狗》”②;《弃婴》中“那是前年的暑假,我回家的路上,由一条白狗为引,邂逅了久别的朋友暖姑,生出了一串故事。这些故事被我改头换面之后,写成一篇名为《白狗秋千架》的小说”③;《生死疲劳》中的“莫言”是一个极其令人讨厌的少年形象,一如作家莫言自己关于少年生活的追忆散文所描绘的形象;等等。小说提及的管谟业、大嘴、嗵鼻涕的小孩、“莫言那小子”等,指向了现实中的管谟业或后来有了笔名莫言的作家本人。当然,这是一种虚构了的艺术化形象,两者是不可直接画等号的。

“莫言”现身于这些短篇、中篇和长篇小说中,并进行调侃式的“低身份”表达和叙述,其实是一种元小说叙述方式。“莫言”这个角色构成了诸文本之间的互文性,其中含有作家极大的叙述企图,即以解构性的叙述者姿态,解构其叙述所指的整个故事及背景,也就是不让读者完全信以为真,从而实现其叙述的多重目的。在这方面,《酒国》是个代表,其中的“作家莫言”具有多重的叙述功能。第一,“莫言”既是小说的人物形象又以业余作者李一斗的小说指导老师的身份而存在,成为李一斗以及他的那些拙劣小说文本的第一见证者、建议者、指导者和规劝者,在虚构的基础上先对酒国荒唐世界有一个预知。第二,尤其是最后一章,“莫言”乘火车来到酒国市,他是一个“体态臃肿、头发稀疏、双眼细小、嘴巴倾斜的中年作家”,在李一斗眼里,“莫言”来到酒国,简直就是大领导莅临视察。叙述者对酒国的认识由此更加清醒和真实,并且借此对小说的某些情节进行新的勾画和想象。第三,“作家莫言”无不以叙述者的身份掌控和叙述故事

① 莫言:《我们的七叔》,《与大师约会》,上海文艺出版社2012年版,第78页。
② 莫言:《木匠和狗》,《与大师约会》,上海文艺出版社2012年版,第388页。
③ 莫言:《弃婴》,《白狗秋千架》,上海文艺出版社2012年版,第304页。

情节。第四，在这个文本中又可窥见作家其他的小说文本，如多次提到了莫言最有影响的大作《红高粱》。《酒国》就是以解构性、多层次、多线索的元叙述构成了文本内多重自涉互文性。

《小说九段·驴人》叙述者“老莫”梦到自己变成了一头驴，在歌剧院附近的广场上乞讨。该小说预示着后来长篇《生死疲劳》中西门闹第一轮回的原型——驴子，而“老莫”直接变身“莫言”，在小说《生死疲劳》中显身。《生死疲劳》对“莫言”的叙述常常为贬义的、低摹仿的。因此，该形象使得小说在西门闹、蓝脸的悲剧氛围中染上了滑稽和喜剧的色彩。“莫言之馋天下闻名”，“他相貌极丑，却追求美女；他一知半解，却冒充博士。这样的人竟混成了作家，据说在北京城里天天吃饺子”[①]，这种戏谑的话语同现实中的作家莫言有些许一致性。小时候，莫言听过一个被打成右派分子且被辞退返乡的山东师院大学生邻居讲的济南的作家一天三顿吃饺子的故事。莫言把这个故事编织进小说文本当中，又以叙述者身份讲述了蓝家三代人的历史和命运，这样“莫言”在小说中就集叙述者、人物、作者于一身。另外，《生死疲劳》中的西门闹六道轮回叙述还与中篇《幽默与趣味》中的王三变成猴子的情节有着隐秘的互文关系。

“元小说”，就是关于小说如何叙述的小说，即关于小说的小说，又可理解为“超小说”，也就是在讲故事的同时说明自己的创作过程和意图，并暴露叙事的虚构性。“莫言”形象或作为叙述者进入文本，体现了莫言小说创作的某种元小说叙述意图。例如，“莫言”在《酒国》中讲述食婴孩故事，并对此加以评论，又不断地自揭老底，消解故事，告诉读者：“我正在创作的长篇小说已到了最艰苦的阶段，那个鬼头鬼脑的高级侦察员处处跟我作对，我不知是让他开枪自杀好还是索性醉死好，在上一章里，我又让他喝醉了。”[②]最后，叙述者让主人公丁钩儿跌入粪坑淹死，这与现实中莫言 3 岁时掉进粪坑差点淹死的经历，有着隐秘的互文关系。当然，现实中 2 岁的小莫言被大哥管谟贤救了出来，并到河里洗干净，而小说中的丁钩儿却没有这么幸运。

在《梦境与杂种》中，叙述者“我”写到一个愉快而难忘的情节时，这样阐述：“无论怎么样地挖空心思来解释，这件事情也不具备文学性，不应该写进小说中充当细节。想到此我的文学信心就要土崩瓦解了。我甚至不想再把这篇所谓的小说写下去，但我必须违背自己的意志往下写，尽管接下来发生的事情更加琐碎和无趣。”[③]《十三步》中的“笼中叙述者”也是类似的元叙述者，他常常对小说结构、修辞、人物等诸方面安排发表议论和建议。这种文字与《酒国》里“作家莫言”及《生死疲劳》里“莫言这小子”的叙述腔调有异曲同工之妙，都是以低摹仿来取得叙事的喜剧性修辞效果，同时在这种叙述中解构了传统浪漫主义和现实主义叙事伎俩，并进一步通过对历史、现实和小说文

---

① 莫言：《生死疲劳》，作家出版社 2012 年版，第 299 页。

② 莫言：《酒国》，上海文艺出版社 2012 年版，第 238 页。

③ 莫言：《怀抱鲜花的女人》，上海文艺出版社 2012 年版，第 372 页。

本的戏拟来解构这些创作原则的虚假性和欺骗性。

与之相类似，莫言小说互文性还有一种方式，即在一部作品里有意无意地提及另一部作品名或故事情节。比如《弃婴》："这些故事被我改头换面之后，写成一篇名为《白狗秋千架》的小说。"①再如，《野种》《凌乱战争印象》《人与兽》是对《红高粱家族》的追加与延伸。《野种》中的余豆官是《红高粱家族》中余豆官的承续；另外，《凌乱战争印象》还有意提及《红高粱》："你在小说《红高粱》里写的那个任副官，就在咱家住过，那时候姜司令他们叫他小任，好像也是个大学生呢，他口袋里装着一把琴，常常含在嘴里吹，像啃猪蹄爪子一样。你怎么不把他吹琴的事写进书里呢？你这个笨蛋！"②这都与《红高粱家族》形成了元叙述互文关系。《凌乱战争印象》中游击队姜司令因美国飞行员怂恿，攻打麻湾失败后，处死一母同胞的兄弟，与《红高粱家族》中余占鳌因冷队长不配合战斗而失败，并处死自己亲叔叔的情节又构成了互文关系。

"莫言"出现于莫言一系列小说尤其《生死疲劳》中，是有着作家独特的艺术思考的。在一次对话中，莫言谈道：

> 为什么出现莫言这样的跳梁小丑一样的来回折腾的人物？像这部小说里面，本身有对话关系，有西门闹最后转世成的大头婴儿，他在讲述自己的畜生道里，不断地转轮回的故事。他在畜生道轮回的时候看到人世间的蓝脸的故事，也通过他来讲述出来。跟他构成对话的是在一边听他讲述，一边也参加讲述的小说中的另一个人物——蓝解放。他们两个之间构成了互相对话和互相叙述的关系。
>
> 但是我觉得用这两个有限制的个人视角，依然会使整个的故事当中出现很多难以顾及的死角，他们两个不能构成全知全能的视角，但加入了莫言的小说，很多地方可以用这个方式来弥补，拾遗补阙，填补了很多漏洞。莫言就是经常拾遗补阙是一个串场的角色，由于这个角色的出现，小说有了多义性。莫言的出现，莫言小说的出现是丰富了故事，使这个故事具有了多义性。同时也消解了故事，一些所谓很严肃的故事，用这种方式把它消解掉了。③

这里有许多值得我们进一步探究的问题。其一，作家莫言在访谈对话中称"莫言这样的跳梁小丑一样的"人物，是一种自我降低的贱称式叙述态度和叙述策略的体现。其二，叙述的"拾遗补阙"，填补了西门闹和蓝解放叙述的漏洞和死角。其三，丰富故事本身，使之具有多义性。其四，消解故事本身的严肃性，使之变得具有一定的喜剧和幽默色彩。除此，还有一种元叙述的追求，表明了小说作者很强的小说艺术创新和超脱意

---

① 莫言：《弃婴》，《白狗秋千架》，上海文艺出版社2012年版，第304页。

② 莫言：《凌乱战争印象》，《白狗秋千架》，上海文艺出版社2012年版，第342页。

③ 《莫言谈〈生死疲劳〉》，香港浸会大学文学院编：《论莫言〈生死疲劳〉》，（香港）天地图书有限公司2010年版，第80页。

识。自梁启超开始，小说由传统的街谈巷语、下里巴人之语的“小”说，变成了近现代以来重要而严肃的“大”说、宏大叙事，似乎可以看作“三立”中的“立言”，用无韵之离骚、经国之大业、不朽之盛事来形容，亦不为过。莫言从创作伊始，自然不会看轻自己所从事的小说创作工作，但是他又处于一个后现代主义文学语境中，因而对于自己所从事的小说创作和小说这门语言文字的艺术本身，就带有一定的自我调侃、自我消解的意味。一方面，如此就与小说艺术发展的新趋势保持了息息相关的联系；另一方面，在这种自嘲和反讽中达到了自己精神和创作的自由境界，可谓一举数得，显示出莫言面对后现代主义虚无主义思潮时从容应对、得心应手、游刃有余。

无论是婴孩形象、女性形象、母亲形象，抑或饥饿叙事、孤独叙事、屈辱叙事、恐怖叙事等苦难主题、叙事的互文性，以及现身于文本的“莫言”本尊和文本互涉的元叙述，其目的都是在小说诞生几百年后的今天寻找实现和丰富其叙述独创性和审美独特性的可能。

（三）意象营构、言语修辞的互文性

意象是情与物的融合，是投注了作者主观情感或被创作主体观照的物象。莫言以极强的想象力和幻想力将情与物、创作主体与对象结合起来，创设了一系列意象群，如红色意象群、乡村意象群、身体意象群等，具体又可分为自然意象如动物、植物、月光，人造物如饽饽、饺子、红绸，人体或动物的某些部位如乳房、耳朵、肉，等等。这些结合了言语修辞的意象的反复出现既体现了莫言童年经历的深刻影响，又细化了其小说的自涉互文性特征，同时体现了其小说旺盛而独特的生命力。

1. 动物意象

莫言小说出现了多样的动物意象/形象，如牛、驴、猪、狗、猴、狼、鸟、狐狸、螃蟹、蛙、蝗虫等。这些丰富多样的动物构成了莫言小说勃勃生机的叙述背景，有时甚至通过变形或幻化而成为叙述的主角。

莫言许多小说如《牛》《一匹挂在杏树上的狼》《生死疲劳》等都有对牛的描写，塑造了许多牛意象。中篇《牛》写了双脊牛、蒙古牛、鲁西牛各类耕牛，有善于劁牛的兽医老董，“我”与牛的对话，牛在特殊时期作为生产资料的极端重要性。《司令的女人》中的公社兽医站兽医老董也明显与《牛》中的老董形成互文。《生死疲劳》也有蒙古牛、鲁西牛，老董的角色换为许宝，牛依然是重要的生产资料，既不能不养也不能多养，因为饲料缺乏；同时发展为死魂灵半动物半人物叙事。《一匹挂在杏树上的狼》中的许宝、蒙古母牛、杏树又在《生死疲劳》中得到更加充分的描写，后者不仅写了牛，而且让主人公转世成了牛，让牛来叙述，还综合了多种动物，如驴、猪、狗、猴等，由单一动物叙事发展成为多种动物叙事，由纯动物视角的观照，变成了融进人性的多重动物叙事，其自涉互文性也由单一发展为多维。牛的意象、名类或形象和兽医形象，在莫言小说中构成了多重自涉互文性。

青蛙意象存在于《放鸭》《我们的七叔》《蛙》等文本中。《放鸭》有"成双逐对的青蛙呱呱叫着"[①],《我们的七叔》有七叔怕青蛙的情节,《蛙》则干脆以"蛙"与"姑姑"的关系为中心叙述,把充满生命力、繁殖力的青蛙,与"计生"当中被堕掉的无数个胎儿、娃娃相联系,这种既有寓言性又有民族性的意象蕴含了丰厚的内涵。从事"计生"的医生姑姑在返家路上遭遇了铺天盖地的青蛙,她感到非常害怕,并开始反思、忏悔自己早年的行为。同时,在这里"蛙"被联想为女娲之"娲",并引申为"娃娃""孩子"。

莫言小说特别着意于鸟意象的塑造。鸟是远古东夷即今胶东半岛一带的图腾,东夷人即先齐人崇拜鸟图腾[②],从"人面鸟身"仙人传说,到把鸟看成人格神,"羽化升仙"可以说是东夷人鸟图腾崇拜的升华。[③] 莫言许多小说有对鸟仙或鸟的描写,如《木匠和狗》中管大爷的爹捕鸟;《飞鸟》写"文化大革命"中不堪屈辱和折磨的小学尚老师,承认了小孩子们恶意编造的关于麻雀(喻指男性生殖器)的荒唐故事;《翱翔》(短篇)、《球状闪电》(中篇)、《丰乳肥臀》(长篇)等小说,都有对鸟仙或人能飞翔的描写。燕燕(《翱翔》)由于哥哥残疾娶不到媳妇而被迫换亲,等新婚那天见到又老又丑的新郎时,她不顾一切地逃跑,人们围捕她,在即将被抓住的刹那,她突然飞起来,飞到一片墓地的树上。《球状闪电》写一个不断用焦油往自己身上粘羽毛、企图飞起来的老头。在《丰乳肥臀》中,鸟儿韩懂鸟语,善捕鸟。(另外,鸟儿韩被日寇掳至日本做苦工,后逃到深山,穴居 15 年终回归故国的情节,又与《红高粱家族》及《人与兽》中"我爷爷"被抓去日本北海道当苦力 14 年,后逃出而成为野人,构成互文。而这一切,均有现实中的人物原型,即高密籍人士刘连仁的经历)三姐上官领弟爱上了鸟儿韩,自己也学鸟的饮食,只吃蚂蚱、豆虫、松子、葵花籽之类,行为怪异,似鸟非鸟,最后被称为"鸟仙"。鸟儿韩与大姐上官来弟生了儿子鹦鹉韩,他养殖鹦鹉,办"东方鸟类中心"。于是小说从单纯的捕鸟写起,写到了鸟之飞翔,以寓言自由,又通过鸟雀的隐喻意义,寓严酷于诙谐的民间故事,深化和丰富了鸟意象及其文化内涵。关于鸟意象及其在莫言小说中的互文与变化,可以看出这一意象表征了莫言及其小说对于"自在—飞翔—自由"的集体无意识,是东夷氏族以鸟作为神祇和图腾的文化心理遗存。莫言关于鸟意象的互文写作,虽然寄寓着作家自由的理想,但是这些人物形象却往往只有悲剧的结局。《飞鸟》试图以笑话消解悲苦,但尚老师亲人屈死、自己遭受的屈辱却不是简单的笑话就能够释怀的;《翱翔》中的燕燕最后被警察射杀下来,还被铁山爷爷用狗血浇身;《球状闪电》中,身上沾满羽毛的瘦老头吃蜗牛、蚯蚓,想要飞翔,以摆脱这个连动物世界都不如的人间无爱社会;《丰乳肥臀》中的"鸟仙"领弟和鸟儿韩,都是渴求自由的人,但是前者像鸟那样飞翔,冲向悬崖而摔死,后者则悖论般地以捕鸟为生,自由于是又打了很大的折扣,

① 莫言:《放鸭》,《与大师约会》,上海文艺出版社 2012 年版,第 26 页。

② 参见刘德增:《东夷与鸟图腾》,《文史知识》2006 年第 1 期。

③ 参见王瑞霞:《东夷人的鸟图腾崇拜及影响》,《中国文物报》2010 年 3 月 19 日。

甚至成为幻影。其他动物意象如猴子,在《幽默与趣味》中王三变成猴子与《生死疲劳》中西门闹轮回转世成猴子形成互文。因此,无论是牛、蛙、鸟、猴子等动物意象存在于多个小说文本,并经历了逐渐丰富与深化的过程,往往以后来的长篇小说参照或扩展了短中篇小说中的某一点而成线、成片地叙述,达到了构筑鲸鱼般恢宏的小说的艺术目的。

2.植物与酒肉意象

植物意象在莫言小说叙述中占有重要地位。其中,红高粱与酒(肉)这两个意象尤为突出。“红高粱”是莫言小说较早受到人们关注的审美意象,甚至在某种程度了改变了中国当代小说和电影的叙事基调和审美风尚。

短篇小说《老枪》就有大量关于高粱意象的描绘,从春天高粱发芽到秋天发大水,暗红色的高粱地里栖息着无数的生灵,人们赖以生存的高粱成为火热生命的象征。《大风》《秋水》等小说都有对密密麻麻的壮观高粱的描写。在物质匮乏的人民公社时期,莫言的小说主人公们往往靠着难以下咽的高粱饼子,在种满了高粱的土地上,生息并努力苦中作乐。还有那棵现实中生长于莫言家院子里的杏树,后来幻化为他的许多小说中一棵颇为神奇的树,在如《一匹挂在杏树上的狼》《生死疲劳》等小说中一再出现。这表明了莫言对自己少时生存环境的娴熟表达及其五味杂陈的象征意味。

短篇小说《白狗秋千架》一反这种壮观的叙述态度,叙述大学教师“我”返乡时在高粱地头见到少时玩伴暖姑的景象。暖姑的话和“我”的话简直是不相干的两个世界。“我”想着家乡的草木,“田野里的红高粱”,想起早年同暖姑情窦初开的温暖情景……而暖姑说:“有什么好想的,这破地方。想这破桥?高粱地里像他妈×的蒸笼一样,快把人蒸熟了。”那锯齿样的渗着红与黑的高粱叶子,把曾经美丽细嫩的暖姑糟蹋成了说话“瓮声瓮气”甚至粗俗不堪的丑陋村妇。

《红高粱家族》对高粱的描写是极其辉煌灿烂、壮观耀眼的。莫言深切地认识到了红高粱这种植物充满悖论和张力的独特秉性,“八月深秋,无边无际的高粱红成洸洋的血海。高粱高密辉煌,高粱凄婉可人,高粱爱情激荡”①。反常态、反语法的语句组合在一起,别有一番语言的趣味与张力。红高粱成为“高密东北乡”最原始、最普遍、最典型的象征性植物,并且由红高粱做成的抹饼养育了一代代乡人,虽然那锯齿般的叶片常常刺破农人及土匪们的身体。像小说中写的,“父亲听到子弹钻破浓雾,穿过高粱叶子高粱秆,一颗高粱头颅落地”②,拟人化的修辞,把高粱写成了有意识、有情感的生灵。高粱是小说的意象,更是人物活动的背景,甚至可以说在某种意义上成了小说的角色。后来莫言的很多小说对“高密东北乡”的高粱进行了多方面的描写。

与高粱意象相关,“高粱酒”是通过红高粱酿造而成的。酒/肉或酒肉在莫言小说

---

① 莫言:《红高粱家族》,解放军文艺出版社1987年版,第2页。

② 莫言:《红高粱家族》,解放军文艺出版社1987年版,第9页。

文本中无疑也是一个(组)极具代表性和象征型的意象。有人以酒神精神来比附莫言小说中对酒文化的描写,这不太对劲,它实际上是莫言童年以饥饿为要害的苦难记忆的补充性或幻想性取代物。有时,其小说以"酒"意象来切入(《红高粱》),有时侧重在"肉"意象(《野骡子》《四十一炮》),有时将酒与肉糅合起来叙述(《酒国》)。人物对酒(肉)的餍足(包括吃婴儿宴)和吃铁丝、煤块、树皮、草根、观音土、偷萝卜等,是莫言小说所呈现的"饥饿"这个母题的两面。

《酒国》有一段话,谈及作者早先小说《红高粱家族》里酿酒的一个奇异情节:"往酒缸里撒尿,这一惊世骇俗、充满想象力的勾兑法,开创了人类酿造史上的新纪元。"①这不但亵渎了传统酒文化,而且通过《酒国》对《红高粱家族》的再观照,对酒文化进行重审。酒与人的想象力、生存力、生命力之间有着某种隐秘的内在关系,小说所写的酒及喝酒、酒文化背后是酒仙信仰。在《红高粱家族》中,莫言试图通过酒仙信仰来张扬已然退化了的民族/种族精神;在《酒国》里,他反讽的是一种导致中国民族精神异化和堕落的酒文化。这种看似迥然有别、截然对立的酒文化观,其实是莫言小说充满张力的内在结构的外化。正因为有了酒,才产生这种极端对立又融合的矛盾统一体。高粱酒因了这种鲜艳的红色、清灵的液体和浓烈的味道而像点燃民族精神的引信那样,具有一触即发的秉性和品格。

《酒国》是把酒及肉(酒肉)这种意象推向另一极致的一个小说实验。在严肃正经话语、红色革命话语、崇高宏大话语、民间俚语俗话、酒场醉话狂语、色情交媾粗语等各种话语的杂糅中,小说描写了一幅幅深具中国特色的前现代、现代和后现代杂糅的景观。酒肉意象扩而大之,成为喝酒、酒场、酒文化、宴席文化、饮食文化、官场文化和民间文化(养儿卖儿)相互交集的核心。一切都围绕着酒国的酒文化及食文化,甚至包括登峰造极的烹食婴孩宴,都在这个冠冕堂皇的酒国市官场出现了。但情节却扑朔迷离,一连串的圈套让省检察院特级侦察员丁钩儿的调查陷于不可自拔的自戕境地。因为这个"靠鸡巴破案"的侦察员有一个极大的爱好,即离不开与女人做爱,他又没有坚强的意志,于是被"哼哈二将"也就是他要调查的对象、煤矿党委书记、矿长,以及市委宣传部副部长金刚钻等人乘虚而入,通过酒肉婴孩宴先把他的肉体和灵魂分离,然后用女色把他的灵和肉统统拿下,丁钩儿成了毫无原则、穷奢极欲、萎靡腐烂的当代中国酒文化和食文化的牺牲品。在深层互文里,《酒国》是对《红高粱家族》所谓的"酒神精神"的反讽和消解。

《酒国》是以酒为中心、以肉食为辅助的意象群来寓示"酒国"的糜烂透顶,而中篇《野骡子》和长篇《四十一炮》是以肉为中心、以酒为辅助的意象群来象征沉溺于"一个世界"中追求肉体享乐的全面、彻底沦丧。中国当代文化意象(形象)的两极——奄奄

---

① 莫言:《酒国》,上海文艺出版社 2012 年版,第 91～92 页。

一息的、饥饿的男女老少(《粮食》《五个饽饽》《丰乳肥臀》《生死疲劳》等)和沉迷于酒池肉林的男女们(《酒国》《野骡子》《四十一炮》《红树林》等)——恰是民族及其文化颓败的两极对位的表征。这些充满悖论的莫言小说以其显在或潜在的自涉互文性而发挥了独特的叙述功能和审美功能。

3.乳房意象

莫言很多小说都有一个极其醒目的意象——乳房。从《透明的红萝卜》《白狗秋千架》《球状闪电》《爆炸》《金发婴儿》到《欢乐》《红高粱家族》，再到《十三步》《酒国》，都有对乳房意象的描写，最后在《丰乳肥臀》中达到极致，又有《蛙》步其后。乳房意象几乎贯穿于莫言小说的全部，从而成为其超级意象或“原始意象”，在其整个小说意象群中占有极为重要的地位，也显出其小说创作过程中从潜意识到意识层面全方位的美学选择和叙述考量。

乳房意象既关乎莫言小说人物的生命、发育、成长、性爱，亦关乎莫言小说叙述和审美取向的独特性。《透明的红萝卜》表现小石匠和菊子姑娘的爱情，就写了他们在一起走路时身体发生碰撞，小石匠用“大手捂在姑娘窝窝头一样的乳房上，轻轻地按摩着，她的心在乳房下像鸽子一样乱扑棱”；他的手按在菊子“姑娘硬邦邦的乳房上”。然而，温存的爱情与周围的环境极不协调，不仅工地上条件艰苦，而且近处有黑孩有意无意的捣乱，有情敌小炉匠的嫉妒和愤恨，这也从一个侧面映衬了人物及其爱情的悲剧性结局。这里，乳房是爱情的酵母和情欲的象征。与之构成互文的有小说《幽默与趣味》，其主人公王三追求汪小梅，“突破了”柯察金在《钢铁是怎样炼成的》中的恋爱程序，而“胆怯地用手按住了汪小梅的小青苹果一样坚硬乳房”，“不让你摸不让摸男人摸了长得快长得大俺姐说男人手中有酵母一摸就发了馒头”。乳房是女孩/女人美丽的标志之一。《白狗秋千架》中的美丽女孩暖姑，如今美丽不再，“她旁若无人地把汗衫下摆从裤腰里拽出来，撩起来，掬水洗胸膛。汗衫很快就湿了，紧贴在肥大下垂的乳房上”，一切少年时代关于少女及其隐秘美好象征的乳房形象与幻想在现实面前荡然无存。

《丰乳肥臀》关于乳房的意象和叙事达到了极致。女性乳房之于小说男主人公具有极端重要性，寻找、吸吮和抚摸各式各样形态的乳房是上官金童的最大嗜好，也是他与生俱来的唯一乐趣，甚至决定着他的性格和命运。乳房还象征着母亲宽厚、奉献、慈爱和牺牲的品格。所以，乳房不仅是情爱和美的象征，还是生儿育女的哺乳器官，更是母亲、母爱及其无私奉献的象征。这些恋乳表现实际上泄露了叙述者及主人公上官金童的“恋母情结”。邓晓芒认为，通过《丰乳肥臀》，莫言把习焉不察的别一种国民性给描摹出来了，这是一种“恋乳的痴狂”，一种“阴盛阳衰、恋母、心理残疾”，唯有上官鲁氏“这个人间圣母，便凭着她‘永远毁坏不了的’双乳和坚忍不拔的生命力”成为真正历史的主角。乳房和吃奶，一直吃到“娶媳妇”的年龄，再吃媳妇的奶，这是一种不成熟的恋母、恋乳情结,恋乳成了表征中国当代男性幼稚病的最佳符号,是中国文化里男性荷尔蒙严重退化或匮乏,人格、心理幼稚病的表征。[①] 这就是鲁迅没有触及的中国男人那种恋母的幼稚情结和状态,是一种永远陷在受保护状态中的心智及理性不健全、不成熟状态,用一个当代心理学家的说法就是"巨婴"状态,不成熟的成年人造成的是"巨婴国"。[②] 这即康德论证和批判的人们的"非启蒙状态"。

(四)自涉互文性的价值与意义

我们提出和研究莫言小说自涉互文性,不仅意在厘清小说创作中的重复现象并非作家的一种简单而无能的叙述表现,而且力图说明它是一种小说创作赖以存在的、具有叙述本体意义的重要功能。[③] 莫言小说的自涉互文性,在前文本被追加、重述、变异到新文本诞生的过程中,在形式与意义上获得了新的阐释空间。这表现在短中篇作为长篇的基础,不断为其形成提供新的可供借鉴和采纳的叙述因素,前文本在后文本中重新复活并具有新意义,形成互文的后文本往往是对前文本的丰富与超越。比如,《蝗虫奇谈》在新的关于家族叙事中重构并最终形成了《食草家族·红蝗》。《食草家族·红蝗》中"想起那场蝗灾,四老爷就明白了:地里冒出的蝗虫,是五十年前那些飞蝗的后代"[④],这是对《蝗虫奇谈》所述蝗灾的互文再叙。《蝗虫奇谈》中"我爷爷"讲述的虫灾是 1927 年即 50 年前的飞蝗造成的,而《食草家族·红蝗》中"四老爷"所述为爷爷那次讲述的造成蝗灾的蝗虫隔了 50 年的后代所致,后文本在对前文本的指涉中形成。自涉互文性就是这样,不断更新、丰富、突破小说的叙述内容。莫言小说自涉互文性正承担了促使其文本意义和叙述增殖的叙述功能及审美功能,它实际上打通乃至融合了米勒关于小说的两种重复现象。

自创作以来,莫言经历了一个被评论界肯定、否定与再肯定的接受美学过程;同时,他经历了一个自我膨胀、自我怀疑到充满自信,最终找到符合自己特点的创作道路的曲折过程。一个立誓在具有地理、文化和审美等多重意义的"高密东北乡"文学王国中创作的作家,不可能在语言、主题、人物形象、情节、故事、审美意象等构成小说的诸要素方面完全没有重复和相似之处,就像中外文学史上的诸多作家,如沈从文、梁斌,莫言推崇的福克纳、马尔克斯、肖洛霍夫等外国作家的创作那样,重复恰恰是其创作中重要元素不断发酵、不断产生审美新质的过程。真正伟大的作家不在于其创作毫无重复、一味出新,而是恰恰相反,在于其坚定执着地向着既定的伟大艺术目标前行。要实现这一目标,就要对自己的创作不断反刍、反思、补充、丰富和提高。文学的自涉互文

① 参见邓晓芒:《灵魂之旅:90 年代以来中国文学的生存意境》,上海文艺出版社 2009 年版,第 153～154 页。

② 参见武志红:《巨婴国》,浙江人民出版社 2016 年版。

③ 这里涉及作家早年经历和体验中的某种根深蒂固的"情结"。这属于另外一个重要话题,即叙述学和作家创作心理关系,此处略而不论。

④ 莫言:《食草家族》,上海文艺出版社 2012 年版,第 28 页。

性正是对此进行研究的视角、方法和理论。莫言的一系列小说正是在此意义上达到了目的,其成名作《透明的红萝卜》打下了巫幻/幻想现实主义的基调,冷静的叙述格调,饥饿与屈辱的主题,在作家后来的小说中都有不同程度的承续和发挥。《红高粱》中"我奶奶""我爷爷"的叙述角度,在后来莫言小说文本如《蝗虫奇谈》《秋水》《神嫖》等中得到重新运用,从而形成了一种视野开阔、大气磅礴的叙述势能。《天堂蒜薹之歌》是这种互文叙述势能的延续,是对现实的热切关怀和对心理世界大胆揭示的澎湃激情相交融的产物。《酒国》在亦真亦幻的多重叙述势能中凸显了巫幻现实主义风格。《檀香刑》"大踏步撤退"而转向民间和传统,运用中国传统小说的凤头、猪肚、豹尾的结构方式对近现代的历史进行重叙,并延续和拓展了莫言在《红高粱》中的审美/审丑/审恐怖风格。《丰乳肥臀》融合了莫言的大地、母亲、故乡等背景和意象,以及饥饿、孤独、受辱、恐惧、忍耐等主题,真正成为作家自己标榜的不可忽视的大作品。《生死疲劳》运用传统的章回体和六道轮回的结构模式重构了暴虐的历史和残酷的现实,并以超越生死、虚实、善恶、妍媸的俯瞰眼光来穿透这一切。《蛙》运用书信体和戏剧体来艺术地讲述和透析"计生"、人权与民族发展等重大社会现实问题,并且在叙述方式上进行了新的尝试。

这些不断萦绕在作家心目中的精神因素和心理情结,体现在小说文本中往往就是其自涉互文性产生的深层原因。莫言小说自涉互文性是其试图不断反顾和重述自己既有文本的一种手段和方法,同时借助于这种方式不断与小说所由来之的历史和现实发生联系、进行对话,从而进一步深化自己的创作。在审美意象、人物形象、故事情节、主题思想及元叙述等多重角度基础上的自涉互文性,不断丰富着莫言小说的叙述手段和技巧,实现了其后文本对前文本叙事,长篇小说对短篇、中篇小说的审美重述、糅合、扩充与提升。因而,研究莫言小说的各种互文性尤其是自涉互文性及其叙述特征和审美特征,就不仅是对其个人小说创作和叙述技巧的一种概括总结,而且能够为具有普遍性意义的小说叙述学和小说美学提供最为鲜活和最具独创性的元素。

以上论及的是莫言小说的自涉互文性。其实,他的小说和其他作家的文本也构成了多重的互文。但限于篇幅和题域,就略而不论了,倒是莫言小说话语的游牧性与自涉互文性有较为密切的联系,因此下面试论之。

二、叙述话语的游牧性

对于莫言小说文本所具有的叙述话语特质来说,与互文相关的是"游牧"。"游牧"是法国哲学家德勒兹和瓜塔里提出的一个术语,指的是与本质性哲学思想比如柏拉图和黑格尔哲学相对的一种哲学思维及其方式,是一种与存在主义密切相关的反本质主义哲学。"游牧"意味着事物的真实(真相、真理)在流动(时间、生命、过程等)当中,去生成（becoming），而非已经客观地、既成地、本质地存在着。“游牧”（nomadic，nomadism）本是德勒兹用以表达他的阅读及新思想产生过程的一个术语，意味着“用纯粹‘生成’的理论颠覆同一性的压制，用差异代替存在，用生成差异的重复取缔线性的时间序列”①。因此，差异与重复便是“游牧”的两极对应的两个特征，既具有无政府主义分配的自在状态，也具有在其范围内生成生存机制的反复性。而关乎游牧的“生成学说”有一个重要概念——“块茎”（rhizome），它和树的根状形态不同，块茎在地表蔓延，多产、无序，具有异质性，一个一个的块茎即一个一个点，关节的连接也就是生成。具有异质性的块茎的蔓延就是不断寻找和逃亡，就是从等级制的、封闭的思想和艺术独裁中逃离。

除了反本质主义的思想观点，在德勒兹以及瓜塔里关于游牧的思想中，事件不是由主体发动，而是主体的分解力量。它对我们的启发意义在于，主体与事件（行动）之间并非一一对应的关系，而可能存在着多重的复杂关系，这就突出了话语本身的力量。按照赵毅衡的观点，就是（叙述）“主体分化”，“主体分化是任何虚构叙述行为都有的普遍现象，不同叙述作品主体分化只有程度上的不同”。只有卢梭的《忏悔录》是叙述者、主人公和隐含作者的三位一体，此种情况下主体基本上没有分化，除了这种自传性很强的叙述作品，其他任何种类的叙述作品都存在着主体分化现象。② 在叙述文学中，笔者称这种现象为“主体分层”，即一个背后起主导或决定作用的叙述主体——他可能是作者主体或叙述者主体——在叙述行为和叙述过程中分解为多个层次。在笔者看来，叙述者在文本中固然重要，但是作者主体身份和思想对作品的最终形成也是非常重要的，不能因为强调叙述者主体的重要性，而忽略了作者主体的重要性。所以，笔者称之为“主体分层”，意在表示现实的作者主体和文学文本的叙述者主体具有相同的地位和重要性，作者主体并没有因为游牧和块茎式蔓延生长而分解消失掉，而是和叙述者主体以分层的形式通过文本而存在着。

主体分层涉及小说叙述话语的产生机制问题。主体分层之后的叙述不同于作者主体作为唯一主体的独断论，也不同于后现代文本中的叙述者叙述游戏对于主体的消解状况。叙述主体及其背后的作者主体牵引或制约着叙述话语的生成与呈现方式。叙述话语的生成与呈现方式除了上述内爆、外爆和互文之外，还有一种笔者借鉴德勒兹的术语而称之为“游牧”的方式。在德勒兹的意义上“‘游牧思想’拒绝一种普遍思维的主体……它并不置身于一个包容一切的总体，相反，置身于一个没有地平线的环境

① 陈永国：《代前言：德勒兹思想要略》，陈永国编译：《游牧思想：吉尔·德勒兹 费利克斯·瓜塔里读本》，吉林人民出版社2003年版。

② 参见赵毅衡：《当说者被说的时候——比较叙述学导论》，四川文艺出版社2013年版，第32页。

之中，如平滑空间，草原，荒漠，或大海”①。但这并不意味着德勒兹和瓜塔里就是彻底的后现代主义者或者解构主义者，因为他们“体现出了一种兼容解构和重构主体、文本和历史的努力”②。叙述主体分层即叙述话语的生成，正如德勒兹所说的生成而非静止的同一性，才是事物存在和延续的前提条件（这有点像《国语·郑语》所言“和实生物，同则不继”的思想），强调了异质性对于存在的重要性。在“解构和重构主体”的过程中，文本和历史在拒绝普遍主义、本质主义的同时，也渗透了重构主体的努力，这与美国的马克思主义者杰姆逊的“半流动性”“半自主性”暗中契合。对于我们研究现代小说尤其现代主义小说叙述话语来讲，这种叙述主体的分层与话语生成，是真正切入小说叙述文本的核心。简而言之，这种主体分层与话语的生成机制息息相关，其特征就是小说叙述语言的“游牧性”。这种小说叙述的“游牧”是在一定的范围（这个范围可以是一个作家的文本内部）的概念创设，作为哲学来说是“一个自我指涉（self-referential）的过程”，其“主要任务是创造、梳理、重新安排视角”。③ 莫言小说更是如此，与自涉互文性方法类似，“自我指涉”的游牧性能够把游离出主体及其文本限制的冲动，再度拉回叙述的边界内。它在尝试对外在世界的“攻城拔寨”过程中又不断遭遇双重的桎梏：一是某些隐隐约约的叶公好龙的势力和意识形态在阻碍作家毫无顾忌地、大胆闯入这个日益变得荒唐的世界；二是那种对外部世界精雕细刻的描写手法在这个时代似乎有些过时老旧了，人们生存的世界已然变得不能用原先的逻辑去理解和解释了，由此产生了基于自身的多重视角的小说叙述形式。

自涉互文性和自涉游牧性，像孪生兄弟，构成了莫言小说文本生成的两个重要方式。如前文所论，莫言小说文本的自我指涉性互文大量存在，而从“创作、梳理、重新安排视角”来看，则是一种叙述话语的游牧性。从文学游牧到文学王国的建立，再到文学王国边界的开放，进入新的游牧之地，莫言的小说创作走出了一条建立文学根据地和开放根据地边界的演变发展之路。而就其文学王国的建立来说，莫言在其中体验痛苦、感受乐趣的同时，更重视游牧的方式。莫言小说有着强烈的动物叙述甚至植物叙述的倾向，当然这仅仅是就其所采用的叙述视角有时候是动物或植物的口吻或视角而言的，但从有的动物的觅食方式和人类的游牧方式来讲，莫言的某些作品带有这种散漫自在又不无自由的洒脱，这一点犹如前述的语言表达方式的膨胀与内爆。同时，莫言小说的叙述话语表达还有着类似植物如红薯等块茎状种类的繁殖方式。莫言小说叙述语言给读者一种呼啸而过、大水漫灌、汪洋恣肆、泥沙俱下的风格或气势，细究之，

---

① 陈永国编译：《游牧思想：吉尔·德勒兹 费利克斯·瓜塔里读本》，吉林人民出版社 2003 年版，第 312 页。

② 麦永雄：《文学领域的思想游牧：文学理论与批评实践》，中国社会科学出版社 2002 年版，第 7 页。

③ 陈永国：《代前言：德勒兹思想要略》，陈永国编译：《游牧思想：吉尔·德勒兹 费利克斯·瓜塔里读本》，吉林人民出版社 2003 年版。

就是这种语言的游牧性或块茎繁殖性，否弃了树状那种逻辑的话语构筑方式，在丰富感觉和丰满想象力的前提下，话语以违反常规事理的方式加以呈现，从而体现出类似德勒兹和瓜塔里所说的蔓延中的游牧或块茎中的点位（point），其不确定性的语词选择和不确定的意指体现了莫言小说的特点。且看《四十一炮》：

> 他们亲着对方油汪汪的嘴巴，还不停地打着饱嗝，让肉的气味，在蒙古包里洋溢，在森林中的小木屋里洋溢，在朝鲜式小餐馆里洋溢……他的手，一直在野骡子姑姑身上摸着，摸了屁股摸奶子。父亲的手是黑的，野骡子姑姑的屁股和奶子是白的，所以我感到父亲的手很野蛮，很强盗，它们仿佛要把野骡子姑姑的屁股和奶子的水分挤出来似的。野骡子姑姑呻吟着，她的眼睛和嘴巴在放光，父亲的眼睛和嘴巴也在放光。他们两个搂抱在一起，在熊皮褥子上打滚，在热炕头上翻跟头，在木头地板上"烙大饼"。他们的手互相抚摸着，他们的嘴巴相互啃咬着，他们的腿脚互相攀爬着，他们身上的每一寸皮肤都在互相磨蹭……①

这是《四十一炮》第一炮的一个片段描述，这里几近色情的叙述视角是"我"，"我"——一个被父亲抛弃、和母亲相依为命的苦命孩子——飞扬的想象幻想中是父亲和私奔的野骡子姑姑性爱的场景。"我"为何如此想象和描述自己的父亲呢？小说叙述者兼人物有一句解释："我想我应该适可而止，尽管我已经看破红尘，讲述父亲的故事就像讲述遥远的古人的故事。"②"大和尚，我对您什么都不隐瞒，我无话不可对您说。那时候我是个没心没肺、特别想吃肉的少年。无论是谁，只要给我一条烤得香喷喷的肥羊腿或是一碗油汪汪的肥猪肉，我就会毫不犹豫地叫他一声爹或是跪下给他磕一个头或是一边叫爹一边磕头。"③

比莫言稍小一些的作家毕飞宇的小说《叙事》也写了类似的情节，一群饿得奄奄一息的孩子们，首先是"我"——一个五六岁的小孩子——为了吃上一个肩挎"为人民服务"黄书包的成年男子正在炫耀地吃着的烧饼，眼巴巴地看着他吞咽烧饼的样子，喉咙里吞咽着唾液。男人让"我"喊他"爹"，为了得到一点食物，"我"心甘情愿地大声冲他喊叫着"爹"！男子捏下蚕豆大小的烧饼渣放到"我"的手里，"我"还没有体味到烧饼的滋味就咽下了。其他孩子见状齐声冲着这个陌生男人叫起"爹"来！这样的画面或情节与传统现实主义或浪漫主义，比如路遥、张一弓等作家对于饥饿的描写已经大相径庭。这种叙述姿态或叙述视角不但不是俯视芸芸众生的人类灵魂工程师的崇高角色视角，也不是和普通人平起平坐的平视视角，而是远远低于普通人的仰视视角的叙述者兼人物视角。莫言和毕飞宇的儿童化叙述的仰视视角放弃了乌托邦的理想化企图，

---

① 莫言：《四十一炮》，上海文艺出版社2012年版，第4～5页。
② 莫言：《四十一炮》，上海文艺出版社2012年版，第5页。
③ 莫言：《四十一炮》，上海文艺出版社2012年版，第7页。

而以人性中的物质占有、肉体快乐或肉体生存、能够活着为最低目标，也是作家此类叙述所追求的文本表达的最高目的。块茎化的游牧生活不祈求高尚和伟大的理想，而是根植于大地和土壤，随遇而安。在空间和时间上，重复与异变同时发生。

《四十一炮》的叙述者兼人物罗小通是一个年仅10岁的孩子，其馋师出有名，父亲罗通便是懒馋与逐色的化身。作为肉食者，罗通还副产了强烈的性欲，最后甚至为了肉体的快乐和食欲的满足，和情人野骡子跑到了内蒙古草原这个盛产牛羊肉的美丽、自在、富足的地方，其食与色都得到了最大限度的满足（至少在其儿子、叙述者罗小通的想象和叙述中是如此）。这种故事及其叙述手法扫荡了既有的伦理道德规范，唯有一种对于自在生活的向往，而游牧民族的生活方式和性爱方式恰恰在现代表征了这么一种“自在”状态。讲述罗通和野骡子故事的是一个善于幻想且有些冷眼旁观的叙述者，他之所以能够这样讲述，大致有几个方面的原因：一是讲述者“我”（罗小通）是个爱说话的“炮孩子”，擅长把子虚乌有或实有其事的故事洋洋洒洒地敷衍成篇。二是讲述者即小说人物之一的罗小通在2000年20岁时讲述自己10岁左右时所遭遇和发生的事情，其中最为核心和关键的是父亲跟一个叫野骡子的女人私奔的事件，这个事件颠覆了既有的父子关系、夫妻关系，是一个极具弑父性的事件；此时此刻，讲述者罗小通已经成人，10年的时间早已经使他的心地变得异常冷静甚至残酷。三是千禧之年（2000）社会和人性已然变得堕落不堪，欲望和色情成为小说中人物最为热衷的领域。四是讲述的接受者为“大和尚”，一个曾经阅女无数的强人，一个与罗家有着千丝万缕联系的故事接受者，同时是小说中故事的参与者之一。这个故事叙述者喜欢用颇有气势的排比句，三句、四句甚至更多的句子排在一起，造成了叙述话语从一个点出发而不停息地往前推进、延展。这种一泻千里般的叙述语言在《四十一炮》中比比皆是，构成了小说文本游牧性和块茎式蔓延的话语表达方式。

但小说并非一种纯粹无政府主义的实验，而是真正体现了“游牧性”“块茎化”的叙述话语试验。《四十一炮》是莫言小说中饥饿叙述（如《粮食》《牛》等）、无欲叙述（如《透明的红萝卜》中黑孩叙述几乎就是把生存的欲望压到最低的故事）的悖反叙述，即另外一极——纵欲和饕餮叙述。食与色是这个游牧或块茎叙述的两个不变的领域。叙述话语的变异与重复（反复、互文），是这部洋洋洒洒33万言长篇小说的表达机制。小说的文本以宋体字标示出叙述者、屠宰专业村里的“我”（罗小通）对父母故事的讲述，叙述口吻或视角是“我”，兼及“（我）父亲”“（我）母亲”“野骡子姑姑”等，讲述的对象是大和尚老兰，一个和罗家有仇怨的首富老财主。而仿宋体字标示罗小通（“我”）所讲述故事的接受者、五通神庙的主持老和尚及其周围所发生的事情。五通神指的是5个美男子扮成的妖鬼，专门挟持美丽的民女来奸淫。宋人话本、明人小说里多有这五通神的形象，五通神原本为仙通，属于多神信仰系统中的神仙类，但是后来转化为“妖通”，即专门为害良家美女的“淫神”。民间就以这“妖通”为神，并且为其建了庙宇，使其接受善男信女的供奉朝拜，这实乃迷信之怪异体现。但五通神从来没有得到官方认可，属于“淫祀”，屡受官府打击和禁止。五通神信仰反映了中国民间信仰、民间文化的混沌性、暧昧性和无原则性，带有某些淫邪的民间恶趣，当然属于极度边缘性的文化遗存。人性中的低劣成分在五通神祭祀中得到了崇拜，实际上凸显了人群的淫欲旺盛之徒或人性之性欲的存在。这既类似于古希腊神话谱系中的种种邪恶之神所代表的人性中的淫邪性，也类似于印度爱神（性欲之神）及其神庙上各种各样男女交媾的塑像，恶趣至极，物极必反，美趣复生，如此循环往复，正如叔本华的人生论，人之欲望得不到满足便心生痛苦，得到了满足便又生厌、无聊。于是人生又陷入再一轮的钟摆式的无聊与烦恼。蒲松龄《聊斋志异》有关于五通神的两篇小说《五通》及其补篇《又》，《五通》篇曰：“南有五通，犹北之有狐也。然北方狐祟，尚可驱遣；而江浙五通，则民家美妇辄被淫占，父母兄弟皆莫敢息，为害尤烈。”这便是蒲公小说所记载的五通淫神，短短数语，然信息丰富，饶有意趣。

莫言作为描写人性恶和人之丑的高手，似乎不想放过任何对于人性之根深蒂固的丑与恶的挖掘与解剖。他少年时代的学医经历，成年之后与同窗同室好友作家余华的密切交往，都磨砺了他解剖人性和社会之功夫的锋利性和冷酷性。这种冷酷叙述和零度写作，在《红高粱》中属于牛刀初试，到《欢乐》《十三步》则是左冲右突，一任叙述语言把人性的恶和丑来一个集大成，到《檀香刑》则写人性之恶、人的肉身所遭受的磨难之无以复加，小说的这种叙述格调简直旷古烁今；然而人们没有料到的是，在要告别这种冷酷叙述或锋利解剖的语言表达方式之前的《四十一炮》中，作家干脆来了个更为彻底、更为决绝的叙述话语的再试验和集大成，通过叙述者的叙述进一步发挥了小说叙述语言的无限膨胀力，对人性最基本的食与色两个方面给予了浓墨重彩的渲染和刻画。

> （五通神庙的）小屋里跳蚤很多，如果你光着身体进去，会听到兴奋的跳蚤撞击你的皮肤的啪啪作响。你还能听到墙壁上的臭虫发出兴奋的尖叫。它们在喊叫：肉来了啊，肉来了。人吃猪狗牛羊的肉，跳蚤臭虫就吃人的肉，这就叫一物降一物，或者叫作冤冤相报。①

这里有奇特的夸张和想象，但万变不离其宗，其意旨在于对人性的基本属性“食”的观照和描写。物质的、肉体的、肉类的世界是构成整个人类的基础和前提条件。这是作家以小说的艺术形式对唯物主义哲学进行的一种感觉化和巫幻化的重构。在莫言的小说中，我们常常会有一种突然发现的惊讶之感，《四十一炮》中的这种驻足与精雕细刻，就是在其游牧之路上的“块茎”与“点”的盘桓、回旋、流连，目的在于强化这种物质基础对人性的深刻影响。然而悖反的是，这种对于物质环境的描写恰恰是借助极具心

① 莫言：《四十一炮》，上海文艺出版社 2012 年版，第 29 页。

理性、精神性的虚幻想象来实现的。这涉及莫言小说的审美表达的独特性，及其与尼采美学的潜在联系，对此我们将在后文予以专门的研究。

借用研究德勒兹的学者于奇志对德勒兹的评价用语"哲学高原高明的思绪游民"[①]，我们可以称莫言为"文学高原上高明的艺术游民"，称其《四十一炮》等为"游牧性作品"，是其文学高原上艺术话语的"那达慕"。作为"高原上高明的艺术游民"，莫言30余年来一直像自由潇洒的牧民游牧于广袤的高原、草原上，也像鲸鱼潜身游弋于深邃的海洋里。游牧的特征在于"游"，游动、游弋，不停迁移、流动。作为"艺术游民"的莫言虽然自称在"高密东北乡"建立了文学根据地和共和国，但是他飘逸不定的艺术雄心使他不满足于固守根据地，他要不断打破和冲出国界。从地理到历史，从社会到人性，从题材到技巧，从叙述到意象等，莫言不断地突破自己和自己文学共和国的边界。"高密东北乡"原本没有大河大江，没有山脉更没有雪山，但他可以让大水泛滥于"东北乡"的大河两岸，让雪山兀然矗立于"东北乡"的平原之上，如《红高粱家族》《秋水》。历史上似乎没有且齐鲁文化传统似乎也绝不允许出现性乱的女人堂而皇之地同十来个男人发生关系而一连生下9个儿女，但小说家/叙述者可以在小说《丰乳肥臀》中写鲁璇儿（上官鲁氏）跟不同的男人甚至外国传教士结合生下八女一男的惊悚、传奇故事。历史上也没有什么檀香刑罚施加于胶东高密的茂腔戏班主身上，但是在小说《檀香刑》中叙述者史无前例、淋漓尽致地描写了檀香之刑。然而，这些虚幻的故事无不建立在历史和人性真实性之基础上。莫言并不是彻底抛弃了语言/话语的意指性和及物性，而仅仅依靠语言能指的自主性便能获得读者和批评家青睐的作家。在其小说中我们可以发现其与现实或人性藕断丝连的关系，或者说其叙述语言及方式并没有决然斩断和现实或人性的关联，而是尽量去发现语言与现实、人性之间可能存在关联的新维度、新方式。

虽然莫言号称建立了自己的文学根据地——"高密东北乡"文学共和国，但从他30余年的小说艺术探索来看，他一直处于一种寻找和骚动当中，从早期较为幼稚的摹仿孙犁人情美、人性美的抒情小说，到《红高粱》时期的感觉化、审丑小说，到《红蝗》《欢乐》《十三步》时期的叙述话语和视角的试验性和叙述主题、风格的亵渎性，到《酒国》《丰乳肥臀》时期的实验性、亵渎性与建设性、丰厚性的结合，再到《檀香刑》《生死疲劳》《蛙》时期"走出影响的焦虑"，"向传统致敬"并实现了"大踏步撤退"，从而在一次次完成自己创作的华丽转型过程中，一步步走向了自己文学事业的一个又一个高峰。这一艰难而具起伏性的探索和寻找的过程，就是其小说叙述艺术不断由简单、幼稚走向繁复、雄厚，由感觉化走向感觉与理性有机结合，由摹仿欧美现代派走向创造自己的小说艺术本体的过程，莫言一直"游牧"于叙述语言的试验和反叛的高原大地上。此种游牧

① 麦永雄：《文学领域的思想游牧：文学理论与批评实践》，中国社会科学出版社2002年版，第6页。

性体现在两个方面：一是物(事件)的话语构造，一是词语本身的话语构造，这类似于前文所论的小说叙述话语的外爆和内爆。但是，我们不能把物(事件)的话语构造理解为话语或叙述对客观现实的再现，因为语言是“一种本质上异质的现实”[①]，语言并非直接的现实，而是一种与现实截然不同的符号化的载体；或者说，在语言中，现实才能得到真正的解放以及面向未来的希望。实际上，物(事件)的话语构造和词语的话语构造都是语言本身的对于存在/生存的生成机制的内在性开掘，何况莫言的小说语言自有一种他刻意追求的空灵与沉雄、及物与不及物相结合的表现特征。

当然，截至目前，作为莫言最后一部最具实验性的小说，《四十一炮》并非仅仅有话语的自发性流动和毫无节制的能指操练。除了小说所选取的那种儿童叙述，除了食与色这两大人性领域由“炮孩子”带来的那没有被“文明”修饰的袒露、洋洋自得的炫耀之外，还有一种隐秘的叙述意图，就是在“炮孩子”的语言之流中加入戏谑的、反讽的、亵渎的、喜剧的成分。它有些泥沙俱下，不但夹带着泥土的气息，而且含有某些基层民间的各种怪异的邪恶趣味，然而它把最真实的存在相艺术地呈现出来，虽然令人尴尬、难堪、恐惧、恶心，但是这种反讽喜剧式的叙述却显得不同凡响，甚至有点超然物外的道骨仙风。论及此，我们的话题就要转向莫言小说的话语与结构风格方面了。

① 韦因莱西等：《语言理论的先验基础》，陈永国编译：《游牧思想：吉尔·德勒兹 费利克斯·瓜塔里读本》，第135页。

第五章
莫言小说的话语与结构风格

莫言小说的话语创设往往体现出一种类似于巴赫金在论及拉伯雷小说故事时所提出的“狂欢化”特点。在某种意义上，莫言的小说和拉伯雷的《巨人传》有一种相似性，这种话语的狂欢化和亵渎性有其叙述学和审美的价值。但是莫言小说的狂欢化又与拉伯雷的有所不同：拉伯雷的夸张失去了现实的依据，或者说他的描写，从大处来讲有真实的时代背景，但是其细节基于强烈的夸张和悖谬；莫言的小说在细节和心理真实方面都较之拉伯雷有更多的合理性，且其夸张更多地具有本民族的热闹性，也就是打破常规的反常、滑稽、幽默、悖理，还有不能登大雅之堂的粗鄙与正人君子的做作所构成的巨大反差、悖谬、错位等。因为莫言的小说立足于中国民间和齐文化那种巫幻化的生活世界和想象世界。与此同时，莫言文学尤其是其长篇小说构筑了多个叙述层次和线索，但又打破了那种线性的、逻辑的时空观，而代之以建立在“东方想象力”基础上的多维、多元、充满了反讽张力的叙述结构和故事架构。可以说，从鲁迅的讽刺到莫言的反讽，中国新文学经过了百年跌宕起伏的艰巨历程。

第一节　狂欢与热闹：外层话语表达方式

自古迄今，中国传统文学包括“五四”至当代文学，从创作手法到主题表达等方面基本上局限于“温柔敦厚”的儒家之风。文以载道、文以明道的文统和道统，虽然有古代、近代和现代的不同，但在基本理念上是一脉相承的，这就造成了传统文学的庄重严肃有余而活泼空灵不足。这种现象在山东现当代作家中显得特别突出，从王统照到王愿坚，再到王润滋、赵德发等无不如此。

自莫言出，山东当代文学的此等面目为之一变。莫言小说自从获得了那种源自他生活的民间的、怪力乱神的文化土壤的力量之后，就仿佛鸟儿插上了翅膀，战车加足了马力，在小说的各个层面（语言的、想象力的、手法的等）呈现出一种热闹的狂欢化和巫幻化的审美特征。前述莫言从齐文化中汲取了丰厚的文化营养，这种不同于儒文化、鲁文化的别一种文化，给予莫言的小说创作以极大的自由空间。

狂欢化是巴赫金在研究法国作家拉伯雷时所创造的一个文论、批评术语，他在专著《拉伯雷的创作和中世纪与文艺复兴时期的民间文化》中集中而系统地论及狂欢化问题。欧洲中世纪晚期下层人民有一个类似于当今巴西狂欢节的活动，即各阶层市民在城市广场上统统放下日常生活中的面具，以诙谐的话语、夸张的肢体动作、不拘一格的人际交往、全民性的参与等方式，打破日常生活规范和平时等级关系，狂欢作乐。在狂欢节上，人们往往戴上面具，或者把脸部画得面目全非，或者穿上奇装异服，或者男与女易装，尽情地表演，其间演员和观众交混在一起；笑谑诙谐占据了主导地位，严肃正经被抛弃，充满了对一切神圣之物的亵渎；各种话语杂糅在一起，生活变成了表演，表演仿佛成为生活本身。巴赫金从文学（小说）的本体存在出发，认为只有从民间诙谐文化即狂欢化的角度切入，才能真正把握拉伯雷小说创作的本质特征；他对长篇小说话语的研究也表明，唯有探究狂欢化问题才能真正切入长篇小说的话语本质。

之所以把莫言的小说创作同巴赫金所提出的狂欢化理论联系起来研究，是莫言创作本身的特征决定的。20 世纪 80 年代在文坛横空出世的莫言原本没有任何资源、资历、资本可以依靠，唯有当代最具苦难色彩的人生体验以及对这种种体验的表达的热切欲望，再加上一点对民间和胶东齐文化天然的亲近和熟稔。这种苦难的记忆和体验，在莫言小说创作的伊始远远没有得到开发，甚至他都没有意识到自己所拥有的这座异常宝贵的文学富矿，直到有幸考入军艺，成为文学系主任徐怀中的学生，他才如一个穷光蛋发现自己原本拥有金矿，并热情地投身进去大加开掘。20 世纪 80 年代中后期，《透明的红萝卜》《红高粱》《白狗秋千架》《金发婴儿》《球状闪电》《秋水》《大风》《三匹马》《爆炸》《草鞋窨子》《断手》等，已经像集束炸弹冲击着原本不属于他的文坛。这一发而不可收的创作，正像莫言当时的一篇小说名字“爆炸”接连发生了，此后创作的《酒国》《四十一炮》《丰乳肥臀》《生死疲劳》《蛙》等，就裹挟着这种言语、想象、叙述等狂暴恣肆而欢畅热闹地汹涌向前。

其实，细究之，莫言小说的狂欢化描写往往与中国根深蒂固的热闹追求或表达有关。热闹的场景、热闹的画面、热闹的人物关系，构成了中国式的狂欢表现方式。在莫言的小说中，狂欢是短暂的，热闹是长久的，两者都属于打破常规事理，营造和寻求平凡、苦难生活中的乐趣，只是前者往往渗透于后者的氛围。所以，莫言小说中的狂欢是掺杂了热闹的狂欢，猪能跳舞，死人能上树聊天，活人则能飞到大树上。像《生死疲劳》中的人欢驴叫、人畜同乐，真有些庄子那种物我合一、众生平等的意味。

一、言语、想象力、元叙述

（一）莫言小说言语与叙述的狂欢化

小说的人物、环境和故事都要靠言语/话语来表达，言语成为当代小说的第一要素。莫言小说的言语自《透明的红萝卜》到《蛙》，无不呈现出这种狂欢化的色彩，极大地增加了他区别于中国其他当代先锋作家的特点。和拉伯雷不同，莫言的小说虽然也写到了大众集会，如赶集、民众游行、批斗大会、宣判大会等，但是莫言较早期的创作无论从言语，还是故事、情节、人物，大致还是节制的。在节制之余，在描写主人公的内心世界之时，叙述者往往运用各种叙述手段，诸如意识流、幻想、梦幻、自由联想、内心独白、儿童叙述、动物叙述、动物言语等来推进叙事。此时，其小说就往往带有某种狂欢化的热闹色彩，《欢乐》中的永乐喝了农药之后的狂想即是一个鲜明的例子。在更早的作品中，这种充满了张力的言语就开始显露了。《透明的红萝卜》中对那个"红萝卜"的描写可谓极尽言语之能事，在轻灵、洒脱的言语描写之下，险恶、危险、无依无靠的氛围一下子就被激活了。"那个金色红萝卜砸在河面上，水花飞溅起来。萝卜漂了一会儿，便慢慢沉入水底。在水底下它慢慢滚动着，一层层黄沙很快就掩埋了它。"感觉化的话语打破了现实的桎梏，就像笛卡尔的"我思故我在"那般有感觉、有情思的此在，作为植物的红萝卜似乎有了温度，有了思想和情感。这篇小说还是莫言的牛刀初试，在随后的创作中他发挥了这种混合了客体与主体、现实与感觉、存在和幻觉的超常能力，从而使作品呈现出一种莫言式的狂欢化色彩。

这种狂欢化体现在叙述话语表达上，就是丰富多彩的叙述技巧的运用。莫言在20世纪80年代之后的创作有一种独有的"莫言特色"。《球状闪电》与《欢乐》可谓姊妹篇，都是写高考落榜的农村子弟，都写了落榜的少年（一个叫蝈蝈，一个叫永乐），都潜藏着压抑的爱情和无尽的悲哀。但两者也有不同，前者调动了各种手法，叙述、描绘，梦幻、联想，尤其是用了动物思维、动物说话和动物视角"它"，"老刺猬刺球被一个连一个的球状闪电吓得身体缩成一团，瑟缩在窝里。……它非常忧虑地瞅瞅洞外铅灰色的天，……下吧，你娘的！它恨恨地骂着。顶多淹了我的窝，淹了我的窝我就到蝈蝈家的牛饲料储藏室里住几天。那里有喷香的麸皮和散发着酒香的糖化饲料。去年我在那儿住了七个多月，后来蝈蝈在里边安装了电子捕鼠器，我才搬出来"[①]。接下来，小说以动物叙述和儿童叙述视角，表现了刺猬眼中、心里的蝈蝈和他喜欢的女孩追逐火球的场景，听到了蝈蝈暗恋的女孩蚕儿向蝈蝈诉说媒婆要她嫁给蝈蝈的事。这与《欢乐》中永乐暗恋的姑娘翠姑喝了一零五九农药导致的畅想和自杀的情节大相径庭。

---

① 莫言：《球状闪电》，《欢乐》（中篇小说集），上海文艺出版社2012年版，第61～62页。

《球状闪电》带有一种童话色彩，想象力简直无与伦比，动物的视角和心理活动把人的隐曲难言的心理活动和盘托出。当然在动物叙述之上还有一个更高的叙述者，他是一个全知叙述者，不但通过刺球"看到"了蝈蝈、蚕儿的所有动作包括新婚之夜、拥抱、亲吻、赌气、对话等，以及他们的心理活动，而且看到了它（刺球）的动作、心理活动、内心独白。刺球（它）被赋予了超级精灵般的聪明思维，能洞穿一切人事纷争和幽暗的心理世界。除了刺球作为叙述者，小说还有另外两个叙述者——蝈蝈（"我"）和奶牛。从奶牛视角出发的叙述是通过"球状闪电"的连接而来的，"众奶牛被球状闪电击翻，横七竖八躺了满棚"。小说开始进入奶牛的世界、奶牛的心理，连带着把奶牛场、一个身上沾满了羽毛的鸟老头、蒺藜狗子、美人鱼三人，以及牲口市场等怪异的生活世界进行了嫁接。奶牛成为叙述者，"我长鸣一声招呼着你，我一见你就觉得遇到了知音。小伙子，看来你也是个落魄的动物啊。你那宽阔的额头和灵巧的嘴角上，看得出你十分聪颖；从你破烂的衣着看得出你混得不强；从你眼下的黑晕和眉宇间的皱纹看得出你内心痛苦睡眠不足"[①]。这里，奶牛叙述已经具有后来长篇小说《生死疲劳》中的动物叙述的雏形和味道了。夹杂着动物（刺猬、奶牛）和人物（蝈蝈、蚕儿等）叙述的语言，行为和心理叙述交织的语言，以及儿童叙述（蝈蝈和蚕儿的女儿蛐蛐的视角，蛐蛐看到，"鸟羽老头回过头来，白眼珠子翻了翻，把两个腮帮子鼓得高高的，突然喷出几十个蜗牛壳，像冰雹一样落在爹的脸上"[②]），彻底打乱了故事的线性逻辑叙述。在小说的后部，摄影师毛艳勾动蝈蝈的心，蚕儿被弃的绝望，母亲对儿子蝈蝈的愤怒，又是通过儿童（蛐蛐）的视角呈现出来的。各种视角（人物的、动物的、儿童的、全知的）就这样热热闹闹地构成了整部小说变幻多端、交错穿插的叙述基调。另外，小说的对话大多取消了引号，自由联想、内心独白等全部进入小说文本。球状闪电的意境，刺球（刺猬）的形象，球状闪电般的放射状小说结构，最后都消弭于语言中的叙述时空，遁入虚幻的世界。小说的叙述语言由是而层层叠加了极度自由狂放的色彩。

（二）东方想象力之于莫言的小说创作

动物叙述在莫言小说中成为其语言狂欢化的一个表征。《生死疲劳》中的地主西门闹被枪毙后冤魂不散，被阎王爷罚回人间，但他一开始并不是以人的形象，而是经过了驴、牛、猪、狗、猴和大头儿蓝千岁等六道轮回，才重返人间的。小说分别给每道轮回加了题目：驴折腾、牛犟劲、猪撒欢、狗精神，以及"结局与开端"写了演变成猴子最后变回人类婴儿等。这部小说充满了莫言的丰沛想象力，是其创作以来最为自由洒脱、深具狂欢化的一部作品。体现在作品中的这种狂放的想象力，笔者称其为"东方想象力"。从整体上看，这一作品的前三部紧张、紧凑，但到第四部和第五部就松懈下来了，这与作者的构思，更与其创作的精力有关。我们这里主要就其叙述想象力来进行讨论。

① 莫言：《球状闪电》，《欢乐》（中篇小说集），上海文艺出版社 2012 年版，第 81 页。

② 莫言：《球状闪电》，《欢乐》（中篇小说集），上海文艺出版社 2012 年版，第 91 页。

在现实与荒诞交织的世界里，东方想象力由于佛教的六道轮回而被赋予了远远超出西方现代派艺术想象力的神奇力量。唐玄奘历经八十一难的遭遇和悲壮的取经过程，因为有了孙悟空、猪八戒、沙和尚及白龙马的协助和参与，而变得上天入地，充满神话色彩。西门闹虽经油炸等诸多酷刑，但矢志不渝，坚决要求返回人间。因为他无缘无故遭受极刑，实在是冤情不散，阎王爷也只好将他遣返人间。这样的情节与蒲松龄《聊斋志异》里的《席方平》、鲁迅的《铸剑》等小说有着或明或潜的互文关系。鲁迅的《铸剑》是莫言精选的《影响我的10部短篇小说 锁孔里的房间》小说集里唯一的中国作家作品，小说中的眉间尺、黑衣人宴之敖者和国王的头颅在沸腾着的锅里翻滚、互相搏击，最后已经分不清他们的脑壳到底是谁的了。“黑衣人和眉间尺的头也慢慢地住了嘴，离开了王头，沿鼎壁游了一匝，看他可是装死还是真死。待到知道了王头确已断气，便四目相视，微微一笑，随即合上眼睛，仰面向天，沉到水底里去了。”[①]《铸剑》是鲁迅根据干宝《搜神记》中的《三王墓》改写而成的。这一志怪小说传统绵延不绝，经蒲松龄《聊斋志异》而成为莫言创作的一种底色和精神基因。小时候的莫言把一部《聊斋志异》都翻烂了。因此，无论是荒诞/怪诞叙述，还是动物叙述、人间冥界的轮回叙述，莫言“大踏步撤退”后的小说创作都尽量从中国传统文化和小说艺术中汲取充满了东方色彩的天马行空般想象力。体现在《生死疲劳》(2006)中的动物叙述，不但较之中国当代其他先锋作家作品早了很多(如余华2013年才推出鬼魂叙述的《第七天》)，而且其叙述的力度之强、篇幅之大、所吸纳的传统文化之繁之深，也远远超出了同时代的作家。

即使那些短篇小说，如《故乡人事》(2017)，最大限度地调动了莫言丰沛的想象力。《故乡人事》之《斗士》[②]依靠这种喧腾的想象力，写出了一个让人不寒而栗的所谓“斗士”，一个乡村里睚眦必报、毫无道德的恶人，小说用“斗士”就带有了浓厚的反讽意味，这种反讽增强了莫言想象力的表达张力。

(三)莫言小说话语的杂糅性

轻松或飘忽的戏仿与反讽，并不是莫言的专利，当代中国的先锋作家们都会这些招式。难能可贵的是，莫言由此往前迈出了一大步，他把大话语同小话语、宏大叙述和微小叙述、领袖话语和农民话语、革命话语和性话语，都揉到一起，从而使小说语言成为一个超级热闹的话语大熔炉。在《生死疲劳》中，

> “大叫驴”是天才的演说家，他演讲时极力模仿列宁、毛泽东。尤其是伸出右臂，成45°角，头微向后仰，下巴略翘，目光望向高远处，嘴里喊出：“向阶级敌人发起进攻进攻再进攻”时，简直就是列宁复生，列宁从《列宁在1918》里来到了高密

① 鲁迅：《铸剑》，莫言编选：《影响我的10部短篇小说 锁孔里的房间》，新世界出版社1999年版，第265页。

② 参见莫言：《故乡人事·斗士》，《收获》2017年第5期。

东北乡，群众静默片刻，仿佛被钳子捏住了咽喉，然后便一片欢呼，几个有文化的小青年乱喊“乌拉”，没有文化的喊“万岁”，万岁和乌拉虽然都不是献给“大叫驴”的，但“大叫驴”犹如一只被吹胀的避孕套飘飘然而不知其所以然。[①]

日常生活被政治化，严肃的政治话语突然被性话语解构，变成滑稽和笑剧。蓝脸作为山东省唯一的单干户，倔强而韧性地忍受着孤独和屈辱，“我爹的存在，既荒诞，又庄严；既令人可怜，又让人尊重”[②]。荒诞，但又是现实的一种。靠山倒台了的蓝金龙有一天在大院厕所小解，与坏分子杨七不期而遇，“正当我哥气势汹汹地对杨七说话时，他胸前那枚巨大的陶瓷像章，挂钩脱落，掉进茅坑当中。我哥怔了。杨七愣了。等我哥清醒过来慌忙跳下茅坑捞像章时，杨七也清醒了。他一把揪住我哥胸前的衣服，大声嚷叫着：抓反革命啊！抓现行反革命啊！”结果，金龙立刻由革委会主任变成了被管制的对象。[③] 这戏剧性的场面和更为戏剧性的人物命运，既荒诞又真实。不是生活中缺少荒诞，而是缺少发现荒诞的锐眼，就像生活在布拉格的人有千千万万，但只有卡夫卡和昆德拉可以深刻地发现并表达出那种刻骨的荒诞和虚无。蓝解放的叙述话语（不能参加红卫兵，只好“热眼旁观”），以及“我哥”“我娘”这种和《红高粱》里的“我奶奶”“我爷爷”类似的复式人称话语，纷至沓来，不可遏止。

最能体现莫言小说狂欢化特征的是第三部“猪撒欢”。依然是蓝解放的叙述视角，但近似于全知叙述。“复述历史给遗忘了细节的当事者听，是我的职责”，不但为了引起当事者的记忆，而且要为后来者留下历史和生活细节的记忆，这正是作家莫言自定的职责。莫言的话语狂欢不同于拉伯雷《巨人传》中的狂欢化，拉伯雷用超级的夸张和诙谐，几无节制地叙述，意在击垮文雅的贵族趣味和做作的绅士风度。而莫言横冲直撞的语言和话语无不符合内在逻辑的需要，他并不是要虚幻到天国里，让主人公们去过虚无缥缈的仙界生活，而是力图透过语言传情达意的神秘力量，把握小说叙述的真谛。小说写到蓝金龙和普通农民一样赶牛下地劳动，西门闹（金龙的亲爹）转世的牛（西门牛）一动不动，“金龙狂暴地吼叫着，两脚轮番踢着你的头，你的脸，你的嘴巴，你的肚腹，远远地看起来，他好像一个手舞足蹈的神汉在跳大神。你任凭他踢，纹丝不动。在他疯狂地踢你的过程中，那头站在你身侧的蒙古蛇尾母牛，也就是你的妈，浑身打着哆嗦，弯曲的尾巴僵硬，犹如冻僵了的大蛇。我的爹在他的地里，用劲更加迅速地刨着深厚的大地”[④]。这里有几层场景：其一，金龙暴打西门牛；其二，西门牛纹丝不动；其三，金龙的妈（母牛）的形象；其四，压抑着痛苦的蓝脸，即叙述者蓝解放的爹；其五，蓝解放的情感借着叙述语言一并倾泻而出。语言的表层意义既不张扬也不狂放，

① 莫言：《生死疲劳》，上海文艺出版社 2012 年版，第 146 页。
② 莫言：《生死疲劳》，上海文艺出版社 2012 年版，第 176 页。
③ 莫言：《生死疲劳》，上海文艺出版社 2012 年版，第 177 页。
④ 莫言：《生死疲劳》，上海文艺出版社 2012 年版，第 183 页。

而是充满着动态与静态相互制约的辩证法。但是就在这种似乎压抑的叙述中，莫言小说语言的密度和深度得到呈现，同样可以理解为一种高度狂欢化的表达。

西门闹与阎王对话，可归入叙述的虚幻性；而他的几次轮回，为驴、为牛、为猪、为狗、为猴，则属于佛教与中国传统文化善恶伦理的范畴，有些近巫性了。所以，莫言的小说既可命名为“幻想现实主义”，也可以理解为“巫幻现实主义”。不但《酒国》《生死疲劳》，他的其他很多小说如《翱翔》《夜渔》《战友重逢》《十三步》等，都带有这种巫性或巫幻色彩，在写实的基础上，又空灵、虚幻甚至巫幻得很。狂欢的语言夹杂着豪言壮语，仿佛射向外界的话语的炮弹。在《生死疲劳》中，“文化大革命”伊始就下台的洪泰岳借着西门牛转世成为西门猪，教训蓝金龙：“我们的老母猪一胎生了十六只猪娃，实际上是生了十六颗射向帝修反的炮弹，我们的这几头老母猪，实际上是向帝修反发起总攻的几艘航空母舰！”[①]这种语言往往一下子由形而下（养猪、猪生崽）跳到形而中（反击帝修反、政治）或形而上（大养其猪的革命道理），话语包含着繁复的意味。猪十六（西门猪）和刁小三作为畜类竞争猪王，过程异常血腥，后来猪十六占据上风。叙述者转为西门猪（猪十六），它（他）自称：“我是一头想象力丰富的猪，脑子里有许许多多莫名其妙的幻想，我经常被自己幻想出来的情景吓得屁滚尿流或者逗得哈哈大笑。”[②]蠢猪，在这里变得异常聪明，它（他）的想象力的确出众，它（他）的味觉、嗅觉、听觉、触觉、视觉的确超常，它（他）还有敏锐的政治头脑，它祝福那些从沂蒙山贩来的猪“尽快适应这里的生活，为社会主义多拉屎多撒尿多长膘！”这种语意膨胀的语言，在叙述的快意中，又充满了亵渎的意味，带有滑稽的色彩。西门猪（猪十六）还能够跳出猪圈，视察群猪，到村里偷听“莫言”朗诵《参考消息》。最后它（们）率领众猪为逃避人类宰杀而集体逃到河中央的孤岛上，同人类展开了一场斗智斗勇的搏杀。对于西门驴、西门牛、西门猪、西门狗、西门猴来说，这几种动物的习性和人的思维延留、交织于小说的始终，在1950～2000年半个世纪的中国当代社会和历史的演变中，这种人与畜、人类与动物交杂的状况，既体现了作家莫言那种超乎等级文化的众生平等观念，也为小说叙述打开了无限自由的天地。

（四）元叙述方法

体现于小说中的元叙述有两种。一种是凸显故事叙（讲）述者的叙述声音，如《牛犟劲》第十七章“雁落人亡牛疯狂 狂言妄语即文章”就带有元叙述意味：“接下来的事儿，是我继续叙说呢还是由你来说？我征询着大头儿的意见。他眯缝着眼睛，似乎在看我，但我知道他的心思根本不在我的脸上。”[③]“一头由恶霸地主西门闹几经转世而成的公牛，也就是你。如果你愿意，你可以打断我的话，接着我的话茬，由你来讲述接

① 莫言：《生死疲劳》，上海文艺出版社2012年版，第194页。

② 莫言：《生死疲劳》，上海文艺出版社2012年版，第212页。

③ 莫言：《生死疲劳》，上海文艺出版社2012年版，第131页。

下来发生的事情。我讲,是人眼中的世界;你说,是牛眼所见乾坤。也许由你讲会更精彩。你不讲,那我就接着讲。你是一头魁伟的公牛……"这里的"你"是大头儿蓝千岁,当时在第二部"牛犟劲"里还是西门牛;"我"是蓝解放,"牛犟劲"的讲(叙)述者。小说叙述者的声音、人物的声音与元叙述的声音一并出现,复调叙述就取代了独语式的传统叙述。小说的语言和情节极富煽动性和惊悚性,一群在空中飞翔的大雁竟然被外号为"大叫驴"的红卫兵小常带领群众呼喊口号的尖锐噪音震下来了,聚会的人们疯狂争抢,结果踩踏挤压死了十余人。貌似正剧转瞬间就变成了喜剧,瞬间又变成了悲剧,这一场景描写带有某种掺杂着恶意的幽默。莫言多次提到,在苦难的日子里,无论那些贫穷得一无所有、饥饿得奄奄一息的村民,还是被批斗的县长,都有一种苦中作乐的韧性生命力,幽默的力量能够刺穿恐惧的氛围,能够打破假正经真专制,往往引发出人意料的快乐。一般关于"文化大革命"的回忆录总是写得血泪斑斑,然而在莫言的笔下——

> 把"文革"期间的中国描绘成了比希特勒的集中营还要恐怖的人间地狱,但我们的这位县长却用幽默而又生动的笔调,写了他"文革"初期的遭遇。他说他骑着纸驴,在全县的十八个集市被游斗,把身体锻炼得无比结实,原来的高血压、失眠等毛病全都不治而愈。[①]

能够从苦难和恐怖中坚韧地活下来本来就是幸运的,小说进一步把这种韧性以一种幽默、快乐的笔调写了出来。宣传车厢"两边站着两排穿着仿制军装的红卫兵,都是一只手把着车厢边缘,一只手攥着《毛主席语录》。他们的脸通红,也许是冻的,也许是被革命的激情所燃烧的"[②]。恐怖与快乐、冷冻与激动,生存的悖反带来了小说艺术的反讽。中国的当代小说家们实际上并不需要双重眼光就能发现现实世界的悖论,革命家们到了"解放前后"尤其"文化大革命"中,反倒成了革命的对象,"像当年斗争恶霸地主一样斗争共产党的干部!当然,那些已经被共产党斗倒了的地主富农反革命,也不能让他们有好日子过"[③]。"文化大革命"的批斗会往往成为底层民众的狂欢节,在这里他人的痛苦、恐惧、不幸已经变得不重要,甚至自身的不幸、苦难也因此而得到舒缓。另外,在蓝解放等叙述者之外,还有大头儿蓝千岁的冷眼旁观。因此,小说的叙述就具有了多重的层次、多重的意味、多重的审美。总体上讲,这种叙述的背后是一种由现实真实到感觉真实再到精神真实、灵魂真实,以及深刻的反讽美学。

《生死疲劳》还有一种元叙述方法是"莫言"进入文本,帮衬着叙述。这个带有插科打诨性质的叙述者(旁叙者)"莫言",除了对每一部作为轮回主角的叙述者的叙述进行

---

① 莫言:《生死疲劳》,上海文艺出版社 2012 年版,第 132 页。
② 莫言:《生死疲劳》,上海文艺出版社 2012 年版,第 132 页。
③ 莫言:《生死疲劳》,上海文艺出版社 2012 年版,第 137 页。

补充叙述，他的出现还增加了小说的滑稽和热闹色彩，这使得小说在某种程度上具有元小说的成分。小说中出现"莫言"的话语往往加上"莫言那厮""莫言那小子"、(西门驴的)"干兄弟莫言""以莫言为首的顽童""偷捡烟头的莫言"等，尤其是第二十五章"现场会高官发宏论 杏树梢奇猪炫异能"中，叙述者西门猪(猪十六)集中介绍了"莫言"："在我们西门屯，最有才华的两个青年人，一个是西门金龙，另一个就是莫言。洪泰岳的评价是：金龙是堂堂正正之才，莫言是歪门邪道之才……他相貌奇丑，行为古怪，经常说一些让人摸不着头脑的鬼话，是个千人厌、万人嫌的角色。连他自家的人也认为这孩子是个傻瓜。"①这是他人眼中的"莫言"形象，他作为一般的人物角色出现在小说中，并体现出一种贬抑性叙述倾向。这样的文字很多，如第二十四章"庆喜讯社员燃篝火 偷学问猪王听美文"，有关"莫言"和土地爷的文字，"关于土地爷鸡巴的问题，可以从莫言那小子的小说《新石头记》里寻找答案，那小子在这篇小说里描写了一个膝下无子的石匠，为了积德行善，用一块坚硬的青石，雕刻了一座土地爷的神像，安放在村头的土谷祠里。土地爷系用石头雕成，土地爷的鸡巴作为土地爷身上一个器官，自然也是石头的"。② "莫言"爬到缸底偷喝糖水，向生产队柴油机马力带撒尿导致柴油机停转，"大养其猪"现场会高音喇叭顿时哑了；"莫言"写小说妖言惑众，并且专写那些恶心之极的情景，等等。这里作为近似于全知叙述的叙述者西门猪(猪十六)，贬抑性地写到了"莫言那小子"及其所谓的小说《新石头记》的亵渎神灵的做法。在"猪撒欢"部分，"莫言"被西门猪(猪十六)尽情地调侃、贬抑、讽刺、挖苦。到第二十七章，"莫言"的分量增加了，他不但在猪十六的叙述中时常出现，补充着猪十六叙述的不足或它不在场的情景，甚至可以说猪十六(西门猪)的叙述同"莫言"的叙述合而为一了。"我(猪十六)看到那被爆炸声吓得趴在地上屁股翘得高高犹如一只受了惊吓顾头不顾腚的鸵鸟的莫言，慢慢地从地上爬起来。这小子既好奇又懦弱，既无能又执拗，既愚蠢又狡猾，既干不出流芳百世的好事，也干不出惊天动地的坏事，永远是一个惹麻烦、落埋怨的角色。我知道他所有的丑事，也洞察他的内心。"③还有比这种文字更具蔑视性、贬抑性的吗？虽然不是莫言自身的叙述语言，但是这个角色同现实中作家的名字是同一的，所以如此言语所产生的阅读效果就饶有趣味，这种低摹仿语言使得"文化大革命"这种悲剧变得滑稽可笑。在此种情况下，小说还把后来成了小说家的"莫言"写的小说(实际上是莫须有的"莫言"的《新石头记》)穿插进文本，这样就造成了多重的叙述间离效果。似真性和解构性、写实性和幻想性成为这部作品叙述语言的两极。无论小说的叙述者西门闹及其转世(如猪十六)是向受叙者蓝解放讲述，或者叙述者蓝解放向受叙者西门闹及其转世讲述，都落不下"莫言那小子"的行为、相貌或话语的进入(侵入)。西

① 莫言：《生死疲劳》，上海文艺出版社 2012 年版，第 224 页。
② 莫言：《生死疲劳》，上海文艺出版社 2012 年版，第 222 页。
③ 莫言：《生死疲劳》，上海文艺出版社 2012 年版，第 160 页。

门闹及其转世、蓝解放和“莫言”三者构成了叙述铁三角，这个三角关系牢牢控制并推动着小说的叙述。小说的喜剧和滑稽色彩由是而来。

把现实中作家自己的名字带入小说文本，且是以低叙述姿态的元叙述，这种表达方式会产生三重效果：一是可以在一定程度上增强小说的趣味和喜剧性，增加小说的可读性；二是滑稽和幽默的话语和场景不时出现，可以增强小说的似真性；三是现实真人作家莫言和虚构的叙述者“莫言”，形成了小说的话语强力性。毕竟小说以轮回的动物叙述为主体，而这会减弱小说的真实性，因此“莫言”这一现实中实有的、次要角色的出现会淡化甚至阻止读者对于小说真实性的怀疑。在《生死疲劳》中，人称“我”“我们”“你”、西门闹及其转世、蓝解放、“莫言”，多重视角或人称在叙述过程中较为随意地变换，从而导致了叙述的飘忽性和不可靠性，但也带来了小说的狂欢精神。

元叙述在莫言很多小说中都有运用。《酒国》里的元叙述正是构成小说的一种有效而奇妙的手法，联结着情节但又赋予情节以虚幻感，并使不同文体在一个小说时空中组合在一起。“为了避免犯错误，我这讲故事的人，只好客观地叙述，尽量不去描写小妖精及孩子们的心理活动。我只写行动和语言，至于这行动的心理动机和语言的言外之意，靠读者诸君自己理解。我的故事进行得很艰难，因为小妖精千方百计地粉碎着我的故事，他确实不是好孩子。‘其实我的故事快要结束了。’”[①]在就小说《神童》给李一斗的复信中，“作家莫言”写道：“拙作《红高粱》中那个往酒篓里撒尿的细节被老兄誉为科技发明，令我哭笑不得。……想不到你能用科学理论来论证这细节的合理性与崇高性，除了钦佩你之外我还要感激你。”[②]进而提到电影《红高粱》及其在柏林得奖等。《酒国》通篇通过不同文体的实验而产生话语的狂欢。无论元叙述还是互文戏仿、反讽，都在强化这种语言的杂语性和狂欢性。丁钩儿的侦察过程是逐渐进入酒国市国营煤矿的“哼哈二将”书记、矿长及市宣传部副部长金刚钻设下的邪恶而淫荡的圈套的过程，酒博士李一斗的九篇小说则从不同侧面写出了酒国文化和烹食婴儿大案的阴谋，“作家莫言”给李一斗的回信及讨论，三层叙述不断交合、分离、交合，构成了小说文体的杂糅性和叙述话语的狂欢化特征。

二、筵席、集市场面的热闹与狂欢

（一）筵席场面的热闹与狂欢

中国当代文学对于筵席描写的集大成者可以说是莫言的小说《酒国》。“酒国”里的煤矿和酒国市，官人整日里高朋满座，酒池肉林，饕餮滥饮。而百姓“饲养”婴儿并卖到收购处，以供达官贵人烹而食之。筵席、酒宴，往往是中国文化最为集中和具有代表

① 莫言：《酒国》，上海文艺出版社 2012 年版，第 103 页。

② 莫言：《酒国》，上海文艺出版社 2012 年版，第 109 页。

性的场合。饮食文化第一的国人们追逐味觉的占有与享乐，酒肉、美食就成为人生在世的极高的追求目标，甚至变态到烹食婴儿，暴殄天物。

这种文化的原型可以追溯到远古时代我们民族关于善美的观念。按照《说文解字》，"善"为"膳"的本字。古人以羊为膳食的美味，故金文"善"字从羊从二言，表示众口夸赞。"善"字由"膳食之美味"引申为"美好"之意，故后世另造"膳"字来代替它的本义。因为羊的性情温和驯顺，所以"善"又有善良、慈善之意，与"恶"相对。"善"字用作动词，则有喜好、爱惜、亲善、擅长等意。而"美"字，按照《说文解字》，"羊大为美。羊在六畜主给膳也"，与"善"同意。在先秦诸子中，美味、味觉都是放在视觉、听觉之前的，如《孟子・告子上》："口之于味也，有同嗜焉；耳之于声也，有同听焉；目之于色也，有同美焉。"《荀子・王霸》："人之情，口好味而臭味莫美焉；耳好声而声乐莫大焉；目好色而文章致繁，妇女莫众焉。"味觉列审美感觉第一位。美与好、美与善，当时还远没有辨析清楚，人们似乎觉得还没有必要对此进行辨析。但要害是，这种把味觉、口味放在视觉、听觉之上之前的做法和思想却深刻影响了中国文化的走向。与古希腊重视觉、听觉的"非功利"美学观念迥异，中国文化把物质的占有（吃喝掉酒肉、美食）置于"人之情"的第一位。这种朴素的唯物主义慢慢成为中华民族辉煌而源远流长的饮食文化，称此文化为世界第一恐不为过。然而，正是这种灿烂的饮食美味为善、为美的思想观念导致了中华文化重物质而轻精神、重肉体生存而轻灵魂存在的取向，在这物质的世俗的"一个世界"（李泽厚语）中的"活着"本身就成为最高最终的目的。这是后世中国人实用主义美学思想的源头。此为莫言以《酒国》为代表的酒宴、筵席文化之物质（酒肉）占有欲的第一层意思。

第二层意义在于由此而衍生出来的群体性文化心理需要。世俗世界的生活本身成为最高和最终的价值归宿，那么，如何安排和享用这种种美食、美味、酒肉，就成为一个大问题甚至终极性问题。饮食文化尤其是酒宴文化，实在是中国人文化的集体无意识的体现领域。座位的安排次序，餐桌上的觥筹交错，语言的表达技巧，无不包含着情感与权力，以及由此而生的各种酒桌等级文化。筵席既是中国人的生活也是其哲学。孔子智慧地指出"夫礼之初，始于饮食"（《礼记》）。因此，莫言的《酒国》等作品中的筵席描写所体现出来的文化内涵颇值得深入研究。无论是"宴会"还是"筵席"，都是在物质条件（屋里的安乐聚会；《周礼》："铺陈曰筵，藉之曰席。"）下的有次序的宴饮聚会。所以在小说《酒国》中，一进入豪华的筵席，丁钩儿就被安排在核心的主宾席上，左右分别坐着党委书记和矿长。市委宣传部副部长金刚钻的到来，打破了原来的座次，"呼呼隆隆重新坐定"，"现在他与金刚钻'并肩而坐'"。[①] 虽然俗不可耐、类似于黑社会头子的金刚钻靠着能喝酒、喝不醉，由普通百姓而被提拔为副部长，虽然他匪性十足地一连

① 莫言：《酒国》，上海文艺出版社 2012 年版，第 50 页。

自罚三十杯，但是座次的重新安排还是体现了貌似温情脉脉实则以权力为核心的当今酒宴文化的基本原则，体现了两位矿主作为安排者的文化无意识：金刚钻和丁钩儿都是他们的上司和主宰，都不可得罪，所以让他们“并肩而坐”。这里体现出所谓的“和”文化，“礼之用，和为贵”，虽然酒桌上醉话连篇，醉态丑陋不堪，但“和”的礼仪还是必须讲究的。真真假假、虚虚实实，尽显酒桌文化及礼仪的等级制及虚伪性。

筵席上除了讲究座位的安排，还有色香味形俱全的上等菜肴和酒水，菜肴需五味调和，酒水要顶级美酒茅台、五粮液。酸甜苦辣咸麻，五味六味调和混杂，方能显出中国饮食文化之精髓。在《酒国》中，这种饮食烹调达到了极致，不但有各种山珍海味、珍禽异兽、猴头驴鞭，还有一道奇品菜——烹蒸婴儿。排座次、肉与酒、吃与喝，构成了酒宴文化的主要层面。由于《红高粱》写了酿酒、喝酒、醉酒，有研究者就认为，这是酒神精神的体现。其实，这和尼采所说的酒神精神相差甚远，两者表面相似而实际大相径庭。尼采的酒神精神是促使悲剧诞生的酵母，进而酒神精神超越了这种悲剧性而产生出超人的境界。然而，体现在中国尤其是官场的酒宴上的状态，除了表现人的物质性享乐，再就是完成某种社会性的交际目的，醉酒之后更是呈现出一种群体性的迷茫和虚空，混杂着精明与愚蠢、敏感与迟钝、理性与欲望，随之就会出现灵魂出窍，思维混乱，欲望膨胀。醉酒呈现出庄子式的佯狂和避世主义，暂时忘却现世的苦难，借酒消愁（愁更愁），可能是中国人酒宴、喝酒、醉酒的最为“高尚（上）”的境界了。丁钩儿在煤矿侦查案件时喝得（被灌得）烂醉如泥，其肉体与灵魂分离，在极度的幻觉中飘飘欲仙，任思绪畅游，理智如游丝，最后导致了肉体上的痛苦不堪、呕吐不止，精神上的理性和正常行动能力彻底丧失。正如诗人艾青《酒》所言：“她（酒）是可爱的/具有火的性格/水的外形//她是欢乐的精灵/哪儿有喜庆/就有她光临//她真是会逗/能让你说真话/掏出你的心//她会使你/忘掉痛苦/喜气盈盈//……你可要当心/在你高兴的时候/她会偷走你的理性//不要以为她是水/能扑灭你的烦恼/她是倒在火上的油//会使聪明的更聪明/会使愚蠢的更愚蠢。”艾青以诗的语言精辟而形象地描绘了酒的外在形态和内在本质。《酒国》里的酒文化正典型地体现了酒的形式与内容的两面性或悖论性。

如果同西方的宴席或会饮相比较，则会更加清醒地发现，中国宴饮文化的肉身性和欲望化及其背后的权力关系，另外还有狂吃烂喝的极度浪费，以至到了晚清则出现了“满汉全席”和精致奢华的国宴。而西方的会饮则主要是借助聚会宴饮来完成对某种精神的聚谈或思想的表达，其形式简单、朴素、节俭，如柏拉图《会饮篇》的对话和演说的场景，深刻影响了西方两千多年的宴饮文化史。

丁钩儿与酒国市一尺酒店老板余一尺的交往也是从酒宴开始的。酒桌上，各色人等悉数出场，成为《酒国》人物的最佳现身场合。丁钩儿去一尺酒店赴宴，一尺酒店宴会把故事中的多个层面的情节联系到了一起；经理余一尺，又疑似食婴案中侥幸逃脱的“小妖精”，并且他是李一斗小说《神童》中的主角，作为被卖掉的肉孩们的头领，曾经指挥待烹饪的婴儿们冲击男婴屠宰加工场。在李一斗的小说《驴街》中，神童小妖精摇身一变，成了一尺酒店的老板和经理。正是在一尺酒店，侦察员丁钩儿带着情妇与余一尺等在宴会上遭遇了。李一斗的小说《采燕》讲述了他第一次到岳母家做客，也是从一场家宴开始，由岳母主厨，菜单出现了燕窝。岳母擅长烹制燕窝，岳父擅长酿酒品酒，两个人不会为任何一方做出让步。女儿对父母的争辩早已习以为常，她也拒吃母亲辛苦做的燕窝。母亲只是按照自己的意愿准备饭菜，自认为燕窝大补，也不顾及丈夫与女儿的口味。一家人多年来爱恨纠葛的感情在一顿家常便饭中展现得淋漓尽致。筵席上的语言往往由于酒精的刺激而无所顾忌、恣意泛滥，酒语醉言，意识飘忽，浮想联翩，上天入地，不一而足，却是当代现实生活的一种常态。莫言曾经很绝望地表示，中国酒场的腐烂状况不好改变，一是因为文化心理传统，二是体制所致。

长篇小说《四十一炮》是在中篇小说《野骡子》基础上扩展而成的，写的是关于民间个人的历史和现实、肉和性的故事。关于屠宰场和肉联厂的描写，传达的是作者潜意识里残存的关于饥饿的惨痛记忆，肉食的饱胀感是对已经遥远的饥饿记忆的补偿。与《酒国》对宴会及酒肉的描写相接近，《四十一炮》对于各种肉的描写几乎达到了无以复加的地步。关于肉（食）的讲述，伴着性与爱一并而来，正所谓“食色性也”。如前所述，食与色并非小说的终极所指，而是叙述者借以完成叙述的载体，那么小说的实质或叙述指向到底是什么？

《四十一炮》的叙事带有纯粹想象、狂想的色彩，那些关于各种肉食的和各种性爱的场面，还有肉神、五通神，都源自一个少年的想象。“肉神”让人想起拉伯雷《卡斯台尔的荣誉》中的“肚子神”，神进入肚子，进入夜壶，进入粪便中。[①] 这种亵渎性的想象和描写泯灭了现实中的等级存在，而让自由主义和民主主义的筵席风格畅通无阻。与之相类似，莫言《四十一炮》扉页上的话提醒沉迷的读者：“大和尚，我们那里把喜欢吹牛撒谎的孩子叫作‘炮孩子’，但我对您说的，句句都是实话。”“吹牛撒谎”与“句句实话”本身就构成了悖论或反讽。这句话是理解这部小说的钥匙。话语的营构和现实的描写往往并不在一个层面，但叙述虚构的话语和故事至少在文本中是真实的。另外，对肉神和五通神的自由想象，让叙述话语进入了人性的普遍性领域，使其在话语中泛滥、冲撞，肆无忌惮。这样的叙述并不在意创设逼真的现实，也无意于还原生活，而首先在于满足叙述者的叙说欲望和意图。但它又不是无意义的，其意义首先就在于叙述、讲述本身，讲述即满足了讲述者的话痨和心理需要，有一定的治疗作用。其次，关于肉和性的想象性叙述在一定程度上满足了叙述者生理的欲求，是少年饥饿岁月所渴望的饱足的实现。再次，能指大于所指或所指极度淡化的叙述，实际上满足了小说叙述试验和创新的需要，虽然不一定是成功的叙述试验。如果非要找出小说的某种“社

① 参见[苏]巴赫金：《拉伯雷的创作与中世纪和文艺复兴时期的民间文化》，李兆林、夏忠宪等译，河北教育出版社1998年版，第348页。

会意义”，那么它对于背叛（父亲跟野骡子偷情私奔而抛弃了母亲和“我”）、道德沦丧（比如老兰用高压水泵往肉里强力注水，他当上村长后毫无保留地把高压注水法传授给了乡亲们，还需要注福尔马林液，再用硫磺熏上 3 个小时，从而揭示了当今社会道德堕落到了何等境地）而言，只是叙述的陪衬或铺垫而已。由于叙述的背景和时代是淡化的，因此小说的语言显得飘忽而处于半及物状态。小说的亵渎、反讽和话语的叙述、表达的自由是其主旨的两个层面，所以整体上看《四十一炮》依然不属于后现代主义，而是借鉴和掺杂了后现代的现代主义作品。

（二）肉食、性爱的狂欢化表现

对于肉食和性爱的狂欢化叙述态度，实际上是莫言及其叙述者对于生命存在深切体验的呈示。《四十一炮》的叙述者是“罗小通”，这是一个人们眼中“可爱的、可怜的、可恨的、可敬的、可恶的……但毕竟是非同寻常的肉孩子”，还有“玄乎得让人不可思议的”“混世魔王”兰三少爷。罗小通吃肉并非在筵席上大快朵颐、大喝名酒，而是从出生到长大，在屠宰专业村里见识了不知道多少种肉类。他的理想便是成为肉联厂的厂长，后来果然当上了厂长。品尝和大吃各种鲜美的肉就成了罗小通最主要的工作，这当然满足了他少年时代被父亲及其情人野骡子姑姑惯坏了的吃肉的胃的需要。

前述《四十一炮》有关于五个性能力超厉害的淫神“五通神”及“五通神庙”的故事，实际上通过作为讲述者的“炮孩子”罗小通，其与听者、阅历复杂深厚的大和尚老兰，构成了小说的述—听结构。由于“炮孩子”跑火车般的叙述和讲述特有的意识流，小说语言呈现出一泻千里不可遏止的冲击力。但万变不离其宗，吃和性（食与色）依然是讲述的核心。即使谈到动物也是从一个孩子的口中不断地提到吃。在这部小说中，历史和现实的背景退缩、淡化了，唯有主人公罗小通不断聒噪着关于吃（肉）和交媾（性）的语言之流在宣泄着。从《天堂蒜薹之歌》的及物性写作，到《四十一炮》的半及物性写作，大谈特谈食与色，由此莫言在小说艺术方面又进行了一次颇具悲壮意味的能指的放纵性试验。他把童年和少年时代所遭受的悲切的饥饿的痛苦和饱餐美食的想象力来了一次集中的爆炸性释放。这是最终的告别，同遥远过去悲惨历史记忆的告别。因为他还有更为远大的艺术追求，还有更为紧迫的生存和现实问题需要思想和表达。随后，他的创作以更加具有创新意义的形式构建而重新回到及物性的写作当中。

（三）民间节日的热闹和聚会的狂欢

不同于诗歌和散文，中国的小说和戏曲作为街谈巷议，为下里巴人所热衷的文学形式，直到近代梁启超和王国维等才使之上升为与前两者并驾齐驱的文学体裁地位。但是小说先天具有的下里巴人的街谈巷议属性，在任何时候都没有彻底根绝，哪怕在 20 世纪五六十年代的红色文学时期。莫言曾在一篇谈读书生涯的文章中，专门提到了红色经典对他的影响，而影响最大的是冯德英《苦菜花》和欧阳山《三家巷》里那些溢出红色主流描写路数的委婉曲折的小故事，尤其是其中的爱情描写。那些模式化的

“三红一创”在他眼里,其文学史地位和艺术价值并不高。因此,小说即“小”说,大说、大话不应该是小说的最高追求。

民间节日和聚会可以把下里巴人聚集到一起,就往往在平凡普通的琐屑小事之上,赋予一种别样的情调和意蕴,哪怕生活非常糟糕,世界也因此变得可以忍受,甚至转而变为可以欣赏的对象。在欧洲中世纪和文艺复兴时期的狂欢节上,平时严肃的达官贵人,同平民百姓一起放下平时的面具,而在广场上、集市上尽情地狂欢,甚而可以放纵自己。巴赫金分析过的拉伯雷小说《巨人传》中的狂欢节,亢奋的喧嚣、响亮的辱骂声,乃至激烈的打斗,打在睾丸上,连大肠都打穿了,包罗万象,但最终指向加冕与脱冕的仪式。“血变成了酒,而残酷的激战跟可怕的死亡变成了欢宴,牺牲者的篝火变成了厨房炉灶。血战、切割、焚烧、死亡、杀戮、殴打、诅咒、辱骂,充满了这个‘欢乐的时代’。”①

莫言爱好热闹,一个表现就是喜欢“赶集”。20 世纪 50～70 年代的中国农村集市常常是五天一个,逢五逢十,人们聚集到集市,谓之“赶集”。这几乎是物质贫乏的 20 世纪五六十年代出生的农村孩子的最大享受,即使赶集啥也不能买,但看着那些花花绿绿、千奇百怪的物品,在摩肩接踵的人群中来回穿梭就十分高兴。改革开放之前,中国的城乡在很大程度上靠集市进行一定的贸易,有的是以物易物,且赶集不一定非得买东西,赶集一个很大的收获就是凑热闹。山东的集市上往往有马戏团,有杂耍的、说山东快书的、说评书的,高密的集市还有演茂腔的,临近年关还有卖年货的,卖红春联、剪纸、编织品,耍猴的,应有尽有。在一幅照片中,莫言抚摸着一个老农结实细密的柳编制品,态度和蔼地同这位老农和赶集者聊天,四周赶集的人们都喜气洋洋,彩纸飞扬,整个一幅其乐融融的景象。在《用耳朵阅读》的讲演中,莫言回忆了自己少年时代从爷爷、奶奶等长辈那里,从集市上、乡场上听故事、说书,而“阅读”了流传在民间的丰富多彩的故事和传说,其中就有许多类似于蒲松龄《聊斋志异》中的奇异、怪诞的故事。集市说书艺人讲的故事最能吸引人和打动人,这潜移默化影响了莫言在小说创作中特别注重惊险离奇、纪实与幻想相结合的故事性特征,也体现于他在斯德哥尔摩诺贝尔文学奖颁奖仪式上的讲话《讲故事的人》中。

在莫言的小说中,集中描写节日的有《丰乳肥臀》《生死疲劳》和《三十年前的一次长跑比赛》。这些小说,通过节日叙述者往往表达了苦中作乐的农人们和其他受苦受难者的生活况味和人生期盼,这是主人公们坚韧生命力和创造力的集中体现,笔者称之为“另类狂欢节”或“东方狂欢节”。在《丰乳肥臀》中,节日是独特的雪集。雪集是奇妙的,是雪地上的集市、雪地中的交易,是雪的祭祀和庆典。但与拉伯雷《巨人传》的节日狂欢重在动乱、喧嚣和打破生活的禁忌有所不同。虽然在打破日常生活的禁忌方

① [苏]巴赫金:《拉伯雷的创作与中世纪和文艺复兴时期的民间文化》,李兆林、夏忠宪等译,河北教育出版社 1998 年版,第 241 页。

面,莫言所写的雪集与之有相似之处,但迥异的是,《丰乳肥臀》中的雪集别有一番景致。雪集上,人们进行交易但绝不能用语言,不能说话,只能靠眼神和动作来默默地完成。这样,本该人声鼎沸的集市却在雪地里显得出奇安静。其实,赶集的人的内心是向往熙熙攘攘的热闹场景的。雪集的这个规矩为所有赶雪集的人所遵守,“这是一个必须将千言万语压在心头、一开口说话便要招灾致祸的仪式。在‘雪集’上,你只能用眼睛看,用鼻子嗅,用手触摸,但是你不能说话。至于说话究竟会带来什么样的后果,没有人问,也没有人说,仿佛大家都知道,大家都心照不宣”①。雪集上,在老道率领的庄重正经的仪式和大家压抑着的愉悦心情所造成的怪异表情之间,在人来人往、摩肩接踵的人群和安静的场景之间,有了多层的奇特、滑稽而神秘的效果。人们往往压抑着自己的好奇和激动心情,在雪集上体验到一种日常生活所匮乏的奇妙乐趣。“卖席的男人们不满地看看她(指卖炉包的赵寡妇),用青色的眼睛批评着她巴结张天赐的态度”②,连平日里吹拉弹唱的乐队也是无声的。如果雪集仅仅凸显这种不准说话的规矩,那除了带有一点神秘邪趣之外,似乎谈不上狂欢。雪集的狂欢是另类的、奇异的,关键在于其高潮时候。

雪集的关键或高潮表现在被老道选出“雪公子”时。小说中的“我”即上官金童被有幸选为雪公子。“我”先把双手插进雪盆里,为每一个进入塔下静室、祈求来年生子、奶水旺盛、乳房健康的女人抚摸双乳。所以,最激动的仅仅是雪集上的少数人,也就是摸乳的雪公子金童和参与被摸乳的女人们。但是,这谈不上色情,而是这种情欲转化为触觉的抚摸和被抚摸。雪公子抚摸第一个女人双乳的感觉并不是视觉的,而是触觉的:“两团温暖的、柔软的肉,触在了我冰凉的手里。我感到一阵眩晕,幸福的暖流通过我的双手,迅速传遍我全身。我听到面前的女人发出无法遏止的喘息声。那两只乳房像热鸽子在我手里稍做停留便飞走了。”③雪公子金童插入雪盆后冰凉得有点僵硬的双手,与女人们温暖、柔软的双乳触碰在一起,彼此均产生了强烈而奇妙的刺激。因为隔着白纱,女人的脸部是看不清的,此时触觉上升为第一位的“审美”感官,伴随着嗅觉,接下来是听觉的,是女人们的娇喘声、吞咽唾液的声音。这里有着尼采的审美视域,即美学是关乎男女的情爱之学,美就是关乎男女情爱本身的感觉、感受,这种功利性的触觉感性超过、压倒了无功利性的视听感性,所以雪公子体验和感受到的完全不是康德、黑格尔那种不涉及功利的美学观。就这样,雪公子一连摸了120对乳房。这似乎已经达到了雪集的高潮,但是峰回路转,雪公子对于各种形态乳房的各种感觉和印象的清晰性瞬间被独乳老金那仅有的一只右乳——独角兽——给搅乱了。独乳老金被抚摸,同时引导雪公子上官金童抚摸,她情不自禁地喊出了“亲儿……我的亲

① 莫言:《丰乳肥臀》(插图本),中国工人出版社2003年版,第209页。

② 莫言:《丰乳肥臀》(插图本),中国工人出版社2003年版,第213页。

③ 莫言:《丰乳肥臀》(插图本),中国工人出版社2003年版,第214页。

儿……”从而破坏了雪集的规矩，祸从天降，老道门圣武被公安抓去并且最后给枪毙了。

小说的这种有节制的、神秘的、无声的雪集“狂欢”戛然而止，意味无穷。抚摸和被抚摸，感觉和被感觉，激荡和被激荡，引诱和被引诱，都在双方参与者的内心掀起波澜。在表面上，当事人哪怕激动万分，也是不能发出任何言语的，这似乎在象征或寓言的意义上验证着“祸从口出”的古训。人们精心设计的雪集是一个有趣的游戏，是苦难中的人们寻找乐子的方式。一般而言，狂欢化的场景往往出现于众人云集的聚会场所，而不会出现于个人与个人之间，但《丰乳肥臀》中的摸乳仪式恰恰是狂欢节般的雪集的高潮，这种狂欢存在于一对一地摸乳双方，集市的热闹在此转变为一种静谧而神秘的默趣，并且这种极端的静默方式，使得言说和听觉暂时退居到次要地位，人和人之间的感觉、感受被引向了心理体验的层面，从而成为另类的热闹或狂欢形式。小说的这种设计和描写极具特性，它和《四十一炮》那种毫无遮拦的话语表达、叙述格调，以及《生死疲劳》所写“文化大革命”中的红卫兵宣传队声嘶力竭地呐喊的喧嚣，构成了鲜明的对照。从这个方面看，莫言的小说需要从整体或者比较的视野看，才能更深切、更清晰地发现其审美意蕴和主题意旨，比如《五个饽饽》《粮食》《丰乳肥臀》和《生死疲劳》中关于粮食、饥饿和饿死的大量描写，与《野骡子》《四十一炮》《酒国》中关于各种各样酒池肉林般的美味肉食尽情饕餮的肆意描写，只有把它们放在整个社会和历史变动的大背景下，才能真正全面地理解和把握其叙述和审美指向。无论话痨叙述（《四十一炮》）还是充满压抑和节制、祛除了说话的“莫言”叙述（《丰乳肥臀》的雪集），都是莫言小说某种狂欢化的表达形式。从整体上看，热闹与无言、喧哗与静默、话痨与“莫言”、饥饿与饕餮、饮食和色情两极对立或对应的情节设置、话语表达、叙述安排，构成了莫言小说既两极对立又统一于通感的全息式审美风格。

《生死疲劳》以充满血腥味的批斗会、游斗会，以及六道轮回的动物叙述，呼应着《丰乳肥臀》中充满异趣的另类狂欢。《生死疲劳》写 20 世纪后半叶中国北方农村的历史变迁，但不同于五六十年代的红色经典小说，它以新颖的叙述形式和审美范式，在双重意义上改写了红色经典叙事。其中一个重要的维度就是以喜剧代替悲剧，以滑稽取代严肃，以幽默代替正经，以狂欢取代拘谨。这是一个真正的“解放”了的、自由的小说叙事文本，是一部另类的狂欢化作品。这里仅就其中的节日（第三部中的“现场会”）的狂欢化进行解读和阐释。第三部“猪撒欢”是全书最具狂欢性质的部分，其中的第二十五章标题为“现场会高官发宏论　杏树梢奇猪炫异能”。这“大养其猪”一章从字数来看，是其他章节的两到三倍。此章伊始，小说叙述者就采取了充满噱头的元叙述调子：“非常抱歉，直到现在，我还没有讲到那次养猪现场会的盛况。为了开这次会，全屯的社员准备了一周:为了讲述这次盛会,我铺垫了整整一章。"[①]叙述者欲扬先抑,然后叙述语言变得具有跳跃性,同时具有反讽性。开会前刷白墙,写标语"养猪与世界革命"。除了主人公金龙,还有一个饶舌者"莫言"出现在小说中,叙述者毫不留情面地写了"莫言"出生时的窘况、"莫言"的丑陋,等等。在那个"大养其猪"的年代,即使饿着肚子,节日的味道也是浓厚的。西门屯小学一百多名学生,"像集群开会的松鼠,在杏树上蹿上跳下"。此时的叙述者明确为"我"(猪撒欢即西门闹轮回转世的西门猪)。猪的眼里,早年西门闹的长工黄瞳买来了大缸和300个瓷碗等,要让与会者喝上糖水,金龙则花大力气用碱水和芳香的罗锅牌香皂给猪洗三遍澡。而沂蒙猪刁钻油滑,拒不接受好意。金龙想出妙招,用酒馒头醉倒这些刁钻的猪们。

> 那一天杏园猪场酒气熏天,酒量小的猪不用进食,嗅着这味儿就醉了。
>
> 我是种猪,在不久的将来要承担特殊的劳动,干我那活没有一副好身板是不行的,这道理养猪场场长西门金龙比谁都明白,因此,从一开始我就享受着吃小灶的特殊待遇。我的饲料中没有棉籽饼,因为棉籽饼含有一种名叫棉酚的物质,能够毒杀雄性动物的精虫。我的饲料是有豆饼、薯干、麸皮和少量的优质树叶混合而成,气味芳香,营养丰富。这样的饲料别说喂猪,喂人也完全可以。随着时代的发展和观念的变化,人们认识到,当年我吃的饲料才是真正的健康食品,其营养价值和安全性远远超过鸡鸭鱼肉和精粮细米。[②]

接下来,作为种猪的"我"也被掺了酒的饲料搞得晕晕乎乎,吃酒后的西门猪思绪狂放,身体矫健,一下子跳到了猪圈旁的杏树上,上了树后看到了其他猪早就被醉倒,而人们匆匆忙忙挑猪食,一幅热闹的景象——大辫子普通话老师在排练节目《小猪红红进北京》。排练的小姑娘们惊讶不已,而混在人群中的"莫言"喊出了"美国人早就上了月球,猪上树有什么大惊小怪!""我"(西门猪即猪十六)被人们拉下树,放到了锅里。接着"我"想起了杀猪的场景,但人们不是屠宰"我",而是用温水给"我"洗澡。然后许多男女给"我"梳理、剪毛,还要剪出梅花图案,金龙则在"我"身上写了"为革命配种""替人民造福"的红标语,一头美丽的猪诞生了。其他的猪只好让二十几个青年男女给它们用油漆画脸谱,黑猪脸画成白的,白的画成黑的,甚至染成红猪蹄。而金龙介绍"大养其猪"的经验,口若悬河,"厚颜无耻",竟说这弥漫的酒香,"是他试验成功的糖化饲料的味道,这样的饲料使用精料很少,但营养价值奇高,猪吃了不吵不闹,不跑不跳,只知道长膘睡觉……为帝修反掘下了坟墓……""在人类漫长的历史上,为猪召开的盛会,这大概是第一次,今后会不会再有也很难说,我(指西门猪)在这样的历史盛会召开

---

① 莫言:《生死疲劳》,作家出版社2012年版,第223页。

② 莫言:《生死疲劳》,作家出版社2012年版,第226页。

之际睡过去，那将是三千年的遗憾。"[①]为了大会，西门金龙搞了自发点，为"我"西门猪舍拉了一百瓦的灯泡。会场上，主席台、红桌布、麦克风、高音喇叭，一应俱全。"每一头生猪，都是一颗射向帝修反反动堡垒的炮弹。"转业的团职县领导发出喊声。但在物资匮乏的时代，连两大缸糖水都被外村人喝光了，那时候，吃一口糖，"大约比现在与心爱的女人做一次爱还要幸福"。西门屯里那个最馋的小孩"莫言"用勺子刮缸底糖水发出了刺耳声响。喝了糖水的"莫言"晃悠到机房，尿到传输带上，瞬间柴油机马力带脱落，顿时高音喇叭哑了，官员的讲话也戛然而止。舞台上还演出了小公猪们的节目，跳忠字舞，这是历史上第一次猪在人类的舞台上演出。"我"西门猪遥向编导金美丽致以革命的敬礼！在参观环节，官员们被"我"西门猪精妙的撒尿技艺逗得大笑不止。

这里的描写带有戏谑性和狂欢话色彩。其一，体现在情节的创意方面，用当时人都很难喝到的宝贵的酒来灌醉猪们，这种奇思妙想简直异想天开，但又有那个时代的印迹，政治、场面、做作、谎言高于一切，为此甚至牺牲掉人的温饱，遑论享受。要先满足猪，其实也是为了满足人，是为了满足来检查的上级官吏的好大喜功。其二，体现于小话语和大话语的杂混的狂欢性和反讽性。对于种猪西门猪的特性的描绘，科学话语和性话语含而不露，"喂猪"瞬间转化为"喂人"，饲料成了"健康食品"，养猪和埋葬帝修反而连在了一起！这一章妙趣横生，诙谐幽默，令人忍俊不禁，因此又充满了滑稽性和喜剧色彩。另外，第二十九章"猪十六大战刁小三　草帽歌伴奏忠字舞"，以儿童文学的韵味和巨型的反讽手法写了母猪们围成圈跳舞，两猪大战，猪十六(西门猪)胜利，它意识到"帝王的鸡巴上有政治"，并与蝴蝶迷猪圆满地完成了历史上的第一次交配。还有"人猪大战"以猪们惨败而结束。就这样，通过飞扬的奇异想象力，日常口语、生活场景、性话语和政治话语、宏大叙述嫁接在了一起，就像拉伯雷小说中的日常口语与宗教用语的媾和那般，产生了叙述语言的滑稽性、戏谑性、夸张性和悖谬性，使得小说具有了话语的狂欢性和喜剧性。小说深入发掘幽默和笑点，即使苦难的岁月也并不能完全压抑住底层农民追求快乐的权利。中国乡村的集市、聚会、宴席的花花绿绿、锣鼓喧天，是一种生命的收获、欣喜、丰盈、期盼、愿景等感受，是传统中国人的一种热闹的体现。莫言在此基础上为之增添了宏大叙述的场面、豪言壮语的喧嚣、假模假样的表演等因素，并用反讽等手法加以审美改造。因此，这是专属于莫言的一种"热闹叙述"和"热闹美学"。[②]

(四)物质—肉体下部及排泄物写作的狂欢化表现

除了以上所述，狂欢和热闹更广泛地存在于莫言那种打破禁忌、下里巴人的粗俗

---

① 莫言：《生死疲劳》，作家出版社2012年版，第230页。

② 李震：《当代中国民族志小说中：热闹美学》，《中国社会科学网专访王洪岳教授谈莫言研究与当代文学批评及理论建设》，中国社会科学网，http://www.cssn.cn/zx/bwyc/201804/t20180426－4215136－2.shtml，2018年4月26日。

语言与格调中，从而呈现一种众声喧哗的叙述风格。其中，对于物质—肉体的、动物器官的、饮食的、吃喝的等的描写和叙述，占了很大的分量。莫言小说的狂欢与热闹并非个案，而是贯穿于自《红高粱》之后的几乎所有小说创作当中。这种广泛而深刻的夹杂着热闹的狂欢性或夹杂着欢欣的热闹性几乎渗透于其众多小说当中。《红高粱家族》中写了狗组织起来和人展开一场场惊心动魄的争斗，它们疯狂地咬吃人肉；人们则组织起来与狗们斗智斗勇，迂回曲折地打狗，大吃狗肉，人狗之间展开一场场血腥的生死大搏杀，这种构思和描写自然带有异想天开的狂欢性。

在这方面最具代表性的还是《酒国》，这部小说写了大量的筵席。筵席或酒肉文化是中国文化的核心，我们是一个以"民以食为天"、匍匐在"一个世界"即现世的民族。我们有宗教信仰，但是比较微弱，或者说分散，并且信仰也带有强烈、明显的实用性。因此，描写筵席和酒肉吃喝的《酒国》一下子就切入了得天独厚的文学领域。尤其是莫言那种泥沙俱下的语言表达风格、巫幻现实主义审美法则，由他来描写颓败时代的民风官场生态，正所谓得其人也。小说写了一道菜"龙凤呈祥"，菜名很有诗意，但这是一道一尺酒店开发的令人匪夷所思的菜品，是一道由公驴和母驴的生殖器制作的菜肴。在写给"莫言"的信中，业余作者、酒博士李一斗详细"分析"了小说中的五个疑问：其一，一批昏官腐败透顶，竟冒天下之大不韪，杀食男婴。小说要源于生活而高于生活。其二，这道名菜"龙凤呈祥"体现了"真正的美"，"是化丑为美"，"一根驴屌，一扇驴屄，插在一起，往盘里一放，黑不溜秋，毛杂八七，骚巴拉唧，当然不美，也无人敢下筷子"。但经过中华饮食文化之精致的泡、浴、煮、剔、拔、熘、焖、蒸、切、摆等工序，再配以各种名贵佐料，最后祛除恶心的器官名称，命之以"龙凤呈祥"的美名，一道超级美味佳肴就豁然出炉了。那些京城来的西装革履的堂堂绅士们、摩登高雅的娇柔女士们，也就抛掉尴尬或羞涩之心，毫无矜持大快朵颐，嘴唇上油光闪亮，吃得不亦乐乎。这构成了热闹、狂欢和反讽。华裔美国作家赵健秀创造的术语"食物色情文学"（Food Pornography），就是华人的食材选择、烹饪方式和淫词秽语的结合。[①]《酒国》对于喝酒和吃肉的描写可谓极尽中国人饮食文化之能事，也透露出浓浓的色情意味，让人叹为观止。生活在这"一个世界"的国人，没有多少宗教禁忌，无论猴头还是果子狸，胎盘还是猪大肠，熊掌还是鱼翅，燕窝还是各种动物的生殖器官，统统都是餐桌上的美味佳肴。因此，公驴母驴的生殖器官成为筵席上的美食也就不稀奇了。另外，为了吃哪管环保和生态平衡，一饱口福，便是至高的幸福享受。《酒国》有一章是李一斗的小说"采燕"，这一章写采燕窝人的艰辛和吃燕窝人的享乐。对自然的无限攫取不但导致了自然界本身的报复，而且更为严重的是这种饮食文化带来了人的肉体一时的无上快感的同时，导致了严重的道德和灵魂堕落的极致。狂欢化的表象下是作者的无奈甚或绝望

---

① Frank Chin, *The Chickencoop Chinaman and the Year of the Dragon*, Seattle; London: University of Washington Press, 2002, p. 86.

的心态。

对人的身体下部和排泄物的大肆描写，作为拉伯雷小说的一种叙述方式和意向，是巴赫金提炼和总结出来的狂欢化的一种表现领域，也是巴赫金对话和复调理论的一种掩饰性策略。官方及其意识形态金玉其外的假正经和败絮其中的脆弱实质，作为理论家的巴赫金当时并不能直截了当地指出来，只能采取这种春秋笔法迂回曲折地进行理论的总结和表达，其中自然体现了巴赫金的平民情怀和平等意识。巴赫金所论证的拉伯雷小说的身体下部和排泄物的描写绝不仅仅是令人恶心的、拒斥的，而是渗透了原作者和理论家自由、平等、博爱的思想意识。莫言在小说《红蝗》以及《食草家族》中，同样写了人体下部及其排泄物，其意图首在冲破当时尚存的假大空审美取向和做作的创作原则。莫言坦承，《食草家族》"不会给读者以阅读的快感"，它是作家疯狂与理智挣扎、混乱不清的产物，他甚至号召读者不但要批判食草家族的历史，而且要批判作家的精神历史。[①] 莫言所说的自己当时所具有的疯狂倾向，以及读者阅读时的反快感，与其在同王尧的对谈中所提到的自己正处于"对抗"时期的小说创作取向是相关的。这种刻意的对抗不但体现在小说叙述和表达的形式方面，而且体现在所要表达的题材内容方面。鲁迅曾经表示不宜在艺术中表现的东西，20 世纪 80 年代的莫言就反其道而行之，刻意去表现这些东西，他正是在亵渎的层面上显示自己的存在。传统小说叙述讲究故事的明晰性、因果关系的逻辑性、正面人物形象要高大全且要具有榜样性，莫言就硬要把故事写得扑朔迷离、线索模糊不清，不讲求逻辑性，人物形象也变得混沌混杂、丑陋怪诞，打破了人物形象的正面和反面之说。

《红蝗》作为作者的"六梦集"(后改名《食草家族》)的第一梦，最惊悚之处是写了"食草家族"因吃草而大便通畅，毫无肠道病，排泄时往往有畅快、幸福的感觉，排泄的大便飘着清香。这与城里人排泄不畅、肠道病严重、排泄物臭气熏天可谓天壤之别。《红蝗》还把人同大便做比喻，虽然用的第一人称叙述的"我"，"不过是一根在社会的直肠里蠕动的大便"。唯一见过蝗虫从土里出生的人是四老爷，他喜欢到干燥的田野里拉屎。在拉屎的时候，中医四老爷感到简直是在修身养性。"高密东北乡人食物粗糙，大便量多纤维丰富，味道与干燥的青草相仿佛，因此高密东北乡人大便时一般都能体验到摩擦黏膜的幸福感。"[②]"五十年前，高密东北乡人的食物比较现在更加粗糙，大便成形，纤维丰富，恰如成熟丝瓜的内瓤。那毕竟是一个令人神往和留恋的时代，麦垄间随时可见的大便如同一串串贴着商标的进口香蕉。"[③]此类耸人听闻的狂言妄语不胜枚举。这是一种彻底颠覆和消解既有审美观念、艺术观念，亵渎神灵和权威的小说话语。因此，小说一发表就遭到许多批评家的猛烈批判和否定。但是也有少数批评家如

---

① 参见莫言：《圆梦——〈食草家族〉代后记》，《食草家族》，花山文艺出版社 1992 年版。

② 莫言：《食草家族》，上海文艺出版社 2012 年版，第 25 页。

③ 莫言：《食草家族》，上海文艺出版社 2012 年版，第 26 页。

丁帆对此进行了适度的肯定，他在题为《亵渎的神话》的论文中，谈到了《红蝗》的意义，认为作为一种反叛，“时空交错的《红蝗》是莫言制造的一个‘神话’，它充满着一种对旧有审美观念的亵渎意识”，《红蝗》带来的“是传说中的审美经验的失灵”。① 小说所亵渎和反叛的是几十年甚至几百年来养成的审美习惯和美学思想，而这种亵渎、对抗和反叛是通过对即使鲁迅先生也不能认同的事物和感觉、感受的描写而实现的。另外，小说叙述者和情节梦境般飘忽不定，使得小说的题旨或作者意图并不明朗。因此，那些简单化地称其为“噬丑”的论者也就是臆断妄言，并不一定到位。把自己喻为“不过是一根在社会的直肠里蠕动的大便”的彻底自嘲自贬的叙述者“我”就将自己放在了一个极其低下的位置，叙述者仰视叙述着所有人物甚至是动物草木们。正因为采取了这样一种低下的视角和姿态，小说的叙述一改往昔小说家们的“导师”口吻和灵魂工程师的说教，也与自我感觉良好的学士腔判然有别。所以，莫言提出用“作为老百姓写作”来取代“为老百姓写作”，也就顺理成章了。

在儒家文化和正统意识形态控制的文化语境下，不可能存在真正的狂欢精神，也就是说在现实中狂欢化很难做到。而莫言小说中的狂欢化的实现是和幻化、热闹密不可分的，只有通过巫幻或梦幻才能在意识和精神的层面上想象性地达到狂欢化的境地。在“作者的话”中，莫言自称《食草家族》写于 1987～1989 年的“六梦”，“表达了我渴望通过吃草净化灵魂的强烈愿望，表达了我对大自然的敬畏与膜拜，表达了我对蹼膜的恐惧，也表达了我对性爱与暴力的看法，表达了我对传说和神话的理解，当然也表达了我的爱与恨，当然也袒露了我的灵魂，丑的和美的，光明的和阴晦的，浮在水面的冰和潜在水下的冰，梦境和现实”。正如卡夫卡通过对梦的描写自由地表达自己意识中的地狱观念那样，莫言通过对这“六梦”的营造，书写了一个处于探索期的小说家朦朦胧胧、混沌甚至混乱的创新意识。或许是歪打正着，莫言在《红高粱家族》所树立的标杆面前，通过《食草家族》和《酒国》的实验性写作，通过美学上的亵渎与对抗，通过狂放和梦幻的表达方式，在整个小说学的诸方面都进一步放下了包袱，冲破了禁忌，突出了重围，得以度过那段艰难岁月，并帮助或引领中国当代文学开拓了广阔的审美—感性表达领域。在莫言小说面前，一切做作的，打着真善美旗号实则行假丑恶的伪君子、假道学，统统变得滑稽，其画皮被剥得精光。在小说创作领域，在“高密东北乡”文学王国里，莫言如入无人之境，横冲直撞，肆无忌惮地碾压曾经作为压迫者的文学规范和审美规范。文学王国里的国王终于经过艰难困苦而诞生了。

三、莫言小说狂欢化的价值和意义

热闹化的狂欢和幻化，作为莫言小说叙述的外层表达方式，起到了刺激和推动小

① 丁帆：《亵渎的神话——〈红蝗〉的意义》，《文学评论》1989 年第 1 期。

说情节往前的作用。其狂欢化是通过语言(叙述语言、对话等)实现的,同时与幻化息息相关。幻化手法包括写实性语言被幻想性语言冲淡,人物形象来自灵魂叙述、鬼魂叙述、怪诞叙述、动物叙述甚至植物叙述,成人叙述被儿童叙述取代,现实情境被虚幻情境超越,心理臆念、梦境、自由联想、内心独白等非写实手法占据主导,还有“莫言”作为叙述补充者的现身,以及莫言原先的小说文本、情节等在作品中的出现,都构成了莫言小说如《生死疲劳》等作品的狂欢化和幻化色彩。小说所描写的人物、事件、场景等往往是低于正常状态的,因为小说叙述显出一种低摹仿的色彩,在一片肃杀的、正经的氛围中,莫言创造了一种带有热热闹闹的喜剧性和滑稽性的小说叙述风格。与巴赫金论述过的拉伯雷《巨人传》中的那些滑稽和喜剧场面类似,莫言的小说尤其是《生死疲劳》等作品中的滑稽性和喜剧性来自语言的热闹、夸张、戏谑,来自对人体器官尤其是男性性器官、人的排泄物、性事的大肆张扬,来自对民间节日、筵席、怪诞形象的热衷。莫言在追求小说的民间性、狂欢性和幻化现实生活等方面,不但较为彻底地“还原”了小说原本的“小”说之道,而且“还原”了小说的幽默和喜剧精神。与之相关的,莫言小说还追求一种深层思维方式即复调及反讽。

第二节　复调和反讽:深层结构思维方式

复调的概念也来自巴赫金,他有一本书《陀思妥耶夫斯基诗学问题》,研究了陀氏小说的复调问题。所谓“复调”,是相对于“独白”来讲的,独白的小说和独白的主人公不能够同作者那样作为主体而独立存在,必须依靠作者主体,仿佛作者的孩子那般存在,是作为作者的传声筒或客体、对象而出现的,情节往往具有重要地位。直到复调小说的出现(而陀思妥耶夫斯基是复调小说的首创者),一种和作者主体具有平等地位和对话性质的主人公才出现。[①] “有着众多的各自独立而不相融合的声音和意识,由具有充分价值的不同声音组成真正的复调。”[②]这些各自独立的声音和意识包括作者的、叙述者(讲述者)的和某一主人公的,相互交织、对话,构成恢宏的内部的复调,在欧洲当时大概只有陀氏小说做到了这一点,即在小说的内部达到了诗学的深刻的对话性、复调性和完整性。

莫言的小说写作在努力追求这种对话性、平等性的同时,也极力形成一种其小说诗学内部的统一性和完整性。他从巴赫金或陀思妥耶夫斯基那里借鉴了这种复调性或众声喧哗性,打破了独白式小说叙述强加给读者的那种独语性、专断性和平面性。这种“众声喧哗性”又和小说的叙述格调或叙事美学的反讽等特点联系在一起,反讽也是由两层或多层的意义造成了语义或语境的错位。复调和反讽有一种内在思维的同

---

① 参见[苏]巴赫金:《陀思妥耶夫斯基诗学问题》,白春仁、顾亚铃译,河北教育出版社1998年版,第5页。

② [苏]巴赫金:《陀思妥耶夫斯基诗学问题》,白春仁、顾亚铃译,河北教育出版社1998年版,第4页。

构性，因此我们把它们并置论述。

一、复调叙述的表现

虽然莫言的复调叙述受到了陀氏小说的影响，但是莫言和陀氏不同，陀氏小说是以塑造有思想、有意识、有能力、可以同作者主体对话且平等的主人公为己任，如其小说主人公伊万·卡拉马佐夫、拉斯科尔尼科夫等，都足以承担陀氏设定的小说的复调目的，从而实现其小说的目标。而莫言小说中的复调并不刻意追求这种不时地同作者对话的主人公形象或性格，而是努力创造一种多元的复合型的对话氛围，通过把人物/主人公置于一个能够展示小说中所有人物性格"协调一致"的环境/氛围中，而实现其小说的任务。在莫言的小说中，叙述的线索变得无足轻重，重要的是叙述的过程和层次。多层次、多元复合型的叙述方式，表达了莫言的小说美学，即众声喧哗的人间悲喜剧，或由悲向喜转化的过程，往往成为莫言小说叙述的最高目标。这种多层次、多元复合型的叙述造成了一个小说的或叙述学的新形式：在共同的多层多维的展示和表现中，小说呈现出应有的特点，多种声音、多元立场、复合样态，构成了小说的叙述美学。《生死疲劳》中叙述美学的多元性、多层次性就体现为人鬼复合叙述、动物叙述、儿童叙述、怪诞叙述及元叙述等多维立体叙述系统的建立和实施。这种种不同于成人的叙述方式有一个共同点，那就是带有我们民族特点的众生平等观念，类似于庄子的齐物论。从这里，莫言的小说获得了一种不同凡响的价值观，即人的平等、人与动植物的平等、万物平等的观念。由之，悲剧似乎可以忍受和克服，可以转化为喜剧，卑微的生活满含着笑料和乐趣。这种复调呈现出各类人物/主人公乃至各种生命形式，哪怕在一个最荒诞、最令人恐惧的时代和地域上，也能够找到赖以生存且具强悍生命力的方面。

《丰乳肥臀》同样追求这一点。在最初的努力中，主人公鲁璇儿只是顺从长辈，以及把她养大的姑姑还有生命自然力量的支配，嫁到了上官家，成为上官寿喜的老婆上官鲁氏，再沿着婚姻的模式生儿育女，但是丈夫上官寿喜性/生殖功能不行，她怀不了孕。在姑姑的授意下，也为了自己和上官家的名誉，她稀里糊涂地同自己的姑父发生了关系且先后生下了上官来弟、上官招弟。但是她在上官家的命运并没有得到多少改善，因为她生的不是儿子。于是，她同一个赊小鸭的土匪密探交媾生了三女儿上官领弟，同一个江湖郎中结合生了四女上官想弟，同杀狗屠夫高大膘子性交生了五女上官盼弟，同天齐庙的智通和尚私通生下了六女上官念弟，被四个败兵强奸生下了七女上官求弟，但至此上官鲁氏仍然没有改变自己在家庭中的地位和命运，仍然受到专横凶悍且力大无比的打铁匠婆婆的虐待。她必须生一个儿子来证明自己的价值，赢得自己的地位，就像生了一个独子的婆婆上官吕氏。在上官鲁氏的生命中最重要的、最具文化融合性的是她和在本村传教多年的传教士马洛亚相知相爱而生下了龙凤胎上官玉女和上官金童。上官鲁氏的生活终于获得了根本的改善，并获得了生命的价值和意义。这似乎是儒家思想和伦理的胜利，但实际上是对儒家文化和伦理的亵渎，是齐文化那种打破道德桎梏力量的某种胜利。这两种文化或价值观，无形中构成了对话。到底是儒文化的传宗接代、不孝有三无后为大的观念占据上风，还是那种以怪力乱神来克服沉重的性观念的齐文化占了先机？悖论的是，正是在生儿子的信念支撑下，上官鲁氏不断从不同男人那里借种，不断生育（女儿），又不断希望生下儿子，最后终于如愿以偿。这是一幕幕近似于宗教情怀的悲壮的活剧，又是极富勇气地冲出准宗教的儒家留后思想的大无畏的献身、牺牲的体现。一个为了生育儿子而不惜不停地从不同男人那里借种的女人，需要承受多大的压力啊！但是，生育儿子的坚定信念，促使她努力去赢得生命的尊严和价值，终于彻底压倒了传统的"三从""四德"、温柔敦厚的儒家思想。这里就产生了一个关于儒家思想本身的悖论。这还只是上官鲁氏生命历程的一部分，更为重要的是她（不得不）担负起抚养自己女儿们与不同的社会政治阵营男人们结合而生下的孩子们（沙枣花、鹦鹉韩、鲁胜利等），甚至不是她的女儿们生的孩子（如司马粮）。最终，母亲上官鲁氏坚韧而博大的胸怀和爱战胜了一切狭隘的私欲。

然而，播下的是龙种，收获的却是跳蚤。几个女儿有着各自奇特复杂的人生和敢爱敢恨的个性，她们或者爱上了国民党员、还乡团长、共产党员、美国飞行员，或者被迫进入妓院，或者被迫卖到了白俄，或者因为失明而不得不留在母亲身边，她们的生命和性格都得到了不同程度的呈现。然而，母亲含辛茹苦生养大的唯一的儿子上官金童却是一个扶不起的阿斗、孱头。小时候他不但霸占着母亲的乳头，不让自己的八姐上官玉女吃奶，而且嫉妒司马粮来觊觎母亲的奶水。长大后，离开了母亲和其他女人的乳房，他就毫无力气。他吃不了一般的粮食，一吃就恶心呕吐，于他而言唯有女人的乳汁才是最好的食物。他在女人堆里沉迷，唯有不停地含着女人的乳头，抚摸着女人的乳房，吸吮着女人的乳汁，才能生活下去。这个形象和母亲的巨大牺牲（身体的、名声的、生活的等等）相比，显得微不足道，这构成了一个无以复加的巨大鸿沟。上官鲁氏的牺牲、包容、母爱，同上官金童的软弱、无能、本能，构成了强烈的对比。至此，莫言宣判了中国文化与西来文化杂交的失败。他不是对传统形态的古文化宣判死刑，而是借着它在当代的复辟和借尸还魂，来彻底地宣判它的死刑。根找到了，还发现了它在当代的根系和地上的活态存在，但是它羸弱而不堪一击。虽为杂种，但上官金童并没有获得强悍的生命力，而是徒有英俊的外表，内里虚空，幼稚至极，面对充满暴力、欺骗、混乱、荒诞的外部世界，他毫无还手之力和心机。主人公母亲上官鲁氏和儿子金童构成了坚强韧性与幼稚软弱性格的两极，这种潜在结构也形成了小说内部的对话性或复调。《丰乳肥臀》的复调或对话性就是，主人公母亲（上官鲁氏）漫长而沉重的一生，与泥沙俱下、善恶难辨、美丑与共的现实生活世界，以及金童吊在女人乳房上的残缺人生，与母亲博大而宽广的心胸、坚韧无畏的强力，构成巨大的反讽和悖论。复调或者对话性构成了莫言诸多长篇小说的内在结构,例如,《酒国》的复调体现为多重话语和文体所构成的叙述的杂糅性,《生死疲劳》的复调或对话性就是众声喧哗式的多重话语或话语杂糅。

二、反讽的表现

反讽(irony)是当代文学家创作的一种手法,它需要至少两重语义,即人与人、人与环境以及人与自身的矛盾导致反讽的产生,可分为内部矛盾型反讽和外部矛盾型反讽,即自我矛盾型反讽和相互矛盾型反讽。第一种反讽作为一种内部自我生成的矛盾,"是一种调解人自身内部冲突的方法,是建立在精神的绝对自由上的"①。这种反讽是一种向内的谵妄、清醒的愚狂。借助这种反讽,人能够超越自身的局限而抵达某一自由境界。这是人的个体自身内部的精神及其成长的方式。第二种反讽是关于人与外部世界的关系的,一件事物乃至整个世界都有某种自相矛盾之处,置身其中的人自然脱不掉这种矛盾。还有一种关于反讽的分类,即语言(修辞学)的反讽和戏剧的反讽。美国新批评家布鲁克斯认为,语言(修辞学)的反讽是"语境对一个陈述句的明显的歪曲"②。这种反讽亦可简单地理解为是"正话反说,反话正说"。巴赫金认为夸大其词就是语言的反讽。英国作家、批评家戴维·洛奇则认为,反讽是读者与作品人物之间的不和谐,即"当读者意识到实际情况与人物的理解出现偏差时",反讽就出现了③;这是一种戏剧性的反讽,和语言的反讽是相对的。西方学者米克的概括更精粹一些,他认为,反讽"既有表面又有深度,既暧昧又透明,既使我们的注意力关注形式层次,又引导它投向内容层次"④。

"反讽在先锋文艺中得到广泛运用……如果要传达出先锋艺术家的悲苦体验,而又不显得那么慷慨悲壮、一本正经,反讽就是最恰切的表现手段之一。"⑤莫言的诸多小说就有浓厚的反讽性,包括内部矛盾型反讽与外部矛盾型反讽、语言反讽和戏剧性反讽等多种形式。同复调在莫言《生死疲劳》的运用相一致,反讽也在这部小说中被大量运用。省吃俭用、勤劳持家、修桥架路、行善积德的地主西门闹在土改中被当作恶霸枪毙了;而偷鸡摸狗、吃喝嫖赌抽五毒俱全、糟光了父辈的家业、气死了老娘的杨七土改时却成了最高等的出身成分——赤贫农和革命的急先锋。这种时代和命运的巨大反差便构成了一种反讽,善恶颠倒、乾坤颠倒、是非颠倒,整个世界的价值标准和行为规范都被彻底颠覆了。在是非、善恶、美丑等方面,人与其所生活的环境之间产生了不可调

① 周国平主编:《诗人哲学家》,上海人民出版社1987年版,第97页。

② [美]柯林斯·布鲁克斯:《反讽——一种结构原则》,赵毅衡编选:《"新批评"文集》,中国社会科学出版社1988年版,第35页。

③ 参见[英]戴维·洛奇:《小说的艺术》,王峻岩等译,作家出版社1998年版,第197页。

④ [英]D.C.米克:《论反讽》,周发祥译,昆仑出版社1992年版,第7页。

⑤ 王洪岳:《审美的悖反:先锋文艺新论》,社会科学文献出版社2005年版,第183页。

和、不可逾越的巨大鸿沟。这是《生死疲劳》小说叙述的基调，也是小说反讽的总基调。

蓝脸是西门闹捡来养大的孩子，“解放”后不愿意入社，坚持单干。蓝脸这一现实原型被折磨死了，小说中的单干户蓝脸侥幸没有被打死，从根子里热爱土地和劳动的他却被当作另类，不但经受孤独、屈辱，而且遭受种种肉体的折磨。他所代表的老一代农民靠勤劳和善良过活的本分思想，在这个运动不断和动乱不断的年代，也成为一种妄想。就是这个土里刨食、汗水里劳作的农民，在20世纪五六十年代的大饥荒中，公社里整天饿死人，而他家打的粮食却绰绰有余。这其实揭示了蓝脸以一人之力与大集体合作化人民公社无声对抗，同样具有强烈的反讽意味。在具体的叙述中，那些拿着红宝书（语录）的人，往往是贪心泛滥的角儿；而那被游斗的老县长，却因为在批斗中到处走路而锻炼了身体，高血压、失眠等不治而愈；“文化大革命”中“大叫驴”小常和“二叫驴”金龙在集市上“会师”，两批走资派也“会师”了。在戏仿领袖话语、领袖形象以及宏大历史叙述中，这种空洞的话语和历史所指被解构了，人们从这种宏大而虚空、做作而滑稽的带有表演性质的作态中，获得了喜剧般的愉悦。崇高、滑稽、反讽、恐怖等复合型美学效果由是而生。

这种人与环境之间的反差所导致的反讽在莫言小说中呈现得比较多。在这种反讽中，精神的、高雅的、华丽的、宏大的、正经的事物和人物，往往被物欲的、低俗的、丑陋的、微小的、滑稽的、肉体的，甚至性器官的、壮阳之类的叙述瓦解掉。《生死疲劳》中的旧省委当权派腐败分子，不但讨了少女做老婆，而且通过各种手段得到壮阳药、壮阳食品，养得阳具高挺，目的自然是更多地占有女性。这里则体现了语言的、修辞学的反讽。这种修辞学的反讽在《十三步》中也有突出的表现，第四部写李玉婵刚刚当上殡仪馆美容师，回想起少时看到过的屠夫六舅杀猪的情形：“杀猪多年之后，六舅眼里已无活猪（引者按：此感觉可参庄子《养生主》篇‘庖丁解牛’故事）；同理：我把死人看成一些毁坏了的器具，我的任务是表面修理（引者按：修理内部是内科医生的事）；修理死人表面多年之后，我的眼里无完人，如果给我机会，我能把丑八怪修理成美郎君（引者按：这种想法为她十年后成为活人美容大师埋下了伏笔）！”[①]这是一种文本之间的反讽，是后文本（莫言小说）对于先哲文本（《庄子》）的戏仿和反讽。

西门闹的儿子、蓝脸的养子金龙，“文化大革命”中生活贫穷，缺衣少食，但他却舍不得脱下那一身半土不洋的军装来清洗，他的娘只好趁其昏迷之际把那长满虱子的的确良军装给煮了，结果虱子煮死了，军装也缩皱得不成样子。即使这样，蓝（西门）金龙“大病初愈，面色灰白，支撑着出来领导革命”[②]。卑微、贫困然而充满了豪言壮语的故事，在《生死疲劳》中比比皆是。这显然是一种戏剧性的反讽，但又夹杂了语言修辞的反讽。

短篇小说《长安大道上的骑驴美人》作为当代无聊平庸生活中的奇思幻想，从现代

① 莫言：《十三步》，上海文艺出版社2012年版，第86页。

② 莫言：《生死疲劳》，作家出版社2012年版，第160页。

返回古代，从现实界跨到想象界，从不完美的、琐屑的生活到完美整一的理想，是这篇小说的主旨。然而，小说创设的美好境界其实只是现代都市人的一个美丽的泡影。京城里的普通工人侯七突然在长安大街上看到了一幕：一个美丽少妇骑着一头黑驴走在大道上，她的后面跟随着一个骑马男子，男子披挂着银灰色的盔甲。侯七期待看到奇迹出现。就在人们跟厌而离开，最后只剩下侯七一个人时，白马和黑驴都停下了脚步，“侯七的心一阵狂跳，期待已久的结局也许就要出现了，让他怎能不心跳！”然而，白马和黑驴分别翘起尾巴，各自拉出了十几个粪蛋子，然后像电一样往前跑去。[①] 美丽的幻想和期待却盼来了马驴的粪蛋子，巨大的期待和巨大的失望相伴而生，造成了喜剧性，结果让侯七陷于巨大的失落当中。这是一种充满亵渎性的戏剧化反讽方式，也是一种外部矛盾型反讽。

莫言小说的反讽往往源自这种戏剧性或外部矛盾性的情节安排。在《酒国》中，省检察院特级侦察员丁钩儿奉命去调查一桩食婴案。侦察员这个职业本身就带有某种神圣感和庄严感，但是在整个过程中，丁钩儿先与所搭车的女司机调情，然后在调查对象、煤矿书记和矿长摆设的宴会上被灌醉，出尽洋相，灵肉分离。后来他又找到女司机，发现她原来是市宣传部副部长金刚钻的妻子。两人在她家交欢时，金刚钻突然出现，丁钩儿反而被侦察对象抓住把柄。就这样，他一步步走向了自我堕落以及周围环境所设下的重重陷阱当中，最后在醉酒状态下掉进粪坑淹死了。整部小说中，丁钩儿或者说酒国的整体氛围便是在酒中沉醉、糜烂、堕落，这对于严肃工作、正常生命和人的生存本身构成了全面解构与反讽。《酒国》的反讽不仅仅是对小说中的人物和时代的反讽，而且是对整个人的存在、整个时代、整个社会的反讽。小说的扉页写着“丁钩儿墓志铭”：“在混乱和腐败的年代里，弟兄们，不要审判自己的亲兄弟。”其意在于作者/叙述者的自我反思和反讽，也召唤着同时空语境中的读者同样的情怀。在这样的时代和氛围里，没有人可以超脱于混乱和腐败之外，而是都与这个时代及其价值观有某种程度的同流合污。食婴大案之所以发生或疑似发生，都和这个民族及时代迷茫、败坏、自私、浅薄等特点息息相关，“世人皆醉我独醒”的觉悟者几乎荡然无存。且不说小说在文体方面的创造，单就其语言表达的特点来看，《酒国》充分发挥了作家巫幻神魔、狂放自在的想象力，把整个世界、时代、社会、艺术、自我等来了个彻底颠覆和解构。“作家莫言”给“酒博士”李一斗回信：“有一位叫李七的人写了一篇《千万别把我当狗》的小说，那里边写了几个地痞流氓，在坑蒙拐骗偷什么勾当都干不了的情况下，才说：咱他妈的当作家去吧！”[②]须知，写出如此愤世嫉俗话语的叙述者（作者）的处境或语境，是人文精神开始彻底堕落的一段时期。“我这人没有理论根基，鉴赏力很低，不敢

---

① 参见莫言：《长安大道上的骑驴美人》，《与大师约会》，作家出版社2012年版，第215页。

② 莫言：《酒国》，上海文艺出版社2012年版，第25页。

指手画脚。我已将大作寄给《国民文学》编辑部……"[①]在《酒国》中，酒博士李一斗一共写出并寄给"作家莫言"的小说有9篇，其中《酒精》里这样写道："好酒好酒，好酒出在俺的手。喝了俺的酒，上下通气不咳嗽；喝了咱的酒，吃个老母猪不抬头！"[②]在戏仿中，小说进行了多重反讽。首先是自我反讽，先对作为作家的自我进行贬抑，进行自我反讽；其次，借助文本的互文，把写过小说《千万别把我当人》的作家（王朔）和当代最高文学期刊《国民文学》所影射的《人民文学》调侃了一下，在对莫言的小说《红高粱》互文戏仿的同时来了一次反讽。再次，曾经崇高伟大的作家这一职业成了反讽的对象，产生了彻底的祛魅化和滑稽感。

反讽有时候是在话语的反差中产生的，此即语境的反讽。长篇小说《蛙》写叙述者"我"（军人万小跑又名万足）和妻子王仁美生了女儿后，入乡随俗，大摆筵席，小时候的同学陈鼻和袁腮都来赴宴。陈鼻的肚子微微腆起，像将军肚。陈鼻就感慨做梦都想不到能过上好日子。"这要感谢华主席，袁腮道。我看得感谢毛主席，陈鼻道，他老人家要不是主动走了，一切还是照旧呢。"[③]幽默和反讽相伴而生，让人想起上海作家陈村中篇小说《癌》所写的"每天上班，我都要经过火葬场，那里终年生意兴隆"，还有《蛙》中王肝狂热暗恋公社卫生院的妇科医生小狮子，听了那动情话语，"我感到身上一阵阵发冷，胳膊上爆出了一层鸡皮疙瘩"[④]，这都是一种话语修辞的反讽。话语及行为与语境之间的错位导致了悖谬，结果就是反讽的出现。

莫言小说的诸种反讽往往混杂在一起，语言修辞的反差与矛盾、语境与主体认知或情感判断错位，难分难辨。《酒国》中，丁钩儿来到煤矿，被引导到豪华奢侈、富丽堂皇如地下宫殿般的餐厅，但党委书记和矿长反而说："穷乡僻壤，欢迎光临！""条件简陋，不好意思。"[⑤]他们喝的酒是茅台、王朝干红、青岛啤，书记也许是矿长却说："我们是爱国主义者，抵制洋酒！"[⑥]丁钩儿谦虚地说不喝，但书记也许是矿长就说，丁钩儿特级侦察员来鄙矿调查我们感到光荣，本人代替全矿干部和工人敬您三杯，您若不喝就是瞧不起俺工人阶级瞧不起俺挖煤的煤黑子。[⑦] 语言与语境、语言的表层与深层语义之间，都产生了巨大的反差、错位。尤其是李一斗的小说《肉孩》按质定价，公平交易，特等肉孩须是白白胖胖的两岁左右的男婴，农民金元宝夫妇好不容易把小宝养到21斤4两，特等每斤100元，折合人民币2140元。[⑧] 夫妇俩拿到卖婴儿的钱款后眉开眼

---

① 莫言：《酒国》，上海文艺出版社2012年版，第26页。
② 莫言：《酒国》，上海文艺出版社2012年版，第27页。
③ 莫言：《蛙》，作家出版社2012年版，第98页。
④ 莫言：《蛙》，作家出版社2012年版，第103页。
⑤ 莫言：《酒国》，上海文艺出版社2012年版，第40页。
⑥ 莫言：《酒国》，上海文艺出版社2012年版，第41页。
⑦ 参见莫言：《酒国》，上海文艺出版社2012年版，第43页。
⑧ 参见莫言：《酒国》，上海文艺出版社2012年版，第73页。

笑，不胜得意。冷静客观的对话和描写，不仅表达出语言与现实所导致的荒诞，而且是一种彻头彻尾的审美格调上的反讽。这种对话和叙述本身平淡至极，但又耸人听闻，触目惊心。或许小说中李一斗自我标榜的“严酷现实主义”或“妖精现实主义”在某种程度上能够说明《酒国》的创作旨趣。如果说写实包括把社会生活及其“氛围”也写出，如果说这种氛围带有怪异的“妖气”的话，那么，如李一斗自我标榜的“严酷＋妖精＋现实主义”正体现出这部小说的格调、手法、宗旨，而任何单一维度都不能准确概括莫言的这部小说的特点。

如果放眼整个中国现代文学史，还会发现《酒国》存在着一个超级反讽意图。中国现代文学诞生的标志之一是鲁迅的《狂人日记》，其中的“吃人”及其隐喻成为现代文学一个经久不衰的重要而严肃的主题。中国文化从物质的、饮食的直接占有（吃掉），从易子而食、易妻而食，到人饥而争相食，战乱灾荒人祸时吃人，和平常态下也吃人，或治病或发泄变态心理，或将人处死而吸食脑髓或往人身上凿洞而吸吮鲜血，等等。《水浒传》写石秀向义兄杨雄告发了义嫂潘巧云与和尚偷情之事，杨雄一怒之下杀了巧云，并且将其心肝肺等烹而食之。据清代纪晓岚的笔记《菜人》，“菜人”者，系崇祯末年豫鲁一带大旱并蝗灾，草根树皮皆被食尽，人吃人惨况发生，妇孺被绑着拉到菜市场卖掉，然后其命运大致为被吃掉，所以谓之“菜人”。而现实中则有近代英杰徐锡麟在安庆刺杀安徽巡抚恩铭，失败被捕，其心肝被挖出来炒着当作下酒肴吃掉。而徐锡麟作为鲁迅的挚友，自然在《狂人日记》《药》等作品中有所影射，所以“吃人”不仅仅是礼教杀人的隐喻，而是有历史实例为证。“文明”发展到当代，公开吃人的场面不常见了，但是像《酒国》里那种酒池肉林、穷奢极欲、狂饮滥吃的变态腐败现象并没有绝迹。《酒国》给予人们的警示虽然是嬉笑怒骂皆成文章，虽然是通过反讽等技法而实现的，但是其叙述美学（感性学）的确反讽了鲁迅批判过的吃人主题。当代加拿大理论家琳达·哈琴提出的“后现代反讽政治”在某种程度上正可以解释莫言小说反讽的深层的政治与审美意蕴。反讽作为一种修辞在当代上升为一种创作原则，由此就与重建人的思维和意识发生了关联，就会对人性有一种或隐或显的干预，就会对当代政治和审美产生某种影响。

反讽又常常同悖谬纠缠在一起，如《四十一炮》讲述者、孩童“我”眼中的老兰“原本就是个慷慨的人，这些年因为卖掺水肉发了财就更加慷慨。他发明了用高压水泵从动物肺里往动物尸体里强力注水的科学方法……他当上村长后，毫无保留地将高压注水法传授给众乡亲，成了黑心致富的带头人”[1]。“慷慨”“发明……科学方法”、传授致富经等语词，原本都是褒义的，但在小说叙述中却等同于犯罪主谋和犯罪方式。叙述者意犹未尽，写了老兰对于自己的“保命绝活”还是留了一手：

---

① 莫言：《四十一炮》，上海文艺出版社2012年版，第17页。

老兰的肉同样是注水肉，但他的注水肉色泽鲜美，气味芬芳，放在烈日下曝晒两天也不会腐败变质，而别人的肉一天卖不出去就会发臭生蛆。这样，老兰的肉就不必担心卖不出去而减价处理，其实他的肉那么美丽也不存在卖不出去的问题。后来我父亲说老兰的肉里注的不是一般的水，而是福尔马林液。后来我们家和老兰的关系改善之后，老兰说，仅仅注入福尔马林液还不行，要保鲜保色，还应该用硫磺熏三个小时。[①]

这段叙述文字愈加强化了老兰形象在颠覆既有的真与假、善与恶、美与丑的观念，那些美好的词语和事物，如“色泽鲜美，气味芬芳”“那么美丽”，放在这里就成为极具反讽和颠覆意味的叙述话语。这部小说发表于2003年，应该说那时候自媒体还不发达，一般人们还看不到当今时代所能看到的大量不可思议的食品犯罪案件，而敏锐的莫言已经看到了整个价值观、世界观的彻底崩溃以及人性彻底堕落的无根无靠的惨状，但深陷其中的人们（主人公们）却沾沾自喜、乐此不疲，原先的那种农民的善良、淳朴、真诚统统被抛到爪哇国去了。这是一种在鲁迅叙述基础上的再叙述，但由鲁迅笔下那种疲弱的国民“进化”成了身体康健而精神进一步黑暗和侏儒化了。然而，莫言小说的叙述却不是那种慷慨悲壮型的，而是通过这种充满机智和包容性的反讽来实现其美学意图的。因此，反讽作为一种文学表达的手法或修辞术，不仅是技巧方面的，而且成为一种文学形态和美学风格。

这就涉及作家写作时的期待视野或读者认同的更新问题。德国接受美学家耀斯提出的“反讽式认同”，“指的是这样一个审美接受层次：一种意料之中的认同呈现在观众或读者目前，只是为了供人们拒绝或反讽”[②]。这种认同恰恰是一种对表层的漫不经心的接受，随之而来的就是通过审美的接受进而达到道德的思考，实际上是对这种认同的质疑和否决。还有一个层面耀斯没有论及，那就是“反讽式认同”需要高超的、充满张力的艺术表达方式。正是在这个意义上，我们可以把反讽看作文学的最高表现形式。关于莫言小说的接受美学尤其是其反讽的接受问题，更详细的论述见下一章。

对于莫言来说，就像其《酒国》率先意识到并通过小说文本的形式传达了种种反讽、戏仿的艺术审美那样，《四十一炮》通过反讽而直抵当代人整体世界观、人生观和价值观的崩塌现实。但它不是冷嘲，也不是热讽，莫言并没有完全学鲁迅，而是透出了一种张爱玲式的悲凉美学境界。在中国文坛，面对悲惨和痛苦的生活和生存状态，以戏谑的态度和反讽的美学来应对，如此不但超越了当代峻急的革命浪漫主义文学声嘶力竭的呐喊与宣泄，也同以鲁迅为代表的以杂文方式写小说的笔法拉开了距离，这是一种比较少见的小说叙述智慧的体现。

---

① 莫言：《四十一炮》，上海文艺出版社2012年版，第18页。

② [德]汉斯·罗伯特·耀斯：《审美经验与文学解释学》，顾建光等译，上海译文出版社1997年版，第277页。

第六章
莫言小说的接受美学分析

任何一个作家在创作时,可以说都有一个理想读者。这种对于理想读者的设想其实是其文学理念或审美观念的体现。莫言的小说世界一改优美、壮美型的审美诉求,而以反美、非美的书写追求,表达了一种别样的美学情怀。莫言往往在小说中描写主人公面临严酷境遇的生活和感受,这些严酷的境遇包括饥饿、贫穷、孤独、恐怖、屈辱、战乱等,他曾谓这是小说之于人物、之于人性的必然要求。温暖、柔情、善良、正义,同冷酷、僵硬、邪恶、暴力,往往一并存在于现实生活世界,对于后者,文学、小说当然不能回避之,关键的问题是如何在小说中艺术地表现出来。莫言大量进行这方面的书写,且写得独具匠心、别开生面、别有洞天,他把严酷和戏谑、恐怖和幽默等两相对立的悖谬性审美因素融合在一起,从而创立了他的小说美学、文学美学及其接受美学。

第一节　残酷与恐怖:摆脱"韵味"的审美接受

对于文学阅读接受的研究是 20 世纪 60 年代以来文论研究的重点,在西方尤其是德国出现的接受美学就是一个具有代表性的流派,虽然称之为"接受美学",但实际上它更多的还是属于文学理论的范畴。这一章将对莫言小说的接受美学效果问题进行研究。

从文论或美学角度来讨论残酷的论述,多涉及"残酷戏剧"(Theatre of Cruelty)。残酷戏剧由法国戏剧理论家阿尔托提出,他认为,戏剧的功用不是模拟现实,而是通过戏剧表演而使人释放自己的潜能,摆脱文明的压抑。[①] 在"戏剧与瘟疫"这一章中,阿尔托认为,戏剧的理想即瘟疫状态,戏剧与瘟疫的功用相似,都是将脓疮从机体排挤出来,因而戏剧具有亚里士多德所说的"净化"作用。因为人性中有残忍的因素,残酷无

---

① 参见[法]安托南·阿尔托:《残酷戏剧——戏剧及其重影》,桂裕芳译,中国戏剧出版社 1993 年版,第 81 页。

处不在、无时不在，戏剧不能回避，而是应当直面。阿尔托的理论对于荒诞派戏剧有重大的影响，认为创作自由和评论自由的国度和民族，其民族性格往往倾向于理性和尊严；而那些设置很多禁区的国度或民族往往隐藏着一种现实中的极端性和残酷性，或者盛行痞子气、佯正经。阿尔托残酷戏剧理论恰恰作为对残酷艺术理论的高妙概括和理论总结，体现了法兰西民族精神世界的博爱和自由境界。

我们借用阿尔托的残酷戏剧理论，意在阐释莫言小说的残酷情节和故事描写。新时期之前，文学家是不能表现这种残酷的，像《保卫延安》最早的版本中，写了周大勇连的战士们在战斗中，被战火和荆棘弄得裤头都不知道掉到哪里了，很多战士都赤身裸体地打仗、行军，这表现了战争的残酷无情和战士们的英勇牺牲精神。但是在后来的版本中，这样的文字都被删掉了。原因在于，解放军怎么能光着屁股呢，于是小说中的战士就都穿着衣服行军打仗，从而回避了战场、战争本身的残酷性，其真实性随之大大降低，也影响了其艺术性。《小兵张嘎》《铁道游击队》《地雷战》《荷花淀》等小说或电影作品，大都有如此的做派，极力回避战争中我方将士的牺牲场面，甚至有美化战争的嫌疑。须知，近代以来，中日战争、国共内战、朝鲜战争、对越自卫反击战等，哪一场不是死伤惨重的战争？否则，怎么仅侵华日军南京大屠杀，我平民和放下武器的军人就被杀至少30万，整个抗日战争中我军民就死伤3000余万人？所以，回避残酷、残忍的场面，既不符合战争时期的实情，也不符合和平时期的情况，和平时期也有独裁者、专制者对于民众合理诉求的武力镇压，也有群体事件中鲜血淋漓的伤亡。人性、社群和国家民族间有着极端性、恶毒性和残暴性，也有伴随着这种残暴性而来的恐惧性。在后文中，我们还将会从美学的角度论及莫言小说的恐怖审美价值，这里仅就客观存在和残酷现实带来的恐怖叙述谈一些自己的看法。

一般说来，恐怖是外在于主体的，恐惧是内在于主体的。小说中的恐怖描写或恐怖叙述会导致读者恐惧的接受心理，当今恐怖电影的接受心理研究已经证明，人类对于恐怖故事有着好奇和追求刺激的心理。美国当代美学家卡罗尔在论幻想生物和恐怖形象的构造时指出："恐怖艺术中的形象基本上是具有威胁性而且杂糅的。"这种杂糅性的手法包括融合、裂变、放大、巨量化和恐怖借喻，进而会产生不洁、令人恶心或恐怖的新东西。[①] 为什么人们会追逐艺术中的这种东西呢？这是因为在现实生活中，人们不易发现或看到此类怪异、荒诞和恐怖的东西，而在小说或电影艺术中，此类存在比比皆是，并且可以让人们从日常平庸生活中暂时摆脱出来，产生震惊刺激的快感。所以，卡罗尔论证的恐怖艺术和审美的关系包括了恐怖和喜剧（幽默）之间的复杂关系。这可以启发我们进一步从读者对恐怖故事的接受角度去探究莫言小说的审美意图和

① 参见［美］诺尔·卡罗尔：《论幻想生物和恐怖形象的构造》，李晓牧、李婷译，王洪岳主编：《美学审丑读本》，北京大学出版社2011年版，第262～275页。（Noël Carroll, *The Philosophy of Horror, or Paradoxes of the Hear*, New York ; London: Routledge, 1990, pp. 42-52）

审美价值。

从此前的回避恐怖、拒绝恐惧的小说创作，到 20 世纪 80 年代中期莫言创作《红高粱》，这是一个巨大的变化。小说开始正视战场残酷、恐怖场面，尤其是杀猪匠孙五被日军刺刀逼着去剥同乡同胞好友罗汉的皮，其场景残忍暴虐至极，令人胆战心惊、过目不忘。如此，小说写的那些富有血性的人士包括当了土匪的余占鳌、黑眼等，最终都出没于抗日战场上，就有了强大的国族的精神、心理基础。这部小说创造了许多中国当代文学的第一，可以说第一个写了土匪抗战，且写得大气磅礴、野性十足，体现了中国底层民众的血性；第一个用了复眼式视角（“我爷爷”“我奶奶”“我爹”等）的叙述方式，具有一种当下现实与历史的对话性；第一个写了冲破封建伦理桎梏、勇于追求自己爱情幸福的女人（戴凤莲）的超凡脱俗形象；第一个真正把战争小说写得残酷无情、血腥四溅、暴虐无边，同时叙述者又极其冷静，近乎情感零度写作。小说在呈现战争对人的毁灭的同时，也体现了中国人在这场生与死的战争较量中的人性光辉与血性的伟大。

有了《红高粱》写残酷的成功，莫言大胆直面现实题材中的暴虐行为，《天堂蒜薹之歌》即是针对当代社会的艺术之剑，闪烁着小说艺术的寒光。虽然小说所用的手法不是那种亦步亦趋的写实主义，而是意识流、内心独白、自由联想、梦幻感觉等，但是依然大胆地写了天堂县蒜薹事件中普通农民所遭受的残酷镇压和疯狂剥夺，更加深切地进入了这些处于社会最底层和最普通的农民主人公们的内心世界，写出了他们精神的恐惧、自私、无奈、卑微和善良，也写出了他们追求公平正义的朴素情怀。地主后代高羊、没有文化的农妇四婶等蒜农由于县里各部门的盘剥致使蒜薹滞销烂掉，稀里糊涂地冲击了县政府而被抓捕；四叔被乡党委书记拉砖的拖拉机轧死；马脸的青年被抓到乡大院被运角铁的汽车削去了脑壳；退伍军人出身的农民高马潜逃，高马的恋爱对象金菊被迫要嫁给三连环换亲的丑而老的男人，金菊怀了高马的孩子，可是她因爱的人被公安追捕而陷于绝望，在高马家的大门框上自缢身亡；用民谣形式揭露蒜薹事件的瞎子张扣被暗杀在县城臭水沟里，等等。任人宰割的“羔羊”们家破人亡，妻离子散；而酿成灾祸的县委书记、县长、乡党委书记，或异地做官，或安然无恙，继续享受他们的特权。意识流叙述和对比手法，写出了新时期两代农民悲苦无告的深层心理，这在当代中国文学史上是前所未有的。

莫言的恐怖叙述或恐怖美学在很多小说作品中都有体现。就其短篇小说来说，《白狗秋千架》中的暖，少年时代同叙述者“我”玩耍时摔进灌木丛而被戳瞎了右眼。后来当了大学讲师的“我”返乡探亲，偶遇成了农妇的暖，她已是三个哑巴孩子的母亲，因为他们的父亲是一个哑巴。在高粱地里，暖祈求和“我”结合以便生下一个正常的孩子，“我”拒绝了她，留下凄苦而失望乃至绝望的暖在一望无际的红高粱地里。这篇小说的恐怖有几层：主人公暖瞎了眼；嫁给哑巴；生下三个哑巴孩子；克服了重重心理障碍而提出同“我”结合，以求要个正常孩子却遭到了拒绝。一个曾经能歌善舞的美丽女孩子变成了在茫茫高粱地里艰难劳作的丑陋农妇，真可谓命运作弄人，让人感到难言的残酷和畏惧。《枯河》中的小虎在村书记女儿小珍的怂恿下，爬到了小珍家院墙外的一棵杨树上，她要他为自己折树枝玩。不料爬得极高的小虎由于树枝折断而掉落下来，小虎和树枝恰恰砸到了小珍身上，小珍死了，小虎遭到了村支书的残酷打骂。小虎的父亲向书记笑脸赔罪，小虎回到家，父亲、哥哥、母亲轮番咒骂、毒打他。小虎最终绝望地咒骂着父亲，踉踉跄跄地走向河道干枯的河堤，屁股朝天脑袋拱地，死在了沙土里。从此，他的父母变得目光更加呆滞，而小说所引发的阅读接受心理也是沉重和绝望的。《拇指铐》中的阿义只有 8 岁，为了给母亲治病，借钱并且卖掉母亲的银钗到镇上买药。返回的路上，药被一对疑似偷情的男女弄毁了。更为残酷的是，他们用拇指铐把阿义铐在一棵树上，而那男人"伟岸的身影"尾随那女人而去。在田野里劳作的农人，无一人理睬他；开拖拉机路过的四个人眼见这般惨状，施救无效，也离开了；又来了一个带婴儿的农妇，也无计可施而离去。经过了曝晒，阿义昏昏沉沉地做了噩梦，醒来依然是松树、墓地、一望无际的麦田，路过的男人、女人，没人理他。接着是大大小小的冰雹、狂风暴雨密集地砸到他的头上、身上。农人的麦子被砸了个精光，他们哭号着，有孤独的咏唱麦子的歌声传来，阿义愤然地咬断了拇指，捧起泥土里的残药，向家跑去。小说就像一个噩梦般的寓言，似乎洞穿了人性的所有隐秘和底线，让人感到生存的世界是如此让人彻骨绝望和不可理喻。人性的残酷和人心的黑暗竟然达至如此的程度，人性竟然如此下贱和卑劣；阿义咬断自己拇指的力量又是如此强大，为了治好母亲的病，为了活下去。这篇小说让人想起卡夫卡的短篇小说《一个梦》，但比后者更震撼、更真实、更不可思议、更让人感到人性之恶，善的力量或愿念在恶的面前不堪一击。但最终阿义走出了绝望、残酷和邪恶，回到母亲的怀抱，爱的力量又是如此伟大，如此震撼人心！《月光斩》可谓《拇指铐》的姊妹篇，写了一个扑朔迷离的斩首故事，这个故事又和长篇小说《酒国》中的"红烧婴儿"类似，真真假假，似有似无。"月光斩"是一父三子四个铁匠锻打出来的一把精粹宝刀，刀打好后老父亲和大儿子二儿子一个接一个地死去了，刀的主人、小姑娘就带着那个小儿子走了。据说，只有用月光斩砍下的人头，才能滴血不出。县委刘副书记的脑袋被吊在县委大院最高的雪松上，这引起了大院里人们窃窃私语。但又有传说，身首分离的刘副书记其实是一个塑料模特儿，真人刘副书记活得好好的，还在电视上露面。小说充满了神秘气息和传奇色彩，惊悚、残酷又恐怖，但这仅仅是小说的虚构。小说的开头和结尾分别是表弟的来信和叙述者"我"的回复，中间的故事内容是表弟来信的"附件"。在小说叙述形式方面，《月光斩》似乎在昭示着长篇小说《蛙》的横空出世。

短篇小说《挂像》中的故事和长篇小说《生死疲劳》中的一个情节有异曲同工之妙，前者叙述"文化大革命"起，大队革委会主任、"我父亲皮发红"宣布春节家家户户不能再悬挂扑灰年画式样的家堂轴子，这些作为"四旧"和封建主义，要集中焚毁。给每户免费发一张主席像来代替家堂轴子，但“地富反坏右”家里什么也不能挂。家堂轴子作为乡村伦理社会的“神圣物品，它代表着祖先，代表着福荫”，却被火烧了，人们的心中很沉重、很内疚。[①] 小说的情节和对话充满了悖论：关于破“四旧”，儿子皮钱就对父亲皮发红说，“年”也是“四旧”，那把“年”也革了吧，但即使“文化大革命”时期家家户户还是要过“年”；皮发红曾经对皮钱说，人死了就没有灵魂了。但请了主席像还要供奉，摆上多双筷子。皮发红就说主席家的人不一样，那“主席家的人不是人吗？”皮发红被问住了。皮发红就说小孩子的话连孔夫子都被问住了，他老婆王桂花就讽刺道：“皮大主任，你可要注意了，孔夫子可是被你们批判过了的。”革命的崇高理想被一连串反讽、悖论对话消解了，皮钱回答父亲革命好不好的问题时脱口而出革命好极了，“革命很热闹，革命很流氓，不革命，你哪里能捞到摸翠竹姑姑的屁股？”母亲听到，就对皮发红大发醋意，于是一家三口陷入一场混战。[②] 毁掉挂像的命令最后被皮发红的族弟皮发青给戳穿了，活人主席的像怎么能像死人的牌位那样被供奉起来呢？吓得屁滚尿流的皮发红仿佛听到了这活伟人走进家里，便不由自主地跪下，如捣蒜般磕起头来。无神假象、鬼神信仰、愚忠迷信与恐惧心理掺杂一起，悖论般地把革命和流氓、滑稽和恐怖、喜剧和悲剧纠结起来，成为莫言解构“文化大革命”的一篇代表性作品。这种将恐怖和“文化大革命”暴力、传统的鬼神信仰等结合在一起的叙述文本构成了很大的张力和空间，让读者感到即使在“文化大革命”那样一个贫穷、苦难、压抑和恐怖的氛围中，仍然有某种人性和历史传统的积淀及其复杂性，给生存带来些许值得祭奠和回忆，甚至能够给当事人和后世人带来快乐的喜剧性因素。

1989 年 6 月 30 日的《人民文学》刊发了莫言带有很大实验性的中篇小说《你的行为使我们感到恐惧》（后结集时改为《你的行为使我们恐惧》），全篇用了第二人称“你”（吕乐之，本村走出的著名民歌演唱家）作为叙述接受者、倾听者，实际上这个“你”又是不在场的，是“我们”在 20 年后讲故事给 20 年前的同学吕乐之听的，“我们”这个复数第一人称在叙述“你”（人物口中的“他”，即吕乐之，诨名“驴骡子”）。而其中的人物就连老师、同学和村民全都用的是绰号，这就导致了人物普遍的符号化，并带来人物之间言行的卑贱化。残酷的情节是通过转述而传达的，吕乐之切掉了自己“制造孩子的玩意儿”——小说伊始，这个骇人听闻的情节就凸显出来。接下来是各种古怪、恐怖的情节，叫“羊”的同学“头朝下脚朝上，上不着天下不着地，倒悬在狭窄的废机井里，眼珠子像勒死的耗子一样凸出来，鼻孔里耳朵里都凝结着黑血”。不但如此，叙述者还说，这吊死的“老东西早年干过还乡团创造发明过一百零八种杀人方法，令人头皮发麻”。[③] 同学“黄头”的头被尖嘴黑叫驴啃破了，就用半公斤干石灰止住了血，石灰和血凝成了

---

① 参见莫言：《挂像》，《与大师约会》，上海文艺出版社 2012 年版，第 491 页。

② 参见莫言：《挂像》，《与大师约会》，上海文艺出版社 2012 年版，第 499～500 页。

③ 参见莫言：《你的行为使我们恐惧》，《欢乐》，上海文艺出版社 2012 年版，第 373 页。

坚硬的痂，像钢盔一样箍在他的头上足足一年。[①] 恐惧的来源几乎无处不在："我们的'狼'哈着腰走进教室，他的身体又细又长，脖子异常苗条，双腿呈长方形，常常在幽暗里放出碧绿的磷光。他的磷光使我们恐惧，更使我们恐惧的是他那支百发百中的弹弓。'狼'是神弓手。"[②]"狼"是老师，他具有神奇的洞察力和判断力，这似乎暗示着同学中有告密的叛徒，知道"我们"背地里做的所有坏事，他准确的泥子总会射向"我们"的头颅。每当"狼"上课"老婆"就打瞌睡，因此挨的弹子最多。除此，"狼"还有第二件法宝——教鞭。"狼"的白色恐怖和高压政策是恐怖时常袭来的根源之一，不远的农场时常传来枪毙阶级敌人的枪声，使得恐怖的氛围愈加浓厚。恐怖的事情接连不断，"老婆"家的花猪在土炕里拱出了一颗披散着长发的女人头，这个疑似骡子姐姐的头颅引起了争议。更为惊恐的是，在刘书记下令放两颗手榴弹消消晦气的现场的大柳树上，掉下来一个无头女尸。书记的侄儿、民兵连长向水湾里扔了四颗手榴弹，但无一颗炸响。于是又叫来"四类分子"，包括地主的小脚女人下湾去捞，只捞上来三颗。书记下令点火烧手榴弹，但究竟有没有炸响，语焉不详。人们看到一个通红的女人扑进火堆里。刘书记等把人头用红缨枪挑着放到火上烤，再埋到花盆里，上植菊花。菊花长得像人头那么大，那般黑。恐怖的杀戮被美丽而奇异的菊花掩盖，被更加传奇的传说和故事叙述遮盖，永远地进入了深不可测的历史黑洞。骡子吕乐之和刘书记的年轻女人勾搭上了，被书记脱光衣服吊打，但直到书记要割下他的那个作孽的玩意儿时，他才告了饶。同学里的商人"大金牙"到京城，在骡子家他亲见四层眼皮的女记者和一个打扮时髦的女妖精扭打成一团。在半是传说半是幻觉的叙述中，骡子把自己阉割了，"即便在真幻觉里，我们也感到恐惧"[③]。小说在这种幻觉和恐惧的氛围中结束。扑朔迷离的情景，哪怕是幻觉也时时让人感到恐惧。再考虑到小说的写作背景，其题目"你的行为使我们恐惧"就不仅仅是一个关于幻觉或传说的零散的、碎片化的故事，而是一种对现实和未来的迷茫和恐惧。许许多多残酷的叙述与叙述的恐惧接受效果，是这部小说刻意追求的目的。

关于残酷叙事和恐怖叙事，莫言在 21 世纪以来的多部长篇小说如《生死疲劳》《蛙》等中有很多新的探索，《檀香刑》则堪称集大成者。先看《生死疲劳》。小说写地主、善人西门闹 1947 年年底在村头的石桥上被枪决，但他在阴曹地府受尽各种酷刑，油炸、刀劈，仍冤魂不散，喊冤不止，最后阎王判他返回人世，但要经过六道轮回才能真正复原为人。于是，西门闹先后变为驴、牛、猪、狗、猴，最后成为大头婴儿蓝千岁。每一次轮回他都经过千难万险、痛苦不堪，不是折断腿，就是被打瘫，流浪、打斗，一幕幕惨剧在身边发生。对于地主西门闹来说，无论他在阴间还是轮回到人间，无论他以动

① 参见莫言：《你的行为使我们恐惧》，《欢乐》，上海文艺出版社 2012 年版，第 374 页。

② 参见莫言：《你的行为使我们恐惧》，《欢乐》，上海文艺出版社 2012 年版，第 380 页。

③ 参见莫言：《你的行为使我们恐惧》，《欢乐》，上海文艺出版社 2012 年版，第 420 页。

物的形象现身还是以人和动物交混的形式思维、说话，存在的残酷时时相随，因而恐惧也就不离须臾。恐惧不仅仅来自直接的肉体暴力摧残，还来自时代或社会氛围、语言暴力。改名蓝金龙后的西门闹的儿子西门金龙，在一次小解时不慎将一枚巨大的陶瓷领袖像章掉进粪坑中，顿时吓得脸色苍白，恐惧不已，因为旁边就站着他平时欺侮的投机倒把的坏分子杨七。杨七口里喊出的是“抓反革命啊！抓现行反革命啊！”于是乎，金龙就和“地富反坏走资派”一样成了被管制对象。[①] 在斗争的漩涡中，没有一个人可以置身事外，人人亢奋又人人自危，相互戒备、相互揭发，几至道路以目。人性在这种漩涡中变得异常脆弱、卑鄙和诡异，今日是人上人，明日就成被踏上一只脚且永世不得翻身、任人糟蹋的“黑五类”。在这种状况下，人人都几乎成了“小人”。这样的生存法则就决定了人性深处被激发起一种负面的、消极性的因素，即告密文化大行其道。读者在阅读接受时，一幕幕残酷场景和告密的情节所引发的必然是“恐惧和颤栗”，不寒而栗的周围世界，似乎和人间地狱接近。但是，这个世界的“残酷和恐惧”与克尔凯郭尔的“恐惧与颤栗”又有很大的不同。克尔凯郭尔意义上的“恐惧与颤栗”是信徒怀疑上帝但又不得不面对上帝时产生的，进而思索不信上帝的虚无所带来的空前的恐惧和颤栗，以及造成这一切的生存论根源。莫言笔下的“残酷和恐惧”极少这种神学和形而上学的背景，而是一种现世中国人在生存中应对实际情境的自然心理反应和行为表现，以及在生存艰难中获得的不断感悟与超越。在《生死疲劳》中，主人公西门闹经过五道动物轮回，最后经历一道轮回还原为人类，他的愤怒、怨恨、痛苦也渐次减弱，最后趋于消弭，六道轮回完成了一个大循环，其背后是和儒道结合在一切的佛家善恶轮回思想。社会的纷争、历史的演变，都伴随着人性的善恶变化而如尘烟般消散在永恒延续的时空中。如此看来，这部小说获得了中国新文学前所未有的宗教般的超越意识。葛浩文把《生死疲劳》译为“*Life and Death are Wearing Me Out*”[②]，直译过来就是“生和死使我精疲力竭”。对生与死的超常叙述，的确是西门闹这个形象超乎寻常人物的特点。他经过了六道轮回，参透了生与死的人生真谛，恐惧已经被他一再地体验和超越，怨恨、愤怒也被他一再地体验和超越，人生的痛苦也一再地被他体验和超越，最后他就成为一个近似于佛的“超人”，他超越了所经历的这一切，也就超越了善恶。

出版于 2009 年的长篇小说《蛙》，率先在文学界甚至在整个中国文化圈对计划生育进行了大规模的描写和反思。[③] 就像小说中的人物名字都是身体的某个器官那样，《蛙》的残酷叙述体现在结扎时的暴虐行为及其后果，有的结扎后神经被破坏，有的性

---

① 参见莫言：《生死疲劳》，作家出版社 2012 年版，第 177 页。

② Mo Yan, *Life and Death: Are Wearing Me Out*, Trans. Howard Goldblatt, New York: Arcade Publishing, 2008.

③ 巧合的是，莫言的《蛙》出版后六年即笔者写这段文字时，正是中共十八届五中全会结束次日（2015 年 10 月 30 日），会议决定取消实行了三十多年的二孩限制，全面放开二孩生育。

功能被破坏。叙述者蝌蚪的姑姑，起先的主要工作是接生，后来就是做节育、结扎。叙述者“我”（蝌蚪）的妻子王仁美，做人流时大出血而死在手术台上，后来“我”又同姑姑的助手小狮子结婚。“文化大革命”中姑姑被批斗，但倔强的她不驯服，被打趴在地，还被人用脚踩，也曾和县委书记一起被批斗，脖子上还被女红卫兵挂了一只破鞋。不但残酷的施虐令人恐惧和颤栗，而且普通人的尊严也被剥夺得一干二净。更惊心动魄的是，村里最早的万元户陈鼻的侏儒妻子王胆为躲避计生队，挖地道躲避潜伏，从河道乘筏子逃跑。这时，姑姑开始复原为一个天职是救死扶伤的医生，在河面追上他们，为其接生，孩子活了，王胆却死了。退休后的姑姑重新为人接生，但她亲手扼杀的成千上万的胎儿似乎幻化作成群结队的青蛙，在姑姑返家路上把她吓得屁滚尿流。她和郝大手结了婚，郝大手是高密泥塑大师，为姑姑赎罪捏制了很多泥娃娃。当年姑姑第一个接生的陈鼻的两个漂亮女儿陈耳、陈眉，到南方一家玩具厂打工，在一场大火中陈耳被烧成焦炭，陈眉毁了容，从此陈鼻变得疯疯癫癫。

小狮子 50 多岁不能生育，但时代迅猛发展，代孕公司出现了，小狮子暗地里把“我”的精液注到一个“代孕女”体内，使其怀了孕，这个女人原来是在大火中毁容的陈眉。乱伦的矛盾纠结着“我”，但“我”还是抵不住生子而后继有人的强大吸引力，结果陈眉为“我”生下了儿子。离奇怪诞的情节但又真实无疑，各种扼杀和残暴行径被群体化、体制化、合理化，人们找不到真正的凶手，也没有具体的罪犯，而每个人都经受了惨痛的折磨和深深的苦痛，这说明这个日益令人眼花缭乱的社会及其道德基础本身变了质。小说的亮色是，成了剧作家的蝌蚪在给日本友人杉谷义人的通信和剧本中，讲述和描写了这一切，并表达了其日渐加重的忏悔和赎罪心理，这也是中国非宗教信仰的作家在当代最为深沉的一种近似于宗教思想的表达。

莫言的残酷叙述和恐惧审美接受的极致是 2001 年出版的长篇小说《檀香刑》。小说写的是 1899 年高密一带抗德遇害的英雄孙文（在小说中英雄名字叫孙丙）的故事。施害者在被害者身上施加的酷刑前所未有，是一种类似于西方桩刑的檀香刑。主人公孙丙，是茂腔戏班班主，正是他经受了举世无双的残酷刑罚——檀香刑。小说还塑造了具有传统士人正义感的高密知县钱丁、从京城刑部告老还乡的刽子手赵甲、孙丙的女儿孙眉娘（她还是钱丁的情人、赵甲的儿媳妇）和残酷而狡猾的政客、山东巡抚袁世凯，以及袁世凯身边的副官、钱丁的堂兄弟、企图刺杀袁氏而被凌迟处死的钱雄飞，因变法失败被斩首的“戊戌六君子”之一刘光第大人，等等。中国传统小说中不乏对刑罚和杀人场面的描写，最不讲道理、乱杀无辜且影响巨大的是《水浒传》，第四十一回“张都监血溅鸳鸯楼　武行者夜走蜈蚣岭”写武松在张都监后花园先杀了一个无辜的后槽，接着连杀两个丫鬟。对于在鸳鸯楼上寻欢作乐、行贿受贿的张都监、张团练、“蒋门神”及两个随从，武松当然不会放过，“咔嚓咔嚓”将他们砍了头，又跑到楼下连杀张都监夫人、养娘玉兰及两个小孩，共砍杀十几个人。每次杀人往往都在瞬间完成，但小说叙述者采取了偏向武松的叙述口吻，赞美这杀人“英雄”。这是古典小说的一个很重要的问题，除了极少数研究文化和现代文学的学者，很少有人对此进行真正理性的分析，更少批判性的评判，大都是和小说叙述者一样赞扬这种所谓的高超的叙述技巧。

《檀香刑》的叙述者似乎也对有这种刑罚过重的、精雕细刻的描写，有些情节的确展开了酷刑的细节，如写太监小虫子倒卖了皇上的七星鸟枪，结果获了“阎王闩”：

> 这道“阎王闩”的精彩之处，全在那犯人的一双眼睛上。……可惜了那对俊眼啊，那两只会说话的、能把大闺女小媳妇的魂儿勾走的眼睛，从“阎王闩”的洞眼里缓缓地鼓凸出来。黑的，白的，还渗出一丝丝红的。越鼓越大，如鸡蛋慢慢地从母鸡腚里往外钻，钻，钻……扑哧一声，紧接着又是扑哧一声，小虫子的两个眼珠子，就悬挂在“阎王闩”上了。你爹我和余姥姥期待着的就是这个结果。①

犯人受刑的惨烈细节被叙述者用视觉、听觉以及味觉的感觉化、形象化叙述话语给呈现得活灵活现、生动至极。而所谓“精彩之处”，却是残酷杀人、犯人遭到无以复加的酷刑场景。但对于刽子手来说，这却是皇上和太后最为欣赏的，也是自己最为得意的地方。情节愈是“精彩”，人犯所遭受的暴虐酷刑就愈加严重，也就愈加需要忍受更大的无以名状的痛苦，而作为观刑者的皇室成员和其他统治者就愈是兴奋快乐。一部封建帝王专制史，一部打着所谓“正大光明”旗号的皇权统治史，就是这样来实行的。这无疑是对专制统治最彻底的揭露和批判，只是小说叙述者不露声色地进行着这种解剖，就如同实行残酷刑罚的刽子手那样。因此，理解其中的批判意味和锋芒，尚需要读者的一双慧眼。王学谦看出了其中的隐秘：“‘檀香刑’等酷刑这个叙述轴心，揭露了皇权专制的残酷和罪恶。”②但他认为，这部小说主要在于写人性之恶。笔者认为，揭示皇权暴虐与人性恶的主题应该说是相辅相成的，如果没有皇权专制淫威，比如凌迟、砍头、阎王闩、檀香刑等酷刑就不会有如此的人性之恶之丑。对于刽子手来说，由于长年累月地把玩杀人酷刑，其心理较常人已然变得黑暗且凶狠，他们还需要不停地研发更残酷、更匪夷所思的酷刑，以此满足主子们阴暗、恐怖的心理需要。所以，久而久之，刽子手尤其是朝廷刑部刽子手的内心世界就变得无以复加的黑暗、残暴、不可理喻。

但是，叙述者又是站在如下的角度，即从钱雄飞到孙丙的威武不屈、视死如归、敢于忍受人类几乎不可能承受的极度痛苦的酷刑的角度，在继承鲁迅对看客心态的描写和批判的基础上，对施刑者（刽子手）、牺牲者（受刑者）及围观者（看客）这三者关系进行了深度描写。在题为“杰作”的钱雄飞受刑一章，通过写刽子手赵甲如何从第一刀开始，详细描写钱雄飞领受了500刀的凌迟，其情节惊悚，令人震惊、恐惧和恶心，但是这又是和小说的主题紧密相扣、必不可少的情节。这样写，大致有四方面的意义：其一，

---

① 莫言：《檀香刑》，长江文艺出版社2010年版，第36页。

② 王学谦：《九头鸟与猫头鹰——鲁迅与莫言的家族性相似》，时代文艺出版社2017年版，第102页。

写出了英雄钱雄飞“一片丹心照汗青”的伟岸、崇高形象，但即使这么英俊的人体形象，也被残暴的专制统治无耻地戕害了。其二，描摹了刽子手赵甲的技术和心态，他的技术愈娴熟，心态愈平稳，就愈表征着清朝专制的残暴无比和袁世凯的小人得志。说到底，这次刑罚和檀香刑，都是极其凶恶、残暴、无耻、卑鄙小人形象的袁世凯作为主谋的，正是他的暴虐变态和卑鄙无耻导致了戊戌变法的夭折，极大地阻碍了中国社会的进步。其三，对观刑的将士来说，刑罚的残酷确实起到了震慑、威吓的作用，但也更激发起有正义感的将士与清廷彻底决裂的信心——几年之后的武昌首义、辛亥革命的爆发便是明证。其四，小说的标题“杰作”与施刑—受刑的惨烈，构成了反讽叙述与反讽美学。当然，小说的高潮是孙丙遭受的檀香刑，对此叙述者都事无巨细地予以呈现，作为文学作品来说，可谓登峰造极。在“赵甲道白”一章中，曾在京城40余年的退休刽子手赵甲和儿子小甲一起侍弄为其亲家或丈人孙丙施刑的刑具——檀香木，他们将烧开的芝麻油一连煮上一天一夜：“这橛子要从孙丙的谷道进去，然后贯穿他的身体。沾了谷气的橛子，会对他的身体有利。”[①]叙述似乎一直以悖论的方式往前推进。这种木桩酷刑，竟然被说成对受刑者的身体有利。作为刑部的一条恶狗，赵甲和袁世凯乃一路货色，都是维护清廷专制统治的刽子手和走狗。他们脔割钱雄飞，用木棍钉杀孙丙，这些都是其邪恶、卑劣、色厉内荏本性的表现。巨大的恐怖来自橛子从谷道（肛门）钉进孙丙的身体，还要他五天五夜不得死去。受刑的孙丙兀自被动与主动地承受着这史无前例的残暴酷刑，更为残忍、残酷的是，这对围观者、看客们包括孙丙戏班子造成了恐惧。对于刽子手赵甲来说，把自己的活儿干得漂亮，是他作为刽子手的无上光荣的职业追求；对于小说叙述来说，把更多的篇幅侧重于施刑者这一方，就与鲁迅对于看客的描写形成了对照。对行刑者、受刑者和围观者（看客）三方的细致描写，重构了中国现代文学对于民族性的认知系统，潜藏其间祈求喝彩的表演性、应合性、互动性，强化了施刑者一方的认真程度，也增加了受刑者不屈的英雄色彩。围观者是这三方中相对薄弱的一方，但在《檀香刑》中，叙述者加重了对围观者叙述描写的分量，通过对作为围观者的戏班的唱和、同情心以及对其他民众共同参与的看热闹的场面的描写，力图使三方达至一种平衡。

残酷叙述把人的处境推到惨烈的极致，让人性的善与恶、丑与美都体现得淋漓尽致。由于文字本身的抽象特性以及抽象带来的过滤性，同时小说中又有作为戏曲的民间茂腔（猫腔）的形式，尖锐的矛盾冲突是戏剧必然的要求，因此酷刑描写就是可以为读者所接受的，至少是可以忍受的。如此描写的一个重要价值就在于暴露了邪恶残暴的统治者的本性，提醒人们警惕这种恐怖和恶心的东西“借尸还魂”。茂腔戏班主孙丙把自己的人生和戏曲艺术在遭受残酷檀香刑的过程中合而为一，在小说的最后，知县

① 莫言：《檀香刑》，长江文艺出版社2010年版，第221～222页。

钱丁提前用匕首刺死了遭受刑罚磨难的孙丙。演戏的孙丙以表演的方式领受完了惨无人道、常人难以忍受的暴虐酷刑——檀香刑，而檀香刑又以戏剧的方式完整地呈现出来，两者相辅相成、互为因果。这部小说以“大踏步撤退”的姿态，以地方戏猫腔（茂腔）的形式和山东方言，对一段被遗忘的历史给予了浓墨重彩的表现，无情地揭下了中国人的正义观、真理观和带有虚饰性的面子观的面纱，在终极的意义上还原和应验了“人生如戏，戏如人生”的中国古语，生与死、真实和虚幻、人生和戏剧又一次在这部小说中得到了体现。

批评界更多地注意到这部小说在莫言“大踏步撤退”而回到古典小说的叙述话语表达形式上的重要意义。“大踏步撤退”后写出的《檀香刑》，其笔墨所及更多地对准了施加酷刑的刽子手赵甲及其背后的统治者，反思和批判的靶子也由对看客的批判转向了造成残酷杀戮的专制体制。这是不同于《水浒传》的地方，也是很多对《檀香刑》持批判和否定态度的论者所没有看出的地方。而小说中受人诟病的关于残酷刑罚的细致描写和刻画，其用意恐怕还在于呈现恐怖的同时暴露造成恐怖的原因。如果从残酷叙述及其所造成的恐惧审美接受心理来说，它弥补了中国当代小说创作的一个空白。原先的文艺观要求，无论现实和历史曾经多么惨烈和残酷，艺术都要经过层层的过滤和淡化，要体现出人性美、人情美与社会和谐之美。这些文艺观念曾经长久地、深刻地影响着现当代的作家们。但是，翻开一部人类文明史，人们就会发现，无论在西方还是在中国，酷刑一直伴随着人类，而酷刑不是施加到所有的人，而是必须由个体去遭难、去承受。当代社会给艺术套上了紧箍咒，小说家和其他艺术家不能去表现这些酷刑，因为它会引发人的强烈的反感、痛苦、恶心、拒斥等负面的接受心理。其实，禁绝对酷刑的表现并不代表能够禁绝对人类群体和个体的施暴行为。当站在毕加索的《格尔尼卡》、李自健的《南京大屠杀》、捷克当代画家亚罗·舒莱克关于南京大屠杀的系列油画（2018.5.27～6.27 南京大屠杀纪念馆展出）等作品面前的时候，我们作为接受者往往为惨烈、严酷的画面所震撼，从而激发起震惊和恐惧，但更多的是反思和追问，而后者是更为重要的接受心理。而那些美化战争、歌赞英雄的作品有时候反而让接受者感到肤浅、做作和轻飘。《檀香刑》和《格尔尼卡》《南京大屠杀》、亚罗·舒莱克的《战争与和平》系列作品类似，它所引发的读者接受心理除了恐惧还有对历史和现实的深沉思考，对人性之善与恶的深切洞察。李自健的油画巡回展览题为“人性与爱”，亚罗·舒莱克的油画展命名为“战争与和平”，那么，我们是否可以认为，《檀香刑》体现了莫言作为小说家对“人性与爱”“乱世、酷刑与和平、幸福”类似的理解、阐释和表达？1900 年前后，包括德国、日本、俄国等列强在内的八国联军进攻中国，此前有“戊戌六君子”被清廷砍头杀害，其后有一连串的各国侵略者尤其是日、俄侵略者对中国人的大肆屠戮。旅顺日俄战争遗址博物馆里有一幅照片，照片中的俄国军人把中国男人们的辫子连在一起，羞辱之后再行毙杀；在长春伪满皇宫展览室里可以看到，日本人各种杀害中国人的残忍手段，把人卷入布满铁钉的卷筒杀死，让狼狗咬死，以细菌或化学武器毒死，让人穿着疑似棉衣的苇絮衣服在零下三四十度的室外冻死，把木棍捅进肛门致死，用铁钩子捅进肛门再勾出肠子来整死，活埋致死，敲开脑袋点天灯致死，将妇女强奸致死，将孕妇强奸再勾出其肚子里的胎儿致死；在1928年济南“五三”惨案中，日本人把国民政府的外交官蔡公时的鼻子耳朵削掉；在日本侵略者南京大屠杀中，我军民遭杀戮的方式更加多样、更加残忍……可惜我们半个多世纪的小说、电影、绘画等艺术形式尚没有真正富有力度、深度、高度和宽度地表现出日军、俄军的残暴和无耻。

当然，艺术并非以传播仇恨和酷刑为目的，而是展示艺术家的审美情怀和超越性品格，但真正伟大的现代艺术终究与人性中的黑暗、卑劣、恶心等描写不可分割。愈是到当代，艺术就愈是关乎人性深处的这些负面因素。作家、艺术家描写酷刑、恐怖等场面，实际上也是在以艺术的形式尽力避免这些惨况的再度发生。这一点体现在《檀香刑》中就是，孙丙的受刑和他所展示出来的悲壮和尊严（面子），虽然在他身上还带有某种巫术性和表演性，但是在意志力方面孙丙压倒了施刑的刽子手赵甲及其背后的袁世凯和德国侵略者。在某些历史研究者企图为袁世凯翻案的背景下，小说对袁世凯“大人”用酷刑残忍杀害钱雄飞和孙丙的描写，无疑进一步以小说这种大众艺术的形式将这个见风使舵、多次出卖朋友和民族利益、残杀贤良的无耻小人，钉到了历史的耻辱柱上。在人性和兽性的残酷对决中，往往善的人性被恶的兽性击垮，但在更为长久的历史维度和伦理维度，留存在文学艺术里的善恶交战，最后胜利的依然是善的一方。在历史和人性的大审判中，有一个冥冥之中的超人类的公正者在审判一切过往和现存的恶，这就是所谓的“邪不压正”。莫言小说中所涉及的历史人物袁世凯，至今100余年来，成了奸诈、告密、倒行逆施的代表，虽然有少数人想给他“翻案”，但其邪恶行为的历史事实和民间印象实在太深刻了，他就是被钉在历史耻辱柱上的奸佞小人、窃国大盗、独夫民贼。莫言的小说只不过提供了袁世凯卖国、阴险、歹毒、邪恶、奸诈的细节罢了，他虽然不是小说的主要人物，但是其所作所为决定着小说主人公们的命运发展。我们近代史上有如此握有权力又如此卑鄙龌龊做派的人物，作为当事人和普通民众来说是十分不幸的，但对于小说家来说则是“国家不幸诗家幸”。小说艺术把读者引向了对于如此精致的酷刑程序和规矩背后原因的追溯，而看客或围观者的因素在小说中的分量就弱化了，民族性的主要因素就是这种皇权体制下主子—奴才对照而形成的二元结构，不彻底改造这种根深蒂固的二元结构，就不可能根本改变国族的命运和国民的精神状态。刽子手赵甲在老佛爷（慈禧太后）面前毕恭毕敬、诚惶诚恐，完全一副奴才的样子；在乡亲们和县衙役们面前，甚至在知县钱丁面前，则显示出趾高气扬、不可一世的样子。然而，他对他要斩头的大人又充满敬仰，如对“戊戌六君子”之一的刘光第，希望快斩，不希望刘大人遭受过多的痛苦。莫言通过小说活灵活现的情节、场景、表情、画面等，把这个杀人不眨眼但对英雄充满敬仰之情的奴才兼刽子手的复杂而丰满的形象给刻画出来了。

残酷叙述和恐怖叙述所要引发的读者阅读接受的审美效果，其实就是在追求一种对人性黑暗程度和黑暗深度的探察，并在此基础上为作品寻找到陌生化的审美路径。日常生活中罕见如此惨烈、如此残酷、如此恐怖的场面和人性之卑劣、黑暗，但是它一旦集中于作家的笔端，就会构成强烈的阅读接受的审美效果。这里的“审美的”(aesthetic)并非狭义的审“美”的，而是来自希腊文 aithesis，与“感性”(perceptual)有关。程相占指出，汉语“美学”一词对应的英文应是 aesthetics，它由 aesthetic 加 s 构成；而 aesthetic 的本义是“感性的”，只有在汉语美学理论中才引申为“审美的”，英语并无这种区分。aesthetic 之所以具有“感性的”之意，在某种程度上是英语 anesthetics(麻醉剂)的反义词所致：人在麻醉之后会失去知觉，失去感知，正好从反面表明英文 aesthetic 本来有“知觉灵敏”的意思。舒斯特曼的“身体美学”也正是在这种意义上使用“美学”一词的，他所创造的新术语 somaesthetics，准确译法应该是“身体感性学”。[①] 这里的审美即感性之维，正是我们阅读接受莫言《檀香刑》这类小说的感性反应，它不仅激发起优美的、崇高的审美情感，还往往有趋于负面的、消极的审美情感，如惊讶、恐惧、恶心等。这些审美范畴或审美类型不但对中国读者来说是陌生的、不可思议的，对于西方读者来说也是如此。但是 19、20 世纪之交以来的现代主义文学艺术不正是这样书写社会和人性的吗？并且这 100 多年来的社会和人性不是真的堕落到了这种程度吗？工业和城市高度发展，文明高度发达，但与之相伴的却是城乡的污染、社会争斗的加剧、人性的日趋堕落、道德底线的一再被洞穿。两次世界大战之间有苏联的大肃反，之后有东西方的大冷战，还有中国的“文化大革命”等，其间人类“发明”的各种刑罚、杀戮方式，花样翻新、层出不穷，从凌迟到砍头，从活埋到木桩钉杀，从细菌人体试验到活摘器官，可谓无所不用其极。《檀香刑》只是艺术化地描写了其中的几个刑罚：砍头、腰斩、阎王闩、凌迟、檀香刑等。

有学者虽然承认《檀香刑》内涵丰富，文本和思想均向民间俗艺撤退，汪洋恣肆的想象和语言表达，对民间曲艺和西方现代小说技法的化用等，都值得称道；但又认为作品存在着主体和主题的缺失等严重问题。[②] 其实，《檀香刑》对刑罚的精细描写有着不易觉察的反讽意图，在论者徐兆武所引文字中，我们就能够看出其背后的微言大义：

中国什么都落后，但是刑罚是最先进的，中国人在这方面有着特别的天才。

---

① [美]理查德·舒斯特曼：《身体意识与身体美学》，程相占译，商务印书馆 2014 年版，中译本序第 9 页译者注。

② 参见徐兆武：《极刑背后的空白——论〈檀香刑〉的主体和主题缺失》，李斌、程桂婷编：《莫言批判》，北京理工大学出版社 2013 年版，第 36～42 页。

让人忍受了最大的痛苦才死去，这是中国的艺术，是中国政治的精髓。[①]

这段文字是莫言借德国总督克罗德这一人物之口表达出来的，恰恰表明了莫言小说不动声色的反讽意味。“最先进的”“特别的天才”“中国的艺术”，尤其是“中国政治的精髓”，这是数千年来，尤其是西方社会进入近代而中国社会还处于封闭的皇权专制主义社会的数百年以来，对中国社会的一个巨型反讽，而绝非作者及其主体的缺乏，或作者认同这种所谓“艺术”和“精髓”。对各种酷刑的精细描写，恰恰可以揭示出中国文化和政治的卑劣和残暴，也揭示出人性深处的“邪恶的趣味”。正如小说中的人物、赵甲的师傅余姥姥所认为的：“面对着被刀脔割着的美人肉体，前来观刑的无论是正人君子还是节妇淑女，都被邪恶的趣味激动着。凌迟美女，是人间最惨烈凄美的表演。观赏这表演的，其实比我们执刀的还要凶狠。”[②]这是在鲁迅的基础上，借人物之口对看客现象的进一步追问，看客们对恐怖的欣赏，对美被毁灭的欣赏，到底是一种什么样的心理呢？这正落入了统治者施暴所带来的恐怖氛围之中了。面对如此刑罚，任何对专制暴行进行反抗的企图都会被遏制在萌芽当中，这正是统治者实行淫威权术的实质。小说不是缺乏主体，而是尽量隐蔽叙述主体的意图，其目的还是在于直探民间文化的深处，抵达专制话语的深层结构，进而揭示出专制话语的本质。另外，我们还可以从汉字构造的独特美来看小说中大量对酷刑的描写。日本学者、莫言文学翻译家吉田富夫认为：“汉字所有的抽象性和有节奏的发展速度，以及过分夸张游离于现实的不堪正视的残酷画面，生发出一种美的净化。”[③]汉字独有的美被日本学者看到了，这是中国文化最具代表性的符号。像《檀香刑》这一作品，小说的叙述语言和高密地方戏猫腔（茂腔）或高亢或优美的唱词的嵌入，诉诸小说就是充满美感的汉字的排列组合，弱化了读者接受酷刑描写时的恐惧感。

总之，残酷（酷刑）和恐怖叙述在莫言的小说中占有很大的分量，这是他刻意追求小说艺术创新的冲动使然。酷刑、恐怖叙述作为一种溢出常态的社会生活的场景和故事情节，能够最大限度地引起读者阅读的感性（审美）需要，也就是陌生化的艺术接受需要。对残忍、残酷、残暴刑罚的细致描写，不但可以弥补此前文学（包括小说）一直回避的在此一领域的书写空白，而且可以从弗洛伊德精神分析学去探究背后的接受心理。人性和心理中有一种“邪恶的趣味”，这种与高尚或高雅趣味恰恰相反的感性（审美）趣味，的的确确在现实、艺术中存在着，当今时代恐怖电影的大行其道就是这种“邪恶的趣味”的一种表征，莫言以《檀香刑》为代表的此类小说所揭示和表达的审美倾向或审美范畴也在证明这一点。对“邪恶”及“邪恶的趣味”的描写并不等于认同或赞成

---

① 莫言：《檀香刑》，上海文艺出版社 2012 年版，第 91 页。参见徐兆武：《极刑背后的空白——论〈檀香刑〉的主体和主题缺失》，李斌、程桂婷编：《莫言批判》，北京理工大学出版社 2013 年版，第 39 页。

② 莫言：《檀香刑》，上海文艺出版社 2012 年版，第 191 页。

③ ［日］吉田富夫：《莫言神髓》，曹人怡等译，上海文艺出版社 2015 年版，第 23 页。

之，而像莫言这样的作家之所以大张旗鼓、堂而皇之地描写这种种“邪恶”及“邪恶的趣味”，实在是因为需要依靠艺术的方式和艺术的力量冲击本来在人性、心理中存在着的元素，而这一切正是受众和读者接受这类作品的心理基础。鲁迅写了各种各类的看客，其实挖掘了人性当中的“好奇”“猎奇”“噬丑”的心理基因。而最大的丑和恶是杀人的现场和细节，“文化大革命”时期人们对枪毙人的宣判大会（往往被称为“万人大会”）趋之若鹜，究其原因就在于人性中的这种“邪恶的趣味”。当然，创作《红高粱》《檀香刑》的莫言在这之上还有更为纯粹的艺术目的：艺术的陌生化要求。在这一诉求下，对刑罚的各种复杂的、令人眼花缭乱的细致描写及其叙述技巧，就是对人类审美接受心理的一个前所未有的巨大考验。莫言残酷和恐怖叙述所造成的审美接受效果依然是反讽的，它绝不是要与所叙述描写的对象在内容、情感与思想上有一个拥抱式认同，而是在对其审美接受时有一种拒斥性、悖反式的认同，也就是一种姚斯所说的“反讽式认同”。透过文字的表象而洞穿其背后的美学实质，靠的是反讽技法和反讽美学。如果没有认识到这一点，那么读书界、批评界和研究界就将丧失掉真正接近和欣赏诸如《红高粱》《檀香刑》这类莫言代表作的契机。莫言在许多关于酷刑和恐怖的小说中有大量的反讽，这显示出他机智、敏锐、阔达、超越的艺术气度，也表达了他借助先锋派或现代主义艺术对日本、德国侵略者和大清帝国的一种极度的反抗和批判意图。[①] 从《红高粱》开始，经过《月光斩》《拇指铐》《挂像》等中短篇小说，到《檀香刑》《丰乳肥臀》等长篇小说，莫言一直潜藏着一种对帝国专制统治的反抗与批判意图。表面看来莫言写了大量残酷的刑罚、暴虐的场面和恐怖的氛围，但他还有深层的意图，就是在面对邪恶暴虐与专制独裁时，除了挖掘、鼓励、表达民众血性的反抗精神，还对于帝国主义和专制主义有一种新的批判手法和精神，这就是作家莫言通过文化或文学的现代主义以实现对帝国主义和专制主义彻底解构和嘲弄的艺术意图，而反讽恰恰是现代主义文学中的一种颇富张力和韧性的创作技法。《红高粱》《檀香刑》等小说正是莫言对于帝国主义和专制主义保持足够警惕以及进行批判的一种抽丝剥茧般的反讽艺术化的集中体现。

第二节　戏谑与幽默：摆脱“和谐”的悖反接受

莫言小说题材所涉的范围，从内容上来讲，大致有以下几类：第一类是关于历史的

① 美国学者本杰明·巴尔塔瑟在《反帝的现代主义》一书中认为20世纪中期美国跨边境、多族群的反对帝国主义运动如何塑造了美国人对文化现代主义（culture modernism）以及大萧条这一历史时期的理解。Benjamin Balthaser, *Anti-Imperialist Modernism: Race and Transnational Radical Culture from the Great Depression to the Cold War*, Ann Arbor: The University of Michigan Press, 2015.（参见王悠然编译：《新书〈反帝的现代主义〉》，《中国社会科学报》2015年11月20日）

重叙述，这被称为“新历史主义”创作，如《红高粱家族》《檀香刑》《丰乳肥臀》《生死疲劳》《粮食》《三十年前的一次长跑比赛》等；第二类是关于当代现实的小说重述，如《欢乐》《倒立》《天堂蒜薹之歌》《十三步》《红树林》《酒国》《蛙》《战友重逢》等；第三类属于戏仿作品，往往是民间传说、故事与小说叙述艺术戏拟式结合的产物，如《神嫖》《姑妈的宝刀》《长安大道上的骑驴美人》《学习蒲松龄》《嗅味族》《怀抱鲜花的女人》等。无论哪一类作品，莫言都试图赋予其某种超越性或空灵感，即赋予作品面对黑暗、邪恶或暴虐时的某种喜剧感、喜剧性，从而使得小说中的生活、人生可以为人物所忍受，并且让其尽可能地活得快乐一些、轻松一些。同时，读者也能从中获得某种关于阅读、接受的包括震惊、幽默、喜剧感在内的多重审美快感。

那么，上述三类作品相对于文学中的传统历史主义、写实主义和民间故事又有什么不同呢？简而言之，莫言的这三类作品都试图摆脱原先那种要么对历史和现实采取亦步亦趋的叙述态度，要么隐匿叙述圈套，要么掩饰和拔高生活本身的叙述方式，总之其作品不像原先的小说创作那样要以所谓现实生活为底版。可是社会生活本身体现为人的具体存在，而这种具体存在又往往处于孤独、屈辱、恐怖甚至饥饿等反常当中，如此的生存本身怎么能发现或寻找到幽默呢？莫言往往把所要描写的对象进行一番戏拟、反讽，借助艺术的精神飞升，从沉重中寻找快乐，从压抑中发现轻松，从禁锢中追求自由，甚至从恐怖中见出幽默，从而使作品呈现出一种超越恐怖等苦难的喜剧性的、幽默的审美接受效果。这就是我们下面要探讨的关于莫言小说的戏谑与幽默的艺术风格或接受美学效果。

恐怖一般不能与笑（幽默）联系在一起，因为二者的心理发生机制不同，恐怖导致恐惧，其心理是内缩的、反格式塔的，其生理反应是毛骨悚然的；而笑（幽默）发生时的心理是外放的，是向外释放自己的轻松感受，所带来的生理反应是轻松的、欢快的。但是在当代审美和艺术中却出现了一种把这两者紧密联系起来的趋势，从而产生了一种“恐怖喜剧”的审美亚类型或艺术亚类型。在当代中国，先锋文艺也产生了类似的类型。传统的纯正悲剧和喜剧开始消解，取而代之是悲剧性和喜剧性相混合的特殊形态，即“泛悲剧”和“泛喜剧”。所谓“泛”包括两层意思：一是指包括先锋戏剧、小说、诗歌在内的文艺形式所具有的悲剧或喜剧因素；二是指先锋戏剧、小说、诗歌等文艺形式所具有的悲剧或喜剧形态已经不是 20 世纪之前的悲剧或喜剧了。[①] 在当代艺术中，纯粹单一维度的艺术逐渐让位于各种艺术形式的杂糅和互渗，如悲剧性和喜剧性彼此日益渗透，就导致了悲喜剧的产生；恐怖剧与喜剧的互渗，就产生了恐怖喜剧；还有悲剧与恐怖紧紧联系在一起，加之有幽默/笑的性质的喜剧（性）的参与，三者的互渗就形成了恐怖悲喜剧。另外，与之有关系的是，反讽喜剧、荒诞戏剧也出现了。莫言的小说

① 参见王洪岳：《审美的悖反：先锋文艺新论》，社会科学文献出版社 2005 年版，第 198 页。

《欢乐》就是这样一个文本,“欢乐”只是表象,是对主人公永乐卑微、痛苦、绝望心境的反讽,甚至连“永乐”这个名字本身也带有多重的反讽意味:与现实苦难(多次落榜导致心理极度自卑和无望)之间构成的反讽,与历史(明代永乐皇帝名号)之间构成的反讽,与喝农药自杀所产生的极度痛苦之间构成的反讽,与即将到来的死亡所构筑的永恒沉寂之间构成的反讽,还有永乐祈求返回母体永获安慰的愿望而实质不可得之间的反讽。“主人公永乐生自母体,二十四年后经过了人世沧桑的他又返回到他原初的栖身之地。这是一种荒诞性描写,包含了象征的意蕴——人生就是一种痛苦与欢乐的寻求过程。人类久远的历史只不过是一场返璞归真回到母体的寻求过程,这当然是不可能的臆想和梦幻。”[①]这些都关涉我们所要讨论的喜剧性(戏谑、滑稽)与恐怖(自杀、死亡)的关系问题。混合型审美或艺术成为当代文学的一个新趋势,那种单一维度的审美类型或艺术类型似乎很难存在了,这是包括小说在内的艺术发展所面临的大趋势。美国美学家卡罗尔在关于“恐怖与幽默”的文章中,把这两种审美类型联系在一起讨论,他认为恐怖和幽默混合在一起的尝试不但大量存在于电影、电视、连环画里,而且在小说中日益成为创作的一个交叉领域。恐怖和幽默日益成功混合在一起,如此,放松、明快、扩张就和压迫、沉重、幽闭的感受混合在了一起,从而造成一种既不同于恐怖也不同于幽默的混合审美类型或艺术表达方式。卡罗尔认为,在弗洛伊德和柏格森的理论中,通往喜剧性的大笑和神秘可怕的感受的途径是相同的,尽管“这两种精神状态——受到恐吓,或感到滑稽可笑——完全不同。在某种意义上,恐怖是压制;喜剧是解放。恐怖施加压力;喜剧释放压力。喜剧诗人兴高采烈;恐怖则刺激了消沉、偏执和恐惧”,但是大量资料依然可以证明两者之间有着某些密切的关系。卡罗尔在《恐怖与幽默》一文(后来收入作者的《超越美学》一书)中,列举了大量关于二者关系的案例,不过卡罗尔主要是就电影和其他艺术中虚构或虚拟“怪物”而把恐怖与幽默(滑稽)联系起来讨论的。20余年前,“一种可称为‘恐怖喜剧’的戏剧亚类型获得了持续的展示机会——我们在观赏这类戏剧时,笑声往往伴随着恐惧般的尖叫,或者尖叫伴随着典型的笑声”,“喜剧和恐惧恰好是一枚硬币的两面”。[②] 莫言在追求小说艺术创新方面绝不亚于任何其他作家,他敏锐地意识到,置身于20世纪末叶的文学创作需要一种融合包容的大气度和开阔雄奇的大视野,一部好的作品须是各种审美类型的混合,而不能再是单一审美类型那般的纯粹,更不是画地为牢的孤芳自赏。

在小说《你的行为使我们恐惧》中,受叙者“你”(绰号骡子)20年前和“我们”(叙述者)是同学。20年后,“你”成了民歌演唱家,而早年“你”的母亲和姐姐在剪羊毛时互

① 王洪岳:《审美的悖反:先锋文艺新论》,社会科学文献出版社2005年版,第219～220页。

② 参见王洪岳:《审美的悖反:先锋文艺新论》,社会科学文献出版社2005年版,第224～225页。原文见[美]卡罗尔:《恐怖与幽默》,《美学与艺术批评杂志》1999年春季刊,第145、146页。(Noël Carroll. “Horror and Humor”, *The Journal of Aesthetics and Art Criticism*, Spring 1999, p.145, p.146)

相吵架的声音，还有羊的叫声是凄凉民歌的源泉之一，“你后来那般辉煌应该有羊的一份功劳”[①]。这里，粗俗与高雅并存。莫言对于乳房的描写有着超乎寻常的兴趣，他不会放过任何机会对此加以表达。在这篇小说中，乳房同样成为其幽默感的来源。“你”暗恋的班花也是校花“小蟹子”的乳房在不停发育，先是鸡蛋般大小后来是鸡蛋和鸭蛋之间大小，“当它们像八磅的铅球那般大时，‘鹭鸶’这兔崽子每晚都摸着它们睡觉。铅球变成足球时‘鹭鸶’跟她闹起离婚来了。这幅‘蟹乳变化图’你心里有吗？”[②]用人们习见的日常生活品来形容那个时代根本见不到的事物（少女、少妇的乳房），包括女人的身体敏感区，这样就导致了去神秘化的效果，也能刺激读者的接受心理，何况这种带着戏谑、幽默、诙谐意味的叙述话语。

这篇小说中，有上述提及的无处不在的恐惧的来源之一，老师“狼”的弹弓，但在叙述者“我们”的叙述中，那个时代却是“妙趣横生的年代”[③]。“我们”的老师，还有校长“熊”、教导主任“狐狸”、“熊”的老婆“豪猪”等，这些绰号施加在老师们身上自然就带有亵渎、滑稽和戏谑的色彩，并淡化了等级和恐惧的成分。那些民谣民歌，那些摘棉花女人“太流氓的歌儿”也冲淡了恐怖的气氛。京城来的采访音乐家“骡子”事迹、长着“四层眼皮”的女人就对这些故事感兴趣，这里的“四层眼皮”点出了这个女记者的长相特征，其间带有些许戏谑的色彩。如今同学“大金牙”开发的“骡子牌避孕药”，由音乐家同学骡子为之代言。后来“大金牙”制造毒药，加之他办厂借了村民很多钱款，而被公安通缉，只好跑路。绰号“骡子”的音乐家住在京城，现今的同学们只能通过电视看到昔日叫“骡子”的不起眼的同学的潇洒形象。世界变化太神速，意识还真有些跟不上现实变换的速度。“骡子”既是小说的主人公、被叙述的“你”（民乐演唱家吕乐之，叙述者们小时候的同学），又是小说中一起耸人听闻事件的制造者：他从京城回来把自己关进房里，对自己实施自我阉割，外面的人们（主要是他曾经的同学们）想极力阻止他。为“骡子牌避孕药”做广告，又实施自我阉割，但“骡子”恰恰是一种不能生育的牲畜，这就构成了强烈的恐惧与戏谑相混杂的效果，小说的幽默意味也由此而生。

莫言小说中的人物或形象常常和动物混在一起，《牛》似乎就以一头人称“双脊”的牛为中心，但塑造的还是人的形象，只不过是一系列略有丑行、自私的灰色人物形象。牛作为生产资料在 20 世纪 50～70 年代是不能随便宰杀的，但当时的饲料缺乏，而牛一到发情期就要交配，于是就产生了专门的给公牛去势的职业“骟蛋的”，即兽医中的一种。兽医可以不会看病，但要学会给（公）牛去势，否则是当不好兽医的。小说叙述者“我”（罗汉）是个儿童，是个特别讨人厌烦的角儿，已经有一点类似于后来《生死疲劳》中的“莫言”了。分配给杜大爷和“我”的任务是：牵着被去了势的牛遛弯，就是不能

① 莫言：《欢乐》，上海文艺出版社 2012 年版，第 373 页。
② 莫言：《欢乐》，上海文艺出版社 2012 年版，第 379 页。
③ 莫言：《欢乐》，上海文艺出版社 2012 年版，第 382 页。

让牛躺下，否则牛会感染。一般来说，需要去势的牛都是没有交配过的，如果交配过了，再去其势就可能出现感染，有死掉的危险。但生产队还是把已经与母牛交配过的双脊去了势，结果遛弯也不达效果，最后双脊感染，"我"和杜大爷牵着它到公社兽医站，结果它死在了公社。公社仗着权势，把牛煮了分食，村民得不到丁点牛肉，但吃牛肉后又导致公社干部及其亲属300多人食物中毒。喜剧（牛死了有肉吃）变悲剧（食物中毒），悲剧又变喜剧，因为只死了一个人，且被诊断为心脏病发作而死，于是皆大欢喜，大家都认为只有在新社会才能出现这样的奇迹，否则300多人还不全死光了。莫言的小说故事主干并不复杂，但叙述得摇曳多姿；曲径通幽处，却在同主干故事有瓜葛的那些皱褶里穿插的小故事中。《牛》中的"我"被杜大爷忽悠，早先他口头上把自己的女儿许给了"我"，后来他女儿嫁给了别人，他又来骗"我"，要把牛蛋子给"我"吃，但这一承诺仍然没有兑现。赶牛往公社的路上两人为此拉拉扯扯，病危的牛和嬉闹的一对老少，构成了一幅充满谐趣的画面。另外，兽医老董同志的手表引起了大家浓厚的兴趣，牛蛋子引发了饥饿的大人和小孩的强烈食欲和饥饿感，但是政治无处不在，权力在此依然占得上风，牛蛋子被生产队长麻叔等人分食，而"我"连个蛋毛也没吃上。

这里小说运用了骗牛、牛蛋等涉及动物生殖器官的行为和对话，造成了一种类似拉伯雷《巨人传》的狂欢化喜剧效果，但是又不离当时的氛围，严重的饥饿导致人性的扭曲或返归自然（动物界）。为了吃上一口牛蛋子拌韭菜，"我"作为孩子几乎无所顾忌，在村子里闻着人家做饭的味道而到处乱窜，那些成百上千的成年人也出息不到哪里去，统统放弃了脸面，骗吃骗喝。这就是在饥饿这种感性体验中，人性的尊严统统丧失了，唯有肉身的存在，吃上食物，才是唯一实在的。饥饿、中毒及死亡，本来属于人的悲剧性遭遇，但在小说中却通过话语的戏谑化、狂欢化，而呈现出某种喜剧和幽默的意味。

> 我说："麻叔，咱们的牛死了……"麻叔兴奋地说："你说什么？"我说："牛死了，双脊死了……"麻叔激动地搓着手说："真死了？我估计着也该死了，我来就是为了这……走，看看去，我用车子驮着你。"①

这段对话很传神地体现出两个人对双脊牛之死的不同态度和心情，"我"（罗汉）对牛有着很深的感情，并且觉得牛死了，自己要负很大的责任，很害怕、很内疚，因为"我"是放牛长大的，虽然也渴望吃上牛肉，但此时还远远不希望牛死掉，所以"我"说话是吞吞吐吐的。而麻叔的"兴奋""激动"溢于言表，恨不能马上就让自己和全队人都吃上香喷喷的牛肉。牛之死导致了两人截然不同的感受，麻叔让我们忍俊不禁，悲剧转瞬间成了饥饿时期可以饱餐一顿的希望和喜剧。麻叔骑着借来的自行车接连摔倒的狼狈样子，声色俱厉警告"我"的对话，都强化了小说幽默的艺术效果。另外，小说中可以说无一

① 莫言：《牛》，《藏宝图》，春风文艺出版社2003年版，第265页。

好汉，每个人都是有很多缺点的小人物，不是长相丑陋、动作乖张，就是心眼狭小、充满私心，但是几乎每个小人物都有可爱之处，因为他们的内心还是善良的。这种喜剧性是语境或人与他人、人与世界的反差、悖谬导致的。

戏谑和幽默化解了怨恨和恐怖，祛除了孤独和屈辱，甚至使饥饿等身体痛苦变得能够忍受。尤其是幽默，需要出其不意，别出心裁，而最好的办法就是回归真实。对此，美国幽默专家赫伯·特罗认为："我们破除虚假和伪装来达到真实的存在。从心理学的立场说，我们借着和他人相处来发现真实，实现自我。"①这是就社会生活交往来讲的，用来分析莫言小说的幽默也是适用的。比如，在上面论及的《牛》这篇小说中，无论是叙述者"我"，还是贪吃贪占、爱占小便宜的麻叔、杜大爷，抑或有点高傲但在骗牛时被双脊踢倒而有些狼狈的兽医老董同志，都没有在作品中占据道德或形象上的优势。"我"是多嘴多舌、好吃贪玩的 14 岁失学后为生产队放牛的孩童，往往仅凭味道就知道谁家在吃什么美味，其他人物都有某种性格或行为的缺陷。这样反而保证了小说的真实性及其幽默品质。

小说中的"我"并非现实中的作者莫言本人，但莫言敢于描写"我"(莫言有的作品如《生死疲劳》中干脆出现了名叫"莫言"的小子)还是需要一些写作勇气的。他敢于改变往昔文学把人物截然二分为好人、坏人，或者大部分人物是坏蛋或有重大性格缺陷，而仅有一两个人物是正面的、几乎毫无缺点，这样的作品我们读过很多。然而，莫言彻底扭转了这种描写人物的路数，真正自在地做一个还原"真实"的小说家，无论是情节描写还是人物塑造，都以真诚、真切和真实作为自己的目标。人都是向往高贵和富足的，都希望得到尊重或被高看一眼，但是在现实生活中并不是每个人都能得到这样的待遇，就连大人物也是如此。另外，还存在一种情况，即高贵的人往往可能做出很可笑、很滑稽的举动，这些都会带来滑稽的、幽默的效果。正统小说是不能去表现这些东西的，但是莫言敢于打破各种禁忌。高低贵贱的人物等级，他统统予以打碎重来，经过他汪洋恣肆的如椽巨笔，就点石成金，成为颇具笑意和幽默感的小说情节和故事。这样写可以增添小说的趣味，并能有力化解作品可能存在的仇恨情结，淡化恐怖氛围。《生死疲劳》中的地主西门闹死了之后的世界已经不属于他了，但是莫言写他的冤魂及转世重生。最初因为土改被枪杀的深仇大恨，即使在地狱的阎王那里也是怨声不绝，愤恨之心即使在沸腾的油锅里被油炸也显露无遗。阎王只好让他重返人间，但是要经过驴、牛、猪、狗、猴及大头婴儿蓝千岁等六道轮回。从西门驴开始怨气冲天，渐次减弱，到了大头婴儿蓝千岁则转回人世，这六道轮回写得跌宕起伏，到了最后重归人间，杀头之怨恨竟淡化几至于无。

当然，其间还充满了各种恐怖与幽默相结合的场景、情景。如第十七章"雁落人亡

① [美]赫伯·特罗：《幽默的力量》，李扬译，中国妇女出版社 1989 年版，第 28 页。

牛疯狂　狂语狂言即文章”中，小说以类似于拉伯雷式的狂欢化笔法，描写了集市上由红卫兵头头“大叫驴”演讲时的巨大噪声，加之声音又被扩音器放大，整耳欲聋，“成了声音的灾难，一群正在高空飞翔的大雁，像石头一样噼里啪啦地掉了下来”①。参加聚会的人们拼命争抢大雁，踩踏致死17人，更多人被挤伤。叙述者“我”正在附近一棵树上，目睹了这场惨剧的全过程。

> 我看到在这个事件过程中那些贪婪的、疯狂的、惊愕的、痛苦的、狰狞的表情，我听到了那些嘈杂的、凄厉的、狂喜的声音，我嗅到了那些血腥的、酸臭的气味，我感受到了寒冷的气流和灼热的气浪，我联想到了传说中的战争。②

叙述者“我”从视觉、听觉、嗅觉、肤觉等，感觉和联想到了这场争夺天上掉馅饼的好事瞬间所引发的惨剧。正如小说中所用的那些形容词，人类的贪婪、疯狂、惊愕、狰狞的抢夺与争斗，会导致何等的后果。说到底，这是人性贪欲使然。爬在一棵树上的叙述者以俯瞰的眼光看着这些争抢大雁的人们，观照这些生死欲望中人们那可怜卑微的一举一动，这种元叙述透露出恐怖和狂欢混合的叙述格调。

还是在这一章中，红卫兵们把“牛鬼蛇神”押到台子上进行批斗，围观的群众“欢天喜地”，而被批斗的牛鬼蛇神却是另一副样子：

> （驴县长陈光第）脸部拉长，双眼变大，并向两边偏转，鼻梁变宽，并且变白，附着白而短的绒毛，用手摸上去手感肯定极好。两排雪白的大牙本来是被驴唇遮掩着的，但是他一看到那些戴着红袖标的女红卫兵就把上嘴唇用力翻卷起来，龇出了两排大白牙。我家养过公驴，我十分清楚驴的习性。我知道驴一旦卷起上嘴唇就要发骚，然后就要把原本隐藏着的硕大的鸡巴伸出来展示。但幸亏陈县长人性尚存，变驴变得还不彻底，所以他尽管卷唇龇牙但鸡巴还比较含蓄。紧跟在他身后的是原公社书记范铜，对，就是那个给陈县长当过秘书、酷爱吃驴肉的人，因为他最爱吃驴的鸡巴，红卫兵就给他用高密东北乡盛产的大白萝卜刻了一根，其实也没动多少刀功，萝卜头上用刀子稍旋了几下，用墨汁涂黑了即可。人民群众的想象力十分丰富，没人不知道这根染黑了的萝卜象征何物。这姓范的愁眉苦脸，因身体肥胖而行动迟缓，步伐凌乱而不合锣鼓点儿，让牛鬼蛇神队伍混乱，手持藤条的红卫兵抽打他的屁股，抽一下他就跳一下，同时哭嚎一声。便改抽他的头，他慌忙用手中的仿驴屌去招架，仿驴屌被抽断，显出萝卜真相，白而脆，汁液丰富。群众哈哈大笑。红卫兵也忍俊不禁，把范铜拎出来交给两个女红卫兵，逼着他当场把这根断成两截的驴屌吃掉。范铜说墨汁有毒不能吃。女红卫兵小脸通红，仿佛受到了极大的侮辱。你这个流氓，你这个臭流氓！不用拳打，只用脚踢。变换

① 莫言：《生死疲劳》，作家出版社2012年版，第134～135页。
② 莫言：《生死疲劳》，作家出版社2012年版，第134页。

着姿势踢。范铜遍地打滚，哀号不止，喊叫：小将，小将，别踢了，我吃，我吃……抓起萝卜，狠命咬了一口。快吃！又咬了一口，腮帮子撑得老高，无法咀嚼。着急着下咽，噎得翻白眼。在驴县长的带领下，十几个牛鬼蛇神各出奇招，让观众大饱眼福。①

这段文字叙述在疯狂的“文化大革命”时期，红卫兵对所谓的“牛鬼蛇神”的残酷羞辱和迫害。对于驴县长和范铜来说，这是难以忍受的恐怖；但是，对于看热闹的人们来说，这些昔日领导他们、统治他们的大人物落到如此屈辱的境地，既丑态百出，又滑稽可笑，他们当然禁不住哈哈大笑了；对于施暴、羞辱人的红卫兵们来说，他们觉得自己的暴虐行为不但充满正义和神圣，而且能从牛鬼蛇神们那些滑稽、变形的言行中获得平日里难得的“笑果”和快感。《生死疲劳》中的这些施暴、受虐、围观，和《檀香刑》中的施刑、受刑、观看，都构成各自的三方，三方在这种种怪异行为中均有所“得”。受虐者/受刑者“得到”的是恐惧和尊严被彻底践踏，施暴者/施行者得到的施暴和羞辱人的快感，围观者/观看者看到的是种种犬牙交错的恐怖、暴虐，还有相伴而生的滑稽、幽默。小说中这种恐惧与幽默同时产生的原因在于，叙述者将人和兽、人性和兽性、人体和动物生殖器官、严肃的批斗会和吃公驴生殖器的动作等黏联、嫁接在一起，而读者在阅读接受时就会产生既恐怖又幽默、既丑陋又滑稽的审美效果。其实再细分析我们会发现，这些暴虐和恐怖的行为如何导致笑(幽默)的产生？其深层的原因在于人性尊严被彻底荡除，甚至把最羞辱人的驴的生殖器官当成道具来实施这种羞辱和暴虐，结果就带来了意想不到的笑的效果。当然，小说中的范铜(长得贼胖似“饭桶”)，仅凭其在当公社书记时爱吃驴的生殖器官来看，也可推测此人不得人心，所以他人用类似驴生殖器的白萝卜染黑的道具来羞辱他，自然会引发人们的笑声。在整部《生死疲劳》中，除了蓝脸作为一个老实巴交的单干户有些正面的形象外，其他几乎所有的人物形象无不带着浓烈的喜剧和滑稽色彩。如果我们把这部作品同路遥的《平凡的世界》进行比较，就会发现，后者塑造了一大批颇具正面性价值的人物形象，如孙少平、孙少安、田润叶、田晓霞、田润生、贺秀莲、田福军、李向前、郝红梅、张有智、孙兰花、王世才、惠英嫂等，即使那些有着重大性格和行为缺陷的人物如孙玉亭、田福堂、王满银、安锁子等，最后也转变成较为正面的角色。仅此一点，这两部作品就形成了鲜明的对照，其创作手法和美学原则很不相同。

《生死疲劳》在叙述方式选择上与喜剧和幽默相谐调，在整个故事外壳采取了东方/中国的佛教所独有的轮回方式，叙述主人公西门闹六道轮回，由一个被枪杀的冤死的地主鬼魂，重新返回人间。也就是写自 1950 年 1 月 1 日至 2001 年 1 月 1 日半个世纪间中国社会所经历的土改、镇压地主、反右、大跃进、人民公社、大饥荒、“文化大革

① 莫言：《生死疲劳》，作家出版社 2012 年版，第 135 页。

命”、改革开放等重大历史事件中，普通人命运和性格的跌宕起伏和啼笑皆非的人性沉浮。因为采取了佛教的轮回叙述，所以小说在面对上述重大历史事件时也就能够举重若轻，即使极度的恐怖和荒诞中也蕴含着极大的幽默因素。既然一个死魂灵能够通过轮回的方式历经艰难再度变成人，那么，世间还有什么能够让人感到担心和恐惧的呢。这是东方和中国古老智慧和信仰思维方式的结果，中国古代那些“集市说书人”角色在当今被莫言复活了，但是他加上了许多当代的手法，于是，这种说书人的故事变得更加繁复和庞杂，与西来的现代主义相遭遇、相碰撞便生成了中国现代主义或莫言式巫幻现实主义。

当然，莫言小说的幽默并不仅仅是与耸人听闻的恐怖情节结合在一起的类型，他还有数量更多的有关日常生活和纯属想象、幻想、虚构产物的幽默，这种幽默更富有情趣。如《长安大道上的骑驴美人》写在繁华的北京长安大街上 4 月 1 日(愚人节)的下午，突然出现了骑驴的美人和骑马的男子，两人身穿古代服装，男子手持古代武器，两人古怪的样子立刻引发了长安大街上下班人们的围观和尾随，但当人们热衷于解开两人之谜时，驴和马在大街上各拉了一堆粪蛋子。这实际上是借愚人节心情向“看客们”发出的又一次嘲讽。而关注现实的短篇小说《师傅越来越幽默》[①]写下岗工人的故事：丁师傅把被弃置在公园里的一辆公交车，改造成专供谈情说爱的男女幽会的休闲小屋，车内车外发生了很多令人啼笑皆非的故事。小说题目就饶有意思，工人师傅丁十口在小说的叙述过程或故事的发展过程中会“越来越幽默”。到底有什么样的行为会让在厂里工作了 43 年的丁十口“越来越幽默”？一直以来是主人翁的堂堂正正的市农机修造厂工人的丁十口，在离退休还有一个月的时候不幸下岗失业了，他的精神状态也由自豪、刚强、尊严逐渐转向软弱、无奈、孤苦，后来又逐渐重新找到自己生存的尊严和自信。在这一过程中，丁十口的精神发生了重大变化，他慢慢地变得有趣、幽默起来了。丁师傅的徒弟吕小胡在收费厕所为师傅交了一块钱，使得丁师傅得以解决三急之一的尿急，他禁不住说了句：“小胡，师傅跟着你撒了一泡高级尿。”小胡称赞师傅很幽默，丁师傅又说欠小胡一元钱，小胡说：“师傅，您越来越幽默！”对话中诙谐有趣，点出了题目，但其中无不悲酸和辛苦。“在树林与墓地间丢弃的避孕工具增强了他对自己谋财之道的信心。”小说的叙述语言有异常丰富的含义。新刷了彩色油漆的废弃公交车，还有幽静的树林、寂寥的墓地、不伦不类的避孕工具，生命的安息地和可能孕育新生命的野合地，却是增强下岗师傅丁十口重新上岗信心的最佳处所。师傅在接第一单生意的时候，头是低着的，脸是微红的，心猿意马似的，最后还是按照男客人的建议，在

① 莫言在回答韩国记者书面采访时写到，在韩国出版的小说集所选的三篇小说《师傅越来越幽默》(含《师傅越来越幽默》《牛》《三十年前的一次长跑比赛》)“有一个共同的特性，就是它们的幽默”。(莫言：《〈韩国每日经济报〉书面采访》，《碎语文学》，作家出版社 2012 年版，第 326 页)这三篇小说分别写了(下岗)工人、农民和知识分子等三种不同类型的幽默。

休闲小屋里放了男欢女爱所需的一切东西，还有啤酒、饮料、鱼片、话梅等。在买避孕套子时也由开始的脸红到能够跟卖货的姑娘调情，最后还恢复了跟老婆中断多年的性趣。通过耳朵，丁师傅积累了丰富多彩的性生活经验，也情色地想象着各种各样造爱的形态。“有一对看似衰弱的男女把车壳子撞得咣咣作响，好像里边关着的不是一对造爱的男女，而是两头交配的大象。”[①]这篇小说有两个叙述视角：一个是能够观照丁十口的全知叙述视角，一个是丁十口视角。从前一个视角小说展示了困窘和喜悦中的丁十口和他的徒弟吕小胡等下岗工人的悲惨遭际，丁十口视角叙述了来到休闲小屋的一对对造爱的有情男女。然而，在寒冷冬季的一天，一对中年男女进了小屋却三个多小时不出来，石头砸、肩膀扛，也未能打开反锁的车门。此时丁十口的心情由快乐一下子降到了痛苦和恐惧。可是和警察一起来到这个小屋时，但见车门一下子就被踢开，这对男女早没有了身影。丁师傅吓得直喊“那是两个鬼魂……”警察显出不满，徒弟也显得不满，又一次说了句：“师傅，您越来越幽默了！”让人颇感意外的结局，真正验证了英国小说理论家福斯特的看法，虽然他是在谈论圆形人物时说的下面这番话：

> 检验一个人物是否圆形的标准，是看它能否以令人信服的方式让我们感到意外。如果它从不让我们感到意外，它就是扁的。假使它让我们感到了意外却并不令人信服，它就是扁的想冒充圆的。[②]

《师傅越来越幽默》中的师傅丁十口可谓一个圆形人物，其故事也可谓一个圆形的、复杂的故事，它让读者感到意外，也令人信服，因为车壳子的铁门开了，但是里面的两个人没有了，紧张的形势得以舒缓。而对丁十口来说，祛除了最可怕的后果，却有些失去了徒弟的信任。那两个男女到底怎么样了？去了哪里？可能是他们喝了安眠药，在丁师傅敲门撞门时睡着了，后来在丁师傅恐惧地去找徒弟找警察的过程中，又苏醒过来，走了。当然，这种朦胧暧昧的结局体现了莫言一贯的玄幻色彩，在细致写实地描摹生活的基础上，陡然增添了这么浓墨重彩的一笔，举重若轻，留下很大的空白，令人回味无穷。类似的描写和叙述方式在莫言的小说中经常出现，像《蛙》中叙述者蝌蚪的妻子王仁美被迫流产而死，做手术的“姑姑抬起头，鼻皱眼挤，面相丑陋而恐怖，猛然打了一个响亮的喷嚏”[③]。莫言又一次发挥了叙事对悲剧的缓冲或淡化方式，以当事人姑姑一个似乎无关紧要的喷嚏结束了本节故事。

在中篇小说《幽默与趣味》中，男主人公是大学中文系古典文学教师王三，他的妻子、过马路遇到的警察，不但在形体上而且在精神气势上都压倒性地高于他。王三不但长相寒碜，个子矮小，而且连过马路都畏畏缩缩，一副猥琐的样子，要不是遇到一支

---

① 莫言：《师傅越来越幽默》，上海文艺出版社 2012 年版，第 182 页。
② ［英］E. M. 福斯特：《小说面面观》，冯涛译，人民文学出版社 2009 年版，第 67 页。
③ 莫言：《蛙》，上海文艺出版社 2012 年版，第 138 页。

幼儿队伍,他连马路可能都过不去。为老婆买拖把因没带钱而无果,返回时在马路上又连连遭遇不测之举,先是为避让汽车而歪倒在一个老太婆胸前,被骂为“流氓!竟敢占老娘的便宜!”连跑带颠地过了马路,背后却传来一连串“抓流氓”“抓小偷”“抓坏人”的呐喊声,王三只好没命地狂奔而逃。原先的像梁启超、蔡元培、胡适、闻一多等伟岸、洒脱、光明磊落的大学教师形象在王三这里荡然无存,这本身就导致了滑稽和幽默的效果。家乡苏北广袤的平原、闲适的生活,与大都市里熙来攘往的人群和川流不息的车辆,简直不可同日而语。狂跑中,王三产生了少年时期为追逐女孩子而狂奔时衣服摩擦皮肤一样的快感,于是小说自然地就穿插进一些与之相关的奇妙情节和故事来了。进而,小说叙述者对爱情发了一番宏论,男人的手像酵母会使女孩子的乳房发面馒头般膨胀起来。这一情节同《透明的红萝卜》很相近,小石匠爱上了菊子姑娘,菊子不让小石匠摸自己的身体尤其是敏感的乳房,就是怕它们膨胀起来搞得自己害羞。这种心理描写很有特点,也真实地写出了男女主人公的内心世界。

在夫妻关系上,王三和妻子汪小梅正好颠倒了,日益身强体壮的汪小梅不时家暴王三,以至于王三说出“你再欺负我,我就变成猴子”。“她高高地举起拳头,冲着王三的脑袋撸下去。在她的拳头下落的过程中,她发现丈夫的身体萎缩了。发生在她眼前的事情令人难以置信:大学教师王三在一分钟内,变成了一只瑟瑟发抖的绿毛青脸的雄性猿猴。”[①]小说的叙述者不时现身说法,天真活泼、身体苗条的汪小梅怎么膨胀为肥胖而暴戾的女人呢?小说的结构安排饶有意味的“第一部分根据王三的谈话编写,第三部分根据汪小梅的谈话编写”,即“幽默”和“趣味”两部分,而这第二部分标题为“与”。变成猴子后失踪,又返回人间的王三经历了人生的重大变故,竟然由研究古代诗论范畴转向了研究卡夫卡的小说《变形记》。汪小梅目睹自己丈夫变成猴子的全过程,她绝望了,王三从此具有了猴性,对汪小梅要他变回人的祈求置若罔闻。儿子王小三跟猴子(其实是他爸爸变的)玩得很嗨。无论痛苦无奈的汪小梅如何希求王三变回人,而王三依然是猴子的模样。进化论讲人是从猴子变来的,但还没有人变回猴子的先例。《幽默与趣味》自然让人联想起卡夫卡的《变形记》。王三的瘦弱、卑微和无奈使他变成了猴子,作为人类的王三和作为猴子的王三自然产生了巨大的反差,导致了很强烈的幽默效果,不但引起了儿子王小三的喜欢,而且受到成年人的围观,唯独自己的老婆汪小梅痛苦不堪。这是一个中国人的“变形记”,有着很强的现实依据,又有着巨大的跳跃性“蜕变”,就像卡夫卡笔下的格里高利·萨姆沙变成了大甲虫,只不过猴子有更高的智商,属于和人类差不多的高等动物,而这又有着历史传统的影子(如《西游记》中孙悟空原型)。

“幽默”“与”“趣味”,这是小说三个部分的标题,也可视为叙述者刻意为之的三个

① 莫言:《幽默与趣味》,《怀抱鲜花的女人》,上海文艺出版社2012年版,第401页。

目标，它与写实派的区别就在于，并非现实存在，而是人为的产物、叙述的产物、语言的产物。在解释为何曾经美丽苗条的汪小梅变得暴戾和大腹便便，充满激情和爱情的王三不得不变成猴子时，叙述者如此叙述："心中悲伤的作者在这里不想叙述。"叙述者和他们夫妇自小就一起念书，是好友，后来又在同一座城市里谋生。[①] 这种故弄玄虚的叙述伎俩是故事不断被叙述又不断被叙述者自我解构的助推力，也是小说产生幽默与趣味的前提条件。日常生活像无边无际的深邃大海，而人则逐渐成为社会、家庭、工作单位里卑微的可怜虫，最后导致作为人的王三竟然变成了猴子，这和人本有的样子(王三是体面的大学中文系教师)构成了悖论般的巨大反差。这是一种戏谑中含着泪水的笑，苦涩中带着难言的幽默。王三变成猴子的故事喻示当代中国小说发生了70年前发生在布拉格的美学革命般的巨变。王三变猴不但对他的儿子王小三来说是有趣和神秘的，而且对于我们这些成人读者来说也是有趣和幽默的。

小说之所以为"小说"，就在于其见微知著，是对人类的琐屑、微小、不登大雅之堂之物事人情的描写和叙述，那么这些微不足道的物事人情为什么具有意义？英国女作家伍尔夫说过，大街上风刮来了一张残缺报纸，人们的一声叹息，情人的一个眼神、一声嘱咐……都可以成为小说的情节和细节描写的材料。而巴赫金对陀思妥耶夫斯基的评论更能让我们从理论的角度去看待和认识这种微不足道但对小说来说又十分重要的声音和存在，巴赫金认为陀氏除了聆听时代主导的、公认的、响亮的声音外，更注意倾听那"微弱的声音和观念"。而对莫言来说，那微弱的声音和观念显然更重要、更有价值，意义更重大。谢有顺阐释到：莫言要让那些微弱的、被遗忘的、民间的声音"从黑暗中、地狱里走出来，成为任何主流声音所无法抹杀的存在"。[②] 原来在主流文学话语和宏大叙事中毫无意义的声音和观念，在莫言的文学观中却是极富价值，且能够最大限度地发挥出文学之所以成为文学的独特性东西。这种生活和声音不仅富含人生和存在的意义，而且较之官方的、正统的、主流的生活和声音，更能引人入胜，因为它充满了生活中原本存在着的种种可能性和生命气息。要使小说引人入胜，作家就要注重人类与生俱来的好奇心，爱听故事，爱好隐秘，注重发掘民间底层苦中作乐、坚韧生活的乐观和幽默感。"莫言所创造的，更像是一个野生的中国。这个中国，我们在历史书中未曾读过，在过往的文学作品里也无从比照，它来自莫言的记忆与想象、戏谑与虚构。"[③]是的，如前所论，莫言能够从苦难中看出和写出乐趣，并以戏谑、诙谐和幽默的态度去穿透生活的屏障，这恰恰是其小说在沉重的历史氛围和现实桎梏中获得些许自

---

① 莫言：《幽默与趣味》，《怀抱鲜花的女人》，上海文艺出版社2012年版，第401页。

② 谢有顺：《莫言小说与诺贝尔文学奖的价值观》，孙宜学主编：《从泰戈尔到莫言：百年东方与西方》，上海三联书店2015年版，第55页。

③ 谢有顺：《莫言小说与诺贝尔文学奖的价值观》，孙宜学主编：《从泰戈尔到莫言：百年东方与西方》，上海三联书店2015年版，第55～56页。

由和快乐的法宝。

小说可以虚构或保留大量的奇异故事，能够满足人们的好奇心，探测人性和人心深处的隐秘，而揭示隐秘并不意味要把小说写得清晰无遗、一览无余，而是依然会在存在和心灵深处保留模糊不清的地带。如此看来，小说就会获得不亚于宏大叙事、宏大话语的价值和意义，正如昆德拉所认为的那样："小说作为建立在人类事物的相对与模糊性基础上的这一世界的样板，它与专制的世界是不相容的。这一不相容性不仅是政治或道德的，而且也是本体论的。""小说的精神"恰恰就在于相对性、模糊性、怀疑等秉性。[①] 模糊、朦胧、暧昧、疑问、多义、复义、歧义、复调、相对性等，正是小说趣味性产生的语境和话语前提。在描写人物和叙述故事时，要使之有趣，就需要尽力借助幽默和诙谐，在轻松和笑声中忘却清晰的逻辑，超越生活中不堪忍受的贫穷、苦难和恐怖。或者说，小说是关乎人生苦难和人性弱点的描写和叙述，因此人生苦难和人性弱点就需要借助小说这种最能保留/保持鲜活的原生态的情景、情况、情势和情感的文体，并力图在幽默诙谐中稀释苦难感受，反讽戏拟貌似强悍实则色厉内荏的存在，且能以元叙述自嘲。总之，小说的语言和叙述要有幽默感。

那些有关增加生活情调和"笑果"的书往往教导读者要学会机智对待自己和周围环境，善于调侃自己，以此造成幽默的效果，使自己占据更有利的地位，获得某种优势感，云云。莫言的幽默与之不同，他往往采取戏谑的方式，在贫穷困顿的日子里，甚至在黑暗无边的时代里，在令人绝望的空隙里，在惨不忍睹的现场前……去发现原本存有的哪怕一丝一毫的亮光、希望和生存的可能性，并从中汲取哪怕是一丁点的生的快乐。

长篇小说《蛙》中写了一个场景，妇产科医生的姑姑万心来我们家，为难产的牛接生，小牛产下来之后，全家高兴地围在一起吃面条，有意无意中姑姑捋了一下袖子，露出了崭新的瑞士英格纳手表，几个哥姐都有福分拿在手里细看，可"我"(万足，后来的作家蝌蚪)却没有机会看，"我大哥"感到内疚，"他用钢笔在我腕上画了一块表。画得非常逼真，非常漂亮。我非常爱护这块'表'，洗手避水，遇雨藏手，颜色淡了借大哥的钢笔描，让它在我手腕上保存了三个月之久"。这种让20世纪五六十年代出生的读者有会心之笑的画面和情节，满藏着心酸，又充满了生活的情趣和幽默感。生活中哪怕是想象的、画在手腕上的一块手表图形，尘埃般微不足道，却能让人得到无穷的乐趣。这种带有我们民族韧性和忍耐的苦中作乐的观念是与莫言善于发现生命存在的幽默感分不开的。因此，莫言的幽默不同于当今职场小说中的机智的幽默，而与生命此在息息相关的，是属于本体论/存在论的幽默。即使在世界范围内，在百余年诺贝尔文学奖的历史中，也罕见莫言这种将戏谑和幽默、笑剧与苦难等融合在一起的作家作品。

① [法]米兰·昆德拉：《小说的艺术》，孟湄译，三联书店1992年版，第13页。

莫言自己早就意识到，黑色幽默和现实主义内容“是生活的真实。在我的亲身经验中，荒诞的事情和现实的事情总是密不可分地纠缠在一起”[①]。也许正出于这个原因，瑞典学院诺贝尔文学奖委员会主席瓦斯特伯格在颁奖辞中说，莫言“是继拉伯雷和斯威夫特(Swift)之后——在我们的时代，是继加西亚·马尔克斯之后——更加戏谑和震撼人心的作家……莫言为那些面对一切不公正的卑微的小人物们辩护着——从日本占领时期……的恐惧，一直到今天的商品狂潮。……曾经有过如此史诗般的春潮席卷吞没过整个中国和世界吗？在莫言的作品中，世界文学所发出的声音淹没了其他大多数同时代人的声音”[②]。这一概括性描述和评价切中肯綮。嘲讽、戏谑、诙谐和幽默，不但是莫言善于运用的小说表现手法，还是小说叙述和描写的艺术接受效果。在那么一个充斥着虚伪、做作、无耻、欺骗，充满了饥饿、孤独、屈辱、恐惧的时代和空间里，莫言大规模展开的文学搏斗以及创设的“高密东北乡”文学王国的确“震撼人心”，然而又是“戏谑的”。在那些充满暴力、没有同情心、没有真相甚至没有常识的粗鲁世界里，一个荒谬的、匪夷所思的世界又的的确确存在过或存在着，在未来也很可能继续存在下去。莫言以刻骨铭心的体验和幻实相结合的描写艺术，对这原本在文学中、在历史书中根本看不到的世界予以了最为深切的表达。面对存在于我们生活和社会中的那些负面的、暴力的、恐怖的、邪恶的东西和力量，作家是不能闭目塞听的，不能采取一种新式的阿Q精神对之视而不见、听而不闻，而是应该切进去，把其画皮或遮羞布揭掉，露出其原本邪恶、暴虐、无耻、无赖的本性。仅仅做到这一步，就已经难能可贵了，况且莫言还往前迈出了一大步。他不断推出有关这些领域的作品，并且一贯站在弱者(沉默的大多数农民)的立场上，发出属于弱者、属于农民的声音，他自己谓之“作为老百姓的写作”立场，这就更加难能可贵了。

莫言关于残酷和恐怖、戏谑与幽默的小说和散文，创造了原先中国文学和美学观念中根本不可能存在的类型，在某种意义上可以说是一种对于文论及美学的崭新贡献，极大开拓了文论家和美学家们的思维视野和理论创造的空间。

---

① 莫言：《〈韩国每日经济报〉书面采访》，《碎语文学》，作家出版社2012年版，第328页。

② [瑞典]瓦斯特伯格：《诺贝尔文学奖2012年颁奖典礼授奖词》，钟宜霖译，叶开：《莫言的文学共和国》，北京大学出版社2013年版，第293页。

第七章
莫言文学的感性—审美之维

在对文学疆域的开拓过程中,莫言还面临着一个如何处理和表达“残酷美学”的问题。文学界有描写风花雪月、姹紫嫣红的绮丽柔媚的优美型审美追求,有描写叱咤风云、金戈铁马的崇高壮美型审美理念。但是,正如英伽登所总结的,文学中也应有作家去关注和描写自然尤其是社会所施加于人的种种“非人”的情境和状态。特别是在20世纪,人类历史就是一部科技进步、人类发展、和平建设、物质丰富、人权维护伴随着科技和制度所带来的血腥、残酷、暴力、饥馑、杀戮、战争的历史。是采取闭目塞听、明哲保身的犬儒主义,还是采用艺术的方式尽量予以揭露和表现?这是每一个作家所要面临的重大问题。莫言采用了各种各样的方式:正面强攻、调侃亵渎、反讽戏拟、自嘲自贬,但无论采取何种方式方法,其文学世界一直就呈现出浓烈的人文关怀和艺术探索的强劲精神。他处理那种反身体美学的酷刑、饥饿,以及饥饿的反面——饕餮豪饮,往往依靠的是一种被笔者称为“逆向身体感性学(美学)”的方式。他在文学领域所触及的丑、荒诞、恐怖、恶心,是与(优)美、崇高、悲剧等相伴而行的。可以说,莫言在无意之中以大面积、高密度的创作实绩为美学(感性学)提供了鲜活的艺术个案,为当代审美类型提供了丰富而成功的案例,由此极大地拓展了中国人的审美心理结构和审美精神世界。

第一节　莫言小说的“逆向身体美学”

一、莫言小说:回归美学的感性学之维

莫言既不是文学理论家和批评家,也不是美学家,但是他的作品以及数量很多的创作谈、访谈、对话、演讲等无不体现了他的文学思想和美学思想。他通过上述文体形式,为当代中国的文论和美学提供了丰厚的、源源不断的第一手资源,有的直接就是很

鲜活的文论和审美文章本身。

如果说，自新时期伊始迄今中国文学对于审美有什么独特贡献，那就是莫言和同时代一批具有创新意识的作家及其作品尤其是小说所提供的一系列颇有些惊世骇俗的意象、人物、主题，以及感觉、想象、幻想、梦境等叙述表达手法，他们进一步祛除了加在审美和艺术上的种种枷锁，使其还原到100余年前尼采美学的维度上。尼采被誉为“在哲学史上真正寻求‘身体’的‘审美经验’层次上的哲学‘表现’的第一人”[①]。在尼采看来，“身体”作为世界存在的最根本的基础，其感受、知觉、体验等感性层面恰恰就是审美的，审美不是凌空蹈虚的天国产物，而是活生生的身体感觉、身体经验；美学也不是冷冰冰的概念逻辑的演绎，而是基于最根本的人类情欲，首先是男女性爱。正是在这个意义上，尼采提出美学就是人类的爱情学，是男女两性相互吸引的情欲学，这是美、美感、审美、艺术产生的基础，也是美学之所以诞生和富有魅力的永恒基础和法则。尼采可谓身体美学或审美主义最早的先驱和旗帜性人物。尼采美学由身体美学出发，抵达的是精神的至高处或至深处。这一美学思想对于我们的启发在于，用身体来代替精神作为研究存在（此在）的出发点，而不是重回精神领域选择出发点，这是现代美学（感性学）诞生的标志。身体之于存在的诸种感觉、感受、体验是异常丰富多彩，甚至是无穷无尽的。存在（生存）仍然是当代哲学美学重视的领域，这就是身体及身体美学，而身体美学之所以在某种程度上具有取代自柏拉图至康德、黑格尔美学的能量或价值，就在于男女情欲的美学（感性学）的建立。在某种意义上，这与中国美学重视身体之维，比如“羊大为美”“羊人为美”“色好为美（媄）”[②]的味、嗅、触及视听觉全息式的审美感受方式有一致处。尼采美学与《周易》咸卦之“咸”，即少年男女相爱相恋交感互爱，全身心地进入性爱高潮，从而产生一种超越性的美的极致高峰体验状态类似。在古希腊，美神和爱神是一个神，即阿芙洛狄特，这个神很独特、地位很高，跨越了两个人类精神/心理的重要领域，爱之双方各自的身与心都进入彼此，形成完满融合交汇状态，才能达到爱与美的统一。如果美没有爱（包括身体之维）的参与，那么就是不完善的、残缺的美。对于美学（感性学）来讲，身体美学（身体感性学）的建立，即使没有彻底否弃原先美学的整个理论体系和概念大厦，至少给予它釜底抽薪式的解构。但不能因此就认为，尼采感性学（身体美学）就是对精神的彻底抛弃。尼采亵渎和重估了西方历史上几乎所有的价值，包括古希腊和基督教两大文明传统，但是他寻找和回归的依然是留存于前苏格拉底时期希腊哲学和艺术的那种圣洁感性和超人哲学，其背后依然是强韧的西方精神传统在起作用。只不过尼采以疯狂的酒神精神和庄严的日神精神的融合来再造一个新的价值来源而已。

福柯在尼采美学的基础上进一步以自己的方法论和身体的主动探索、尝试，企图

---

① 姜宇辉：《德勒兹身体美学研究》，华东师范大学出版社2007年版，第5页。

② 陈望衡：《中华美学的“家—国”意识》，《文学评论》2017年第5期。

把生活或个人作为艺术品来塑造，强调了身体对于各种极端或异端情况如同性恋、吸毒、施虐—受虐之快感的体验与感受，从而实践了尼采身体美学的设想和原理，拓展了美学和艺术的边界。这是身体美学在建构过程中最为勇敢、强劲和决绝的方面，是西方现代美学(感性学)从精神美学脱胎而来的另类印记与尖峰性身体体验的产物。另一个法国学者、现象学家莫里斯·梅洛-庞蒂的知觉现象学，也为我们深入理解和阐释身体美学提供了一个崭新的视角，他的知觉现象学实际上是一种身—心现象学。他认为，意识现象学应该转向身—心现象学，因为身体和意识没有根本区分开来，而他关注的是身体与性爱。梅洛-庞蒂还创造了一个词“身体—主体”，表示身体和主体其实是同一个实在，两者互为主客体的关系，物质和精神、肉体和意识是同一在“我”中的，而“我”又离不开身体和精神的交互性存在。“身体—主体”这个词与中国远古时代“仁”字的通假字(身在上，心在下)可谓同构同义。庞朴先生认为这个表示“仁”的字即“一律上‘身’下‘心’”[①]。这个“身—心”不分的汉字恐怕比梅洛-庞蒂的新造词“身体—主体”更能体现人的肉身与心灵的不可须臾分离的状态。当然，梅洛-庞蒂既继承了尼采身体美学，也丰富、发展了尼采美学，他把尼采强调的人与人的关系(男女的身心关系)转移到个体的身—心当中，使之更加现象学化了。在这个意义上，梅洛-庞蒂的哲学又被称为“感性的诗学”[②]。梅洛-庞蒂认为，在最真实的世界面前所有的哲学家都得保持沉默。但是对于作家来说，较之哲学家，他们更加接近这个真实的世界，因为在优秀的文学艺术中最有可能且最大限度地保留了身—心不可分割的原初的真实世界和情景。而德勒兹在融合上述身体美学家思想的基础上，发明或阐释了“块茎”“千高原”和“生成”的生命冲动论，进一步提出了“身体—感觉—表现—语言”这一哲学思维的线索和路径，从而把艺术表现与身体感觉内在地联系在了一起。

当代美国美学家舒斯特曼正式提出了“身体美学”(somaesthetics, body aesthetics)，并且指出身体美学对于哲学认识论之感性、感觉的推论是一种补充路径，“通过给某人身体的改善指导，去改正我们感觉功能的实际执行，因为感觉是属于身体并且以身体为条件的”[③]。“对于‘body’来说，‘soma’是一个大词，它还没有被身心区分所污染。”[④]这个大词“soma”较之梅洛-庞蒂的“身体—主体”，同“上‘身’下‘心’”的汉字“身/心(仁)”即肉与心、心与肉的一体化状态更为接近。把感觉和身体维度紧密联系起来进行研究，即“身心未被区分”时的美学，是舒斯特曼身体美学的独特之处。他在评价鲍姆嘉通为美学学科的建立以及为美学定义时，曾指出：“我们的感性认识依

① 庞朴：《说“仁”》，《文史哲》2011年第3期。

② 杨大春：《感性的诗学：梅洛-庞蒂与法国哲学主流》，人民出版社2005年版，导论。

③ [美]理查德·舒斯特曼：《实用主义美学》，彭锋译，商务印书馆2002年版，第354页。

④ [美]理查德·舒斯特曼等：《身体美学：研究进展及其问题》，《学术月刊》2007年第8期。

赖于身体怎样感觉和运行，依赖于身体的所欲、所为和所爱。”[①]这是深刻地把握了自鲍姆嘉通至尼采的美学演变历史而做出的恰切概括。舒斯特曼的身体美学强调了身体的肢体美化、照料和训练，身体各部位之间互相协调等方面，并由此能够改善我们的感觉，能够克制损害敏锐、健康感觉的陋习和缺点。这与尼采美学还是有差距的，但是舒斯特曼所提出的“身体美学”进一步从根本上扭转了美学的理念或纯精神层面的思考研究之路，他和尼采、福柯、梅洛-庞蒂、德勒兹等一起启迪我们从审美的身体维度去看待当代诸如莫言这样的文学家的创作。

二、莫言小说“逆向身体美学”叙事

上述身体美学家的美学思想，虽然致思方式和侧重点各异，但是至少有以下共同的特点。其一，均是主动施为和建构的身体美学，即通过对身体之于感性和审美领域的关联性和建构性功能的分析，来阐发和构建新的美学思想；就这方面，甚至卡夫卡的“饥饿艺术”思维亦是如此，是艺术家主动采取“饥饿表演”来表达和展示自己的艺术观和哲学观。其二，均是对身体、身体关系及其感性、审美之维的积极维护和建构，是对身体进行舒适化、美化的训练，其表现形式是积极有为的，而非对身体的残害和畸形化追求。其三，这种身体美学的追求和身体的训练带来的结果当然是身体的自由、舒适和美化，是积极而正面的。在某种意义上，甚至可以说身体美学是一种新的和谐美学思想。

与上述西方身体美学家的思想相反，莫言小说的身体叙述却呈现出某种卡夫卡式和拉伯雷式身体审美之维，而非追求身心合一且一脉相承的尼采、福柯、梅洛-庞蒂和德勒兹身体美学，也非美化和改善身体状态的舒斯特曼身体美学。莫言不是身体美学家，也不是身体美学的信徒，但是他凭借对身体感觉和记忆的想象性书写，凭借对日常生活中身体经验的真实、完整和富有创造力的叙事，更凭借对整个文学思潮和文学创作状况独特而深刻的个体把握，完成了一个一般中国美学家很难完成的新的审美大厦的建构任务。具体表现在：其一，创造了饥饿美学。这里“美学”一词最好称为“感性学”，因此，饥饿美学又可称为“饥饿感性学”。莫言在小说中大面积地写到了1960年前后的大饥荒及其后果——饥饿与死亡。如果从美学的角度尤其是尼采美学的角度看，则可称之为“(身体)饥饿美学”，其实更准确的术语应该是“饥饿感性学”。其二，写出了饥饿感性学的反面“餍足感性学”。身体(饥饿或餍足)感性学是一个尚无人关注更没有人研究的领域，身体的“饥饿”以及饕餮、饱胀不是一个形而上学问题，它所涉及的最根本的是人的肉身感觉和身—心体验的匮乏或丰富。匮乏是指肉身存在之需要

① [美]理查德·舒斯特曼：《实用主义美学》，彭锋译，商务印书馆2002年版，第352页。

的基本物质(食物)的缺失;丰富是指经历过饥饿者的身心遭际所带来的心理和精神的体验、感受的多样性;而餍足则把这种食物和其他享受的丰富性扩及超出恰当的程度之上,进而导致极度的膨胀和浪费。其三,正视了遭受酷刑或磨难的身体感性学,或可简称为"酷刑感性学"。莫言多篇(部)小说集中写到了主人公遭受重创时的身心状态。因此,莫言小说关于身体的叙述也有以下明显的特点:一是身体叙述的被动性,而非主动性。莫言笔下的身体不是被饥饿、畸形折磨得奄奄一息,就是被酒肉撑胀得灵魂出窍,但无论前者还是后者,均是被动的行为;即使饕餮滥饮也往往并非当事人主动的行为,而是环境或文化传统导致的对身体施加的被动行为,否则狂饮滥喝就是健全主体的主动施为了。那种喝酒、劝酒、拼酒,甚至赛酒场面,和烂醉(如泥)后的呕吐、痛苦、丧失理智、灵魂出窍的表现,其实正是主体性匮乏的表征。二是身体所遭遇的饥饿、疾病、畸形和酷刑等磨难与痛苦是消极的,而非积极的,是与人的自由本性、本体论存在背道而驰的。三是身体面临饿死、被迫变得畸形,甚至被酷刑折磨致死,当然其后果也是负面的。上述情况下,身体大都是被动的、被迫的,作为接受或施为的主体,其身体(身—心)的感受、体验往往是反美、反和谐的。莫言小说中的那些关于身体处于被动、消极、负面状态下的书写和审美艺术,笔者称之为莫言的"逆向身体美学(感性学)"叙事。

(一)饥饿叙述和饥饿感性学

莫言小说的饥饿叙述和饥饿感性学与尼采美学、福柯美学和梅洛-庞蒂美学、舒斯特曼美学有异曲同工之妙,都是在传统的概念、精神、命题或逻各斯主义占据绝对优势的情况下,从感性、感觉和身体的维度出发,建构自己的精神王国。但表述或叙述形式明显是不同的,后者是作为哲学美学的散文式写作,前者是作为文学艺术的散文式写作。对于莫言来说,所处的写作背景包括主流政治意识形态与主流文学思潮,均强调物质和精神、存在和意识两者关系是前者主导和决定后者。然而在实际操作和社会生活当中,却往往又是(长官)意志决定一切,也决定着物质利益的分配和现实存在的秩序。"人有多大胆,地有多大产",饥肠辘辘的人们,口中却高喊着革命的、辉煌的空洞口号;跳着唯意志主义的"忠字舞",唱着歌功颂德的"万岁歌";以血统论来强行划分阶级,以阶级斗争为纲;以进化论思维模式来强行划分文学发展阶段和文学类型。表现在文学中的人性也在这种背景和前提下变得要么清纯、美好、和谐,要么充满哀怨地陷在过去的伤痕当中,要么向主流意识形态屈膝、谄媚。20 世纪五六十年代文学那种浅表的莺歌燕舞、忸怩作态的人情美人性美模式,有形无形、有意无意地遮蔽了当时现实政治和人性的复杂性、艰难性和黑暗性。简而言之,在"十七年"和"文化大革命"十年,文学家在现实的苦难和困境中闭上了眼睛,关闭了良知的阀门,因此文学也丧失了描写真实的能力和勇气。现在看来,这些文学的写作取向,着实让人错愕不已。但这就是莫言尝试写作的文学前提和背景,他从创作伊始就处于如此的文学环境当中,直到当下他几乎所有的作品都在努力冲出这重重包围圈，希图建立一个真正属于自己的“文学共和国”或“文学王国”。其中一个重要的努力方向或维度就是他希图建立自己的小说感性学（小说美学），这个小说感性学的逻辑起点即从身体及其真实感觉出发。

莫言说过：“饥饿使我成为一个对生命的体验特别深刻的作家。”①这种刻骨铭心的肉体饥饿所导致的痛苦是人所遭遇的最大痛苦之一，在一次演讲中莫言用形象的语言谈到了这种深刻的生命体验：“那时候我们身上几乎没有多少肌肉，我们的胳膊和腿细得像木棍一样，但我们的肚子却大得像一个大水罐子。我们的肚皮仿佛是透明的，隔着肚皮，可以看到里边的肠子蠢蠢欲动。我们的脖子细长，似乎挑不住我们沉重的头颅。”②处于严重饥饿状态的人们，保持体力的最好方式就是蹲坐着，一动不动，甚至尽量不动脑子，因为思维活动会消耗能量，如此就更加饥肠辘辘。他同时谈到自己小时候吃煤块的经历，这简直是不可思议的经历，但又是中国人曾经的悲惨遭际。时隔多年之后，莫言对此还记忆犹新，永远不能忘怀，后来还写进了长篇小说《蛙》中。《蛙》的主人公之一的陈鼻和小伙伴们吃煤块的情景，恐怕看过的读者也不会轻易忘掉，因为它一反常态，奇异怪诞但又不是西方的荒诞，而是现实生活的真切体验的表达。莫言小说的饥饿感性学不同于一般感性学的特征在于，饥饿具有身体性及心理性的双重性，或者说它具有物质性和精神性的双重性，且这种双重性不是由于身体占有或物质的过剩，而恰恰是因为身体不能维持最基本的食物摄取而导致的身体饥饿、羸弱甚至奄奄一息的状态，由此生发出来的小说叙事和小说感性学就别具一格。所以，在饥饿感性学中占第一位的是食物的极度匮乏，乃至因饥饿而死亡。在饥饿状态下，人的身体机能、感觉、感受和整个心理世界（包括知觉、情感、想象、理性等）几乎全部转向了食物方面。其后所导致的身体状况，包括全身浮肿、皮肉变薄，甚至连肠子都能隐隐约约地看出来。肉体的极度痛苦、羸弱、病态，自然会带来意识、精神、灵魂层面的重大变化，朦胧的幻觉、白日梦、绝望等就会时常出现，最后会因整个机体器官的全面衰竭而饿死。学者杨继绳认为，整个饿死的过程大概有一个月的时间，与凌迟这种从外部施加的惨烈酷刑相似，饿死仿佛是从身体内部进行凌迟而死，是非常残酷、非常痛苦的死亡方式。

莫言的短中长篇小说均大篇幅写到身体饥饿和身体感性反应的情节。如短篇小说《粮食》写到在大饥荒年代，伊拉扯着好几个儿女还有婆婆。为了让她们能够吃上点东西活命，伊不但自身忍受着严重的饥饿，还要忍受着婆婆的误解、唠叨和咒骂，她的女孩到野地里挖野菜，却连可以下肚的苦菜、马齿苋、灰灰菜都找不到了，只好挖来野蒿子，砸碎了再加上观音土拌着吃。在为生产队推磨劳动时，她也忍不住学其他女人那样囫囵吞咽豌豆，回到家里用筷子伸到喉咙深处，用力拨一拨，将带着她的胃液和血

---

① 莫言：《饥饿和孤独是我创作的财富》，《恐惧与希望：演讲创作集》，海天出版社2007年版，第46页。
② 莫言：《饥饿和孤独是我创作的财富》，《恐惧与希望：演讲创作集》，海天出版社2007年版，第45页。

丝的豆粒儿抖到盛水的瓦盆里，婆婆和孩子们围着盆子抢食生豆粒儿(因为怕被别人发现而不敢生火煮熟)，况且连铁锅都被公社收走大炼钢铁了。[①] 身体的嗅觉、味觉、触觉等感官在饥饿面前超过了原本仅仅属于审美感官的视觉和听觉的地位，而上升为饥饿感性学的主要感觉器官，但是人性尊严和道德等精神、心理因素在饥饿面前又是和身体感觉之维不可须臾分开的。饥饿中人性的动物性因素(肉身维度)和道德性因素(精神维度)相互搏杀的结果，就是饥饿感性学的发生。《牛》写了因物资贫乏，生产队的几头牤牛要被去势，人和牛都处于极度的困境，为了抢吃几个牛蛋子，几个大人和一个14岁叙述者“我”(罗汉)乱成一团。而双脊牛之死，也写得细致入微且惊心动魄，遛牛的杜大爷和罗汉四天四夜不能好好睡觉休息，目的是不让牛趴下，否则牛的蛋子就要扯裂、感染，但双脊牛还是死了。更可怖的是，死牛被公社权势人物霸占，而吃了死牛肉的公社人员及其亲属等300多人中毒，杜大爷在公社食堂当炊事员的大女婿吃撑死了，却被说是心脏病发作而死。[②] 围绕着牛，牛的形象和人的形象在反面意义上交相映现，展开了一幕幕荒唐滑稽、啼笑皆非的悲喜剧。人的动物性的饥饿、卑微和恐惧，与牛的去势、痛苦和死亡，构成了小说存在主义与齐物论的互文对照氛围，就像《丰乳肥臀》中母亲在生产的场景与家里母驴要下崽的对位描写。此种氛围下，人的身—心不再是笛卡尔的“我思故我在”，而变成了“我在故我思”(肉体的存在与体验同心理的感受感知同步发生)，身体成为此在第一位的条件，但身—心又是不可分的，心以身的存在为前提，但仅仅有身而没有心的此在其实是不存在的。当然，因饥饿而昏厥的状态则又呈现出独异的情况，心理的活动也几乎陷于停滞。另外，那种没有受到更多模式化、教条化教育荼毒的鲜活感性、感觉、知觉，以及建立其上的想象力、幻想力，保证了莫言小说关于饥饿叙述的身—心不可分离的现象学—生存论状态。

饥饿以及物质的极度匮乏导致的各种感觉的迟钝，可视为这种逆向身体感性/美学的某种表达。《透明的红萝卜》中黑孩的迟钝表现在其某些感觉、知觉钝化，感知力下降，主要是其触觉、肤觉能力钝化，但其听觉却异常发达。黑孩一年四季几乎不穿衣物，赤脚走在砂砾、蒺藜、芒刺满布的路上，也如穿鞋走在坦途上。黑孩手抓红红的烙铁直至滋滋冒着烟也感觉不到疼痛。无论敏感还是迟钝，莫言笔下的黑孩具有反常的、陌生化的特征，原因就在于严酷生活练就了他不同寻常的超强感觉感知能力或特异禀赋。《三十年前的一次长跑比赛》中的朱总人在万米赛中，虽然身体畸形，但健步如飞，加上合理运用气力和战术，最后取得了胜利，获得了冠军，但冠军又不是他刻意为之的。在极度的困窘和运动会欢乐的氛围中，正在跑步的李铁却被突如其来的警察吓得跑出跑道，向警察投诚，浑身打着哆嗦，哭叫着：“不怨我……不怨我……是她主动

① 参见莫言：《粮食》，《与大师约会》，作家出版社2012年版，第102～111页。

② 参见莫言：《牛》，《藏宝图》，春风文艺出版社2003年版，第199～276页。

的……”而“观众群里，蒋桂英哇的一声哭了”。[①] 这暗喻了二人在那个时代出轨(本应是尼采式的两情相悦的审美状态)。而第一个冲过终点的朱总人，也径直走向警察，伸出两只手，说“大烟是我种的，与我老婆无关”，结果连带着被抓走。[②] 畸形的身体、恐怖的氛围、变态的心理，体现为身—心的一体化，构成了一部逆向身体感性学的交响乐。《欢乐》中的永乐多次高考失利，最后不堪乡邻和嫂子等人的羞辱，绝望中喝了农药，身体处于极度的痛苦之中，但是又因渴望到极乐世界而产生了虚幻的欢乐之感。身体的痛苦在飘忽的幻觉中处于亢奋状态，小说的叙述也呈现出不可遏止的幻化与畅想的意识流状态，而这种意识(心)是与肉体(身)在濒死的痛苦与欢乐交织在一起的。

莫言小说的饥饿叙述或饥饿感性学让人联想到卡夫卡的《饥饿艺术家》，卡夫卡的这个短篇小说写主人公把自己关在笼子里，不吃不喝，向人们表演饥饿。但以后人们渐渐淡忘了他，而旁顾其他表演，最后他在孤独中死去。这种刻意追逐或表演饥饿、把饥饿当成艺术表达的手段和刻意的体验，当然具有很强的象征、隐喻意义，但如果将其和莫言小说所写的生活中普通人普遍的饥饿体验的艺术化表达相比，则可看出，后者具有的艺术强力和震撼力绝不亚于前者。莫言作品中的那种源自生活又超乎生活的饥饿感性学，类似于鲁迅又不同于鲁迅对人性(主要为国民劣根性)的感知与剖析。莫言关于饥饿叙述的小说是注入了现代主义质素的新小说艺术。普通人所遭受的饥饿、屈辱、卑微、恐惧等，他们被迫遭受的身—心最负面的消极体验时的悲苦，在莫言小说中成功转化为现代意义上的审美(感性学)质素，且以其内在真实和外在真实的双重真实性而震撼人心。这是大胆超越俗世艺术观和美学观进行创作的结果，也是莫言小说现代主义美学最具原创性的方面。

(二)饕餮滥饮叙述：异类的逆向身体书写

在莫言整个小说创作中，超出人的正常消费需求的“酒池肉林”的饕餮叙事，与其饥饿叙事互为表里、相伴而生，可谓一枚硬币的两面。多部长篇小说，如《十三步》《酒国》《檀香刑》《红树林》《四十一炮》等都大篇幅描写到这种饕餮盛宴场面。每当写到身体的或饥饿或餍足的状态时，莫言的小说叙述就进入一种极为流畅的境地，这都源于他对肉体/身体所遭受和体验的极度饥饿，以及对暴殄天物的豪饮狂吃的体验与观察。少年时代的莫言所遭受的几至饿死的饥荒，和中年成名后的莫言多次喝醉酒、饱胀之胃受不了大量酒食而呕吐甚至住进医院打吊瓶的痛苦经历，以及 20 世纪 80 年代末期以来官场和社会风气的急遽堕落、腐败，加之中国文化缺乏对于精神信仰体系和动力系统的追求，都成为莫言的身体记忆和精神记忆，都进一步转化为其创作的素材和酵母。莫言及其作品中肉身两种极端的体验和感受——饥饿或(想象性)餍足散发出极其强烈的逆向身体美学气息。暴殄天物的餍足描写是莫言小说对于饥饿深刻体验和

① 莫言：《三十年前的一次长跑比赛》，《师傅越来越幽默》，上海文艺出版社 2012 年版，第 156 页。

② 莫言：《三十年前的一次长跑比赛》，《师傅越来越幽默》，上海文艺出版社 2012 年版，第 157 页。

记忆的反向的深层转化的产物，是饥饿叙述的反常、反向发展的结果。莫言异常丰富的感性体验造就了他超强的感知能力。在他的“高密东北乡”文学王国中，他的很多作品的主人公异常敏感，他们的身体诸感官异常发达，不但能了解、知晓鸟语，还能探听各种天籁之声，甚至跳蚤的声音、螃蟹走路的声音、花草拔节的声音、落叶的声音等，都能听到，同时嗅觉、味觉也异常发达。

《嗅味族》描写了嗅觉和味觉带来的特异感受和快乐。《四十一炮》中的罗小通能嗅到几公里外的肉味，能感受到各种肉的语言，并能同肉进行对话，同时肉也诱使他占有、吃掉自己，吃与被吃的双方都淋漓尽致地感受到快乐。在这些作品中，《酒国》是代表作，小说中的酒国市国营煤矿书记和矿长、省检察院特级侦察员丁钩儿、市委宣传部副部长金刚钻、酒店老板余一尺等，无论是吃喝还是性爱，几乎都达到了狂、滥的程度。丁钩儿第一次到煤矿去调查烹食婴孩大案，虽然处处小心谨慎，但还是被“哼哈二将”般的书记和矿长以及后来的金刚钻灌得酩酊大醉，似乎灵魂游离于肉体之外，漂浮在地下宫殿般宴会厅的顶上。小说中有这样一段描写：

> 意识如同受了惊吓的小鸟一样飞回巢穴，丁钩儿胃肠绞动，苦不堪言。他感到两只拳头轻盈地捶打着自己的脊背，哇哇……酒……黏液，眼泪鼻涕齐下，甜的咸的牵的连的，眼前一片碧绿的水光。①

最后丁钩儿吐出了苦胆类的绿色汁液，极度痛苦，但是还得接着喝，因为市委宣传部副部长金刚钻来了，而金刚钻恰恰是丁钩儿要调查的对象。虽然金刚钻说“我来晚了，罚酒三十杯！”但其实他是人在官场身不由己，多年喝酒即工作和生活、工作和生活即喝酒的生涯，早已使他成了酒的奴隶。

侏儒余一尺经理声称要占有“酒国所有美女”，他的酒店提供的饮食有“天上的龙肉”般的“地上的驴肉”，还提供一道由公驴和母驴生殖器官做的菜肴，美其名曰“龙凤呈祥”，更有甚者，他们还不满足，要吃由两岁左右的漂亮男婴做成的烹蒸婴儿大餐。莫言小说中对各种各样暴殄天物的饕餮描写，不但挖掘了促成中华饮食文化登峰造极之大观的生理动力学原因，还昭示了他对这种糜烂饮食文化的巨大失望与反讽。在这里，莫言他无疑继承了鲁迅的衣钵，但并没有像鲁迅和刘心武那样发出“救救孩子”的呼吁，而是以夸张、反讽和戏仿等艺术手法切入对糜烂至极的饕餮饮食文化及其话语的颠覆性书写。华裔学者孙隆基认为，以口论人，以吃喝为上（民以食为天）的倾向导致了中国人“口腔化”的身体—文化意识。② 莫言小说尤其是《酒国》紧紧围绕“吃”与“喝”作为描写和揭示中国人生存本性的切入点，可谓切中肯綮。通过莫言小说我们发现，中国的酒文化没有带来人性解放，人们没有获得自由精神，反而导致了身—心的彻

① 莫言：《酒国》，上海文艺出版社2012年版，第46页。

② 参见[美]孙隆基：《中国文化的深层结构》，广西师范大学出版社2004年版，第49页。

底沦丧和人性的彻底崩溃,这是莫言小说关于饕餮滥饮叙事所蕴含的逆向身体感性学的鲜明特征。所以,那种从《红高粱》中匆匆忙忙得出莫言小说创作是一种古希腊式酒神精神的看法,就显得太轻率肤浅了。

(三)酷刑—恐怖身体感性学的小说叙述

莫言对身体进行的另一种解构性(解剖性)的叙述和塑造,即是对俊美人体形象的酷刑—施暴性描写。在古今中外文学史和美学史上,这是一种前所未有的关于身体的感性学描写,谓之"逆向身体美学"似乎有"美化"酷刑之嫌,笔者在此为避嫌而称之为"逆向身体感性学",或可减弱某些不适成分,也更能恰切传达出莫言此类小说的叙述与审美特点,同时是对 aesthetics 的语义学还原。莫言集中写酷刑等施加于身体的超常感性叙述的小说主要有《拇指铐》《红高粱》《十三步》《檀香刑》等。《拇指铐》中的阿义在为母亲抓药回家的路上,被一对中年男女莫名其妙地用"拇指铐"将两个拇指铐在一棵大树上,有的过路人尝试施救无果而消遁,还有的过路人根本不搭理他的呼叫。经过烈日暴晒和狂风暴雨的打击,绝望中的阿义最后咬断自己的拇指,才得以脱身。这种不得不对自己身体器官(拇指)施加暴力的行为,极具震撼力;所产生的审美是震惊的,而不是带有传统韵味的。《红高粱》中屠户孙五被日本兵威逼着去剥少年玩伴、好友罗汉的皮。《十三步》中物理教师张赤球的妻子、殡仪馆整容师李玉婵把死而复生的邻居、张赤球的同事方富贵整成自己丈夫的模样,然后让方代替张去上课,张则去经商;她又面对自己昔日情人、突然死去的王副市长遗体,在回忆、想象着昔日温存的情景中把王副市长肥胖身躯上的赘肉一片片割下来,把他的胖脸修饰得瘦削,然后把死人肉拿给动物园猛兽馆饲养员换取动物肉来给家人和方富贵食用。因此,在对身体的解剖与描写中,《十三步》相对于《红高粱》来说,叙述角度不同,但都让人不寒而栗。而这一切与《檀香刑》相比又显得小巫见大巫。有研究者统计,《檀香刑》共提及 49 种酷刑[①],小说主要写了阎王闩、腰斩、砍头、凌迟,尤其是所谓"檀香刑"。小说第九章"杰作",对于钱雄飞刺杀袁世凯不成而惨遭凌迟的场景有着细致的描写:

> 钱雄飞竭力做出视死如归的潇洒模样,但灰白的嘴唇颤抖不止。钱的掩饰不住的恐惧,恢复了赵甲的职业荣耀。他的心在一瞬间又硬如铁石,静如止水了。面对着的活生生的人不见了,执刑柱上只剩下一堆按照老天爷的模具堆积起来的血肉筋骨。他猛拍了钱雄飞的心窝一掌,打得钱双眼翻白。就在这响亮的打击声尚未消失时,他的右手,操着刀子,灵巧地一转,就把一块铜钱般大小的肉,从钱的右胸脯上旋了下来。这一刀恰好旋掉了钱的乳粒,留下的伤口酷似盲人的眼窝。[②]

---

① 参见刘敏:《莫言〈檀香刑〉的接受研究》,河北大学硕士学位论文,2013 年,第 16 页。

② 莫言:《檀香刑》,长江文艺出版社 2010 年版,第 142 页。

这凌迟500刀的酷刑是谁的"杰作"？是刽子手赵甲的"杰作"，更是见利忘义、出卖国家和民族利益、只知满足私欲的窃国大盗袁世凯的"杰作"。钱雄飞英俊帅气的形象和视死如归的气概，使得观刑者兼监刑者袁世凯狼狈不堪，在被剜到第52刀肉之时，钱雄飞仍然大骂不止："袁世凯，袁世凯，你这个奸贼，吾生不能杀你，死后化为厉鬼也要取你的性命！"[①]恼羞成怒的袁世凯接连发出了三次"割去他的舌头！"的喊叫。第497刀，剜去了钱雄飞的眼睛：

> 赵甲把尖刀对准钱的眼窝时，钱的眼睛突然地闭上了。这实在是出乎他的意料之外。他心中对钱的配合感激万分，因为即使对杀人如麻的职业刽子手来说，剜去目光炯炯的眼睛，也不是一件愉快的事情。他抓紧了这大好的时机，让刀尖沿着钱的眼眶转了一圈，然后刀尖一挑，一颗黑白分明的眼珠就鲜活地跳了出来……第四百九十七刀，他有气无力地报了数字。[②]

人类虽然也属于动物，且属于高等动物，但会对自己的同类施加种种远远超出动物界的残忍残暴的行径来，在整个有生命界可谓无以复加。他会发明种种高明的技术，并将之施加到他的同类身上。袁世凯恼怒的命令、惨不忍睹的酷刑，更加印证了独裁统治者色厉内茌的精神世界。钱雄飞那声嘶力竭而毫不屈服的咒骂，那从帅气俊朗到狰狞可怕的形象演变，尤其是他从生到死不绝如缕的悲壮气概，使得刑部实施酷刑的高手赵甲感到前所未有的窘迫，也使得赵甲的徒弟大汗淋漓、疲惫不堪，晕倒在地。这里由三个主要人物形象钱雄飞、袁世凯和赵甲以及数千袁世凯的官兵所构成的施刑的场面，写得愈残酷暴虐，就愈显示出他们所承担的角色的个性特点。就这三个人物所构成的小说叙述的三角结构来看，每一方都具有巨大的能量。钱雄飞，当然是英武帅气，并且是秋瑾、徐锡麟式的民族英雄、民主前驱，他崇高、伟岸的人格如巍巍喜马拉雅山，让读者敬仰不已；作为刽子手，赵甲却是一个性格和表现都有些复杂的人物形象，让读者感到专制体制无以复加的邪恶，也有些同情他成为如此邪恶之人；袁世凯，当然是这个专制体制的代理人，施行这场极其暴虐、无耻、邪恶刑罚的主使，是毁灭真善美的另一个不动手的刽子手；另外，袁世凯又是一个看客，而他手下的那些官兵则是利害攸关的看客兼受训者。这里小说对这场刑罚和钱雄飞的那几句咒骂的反复描写，已经以艺术（真理）的方式揭下了某些历史叙事所给予袁世凯的画皮。《檀香刑》中酷刑描写的极致是，赵甲奉命对自己的亲家、领导抗德的农民领袖孙丙实施檀香刑，这是一种类似于古代欧洲木桩刑的残酷刑罚，即用沸腾的芝麻香油将檀香木橛煮好，然后将其从受刑者的谷道（肛门）慢慢钉入身体内部，从肩胛处突出。为满足山东巡抚袁世凯及德国侵略者变态的心理需要，施刑者要保证受刑者在五日之后才能死去。这一刑

① 莫言：《檀香刑》，长江文艺出版社2010年版，第148页。
② 莫言：《檀香刑》，长江文艺出版社2010年版，第151页。

罚可谓人类酷刑史上的代表,是聪明、高贵的人类的“壮观发明”与“高超实验”。小说着重描写了施刑者赵甲,通过对这个宫廷刽子手的成长史、参与各种酷刑的现场表现及心理的刻画,尤其是对他实施檀香酷刑过程的精雕细刻的描写,以小说与戏剧(茂腔)相结合的形式揭示了人们一直忽略的刽子手形象及其隐秘的心理世界,同时塑造了一个新的袁世凯形象。如何理解和解释莫言这种对于酷刑的叙述呢?或许法国戏剧理论家安托南·阿尔托的观点值得我们重视,他认为,戏剧的功用不是模拟现实,而是通过戏剧表演而使人释放自己的潜能,摆脱文明的压抑。戏剧的理想即瘟疫状态,戏剧与瘟疫的功用相似,都是将脓疮从机体排挤出来,因而戏剧具有净化的作用。因为人性中有着残忍的元素,残酷无处不在,无时不在,所以戏剧应当直面而不能回避。①

有论者认为,《檀香刑》丧失了作家主体性,歌颂了暴政,歌颂了酷刑。其实这是对《檀香刑》及作者莫言的极大误解。原因有三:其一,中国传统文化中本就客观存在着很多酷刑,“传统中国的酷刑,其残忍的程度,以及种类之繁多,不愧为世界之最。例如,‘剐’即是切成肉丝,‘醢’即是剁为肉泥,‘铡’即是拦腰斩成两段,‘烹’即是下油镬,‘炮烙’即是烧烤,此外,还有剥皮等等。其手法之精致,似乎都与中国式烹调术有关联”②。因此,我们论及莫言小说中关于饥饿、烹饪、饕餮以及酷刑的叙事,就有了一条内在的线索,即都是对于身体的叙述,而其中的吃与喝是连接这诸种身体叙述的关键。其二,像《檀香刑》这样的作品对于酷刑和施刑刽子手的描写,并不表明作家本人认同这种酷刑。这道理就像写了主人公自杀而死的小说并不表明作者自杀了一样。其三,作品是作家身份确认的最重要的证明,而其中的思想、哲学不能直接、赤裸裸地呈现出来,而是要通过感性的、丰满的话语和形象去表达。莫言曾经强调,他的小说要放逐思想,他认为如今思想在小说中不是太少而是太多了,以至于压倒了本应该存在的丰富多彩的感性之维。当然不是说小说里不应该有思想,而是说思想不能直接赤裸裸地、模式化、概念化地凸显出来,应该隐藏在丰厚的艺术感觉、感性、感情和形象里面。莫言的小说世界正是以形象的、广义审美的方式保留了真正属于人类此在的现象学的存在样态,尤其是底层农民生存样态的艺术世界。

三、莫言小说的身体书写与人的自由追求

从尼采、舒斯特曼身体美学和梅洛-庞蒂的身—心感知现象学出发,并在反思的基础上对这些理论进行改造,进而运用于莫言小说研究,我们就会发现一个别有洞天的

---

① 参见[法]安托南·阿尔托:《残酷戏剧——戏剧及其重影》,桂裕芳译,中国戏剧出版社1993年版,第二章《戏剧与瘟疫》。

② [美]孙隆基:《中国文化的深层结构》,广西师范大学出版社2004年版,第49页。

境界，这个境界关乎人的自由及其本性。莫言的大量创作无非是从其独特的艺术角度对这一自由本性的一种追求与描写。莫言对于身体及心灵即整个人的存在（此在）所遭受的饥饿、饕餮及对酷刑的感知、体验的大规模深度书写，在很大程度上改写了当代中国文学的面貌，也打开了一个崭新的文学领域。他对于饥饿、恐惧、濒死等身体匮乏、肉体遭难的近似于卡夫卡式书写，对于权势掌握者的疯狂占有、大肆挥霍、饕餮盛宴的近似于拉伯雷式书写，对于人类发明各种酷刑并将其施加到受刑者身上所导致的身—心感知的极致性负面的、痛苦状态的书写，等等，使得这些领域登堂入室，成为文学这门艺术的表现主题和领域。当然，莫言小说的逆向身体美学如饥饿叙述、饥饿身体感性学描写是不同于传统的经典现代主义文学如卡夫卡的，而是对一种曾经在现实社会中大面积存在的生活、生存真相的幻觉化叙述。莫言对饕餮滥饮、酒池肉林及其身体感觉的叙述和描写，也不同于拉伯雷那般的极度夸张和滑稽，而是巫幻与现实的交织。他对人类酷刑尤其是进入近代的所谓文明时代残酷的凌迟和檀香刑等的形象性书写，更是打上了对于人类历史的深刻反讽和痛彻忧思。这些描写既有现实社会生活的深刻依据，也有莫言小说的逆向身体美学的解构意图。

关于饥饿和酷刑描写，莫言小说所沉浸的往往是不远的历史；关于饕餮滥饮的描写，莫言小说所触及的往往是当下的现实。他的叙述颠覆了已有的历史叙述、现实叙述和身体美学，而呈现出较之现实主义更加逼真的真实性，他所运用的现代主义叙述方法在此显现出独特而强韧的艺术力量。关于饕餮滥饮，莫言的笔触所及往往转变为对当代现实生活的幻化描写，其手法也与传统迥异。饥饿引发了人们对于温饱、食物的丰富想象力，莫言的许多小说都写到了 1960 年前后大饥荒、饿死人的故事，也写了许多人们毫不餍足地吞食猪肉、羊肉、牛肉、飞禽走兽肉，肥肉、瘦肉，病死的、长痘的猪肉甚至人肉，茅台、五粮液、青啤、猿酒，主人公们对于各种肉食美酒大快朵颐，暴殄天物，饕餮滥饮。“饥饿”“饕餮”或酷刑及其对人的身体和心理所施加的折磨、摧残，是以畸形、疾病甚至死亡为代价或目标的，它由身体的极度不适、痛苦引发心理上的极度恐慌、恐惧，是属于感性层面的身—心感觉。

莫言小说正是这样一种文学形式，它保留和传达了人的身体—心灵不可分割的现象学、生存论的感受和体验。莫言把一个国度、一个民族内部所谓底层、中层到高层人们所遭受的关涉身体、肉身、感官及精神、灵魂的种种苦难和毫无节制的物质享乐的“两极体验”或“多极体验”（饥饿、饕餮及身体遭受酷刑、遭到肢解等），以小说的艺术笔法浓墨重彩地予以了表达和重构。

在此前的莫言小说研究中，学者们指出了其小说强烈的感觉化特征，但很少有将这种感觉化与身体美学联系起来的，更没有把这种感觉化和“逆向身体美学（感性学）”联系起来进行研究的。莫言的逆向身体美学描写绝对构不成狭义的美感，也与尼采、福柯、梅洛-庞蒂、德勒兹、舒斯特曼等人的身体美学旨趣判然有别。无论饥饿、酷刑等被动型身体—心理遭难，还是饕餮滥饮所带来的身体—心理快感/痛感——看似主动实则仍然是在文化心理和传统鼓励或怂恿下的集体无意识的被动型姿态、行为、做派使然，都属于逆向身体美学，是对既有的和谐型温柔敦厚审美风尚的彻底反叛。莫言的如上小说美学书写在颠覆传统小说美学的同时，作为一种原发型、内生型的独创小说形式，同时是对当代美学（艺术美学）的一个重大挑战或贡献。

需要引起注意和进一步思考的是，体现在莫言文学世界尤其是其小说中的审美类型、美学范畴或美学问题，并不是那么纯粹和刻意为之的。作为小说家，莫言关注的是，人性在文学/小说中如何更恰切更具现代性地表达出来。在此基础上，莫言小说中的审美或美学问题包括小说叙述的形式问题才被凸显出来。小说家莫言对于审美形式问题的关注是与其对人性的表达紧密相连的，其小说的叙述形式往往隐藏在其创构的艺术大厦的机理内部。而从逆向身体美学角度对此进行分析研究，可以进一步发现其小说艺术审美的某些深层密码。

第二节　从审美类型考察莫言文学世界

由于涉及美学理论和美学范畴，恐怕很多美学家很难把莫言和美学联系在一起，原因就在于莫言是一个作家、小说家，而非美学家或美学工作者。然而，作为作家的莫言及其创作与中国当代美学的关系还真称得上密切。综观整个创作和他的创作谈、创作思想论，可以发现他是一个不停探索审美世界，并且对美学尤其是美学范畴具有重大推动力和深刻影响力的大作家。当然，莫言不是靠那种理论的、概念的逻辑演绎来进行美学的写作，而是以其具有巨大影响力的作品及创作谈丰富和推动了当代中国美学新资源的积淀和新范畴的诞生。因此，在这个意义上，我们才把莫言的文学世界同美学范畴或审美类型联系起来研究。

一、“审丑即审美”

中西美学在发展演变中，丑的因素不是被融合、消解，就是与美分庭抗礼。但有的时代，艺术和美学中的丑美交战总是以虚饰的美压倒丑，丑仅仅成为滑稽和反面的角色而结束。表现在“文革样板戏”和“文革小说”中，正面人物、英雄人物都是些纯而又纯、美上加美、丝毫没有丑的杂质的高大全式形象，他们的一招一式、一举手一投足、一言一行都要符合所谓美的法度、模式，以至于那些受到审美现代性洗礼的人们一看就晓得其虚假、做作、伪善、伪美，与所谓反面人物泾渭分明、一清二楚。这种教条主义、伪古典主义的美学原则和创作原则带来的不是艺术的繁荣和多元，而是暗无天日、万马齐喑的肃杀萧条局面。当时没有别的艺术来供比较欣赏鉴别，唯此一家，别无分店，读者、观众也只能接受这样的东西。而无论现实生活、人本身以及艺术，都含有和美相对立的丑的因素，甚至存在丑的因素占据核心地位的状况。从佛教的角度看，世界无所谓美丑妍媸，只有净和秽之分；从道家角度看，亦是泯灭美丑的，甚至“弃美而融丑”，认为追求美尤其华美是奢侈的表现。道家美学影响下的中国艺术（书画诗歌等）在隋唐五代以来，超越美丑，丑的因素大量进入艺术领域，从而开拓了中国艺术和审美的新局面。韩愈的诗、贯休的画、傅山的字，都对丑的物事包括人的丑陋进行了新的刻画和书写，但是他们也在丑中发现了自然的率真、社会的复杂和人性的复杂与伟大。这个艺术潮流直到晚清甚至延续至20世纪40年代末期。20世纪中叶中国美学和艺术进入了一个唯“美”主义的假大空、高大全时期。“文化大革命”的结束标志着一个新的审美时代来临了，丑的因素开始堂而皇之地进入文学当中，甚至可以说一个与审丑相伴的新时期文学出现了。整个80年代，文学的审丑思潮已经铺天盖地，不可遏制，莫言的创作就是在这种情势下应运而生的。他由早先的审美、纯美、孙犁式风格至上，到开始容纳一定的丑，到后来干脆擎起了审丑的大旗，成就卓然。其实，审丑不是认同丑本身，更不是嗜丑，不是对丑的欣赏，而是对丑的审视、鉴别和批判。同时，唯有通过充分的审丑才能真正实现审美与和谐。正因为此，即便莫言遭到批判和否定的某些作品如《红蝗》《欢乐》《酒国》《丰乳肥臀》等，也有著名学者、批评家严肃指出其价值和意义。1989年丁帆曾指出，莫言的《红蝗》及其他小说创造了一种新的（宽泛意义上的）审美倾向，即自然的美丑和艺术的美丑是不同的，鲜明地认为“审丑”就是“审美”，“那种独特的与众不同的感觉正是莫言否定一种人为的做作美和肯定一种原始的本色美的逻辑起点”[①]，从而对这一当时引起很大争议和遭到批判的作品进行了美学上的重新评价与充分肯定。丁帆以批评家的敏锐和勇气所做出的这一评判和辨析（他谈到了“做作美”和“本色美”），时至今日仍然有着巨大的小说批评和美学思想价值。这实际上关涉如何看待艺术作品尤其是文学作品中的丑、荒诞、恐怖、暴力等关乎当代美学建构的重大问题。

其实，莫言通过小说所描写和揭示的丑、怪诞、滑稽、恐怖、恶心等感性学范畴，在历史上已经有许多学者和批评家进行过研究。英国学者、设计师史蒂芬·贝利从“万物美学”的角度，全面论证了丑（ugly）在美学中的地位、价值和意义，他认为达·芬奇这样的大画家，对“蒙娜丽莎”那般“谜一样的妇人”感兴趣并将其描摹下来，而且他“对畸变异形”同样感兴趣，“他对‘滑稽怪头’的痴迷……证明了他狂躁不安、骚乱动荡的内心想象图景，以及他那不停探寻追索世间奥秘的才智。根据他遗留的随笔札记，我们可以判断出他对人类之丑和人类之美抱有同样浓厚的兴趣”。[②] 对于丑怪的强烈兴趣，不但是达·芬奇本人热衷表现的一个领域，而且是后来学者研究其绘画创作的专

① 丁帆：《亵渎的神话：〈红蝗〉的意义》，《文学评论》1989年第1期。

② [英]史蒂芬·贝利：《审丑：万物美学》，杨凌峰译，金城出版社2014年版，第15页。

题学科。然而,即使像艺术史家贡布里希也没有真正理解达·芬奇,这说明真正理解和审视丑的问题具有复杂性。文学艺术史上此类案例几乎比比皆是。当莫言小说在20世纪80年代中期横空出世后,他的审丑小说让人瞠目结舌,进而不断出现带有“文化大革命”气息的大批判和严重误读就是有迹可循的,除了某些极端坚持狭隘意识形态的所谓批评家之外,大概就属于人类审美认知局限性的问题了。

早在100余年前,法国美术界也发生过一场围绕罗丹雕塑之美丑的激烈论争。当展览时,巴黎的贵妇们都避之不及,美术批评家大多也持批判、否定的态度。罗丹健在时,艺术评论家阿尔比特就撰文批评罗丹的作品,认为《制作头盔者的妻子》(又名《欧米哀尔》)是“丑陋的”“令人厌恶的”“堕落的艺术”。直到罗丹逝世7年后,大洋彼岸的美国芝加哥艺术研究所在一份关于罗丹艺术展的简报中才意识到罗丹雕塑作品所具有的价值:“基于深入研究过的自然真理,凭着对所有生命力量和表现的无比热爱,罗丹建构了他的艺术哲学,而这种思想对他模塑的所有作品来说都是最内在的东西,尽管这些作品表面上看都有些丑。”[①]我们回顾莫言作品受到批判时的情景,就会发现这两者何其相似。文学艺术史是公正的,就像罗丹的《欧米哀尔》等作品早已经得到了包括批评家在内的现代人的承认和高度评价那样,莫言在经过了一个被批判、被否定的浪潮之后,也日益得到读者包括批评家们的承认和褒赞。

莫言把中国当代文学由狭义的审美引向了广义的审美,不但借助小说对生活、社会、人生和生命个体中的优美、崇高、和谐、善良、正义等进行细致的描写,而且更重要的是他敢于直面现实的残酷、淋漓的鲜血、人生的惨淡和个体的卑微屈辱,从而以审丑、审恐怖、审荒诞、审悖谬的美学(感性学)姿态写出了空前的小说文本。[②] 他早期的作品《春夜雨霏霏》写新婚妻子不得不忍受与军人丈夫分离的痛苦,只能将相思化为含情脉脉的思恋,炽热的爱情之火在温婉的叙述中变得美丽清纯。《乡村音乐》写一个盲人音乐家来到古镇,住在一个美丽的女店主家里,后来引起了满镇风雨,瞎子悄然离去,而女店主也追随而去。瞎子美妙的音乐洞开和消散了古镇人们不乏淫邪的心胸,爱和美超越了世俗的偏见,音乐给人带来了深刻的启迪与情感的变化,一切都显得那么朦胧美好,即使现实中还有很多不足和邪恶。

但是,莫言如果沿着这样的路子走下去,他也就是一个二三流作家。自《透明的红萝卜》开始,他的笔已经触及了当时最前沿的艺术和审美问题,即当代艺术如何面对社会的巨变和人的感性即感觉世界的方式及精神的巨变。小说中的黑孩自始至终没有说一句话,但是这一形象给予中国文学乃至美学的东西却非常多。莫言冷酷而飘逸的叙述和审美风格已经初步体现出来,虽然小说中还不乏那种温情和优美的成分,如其中的菊子姑娘(她对黑孩大姐姐般的关爱和保护),但最重要的是小说开始转向对人性

① 参见李进超:《罗丹:艺术审美的“思想者”》,《中国社会科学报》2015年6月19日B04版。

② 参见王洪岳:《莫言及其获诺奖的悖论》,《红岩·重庆评论》2012年第4期。

的复杂性和黑暗面的描写。因为饥饿难耐偷了一个红萝卜的黑孩，遭到工地上几百号人的批斗和羞辱。坚韧的黑孩还是默默忍受着，不发一言，冷眼对着这个世界包括他的后母。到了《红高粱》，莫言开始更加直接地面对和剖析生存的历史和现实。《红高粱》中的罗汉大叔被杀猪匠孙五剥皮的场景已经让人过目不忘，但作者要彻底颠覆的还是传统的道德观、性爱观、婚姻观、战争观、历史观，最重要的是颠覆既有的流行的文学观和美学观。正是传统文化造就的民族心理带来了近代以来我们民族日益孱弱的性格，罗汉大爷之所以遭受剥皮的酷刑，正因为民族精神中弱化、退化的成分太多。有人认为这是嗜丑，其实，这正是莫言日益强健的艺术家心理结构对民族精神结构和状态的一次不无悲壮的刻画。为什么近代以来我们民族屡遭列强尤其是近邻日本人的欺凌、杀戮？难道不是如鲁迅先生早就指出的民族性出了问题吗？否则以我中华之物力、人力、才力、地力，怎么总让蕞尔小岛的日本人欺负？《红高粱》这种对丑的审视，不但引燃了莫言蕴藏已久的文学审美小宇宙，而且引发了中国当代文学乃至当代电影在内的新的审美/审丑思潮。王光东认为："在莫言的《红高粱家族》中，呈现出一种泥沙俱下、鱼龙混杂、善恶交织、美丑为一的境界，也就是陈思和所说的'藏污纳垢'状态，藏污纳垢是一个中性词，并不仅仅是指民间包含着丑和恶的东西，而是指包孕了美丑对立、善恶交织、瑕瑜互见的一种复杂文化形态和审美形态。"[①]因此，莫言小说的审丑就不仅仅是审"丑"，而是一种对生命和存在意义的新式审美。电影《红高粱》一改中国当代电影的审美风格，以粗犷的、充满血性的、具有强烈对比度的、浓墨重彩的电影语言给观众以深刻刺激，也在一定程度上改变了当代国人单一、幼稚的审美心理结构。近年播出的60集电视连续剧《红高粱》依然能够给予当代观众以强烈的审美/审丑情感的刺激，这与莫言的小说文本打下的坚实而独特的融审丑与审美于一体的美学风格基础是分不开的。

这一切均体现了小说家莫言崭新的文学观、艺术观和美学观，即对丑恶对象的审视恰恰是对真正大美的折射与表现。自《透明的红萝卜》《红高粱》以降，莫言的一系列小说就呈现出与传统审美观念迥然有别的美学天地。《天堂蒜薹之歌》对社会之丑之恶进行了颇具力度的表现，其手法也非传统的写实或浪漫做派，而是以梦幻、巫幻的方式表达出当代吏治和基层权力机构多层次、多维度的邪恶、丑陋现象。农民的懦弱、善良、畏葸带来的不是强权者的宽容、让步、妥协，而是更加肆无忌惮的欺凌、镇压和盘剥，他们忍无可忍的反抗则被视为闹事、造反和暴动而遭到更加残酷的镇压。对于农民自身存在的种种丑陋，小说家也是毫不留情地进行了描写。蒜农高羊被抓进看守所，当为其剃头的女警温柔地触碰他的脑袋的时候，当漂亮的女警给病重的他打针的时候，他都感到自己是那么的幸福，竟然产生了此生不白活的想法。退伍军人出身的

① 王光东：《民间的现代之子——重读莫言的〈红高粱家族〉》，《当代作家评论》2000年第5期。

高马敢于冲破种种束缚，带着自己心爱的女人金菊私奔，暂时使金菊摆脱了三连环换亲的悲剧，但是当他的女人怀了孕，他却不能保护她，因被追捕，只能选择继续逃跑，怀着他的孩子的金菊在绝望中上吊自杀了，高马也只有满腔的怒火无处发泄，跑到乡政府大院里挥刀砍伐那些葵花杆和树木，最后在逃跑中被打死了。农妇四婶被抓，在看守所里抓虱子、摁虱子、咬虱子的场景写得很有趣，但也实在展示了善良的四婶的愚昧，她的形象也是丑陋甚至肮脏的，她冲一次水，身子下面竟然是油腻腻的黑水。四叔被乡党委书记的司机醉酒开车撞死后，两个儿子争夺那点可怜的遗产，甚至老爹的一件棉袄都被砍成两半，以至于他们的妹妹金菊扔出一双爹的鞋子，说："你们一人一只分了吧！"这简直是人性及行为的丑的极致状态。叙述者的不动声色，恰恰凸显了人性丑恶的程度之烈。

《酒国》对国企和政府官员饕餮豪饮、烹食婴儿的耸人听闻事件的描写，让人触目惊心。丑的环境和丑的人性交互影响、互相渗透，强化了审丑的力度和深度。在当代文学和艺术的书写中，小说较早为未来时代（准市场经济下）人性和社会整体堕落发出了预言，作为艺术家的莫言预示了这一不幸而晦暗、丑陋的现实。所以，旅居美国的批评家张旭东才说，莫言小说艺术的想象力远远超越了现实，他敏锐地指出：当代中国社会主义商品经济的诸种关系和形态，"在九十年代的语境里还要靠莫言的想象和语言来将它展示出来，今天纯写实就可以达到莫言小说中的效果，比如荒诞感，所以我们的时代终于就成了十几年前莫言的魔幻，现实终于追上了莫言的想象"。[①] 其实，莫言所写的现实的的确确早就存在，只是因为他大规模、高密度地把这些既有的丑集中起来进行书写，就让人有些承受不住、接受不了。莫言对现实的态度虽然大多不是直接抨击和批判的，但是作为一个有良知的作家，他怎么会毫不怜悯地在民众尤其是在农民的苦难面前闭上眼睛呢。且不说《天堂蒜薹之歌》中那个返乡探亲军人直接站出来抨击现实基层政权的污浊和黑暗，就是他的其他众多讲究技巧的小说，都没有漠视普通民众被侮辱、被压迫、被剥夺的现实。莫言有一次谈道："我很多作品写到农村共产党的基层干部的时候，肯定没有一个正面性人物。"[②]直面这种现实的真实，真正显示了一个作家的良知与观察力，这和王安忆《小鲍庄》中对大队支部书记的描写简直大相径庭。

与写乡镇、村庄基层干部的丑态相关，莫言笔下的城市形象也没有正面的。《酒国》是一个最明显的个案，小说里的酒国市是一个代表，它简直是人欲泛滥的粪坑，是各种腐败沉渣泛起的所在。在酒肉与女色的刺激下，一切丑和恶、丑和恶的一切，都在此聚集、放大、扩散。叙述者隐藏在背后，十分冷静地观察和刻画着人性的种种丑、恶、

---

① 张旭东、莫言：《我们时代的写作：对话〈酒国〉〈生死疲劳〉》，上海文艺出版社 2013 年版，第 71 页。

② 谢静国：《论莫言小说（1983～1999）的几个母题和叙述意识》，秀威资讯科技股份有限公司 2006 年版，第 170 页。

卑劣、自私、愚蠢、粗鲁等，有时候他冷静得超乎寻常，却难免让人毛骨悚然。这是一种新的创作理念和艺术美学所致，也就是说，莫言的小说美学一改以往作家们那种温馨和谐的语言表达和故事叙述基调的狭义审美性，而是选择了反温馨、反和谐的人性激烈的搏杀和冲突。简言之，莫言的小说文本以审丑性取代了审美性。美学家栾栋在《感性学发微》中说过："审丑近乎勇。"综观整个中国文化史和艺术史也可以看出，审丑是中国古代文化和艺术的一个美学(审美)的重要维度，莫言在当代以小说艺术的形式继承、丰富和发展了这一维度。

二、荒诞和审荒诞

荒诞是西方存在主义哲学美学的一个核心概念，是"上帝死了"之后人类的精神状态，世界和人类的生存从此变得无根无据，任何行为乃至语言都丧失了原本具有的价值和意义。萨特、加缪等是存在主义小说、戏剧的代表作家，也是荒诞哲学思想的集中阐发者。后来法国的新小说、荒诞派戏剧和美国的黑色幽默小说进一步使这种荒诞哲学美学思想日益扩展和深入。但是西方学人、艺术家基于荒诞本身的无意义、无价值，对荒诞多为呈现和表现，而不是反思或超越。

在中国语境包括其文学世界中，荒诞更多地和怪诞结合在一起。如果要明确区分两者的不同，那么，可以认为怪诞更多地属于技法、形式的范畴，而荒诞属于思想原则的范畴。明清以来有以怪为美的书画创作潮流，在现当代则有莫言的"怪诞小说"。莫言的怪诞小说以怪诞的形式和叙述方法，达到对现实的变形和夸张，使早已变得怪异荒诞的世界得到艺术和审美的表现。洪治纲提出了"先锋文学的怪异原理"理论，认为在某种意义上，先锋就是怪异。① 古人追求"语不惊人死不休"，今人莫言同样追求惊人的小说叙述效果，况且他自身的遭际、经历和体验与社会主义现实主义作品所描写的人物、情节、画面、背景等相比，确实显得独特、怪异、非同一般，甚至有些令人惊悚，结果自然就有意无意地出现了对于怪异、怪诞甚至荒诞境地的深入描写。

莫言许多小说中很多形象或意象是怪诞的、变形的，甚至情节、故事也是怪诞的、荒诞的。这种怪诞、变形的形象、意象和荒诞的情节加强了小说别样的美学特征。"审荒诞"这个概念是笔者提出来的，是专门针对现实和艺术中大量出现的荒诞现象而言的，是从哲学、美学和艺术学等层面对荒诞的审视、鉴赏、分析和评判。

莫言的中篇小说《战友重逢》，全篇以怪诞的构思形式，讲述了在叙述者"我"返家必经的桥头的一棵柳树上，一个自称"战友"的人叫住了"我"，并且非得让"我"也爬到树上进行谈话的荒诞故事。树上的喊话者原来是少时玩伴、对越自卫反击战中牺牲的

① 参见洪治纲:《先锋文学的怪异原理》,《小说评论》2001 年第 2 期。

战友钱英豪。一个活人和死人重逢在了这棵柳树上，在树冠上两人喝酒、聊天、对话，并回忆往昔战争岁月和少年趣事。故事本身是荒诞的，叙述形式则是怪诞的。在故事中，钱英豪和叙述者“我”（赵金）曾经参与业余战士剧团，表演吃豆子。扮作爷孙的两人互相投豆子到对方嘴里，无论投到什么角度都要接住。结果真正表演时赵金囫囵吞豆，等下了台肚子整夜发胀，大放响屁。回忆完吃豆，钱英豪在树冠上铺了一块塑料布，面包、香肠、烧鸡甚至茅台酒都出来了。死人钱英豪铁屑般的脸被烈酒弄成了绿色。两人回忆起了报幕员牛丽芳，钱英豪调戏和爱慕上了她。赵金劝钱英豪再去找离散了十几年的牛丽芳，钱英豪说：“不提旧事了，死都死了十几年，还后悔什么呢。”从两个人的喝酒对话又忆起了两人少年时代的快乐的钓鱼活动，钱英豪想到自己的鬼魂吓跑了钓鱼的副市长和县长，并从他们手里获得了精美的钓鱼竿。桥头又来了早年的战友郭金库，一个死人和两个活人都在树冠上，回忆参军出发前在柳树上刻下的豪言壮语。死人钱英豪和正常活人一样，他在坟墓里的骨骼和灵魂会说话，他还托梦给老爹让他把自己从云南前方墓地里起出，放在老家墓地。历尽艰难来到云南边境牺牲烈士墓地的老爹敲击钱英豪墓的声音吵醒了周围的亡灵们，“所有的亡灵都从睡梦中惊醒”，亡灵们都来劝阻钱英豪。但是倔强的老爹在发高烧之后还是感动了墓园管理人员，终于搬走了儿子的尸骨遗骸。三个战友还回忆起同时参军的同乡战友张思国，张思国硬是不要给他的“排雷英雄”称号，因为张思国说地雷大部分是被死去的战友排除的。现实与回忆，活肉身与死魂灵，朴实与私欲，等等，都在这种怪异的叙述中展开，时空和人性在这种碰撞中显出各自的巫幻色彩和荒诞意味。

长篇小说《蛙》中的人物大都以人体的器官来命名，这种怪诞的命名法，和种种荒唐的计划生育事件，构成了这部作品的外在和内在的荒诞美学。小说中一系列主人公名字均源自叙述者（一个成了名的作家）故乡的怪异起名法，即生下孩子便以身体部位和人体器官命名，如陈鼻、赵眼、吴大肠、孙肩、袁脸、王肝，等等。但是，小说中的荒诞情节往往是现实的直接折射，是无奈悲苦中人们所遭遇的反常生活状态。一群小学生饿得奄奄一息，他们面前有一堆煤块，于是陈鼻、王胆等孩子拿起来嗅了嗅，闻了闻，舔了舔，然后品咂着，接着猛烈地咀嚼起来。其他学生见状，纷纷拿起煤块“咔嚓咔嚓”嚼起来。在课堂上，学生们满嘴乌黑，跟着老师朗读。结果由于饥饿和好奇，连老师也拿了煤块吃起来。这种怪异情节其实是严酷的饥荒现实所致，但无论是吃煤的小主人公们的表情还是叙述者的笔调，都显得既轻松又有趣。这是一种高超的生存智慧，也是一种高超的叙述艺术，它以乐观的、喜剧化的心态，以幽默的笔调，以艺术的形式，超越了悲苦的现实。

中国当代小说中的荒诞描写一般来说不同于西方同行，其中的荒诞往往不是作家刻意为之，而是因为现实中的怪异荒诞现象比比皆是，从而引发了作家的关注。因为中国当代作家所面临的境遇与西方同行不同，西方面临的境遇是上帝死了之后人们处于无意义的人生而导致的荒诞;在我们的语境中,以悖谬、荒唐、怪诞等形式呈现的荒诞比比皆是,但是对此的研究却严重滞后。

整体观之,这些荒诞现象可以以"怪诞"来理解,或者干脆说中国当代小说和其他艺术种类中的怪诞,是中国当代社会各种怪诞现象的艺术体现。进入现代的中国社会还来不及调整好步履和心态,现代化的大潮便汹涌而至。比如,人们经常看到的"城中村",不但地理上、区域划分上、社区管理上都充满了悖论和荒唐,这犹如美学上充满中国特色的怪诞现象。更为重要的是,在全球化和进入21世纪的世界境况下,我们的各种生态(自然的、伦理的、政治的、经济的、文化的、心理的等)无不充满了悖论和荒唐,但是当代中国人的生活和生命追求依然充满了各种可能的价值或意义,这显然不同于西方人那种彻骨的、决绝的、丧失了存在价值和意义的感受与理性认知。中国人的生活和存在中的无聊、荒唐、虚无、荒诞往往还是在追求价值和意义当中的一种阶段性或结构性特征,而不是本体论上的绝望和无意义。然而,这种日益严重的荒唐、荒诞或怪诞事件、现象、人物、语言等可谓铺天盖地,如何把握尤其是艺术地表现之,却是一个很大的问题。因此,正视现实生活中已经普遍存在的荒唐、荒诞、怪诞,是一个小说家、艺术家不能回避的艺术使命使然。

传统文学及其手法已经不能很好地把握和表达这种种复杂的尖锐问题,它需要强健的艺术表达理念和手段。正是在这种背景下,作为先锋派一员的莫言凭着文学家的良知和独特的艺术表现力,对现实中早已存在且愈演愈烈的荒唐、荒诞给予了集中的书写。如果说荒诞、荒唐是莫言小说的表现领域和主题意蕴,那么,怪诞、反讽、戏仿等就是其小说所追求的表达手段和审美风格。

《酒国》可视为当代中国的寓言,"酒国"简直就是怪诞、荒诞的代名词。一个依靠喝酒、饕餮立命立身甚至立国的民族,其基本的精神结构之怪异、之衰微、之堕落、之放肆,自然可以想见。本来,酒神精神和日神精神是相辅相成、缺一不可的,但是在"酒国",日神精神几乎荡然无存,而所谓酒神精神也未发育完全,充斥在各种场合特别是官场的酒宴、喝酒、拼酒、醉酒、呕吐,无酒不成席,不醉非朋友,"酒逢知己千杯少",不喝就不办事,成了普遍的行事、交友、生活和工作的模式和法则。这里"千杯"显然是虚数,但喝至醉酒状态则原本就是普遍的酒宴"法则"。酗酒、醉酒状态下的"酒国"就是这样的典型。上至市委宣传部副部长、国营煤矿书记与矿长、省检察院特级侦察员和京城里的大作家,下至黎民百姓,无不靠喝酒来体现自己存在的价值。《天堂蒜薹之歌》中因为贫穷没钱买酒、连环亲中的方家老大靠加水稀释再给客人喝的情节,在"酒国"里走向了另一个极端:穷奢极欲、无以复加。"酒国"实在是一个超级大酒缸,里面的人无不是醉醺醺的,围绕着酒国的主要消费者——那些高端人物还产生了不可思议的生产链。因为高端人物吃腻了山珍海味,如乌龟王八、燕窝猴头、海参、鱼翅等,他们要吃最香甜的婴儿,还得是男婴。于是作为低端人口的农民家里就专门养育(养殖)男婴，养到两岁左右、婴儿白白胖胖的时候就送到收购站卖钱。还有烹饪学院、酿造学院与之配套，进行着科学研究、屠宰、加工、烹制、酒店服务等相关的一条龙产业链。煤矿迎接侦察员丁钩儿的宴会上，就出现了一道名为“红烧婴儿”的菜肴。饮食在人类文明化后也成了文明的表征，但是越来越文明的人类却把自己幼小的同类当成了可以烹食的对象，并且是越娇嫩越值钱。此乃荒唐荒诞至极！然而，这是一个丧失了或者说根本没有信仰，只知道在吃与喝中沉溺、迷醉的“酒国”的必然归宿和生存逻辑。吃胎盘，吃人血馒头，虽然吃的也是人体的器官或物质，但还不是直接烹食人本身，但到“酒国”里就开始堂而皇之地宰杀烹调制作婴儿宴了。钱理群曾在《拒绝遗忘》一书中深刻指出，“吃人”不仅仅是一种象征的、心理的说法，而是中国“文明”中的一种实际存在，人吃人，或易子而食，或易妻而食，或吃死人肉，都是因为饥饿。《酒国》则反其道而行之，人们豪饮、饕餮、吃婴儿，不是因为饥饿，而是因为过度饱胀、无聊所至，似乎非如此不能体现自己的存在和地位，更不能体现出这种所谓文明和文化的意义。这种饮食文化发展到当代，由于人人沉溺在肉身的存在当中，由于没有精神超越的维度、信仰的维度，于是就沉溺于这酒囊饭袋的美食美味当中，两岁的婴儿也就因为其无意识，被饕餮者当成“非人”的物的存在，而成了这些狂饮滥吃者们的口中美味！

莫言通过《酒国》所达到的对存在本身荒唐、荒诞、怪诞性的描写和认知，已经远远超越了同时代人，也超越了他的同行们。看看晚于《酒国》一年发表的贾平凹的《废都》，就是通过性爱性交来宣泄这肉身存在的空虚。两部作品，一个抓住了中国文化最凸显的饮食至上的文化特点，表达了这种饮食文化灿烂至极后的腐败和堕落，且把反讽的笔触对准了官僚阶层；一个抓住了中国文化隐秘的性（色情）文化，给予了可谓纤毫毕现的表达，所讽喻的对象主要是士人知识分子阶层。两部作品各有千秋，但还是能够分出高下。前者的艺术手法往往于继承中有很大的创新，叙述上采用了三管齐下的方式——丁钩儿的侦察与遭遇，酒国业余作者、酒博士李一斗写的九篇关于酒国、酿酒、烹食婴儿、采燕等方面的小说，京城里的大作家“莫言”的回信及探访猿酒节“莫言”所看到的酒国景象，由此构成了小说的结构和框架，打破了传统小说的叙述基调和套路。而后者拘泥于传统者甚多，明清色情小说及《金瓶梅》成为其效法的对象，而对官僚阶层毫无触及和批判。

《酒国》的审荒诞/审怪诞意识彻骨而决绝，是对整个文明和文化“盛世”喧嚣的极大反讽，它给中国当代的美学研究提供了上等的原料和肥沃的土壤。已然变得荒诞/怪诞的现实和存在，早就为作家的良知和敏锐的眼光所关注和把握，但仍然不被理论家们关注和研究，他们往往和“酒国”中沉溺于酒色财气的官僚们类似，只不过靠的是时髦的概念、体系，以及虚无缥缈的、不痛不痒的文字游戏，以此满足这个日益夸饰化、符号化，实际上也是日益板滞化的时代和社会某种虚饰的需求。

除了《酒国》，这种审荒诞/审怪诞美学思想在莫言的其他小说如《红高粱家族》《丰乳肥臀》《生死疲劳》等作品中都有表现。这些作品写的战争本身就充满了荒诞。莫言在一次对话中专门对战争本身的荒诞性进行了颇富深度的解读,他称"红色经典"没有看到或写到战争的真正本质,这些作品对"战争中人的异化,战争中侵略者和被侵略者双方灵魂的扭曲都没有、也不敢表现",而荒诞才是战争的真正本质。[①] 这一观点在中国军事文学或战争文学观念中是罕见的,可谓空谷足音。《丰乳肥臀》中的母亲上官鲁氏为生育男孩而不择手段地同各色男人苟合。不能将上官鲁氏滥交的目的理解成满足自己的情欲或爱情,她之所以如此做,只是为了生一个男孩。但她最后所生的这个男孩上官金童却是个恋母情结严重的人,他尤其贪恋母亲的乳房,后来还有无数女人各种型号、形态、肤色的乳房。这样的描写在某些卫道士看来是荒谬、邪恶、淫荡的。小说刚发表后的遭际以及作者本人的遭遇,正说明了这种根深蒂固的思维和观念还停留在把艺术中的描写和人物行为、思想当成作家本人思想和行为的非文学、非艺术模式上。如果小说的意图或主题是这样的,那么,它与明代流行甚广的春宫小说、色情小说有何迥异之处?如果上官鲁氏没有生出儿子来,在家庭里就丝毫没有地位,就如同牲畜那样任丈夫、婆婆宰割打骂。从无数次极度痛苦的体验中,她体会到要生一个儿子,才能为家族传宗接代,才能被人瞧得起,才能摆脱屈辱的地位,于是她不断地同各色男人交往结合。当然小说有更宏大的追求。上官鲁氏虽然在家族文化的体制内没有自己的名字,但是她忍辱负重地承担起异常艰难的任务,在中日战争、国共内战到"大跃进"与大饥荒等悲惨岁月里养育自己的儿女们,以及女儿们的儿女们。在20世纪60年代大饥荒的日子里,母亲趁给生产队推磨的机会把粮食粒儿吞进胃里,等回家后再弯腰跪地,将粮食呕吐到盛着清水的脸盆里,洗干净煮熟喂养她的孙辈们;此后以至于母亲每次弯腰都会产生条件反射,落下了病根。这看似怪诞的一幕幕,不正是当代中国社会和生存挣扎于其中的母亲们的真实写照吗?她包容宽阔的心胸和无私无畏的牺牲精神远远盖过了曾经为了生儿子而乱交的荒唐。

《生死疲劳》同样源于现实生活的荒诞。主人公西门闹是一个家庭殷实的好人,他逢灾赈粮,修路架桥,救助抚养孤儿,可谓乡村里的一个大善人。可是在20世纪40年代末他被划为地主,最后被枪毙了,枪毙他的恰恰是他的近邻乡亲黄瞳——那个他资助救济过的少年。小说对于荒诞/怪诞的描写,最不可思议之处还是被枪毙了的西门闹不甘心,到阎王爷那里喊冤,阎王便把他打回人间,让他托生为驴、牛、猪、狗、猴,最后返回人间成为大头儿蓝千岁,完成了六道轮回。按照理性的法则和儒家的观点,这种鬼神轮回思想是荒唐的。但是,自秦代以降,佛教传入中国[②],并逐渐发扬光大,六道轮回的思想已经深入人心,一般中国读者对此并不感到突兀、不可思议,而是在阅读接受时往往还能会心一笑。这是作者借助已经中国化的佛教教义和思想,加上道教的

① 莫言、王尧:《从〈红高粱〉到〈檀香刑〉》,《当代作家评论》2002年第1期。
② 参见陈桥驿:《序》,吕洪年:《万物之灵:中国崇拜文化全览》,浙江文艺出版社2018年版。

长生不老思想、齐文化中的鬼神思想特别是蒲松龄《聊斋志异》中的仙人、神人、狐魅等思想，而创作出的一部称得上繁复而伟大的作品。

怪诞、荒诞的存在要靠同等条件的方法才能被理解和解析。曾经的现实是善恶泯灭、忠奸不分，乃至死生界线混淆。苦海无边的人生在世，何处是归宿？《生死疲劳》试图通过六道轮回思想来贯通、淡化之。这里没有所谓清晰的正义和公平，有的是生生不息的生命延续和痛苦轮回。佛家禅宗所谓妍媸不分美丑难辨，我们正可以此来看待莫言笔下的人生与社会的存在状态。这就是莫言小说的审荒诞的艺术体现。

三、恐怖与审恐怖

如上所述，一般说来，中国文化和心理往往缺乏荒诞和荒诞感，原因在于我们的文化心理产生于李泽厚所说的“一个世界”之中，仅有这个现实的世界及其所形成的文化、道德、伦理甚至饮食就够了，有时候，我们在这“一个世界”中靠着精美的中国饮食文化就能够有滋有味快乐地度过一生。一代代的先民还有各个时代精忠报国或杀身成仁的烈士、忠臣、带来实际利益的能工巧匠等，都能成为我们尊奉的神灵，此即典型的偶像崇拜。这种并非无神论的多神思想便成为我们民族的精神家园和信仰载体。然而我们的先民圣哲并没有为后代建构一种超乎这个世俗世界的信仰思想体系。于是，人们拜服于传统的大家长，或作为大家长之象征的皇帝便可以寄托此身此世及其愿望理想，因此古代文化里产生了“上天”思想，但它不是人格神。讲究“非知生焉知死”，“敬鬼神而远之”的孔子的教诲，使后世中国人即使有一点神的敬拜意识，但已经远远不能满足人作为有神性的存在的精神诉求了。俗世的力量不足以抵抗生存中常常袭来的空虚感、虚无感和最终归宿的可怖性，“前不见古人，后不见来者。念天地之悠悠，独怆然而涕下”，这和前基督教时期罗马皇帝哲学家奥勒留《随想录》的思想异曲同工。仰望苍穹和俯视大地，审视自身和超脱肉身，种种希冀和迷茫，都带来对生死和世界存在价值的追问，但是均未能寻觅到真正可以依靠的深具超越性维度的上帝信仰，也未能产生康德所信奉的“天上的星空和心中的道德律”。这种种打上了浓重儒家意味的有限超越不无意义，但终究没有超脱这个世界。在中国人的葬礼中，人们面对亲人、友人死亡时那种或哭天抹地（儒家）或淡然嬉笑（道家）的姿态，都没有获得死者与生者本有的尊严。佛教的传入带来了某种根本性的变化，佛和道的结合而生成的禅宗，成为中国信仰文化的极致。但道佛泯灭是非、妍媸、善恶，追求物我两忘的境界，又使得现实的黑暗和人性的原罪得不到真正的克服和清理。从《生死疲劳》中被枪毙了的西门闹通过六道轮回而怨气减弱再托生为（弱智之）人，也可看出佛教的教义不能真正拯救这个败坏无序、邪恶横行、正义丧失的世界。

由此，我们再看莫言通过其小说来审恐怖的必要性。恐怖与荒诞是一对美学的难兄难弟，荒诞的产生导致溢出常规，带来或制造恐怖。在正常状况下，《生死疲劳》中的善人兼地主乡绅西门闹是一个传统乡村社会的中坚力量，是乡村伦理道德文化的承担者。但是，“革命”运动来了，他被“革”掉了脑袋，荒诞和恐怖均由是而生。《生死疲劳》所写的自 1950 年到 2000 年整整半个世纪的许多情节、故事都充满了这种诡异性和恐怖性。如第二章“蓝解放叛爹入社　西门牛杀身成仁”写了金龙不小心将像章掉进茅坑中，便由颐指气使的基层革命干部一下子成了劳动管制的对象。这一幕典型凸显了现实的无常、荒诞与恐怖，同时有某种喜剧色彩。恐怖，源于人类的灵性与生命意识，也源于时代和社会所造成的控制和压迫。如何看待各种恐怖，就是一个作家不可忽视的问题。莫言通过《生死疲劳》将这种悲剧和喜剧兼而有之的悲喜剧予以艺术的表现，这与莫言曾讲的一个笑话不无神似之处：“文化大革命”时期，一老农从公社里买来长毛兔喂养，养成之后再把大小兔子送到公社收购站去，质检员问他兔子有无毛病，老农想幽上一默说，大的万寿无疆，小的身体健康。结果这个老农被民兵当场打死了！原来人们（读者）发现，专制与幽默绝缘，独裁与滑稽（喜剧）隔绝。卓别林的喜剧充满了幽默和讽刺，是对独裁者希特勒的极大揭露和蔑视，并给世界反法西斯力量以极大的启迪。因此，幽默和滑稽（喜剧）及其美学思想在某种程度上可以帮助人们弱化对独裁和极权的恐惧，稀释和淡化专制暴虐的力量。而将现实的恐怖转化为小说艺术中的恐怖且伴随着幽默和滑稽的因素，就已然减弱了很多恐怖的氛围。艺术的审美力量就在于此。

对于审恐怖这一主题或审美类型，莫言一直试图写出特色，写出绝活来。在《透明的红萝卜》《枯河》《红高粱家族》《天堂蒜薹之歌》《爆炸》《怀抱鲜花的女人》《奇遇》《拇指铐》《战友重逢》《司令的女人》等小说中，莫言描写了各种各样的恐怖事件及其对人性和人生的深刻影响。在此基础上，他于 2001 年发表了长篇小说《檀香刑》。这部作品可谓其审恐怖小说实验的极致，在中国小说史上，还没有如此集中细致地描写实施酷刑者。小说写了各种各样的酷刑，阎王闩、腰斩、砍头、凌迟、檀香刑，前几种是作为后者的前奏而出现的。小说语言文字本身的过滤性、抽象性和间接性，以及小说刻意追求的音乐性和戏剧性，淡化了酷刑所造成的压迫感和恐怖感。翻开中国历史，当会发现这一幕幕历史实际上是残酷的刑罚史。历史学家秦晖认为，中国文化的核心应该是政治文化，而政治文化的特征是“法道融合”，在近代就产生了李宗吾的“厚黑学”，而非李泽厚所说的“儒道互补”。法道苟合的文化突出特征便是每到关键时刻法家的残酷和黑暗便应运而生，大行其道；道家在其中充当了法家权术的走狗和帮凶。[1] 如此看来，《檀香刑》恰恰是最黑暗、最暴虐的专制淫威下正义人士最为悲惨的受虐的艺术写照。

① 秦晖：《西儒会融，解构“法道互补”——典籍与行为中的文化史悖论及现代化之路》，哈佛燕京学社主编：《儒家传统与启蒙心态》，江苏教育出版社 2005 年版，第 94～162 页。

这样的酷刑描写很容易使我们想起鲁迅，他创造性地写了许许多多的看客形象，揭露和批判了存在于国民中的劣根性。当代也有很多作品描写了慷慨就义的英雄，如《红岩》等。但是，从人性深处专门描写刽子手、受刑者及看客关系的作品甚为罕见。《檀香刑》可谓开创性作品，它从看客的角度或者启蒙者眼中的看客的角度，转向了从刽子手与受刑者的角度来写作。但我们不能把这部作品中所表现的思想当作作家本人的思想，虽然两者之间有一定的关联。小说第九章"杰作"题目便透露出浓烈的反讽意味，正是这种反讽把作者与作品人物思想的分野凸显出来，因而绝不能把作品中刽子手对酷刑实施过程的精心与"敬业"当作作家本身对此的赞美。这一章写京城刑部刽子手赵甲对刺杀新兵总督袁世凯的警卫副官、革命党人钱雄飞实施凌迟的整个过程，间杂以报仇者兼观刑者袁世凯眼中的那些惊心动魄、血肉横飞的施刑场景，其中还有对中国古人发明的这一酷刑历史的扫描，从古代的3000多刀致死到赵甲等"姥姥"只能实行500刀致死，"灿烂的"文化已然降低了自己的"品格"和水准要求，但赵甲之所为依然堪称"杰作"。在第十一章"金枪"中，钱雄飞试图用袁世凯送给他的两把金枪射杀袁，但金枪却哑了弹，钱雄飞被捕。强人袁世凯老谋深算，早就看出钱雄飞有谋逆之心，早就防着他了。对于"逆向雕塑"般实施凌迟的刽子手赵甲来说，面前这尊肉身体型匀称、长相帅气、肌肉劲健、富有弹性，而更让他佩服的是钱雄飞那种坚韧意志与忍耐力。承受酷刑的钱雄飞发出了呻吟，但除了刽子手赵甲能听到外，那5000名军人看客包括袁世凯是根本听不到的。"让他感到美中不足的是，眼前这个汉子，一直不出声号叫。这就使本应有声有色的表演变成了缺乏感染力的哑剧。"[①]小说淋漓尽致地对赵甲"手艺"之精湛进行了描写，从侧面即刽子手赵甲的角度，对钱雄飞伟岸不屈的人格和道义担当精神进行了至高的评价。正面、直接描写钱雄飞的话语不多，但句句掷地有声，如他生命最后的大声斥骂："袁世凯奸诈狡猾，卖友求荣，死有余辜。"小说也改变了鲁迅作品中的看客形象。这里的看客不是闲人们，而是袁世凯集合来的将领和兵士，是国家体制中的精英与维护者。至于袁世凯，他在小说中的分量不大，但此人是能生杀予夺的大人物，其独裁、凶恶、残忍、奸猾、无耻又老谋深算的本性早在他当天津新兵督办之时就已显露无遗。第十二章"夹缝"写已当上山东巡抚的袁世凯将电报拍到莱州府并转高密县，催逼高密县令钱丁速将造反者孙丙拿下，并要其速筹白银五千两，以赔偿德国人的损失，还要备上厚礼到青岛看望受伤的德国技师，以安抚德人，切勿再起事端。小说借钱丁县令的幕府之口说：当官"是为上司当的，不是为老百姓当的。要当官，就不能讲良心；要讲良心，就不要当官"。从慈禧到袁世凯到谭道台到莱州知府，都只顾自己的官位，不顾百姓的死活。当钱丁策马披星戴月赶到莱州见到知府时，却听到知府如是说："死几个顽劣刁民，算不了什么大事，如果德国人能就此消

① 莫言：《檀香刑》，长江文艺出版社2010年版，第147页。以下所引《檀香刑》文字均出自此版本，不再一一注出。

气，不再寻衅，也未尝不是一件好事。”小说写得不露声色几近零度叙述，但价值判断和思想倾向已然显明。晚清官场及其代表袁世凯的这副嘴脸绝不是一句如有的评论者所说“国家主义”就能断言的。回到凌迟的场面，赵甲做到第 52 刀之时，钱雄飞大骂袁世凯这个奸贼。威严而恼怒的袁世凯命令割去钱雄飞的舌头！凌迟酷刑不但让刽子手赵甲累得站脚不稳，而且使得他的徒弟晕倒在地，数十名士兵也跌倒在地。第十章“践约”，写的是刽子手赵甲砍杀“戊戌六君子”特别是刘光第大人的过程。慷慨悲壮的谭嗣同、刘光第们，以自己超乎肉身所能承受的钢铁般意志力，给刽子手赵甲以巨大压力，使他在自己的执刑生涯中第一次“失去了定性、丧失了冷漠”。这触及了这个杀人不眨眼的刽子手的灵魂，他深藏在石缝里的灵魂正在蠢蠢欲动，各种各样的情感诸如怜悯、恐惧、感动、敬畏等汩汩而出。感到恐惧的不再是受刑者刘光第们，而是刽子手、执刑者在刑部被叫作“姥姥”这个怪异称谓的赵甲。这是对恐怖的审视，是审恐怖。当要处斩曾经同他建立了深厚友谊的刘光第大人时，赵甲“为了敬爱的刘大人，他要亲自动手，用了整整一夜的工夫，将‘大将军’磨得锋利无比，几乎是吹毛可断”。他先砍下了刘光第的头，然后依次砍下了谭嗣同、林旭、杨深秀、杨锐、康广仁的头，活儿干得漂亮，没有让大人们遭受钝砍或挨上第二刀。“他用自己高超的技艺，向六君子表示了敬意。”这实在又是一种巨大的悖谬和反讽。

这些文字都是为描写后面最严酷的刑罚——檀香刑——做铺垫。民间抗德英雄、为报仇投奔义和拳并成了首领的孙丙不幸领受了这一酷刑。逮捕他的是其女儿眉娘的干爹兼情人、高密县令钱丁，行刑者是眉娘的公爹赵甲，此时他已经退休回家。眉娘的三个爹聚集一起，不是为了和睦，而是为了最严酷的刑罚——檀香刑，他们构成了执刑者（公爹）、受刑者（亲爹）和观（监）刑者（干爹兼情人）的三角关系。钱丁还是钱雄飞的堂叔兄弟。孙丙抗德杀死德寇惊动了京城皇族和山东巡抚袁世凯。无巧不成书，整个故事充满了戏剧般的艺术张力和惊悚的期待效果。惊悚叙述和檀香刑实行的过程，我们可以想象，活着比死更艰难。把人物推向极致，赵甲要执刑的对象是自己的亲家。孙丙被捕，是因为自己的妻子被德国技师当众羞辱，他愤而杀死了德国技师，结果妻子被德国人脱光衣服扔进河里淹死，双胞胎儿女被德国人用刺刀挑着同样扔进河里。充满血性的、暴怒的孙丙只有造反一条路了。但他招募的不过是一群拥有武术功夫和气功的义和拳手，他们在德国人和袁世凯的枪炮下不堪一击。德国人要孙丙死得难受，就要求清政府和袁世凯用最严酷的刑罚。赵甲被勒令“发明”和使用一种前所未有、闻所未闻的新式刑罚，于是檀香刑被“发明”出来。这种刑罚就是把用芝麻油烹煮的尖形檀香木棍子，从谷道（肛门）楔进体内，再慢慢从脖子处出来，而且要五天后即德国人修建的铁路通车后方才可断气，这种极度的酷刑自然会让人产生强烈的恐惧。

小说是如何审恐怖的呢？首先，“檀香刑”这个刑罚的名字饶有意味，甚至带点艺术的、审美的味道，“檀香”这个美好的名词容易引发读者美好的想象，这在无形当中减弱了此刑罚的恐怖性。其次，这还涉及小说里的猫腔戏和主人公孙丙作为戏班班主的角色承担。包括看热闹的观众，应和着正在受刑的孙丙的茂腔调子，在一定程度上淡化了酷刑的惨烈度。再次，民间本身所洋溢的乐观情调、下层人特有的穷欢乐，都冲淡了酷刑无可忍受的程度。小说写到了每年八月十五是叫花子节，也正是在这月圆之时，孙丙开始了受刑。欢乐与悲壮交织，悲剧与喜剧交融。叫花子和戏子实在都是穷寻乐的角儿，小说由此有了狂欢化的味道。义薄云天的小山子要替孙丙慷慨赴死（虽然他临刑之际吓得屁滚尿流——这又正衬托了孙丙的伟岸不屈和坚韧意志力），真有些狄更斯《双城记》里的伦敦律师卡顿的影子；其他的叫花子朱八头儿、小乱子、侯小七、小连子，都是舍生取义的角色；而孙丙甘愿留下被捕也是为了一个"义"字，他不想让别人替他做无谓的牺牲，虽然事实上没有实现。钱丁夫人（曾文正公国藩的外孙女）在眉娘救父不成身陷危境之际，掩护了眉娘，凛然大义与宽广胸怀压倒了女人的嫉妒与狭窄，也是"义"字当先；还有众乡亲们冒着危险来保护、救助眉娘；有单举人跪在县衙前几个时辰，率众乡绅乡亲为孙丙求情，请求法外开恩，虽然善良和民意打动不了邪恶而专断的袁世凯及其背后的德国侵略者……正是这种种义气正行，压倒至少淡化了檀香酷刑所带来的恐怖氛围。

在最关键的时刻，孙丙大义凛然地赴死，在极端残酷的檀香刑前视死如归，演出了一出猫腔绝唱，也活脱脱地表演了悲壮的人生大戏。他本晓得留在牢内必死无疑，并且要遭受前所未有的檀香酷刑！他本知道小山子替换了自己，自己可以选择逃亡活命，但一个戏子（民间艺术家）的道义担当与表现欲望陡然而生，死也要死得悲且壮！小山子和孙丙，真假难辨，充满戏剧性，让德国人克罗德和袁世凯看傻了眼。在孙丙受刑的过程中，"高密东北乡"的猫腔戏班子来为他们的师傅演戏，好让他走得少一些痛苦，但是德国鬼子却认为他们是来闹事劫法场的，开枪射杀了整个戏班子，这也是"东北乡"最后的猫腔戏班子。知县钱丁在夫人绝望服毒自杀后，终于克服了畏首畏尾的懦弱心态，提早结束了孙丙的性命，既让他早早摆脱极度的痛苦，也使克罗德和袁世凯的希望落了空。戏台和刑台上躺满了尸体。小说的结尾，孙丙说了一句："戏……演完了……"这不由得使人想起《圣经》里耶稣被钉杀的最后时刻的话："成了！"心理祈求与意志指向不同，境界也不同，但悲壮崇高如一。孙丙被实行檀香刑，和耶稣被实行十字架刑，实有某种一致性，孙丙遭遇的惨烈程度甚至还要严重。充满理想或信念的赴死无疑极大地冲淡了酷刑的恐怖。极度恐怖的檀香酷刑终于结束了，其恐怖性也被猫腔的悲凉唱腔掩盖，更被新的恐怖屠杀掩盖。最终，知县钱丁的觉醒或绝望，让这延续已久的恐怖戛然而止。相比较而言，孙丙的最后一句话"戏……演完了……"是事件发展的终止，是结尾，是生命的消失，留给人的是无限的悲凉与虚空；而耶稣的话"成了"，是开始，是新生命的诞生，是对未来满怀希望的展望，是注入众人心中的信仰和精神再生。一个是对这"一个世界"的无限留恋与淋漓尽致的展示，一个是从死亡的悲剧和绝望中重新出发的信念和博爱，这也反映出儒家和基督教两种文化的迥异。

恐怖在自然界、人类社会和自我内外无时不在、无处不有，艺术如何表现恐怖？艺术又该如何表达人的恐惧？《檀香刑》做了一次不无悲壮的集中书写，它凸显了刽子手赵甲和受刑者孙丙，以及参与者和观刑者知县钱丁、晚清当权者袁世凯之间交互关系的戏剧性。作为刽子手，赵甲希望棋逢对手，钱雄飞、孙丙正是这样的对手。最为歹毒的酷刑，在赵甲看来却是他获得"成功"和邀功请赏的难得机会。小说对赵甲有着精雕细刻的心理描写，这一描写显得客观、中立，而这一点正是莫言小说美学的特色之一。对于这个形象，谢有顺认为："《檀香刑》里的形象（按：指刽子手赵甲等），就是一种邪恶人格，把邪恶当作审美，这是很奇怪的一种人格，莫言把刽子手和看客的心理写得很彻底，读之令人惊悚。"莫言的批判性不像鲁迅那样显露，而是隐藏的，莫言"更多是冷静、平等的审视、揭示"。[①] 赵甲形象弥补了文学史上的空白点，中国古代最残忍的刑罚实施者，在中国近现代文学中从没有得到全面的描写，莫言是第一个对此进行彻底书写的作家。从一个侧面，即对封建王朝的外强中干、袁世凯的色厉内荏的描写，昭示了一个极端专制时代即将覆亡的颓势。对于义的追求，对于英名的呵护，让这部小说的主人公刘光第、钱雄飞、孙丙等的气节在生命的尾声呈现得轰轰烈烈，他们的义气与担当映衬了德国侵略者克罗德和袁世凯的卑鄙龌龊。恐怖就是这样以生命所能承受的极致来克服和超越的，这是对生命至高的礼赞，也是小说叙述的终极价值指向。

莫言对此有过这样的阐明："我觉得批评者或是读者应该把作者与书中的人物区别开来。赵甲对酷刑的沉迷并不等同于我对酷刑的沉迷。"[②]这就是对于在社会上、历史上制造恐怖的人物与反映、表现恐怖的小说本性的作家之根本不同的艺术揭示。

四、悖谬与审悖谬

莫言的小说还有一种创作理念或意念，它是以一种悖谬的方式展示的。悖谬也可称为"悖反""荒谬"，是一种不合常理、违反逻辑、自相矛盾的现象、想法、做派等，和荒诞近似但又有不同。荒诞是彻底地丧失价值和意义，悖谬还希求通过某种即使相互矛盾但又不无理由的存在来达到当事者的某种目的。莫言有过多次的悖谬式言论，如"最美丽最丑陋、最超脱最世俗、最圣洁最龌龊、最英雄好汉最王八蛋、最能喝酒最能爱"的神奇的"高密东北乡"，正是《红高粱》《枯河》《透明的红萝卜》《丰乳肥臀》《生死疲劳》和《蛙》等小说的故事原型的诞生地。他还在小说《红蝗》的结尾处借人物之口说了一段话："我要编导一部真正的戏剧，在这部剧里，梦幻与现实、科学与童话、上帝与魔

① 谢有顺：《莫言小说与诺贝尔文学奖的价值观》，孙宜学主编：《从泰戈尔到莫言：百年东方与西方》，上海三联书店 2015 年版，第 41 页。

② 莫言、张慧敏：《是什么支撑着〈檀香刑〉》，《南方周末》2002 年 2 月 28 日。

鬼、高贵与卑贱、美女与大便、过去与现在、金奖牌与避孕套……互相掺和、紧密团结、环环相连,构成一个完整的世界。”这是一种充满悖谬的话语组合与思维方式,体现在莫言的小说创作中便是种种驳杂、对立、泥沙俱下的悖谬人物性格或行为纠缠在一起:土匪既可以杀死自己不喜欢或妨碍自己的人,也可以慷慨悲壮地去抗战;国军欺压人民但也是抗战的最重要力量;共产党既可以给农民带来土地和欢乐,同时它又剥夺农民中有土地者(地主)的土地甚至其性命,而后又把给予农民的土地“归堆儿”;一个女人为了生育儿子不惜与各种男人苟合,但她充满大爱的胸怀和承受灾难、苦难的能力又是超常的;一个吃奶吃到十几岁的男人,长成帅小伙却依然依恋女人乳房,心理上永远长不大;一个本职为治病救人的女医生却是扼杀了近万名胎儿的“杀手”……到了新世纪,莫言在山东图书馆演讲时把这种悖谬的创作思想用更简洁的方式表达了出来,他认为,自己的创作就是要“把好人当坏人写,把坏人当好人写,把自己当罪人写”。这是从事小说创作 30 年的莫言认识到的最为深刻、最具针对性的文学美学思想的结晶,它是从文学与人性的深层关系出发而得出的观点,充满了艺术辩证法思想。自 20 世纪 80 年代以来,中国文学界与理论批评界就日益加深了对人性复杂性和文学表现复杂性的认识,刘再复的《性格组合论》就是这种思想的集大成者。作为刘再复学生的莫言,对这种思想当然心领神会,但将其以一种宣言书式的形式明确加以表达,却是在经过了 30 年乃至 60 年的探索和生命体验之后。莫言把人性中的好与坏、善与恶、美与丑、罪与罚等对立两极的因素纳入一个人性的熔炉里加以冶炼,这已然打上了当代美学的印记。当代中国社会和生息其间的人们,已然体会了无数次那种悖谬的存在和事物。《酒国》被评论家张旭东视为让现实跟着走的小说,这意味着莫言在《酒国》里的认知和描写使他预示了后来腐败蔓延加剧的趋势。

悖谬往往与荒诞、怪诞结合在一起。在一般情况下,事物的发生、发展、高潮、结局是按照因果逻辑进行的,但是在悖谬的情况下,事物和人物性格的逻辑演变却是反其道而行之。《枯河》中的父母亲、哥哥,对于自己的儿子或弟弟,不是想尽办法解救,淡化自己儿子和弟弟的“罪过”,而是以更加残酷的手段毒打以至其凄惨地死掉,否则就感到自己十恶不赦,罪大恶极。这里有儒家思想的桎梏,也有封建等级制、当代基层政权机制痼疾带来的毒害。其实,人人生而平等,法律和尊严面前人人平等。莫言的小说和散文要极力张扬和维护这种原本没有但现在有了的人格平等、尊严平等、法律面前人人平等、真正的信仰面前人人平等的价值理念,这正是其小说审悖谬的意义所在。

第三节　莫言小说对当代审美类型的拓展

莫言不是美学家,但他是伟大的小说家、艺术家。如前所述,他的作品为当代中国美学提供了诸多的审美类型,诸如狂欢、审丑、荒诞、恐怖、反讽、悖谬、悲喜剧等。翻开一部部中国人编著的《美学概论》，在美学范畴或审美类型部分往往只有美（优美）、崇高、悲剧（性）、喜剧（性）或滑稽，最多再列上（审）丑，其他的基本就没有了。20 世纪西方美学家关注和重点讨论的范畴或类型，比如海德格尔、卡罗尔等美学家所关注和论证的畏（恐惧）以及萨特所关注和讨论的恶心（呕吐）、荒诞等概念或范畴，除了张法在其著作《美学导论》中列出专节来论证荒诞和恐怖[①]，中国当代的其他“美学概论”中难觅踪影。原因何在？

一方面，这与中国美学学科建立初期对学科命名和范围的翻译、理解、界定的偏差有关。“aesthetics”不仅可以理解为“美学”，其实更应该理解为“感性学”或“感觉学”，因为鲍姆嘉通创设这门学科伊始，就将其界定为关于人的感性、感觉、情感（包括美感与其反面丑感）等低级认识的学科。自鲍氏以降，“aesthetics”的领域不断扩大至（审）丑、荒诞、恐怖、悖谬、媚俗（媚世）、堪比、反讽、悲喜剧等感性、感觉、情感或审美类型。王国维等由日本引进该词并将其翻译为“美学”，由此带来了 100 余年来中国美学学科的发展走向和基本形态，除了狭义的美（优美、和谐之美），再加上崇高、悲剧、喜剧（滑稽）就大致框定了其范围，其他的美学（感性学）范畴或审美类型就进不了大多数美学家的法眼。由此，美学（感性学）研究的弊端也日益凸显，许多新的审美现象、审美类型、艺术现象、艺术类型就进不了这些美学家的视野，或者他们想当然地从“美学”之“美”字出发，认为美学就是研究美及美感、（狭义）审美的学科，其他的什么丑、荒诞、恐怖、恶心等根本不可能属于美学研究的范畴。不但如此，在涉及美育（审美教育）时，这种状况更加严重。殊不知，现代艺术或审丑艺术、审荒诞艺术，甚至审恐怖艺术等已经诞生 100 余年，成为世界和中国现当代艺术的主流了。美学家不能闭上眼睛无视这些已经很普遍的（广义）审美类型、审美现象、艺术类型、艺术现象。

另一方面，美学自其诞生一直到康德、席勒、谢林、黑格尔等人那里，就是与近代启蒙思想一起发展、繁荣起来的，在这一意义上甚至可以说，美学一直到 19 世纪至 20 世纪俄苏美学都可作如是观。中国美学自诞生到 20 世纪七八十年代的实践美学，也可视为世界启蒙美学在中国的发展、演变。启蒙美学可称为“主体（性）美学”，是为了与整个社会思想文化、人的精神的改良，简而言之，是与作为主体的人的建构协调一致的。笔者把启蒙美学或主体性美学分为两个大的阶段，其一是主体性之侧重理性维度的美学建构，以康德到黑格尔为代表；其二是主体性之侧重于非理性维度的美学建构，以叔本华、尼采、弗洛伊德一直到海德格尔、萨特等为脉络。福柯在研究了尼采美学思想之后认为，非理性也应该是人类尊严和价值的来源。这就是主体性美学之非理性维度的意义所在。而关涉中国现当代美学的建构，就变得更加复杂起来。自王国维、蔡元培、梁启超、鲁迅、谢无量等美学家开创现代中国美学以来，上述关于理性与非理性

① 张法：《美学导论》，北京师范大学出版社 2009 年版，第三章第三节。

两个维度的美学建构就被挤压于一个时空阶段，“五四”美学更是如此。这种状况一直到了20世纪80年代仍然没有得到彻底厘清和解决，主体性启蒙美学就在匆匆忙忙的市场经济大潮中风流云散了。20世纪90年代以来的修辞论美学、后现代美学、否定论美学、主体间性美学、生命美学、环境美学等应运而生且大行其道。这些美学流派或思想不无价值，但是在启蒙美学或主体性美学被迫戛然而止的情况下，这也是部分美学家们不得已而为之的结果；况且上述美学流派或思想确实能够丰富和补充实践—启蒙—主体性美学之不足。但是，启蒙美学所涉及的尖锐问题却在上述种种美学话语中被有意无意地冲淡、回避或忽视了。

当代美学家忽视或没有回答的问题并没有消失，而是随着社会和时代的发展变得愈来愈严峻。正是在这种背景下，作为小说家、文学家的先锋派就起到了一种在思想建构方面至少是催化剂的作用。和20世纪初期新文化运动中的鲁迅类似，莫言不是那种急先锋，不是最为冲锋陷阵的思想斗士，但他是小说这门古老艺术的最杰出的当代继承者，并且他博采众长，在小说艺术领域筚路蓝缕，苦心经营，冲破了重重思想和艺术的藩篱，开辟了一个又一个崭新的小说审美表现领域，所以他更是一个小说艺术的发扬光大者。在涉及审美类型或美学范畴方面，他的小说文本和戏剧文本包括他的创作论都是可供美学家们提炼新的美学思想尤其审美类型、美学范畴理论的富矿。美学家李泽厚、邓晓芒、刘再复、谭好哲、吴炫等都对莫言小说艺术所蕴含的丰厚美学底蕴、新的审美意识以及所提供的新审美类型做了高度的概括与评价。李泽厚曾经认为莫言小说创造了一种新的颇为大度的审美气象；刘再复认为莫言像沉潜在海里的鲸鱼，具有大气磅礴的美学气度；邓晓芒认为莫言《丰乳肥臀》等小说写出了20世纪中国的阴性文化、恋母文化和恋乳文化；谭好哲认为莫言小说有一种祖宗崇拜的原型美学意识；吴炫通过阅读和接受莫言的文本而提出了“红高粱美学”、野蛮美学等概念。上述说辞往往只是片言只语或一笔带过，问题是：为什么美学家们这么看重莫言小说的美学意蕴或提供的审美类型？这或许与他们意识到当代中国美学欠缺创新性有关。

莫言除了在小说、戏剧、散文等创作中提供了丰富的美学意蕴，他在创作论、访谈录、演讲录、序、跋、论文中，也进行了某些较为集中和具有一定理论性的论述。在同杨扬的对谈中，莫言提到自己小时候以及许多的小伙伴很长时间处于严重的饥饿状态，“那时村里的孩子一个个都是细胳膊细腿，顶着一颗大脑袋，肚子大大的，呈透明状，隔着薄薄的肚皮仿佛就能看到里边的肠子在微微蠕动”①。由此他提到生活和存在本身往往就具有深刻的荒诞性。这里莫言描述的难道不是一种美学/感性学的体现吗？这是一种怪诞/荒诞的表现。他的许多小说都有大量的怪诞/荒诞情节、人物、感受、感觉、故事、场景、意象等，其实就是现实怪诞/荒诞带来的小说艺术中的怪诞/荒诞的表

① 莫言、杨扬：《小说是越来越难写了》，杨扬编：《莫言研究资料》，天津人民出版社2005年版，第6页。

现。莫言的许多散文和小说写了吃煤块、对鬼的恐惧(晚上没有灯,没有光),写了丰产不丰收、大面积饿死人的悖谬,种种在没有现代文明之光烛照下的荒诞遭遇和现象,都是他自己的切身体验。鬼故事是齐文化圈的民间故事之一种,无鬼不成故事。吊死鬼的故事、狐仙的故事、鬼魂的故事、人死而复生的故事等,莫言小时候听得实在是太多了。虽然恐怖,但还是听得津津有味,他说:"我们自己的生活经验就有这种鬼神的故事和恐怖体验。"[①]在鬼怪神灵方面,他主要汲取了自己所在的民间的经验。《生死疲劳》六道轮回的故事其实就是这种个体的恐怖经验、民族的恐怖历史与佛教等传统思想相结合的产物。

中国人有自己解决和摆脱恐怖、克服荒诞/怪诞的方法和路径,这也是笔者提出来的审丑、审恐怖、审荒诞、审怪诞的中国之路。莫言的小说《三十年前的一次长跑比赛》写劳改农场里的右派们的一次运动会。右派朱总人长相丑陋、畸形,但是他从不妄自菲薄、自惭形秽,在长跑比赛中他以自己非凡的身体素质和超群的智谋安排而赢得了比赛。这是一个小说叙述者也是当时生活在农村处于最卑微地位的孩童视角和眼光所致,小说充溢着一种欢乐、滑稽和亢奋的格调。从某种意义上可以说,这篇小说是一部颇具超越性的审丑、审恐怖、审荒诞的作品。中国知识分子和农民的天性或坚韧的生命力是超越和审视这些苦难、恐怖、荒诞的天然审美力,莫言将其写入作品就获得了高出一般作家的品格和境界。

莫言扎根于坚实的"高密东北乡"和中华大地,又放眼世界文学,以卓越的叙事才能、高超的艺术家眼光、颇具道德甚至宗教般的信念,不但为中国当代文学贡献了丰富而独特的小说艺术,而且为中国当代美学贡献了值得我们深入挖掘、总结和研究的审美类型。

由于中国美学家大都属于体制内的专门家,他们面对现实和艺术中新的审美现象、审美类型可能倾向于认同更稳定、更规范的既有结论,而往往无视新的审美类型和艺术表现领域。因此,从美学的角度,重审当代文学、当代小说创作所蕴含的新的审美信息、审美类型,既是富有学术意义的开拓性工作,又能为当代中国美学的深入和扩容提供丰富而鲜活的资源,从而在跨文化视野中,构建新型美学理论,提升文学研究的学术品格。以上我们对莫言小说所做的美学分析仅仅是一个开端,大量的研究、分析工作尚待学界去做。

---

① 莫言、杨扬:《小说是越来越难写了》,杨扬编:《莫言研究资料》,天津人民出版社 2005 年版,第 8 页。

第八章
莫言文学审美个案分析

莫言的文学世界可谓包罗万象，其审美方式及其所体现的美学思想带有极大的独创性，具有鲜明的中国特色、中国气派和中国精神，更为重要的是他的文学世界（主要是小说和戏剧）把现代主义的审美风范倾注于农民和乡村社会。可以说，他在世界现代主义文学的版图上深深打上了中国的烙印，当然这种烙印带有浓厚的莫言色彩和莫言美学的特质。为了更加清晰地了解和观照其文学世界，更加直观地观照其所传达的莫言文学美学，我们专列一章，通过对几个个案的集中分析，进一步透视莫言的文学文本及其蕴含的丰富的审美质素，并由此探讨莫言文学世界的扩容。莫言的文学早已越出文学界，而波及和影响其他艺术领域，如电影、电视、舞蹈、绘画、歌剧、戏曲、曲艺、雕塑、饮食文化以及语－图关系研究等诸多方面。

第一节　红高粱美学：从小说到影剧

红高粱，一种中国北方农村最为普通常见的农作物，突然一下子就成了中国当代艺术中的重要物象和载体，成了一个让当代中国人难以忘怀且久久沉迷的审美现象和审美对象。这里提及的“红高粱美学”，其领域几乎涉及当代中国所有的艺术门类，先是莫言的小说《红高粱》（1986 年 3 月由《人民文学》发表，接着《解放军文艺》于 1986 年第 7 期转发，1987 年 5 月作者将其与《高粱酒》等其他 4 部中篇小说结集为长篇小说《红高粱家族》，由解放军文艺出版社出版），1987 年电影导演张艺谋把中篇小说《红高粱》和《高粱酒》改编为电影《红高粱》，1988 年，该影片不但获得了世界顶级三大电影奖之一的第 38 届柏林国际电影节金熊奖，成为首部获得此奖的中国电影，而且捧红了 5 个在当代中国文化艺术界依然红火知名的人士：除了小说作者莫言外，还有导演张艺谋、九儿的扮演者巩俐、余占鳌的扮演者姜文、摄影顾长卫等。如今，他们都成就非凡。

其他艺术形式有与电影相伴而来的音乐，山东华艺雕塑艺术有限公司设计师谭宏伟塑造的“红高粱”系列形象，当地走出来又回返的画家刘铁飞的“红高粱”系列绘画，青岛歌舞剧院创作排演的舞剧《红高粱》，以及红高粱庄园、艺术节、文化节、旅游节等文化艺术现象。而于2013年开拍，2014年年底开播的60集电视连续剧，在小说、电影诞生了近30年后的今天又一次产生了“红高粱”审美传播和审美接受热潮。2017年9月份，山东艺术学院又推出了歌剧《檀香刑》，又为“红高粱美学”领地增添了新的审美内容和形式。因此，研究莫言小说《红高粱家族》以及由此而衍生出来的同题材其他艺术类型和审美形式，就是一个颇具学术价值的课题，同时可加深对莫言小说创作美学特点的认知。

本章主要就《红高粱》从小说到电影再到电视剧这三种主要艺术形式的承续与变异，从美学的角度加以观照，以期发现某种存在于中国当代艺术创作和接受心理的审美密码。

一、小说《红高粱家族》的审丑与审恐怖语言艺术

小说《红高粱》先是因一部中篇《红高粱》引发了较为强烈的阅读评论，之后，作家莫言意犹未尽，又写出了系列中篇小说《高粱酒》《狗道》《高粱殡》和《狗皮》，最后“把五章合一，权充一部长篇滥竽充了数”[①]。除了《透明的红萝卜》之外，这部分量更重、影响更大、审美元素更多更复杂的长篇小说，既是莫言的真正的成名作，也是其代表作之一。

小说《红高粱家族》(下面简称《红高粱》)为什么会在20世纪80年代以来屡屡引起那么大的反响？它的主要美学特征是什么？这两个问题都涉及莫言文学世界的接受美学。80年代之前的中国文学和美学，一直在18、19世纪的欧洲文学和中国古典文学的片面选择当中，并且这种取舍是由自视为高明的极少数人决定的。再就是在创作过程当中得到了过滤的当代20余年的文学。简单说来，就是以那种和谐、优美、纯化的审美范例作为全民接受的艺术。莫言曾经多次提到自己少年时代阅读的状况，其实也是当时一般人的文学阅读状况，甚至一般人可能还不如莫言的阅读接受情况。除了流落在民间的少数几本古代图书如《封神演义》《聊斋志异》《野火春风斗古城》《水浒传》《三国演义》等，再就是当时流行的10余本红色经典《林海雪原》《红日》《红旗谱》《红岩》《创业史》《青春之歌》《苦菜花》《三家巷》等。这些作品的审美风格大致不出优美和壮美，和谐美是其共同的追求，一直到20世纪七八十年代依然如故。因此，像《红高粱》这样充满了创新冲动和反叛意识的小说就显得特别另类。其美学上的创新体现

① 莫言:《跋》,《红高粱家族》,解放军文艺出版社1987年版。

在审美类型的巨大转折上，即由狭义的审美转向了审丑，由和谐转向了荒诞，由崇高转向了恐怖。

艺术的突围需要美学和审美心理的转换，那种莺歌燕舞的和谐优美实际上掩盖了现实的邪恶、饥饿、屈辱、恐怖等不和谐的存在真相。一个真正的艺术家是那种能够直面这种惨痛历史和现实的人。从这个角度讲，莫言到 20 世纪 80 年代中期开始了重大转型，由《春夜雨霏霏》《乡村音乐》等带点浪漫和纯情的小说路数，转向了艺术上的审丑。这是一种从选材到叙述，从人物到主题，从审美到审丑的全方位转型。《透明的红萝卜》《红高粱》《天堂蒜薹之歌》《酒国》等各体小说，带着莫言“高密东北乡”文学世界的野性和血性呼啸而来。以《红高粱》为代表的莫言 20 世纪八九十年代的小说创作美学呈现出崭新的面貌。当然，这里的审丑仅仅作为一个借代词，莫言的小说《红高粱》等所呈现出来的美学意蕴不仅仅是审丑，还有更为广泛的美学类型，涉及诸多美学范畴，如荒诞、怪诞、恐怖、滑稽，等等。此时，莫言开始拥有了一种强烈的创作冲动和自信，背后是强劲支撑着他的作家主体性。因此，体现在《红高粱》中的审美、审丑、审荒诞、审恐怖等范畴或类型也都在其强劲的主体性观照之下，而显出特异的神采。①

二、电影《红高粱》的模块化与色彩化审美表达

小说《红高粱》的成功，引起了初出茅庐、名不见经传的小导演张艺谋的注意，他于 1987 年将莫言的两部中篇小说《红高粱》和《高粱酒》合起来，拍摄了影响很大的电影《红高粱》。这部电影在 1988 年斩获了第 38 届柏林国际电影节金熊奖、第 8 届中国电影金鸡奖最佳故事片等多个大奖；反过来，又在国内国际上扩大了作者莫言及其文学的传播和影响力，两者可谓相得益彰。

在改革开放之后的 30 年时间里，电影《红高粱》影响之大无有出其右者。那么，影片《红高粱》从美学上看来到底提供了哪些成功的秘诀呢？

电影是一种综合艺术，电影《红高粱》充分发挥了这一特长。首先，关于电影叙事中的镜头、场面和色彩的搭配与运用，这是电影视觉艺术功能的体现。导演张艺谋是摄影出身，他和摄影顾长卫配合，凸显了镜头、画面的特写和全景的结合，即在具体的特写镜头中不但不避讳反而凸显这些粗粝和原始，这构成了电影的表现模块。其背后可能隐含了某种文化的后殖民主义意味，也正是它赢得西方电影市场青睐的主要原因。小说《红高粱》是一种幻想现实主义作品，而影片则倾向于表现主义。影片中，大团的色彩，如“我奶奶”戴凤莲出嫁路上“颠轿”的场面，纷纷扬扬的黄土、大红色的轿子、新娘子穿着的大红袄大红裤，与山东高密东北乡漫野的红红绿绿的高粱，取景于西

① 见本书第三章第一节之“三”的相关论述。

北地区粗粝、荒凉的田野和山岗相映成趣。张艺谋导演这部电影作品，显示了中国北方农村和农民的审美趣味和美学理念，红、黄、绿的大团块的色彩张扬和挥发是一种典型的符号元素。由于篇幅和表达形式不同，电影和小说自然会有很多不尽一致的地方，但整体上看还是和小说一样，基本符合北方农村和农民的审美文化心理。

其次，音乐的巧妙运用。小说中提到音乐最多只能像诗歌那般用相对抽象的语言来描述，但电影就可以结合故事情节，辅以音乐来完美呈现。电影伊始，就是山东半岛农村结婚时常见的唢呐锣鼓光镲打击乐，这种传统的喜庆音乐中却透着难以觉察的悲情，只不过背景移到了西北地区，意在凸显其闭塞、落后和荒凉。电影《红高粱》把小说中的“颠轿歌”“酒神曲”“叫魂歌”等带有浓厚北方意味的民歌与民俗进行了突出的表现。伴着音乐，轿夫们唱着颠轿歌：“客未走，席未散，四下寻郎寻不见，寻呀嘛寻不见，寻呀嘛寻不见。……”歌词由山东民歌变成了西北民歌，背景中高密东北乡的黑土地变成了西北的黄土地，尘土飞扬中，伴着音乐和歌声，轿夫们的强悍与激情被调动起来。其中，“酒神曲”被称为“80 年代的神曲”，显示了 20 世纪 80 年代特有的血脉偾张的个性、血性和野性，在审美风格上显得别具一格。这一点和莫言的小说文本在审美风格上是基本一致的。

然而，与小说相比，电影《红高粱》亦有很多不足的地方。小说中有很多关于良民、游民被“逼上梁山”落草为匪的铺垫与背景描写。没有这些铺垫，土匪之所以成为土匪的主客观原因就无从谈起，后面的形象塑造和故事就会留下很多不合逻辑的地方。但是，这些元素在电影里都被舍弃或淡化。大片的、一望无际的高粱地，竟被“不知道哪里冒出来的野高粱”这么一句就打发了。实际上在莫言的小说中，高粱地、红高粱、高粱酒极其重要，它们生长的面积巨大，产量惊人，生命力旺盛，不但给当地村民包括土匪提供了赖以维生的食粮，成为人物活动的广阔背景，而且小说《红高粱》（包括《高粱酒》等）作为莫言最早的代表作，“红高粱”这一普通的植物成为最具莫言特色的审美符号、审美意象、审美形象，成了莫言“高密东北乡”文学王国里的审美图腾。作为莫言小说美学中的最为重要的符号，“红高粱”绝不只是男女主人公偷情野合的场所，还是通过他们和它们而激发起来的昂扬的民族血性精神。再从人物形象来看，电影中的余占鳌似乎仅仅是一个偷腥、贪吃、胆大妄为的土匪，并没有多少英雄豪杰的秉性，更与抗战的英雄没有多少关系，这就极大地降低了小说本身所具有的审美张力和冲击力。仅仅靠大团块的色彩和凸显民俗的婚礼颠轿、唢呐鼓乐、高嗓门大叫、酿酒作坊、大红对联、粗犷村野、广漠黄土，还有往酒里撒尿，用盛满酒的炸药炸掉日本鬼子的汽车，沸腾起红艳爆裂的火焰，这些凸显的铺天盖地而来的团块化颜色和大俗场景，并不能传达出小说丰富悖论、充满张力的审美世界。符号化的影像传达符合西方电影界对中国电影潜在的文化殖民主义意图，但是舍弃了对人物形象精神世界的深度开掘。较之小说原型，电影在这方面是一个严重的倒退。

三、电视剧《红高粱》的民俗美与悲剧美学意蕴

由著名女剧作家赵冬苓、原作者莫言及莫言的女儿管笑笑等编剧，著名导演郑晓龙执导，周迅、朱亚文、于荣光、宋佳伦等参演的60集电视连续剧《红高粱》2013年年底在四家卫视同时播出，并引起了很大的反响，收视率一路攀高。由于有上述主创人员和小说作为基础和保证，电视剧在整体上可以说基本还原和达到了小说《红高粱家族》的水准。比起电影来，由于表现形式、美学理念和篇幅的不同，电视剧《红高粱》更细腻、更丰富地传达出近代山东文化尤其是齐文化的特点和民俗文化的韵味，体现了主创者们的美学理念。

(一)原生态与理想美

为了适应更能大规模表现小说所提供或蕴含的故事、人物、情致等审美元素的需要，赵冬苓在进行改编时，对人物及其关系进行了改变或增加，与此同时，也改变了小说中的某些故事情节。小说里的高密县县长叫曹梦九，而不是叫朱豪三。曹梦九实有其人，曾在山东多地担任县长，很有政绩，自视甚高，有一定文才，常常口出雅言，如“海清河晏，天下宴然”，等等；但又有军人的习性，对违法之徒往往用他随身携带的鞋子打屁股，人称“曹二鞋底”。电视剧中的朱豪三吸纳了曹梦九这一人物原型的某些事迹和性格特点，但又加上了两任山东省省长或省主席张宗昌和韩复榘的形象和性格特征，提炼出该人物形象的特点，比如朱豪三自己也很欣赏人送他的那副对联“一阵风一阵雨一阵晴天，半是文半是武半是野蛮”，再加上演员于荣光的精彩演绎，从而塑造了这一个性鲜明且让人过目不忘的复杂形象。单家大院里的女主人戴凤莲在剧中改名戴九莲，小名依然叫九儿。相较于小说，电视剧增加了单家老大的媳妇淑贤这一角色。小说中九儿和罗汉大叔之间的暧昧关系，在电视剧中变成了淑贤与罗汉相爱，但囿于封建礼教而不敢越雷池一步。老二单扁郎患麻风病而不能参加自己的婚礼，仪式上他的媳妇戴九莲是和淑贤抱着的一只大公鸡拜的天地。结婚三天，单扁郎就被夜间闯进来的余占鳌连吓带病一命呜呼。于是，两个守了寡的女人九儿和淑贤既互相照应又互相算计，演出了一幕幕好戏。小说中的香官小姑娘在电视剧中变成了豆官的双胞胎妹妹琪官。小说为了丰富人物活动的关系网，还增加了张俊杰这一形象。在小说中，余占鳌有一个任副官，在任副官的强烈主张下，余占鳌只得答应枪毙自己的叔叔——奸污了村花玲子姑娘的余大牙(这个形象在电视剧中变成了九儿的哥哥戴大牙)。张俊杰和任副官的形象极其相似，实际上是任副官的化身和变形，他游走于县长朱豪三和各路土匪(余占鳌、花脖子、黑脸等匪帮)之间，同时与早年的恋人九儿来往。这个具有开阔眼光、战略思维、置生死于度外的年轻人，虽然涉及他的情节有较多的巧合与简单化，但他是电视剧中最为正面的人物形象，体现了创作者们对理想主义的追求。张俊

杰实际上成了电视剧中穿针引线的人物，极其重要。这样，九儿就处在了四角恋爱的窠臼当中，有些“五四”时期张资平小说的模式化特点，这当然和电视剧本身的定位有关，它是大众的、世情的、通俗的，因而带有某种理想化色彩。

（二）民俗美

中国幅员辽阔，各地风俗差异极大。山东一省就分鲁西、鲁北、鲁南和鲁东即胶东半岛，后者属于典型的齐文化区域。齐文化与鲁文化不尽相同，甚至有很大差异。鲁文化重农轻商，讲究等级，讲究孔子所教诲的“敏于行而讷于言”，思想相对比较保守，在男女情爱方面持守传统、重伦理道德的观念。齐文化则较重实利和商业，齐国自姜太公之时起，就制定了“通商工之业，便鱼盐之利”（《史记·齐太公世家》）的方针。在文化方面，齐国提出了“不摹古，不留今，与时变，与俗化”[①]。管仲提出“以人为本”（《管子·霸言》），“士农工商，国之石民”，意为这四类人是国家的基石。管子教导人们重利而不轻义，这与儒家思想构成了互补，而不仅仅是重义轻利。作为宰相，管子实行盐运贸易获取利益，发展齐国经济，使齐国成为“春秋五霸”之一。晏婴进一步提出民本思想，“卑而不失尊，曲而不失正者，以民为本也”（《晏子春秋·内篇》）。齐地地处丘陵地带，三面环海，物产比较丰富，和儒文化不同，民风比较开放，在男女两性关系方面比较自由。尤其是莫言老家高密东北乡，处于东西南北均为六七十里的“三不管”之地（高密、平度、胶县），居民多杂姓。在清末及民国时期，土匪横行，但是匪亦有道，盗亦有道。据莫言长兄管谟贤的研究，土匪有“十不抢”，即“教书匠不抢，货郎担不抢，邮差不抢，喜丧车不抢，行医不抢，赌钱不抢，车店不抢，摆渡不抢，僧侣道人不抢，鳏寡孤独不抢”。但在男女情爱上，齐地较之鲁地开放大胆多了，原因就是儒家孔子的男女授受不亲那一套被减弱淡化了，男女比较勇敢地追求自己的爱情幸福。《红高粱》，无论小说，还是电影抑或电视剧，均表现了这种真实性爱的追求。胶东青年男女这种敢于追求性爱的原始强力自然蕴含着惊心动魄的极度美感。尤其是电视剧借助影像、音乐和人物（特别是九儿的扮演者周迅）的表演，把红高粱地里的野合与爱情表现得欲仙欲醉。野合完了出来重新骑上毛驴的九儿，笑脸灿若桃花，一副幸福难掩的模样，在夕阳的余晖里简直可以穿透宇宙，超越时空，美不胜收。

其他当地民俗风情，如高密剪纸、小调（茂腔）、泥塑、扑灰年画，迎壁墙上大大的福字、春字、喜字，碾磙子、磨盘、爬犁，青砖民房、胶东大炕，锅贴、炉包、抹饼（又暗喻土匪）等，构成莫言创作重要源泉的习俗、物质和非物质文化之美，也被电视剧充分吸收，从而成为其保持艺术吸引力和魅力的重要因素。

（三）悲剧美

在当下时代，在进入后现代，在网络游戏文化、玄幻文学、穿越文学、“小时代”文化

① 孙聚友：《论齐文化的重商思想及其现实意义》，临淄齐文化研究中心编：《齐文化与当代社会》，齐鲁书社2008年版，第8页。

等似乎要一统天下的情况下，悲剧及悲剧美还有人欣赏吗？从电视剧《红高粱》的收视率来看，情况还是令人欣慰的。这说明表现出民族血性和悲剧之美的艺术品，还是能够被广大观众接受和欣赏。九儿、朱豪三及夫人、淑贤与罗汉，都是顶天立地的英雄人物，他们身上体现了当代已然丧失已久的中国人的血性，以及在这种血性涌动下的视死如归的情怀和精神。他们都是平凡普通人中的英雄，他（她）们的死壮烈而震撼人心，体现了悲壮美和崇高美。甚至土匪头子余占鳌、黑脸面对外族入侵，置生死于度外，大义凛然，体现了我们民族精神最为宝贵的刚毅、勇猛、舍生取义的一面。由于人物形象的改变或增加，故事情节进而就发生了变动。在小说和电影中，九儿是在为爱人送饭路上被日本人打死的；而在电视剧中，九儿的形象得到了高度升华，表现得荡气回肠，颇为感人。结尾处也是电视剧最为精彩的华章，县长朱豪三和夫人陷于敌阵，当日本人要活捉他们时，他引爆了放在用椅子和车轮改装的残障车底下的炸药，和敌人同归于尽。国民政府的县长和夫人为了他治下的子民，为了抗击日本侵略者，不但牺牲了两个儿子，自己也壮烈殉国，这是电视剧悲剧美的一个重要环节或层面。为了掩护自己的男人、抗日武装首领余占鳌和儿子豆官等逃出敌人的包围圈，一介弱女子戴九莲（九儿）高唱起“高粱熟了”主题曲①，以吸引正在包围余占鳌的日伪军。在高粱地的中心，她在早已准备好的窝棚下堆了许多盛满高粱酒的酒坛、酒罐和酒缸。随着包围圈的缩小，九儿把敌人引到了这里，她划着了火柴，扔进酒缸，顿时酒火燃起，埋藏于其中的炸药合着高粱酒腾空炸起，九儿和侵略者同归于尽了。让九儿柔弱而伟大的生命结束在高粱地里，而不是单家大院里，也不是送饭的路上，这种结尾在让接受者感到震撼之余，也为美的毁灭而感到痛惜，悲剧美的意蕴顿然被衬托得特别饱满和强烈，达到了艺术升华的效果。另外，这么做还强化了红高粱这一图腾般的审美意象和背景。

比起电影来，电视剧《红高粱》由于几乎把整个小说《红高粱家族》都纳入自己的改编范围内，再加上电视连续剧的篇幅容量大，编导者们有从容裕如的创作心态和空间，因而突出了九儿与余占鳌的爱情纠葛这条主线，原来的主线余占鳌作为土匪头子的抗日活动则成为副线。作为语言的艺术，小说《红高粱》的作者莫言的意图是写一部军事文学作品。因此，九儿与余占鳌的爱情并不是主线，莫言要写的是战争以及战争环境下人物形象及其灵魂的变化。但是，作为大众文化、大众艺术的电视剧，追求起码的票房是其应有之义。为此，主创者们就要从大众文化的接受要素出发，增加许多情感戏，于是就由小说的“我爷爷”余占鳌为主线，改编为以“我奶奶”戴九莲的命运为主线，全景式地展现了 20 世纪二三十年代发生在高密东北乡的一段爱与恨、情与仇、征服与被

① 从片头曲到片尾曲，整部电视剧伴随着这一主题曲优美哀伤的旋律——“身边的这个田野啊/ 手边的稻花儿香/ 高粱熟了红满天啦/ 九儿我送你去远方/ 身边的这个田野啊/ 手边的稻花儿香/ 高粱熟了红满天啦/ 九儿我送你去远方。”据说，原作者莫言等含泪观看了这些镜头，导演郑晓龙和演员们等在拍摄、观看这场戏的即时录像时，都满含着热泪。这一点就充分说明了电视剧《红高粱》的艺术感染力。

征服、生存与死亡的充满生命力的传奇故事,其中不乏三角甚或多角关系(如九儿与余占鳌,九儿与张俊杰,九儿与花脖子,余占鳌与恋儿;淑贤与罗汉,淑贤与玉郎——她被玉郎诱骗而失身,等等)。在理解原作者意图方面,导演郑晓龙反对"伪激情,反对制造的激情",他准确演绎了莫言原作的精神,这较之电影有了很大的进步。电影中的那种色彩模块化、符号化,甚至概念化的东西,在电视剧中都被抛弃,而代之以真实的细节刻画和表现。在表现战争场面时,电视剧努力追求真实性,包括残酷、危险、血腥、惨烈的真实,也就是去漫画化、去符号化、去妖魔化和去游戏化。因此,电视剧的美学创新之处就在于力图实现历史真实和生活真实基础上的艺术真实,在于它在审美(包括审丑、审荒诞、审恐怖)的同时,发挥了创作主体的"审视"的力量,进而超越这"丑""荒诞"和"恐怖"。也就是说,电视剧承续了小说的美学意蕴和美学追求,从而在美学上、艺术上取得了与小说《红高粱家族》等量齐观、旗鼓相当的效果。

第二节 《酒国》:饮食文化的当代景观

一、饮食文化与自由书写

如果说最能表达中国艺术精髓的类型为书法,那种灵动洒脱的线条之美集纳了中国人几乎全部的灵性、灵魂甚至信仰;那么,最能体现中国文化"一个世界"特征的文化无疑为饮食文化,特别是其中的酒文化或酒场文化。华夏饮食文化不但历史源远流长,而且作为动静结合、儒道互补、法道贯通、走向世界的文化载体,真真切切地体现了中华文化的博大精深和兼容并包。

"告子曰:食色,性也。"莫言的《酒国》(1992)和贾平凹的《废都》(1993)几乎同时发表,《酒国》主要写了官场的饮食文化和酒场腐败状况,《废都》则侧重在知识分子的性爱和性本能堕落方面。在出版伊始,后者引起的巨大反响非前者所能比拟,但时至今日恐怕前者所引发的影响超越了后者。两部作品几乎同时在一个时代刚刚开始的时候率先做出文学的预演和预测。但正如贾平凹的同乡、外国文学研究专家李贵苍教授所言,莫言因带有现代气息和艺术爆炸力的作品而获得诺贝尔文学奖,而贾平凹则不能,原因在于贾平凹的小说叙述及小说意识还沉溺在老旧的模式中,其审美趣味还是传统士大夫式的。[①] 李贵苍的这个观点可供参考。本节主要探讨莫言《酒国》的叙述特色及其审美特征。

《酒国》这部小说体现了莫言前所未有的创作姿态和自由,他借助酒带来的不同于

① 李贵苍教授2013年春在浙江师范大学召开的"莫言获诺奖座谈会"上的发言。

日常生活世界的象征世界，来集中观照业已被酒精毒化了的当代中国社会和人性。通过酒文化在官场文化、宴席文化、饮食文化等基本属于肉体感官文化当中的位置，莫言向读者展示了一幕幕匪夷所思的怪异画面。巴赫金在论及拉伯雷小说时说过："酒是从恐惧和虔敬的桎梏中解放。'酒中的真理'是自由的、无畏的真理。"[①]借助于对酒所导致的种种病态、狂态、醉态、变态的描写，莫言真正寻到了他向往已久的创作的自由状态，同时找到了真理——在《酒国》里体现为社会的、心理的、文化的、政治的、生活的种种生存的真实、真相。

二、独特的叙述线索

酒(饮食、肉宴、婴儿宴)是联系叙述者、作家"莫言"、业余小说作者李一斗及其所作九篇小说中第一人称和第三人称的叙述者等四重叙述的媒介，这四个层面的叙述都围绕酒国的酒文化和饮食文化事件而展开并互相交织。小说主要有三条线索：

主线，上海文艺版用的是宋体印刷。省人民检察院特级侦察员丁钩儿接到任务，到酒国市调查一桩食婴大案。但在酒国市，在美酒美食、美色美女、权力权术的种种诱惑面前，丁钩儿终究未能抵抗住。他虽然不断提醒自己不要喝酒，更不能在这煤矿党委书记和矿长及市委宣传部副部长金刚钻组织的酒宴上喝酒，但还是情不自禁地端坐酒宴正座上，喝得不亦乐乎。刚开始的宴会上，山珍海味，无奇不有，且异常丰盛，最后一道菜是"麒麟送子"，即传说中的"红烧婴孩"。过量的美酒、陪酒的美女、色香味形俱佳的美食，很快导致丁钩儿进入醉酒状态，他的灵肉分离，理智与快感分离，且表现得丑态百出。此时，叙述者往往用的是第一人称，以此凸显这种分离状态。

丁钩儿多次遇到运煤的女司机，她是酒国市委宣传部副部长的妻子。令人扑朔迷离的是，她到底是阻碍丁钩儿调查的，还是仅仅为了满足自己玩世不恭的性爱需求，反正她跟丁钩儿很快就上了床。他们目睹过一头拉车骡子的蹄子陷在两条石板缝隙里而折断了腿的惨痛过程，附近煤矿饭店的二位女厨师买通了骡子的主人，很快就卸下了骡子的四个蹄子。这一幕仅仅透露出酒国人暴殄天物的秉性之一斑。丁钩儿搭上了女司机的顺风车，中途缺水，他只好去一个良种场找水。这个暴烈又风骚的女司机在丁钩儿吻她时，竟然咬破了他的舌尖。好不容易到了酒国市酿造大学，在女司机家里，两人行将做爱时，家门被打开，女司机的丈夫金刚钻副部长回家了。金刚钻不久前恰恰同丁钩儿喝过酒，他一进屋就"啪啪"地拍照。两个男人坐下来边喝酒边谈判。然后金刚钻消失了。喝醉酒的丁钩儿再一次意识与躯体分离，偶尔闪回的犯罪感及职责意识(调查食婴案)强化了这种分裂感。但她那清爽滑润的肌肤，她那放浪的勾引，又

---

① [苏]巴赫金：《拉伯雷研究》，李兆林、夏忠宪等译，河北教育出版社1998年版，第331页。

一次激起丁钩儿的欲望。在逐渐接近食婴大案真相的同时，他这个被同事们称为"用鸡巴破案"的侦察员形象又占据了突出位置。最后，他竟然强烈爱上了女司机，爱得恍恍惚惚、撕心裂肺，还为她是酒店侏儒老板余一尺的第九个情人而嫉妒、痛心不已。晚上，他住在驴街上的一尺酒店，这里会提供用驴的雌雄器官制作的菜肴"龙凤呈祥"等美味佳肴，加之各类美酒的刺激，整条驴街全部处于一种色欲氛围中。恍惚间，他跌跌撞撞地来到酒国市烈士陵园附近，见到一个被城管罚款罚怕了的老汉在卖馄饨，在身无分文、白吃了四碗馄饨后，又遇到一位养了一条虎纹大狗的老革命、陵园管理处长，在两人的交谈中，他悟出了许多人生、爱情的道理。他幻想着返回了一尺酒店，看到了房里侏儒余一尺正在与女司机极不协调地纠缠在一起。此时，各种崇高的、革命的话语与性幻想的场面，那位管理陵园的老革命所表达的怨恨之声，与丁钩儿自己内心的恼怒声混合在了一起。此时，另一个潜在的声音出现了：烈士陵园，是无数牺牲了的烈士的最终安息地，但最终又换来了什么？换来的是官员们的贪污腐败和穷奢极欲，是食婴豪宴，是无边无际的特权，是广大民众的受穷受难、受奴役、被剥削，甚至是他们的性命随时可能被生杀予夺的有形或无形力量扼杀。

但这些革命的、律法的或学术的诱惑都抗拒不了力比多的力量，丁钩儿那嫉妒的心促使他跑回一尺酒店，打死了侏儒和女司机。懊恼之下，他决心回省城去见儿子，可是在逃跑时被化妆成便衣贩卖枪支的酒国市刑警队长抓住，同他铐在一起，任凭丁钩儿怎么用手枪打铐子，都打不开，队长却能用牙咬断了，并且隐约模糊地告诉他酒国市"烹食婴儿"还真有其事。听到此，丁钩儿的正义感又重新升腾，但是杀人犯与正义感、责任感两种心理又剧烈地冲撞着，于是只好继续逃跑，一路上身无分文，狼狈不堪。这和中篇小说《战友重逢》里的鬼魅叙事有异曲同工之妙。《战友重逢》里写战友在对越自卫反击战还未真开战时，就被越军的流弹给打死了，死了但还活着，其骷髅还返回老家，爬上河边的一棵柳树上，同活着的战友对话。在《酒国》里，杀人后逃跑的丁钩儿突然遇到一个摆煎饼摊的老女人，说他的笑像坏人，还递给他一面镜子，果然他看到自己的双眉之间竟然像被他打死的女司机，也有一个流着血的圆圆的弹孔。他又跑到烈士陵园，此时老革命的脑袋正在被一群老鼠啃咬着，已经被吃掉了耳朵、鼻子。他怒气冲冲地要解救老头，结果枪一响竟然像炮一样，把老鼠们打得死的死、跑的跑，同时把老头儿炸得面目全非。于是，他又不停地跑，中途还遇到"久违了的儿子"。

就这样一个被本能和生存欲望控制的侦察员，在面临死亡威胁的时候，终于想起了宗教。他到了娘娘庙，冲着庙里一位正向娘娘下跪的漂亮女人打弹子的小和尚跑去，发现小和尚竟是女声。此时他又突然被一警察扔了出去。他饥饿难耐，进了一家酒楼，抢了一瓶酒和一条鱼吃掉。跑到一座桥上，河里有一艘画舫，船上有他熟悉的面孔，金刚钻、女司机、余一尺……还有一张脸，"甚至酷肖他自己"，"他的亲朋好友、情侣仇敌似乎都参加了这吃人的宴席。为什么说是吃人的宴席？因为那最后一盘菜依然是端坐在镀金的大盘子里，流着油喷着香、脸上挂着迷人微笑的丰满男孩”①。幻影中，丁钩儿面对着画舫扑去，却跌进了一个露天的大粪坑，堕落淹没，极其屈辱地死掉了。

丁钩儿形象带有一种强烈的亵渎、反讽与戏仿的色彩。他似乎作为如《西游记》孙悟空精灵般的侠士和正义的化身而出场，却作为猪八戒似的色徒和酒徒而肮脏无耻地收场。周英雄认为：“莫言说故事，恐怕与他所处的社会体制关系更加密切。依我看，莫言说故事最主要的动机，无非是要透过各种艺术手段的中介，把他周遭所见的‘混乱和腐败’（引自《酒国》之丁钩儿墓志铭）加以演习一番。”②丁钩儿形象从人们崇高的期待角色滑入了令人惋惜、同情及厌恶的角色，这就无情地解构和反讽了官场文化和传统饮食文化。

副线一，小说的第二条线索。上海文艺版用的是楷体印刷。与丁钩儿故事并行的是现身于小说和酒国的“莫言”与酒国市文学青年、酿酒专业博士生李一斗关于文学创作的通信。李一斗共写了9篇小说，都寄给在京城的知名作家“莫言”，想让他帮助在《国民文学》期刊上发表。这些各式各样的小说内容是关于酒国、酒、喝酒、酒宴的稀奇古怪的故事，他们二人的通信便围绕着这9篇小说进行。在信中，李一斗自称是“严酷现实主义”创作，对李七（似乎在影射京城里的王朔）的“千万别把我当狗”进行讽刺；这些小说还多次提到《红高粱》《高粱酒》等莫言的小说，提及往酒里撒尿而造出稀世名酒“十八里红”。对于往酒里撒尿，李一斗以一个酒博士生的口吻进行了辩护，并提及上次邮寄的小说《肉孩》所写的丧失人性的干部烹食婴孩的事是千真万确的；还有大夫吃流产的胎儿等情节，并寄上新的小说《神童》，这一次自称所用手法为“妖精现实主义”。“莫言”根据自己的《高粱酒》及电影《红高粱》谈对酒及酒文化的感想，夸赞李一斗对酒的精湛看法，还有对其小说《神童》“妖精现实主义”的评价。莫言小说中往酒篓里撒尿的细节一再被提及，并且“莫言”提到围绕“十八里红”牌子还展开了一场诉讼，河南上蔡抢先注了册，硬说电影中“我奶奶”戴九儿祖籍上蔡，后来父亲逃到了山东高密东北乡，云云。“莫言”的家乡人让他代理打官司，他解释说不能。新的著作权法颁布之后，他就想约上张艺谋导演去要几个钱花花。

“莫言”同李一斗通信，谈他的新作《驴街》的特点及不足，谈及其借鉴武侠小说，大胆惊人，如写到了一道名为“龙凤呈祥”的菜，“我担心这道菜因为其赤裸裸的资产阶级自由化倾向将不被文艺批评家们所接受”③，并结合自己的作品《欢乐》《红蝗》的遭际，谈了某些批评家“用纯粹生理学和伦理学的观点对你进行猛攻”。李一斗向“莫言”解释《驴街》，鼓吹自己的创作才华，解释小说中“红衣小妖精”与“鱼鳞少年”（偷富济贫的

---

① 莫言：《酒国》，上海文艺出版社2012年版，第208页。

② 周英雄：《酒国的虚实——试看莫言叙述的策略》，《当代作家评论》1993年第2期。

③ 莫言：《酒国》，上海文艺出版社2012年版，第131页。

少侠)，两者有时候为一体，有时候可以分为两个形象，极力为其真实性辩护。至于"龙凤呈祥"这道菜，在李一斗看来，是化大丑为大美的杰作，无须撤去；莫老师的小说《欢乐》《红蝗》是"两部力作"，余一尺要求李一斗给他写传记，李一斗邀请莫老师一起写，并顺便来酒国一游。

李一斗向"莫言"说明，自己向余一尺推荐他来写传记，并把余一尺的态度相告，透露了余一尺这个人物的不同凡响，他"要 X 遍酒国美女"。顺便寄去新的小说《一尺英豪》，此为纪实小说。"莫言"回信，谈《驴街》及"龙凤呈祥"菜，认为余一尺似乎是"你们酒国市的灵魂，在他身上，体现了一种时代的精神。他一半是天使，一半是魔鬼"；至于《一尺英豪》，"像一尺酒店的驴杂碎一样。这里边有你写给我的信，有《酒国奇事录》，有余一尺的胡言乱语"[①]。小说的叙述及其想象力简直可以用天马行空来形容。

李一斗去信谈及余一尺是半神半鬼的角色，人的善、恶都淋漓尽致地集于一身，并随信寄了带有"新写实主义"之精华的小说《烹饪课》。"莫言"回信委婉地指出，该小说前后风格不一致，随意性太强，分寸感把握得不好，并告知有可能到酒国去采访。李一斗很快又寄了一篇小说《采燕》，并谈及酒国市在紧张地筹备猿酒节。"莫言"回信谈此小说，谈自己半生所吃的奇异食物以及对当代中国"肉山酒海"的看法，在《采燕》中要"注意在神秘和传奇上下功夫"。李一斗复信，谈自己正在写小说《酒仙》，并说莫老师来时想给他弄些燕窝吃吃。关于满腹激愤，李一斗说"一定想法排除"，其实世风日下，每个人都有责任，同时寄上小说《猿酒》。李一斗最后写给"莫言"的信是向他介绍酒国市猿酒节的筹备情况，为了一种酒的命名而找到女市长，这是一种治病酒，可治疗青年男女的爱情病，李一斗谓之"西子颦"或"黛玉葬花"，而坚决反对叫"病西施"。并奉上第九篇小说《酒城》，再次邀请"莫言"到酒国参加猿酒节。"莫言"回信，建议《酒城》可通过"莫言"在出版社的朋友，扩充至七八万字由酒国市出资 5 万元出版费出版，并包销 10 万册，此可与猿酒节配套，想不为难事也。最后答应李一斗，待写完一长篇后立即到酒国去。

副线二，小说的第三条线索。李一斗创作的关于酒国的九篇系列小说，上海文艺版用的是仿宋体印刷。这些小说风格上五花八门，应有尽有，堪称小说文体的"满汉全席"。

《酒精》：金刚钻被聘为酿造大学客座教授，他为学生做报告，介绍其成功的喝酒术。小说用了第一人称和第三人称来写金刚钻的发迹。《肉孩》：农民金元宝与妻子专门为烹饪学院特别收购处生养男婴，在其白白胖胖、牙牙学语、蹒跚学步之时，卖掉换钱，特级标价 100 元/斤，肉孩 21 斤，得款 2000 余元。小说中，一个瘦黑的小妖精[②]般

---

① 莫言：《酒国》，上海文艺出版社 2012 年版，第 171 页。

② 参见李贵苍、陈超君：《叙事的狂欢：莫言与格拉斯笔下的侏儒形象》，《中国比较文学》2014 年第 4 期。在文中，他们还论及莫言塑造余一尺作为侏儒形象时采用"分裂－魔物－奇力"的模式。

的肉孩也在被卖之列。《神童》:《肉孩》里的这个小妖精成了31个孩子的霸王,他让他们叫他爹,并训练他们,跟那些想吃掉他们的人做斗争。那些有权有钱的人吃小孩的方式多种多样,就像吃其他动物一样,还有生吃的。小妖精在和其他孩子做老鹰捉小鸡游戏时,还把扮成老鹰的大个子男人眼睛抠瞎,把喉咙抠出洞来。“老鹰”死了,孩子们逃跑,结果只有小妖精跑掉。《驴街》:“我”(李一斗)带一帮文人朋友到酒国市的驴街,一尺酒店老板余一尺请大家吃“全驴宴”,席上的菜全是以驴身上各器官为原料,其中“龙凤呈祥”乃驴的生殖器做成。服务员全为侏儒,其中有疑似《肉孩》《神童》里的小妖精。《一尺英豪》:借余一尺和李一斗的对话,先讽刺了“莫言”身世低微,又盼望“莫言”为自己写传记;认为要写《酒国》的人必须来酒国。余一尺似乎是红衣小妖精、鱼鳞少年,又仿佛《驴街》的骑驴少年,还像神怪小说里受到要杂技美女蛊惑的男孩,而这痴情的男孩又似乎出现在当代人编写的《酒国奇事录》中。这部小说颇多游戏之笔。《烹饪课》:“我”(李一斗)的岳母、酿造大学袁双鱼教授夫人、烹饪学院副教授讲授如何烹制鸭嘴兽,最后是宰杀、烹制以人形小兽为原料的“红烧婴儿”,两者的工序差不多。“我”与妻子在旁听,电视台记者来摄像。《采燕》:“我”(李一斗)的岳母出身采燕世家,60多岁依然美丽动人,原因就在于食用燕窝,这与“我”老婆的干枯、丑陋形成尖锐对照。岳母的父亲和6个叔叔都是采燕的,小叔叔和父亲先后摔死在采燕过程中,唾血成燕与采燕人的辛劳、危险,就为了达官贵人的口福。《猿酒》:此酒由“我”岳父袁双鱼教授负责酿制,进而“我”忆起自己爱上酿酒专业,并抄录了袁的讲义,还有酒在各国的历史发展情况。猿酒最初是由猿猴在深山里石头低洼处放置吃剩的野果发酵而成。岳父不顾风险进山数月,终于知晓制作工艺。此时,岳母跟“我”讲她并非亲生,而是捡来的,并透露出对“我”的暧昧乱伦情感。《酒城》:写酒城酿酒、品酒、喝酒的历史。清顺治时,袁九五的“福娇堂”便产出好酒,到六世孙袁双鱼更是酿出了诸多名酒。猿酒节恰是酒客们的幸福狂欢节。

这部充满各种小说气息和小说做法的小说,实可谓元小说,我们可以借用西方学者的观点,称之为“元现代主义”小说。“这种现代主义的特点是在典型的现代主义的担当精神和后现代主义的超脱精神之间摇摆不定。我们称这种感觉结构为‘元现代主义’(metamodernism)。”[①]在莫言的一系列小说中,我们都能看到这种“典型的现代主义的担当精神”,但在其较早期的作品中唯有这一部小说才有佛牟伦和埃克所说的“现代主义的担当精神和后现代主义的超脱精神”之间摇摆不定或结合的倾向。本来,元小说更多地与后现代主义联系在一起,但是在《酒国》里潜在的担当精神和作家的另一部小说《天堂蒜薹之歌》是一致的,即通过对于混杂混沌、醉酒迷狂的“酒国”的描写,揭露种种灵魂和肉身的异化状态,在沉入后现代泥淖的同时,也祈求救赎的可能。所以,

① [荷]T.佛牟伦、R.埃克:《元现代主义札记》,陈后亮译,《国外理论动态》2012年第11期。

它融合了现代主义和后现代主义，是一种关于古老东方、中国元素和现代化刚兴起过程中经过刺激、碰撞而产生的各种身心因素，包括亢奋、堕落、迷醉、空虚等的混合体。在形式和风格上，李一斗的9篇小说文本，"堪称小说文体的'满汉全席'"（该书封底），且与《酒国》里的故事和情节有着或隐或显的联系。同时，这9篇小说以及李一斗与"莫言"的通信还多次写到了莫言先前的小说《红高粱》《高粱酒》。这些都是较为典型的元小说的基本元素和要件。

李一斗的9篇小说以及建筑其上的小说《酒国》，基本上是对既有创作手法/原则的戏仿与反讽。小说带有那种夸张的话语，夹杂着红色的革命的豪言壮语，严肃、正统的外表之下，是亵渎和滑稽。在《酒国》的最后，作家"莫言"终于应业余作者、酒博士李一斗之邀来到酒国参加猿酒节，和丁钩儿一样渴望酒、色、财的"莫言"兴致勃勃、屁颠屁颠地来了。李一斗陪他看了酒国的酒店，喝了"绿蚁重叠酒"，见到了余一尺经理，逛了驴街，和一帮男女记者吃了"龙凤呈祥"这道美食。最后，金副部长又请客，金以"梅花三弄"（把三个杯子叼起来，一饮而尽）喝酒，酒至酣时，又来了王副市长陪酒劝酒。"莫言"不胜酒力，竟躲到桌子底下，但王副市长的豪爽弄得"莫言"十分感动，眼泪不止地流出来……

20世纪八九十年代之交，在短暂的迷惘之后，莫言以作家难得的冷静和冷眼，在中国率先看穿了"酒池肉林"社会的本色。但是，他没有像鲁迅那样把中国历史（《狂人日记》）和现实（《药》）的"吃人"本质和象征寓意揭示得那么具有超越时空的寓言化，而是力图打破各个阶层和各种话语之间的壁垒，在一种类似于热闹的叙述格调中，以现实和想象、理智和诗性相融合的语言与思维方式，在小说艺术的"满汉全席"中，狂欢化地预示未来社会可能的堕落程度和堕落范围。这就是全面的、全局的、全民的，彻底的、忘乎所以的、令人瞠目结舌的，沉醉、迷醉、酒醉在这糜烂得毫无转机的堕落中。未来20年的社会演变也充分证明了这一点。不是艺术摹仿自然，摹仿社会，而是社会摹仿艺术，一如"911"的发生。或者更准确地说，莫言通过小说的形式先知般地预见了未来社会生活的某种让人瞠目结舌的道德沦陷状况。

李一斗的9篇小说，大致都在解构辉煌的华夏饮食文化当中的既有传统。如《采燕》，那种沿袭祖辈传统的谋生手段和产业，不但对自然生态来讲是具有巨大毁灭性的行当，而且在邪恶的意义上配合了华夏民族饮食文化的怪异和变态。笔者阅读这部分时，脑子里萦绕的是某电视台播出的节目——那价格高达数千数万元人民币的、被鸡粪汤水浸泡过的红燕和被漂白粉浸泡过的白燕。恶作剧般的滑稽感或亵渎感油然而生，这类高等补品原来是如此炮制出来的。世道和世界最终还是公平的，不仅仅是在人最后的归宿方面。

《酒国》如此叙述，且将主线索或主导情节即丁钩儿的调查一再延宕，其意图究竟是什么？李珺平认为，这是为了将读者的注意力由这一调查转向"形式化了的'叙述'

本身，以细心地品味那调查活动由崇高走向滑稽、由正常走向荒谬、由真实走向虚妄的个中三昧”。莫言在给评论者李珺平的信中说：“生活本身就是象征。……要写出事物的象征，首先要做个象征的人。在欢乐的情感下，绝对写不出荒诞。”[①]其实，莫言在很多文章中提及自己喜欢用象征来写作。所以，认为他是现实主义的批评家可以休矣。莫言作品之于象征，大概源自现实不再真实，而是被层层涂抹上各种粉饰物，真实也不能再依靠写实来表达，现实已然变得复杂和荒诞。在此，象征与荒诞是相辅相成的，而荒诞需要的是能够充分理解荒诞的象征。莫言小说中的荒诞与西方荒诞派戏剧中的荒诞有所不同，它还是在无意义世界中尽量追求意义本身，在无望中怀有希望，在堕落的时代氛围中祈求超越这种氛围。最早评论《酒国》的批评家周英雄认为，莫言借着“酒国”说故事，是由于“他所处的社会体制”，“主要是要透过各种艺术手段的中介，把他周遭所见的‘混乱和腐败’加以演习一番”。[②] 这可谓亚里士多德净化说的悲剧疗法的现代小说版。莫言这部形式丰富多彩、内容令人目眩的小说写法既非写实，也非寓言纪虚，而是采用了“既写实又寓言”“虚实互补的写作模式”[③]。海外学者杨小滨则认为，《酒国》令人震惊地体现了“严格意义上的再现历史灾难，而不去探究社会与个人生活的日常性腐败，将是一种政治上的幼稚和道德上的不负责”[④]。杨小滨在暗示传统现实主义写作在当代社会的不可能或已然丧失了成功写作的可能性。

学者和批评家们大多把《酒国》看作一种颓废的寓言式或象征式写作。这一点的确看到了莫言这一小说的某些面影。但笔者认为这是莫言式追寻真理（真相、真实）之作。何以言之？无论隐喻象征还是寓言魔幻，其实在莫言看来写出时代的真实性乃是创作的最重要诉求。当然，这种真实性已经远不是传统现实主义真实性，而是一种直逼真相和存在状态的真实。因此说它是一种对于一个时代精神或心理、心灵真实的刻画也未尝不可。

中国民族是生活在“一个世界”的民族，最能连通现世肉身生活世界和精神生活世界的中介和纽带就是酒。酒既有物质性，有水的物质外形，又有精神性，有火（气）的虚幻形式和性格，柔绵而热烈。它能打通肉体与灵魂、物质和精神、理性和本能、形式和内容等二元对立的范畴，而趋向于灵肉结合，物我两忘，情理汇通，情景交融。所以，在酒文化中沉醉和享乐，在醉酒中忘却现实的烦恼，泯灭掉常态和异样，消弭守法和非法、犯法界线，就是古今以汉民族为主体的华夏民族的生活样态、生活方式。《酒国》所写的国企和党政干部烹食婴儿的情况，并非孤立地去写，而是同造酒、喝酒、敬酒、酒宴混合起来写的，莫言塑造了一个同样叫“莫言”的作家在小说中穿针引线地安排、串联

---

① 李珺平：《换一只眼睛看莫言——〈酒国〉印象三则》，《湛江师范学院学报》2002 年第 1 期。

② 周英雄：《酒国的虚实——试看莫言叙述的策略》，《当代作家评论》1993 年第 2 期。

③ 参见周英雄：《酒国的虚实——试看莫言叙述的策略》，《当代作家评论》1993 年第 2 期。

④ 杨小滨：《盛大的衰颓：论莫言的〈酒国〉》，《历史与修辞》，敦煌文艺出版社 1999 年版，第 98 页。

起各种角色、故事、情节，这实在是一种小说的艺术技法和审美法则，是通过自嘲和反讽来达到对现世的警醒与超越。

这里，我们可以把《酒国》里的宴饮、烹食、醉酒等与柏拉图《会饮篇》及《圣经》里的宴饮比较一下。柏拉图《会饮篇》借着宴饮（喝酒）及娱乐的形式，表达的是人类对于善和至高的美（美的灵魂）的追求，是借助宴饮来实现对于真理探讨之目的。古希腊有一个传统，即宴饮前有一个祭神的仪式。这个仪式决定了宴饮的娱乐幅度和性质，决定了宴饮不会滑向纯粹的本能快感或腐化的口腔文化炫耀。《圣经》中的“最后的晚餐”也仅仅是以十分节制的方式来获取最基本的生存能量的普通聚餐，大多数的宴饮或饮食往往是以象征的方式，代表耶稣以自己的牺牲来拯救信众，信徒吃面包、喝葡萄酒分别象征着以耶稣的肉和血的最惨痛代价，来净化肉体和灵魂，进而获得拯救和永享天国的幸福。这是《会饮篇》和《圣经》宴饮从形而下通达形而上的一种基本模式。当然后来又了拉伯雷的《巨人传》，有了一种根本上以身体的下半身为叙述目标和目的的新的书写方式。而莫言的《酒国》以中国特色的饮食宴饮文化的极致形态，与拉伯雷的传统发生了深刻的联系，并创造了空前绝后的小说艺术形式。

三、饮食文化堕落的标本

《酒国》是处在低谷中的中国当代文学的一次庞杂、滑稽、戏仿，同时是不无悲壮的写作，是由新时期向后新时期过渡的一个艺术实验文本。它一反传统现实主义，也与滥情的浪漫主义毫无干系，集中了莫言几乎所有的艺术积淀，在低潮的文学世界中竖起了一面预言般的特异旗帜。在某种意义上，《酒国》穿透了历史与现实在文学里布下的迷雾，力图使低谷中的文学擢升为与现实相互参照的超现实“艺术”。它从根本上拒斥任何冠冕堂皇的话语，与这个堕落的现实世界通过话语达成了一种“苟合”，从而戏仿和反讽了这个现实世界。它不远离这个世界，却以话语的形式提前把这个时代的堕落本相呈现出来。小说中，丁钩儿的腐败还仅仅是被迫喝酒、偷情、狂饮暴食，他还是一个比较清廉的国家干部（检察官）。通过他到酒国市调查食婴大案，作品把腐烂的酒文化和饮食文化来了个彻底亮相，此前是没有作家敢于或善于写这种酒文化的糜烂与腐败的。小说写国企和政府官员设宴喝酒，但不是亦步亦趋的写实笔法，而是通过丁钩儿的下意识和灵魂出窍而呈现的，并且通过他的尚存的社会理智与填不满的欲望软肋之间的内在搏斗，来描写和揭示人物与环境是如何互相纠合而一起堕落的。在小说的扉页，莫言写道：“在混乱和腐败的年代里，弟兄们，不要审判自己的亲兄弟。”因为每个人都可能是腐败的参与者，包括作家本人。这种意识是继巴金之后又一次深刻的反省或忏悔意识。历史学家孙隆基说：“中国人的滥吃滥杀，已与生物的生存本能脱离关系，而纯粹是文明的腐化。”他进而从“邪恶”的文化根源去探寻，并且认为唯有基督教为世界文化提供了自然界和精神界的对立、灵与肉之间的紧张，以及“邪恶”的概念，而中国人是既没有超越也没有拯救的民族，只有现世的“身体化”存在。[①] 只有身体化存在，便缺乏灵的维度。从“文明的腐化”角度，而非从人的本能角度去探寻“酒国”的邪恶，才是应取之途；如果仅仅从感官享乐、本能满足角度，则差之毫厘谬以千里，南辕北辙，缘木求鱼。那种只看到莫言小说具有重视感觉、感觉化的特点，而看不到“文明的腐化”所导致的邪恶，乃是一种仅仅看到皮毛和表象的肤浅观点。莫言的小说，从《透明的红萝卜》《红高粱家族》，到《酒国》，无不是对灿若至极的文明、文化的艺术化揭示、反讽和批判。正是莫言《酒国》对这种所谓“文明”的透彻心扉的切身体验后的艺术表达和宣泄，才能揭穿这种“文明”的反文明本质。他从口腔文化、饮食文化和酒文化的角度看到了中华传统文化和当代官场文化苟合后的腐化之烈之深，这种浸入骨髓的文化基因可能因为某段时期强化反腐而稍加收敛或掩饰，但是骨子里的“文明的腐化”在适当的时机又会再度猖獗。

小说是一种现代最广泛意义上的艺术，作为一种最能体现当代美学旨趣的艺术，小说应该写出存在，至少是生存意义上的真相（真实、真理）来，而不是掩饰、掩盖甚至美化严酷、黑暗、腐化的现实与文化。犹太哲学家阿多诺曾说：“美学必须以真理性为目标，否则就会被贬得一无是处、一文不值，或者更糟，即被贬为一种烹饪观。”[②]那些《酒国》里的酿酒师、烹饪家们调制出的各种美酒、美食甚至“红烧婴儿”，可谓这个沉溺于口腔文化、味觉文化的极致享乐品。阿多诺的话真是一针见血。

何以在《酒国》里有如此登峰造极的饮食和酒文化的极致化表现？如果按照孙隆基的看法，中国文化本来就缺乏超越性的精神维度，即使有所谓精神性，这种“精神”也是物质化的，确切地讲是一种“食物化”的体现。我们从汉字造字可以看出端倪，“精”和“氣”都有“米”字根，而“神”是“伸”，即是同一物的延伸，并非与原物不相属，“物”则是异毛色的牛三十头之意，含有牺牲之意。从造字的角度看这些字眼都是与物质、身体的一元化分不开的，“精”“神”和“精神”同“物”“物质”并非对立的二元存在，因此中国文化的要义并非印度和基督教那种灵肉二元论，而是一种唯物（食物）的一元论。[③]这就决定了中国文化以满足人的身体化存在为最高的、终极的目的，超越性、信仰性、灵魂性的维度，不是荡然无存就是微弱得近乎乌有。没有宗教信仰的国度，那么如何来获得类似于宗教的准宗教呢？李波一针见血地指出：“吃是中国的宗教。”官员们恣意妄为的饕餮盛宴似乎表明他们在获得自由和潇洒，获得面子和尊贵感。殊不知，这种饕餮滥饮满足的是极其肤浅和表面的东西，酒桌上烂醉后旁若无人的呕吐、胡话、歇斯底里，谄媚和拍马也并非尊敬，被谄媚和被拍马者也并非获得了真正的尊重和尊严；

---

① 参见孙隆基：《序》，李波：《中国食文化批判》，华龄出版社 2010 年版。

② 转引自李波：《中国食文化批判》，华龄出版社 2010 年版，自序。

③ 参见孙隆基：《序》，李波：《中国食文化批判》，华龄出版社 2010 年版。

相反，如此做派恰恰把这种所谓尊贵消解于无形。自由是关乎灵魂的，只有摆脱这种“腐化的文明”的表象，才能触及我们民族文明的重建和文化的再造问题。由是观之，《酒国》就不仅仅是一个关于吃婴儿大案的寓言，而且更是这种腐化文化的身—心存在本身。小说把现存的生存真相和追求来了个彻底的、虚幻的呈示，当代中国的饮食文化所表征的文明的腐化已然达到了无以复加的极致，《酒国》没有提供任何解决之道或答案。随后的莫言小说就是要揭示这腐化的背后机制性和文化性的双重基因，他的许多小说及散文写的是1960年前后的大饥荒，饥饿、饿死，是吃食的严重匮乏，是大吃大喝、饕餮豪饮的反面。缘何在《酒国》(还有《野骡子》及其增改版《四十一炮》)里人们突然饕餮大吃起来了呢？饥饿、饿死和饕餮滥饮，正如一枚硬币的两面，反映了中国饮食文化和中华文明的一个显著特点。

四、元小说叙述实验

最能体现小说艺术特点的是副线和小说中嵌小说的叙述手法，小说中的书信与小说成为这部小说的文本中的文本，此可谓“元文本”或“元小说”。从具体写法上看，它带有某种后现代主义的面影，但它是地地道道的东方的、中国的现代主义小说。原因何在？后现代主义小说是借文本的、话语的狂欢，而把任何可能与某种意义(历史的、艺术的、意识形态的等)发生联系的情况彻底放逐和抛弃。显然，《酒国》并非如此，而是通过这种小说中套小说、叙述描写夹杂书信的虚构性，来完成某种仍然称得上是恢宏的价值追求的创作意图。这种恢宏的意图便是真诚地呈现这个时代和社会的真实样态。但是呈现这个时代变得繁复的社会万花筒不能靠传统现实主义来完成，因为现实主义往往对某一类人和事持批判态度，现实主义作者或叙述者往往居高临下，并不能实现异常复杂社会和时代的美学要求。现代主义元小说方式则有这种可能，在一种虚实难辨、泥沙俱下、汪洋恣肆、怪异荒诞的氛围中，小说对于那种现实主义的表层真实性不再着力，其核心已经转向了如何去把握或追随时代心理或精神，或者说通过小说，莫言看到这是个没有灵魂的时代，因为它已经变得面目全非、乾坤颠倒、匪夷所思、支离破碎。它是传统文化在当代的返照，又是一种沉溺于这“一个世界”依靠吃喝酒肉过活的民族似乎无可摆脱的境况。它是沉到低谷的道德、精神、灵魂的彻底曝光，一地鸡毛般的无道德、无精神、无灵魂的“三无”境地。这样一个“三无”状态下的个体与全体，还有什么包袱和抱负？沉到低谷的个体和全体(民族)还有什么不值得抛弃的？《酒国》的人物与故事，统统丧失了精神，也丧失了肉体可能蕴含的人性力量，留下一片废墟和残渣，甚至连肉体都跌进了臭烘烘的茅坑。这种状况，杨小斌称为“绝对的深渊”,“醉倒,或丧失精神和肉体的拯救能力,成为唯一的真实”。[①]

小说中的丁钩儿、李一斗、“莫言”等三个人物形象,其实是一个人物在小说中裂变的不同侧面的产物,是作家深刻意识到人性的复杂性和社会大酱缸式的黑暗性之后的小说叙述的结果。在小说中,李一斗为了在国家级的刊物譬如《国民文学》上发表小说,不断使出各种招式;“莫言”对酒有特别的嗜好,喜食驴肉等各种肉食,还有种种好大喜功的做派;丁钩儿则对色欲有着狂热病态的追逐。这些其实都是人性复杂性的体现,尤其是对当时在社会上有了一定地位的人的某种隐喻或表征。这是一种深刻而复杂的人性观照,至今看来仍然触目惊心,这种弗洛伊德精神分析式的形象裂变,无疑强化了对于人物的精神分裂和酒精刺激下的非理性和肉欲泛滥的刻画。在人性恶和欲望的集中描写上,在结构形式和叙述形式方面,《酒国》成了一个集写实小说、现代主义小说和后现代主义小说于一体的实验性文本,是中国现代小说产生100余年来的一朵奇葩。

同时期发表的《废都》与《酒国》可有一比,但两者的待遇是不一样的。《酒国》1992年先在台湾洪范书店出版,然后改名《酩酊国》在湖南出版。此年即1993年《废都》在北京出版,并引发了广泛的关注和阅读,盗版无数。贾平凹及其《废都》爆得大名,而莫言及其《酒国》受到冷落,直到他获得诺贝尔文学奖后普通读者对《酒国》仍不甚了了。《酒国》的审美情趣不在性本身,而在戳穿这个以饮食文化(酒为中心)为主体的整体上已然颓废的文化,其中官场文化的腐朽堕落又是核心。小说以反讽和自反的方式,把酒文化和饮食文化进行了一番称得上彻底的解构。透过《酒国》来看,小说暗喻了人们自然渴望摆脱现世生活、肉体感官享乐的文化氛围,渴望过一种“应当如此的生活”(车尔尼雪夫斯基语),过一种有信仰、有精神、有灵魂、有道德的生活,也就是要过“两个世界”的生活,既有现世生活的肉身幸福,又有超越性的精神道德灵魂生活。如果按照奥古斯丁《论自由意志》的说法,幸福是自由意志朝向永恒之善运动的结果。按照《周易》和《道德经》的朴素辩证法,《酒国》象征和暗喻了人们摆脱堕落境地,从低谷走出的希望。和《酒国》类似,《废都》中的人物也陷在性与色中不能自拔,作者或其叙述者对主人公的性爱取向津津乐道。作品的价值在于,在这个衰败的时代,知识分子率先堕落了。至为关键的是,作品对官场文化不愿或不敢触及。虽然《废都》揭示的20世纪90年代是一个知识分子几乎毫无作为、唯有沉醉于色与性当中才能获得暂时存在感这一情势,但是小说对性器、阴毛和性交过程的详细叙述,包括故意写上“此处省略某某字”的噱头,其格调实在不出《肉蒲团》之流,往往引发的是色情联想。而《酒国》的审美层面丰富驳杂,虽然写了性,甚至写了一夜情、婚外恋,但是并不使人感到色情。这是因为作者的本意并不在于为写性而写性,性不是小说招引读者的焦点与核心,性爱描写只是“酒国”里腐化现实和颓废文化的一个层面或维度。《废都》则直奔性交、性爱主

① 杨小斌:《盛大的衰颓:论莫言的〈酒国〉》,《历史与修辞》,敦煌文艺出版社1999年版,第98页。

题，大肆描写男女做爱细节，有一种为写性而写性的趣味，实际上是作者低下趣味的体现。这些都表明《废都》作者的艺术趣味还基本停留在春宫画的段位。《酒国》和《废都》的思想艺术水准高下，自然不难判断。

第三节 《丰乳肥臀》插图本“语—图”互文关系分析

莫言的巫幻现实主义早已越出了文学界，走向了其他艺术领域。他的很多作品纷纷被改编成电影电视、绘画雕塑、舞剧歌剧、民间戏剧茂腔等。而把绘画和小说文本结合起来则有《丰乳肥臀》，这个版本可称为插图本《丰乳肥臀》。插图本和普通本自然有很大的接受美学上的差异，这种差异正是本节讨论的课题。作为在父系时代、农业时代的母亲悲歌，《丰乳肥臀》高扬了女性和母亲的忍辱负重、坚韧生存的伟大，在父权和夫权的压迫下，母亲上官鲁氏为达到生育男孩的目的，实现为上官家族传宗接代的理想，不停地与男人们发生关系，有的是被动的，即使不是被动的，也带有那种生育儿子的信念支配下才去借种的行为，她确实也以此而获得了与婆婆同等的家庭地位。她的最后一个孩子是个男孩上官金童，虽然这是一个只能靠吊在女人乳房上过活的怪胎，是一个羸弱的孱头、扶不起的阿斗，但是在后来的生活中，这一母亲身份却帮助她取代婆婆上官吕氏成了一家之主。在与父权、夫权以及代表着这两重权力的婆婆的抗争中，她先是忍辱负重。在日本侵略者侵入高密东北乡时，她的公公和丈夫被打死，照顾孩子和婆婆的重任压到了她的身上。经过了兵荒马乱的岁月，经过了残忍的土改和还乡团的相互杀戮，经过了奄奄一息的大饥荒，穿越了“文化大革命”的暴虐和疯狂，见证了改革开放以来新的迷乱和糜烂的时代风潮，母亲几乎走过了一个世纪。母亲漫长而坎坷、复杂而磅礴的一生，和她几乎全部的生活信念的寄托——儿子金童，金童的8个姐姐及其各自飘零悲惨的人生，构成了这部小说辉煌的叙述艺术交响乐。

在母亲的生育时代，美丽的容貌和身体成为她以柔克刚的生存工具，完成生育男孩的任务是她几乎全部的生活价值和努力的方向。上官鲁氏虽为女性，且深受婆婆的欺压、羞辱，但是“不孝有三，无后为大”的传统宗法观念却根深蒂固、不可遏制。为了达到此目的，她不惜和任何可以让她怀孕能生个男孩的男人交欢（交配），除了她对瑞典籍传教士马洛亚有真挚的爱情之外，对她的姑父、赊小鸭的、智通和尚、江湖郎中、强奸她的三个大兵，都没有什么爱情，“借种”是她唯一的目的。从弱不禁风、逆来顺受，到这种大胆无忌的叛逆做派，简直可以让一些初读小说的纯情读者不堪忍受，认为莫言及其小说亵渎了他们美好纯洁的心灵。莫言这个作家竟然写出这样的小说来侮辱伟大的母亲形象，于是小说遭到空前的批判就在所难免。但时至今日，我们会发现莫言有一个宏大的企图：母亲绝非单一的模式化的形象。母亲的形象是丰富驳杂的，就像整个民间文化是泥沙俱下的，美丑交融，善恶一体，伟大与渺小，高尚与卑下，不分伯仲，难辨轩轾。所以莫言笔下的这一母亲形象丰富、复杂、立体、混沌，但仍然富有牺牲、忍辱负重、含辛茹苦、宽厚包容等普遍性特征。

1995年在《大家》杂志发表以及当年12月在作家出版社出版以来，这部作品就备受关注，遭到很多非文学性的大批判，也引起过其他各界人士的注意。据笔者的统计，中文版本至少有15个，其中2003年工人出版社出版的插图本（又称"增补修订版"）值得深入研究和分析。本节仅从其"插图本"[①]中的24幅由著名插图画家吴冠英所做的插图与小说语言文字的关系，做一探讨。

从互文性来看，插图本《丰乳肥臀》具有典型的"语一图"关系性，它显然已经不完全等同于同名小说的纯粹文字版。法国学者克里斯蒂娃认为，"文本是由许多文本的排列和置换，具有一种互文性：一部文本的空间里，取自其他文本的若干部分相互交汇与中和"[②]。互文即文本在语言、情节、意象、形象、故事等方面的关联性与指涉性，有某一文本内在语言方面自我指涉的文本，也包括一个作家的不同文本的互文现象（可称之为"自涉互文性"），还有不同作家的文本间相互指涉的文本（可称之为"他涉互文性"）。此外，还有一种语言与图像所构成的互文小说。在当代文学尤其是小说创作、出版、传播和阅读接受的整个文学活动过程中，有一种带插图的小说文本所构成的"语一图"文本，这种带插图的小说文本就存在着一种"语一图"互文现象。对此展开研究，已经逐渐成为当代小说研究的新趋势，并且通过这种研究，可以获得在读图时代如何汲取图像在当代文化中的建构价值的途径和方法，进而为当代文论提供某些建设性的观点和思想。按照赵宪章在"'语一图'互文研究（笔谈）主持人语"中的观点，"所谓'语一图'互文研究，就是将语言和图像视为两种不同性质的文本，研究它们之间的互动关系及其普遍模式"[③]。艺术史家米歇尔对于书（可视为文学）和画（可视为图）之间的象征性关系进行了二元对立式的胪列：书（文字、文学）/画（图像），理性/想象，直义的/精神的……[④]将图—文关系置于二元对位模式及其关系当中，能够使我们对插图本《丰

① 莫言：《丰乳肥臀》，中国工人出版社2003年版。该版封面上有"增补修订版"字样，其中有24幅素描插图，可谓目前内容最全且唯一有插图的版本。在本节行文中，一般称此版本为"插图本《丰乳肥臀》"，如引文系该版本的，仅在内文中标出页码。这个版本较之作家出版社1995年版，上海文艺出版社2012年版和作家出版社2012年版，大约多8万字（简宁：《〈丰乳肥臀〉出版风波》，http://book.ifeng.com/yeneizixun/detail_2012_10/18/18356727_0.shtml）。《丰乳肥臀》最早发表于云南《大家》杂志1995年第5、6期，后来陆续出版了至少13个中文版本，按出版时间如下：1995年12月，作家出版社；1996年1月，洪范书店；增补修订版，2003年9月，中国工人出版社；2004年1月，当代世界出版社；2007年11月，作家出版社；2010年1月，北京十月文艺出版社；全新修订版，2012年6月，上海文艺出版社；2012年10月，作家出版社；2012年11月，诺贝尔文学奖获得者莫言作品系列；《莫言自选集》（其中所选唯一长篇小说即为《丰乳肥臀》，封面有"无删改全篇奉献"字样），2012年11月，四川文艺出版社；2012年12月，云南人民出版社；2012年12月，百花文艺出版社；2017年4月，浙江文艺出版社。

② 王瑾：《互文性》，广西师范大学出版社2005年版，第35页。

③ 赵宪章：《传媒时代的"语一图"互文研究》，《江西社会科学》2007年第9期。

④ ［美］W.J.T.米歇尔：《图像理论》，陈永国、胡文征译，北京大学出版社2013年版，第122页。

乳肥臀》的研究更加深入，并有望得出某些别开生面的看法和结论。该文本中的24幅插图，与小说文本构成的互文关系主要表现为“语一图”在小说中的并置及其对话性、“语象”与“图像”之间形成的统觉共享、语言叙事与图像叙事之间形成的互文关系及张力结构等。在小说中，这三个层面上的互文关系使整个插图本小说具有一种独特的审美价值。

一、小说文本与插图的并置与对话

语一图被置于同一文本中，同时出现在读者面前。小说中的插图一方面是小说文本衍生或构筑而来的，往往依附于小说文本而存在，从而与小说文字构成互文；另一方面，插图又以空间的造型艺术形式与小说文本一道面向读者，敞开自身。在小说语言与插图之间，意义的流转摇曳，构成了“语一图”在时空并置基础上所产生的语言和图像之间的对话交流关系。插图本《丰乳肥臀》中的插图和小说语言并置，从而在语言与图像并置的基础上形成了一种对话关系。

按照图像学者的观点，图像可分为惰性图像和积极图像，与实物最为接近的图像为惰性图像，而与实物相距甚远或隐喻度高的图像为积极图像。语言文字本来规约着图像，然而图像对语言文字又有反制约作用，进而语言和图像达成了相互协作关系[①]。这也就是两者的交流与对话性。《丰乳肥臀》中的插图，属于铅笔素描，没有特别繁复的场景内容，但是极富表现性。吴冠英用铅笔线条将处于某一关键时刻人物的内在生命力充分表现出来，而在插图的空白处又由小说作者莫言用钢笔书写上画面所对应的小说文字。钢笔字用繁体，既洒脱又厚重，这样的插图再同莫言用语言赋予《丰乳肥臀》的人物气质和情节共生共荣、相互激荡，构成了多重的关联和对话关系。

小说开篇，是上官鲁氏的生产。上官鲁氏怀胎11个月，凉森森的肚皮大得出奇，预示着生产的不寻常。屋外，全家在忙着家里那头母驴的分娩，伴随着“日本鬼子来了”的喊叫声。在逃命与新生命诞生的紧张、焦灼与不安中，吴冠英将画面设定在上衣半敞开着的上官鲁氏抚摸着大肚皮，袒露着两只饱满坚挺的乳房，低头祷告着生个男孩的这一时刻，背景是她的婆婆在上香祈祷上苍/儿媳给她带来孙子。上官鲁氏袒露的双乳和怀着孕的肚子像三座起伏的小丘，母亲的躯体像大地般承载着三座山丘的重量，占据着插图的中心位置，正是这种强大的生命力自始至终绵延贯通了整部小说文本。（见图1）这幅插图在小说开篇给了读者一种小说语言无法给予的直观的视觉体验，丰乳肥臀的母亲的力量在图片中得到更加直接、形象的展示，而与语言对这一场景的描述构成了一种对话，读者便在这对话之中领略到意义的回环往复。生活和政治

① 参见郭伟：《“语一图”关系的认知考辨》，赵宪章、顾华明主编：《文学与图像》第二卷，江苏教育出版社2013年版，第65～81页。

中,也有一种话语交流的情况,“在二者遭遇时,其中一方也许会以居高临下的姿态,将自己的意志和行为模式强加和灌输给另一方,而另一方又为了某种原因,一味地讨好对方或模仿对方。这种关系是一方压倒另一方或一方吃掉另一方的关系,而不是对话关系,它生成的东西只能是一方的扩张,而不是新的境界或性质的形成”[1]。这种情况不是对话,因为双方不是对等的。而存在于插图本《丰乳肥臀》中的这种对话关系是插图与语言之间等值的意义交流,虽然插图尚构不成连环画般可以和小说文字容量对等的体量,但是就 24 幅插图所对应的文字内容来讲,二者之间产生了一种互文关系,这种关系同时体现了二者的审美价值和意蕴。

图 1

插图本《丰乳肥臀》的最后一幕是上官金童躺在母亲的坟墓旁边,回忆自己一生中见过的无数的乳房,“那些飞乳渐渐聚合在一起,膨胀成一只巨大的乳房,膨胀膨胀不休止地膨胀,矗立在天地间成为世界第一高峰,乳头上挂着皑皑白雪,太阳和月亮围绕着它团团旋转,宛若两只明亮的小甲虫”[2]。插图中上官金童躺在墓前,远处的坟墓宛若一个高高隆起的乳房,灰白的色调,阴暗的背景,灰黑的天幕,瘦骨嶙峋的金童目光呆滞地仰躺在母亲坟前。(见图 2)黑白的铅笔画面让整幅图显出苍凉、悲戚的况味。小说以新生命的降生为开头,以母亲的死亡为结尾;开篇的第一幅插图以母亲的肚子和乳房为重点,最后一幅插图以像乳房一样的母亲坟墓为重点,将小说首尾的深刻意蕴表现在图画中。插图与小说语言之间形成了一种共同的意境追求,无论是生还是死,都在一种荒唐中显出悲怆和苍凉。黑白的铅笔画、粗糙的画面质感和细腻的笔法,也许是最适合《丰乳肥臀》的插图风格。

图 2

① 滕守尧:《文化的边缘》,南京出版社 2006 年版,第 28～29 页。
② 莫言:《丰乳肥臀》(增补修订版),中国工人出版社 2003 年版,第 303 页。

这种“语－图”互文对话关系均存在于整部小说的24幅插图中。插图把小说的时间性之维转化为直接可见的空间性图像，在时空交错的“语－图”关系背景下加强了小说的叙述和审美的力量。第四十五章，莫言写道：“‘红卫兵’敲锣打鼓，押解着牛鬼蛇神们游街示众。”[①]画家吴冠英把这一场景画了出来，画面中的左侧，一群“地富反坏右”分子即“牛鬼蛇神”戴着写有侮辱性字样的高帽子或牌子，正屈膝、弯腰、驼背，后面是一群或端着枪，或举着拳头，或敲锣打鼓，站立着的红卫兵和造反派，两群人神态姿势迥然相异，但内心的紧张程度应该说是类似的。（见图3）人为造成的尖锐的“阶级斗争”实际上是争权夺利的人性恶大爆发的表现。恐怖的历史时间定格在一幅简洁而充满张力的空间性插图当中，让读者过目不忘。

图 3

二、插图与题字形成的对话

插图本《丰乳肥臀》中的插图与小说文本本身构成的对话关系，让读者的视线和思路在二者之间拉扯，意蕴横生。而插图上有莫言的题字，这些题字与插图本身又构成一种对话。虽然莫言的题字仍然是书中原话，但这种对话不再是插图与小说文本之间的意义交流，而是单纯的画面之内二者的关系呈现。举一个略显极端的例子：比利时超现实主义绘画大师马格利特的《这不是一支烟斗》，画的是一支逼真的烟斗，而烟斗下面附上一行字：“这不是一支烟斗。”一般来说，这行字应该是对这幅画的解释或命名，但画面上确实是一支烟斗，为什么要写上“这不是一支烟斗”呢？事实上，这句话也是这幅画中的一部分，词语和画面构成一种强烈的撕扯对抗关系，马格利特想将画从语言的惯性中解脱出来。这不是一幅关于烟斗的绘画，包括文字在内都是这幅画的内容，这行文字企图将人的思维带到画面之外的意义中去，而事实上它并不代表任何意义。与马格利特的超现实主义绘画不同的是，《丰乳肥臀》中的插图里的文字，不会颠覆人的习惯思维，无论是语－图互仿，还是语－图互文，这些在插图中的钢笔行书繁体汉字恰恰是与小说文字的某些关键之处一致的，也与体现这些关键之处的该处插图有着一致的意义指向；莫言的这些带有书法性质的钢笔繁体汉字在插图中发挥着它的无可比拟的言说优势，正如研究视觉文化的学者尼古拉·米尔佐夫所认识到的：“视像化

① 莫言：《丰乳肥臀》（增补修订版），中国工人出版社2003年版，第307页。

不能替代语言性的话语，但却可以使之更易理解、更便捷，也更为有效。”①而它们与马格利特的画相似的地方，则在于无论文字作为什么样角色出现在画面中，都必定和画面中画的那个“物像”产生一种关系，以此来界定自身，也让画以此来界定自身。这种界定，便是在二者的对话中完成的。

插图本《丰乳肥臀》中的24幅插图无一例外的都有莫言的题字，内容便是原文中关于这一插图描绘的那一情节瞬间的文字。在小说中，上官吕氏之所以强势，对璇儿（上官鲁氏）非打即骂，除了作为婆婆的权威，还有她强悍的身体，她是打铁匠身份，丈夫和儿子都不是她的对手，况且自己的儿媳妇。插图中，上官吕氏拿着铁锤，聚精会神地打铁。（见图4）她像男人一样用结实的臂膀抡着铁锤，这画面让男人的形象顿时失去光彩。她不但代替男人在行使着家长的权利，而且以强悍的男人般的膂力，干着原先属于男人们的营生。正是在如此乾坤颠倒的纷乱世界中，男人和女人的角色发生了逆转。在整部小说中，女人洋溢出比男人更加坚韧、更加炙热的生命力和创造力。插图中的文字内容与图画内容构成一种对话，强化了上官吕氏所代表的“母亲”形象的悖论般力量。图画及画面中的文字所构成的插图与文本中的相关情节及整个文本之间所形成的多重对话关系，较之普通的文字版小说文本，强化了上官吕氏与羸弱丈夫及儿子之间的对比度，也与上官鲁氏之间形成了形象上的较量。这种较量在一幅画中完成，在小说中却用了很多的篇幅，这也预示着上官鲁氏（璇儿）最终将继承这种独特的女性兼母性禀赋，承担起生命和生活中的不堪承受之重。插图内部的文字与图画的关系，既是相互补充、相互印证，又是一种力量的拉扯。图画将需要用大量语言进行描述的场景浓缩在一幅图中，本身就是与语言之间的一种不对称关系。再将语言置于图画之中，语言便失去了在纯粹的文字小说中的主体地位，而必须保持与图画等值的地位，否则便会显露出自己较之于图画的局限性。

图4

插图本《丰乳肥臀》之所以构成独具一格的语—图关系，乃在于画家和作家选取了最能体现小说意蕴和关键之处的情节瞬间作为插图形象，从而造成了或醒目或令人震撼的艺术接受效果，使插图画面和文字达到了相得益彰的平衡效果。大姐上官来弟是母亲与其姑父于大巴掌所生。她的出身和遭际既决定了她自身的性格，又昭示了其妹妹们类似出格的性格与命运。除了那幅母亲待产的插图，插图中的这一幅大姐赤裸着

---

① ［美］尼古拉·米尔佐夫：《什么是视觉文化?》，王有亮译，《文人研究》2002年第3期。

图 5

上半身和哑巴孙不言跪在她面前的性爱场面以极其直观和富有冲击力的画面形象，呈献给读者。如果说母亲生产前祈祷生个男孩的那幅插图表征着母亲的伟大与无奈，那么这一幅则把大姐世俗加于女性的矜持和道德感彻底放弃掉。大姐上官求弟最早被许配给邻居孙大姑的哑巴儿子孙不言，但阴差阳错没有结婚，孙不言后来同三姐上官领弟结了婚，并且生了大哑、二哑。母亲上官鲁氏带着大哑、二哑逃难，途中遭遇战争，大哑、二哑不幸被飞机炸死了。插图选取的画面写出了沉默者、普通人内心强烈的爱情和生命力，还有他们追求幸福和反抗世俗的勇气。莫言用钢笔题写了小说中的文字："大姐毫不犹豫地解开衣扣，袒露出她的精美绝伦的双乳……"接下来，小说写道："哑巴跪在大姐面前，双手搂着她的屁股，他的大头，伏在她的肚皮上。"①这简直是一幅性与爱、爱与美所交织的壮剧与悲歌。画面中，站着的大姐裸露着上身，乳房高挺，目光默然地看着远方，孙不言跪地急不可耐地吻着大姐裸露的小肚子。（见图 5）这种冷漠与热辣、强力与柔情交织而成的性爱场景充分加强和传达了小说文字所潜藏的震撼性力量。

就本来近 60 万字的语言文本与 24 幅插图来说，后者根本不能与前者相比，但是由于插图选择了最能体现小说文本关键之处的瞬间，并采用了最为直观的图像形式，自然能够产生相当的能量，能够吸引读者的注意力。同时，插图中的题字与图画保持着互不侵犯而又互相补充的距离，以此实现图画内互文对话的张力感。因此，这 24 幅插图与 60 万字文本之间在相互的潜对话中就发生了一定程度上的重构。莫言在插图中的书写（书法）还有一个功能或意义，就是作为作者二度介入创作。书写文字和画面构成对话或补充，又同画面一起与印刷文字的小说文本构成对话。

三、语象与图像的统觉共享

《丰乳肥臀》中"语－图"互文发生的可能，首先在于语言与图像之间的共生互通之处。小说语言与插图之间的转换、互文不是直线单因式的，而是由内部深层的生成与转换机制所规约的。"语象"与"图像"正是使"语－图"互文成为可能的两个关键性因素。赵宪章认为："语象和图像是文学和图像关系的'细胞'，是二者可能实现'统觉共享'的主要基因；因此，只有在这样的层面，而不是在其他层面，更不是在'大而化之'的

---

① 莫言：《丰乳肥臀》（增补修订版），中国工人出版社 2003 年版，第 186 页。

层面，才能最终发现语言艺术和图像艺术得以'共享'的内在规律。换言之，所谓文学和图像的'统觉共享'，实则是语言文本和图像艺术之间'语象'和'物像'的相互唤起、相互联想和相互模仿。"[①]这里的"语象"并非"文字构成的图像（a picture made out words）"[②]，而是潜藏在语言文字背后或语言文字本身所蕴含的形象（图像）构成性，这种"语象"的功能在于造像或形象的生成性，而非图像的直接构成性。同样，文学语象是指语言本身所蕴含的象，潜在地存在于文本之中，且呈现为一种敞开的状态，期待读者在阅读接受过程中与之遭遇，它不是以显在的形式存在着，而是通过创作主体（作家）所赋予，进而通过接受主体（读者）而最终构筑起的形象或意象。"图像"是指由"语象"所激发的插图画家将头脑中形成的意象以线条、结构、色彩等形式传达出来，并形成不同于"语象"的、自在的"图之像"。读者在阅读插图本小说时，面临的就是两种象（像）：一是语象，二是图像。"语象"与"图像"实现的"统觉"是指将知觉、想象和概念进行综合统一的主体意识，它使杂乱无章的感性经验被认识并提升为具有逻辑统一性的形象成为可能。

在插图本《丰乳肥臀》中，"图像"对于"语象"的模仿、唤起是插图与小说文本融为一个完整统一体的关键所在。在小说第五十章，上官金童被小流氓们抢走了衣服，在巷子赤裸上身被狗群围攻，他"感到自己就要彻底解脱了"[③]。小说在读者脑海中唤起一个已届中年的落魄男人，几乎赤身裸体地面对和逃离狗群的形象。在插图中，金童凸出的肋骨、惊恐的表情、高耸的肩膀和后背、深陷的小腹、张开的手掌，还有他后面紧追着的几条狰狞的恶狗，这一切都将人物的恐惧和狼狈表现得淋漓尽致。这个图画强化了上官金童羸弱无能的形象特征，他受尽了人间的折磨和欺骗，甚至连动物（狗）都对他毫不客气，疯狂追咬他。金童既有郁达夫笔下的那些敏感哀怨苦闷找不到出路的零余者形象的影子，又有爱德华·蒙克画作《嚎叫》中人物灵魂的影子。这是一个类似绝望中的多余人的缩影，既属于个体又属于人类。同时，在读者的阅读接受过程中，插图中画面的形象（图像）和语言形成的形象（语象）构成了一种统觉，即相互模仿、相互唤起，又相互补充。小说中，金童在被围攻的时刻想起自己被人陷害的往事，想了一下自己的母亲和敢于压倒一切男人而决不被男人压倒的独乳老金。这种回忆将金童的形象描述衬托得愈加软弱而悲凄，他就是在这种幻想、想象中去"实行"那种貌似决绝的抗争、坚强的行动。虽然这也透出金童内在对强悍生命力的崇拜和渴望，但始终止于想象和幻想。事实上，插图中的金童在恐惧中显出一种极度动物化的形象，那隆起的后背和胸腔，显示出金童的动物性一面，卑微而惊恐的样子则是其精神特征。画面中恶狗追逐所造成的恐怖氛围和金童恐惧的动作、表情，直观地呈现了《丰乳肥臀》类似场景的"恐怖美学"。该幅插图把不可见世界（恐惧）变成了可见的形象。这里，正如美国学者

① 赵宪章：《文学和图像关系研究中的若干问题》，《江海学刊》2010年第1期。
② 赵毅衡：《新批评：一种独特的形式主义文论》，中国社会科学出版社1986年版，第136页。
③ 莫言：《丰乳肥臀》（增补修订版），中国工人出版社2003年版，第356页。

米歇尔对绘画形式与现实或幻觉之关系的分析那样，吴冠英作为画家（图像艺术家），无论是属于“现实主义”还是属于“幻觉主义”，他在作这些插图画时“像关注可见世界一样关注不可见的世界”①，从而导向了关注形式所可能赋予的存在的真实性。小说文本中“语象”的先在和“图像”的印证、扭转、升华或规约，既是画家和小说（小说家）的一种对话，也促使或导引小说的语言和图像之间借助“语象”实现一种沟通。而读者正是在这种语象和图像之间所存在的内在联系以及所带来的巨大张力中寻求沟通，并能够发现插图本小说的审美趣味及审美价值。插图本小说文本的这种审美表达的方式显然与非插图本小说文本仅仅靠语象来传达的审美叙事方式有了较大程度的区别。

四、语言叙事与图像叙事之互文

图像的插入对原本由单纯的文字所构成的叙事世界产生了某种（些）显著改变，带来了文－图互文叙事关系，并且使得文－图之间充满了审美的张力。将《丰乳肥臀》24幅插图的绘画内容进行细致研究可发现，插图的叙事角度与小说语言的叙事路径具有一种内在的互文性。首先根据插图的内容，以及插图上的莫言本人的题字，可将插图的叙事内容分为两类，一类是绘制在小说的情节发展中具有预示性的关键转折点。如第四十一章，金童被关押在农场劳改，39岁的龙青萍场长喜欢上长相帅气的金童，可是在做爱时金童不举。因此，龙场长始终没有得到金童点滴的情爱，她绝望地流出两行泪水。在插图中，莫言抄写了小说中的文字：“……抓起了那把鸡腿匣子枪，把枪口抵在了太阳穴上……”（见图6）再如，第五十四章关于瑞典籍的老牧师的插图中，莫言抄写了“老牧师嘶哑地说着”，布道者的命运在当代中国有目共睹，但是从更长时段来看，这幅文字与插图，以及原本文字所构成的意蕴，无疑是异常丰富的。另一类是绘制小说中或者画家认为能够体现整篇小说情怀和主题的某些时刻。如第二十七章，因战乱母亲带着女儿们的孩子逃难的场景，莫言抄写的文字是“路边沟渠里，有肚子破裂淌出了花花肠子的死马……”插图中虽然没有出现死马形象，但是挑着担子的母亲带着“我”（金童）、八姐、鲁胜利、沙枣花，还有大哑、二哑，其艰难程度可想

图6

① W. J. T. Mitchell, *Iconology: Image, Text, Ideology*, Chicago: The University of Chicago Press, 1986, p. 38.

而知，这无疑也是对小说战争与动乱主题的重要揭示。再如第四十五章，斗争“地富反坏右”的场景，莫言抄写的文字是“红卫兵敲锣打鼓，押解着牛鬼蛇神们游街示众”。这个画面是20世纪40年代末至“文化大革命”结束后的精神状态和经常性的斗争场景，能够体现出小说的整体审美情怀。“‘语一图’互文研究首先就要探讨语言和图像作为媒介的功能有何不同。语言的本性是指涉事物或表达思想，因此以语言为媒介的文体更适合叙事与论说；图像的本性是视觉直观，因此以图像为媒介的艺术就表现为视觉形象的客体展示。但是二者又不是绝对的，它们的这些功能往往又相互交叉或游弋；并且，一旦交叉或游弋之后，它们原本的状态和功能都会有所变异。”[①]《易经》讲“书不尽言，言不尽意”，“圣人立象以尽意”。在插图本《丰乳肥臀》中，画家在对绘制内容及画法甚至材料的选择上，即插图的叙事内容和叙事方式与小说文本是不同的。插图在小说文本中自有其独立的审美价值，也在“语一图”互文关系中为读者提供了一种不断发现或凸显小说中原本具有，但又由于语言文字本身的特性而可能不是以清晰的具象表达的那些让人震惊和饶有趣味的情节、形象。

五、具有预示性的关键时刻

图像本身会承载、表现和传达意义，构成“象语”或“像语”。“象语”即“以象言意、以图言说，也就是以图像的形式进行表情达意和言说叙事”[②]；“只有当读者具备‘化语成像’(语象)与‘化图为语’(象语)双重能力时，‘语一图’互文才可能真正实现”[③]。对于插图画家来说，要实现“化语成像”，就须具备达成“语象”的能力，同时画家在作画时还要考虑到插图本小说在接受中的“化图为语”的潜在性。对于读者接受来说，就须具备“化图为语”的能力，也要保持和激发自己的“化语成像”的潜在能力，这才是小说这种语言艺术在阅读接受时最为显著的美学特征。“象语”也就是图像的叙述方式，按其类型可分为展示、表示和暗示。其中，表示和暗示不同于展示性的描摹的讲述方式，它们以或显明或隐喻的方式选取富有孕育性的时刻，传递着图像、插图制作者的个人视角，同时更期待读者的积极参与。莱辛在比较诗与画时认为：“绘画……只能运用动作中的某一顷刻，所以就要选择最富于孕育性的那一顷刻，使得前前后后都可以从这一顷刻中得到最清楚的理解。”[④]朱光潜先生在译注中特别解释“顷刻……既包含过去，也暗示未来，所以让想象有自由发挥的余地”[⑤]。吴冠英为《丰乳肥臀》所作插图有一

---

① 赵宪章：《传媒时代的“语一图”互文研究》，《江西社会科学》2007年第9期。

② 张玉勤：《明刊戏曲插图本“语一图”互文研究》，南京大学博士学位论文，2011年，第122页。

③ 张玉勤：《明刊戏曲插图本“语一图”互文研究》，南京大学博士学位论文，2011年，第131页。

④ [德]莱辛：《拉奥孔》，朱光潜译，人民文学出版社1979年版，第83页。

⑤ [德]莱辛：《拉奥孔》，朱光潜译，人民文学出版社1979年版，第83页。

半是关于小说中富有孕育性、预示性的时刻，虽然也有貌似客观的展示性的呈现，但整体看来是富于暗示和表示的瞬间。吴冠英将他捕捉到的那一个个瞬间发生的事情作为插画的内容，可见他对小说的理解以及对“关键时刻”选取的独到眼光。

前文论及的小说开篇的一幅插图是上官鲁氏抚摸着自己隆起的肚皮，这一幅图便是整个小说的开始，它是生命的开始，也是杀戮的开始。还有上官金童被野狗群追击的画面，是其处于生和死的临界点这一关键时刻。在小说第十一章的结尾处，马洛亚牧师纵身跳下钟楼，像一只翅膀折断的大鸟，脑浆迸裂而死。插图中马洛亚牧师像一只黑色的大鸟，快速而有力的线条将牧师的迅疾降落描绘得真真切切，马洛亚像图中的线条及其构成的色块那样，死得潦草而迅疾。（图 7）飞翔原本是自由的象征，可在这里马洛亚的飞身而下却是闯入地狱的短暂过程，这形成了很强烈的反讽的效果。这幅图作为第十一章的结尾和第十二章的开始，预示着沙月亮的到来，也预示着上官家的女儿们混杂在战乱中持续了几十年的杀戮、死亡、仇恨和新生的再次开始。第十八章中，插图放在了抗日战争胜利，司马库出现在村民视线中的那一刻。插图中，司马库骑着高大的骆驼，身后跟着上官家的二姐。这一气派的出场，却是司马库家破人亡、踏上流亡之路的开始。在第三十七章的插图中，孙不言双手撑地拖着残缺的身体“走进”上官家的大门，预示着大姐来弟、鸟儿韩和孙不言三人关系的错综复杂及其悲惨的未来。第四十七章的插图，是独乳老金用独乳哺养上官金童，是上官金童新生命的开始与对不可测的未来的预示。在第四十一章结尾，插图选择了农场里龙青萍在一种强烈的怨恨和绝望中开枪自杀的那一瞬间。龙青萍跪在地上用手枪抵着太阳穴，袒露着身体，头发凌乱，远处的上官金童张大嘴巴，脸上流露出无限的恐惧。这幅图是上官金童后半生噩梦的开始，他无法忘记自己在龙青萍濒死前和她发生了肉体关系，龙青萍的绝望和怨恨笼罩了他的后半生。而这一幅图也是上官金童从青年到中年的转折点。画家选择将龙青萍开枪前的一瞬间作为一种暗示定格下来。莱辛指出：“在一种激情的整个过程里，最不能显出这种好处的莫过于它的顶点。到了顶点就到了止境，眼睛就不能朝更远的地方去看，想象就被捆住了翅膀。”[1]在到达顶点之前就将那极富孕育性的时刻定格下来，让以后将会发生的故事、情节显得余味悠长，这大概也是吴冠英选择插图画面的原则和审美旨趣所在。

图 7

① [德]莱辛：《拉奥孔》，朱光潜译，人民文学出版社 1979 年版，第 18～19 页。

六、凸显小说蕴含的主旨和情怀

《丰乳肥臀》是一部裹挟着爱情、战争、仇恨、杀戮、死亡和生命的，以女人为主角的江河般的史诗性小说，它泥沙俱下、浩浩荡荡，足以震撼人心。插图本《丰乳肥臀》无论是小说的语言文字还是插图，都体现出创作者对人的生命的敬畏和爱的礼赞。在插图中有接近一半的图画是关于人性中的爱或正义的内容。

在第九章结尾，孙大姑给上官鲁氏接生完出门，被日本兵撞见，“她静静地看着这个日本兵，脸上甚至挂着一丝嘲弄的笑容”。插画将孙大姑毫无畏惧地面对日本兵的场景描绘下来，画面定格在孙大姑朝一个端着步枪刺刀的日本兵打出一记响亮耳光的一瞬间，后面还有一个鬼子兵端着枪往前冲着。小说描写孙大姑的场景并不多，但前面有关于孙大姑早年习武练就的矫健身姿的描绘和铺垫。此处插图选择了孙大姑的这个瞬间(接着日本兵朝着孙大姑射击，她扑地牺牲)，显示出两位艺术家对刚烈不屈的中国传统女性的敬仰和颂赞。艺术史家贡布里希在分析绘画中的仪式化手势和表现时指出，像德国表现主义画家克特·珂勒惠支所绘的《不再要战争》招贴画那“绷紧的肌肉、刚劲的姿势、抬起的头、前突的下巴，甚至竖起的头发”，无疑是激愤情绪的身体反应。[①]《丰乳肥臀》中，这幅孙大姑扇日本兵耳光的插图看似更具有现实感，也非那种仪式化的画作模式；但是细细分析我们会发现，其实这幅画也有着某种仪式化或经典场景的影子。比如，20世纪五六十年代的红色经典小说和绘画中，经常出现革命者大义凛然地面对敌人，或昂然不屈地受刑牺牲，或在刽子手靠近时就像孙大姑那样扇敌人或叛徒一个响亮的耳光等的场景。只不过，在小说中主角换成了年轻时学了一身武艺的普通农村老太太孙大姑。这种曾经体现于《红高粱》中的土匪和县长不甘做日本人奴隶而联合抗战的血性和另类英雄主义情结，在《丰乳肥臀》中则由莫言和吴冠英通过孙大姑这一(瞬间)形象显示出来。第二十五章结尾，大姐来弟为了救司马库的两个孩子挺身而出的一幕，表现在插图画面中，来弟站立，大半个身子裸露着，像一尊圣洁的雕像，孙不言跪在来弟跟前，把脸埋在来弟裸露着的小腹隐秘之处(此幅插图还被放在了小说的扉页上)。这一幕发生在大人物张生(原型为现实政治中的康生)推行残酷的杀戮政策，曾经和司马库有过一夜情的大姐来弟在众人都懦弱畏葸之际，公然让曾经的未婚夫、热爱她的另一个男人孙不言亲吻她的敏感而温柔之处。这一幕不但转移了斗争的方向，而且其大胆无畏的气度和精神，极具震撼性且并不显得猥亵，而是具有真与美交融的艺术效果。这幅图便是吴冠英或者说莫言对美丽而勇敢的女性的礼赞。

在小说的“补四”中，插图描绘了鸟儿韩和来弟在深夜的沼泽地里温柔地牵着手，

① [英]E. H. 贡布里希：《图像与眼睛——图画再现心理学的再研究》，范景中等译，广西美术出版社2013年版，第59页。

去捕捉鹭鸶的一幕。小说对鸟儿韩和来弟的爱情描述得极其悲壮，两人是经历过人间沧桑和痛苦而走到一起的恋人，其关系不再仅仅是男女之间简单的情爱，而是充满了人性的温馨、平静、庄严、悲怆和丰富的内涵。画家没有选择描绘他俩最缠绵的时刻，也没有选择最痛苦的时刻，而选择了最平静的时刻，即两人牵手站立在月光下、长满芦苇的沼泽地里，望着飞起在月盘里的鹭鸶的画面。

《丰乳肥臀》并不是以传统现实主义的方式描写丰乳肥臀，而是着力在对人性的黑暗和光辉，对爱与生命的敬畏的书写上，这是整篇小说的筋骨和主题。画家吴冠英选择对那些显示出人性力量的关键时刻进行插图创作，从而与莫言的小说文本显示出内在的一致性和互文性。

插图和小说文本之间的互文关系是一个值得进一步研究的话题，这种互文关系是插图能够与小说文本共生共荣的基础。往往插图中还有题字，插图能够在与题字的对话中找到自己独立的审美价值地位，而在小说文本与插图的对话中能够在彼此有所区别和分界的基础上继而实现相互补充和相互观照。插图本《丰乳肥臀》中 24 幅插图与整个文本构成了至少如上所说的两层互文关系：一是插图与插图中题字的互文关系，其中作家莫言的题字用的是繁体字(正体字)且兼具相当的钢笔书法艺术功力，而书法是语－图一体的直接展示，这更能增加语言文字与插图画面之间的文化和审美联系；二是插图与小说文本的互文关系，知名画家吴冠英的素描插图，较之传统中国画，其细腻的笔法和往往选取某些情节的关节点或细节，更能形象传神地体现作家莫言原小说的意蕴。由于带有写实意味的“图像与自然人的视觉与客观的外部空间具有某种同一性”，即存在一种视觉优势而带来的“图画的暴政”[①]，因此《丰乳肥臀》中的 24 幅既具有写实性又带有某种幻觉性的插图在体现了原作文字所表述和描绘的重要情节、人物性格和背景的同时，也把原作所具有的幻想性一并传达了出来。在这个意义上讲，虽然只有 24 幅插图，但是由于“图画的暴政”而强行进入读者的视觉感官世界，从而获得了与 60 万字小说文本进行对话的可能性。因此，借助这些插图及其中由莫言亲手抄写在图中的题字，不但可以增加小说本身的美学意味，引发读者的阅读接受兴趣，而且作为小说语言文字(汉语、汉字)所具有的“语象”特性与插图本身的“图像”特征的对话和交融，又可从“立象以尽意”的创作与阅读的美学传统中汲取有益的经验，从而共同生成了一个不同于纯语言文字，而是图－文所构成的充满张力的、具有互文性的新的小说文本。作为“语－图”互文关系研究的一个案例，对插图本《丰乳肥臀》的“语－图”互文关系的研究无疑可以为莫言研究尤其是对于深化《丰乳肥臀》的研究提供新的思路，并且可以为当今“图像学兴起”[②]时代的文论研究提供一定的视角和方法。

---

① W. J. T. Mitchell, *Iconology: Image, Text, Ideology*, Chicago: The University of Chicago Press, 1986, p. 37.

② 参见赵宪章：《发刊辞》，赵宪章、顾华明主编：《文学与图像》第一卷，江苏教育出版社 2012 年版。

第九章
莫言文学思想的特征

作为当代中国先锋文学的一个异数，莫言的创作斑斓驳杂、汪洋恣肆，甚至泥沙俱下，无论思想内容还是艺术形式，都在很大程度上颠覆了当代中国文学，改变了中国文学的面貌。作为作家，莫言在表述其文学思想或文论时，与专门的文学理论家和批评家显然是不同的。对于莫言文学思想，除了少量文章，大部分文字呈现出作家文论的特点，这首先体现为作家文论或作家通过创作而总结出来的经验谈，具有鲜活性、驳杂性及含混性。其次，莫言的文学思想还通过或借助其作品而呈现出来，这就需要我们认真梳理、归纳和总结。

莫言在很多的散文和演讲词等文章中，一再表达了自己的文学观念。莫言的文学成就已经取得了世界级的重要影响，因此前面的研究重点放在了对其具体作品的思想艺术特色和审美特征的深度探讨上。莫言作为第一位获得诺贝尔文学奖的中国籍作家，其30余年来的创作实践使其身上兼具“现实”“浪漫”“寻根”“先锋”“新感觉”“新历史”“魔幻”“幻想”“巫幻”等头衔与标签，其作品在风格上集当代文学多种文学写作形式、特点于一身，这显示了莫言在创作过程中对多种文学风格的不断尝试与创新。文学风格的创新源于创作理念的更新和突破，因为唯有不断以新的创作理论和观念作为指导，才会产生不同于以往创作风格的新文学作品。这与莫言勇于更新理论认识，不断突破自我写作模式的创新精神分不开，是其敢于突破既有文艺主张的结果，也是其对文学的理解不断加深，并将自己新的文艺主张、文学思想转化为实践成果的过程。可以说，莫言30余年的创作历程，就是其文艺思想不断丰富和创新并以其风格迥异的作品形式创建了“高密东北乡”文学共和国的过程。这里，我们尝试从莫言的随笔、散文、对话录、演讲词、访谈录、序、跋等文本所显露出来的文学思想，并结合其相关的创作，来探讨和梳理他的文学观念和文学理论。

莫言以《透明的红萝卜》为契机发表创作谈《天马行空》，第一次阐述了自己的创作理念，即以独特的感觉经验和体验为主，解放写作主体。自此开始，直到2012年出版对话录《碎语文学》，莫言一直在表达自己最新的文学创作体验和文艺思想，不断诠释其对于文学的认知和观念。其间结集出版的演讲集和对话录有《莫言对话新录》《莫言演讲新篇》《用耳朵阅读》《莫言王尧对话录》《莫言散文》《我的高密》《什么气味最美好》《我们时代的写作：对话〈酒国〉〈生死疲劳〉》《文学与我们的时代：大家说莫言，莫言说自己》等。

第一节　文学创作主体与动机论

作为一个有着丰富创作经验和成就的著名作家，莫言在关于文学思想和观念的文字中，提出了关于作家创作动机、创作主体禀赋和素质等一系列观点和看法，这些观点和看法构成了莫言的文学创作主体论。

一、民间写作立场观

作为一个当代中国底层苦难体验最为丰富的作家，莫言由刚开始模仿孙犁荷花淀式风格的人情美、人性美写作，到20世纪80年代中期，创作风格为之一变，开始关注和表达社会与人性的驳杂性、丰富性和黑暗性，其实他的文学观念和文学思想在其中起到了牵引和主导的作用。此时的莫言意识到，这种假模假样的精英写作无助于文学的真正转型，这种假大空的写作模式无助于中国当代文学与世界文学的接轨并获得普遍性价值。所以，在一系列对谈和演讲中，莫言区别了“作为老百姓写作”与“为老百姓写作”，认为前者是真正站在民间、老百姓的立场，来表达老百姓的思想、情感、价值观和人生观，不同于后者站在精英立场来启蒙老百姓的高高在上的做派。莫言一再降低自己的格调和身份，这并不完全是一种写作的策略，而是作为写作主体的作家精神世界使然；同时，这种表现是其内在主体性中的民间因素在暗中起决定性作用的结果。民间立场、平民视角，具体来说，农民立场和视角，是莫言文学创作的出发点和立足点；同时，平民的语言和故事是其文学作品的主要内容。

具体说来，莫言的“民间观”包括基于民间立场上的“高密东北乡”文学王国和“作为老百姓的写作”等几个方面。

(一)“高密东北乡”文学王国

从家乡高密走出来的莫言，多次在演讲中强调，自己是一个农民，这既是莫言对自我写作的定位，也是莫言对个人创作资源的肯定。在尝试写作之初，莫言对文学应该写什么，可以写什么还是比较迷茫的。因为在很长一段时间里，将官方意识形态和文学主张作为创作导向和依据，遵守宏大主题的创作主旨和宏大叙事的写作方式是当代主流文学界的金科玉律。在这种主流文学观念影响下的莫言创作发表了处女作《春夜雨霏霏》等一系列表现人性美、人情美的小说。这个处女作是以军人割舍个人感情、守卫国家疆土安宁为主题的，充满了温馨色彩，不过写法有些特色，是从新婚即与丈夫分离的妻子的角度叙述的。自从接触了福克纳、马尔克斯、川端康成等外国现代主义作家作品后，莫言才恍然大悟，原来小说可以这么写：一只懒洋洋地晒着太阳、舔舐着水的秋田狗也可以进入小说，平凡的、微不足道的生活和人物都可以成为写作的素材和主题。于是，在《秋水》和《白狗秋千架》等短篇小说中，莫言开始了真正意义上的创作，他把自己家乡的一草一木、飞鸟走兽、河流平原、人物风土等作为写作素材，充分挖掘了高密东北乡的旧时记忆和现实生活。由此也就形成了莫言以“高密东北乡”为地理标志和人文向标的文学世界。在从《秋水》到《蛙》的近30年写作历程中，莫言逐渐形成了与“高密东北乡”文学王国的建构相辅相成的独具特色的文学创作民间观。

莫言的文学民间观念的形成和成熟历程，也是他对自我写作优势资源的自我肯定和价值重估的过程。首先，齐地、齐文化与其他地方尤其是同处山东的鲁文化的不同及其所构成的文化张力，造就了莫言独特的民间观念。他自幼成长的高密属于中国传统的齐文化圈。齐文化与鲁文化不同：齐地三面环海，人们具有开放意识和探索热情；人伦关系不像鲁文化那样重等级崇伦理，而是善于幻想、勇于开拓，而且常语“乱力怪神”。鬼神故事充斥于齐地的各个角落，更渗透于高密东北乡，从而齐地形成了具有巫幻而浪漫基调的民间传统。莫言就是在齐文化这种鬼神妖狐故事的熏陶中长大的。莫言童年时代所读的从《封神演义》《西游记》到听来的类似《聊斋志异》里的故事，就成为其“高密东北乡”文学王国的丰厚资源与依托。这种民间传统极大地影响了莫言的文学创作。其次，莫言关于文学的民间观念是与“庙堂”相对的文学思想。他不止一次声称：“在我看来，‘民间’的意义应该是在和‘庙堂’的对抗中获得，是作为‘庙堂’的对立面而存在的。”[①]从《红高粱家族》到《天堂蒜薹之歌》，再到《酒国》《丰乳肥臀》《生死疲劳》等代表性作品，莫言无一不是站在民间立场来写作的，从而潜在地就有了一个写作的靶子即“庙堂”。再次，莫言民间观的形成与学术界对民间的重新思索和定义也有莫大的关系，如对“民间”在理论上进行阐释和定义的陈思和就对莫言的民间观产生过一定的影响，至少刺激了莫言潜在的民间情结的表达欲望。莫言的创作多层次、多角度地体现了齐文化的浪漫和巫幻特性。他在一系列关于文学思想的随笔或演讲录中，一再表明自己的民间立场；在进入新世纪的创作谈中，他又为民间性注入了新的内容，即作为悠久历史传统的民间及其富有生命力的当代存在与价值激活。

（二）“作为老百姓写作”观

莫言从走上具有自己特色的创作道路伊始，即从《秋水》打出“高密东北乡”文学王国旗号开始，就选择了一条“作为老百姓写作”的路子。

---

① 莫言：《莫言讲演新篇》，文化艺术出版社2010年版，第309页。

产生“作为老百姓写作”思想是在创作《天堂蒜薹之歌》的时候，莫言回忆道：“当时我写‘天堂蒜薹’，实际上是把我积压多年的作为一个农民的愤怒和痛苦，对这种官僚主义、腐败行为的不满发泄出来。”[①]这部作品是莫言第一次大规模地以小说的形式、以精神的方式、以农民的情感立场，向庙堂和官僚主义展开的正面强攻，但是紧接而来的重大事件和社会转型，使得莫言这种正面强攻变得不可能。于是，他的“作为老百姓写作”的观念就有意向小说形式方面发展和深化，最后抵达了近百年来中国民间底层历史皱褶叙事的深处，并通过《檀香刑》等作品完成了小说叙事向传统和民间“大踏步撤退”的转型。对此，莫言深情地总结道：“民间说唱文学、民间口头文学对我的影响也蛮大。……民间文学对我道德观念、语言风格也产生了积极的影响。”[②]从民间和民间文学中一路走来的作家莫言，依然谦卑地将自己放在民间的、老百姓一面，并且提出“作为老百姓写作”的理念。这其中仅仅是莫言对自己真实创作状况的一种描摹，还是背后有着某种策略或动机？对此，他曾经根据大江健三郎对作家职责和使命问题的看法，提出自己的观点：“中国的作家在50年代和60年代被捧到了一个非常高的地位，(‘文革’中虽然被打倒了，但也是从反面说明了这个职业的重要)当时就说作家是人类灵魂的工程师，作家是时代的代言人，是人民的喉舌，这已经把作家捧到了无以复加的高度。而且不仅是对作家，就是对小说的作用也有一种不太正确的估价。”[③]“我本身就是老百姓，我感受的生活，我灵魂的痛苦是跟老百姓感受到的是一样的。我写了我个人的痛苦，我写了我在社会生活中的遭遇，我写了我一个人的感受，那么很可能它是具有普遍意义、代表了很多人的感受的。”[④]这是莫言明确提出“作为老百姓写作”的一个根本缘由。作家被捧得高，然后摔得就更惨，1949～1979年的中国当代作家的创作和他们活得战战兢兢的心态与形象就是明证。所以，莫言反思甚至反对“为老百姓写作”的理念和做法，并且认为这是一个居高临下的姿态和口号。可以说，莫言的“作为老百姓写作”理念的提出和论证有着深刻的时代背景与作家个人创作思想发生重大变化的踪迹。

“作为老百姓写作”理念至少具有四个方面的特点与意义。其一，这一思想要求作为老百姓一员的作家以老百姓的视角和方式去思考问题。而“为老百姓写作”理念下的作家往往不切实际地将自己拔高，以高高在上的姿态来审视众生，启蒙普罗大众。后一理念的潜台词便是“为人民写作”，而“人民”(“人民群众”)这个崇高字眼因过于宽泛而显得大而无当，并且几十年的文学实践已经证明了这种带有浓厚政治意识形态色彩的字眼和理念，无助于文学的发展和繁荣。因此，社会和文学双重的历史实践和曲

---

① 莫言、王尧：《莫言王尧对话录》，苏州大学出版社2003年版，第135页。

② 莫言、王尧：《莫言王尧对话录》，苏州大学出版社2003年版，第226页。

③ 莫言：《作为老百姓写作》，《莫言对话新录》，文化艺术出版社2010年版，第499页。

④ 莫言：《作为老百姓写作》，《莫言对话新录》，文化艺术出版社2010年版，第500页。

折演变，促使莫言从另外的角度和层面去重新构筑自己创作理论的基点，这便是“作为老百姓写作”观念的提出和付诸实施。从“为”到“作为”的变化，说明莫言对文学写作过程中创作主体的认知和人物语言思维的定位更加精确、更加严格。莫言这一文艺主张为其以老百姓的身份来写农村和农民提供了强有力的思想保障，也为其创设“高密东北乡”文学世界提供了理论依据。同时，“老百姓”这个字眼满含历史的内容，较少当代政治意识形态的意味，有助于文学写作主体至少暂时忘却自己的身份，融入作品人物角色当中，认真体味人物的心理、性格和思维表达方式，并使叙述话语和人物话语尽量保持一致。提倡“作为老百姓写作”而不是“为老百姓写作”观，表达了莫言对中国当代文坛作家那种养尊处优的贵族状态的深刻反思和批判。我们的社会需要贵族精神，但不是矫情做作的假贵族精神，以矫情的所谓精神贵族身份注定写不出好的作品。相比于“为老百姓写作”的狂妄自大心态和功利化、官僚化的写作姿态，莫言所推崇的作家心理状态是一种平常心，是老百姓的质朴心态。莫言在一篇散文中婉转地讽喻过一个文化官僚，那位官僚作家也发表过一些作品，但是当他攀上高位，骨子里的傲慢和官气便暴露出来，他出门采风，竟然有一个团队为他服务。莫言对此深恶而痛绝之。

其二，小说“讽喻者”身份的恢复与重构。莫言反对“为老百姓写作”观，强调“作为老百姓写作”观，实际是对中国文学传统功能的恢复，明确了作家的身份定位。中国文学传统强调文学的社会作用是讽喻，而非启蒙。坚持“作为老百姓写作”而非“为老百姓写作”，就可以将作家的功能由社会的批判者和人民的代言人转换为中国文学传统下的“讽喻者”。如此做，就能充分发掘民间的韧性、机智和幽默等与小说创作有密切关系的文化元素。

其三，与读者关系的重新定位。“作为老百姓写作”观强调作家不能高高在上，不能把自己摆在神圣、崇高的位置而洋洋自得，而是要真正做到平民化写作。体现在小说叙述上，作者不应当让读者感受到自己纯粹作为被动接受者，甚至被教训者的身份，而应该让读者有一种高于至少类似于小说的作者和小说人物的心理体验。尊重读者的接受主体地位，在写作时不将文本写全、写满，而是留有空白，由读者去设想并参与作品的创造，这也是对文学接受过程中读者主体地位的尊重。

其四，对传统文化、民间文化与翻译腔之间关系的重新认识和定位。莫言强调民间立场的文艺观，小说的服务对象不是政治，小说不是政治的传声筒，不是以功利为目的，小说应该有自足性。换言之，民间写作而非体制写作，才是文学的应然状态。这也是对20世纪80年代以前的中国文学作为意识形态附庸，作为政治理念图解，甚至作为政策阐释的一种逆反诉求与表现。民间写作要求作家秉持民间立场，尊重民间语言，吸收民间文化。莫言提出“作为老百姓写作”理念，是对20世纪五六十年代那些所谓作家的“为人民而创作”的优越姿态的反思和批判，具有相当的理论价值和写作学意义。莫言以《檀香刑》为标志，表明了其文艺主张在创作实践上的新突破。他进一步认识到，当代中国文学语言和艺术形式的自足性问题，即不应该跟着西化的翻译腔走，而应回归到中国本土、民间语言和形式，从中汲取营养。这种回归也是一种新形势下的重大调整与创新，是中国文学语言走向自足发展道路的一种创举，是莫言对保护本民族语言的一种文学努力。

虽然这一理念有着上述的优点和特点，但是我们也不能无视其存在的某些问题和可能带来的新偏颇。其一，“老百姓”这个术语带有很浓厚的传统意味，是民众对于自己的谦卑称谓，也是统治者眼中的“群众”“人民群众”，因此它缺乏现代公民意识和公民价值观念。传统上，该术语带有农业社会气息，有一种传统伦理的意味；在现代，则有乌合之众之意，并不能适应现代社会发展的需要。如果我们将此进一步理解为“作为公民的写作”，甚或“为公民社会的建构而写作”，则其创作的思想境界将会得到进一步拓展和深化。其二，“写作”是与“创作”相对的。在谦卑表达自己创作理念的同时，莫言也有意无意地降低了作家的身份。毕竟作家作为精神的创造者，即使不是莎士比亚在《哈姆莱特》中所认为的那样（“人类是一件多么了不起的杰作！多么高贵的理性！多么伟大的力量！多么优美的仪表！多么文雅的举动！在行为上多么像一个天使！在智慧上多么像一个天神！宇宙的精华！万物的灵长！”），也不是歌德在《浮士德》中所标榜的人（创造者、艺术家）简直像上帝般是个创造的“小神”，至少也应该是“无中生有”的艺术品的创作者。况且，作为一个向现代化转型的发展中国家，我们还有许许多多的弊端，无论是体制的还是文化心理的，这都需要作为艺术家的作家、小说家通过自己的思想和艺术对此进行某种提醒甚或救治。所以，作家即使作为一种职业，也不同于生产粮食的农民、生产机器零件的工人、售货的店主店员，他唯一的存在理由就是不能重复自己，而是应该不断创新创造。因此，他不应该等同于或把自身降低到芸芸众生。实际上，把作家自身真正、完全地等同于老百姓，显然只能是在话语层面上存在的一种状态，在现实中是不可能存在的。即使莫言自己也做不到，尤其是他获得了世界级大作家的荣耀之后。他的知识分子身份在逐渐压倒他自己声称的农民身份，这是一个不争的事实：第一，他早就不再从事农业生产、经营，而是职业的作家；第二，他基本不居住在农村，全世界是他的活动场所，他迁徙、旅行的自由度为一般农民所望尘莫及；第三，他的创作体现出来的先锋色彩并非普通农民所能接受或乐于接受的文学特点，至少需要一定的文化水平、审美素质和闲暇时间。

（三）“作为老百姓写作”观的不足与调整

在对“作为老百姓写作”观进行审视和反思时，莫言发现了自己这一观点的不足，也发现了与之相对的“为老百姓写作”的可取之处，从而修正了自己的观点，开始强调“作为老百姓写作”的双重含义：既表达创作主体内心，又关注到社会问题。“作为老百姓写作”是莫言依据自己的写作情况而提出的观点，符合自身的文学定位。但无法规避的问题是：一方面，作为一个生活在城市里的作家，莫言已经无法真正以农民为主的老百姓身份来写作了。另一方面,老百姓一般是不会写作的,也很少有老百姓会阅读莫言在这一主张下创作的作品。所以,这一主张本身就具有很多矛盾性和身份错位的地方。因此,具有反思精神的莫言对自己的这一观点进行了及时调整。2002年在山东大学的讲演《作家和他的创造》中,莫言肯定了"为老百姓写作"具有能为老百姓申冤的优点,也具有较强的批判性。在此次讲座中,莫言也补充性地指出"作为老百姓写作"强调的是创作的个性化和原创性,他认为:"作为老百姓写作"可以"写原生性的或本质的、自发性的东西,会更加多义性,思想内涵会更丰富"。[①] 莫言强调了"作为老百姓写作"可以把触及个人灵魂与表达社会普罗大众的苦难结合起来,写出能够展现大悲大爱的作品。由此可以看出,莫言所持的立场并不是纯粹的老百姓立场,而是夹带了作家的个人心理因素也就是他作为作家、作为知识分子的混合立场,他既表现了老百姓的内心诉求又表现了自己的精神世界,同时强调了个人荣辱与时代命运的交融与同构。

基于此,笔者认为,如果把莫言的"作为老百姓写作"稍加改造为"作为公民写作",当更加符合现代文明、现代社会对于艺术包括小说的要求。首先,作为个体的公民具有一种现代社会意义上的主体性,因此,带有天然的与之相伴的尊严和价值,是既能够承担社会责任的角色,行使作为公民的权利,又是深具个性特征的独立个体——而这又与莫言一贯倡导的文学的"个性化原则"相一致。其次,"作为公民写作"还可以超越或跨越乡村书写和城市书写的鸿沟,打破城乡二元结构在体制上、文化上、精神上的壁垒,融合整个社会,尤其是其心理结构和精神世界。其实,莫言自己的创作在很大程度上已经担起了这样的角色,只是他过于低调和谦卑的姿态遮蔽了其作品在这方面的光辉。现在是应该充分挖掘和阐释莫言作品所蕴含的公民写作的深微大义的时候了。

二、莫言的创作动机论

创作动机的强烈与否,同作家成功与否之间有着很深刻的关联。莫言的创作动机有一个从卑微到平凡再到崇高的演变过程。莫言走向文学之路,其创作动机经历了一个从朴素到丰富,从物质到精神,从追求公平到表达小说艺术等不同侧面、不同层次的曲折变化过程。走上文学道路之后,莫言多次在不同场合谈及他如何成为小说家的。其中最为知名的说法是,为了过上"一天吃三顿饺子"的美好生活,这是少年管谟业即后来的作家莫言发誓从事文学创作的最初动机。与这个美好而朴素的幸福生活愿望相伴的创作动机还有买一块上海牌手表,能够穿上光亮的皮鞋,长大后娶邻居木匠家的漂亮女儿,等等。在题为《饥饿和孤独是我的创作的财富》的讲演中,他较为详细地

① 莫言:《作家和他的创造——2002年9月在山东大学文学院的讲演》,《莫言讲演新篇》,文化艺术出版社2010年版,第144页。

回顾和梳理了自己的创作历程。由于贫困和饥饿，他早早地就被迫辍学，当了放牛娃、放羊娃，整天同大自然为伴，同牛羊马驴、云雀百灵、昆虫野草等等为伴，因此也在这种孤独中养成了自言自语的习惯，能够对着一棵树滔滔不绝。他的一个邻居是山东师院中文系学生，被打成右派下放回家务农，在饥肠辘辘的劳作间隙，这位大学生给他讲了很多济南作家的生活，其中一个作家写了一本书，结果过上了富足幸福的生活，"每天吃三顿饺子，而且还是肥肉馅的"[①]。这种向往通过当作家来获取美好食物的创作动机虽然极其物质化、低级，但是很真实地反映了当时一个十一二岁少年的梦想。等到多年后莫言真的成了知名作家时，他当然早已超越了这些卑微的、对美食美色的渴望和理想，但对于激励他萌发奇妙幻想，进而度过那暗无天日、整日与饥饿相伴的岁月，走出贫瘠的农村家乡，无疑起到了重大的作用。还是在这篇讲演中，莫言深情而真诚地说："我是一个在饥饿和孤独中成长的人，我见多了人间的苦难和不公平，我的心中充满了对人类的同情和对不平等社会的愤怒，所以我只能写出这样的小说。"[②]这无疑是一种极其宝贵的作家潜质，没有这种强烈追求平等、公平、正义的良知诉求，无论有多大的才华和技巧，其创作也不会震撼人性。因对富足物质生活的追求而开始创作，由改变自己命运的强烈愿望到变革文学以改造不公平社会，到最后，莫言的创作动机一步步延伸到丰富而深远的境界。"《红高粱家族》表现了我对历史和爱情的看法；《天堂蒜薹之歌》表现了我对政治的批判和对农民的同情；《酒国》表现了我对人类堕落的惋惜和对腐败官僚的痛恨。"[③]这其实也表达了莫言的创作观包括创作动机的思想，《红高粱家族》借助文学来实现他对近现代历史和爱情的重审和再叙述；《天堂蒜薹之歌》正面批判现实邪恶政治，表达对农民的深切同情，是莫言直面政治现实的一部力作；《酒国》是对官僚体制及其全面性腐败的揭露，是对人性堕落及其复杂性和黑暗性的表现。这个阶段是莫言对政治的批判与接近期。2006 年，莫言在演讲中又一次集中谈到自己的创作动机。除了出于促进人类完美和社会进步而写作这种冠冕堂皇、高尚伟大的潜在动机之外，更为重要的是对小说这门艺术的职业性爱好，"我想用小说这种方式，把自己对生活对当前社会各种现象的复杂感受表达出来。另一方面，就是对小说艺术的喜爱和痴迷"[④]，"对于小说本身的爱好和迷恋成为我写作的动力"[⑤]。莫言

① 莫言：《饥饿和孤独是我的创作的财富——在史坦福大学的演讲》，《恐惧与希望：演讲创作集》，海天出版社 2007 年版，第 47 页。

② 莫言：《饥饿和孤独是我的创作的财富——在史坦福大学的演讲》，《恐惧与希望：演讲创作集》，海天出版社 2007 年版，第 48 页。

③ 莫言：《饥饿和孤独是我的创作的财富——在史坦福大学的演讲》，《恐惧与希望：演讲创作集》，海天出版社 2007 年版，第 49 页。

④ 莫言：《关于小说的写作——在上海大学演讲》，《恐惧与希望：演讲创作集》，海天出版社 2007 年版，第 189 页。

⑤ 莫言：《关于小说的写作——在上海大学演讲》，《恐惧与希望：演讲创作集》，海天出版社 2007 年版，第 190 页。

这里提到了其创作动机的两个方面：其一，对生活和社会现象的感受和独特看法，需要他借助小说来加以自由地表达；其二，对小说艺术的不断探索，构成了成名后莫言的主要创作动机。借助对小说这门艺术的营构而为人类创造更加美好的生活世界，自然是莫言小说创作艺术探索的一个重要动机。

莫言在当代中国乃至世界文坛都具有举足轻重的地位，这得益于他独特而富有魅力的小说世界的建构和拓展；同时，这种独创性与其作为创作主体的禀赋和素质有着密切的关系。关于这一点，莫言在自己的诸多文论中进行了阐发和说明。感觉和想象力，是莫言极为看重的创作的主体条件或素质。他多次在文章中谈到自己少年失学后，成了放牛娃，在孤独中只好同大自然进行交流。这种以感觉为基础的想象力，在后天各种因素和契机的激发下，由于避开了教条主义的教育和规训，而得以块茎般蓬勃旺盛地发育、成长。他对于农村题材和城市题材的划分不以为然，在创作理念和实践中努力跨越这种划分的鸿沟。他还认为，但丁写出了他自己并没有经历过的包括地狱、天堂在内的《神曲》。莫言在此强调感受、感觉和想象力、虚构力之于文学的重要性，他说："一个写小说的，在生活中完全可能是个懦夫，但在写作时，必须具有敢于开天辟地、称王称霸的勇气。"作为"一种边缘化的写作，或者说是一种非驴非马的写作"，正可以写出独特人物的独特环境。这正是莫言所倡导的"骡子生崽"的"骡体写作"，是最富有创造性的写作领域。[①] 正是这种怪异的思维方式和想象力，不但造就了莫言怪味十足又鞭辟入里、狞厉恐怖又大气磅礴的小说世界，而且在欧美文学占压倒性地位和影响的情况下，"展示了带领亚洲文学走向未来的精神"[②]（莫言 2006 年获日本第十七届"福冈亚洲文化奖"的评语）。这种骡体式的"跨体写作"，融合了民间文化、神魔文化、巫幻想象、红色经典话语、现实主义话语、浪漫主义话语和后现代主义话语等，但又以现代主义话语为核心或重心，因而莫言被大江健三郎和日本批评界认为是引领亚洲文学走向未来的旗手。

第二节　文学与世界关系论

文学文本和生活世界分属两个不同的领域，一个侧重于精神界，一个侧重于存在本身。但是文学能够保留瞬息万变的现实生活世界的某种样态，至少可以通过语言文字来描摹生活世界里的人情物事。一个优秀作家是善于处理和把握创作与生活世界关系的行家里手，莫言就是这样一个作家。他在当代中国文坛以对创作资源的不断勘探、不断养护又不断利用，借助对小说这门艺术的形式和叙述探索，并随着自己创作道

① 参见莫言：《城乡经验和写作者的位置——在台北出版节"作家之夜"的发言》，《恐惧与希望：演讲创作集》，海天出版社 2007 年版，第 59 页。

② 见莫言：《生死疲劳》，上海文艺出版社 2008 年第 1 版封面勒口。

路的拓展，表达对社会、人性和文学的深刻、丰富、新颖的认识。

一、创作资源论

莫言对于自身的创作资源和创作才能具有强烈的自信，借用一个时髦的话来说可谓“文学自信”“艺术自信”。他曾经在回答最崇拜的中国古代、现代和当代作家的问题时，鲜明地指出：“中国古代作家我尊敬蒲松龄，现代作家我尊敬鲁迅，当代作家我尊敬我自己。”[①]前两个作家是他创作的外在思想艺术的资源，后一个作家即他自己则是他作为创作主体的内在资源。还有至为重要的资源就是他的苦难而坎坷的经历与体验。这种文学观和自我认知很有特点，充分表明了莫言对于自己所从事的文学事业的自信。莫言继承了祖辈的基因，敏感而聪慧、倔强而韧性。莫言的爷爷，据他的说法，“很有性格，比较有远见，但非常固执”，“永远是和社会对着干的”。他的爷爷甚至预言中苏友好、人民公社都是兔子尾巴长不了，他和《生死疲劳》中的单干户蓝脸有得一比。[②]由于拥有这种奇特的文化性格基因，小时候莫言的思维显然不同于同村的同龄人，而是有着独特的精神世界。

莫言家乡独特的地理位置(高密、平度和胶县三县交界处)，使其成为曾经的“三不管”、边缘化的地方。现在的平安庄，在民国时候还叫“三份子”，即三家移民至此的人家组成的一个小小村落，“宗族观念不那么强”。[③] 这里的气候自莫言小时候往往就是洪水连天，一片汪洋，一片片的“碧绿的青蛙的脊背密密麻麻，水面都看不到，全是青蛙”[④]。夏秋两季，胶河时常发大水，他家屋后的胶河洪水簇拥着、咆哮着、奔腾着，像无数挨挨挤挤的马头。草甸子、河湾子、空旷的田野，大地上的各种动植物，他少年失学后所放牧的牛羊，都成为与他朝夕相伴、想象中对话的对象。

莫言有一篇讲演词叫《用耳朵阅读》，讲的就是自己儿童少年时代几乎无书可读，但酷爱阅读，酷爱故事，于是往往跑到集市去听艺人的说书，家里更有得天独厚的“用耳朵阅读”的条件，爷爷、奶奶、大爷爷和村里很多成年人，都是讲故事的好手。这些听来的故事，“神秘恐怖，但十分迷人。在他们的故事里，死人与活人之间没有明确的界限，动物、植物之间也没有明确的界限，甚至许多物品，譬如一把笤帚，一根头发，一颗脱落的牙齿，都可以借助某种机会成为精灵。在他们的故事里，死去的人其实并没有远去，而是和我们生活在一起，他们一直在暗中注视着我们、保佑着我们，当然也监督

---

① 莫言：《〈韩国每日经济报〉书面采访》，《莫言讲演新篇》，文化艺术出版社 2010 年版，第 329 页。

② 参见莫言、王尧：《莫言王尧对话录》，苏州大学出版社 2003 年版，第 9 页。

③ 参见莫言、王尧：《莫言王尧对话录》，苏州大学出版社 2003 年版，第 28 页。

④ 参见莫言、王尧：《莫言王尧对话录》，苏州大学出版社 2003 年版，第 30 页。

着我们"[①]。在莫言的很多小说中,这种怪诞恐怖神秘的神灵经常出现。如《檀香刑》中的虎须具有神奇的功能,能探知人的前世和来世。《奇遇》中的"我"赶了一宿的夜路来到家乡村头,遇到赵三大爷,他让"我"捎给父亲一个玛瑙烟袋嘴,算是抵欠的 5 块钱。但当"我"把烟袋嘴给父亲时,父亲竟犹豫着不敢接,因为赵三大爷死了好几天了。《翱翔》中的换亲仪式,新娘子燕燕逃跑被追,即将被人抓住时,突然飞翔起来。诸如此类的故事和情节在莫言的小说中比比皆是。这说明了他早年"用耳朵阅读"所汲取的营养发挥了作用,甚至成为其创作出彩的地方。正是这种"用耳朵阅读"的神奇功效,莫言的小说构思和小说情节有时候显得匪夷所思,却有着文学的陌生化效果,而且符合小说人物性格和故事情节演变发展的逻辑性要求,符合心理真实性,往往打破了小说的俗套,而进入别样的艺术氛围和艺术境界。他从集市上、从长辈和乡亲们那里听来的各种各样的故事,他所看过的几十本红色小说和古典小说,构成了他最初的文学资源。这些经过了作家多面而痛苦的个人体验的生活和阅读,待到在莫言成为作家的时候,等到与他人、前人的经典中的类似遭遇和体验描写发生碰撞的时候,这些对书本的阅读和"用耳朵阅读"来的精神食粮便一再地爆发出强劲的艺术能量。

莫言这种扎根于大地、汲取于泥土、滋养于民间、崛起于红高粱地里的"高密东北乡"文学世界,就以其鲜明的特色而在中国当代文坛一再产生让批评界和读者震惊的小说叙述效果。他和山东作家张炜、陕西作家路遥与陈忠实、浙江作家余华等率先认识到对于无论是文学还是历史学的中国 20 世纪,必须从小说家的角度予以重构和重述。但较之张炜、路遥、陈忠实和余华,莫言的一系列作品以更加庞大的体量,更加让人瞠目结舌但又不得不正视的叙述艺术作品,重构和重述了 20 世纪的历史,并在小说艺术形式方面提供了许多宝贵的经验。因为莫言的创作资源更加广博和独特,他有着独异的生活经历;更为重要的是,他有着开放博大、善于吸纳世界上先锋创作理念和方法的胸襟,举凡国内同辈作家、古代作家、现代作家以及世界上的经典作家和当代作家,他的视野异常开阔,甚至一些不被人注意的作家作品也是他学习取法的对象。因此,体现在创作方面,他就拥有了丰富和多元化的资源。他自己曾经戏言,他的脑子里拥有很多的素材,就像他有一个魔袋,伸手抓一把就会写出一个短篇,多抓几把,就会创作出一个中长篇。这还真应了艺术家要具备的两方面素质,一是天赋的能力和才华,二是后天不懈的探索和努力。而这两方面优势对于莫言来说可谓集于一身,所以他的横空出世就是顺理成章的事了。

---

① 参见莫言:《用耳朵阅读——2001 年 5 月在悉尼大学的演讲》,《莫言讲演新篇》,文化艺术出版社 2010 年版,第 315 页。

二、小说形式论

莫言对小说艺术有着自己独特的理解和理论阐述。他在题为《超越故乡》的硕士论文中，戏谑地罗列了自己对小说所下过的诸种定义："1984 年，我曾说小说是小说家猖狂想象的记录；1985 年，我曾说小说是梦境与真实的结合；1986 年，我曾说小说是一曲忧悒的、埋葬童年的挽歌；1987 年，我曾说小说是人类情绪的容器；1988 年，我曾说小说是人类寻找失落的精神家园的古老的雄心；1989 年我曾说小说是小说家精神生活的生理学切片；1990 年，我曾说小说是一团火滚来滚去，是一股水涌来涌去，是一只遍体辉煌的大鸟飞来飞去……"[①]这八九种关于小说的定义，都是小说家莫言对小说批评家和理论家的开玩笑似的话语，却从一个侧面体现了莫言对小说的认知，童年苦难、情感情绪、感觉狂想、巫幻梦想、精神家园等构成其小说的底色。写这段话的时候，莫言显然还没有后来对长篇小说形式尤其是结构的明确认知。

即使写到变幻莫测、恐怖压抑的时代，莫言的小说也呈现出一种非同一般的诙谐和喜剧色彩，比如同样写 20 世纪 50 年代前后的土改运动，张炜《古船》中的土改仅仅是互相报仇的屠杀，引发的是强烈的压抑和恐惧，人物往往是沉默寡言的，显示了儒家思想对于张炜的深刻影响。陈忠实的《白鹿原》同样写了那个时代的土改，但较之张炜的《古船》更加复杂，且增加了性爱的成分，某种程度上还对国共两党互相杀戮的历史进行了还原式的艺术描写。但这两部作品有一个共同的特点，即沉重有余而活泼不足。他们都继承了 20 世纪五六十年代小说的那种严肃和正经特点，而小说本身所应具有的空灵性、诙谐性、幽默性、趣味性等都是比较匮乏的。

莫言改变了这种状况。他的《丰乳肥臀》和《生死疲劳》都涉及土改运动，但是小说除了莫言所追求的博大精深外，还有着小说这门艺术所应具有的空灵性、诙谐性、幽默性、趣味性等特点。要达到这一点，需在创作理念尤其是在小说形式方面做出巨大的努力和创新。莫言对此提出了一系列新的观念。在《小说与社会生活》一文中，莫言结合自己的写作活动和小说原初诞生的情况，精辟地谈到了小说艺术的特点：小说"是说的艺术，不是写的艺术。小说是用耳朵听的，不是用眼睛看的"[②]。因此，莫言特别注意小说中故事、情景的设计和表达，并且要使之建立在有趣的基础上。他的《檀香刑》正是这种创作思想的具体体现，小说中的猫腔（茂腔）本身是戏曲的形式，是一种说唱与接听的艺术；小说中的多声部或复调带来了关于朗诵和接听的特点，"就像猫腔只能在广场上为劳苦大众演出一样，我的这部小说也只能被对民间文化持比较亲和的态度的读者阅读。也许，这部小说更适合在广场上由一个嗓音嘶哑的人来高声朗诵，在他

① 莫言：《超越故乡》，《莫言散文新编》，文化艺术出版社 2010 年版，第 3 页。

② 莫言：《小说与社会生活》，《用耳朵阅读》，作家出版社 2012 年版，第 143 页。

的周围围绕着听众，这是一种用耳朵的阅读，是一种全身心的参与”[①]。《檀香刑》作为继承了说—听、口耳相传艺术的小说，既不同于戏曲也不同于散文，而是通过真正的语言的艺术（而非文字的艺术）实现了讲述者（说书人）的意图。如果这种诉诸语言的讲述的艺术不能吸引人、感染人，那么他就没有达到目的，而吸引人、感染人的要素是浓烈的趣味性、故事性和讲述的技巧性。在新时期小说中，这种传统几乎丧失殆尽，在激进先锋派、现代派作家那里，叙述本身成了小说创作的主要诉求，千奇百怪的叙述技巧和技术成为一个写作者最为关注的东西，而故事和趣味成了末流，甚至被放逐。所以，小说在20世纪80年代走入死胡同，20世纪90年代以来“重回故事”的小说叙述和创作策略重新摆出了小说开门迎客的低调姿态，谦卑地、匍匐地，而不是炫耀地、卖弄地苦心营构小说的再生之可能。莫言正是在对小说家集体性踏进走火入魔境地的反思中，开始了他90年代的创作，他急流勇退地从《十三步》《梦境与杂种》《模式与原型》《酒国》等实验性小说中“大踏步撤退”，开始了《檀香刑》《丰乳肥臀》《生死疲劳》等小说的创作。正是莫言的这些长篇代表作，才真正使得他在成就自己“高密东北乡”文学王国的辉煌之同时，也为一个世纪以来的现代主义文学中国化画上了一个壮观的句号，完成了一个多世纪以来的中国作家所追逐的现代主义之梦。

出于对小说这门艺术的执着，莫言致力于小说艺术形式的不断创新，但同时他又警惕自己不能像某些新潮作家那样过于沉溺于形式实验，而是在重归传统的路途中不断给读者以惊喜，上述几部长篇小说正是这种艺术法度恰当经营和选择的结晶。基于这种认识，莫言看重小说“怎么写”的问题。从重感觉的“天马行空”式的恶作剧先锋创作起步，到逐渐意识到小说作为一门艺术有其自身的特点和优长，即小说的包容性可以给作家以创作的广阔空间和自由度，但是小说家又不能陷于形式的炫技，还是应该依托故事，立足于人性和性格，以此获得小说形式的创新。在《我写小说 小说也写我》的采访录中，莫言认为，作者创作小说、创造人物、创作艺术世界，“但一旦进入创作过程后，我的笔只能跟着人物的命运和情感走了。所以，我在创作之前所确定的主题，在小说中变成了副题”[②]。这说明小说艺术有其自身的内在形式和逻辑，作家有时候不能违背这一逻辑。像《生死疲劳》中的西门闹、蓝脸以及轮回转世过程中的驴、牛、猪、狗、猴以及大头儿蓝千岁等，都是在“生死疲劳”这一佛教思想映照和笼罩下的过执，所以他在扉页上引了佛说：“生死疲劳，从贪欲起。少欲无为，身心自在。”小说的叙述者为西门闹的冤死而祈求公义，为蓝脸的单干和抗争而深深歌赞，但是最终他又站在佛的角度来观照这些人物的卑微和过于执着。因此，小说艺术世界也改变着作者，促进着作者，成就着作者。

---

① 莫言：《檀香刑》，上海文艺出版社2012年版，后记。

② 莫言：《我写小说 小说也写我——答〈中国空港〉记者赵学美问》，《作为老百姓写作：访谈对话集》，海天出版社2007年版，第244页。

莫言意识到，小说形式上的创新，首先是语言的创新，语言的个性化是一个作家的鲜明印记。莫言借用自己的老师徐怀中的一句话“语言是一个作家的内分泌”，来阐释作家的天赋和后天努力同等重要，关键是作家能够找准或挖掘出自己这些独特的天赋。其次，莫言重视小说的结构，尤其是长篇小说的结构。莫言对小说结构的认识超过了当代很多“炫技”的先锋作家。他认为：“从某种意义上说，小说的结构，也是一种政治，小说的形式探索，有时候纯粹是一种小说艺术的问题，有时候也是跟社会的政治结构、意识形态紧密相关的一个重要问题。”[①]因此，在莫言看来，小说的语言表达、结构布局，不仅仅是一种关乎小说艺术形式的问题，而且与小说所指向的整个世界的存在密不可分。“小说的结构也是政治”简直可以视为莫言小说观念、小说思想中最为重要的且具有独创性的方面。

涉及小说的结构形式，尤其是长篇小说，莫言都苦心经营，匠心独运。《红高粱家族》《食草家族》，是由系列中篇连缀成的长篇。《天堂蒜薹之歌》以意识流和梦幻，以及民谣、通讯报道等形式，交织成一部纷纭变幻的长篇小说。《十三步》是一部用“笼中叙述”的令人眼花缭乱的视角和多变的聚焦方式来构筑一个宏大的叙述魔方般的长篇小说。《酒国》是三条相互独立又有所交叉的层面或线索所构成的小说文本，简直如同小说叙述艺术的万花筒。《丰乳肥臀》像刘再复所说的，莫言鲸鱼般地潜入深海，“孤独地遨游着，响亮而沉重地呼吸着，波浪翻滚地交配着，血水浩荡地生产着，与成群结队的鲨鱼，保持着足够的距离”[②]。莫言指出的长篇小说应该具有的长度、密度和难度，在这部作品和随后的几部长篇小说中都得到了印证。《檀香刑》用凤头、猪肚、豹尾的小说结构方式和猫腔戏的话语方式，体现了作家“大踏步后退”策略，是向民间和传统致敬的艺术结晶。《四十一炮》强化了小说叙述者及其叙述话语的地位和分量，莫言自己解释这部作品中“炮”的含义，除了罗小通这个话痨和嘴馋的孩子的聒噪和叙述（这种话痨孩子在莫言的家乡被称为“炮孩子”），小说中的“炮”还有性交的意味，最后出现了真正的大炮，并且放了四十一炮。《生死疲劳》选择佛教轮回观念，即死去的冤魂被阎王重新发配返回人间，但要经过六道轮回。这种间杂着灵魂叙述、人间叙述、动物叙述、儿童叙述以及元叙述的杂糅性长篇小说，还被穿上了章回体的外衣。莫言强调，章回体体现了小说的叙述节奏和叙述时间的安排，这样庞杂浩荡的故事内容有了一定的形式规囿，易于读者的审美接受和把握。到了《蛙》中，莫言在长篇小说形式的探索上依然孜孜以求，以书信体、戏剧体的形式，完成了这部力作。这些苦心经营的作品真正体现了莫言所崇尚的长篇小说的长度、密度和难度，当然背后还有莫言自己的小说追求和美学原则在起作用。小说艺术的形式并非仅是一个形式本身的问题，而且关乎政

① 莫言：《关于小说的写作——在上海大学演讲》，《恐惧与希望：讲演创作集》，海天出版社 2007 年版，第 196 页。

② 莫言：《捍卫长篇小说的尊严——代序言》，《丰乳肥臀》，上海文艺出版社 2012 年版。

治自由和美学思想。莫言对此说过一段深刻独到的话:“看起来丑陋下流的东西其实有着众多的含义,像卑贱和高贵的混合、死亡与诞生的混合,它是生命力、是一种母性的力量。”[①]莫言的这一观点也可回答为何莫言的小说对于丑、荒诞和恐惧等负面性因素有着大幅度和大面积的描写的问题。所以,莫言 30 余年对小说艺术的迷恋与探索,既是支撑他在小说创作领域不断进取的动力,也是其小说在结构形式方面不断创新的动力。

另外,在涉及小说叙述方面,莫言采取了许多的元叙述和反讽等较为新潮的笔法,并以此对传统现实主义进行解构。《酒国》中在京城爱喝酒的作家“莫言”好大喜功、爱吹牛、虚荣心强,这可视为一种小说所设置的元叙述。在后来的作品中,这个叫“莫言”的人物也时常冒出来,尤其是在《生死疲劳》这部长篇小说中,“莫言”作为叙述者,作为蓝解放和蓝千岁的补充者,以一种插科打诨的浑小子形象出现。这是小说结构安排和话语叙述的一种刻意追求,除了对限知叙述加以补充外,他还有一个功能,就是弱化或软化小说的严肃主题和压抑氛围,使之带有一定的喜剧和幽默色彩。在创造小说的过程中,莫言意识到作品人物和情节有时候是有自己的发展演变逻辑的,因此他说:“我跟书中人物一样,也在轮回中痛苦挣扎而不觉悟,我既是写小说的人,也是小说中的人。我写小说,小说也写我。”[②]这是一种很深刻的文学观和小说观。海德格尔说过,不是人在说语言,而是语言在说人。莫言的说法更加具有现实的、情感的真实性。小说和小说家是互相“写作”、互相启发、共同成长、共同进步的。

三、复杂人性论

与小说形式息息相关的是作家对人性复杂性的认识程度。现代小说家和理论家、批评家对于小说中的故事(情节)和人物的关系应该说取得了高度一致的看法,即再也不是亚里士多德所认为的,情节是第一位的,性格(人物)是第二位的;而是理所当然地认为,写人物写性格是小说家最应该致力为之的方面,是小说最为重要的方面。对此,莫言有着自己作为一个经验丰富的作家的看法:“故事毕竟是一种承载人物的容器,所有的小说题材并不特别重要,重要的是我们通过小说表现人的情感、人的性格、人的命运,我们通过小说来塑造个性化的、让人过目不忘的、典型的人物形象。我认为这才是小说的最根本任务。”[③]人物的个性化是莫言在很多随笔、对话、演讲中一再声称的作

① 莫言:《关于小说的写作——在上海大学演讲》,《恐惧与希望:讲演创作集》,海天出版社 2007 年版,第 191 页。

② 莫言:《我写小说 小说也写我——答〈中国空港〉记者赵学美问》,《作为老百姓写作:访谈对话集》,海天出版社 2007 年版,第 246 页。

③ 莫言:《关于小说的写作——在上海大学演讲》,《恐惧与希望:演讲创作集》,海天出版社 2007 年版,第 192～193 页。

家最为重要的努力方向。在山东大学文学院的一次演讲中，莫言修正了曾在苏州大学所做演讲中提出的“作为老百姓写作”比“为老百姓写作”高明的看法，认为后者可以为老百姓申诉冤情，有存在的理由，但仍然认为这类写作容易滑向类型化。之所以崇奉前者，是因为莫言认为作家要靠原生性的、本质的和自发性的东西来创作，只有这样才能写出作家自己体验过的切肤之痛，才能触及灵魂，写出大悲大爱。只有把个人的痛苦体验与广大民众的痛苦趋于一致，作品才能上升到一个新的批判高度上。曹雪芹、托尔斯泰、陀思妥耶夫斯基、卡夫卡等均是如此，而“中国（当代）作家的官僚化、职业化、自大狂妄心态和强烈的功利心导致了当下大手笔作品的缺失”[①]。换句话说，这种功利心态下的作家心理结构和精神世界就不会对人性产生宽厚包容的多元化看法，就写不出人性的复杂性。

前面我们探讨了莫言创作中的宗教观、神灵信仰及其潜话语结构和形式等特征，这是解读人性中的“神性”的一个维度，但人性中普遍存在的是感性、欲望、意志、理性等层面，因而极其复杂。这里，仅就莫言带有一定理论色彩，即文学思想中的“复杂人性论”及其之于文学的功能和作用论，进行一番分析和阐发。

在同德国作家马丁·瓦尔泽的对话中，莫言提出了“作家应该爱他小说里的所有人物”的观点。莫言和瓦尔泽都主张在进行社会批判的同时，首先将批判的矛头指向自己。莫言认为：“把自己当罪人写。每个作家最后面对的肯定是自我，所谓一个作家的反思、文学的反思，最终是要体现在作家对自己灵魂的剖析上。”[②]2007年在山东图书馆的一次题为《千言万语 何若莫言》的演讲中，莫言还较系统地提出了自己对人性及其复杂性的认识，即“好人、坏人与罪人说”。他要“把好人当坏人写，把坏人当好人写，而把自己当罪人写”。[③] 这种关于人性和小说人物复杂性的文学观，是莫言在从事文学创作20余年之后提出来的最有深度的观点，尤其值得我们重视和研究。

曾几何时，我们的文学和电影当中充斥着对于人性和人物简单粗暴描写的观念和做派，以致那些受到这种人性观和文学观影响的年幼读者和观众，看到电影作品中出现了某一个形象，就会问成年人，这是好人还是坏人？在莫言看来，这是一种延续了几十年的“虚伪的教育”的结果。[④] 正是在这种非此即彼的简单化思维所导致的大面积、全局性的民族艺术思维低下的背景下，莫言要重新认识人性，认识文学，认识人物，并身体力行努力改变这种固化和僵化的人性观和文学观。他的散文《卖白菜》写自己12岁时遭遇的人性贪欲以及母亲善良心灵给予自己的言传身教，这可谓莫言最早的对自

① 莫言：《作家和他的创造》，《用耳朵阅读》，作家出版社2012年版，第80页。

② 莫言：《作家应该爱他小说里的所有人物——与马丁·瓦尔泽对话》（2009年12月），《莫言讲演新篇》，文化艺术出版社2010年版，第331页。

③ 参见《我带着莫言题字到了莫言出生地——听吴文峰讲述当年关于莫言的“独家”见闻》，《济南日报》2012年10月23日。

④ 参见莫言：《虚伪的教育》，《会唱歌的墙》，作家出版社2012年版，第185页。

己人性中的贪欲的反思和警惕。他在大量的散文、随笔、创作谈、讲演录、对话录中多次提到，自己儿童少年时代为了生存和活命而放弃或失掉自己的尊严，甚至很多成年人同样有如此的种种人性之生命性、动物性的呈现状况。那种逼迫人放弃自己的尊严而仅仅为了活命的大饥荒，50 多年来一直是一个被某些别有用心之人忽视甚至否认的历史，对于发生大饥荒时代那些风头正盛的作家来说，他们根本没有哪怕只言片语关于这段惨不忍睹现实的描写。时隔多年之后，莫言看出了这段我们民族惨痛遭遇、经历和体验之于人性、之于文学、之于历史的重要性。基于对大饥荒的切肤体验，基于其中透露出来的人性复杂性包括动物性一面，作为作家的莫言再也不能像那些只知道莺歌燕舞、花前月下、其乐融融的杨朔、刘白羽、秦牧等美文作家那样心安理得，也不能像那些“三红一创”小说作家那般绕过中国当代史的种种暗礁和险滩；而是必须采取或强攻或暗度陈仓，在自己的“高密东北乡”文学国土上予以大规模、大密度、大气度、大手笔的书写和表达。莫言在散文和小说中所描写的，当小学生“莫言”和他的伙伴们饿得奄奄一息之际，学校里拉来的一车煤竟然成了他们的“美味”，“真的好吃”的叫喊声，简直是对那个歌舞升平时代的巨大反讽。小说《粮食》和《牛》所写的人们卑微的生存欲望都得不到起码的满足，只能绝望地挨着日子。《透明的红萝卜》中的黑孩饥饿难耐，偷了一个萝卜而被成年人批斗、羞辱，更是让后来的读者们唏嘘不已。

这种对人性复杂性的认知和表现，是莫言小说向纵深发展的重要推力和契机。莫言意识到，写小说实际上是写人物，是塑造复杂人物。但他所说的复杂人物又不同于西方现代主义意识流小说所表现的潜意识的、碎片化的人物，也不同于西方后现代主义小说文本化的能指式符号人物，而是有着我们民族自近代至今的生活世界、生存世界中的充满爱恨情仇的鲜活人物。他在诺贝尔文学奖颁奖仪式上的讲话《讲故事的人》中说道：在众人都哭的时候，要允许有的人不哭。这是对人及人的处境和心境的一种特殊的观照，这看似简单的诉求，其实反映和表达了当今时代、当今世界依然存在着强暴人权、遏制人性、泯灭自由的恶劣行径。因此，莫言对人及其处境的深切观照实际上表达的是人性和人权的重大问题。在小说中，他一再表达了对于弱势人物的深切同情，如短篇小说《飞鸟》叙述许宝等一干小学生，把自己的老师、地主分子尚秀珊拖来批斗，并且用了各种侮辱的手段和话语，要她交代自己死去的丈夫的性器官被她藏在何处。这些小孩子们本来不懂什么阶级斗争，但是在那个邪恶的时代却跟着成人做了不少恶事。而叙述者“我”的父亲知道儿子做的恶事之后，要拿铁锨削“我”，于是“我奶奶”讲了一个故事，以一个类似的笑话解构了层层暴力和性侮辱。小说中的许宝、“我”、尚秀珊、校长、奶奶、父亲等，都不是什么坏人，但都是有缺点的人，在“文化大革命”那个特殊的时期都做了违心的事，说了违心的话。在人与环境、人与人、人与社会、人与自我等多种关系中，尤其是在生存都成问题的时候，人性中的动物性、邪恶因素就会膨胀、放大。还有前文我们论述过的莫言对饥饿、孤独、屈辱、恐惧进行叙述的小说，其中的故事情节和人物遭际在西方学者看来，似乎是不可思议的，是离奇的(bizarre)[①]，这其实是对莫言小说及其背后文化的一种隔膜认识。无论是《翱翔》写燕燕在新婚仪式上突然出走并在被追逐时飞翔起来，飞到一片坟地的松树上；还是《铁孩》中通过孩子吃铁丝的情节来表达饥饿的残酷程度，都是莫言对人所置身的生存世界的一种表现。不是人性主动退化为动物性，而是连维持基本的动物性都不得的更加悲惨的非人乃至非动物的境况。莫言对人性复杂性的认识及其呈现表达方式正是把人置于种种窘境、困境以致绝境，但又采取似乎无动于衷的叙述态度(零度写作)。从文本表层看来，这种小说带有一定的结构主义意味；但从文本的内蕴来看，莫言是满怀着对苦难中的乡民和邻人的深切同情和理解来写的，带有浓厚的人道主义况味。这是一种对人(性)存在的多层性、复杂性深刻认知的结果，是一种对造成如此悲惨人生和复杂人性的背后社会体制的深刻反思和艺术表达。

第三节　文学创作立场论

对人类普遍的生存困境的关注，在莫言小说创作之初就已显露出来，如对饥饿、疾病、战争、痛苦等的书写。而对世界文学主题的关注，是自 20 世纪 80 年代后期才开始的。自《丰乳肥臀》开始，莫言对文学普世性主题的强调，是他的文学走向世界的又一个重要原因，也是莫言文艺观深化发展的体现。可以预见，这一主题将是莫言获诺贝尔文学奖后在文学创作上进行自我突破的一个重要方向，是莫言小说创作中的一个新的、大有可为的领域。

站在亚洲、东方的立场对世界文学进行勾画和构建，莫言并不是孤家寡人。日本诺贝尔文学奖获得者大江健三郎也为建构亚洲文学并提升亚洲文学的影响力摇旗呐喊，为“创造世界文学之一环的亚洲文学”[②]做出了积极努力。大江健三郎对“亚洲文学”的思考，给了莫言以启发，使其不再局限于以中国文学的视野来考虑文学的意义，不再受到中国国内文学发展方向的局限，从而能够突破对文学的短期效应和现实功利目的的追逐，能够从亚洲乃至世界范围内思考自己的文学创作和文学主张。当然，莫言文学世界全球视野的生成有着具体的时代语境和创作语境，即对旧的文学观念的不断扬弃，对新的文学观念的不断吸收和表达，其实现途径是在艺术思维上突破种种狭隘的、民族的、地域的局限，进而从丰富的人性角度、全球视野、普世价值去思考问题。

---

① Lavonne Leong, “Reviews about Mo Yan’s Fiction *Shifu, You’ll Do Anything for a Laugh*”, *Manoa*, Vol. 15, No. 2, 2003, p. 203.

② 邱华栋：《大江健三郎——创造世界文学之一环的亚洲文学》，《理论与创新》2010 年第 1 期。

一、“世界大于民族”观念及其可行性

莫言在中国当代文坛取得一席之地，是在20世纪80年代中期，此时文学创作思潮已经属于寻根文学。寻根文学是在紧密关涉现实生活的诸多创作思潮之后，彰显本民族文化特色和根脉的一股文艺思潮。改革开放初期，寻根文学既是中国当代文学发展的一个必然阶段或现象，又是在外国文学刺激下文学工作者的自我应激反应。虽然有所谓“越是民族的，就越是世界的”这一理念，然而过分追求民族文学的独特性，专门到儒、道、佛中去寻找传统的根脉，或者到边远的山区、古老的村寨、少数民族地区去寻奇猎怪，会使寻根文学的路子越走越窄，以至陷入绝路。莫言对此有着清醒的认识，他认为，那些走马观花式的知青寻根文学，对农村并没有多少真实的认识，他们以为越是体现民族特色的文学作品，就越能显示出世界性，在世界文学中就越会受到重视，于是就一味地强调文学创作中的地域色彩、民族色彩和文学语言的方言化，一味地在中国传统文化中浅吟低唱、自我陶醉，从而造成作品内容的神秘化、主题的狭隘化、风格的怪异化等倾向，进而造成了中国文学与世界文学的隔膜与脱节。简而言之，这样的文学忽视了对人类永恒母题的关注和表达。他们或者声嘶力竭地抨击和批判落后愚昧的农村，或者怀着所谓的温馨感情来美化原本落后愚昧的乡村，而这些都不是真正的“作为老百姓写作”。莫言对此进行了深度反思，反其道而行之，即以世界性的文学眼光来观照和表现世界视野中的中国乡村和民间。他的作品表达的往往是人类的普遍主题、共有的苦难经验。为此，莫言提出“世界大于民族”、世界文学大于民族文学的观点。在《文学是世界的》一文中，莫言说：“文学之所以能突破国家、民族的障碍，被别的国家、民族的读者所接受，并引起情感的共鸣，就在于好的文学必然地描写了、揭示了人类情感的共同奥秘，揭示了超越种族和国界的普世价值。”[①]生活在不同地区、不同国度、不同时代的人们，可以通过优秀的文学作品而产生共鸣，其前提就在于这些优秀作品表达了人类共同面临的苦难和生存困境，具备“超越种族和国界的普世价值”。莫言的这种认识既是对上述“复杂人性论”的进一步确认，也是对自己童年及周围人群所遭受的饥饿、屈辱、孤独、恐怖等心理感受以及苦难生活所蕴含的人类普世价值、艺术表现价值的确证。

超越或放逐了阶级和党派观念，从世界视野来观照文学的莫言，其文学思想越来越深邃和广阔。他指出：“我们应该具有一种更博大的胸怀，我们应该具备一种更广阔的眼光，应该站在人类的高度上，站在全人类的广度上，来进行我们的创作。”[②]这是莫言愈来愈坚持的“人类和世界大于民族和国家”这一文学创作理念的体现。

---

① 莫言：《莫言讲演新篇》，文化艺术出版社2010年版，第57页。

② 莫言：《莫言讲演新篇》，文化艺术出版社2010年版，第236页。

二、"世界文学"的实现途径

"世界文学"这一概念和设想是伟大作家歌德早在200多年前在同艾克曼的谈话中提出来的,150年前马克思又进一步观照世界经济正在发生全球化转型的大趋势,提出了世界性的文学时代也必将到来的论断。后来,比较文学的建立,中国新文学的诞生,新时期文学的繁荣,无一不是中国在全球化和世界文学的旗帜下的产物。正是在这样的世界背景和开放背景下,莫言一再强调他的"世界文学"观,具体到实现途径,他认为有两条:其一是人类的视角,其二是人类的主题。他说:"真正的文学作品,是超越民族和国界的。"①人类的视角自然要求作家在创作时必须考虑文学主题对于民族和国界的超越维度和境界。之所以提出这一观点,是因为莫言创作的时代也是民粹主义和狭隘民族主义甚嚣尘上的时期。超越民族和国界的有效途径,就是以人类视角俯瞰人类共同面对的重要课题和主题,要超越阶级、党派、种族等狭隘立场和界限,站在人类立场上来写作。在题为《小说与社会生活》的演讲中,莫言强调:"真正的文学,应该是超越了党派和阶级的狭隘利益,超越了国家和地区的封闭状态,应该是站在全人类的高度,用一种哲学的、宗教的超脱和宽容,居高临下地概括社会生活的本质。"②"全人类的高度"即作家以人类视角来关心人类的生存问题,用文学的方式表达人类的生存状况。人类视角还包括对未来人类生活进行思考。在《我的文学历程》一文中,莫言说:"文学家应该站在全人类的高度和立场上,思考人类的前途和命运。"③这就需要作家克服狭隘的民族观念和个人好恶、爱憎观念,超越眼前的利益得失、是非曲直,把个人、阶级、党派等问题置于人类生存和发展的大视野中来思考,从而达到超越时空的思想高度。

人类视角和世界文学对创作主体提出了更高的要求。莫言认为,一个有良心、有抱负的作家,"应该站在人类的立场上进行他的写作,应该为人类的前途焦虑或是担忧,他苦苦思索的应该是人类的命运,他应该把自己的创作提升到哲学的高度,只有这样的写作才是有价值的"④。从人类视角和世界文学的立场来看待文学,就需要作家具有强烈的面对人类生存问题的责任感,要心系人类的未来命运,以笔为武器,展现人类隐藏于深处的、长期停留或瞬间闪现的心灵苦痛,展现人类的生存困境,并为人类精神家园的重建提供思路或警示。莫言不仅在理论认知上强调世界文学和人类境遇主题的重要性,而且在创作中努力践行这些原则。如《丰乳肥臀》表现了母亲与战争但超

① 莫言:《莫言讲演新篇》,文化艺术出版社2010年版,第49页。
② 莫言:《莫言讲演新篇》,文化艺术出版社2010年版,第94页。
③ 莫言:《莫言讲演新篇》,文化艺术出版社2010年版,第71页。
④ 莫言:《莫言讲演新篇》,文化艺术出版社2010年版,第132页。

越了阶级,同时俯视了战争主题本身;《酒国》表现了现实政治腐败及其对人性堕落的腐蚀性问题;《四十一炮》表现了饥饿与饕餮主题;《生死疲劳》表现出生存苦难与人性浮沉的主题;《蛙》表现了生命的渺小与无常的主题。

莫言在解释自己的《生死疲劳》时认为,原本他深切地同情蓝脸这个人物形象,对西门闹也持一种悲悯的情怀,但是在更为高超、更为超越性的维度上还有一个佛性存在,一个类似于上帝般的神灵存在,因而人世间的这些人物及其所遭受的种种匪夷所思的苦难,也就不是不可以看轻、看淡的了。因此,莫言的世界文学观具有独特的价值,让其得以站在超越一般作家的思想高度,以佛性或神性来俯瞰芸芸众生的悲欢离合与生老病死,从而使其作品具有强烈的悲悯情怀和深沉的普世价值。这一观点无疑是对“越是民族的,便越是世界的”这一创作理念的反思与叛离,对中国当代文学起到了拨乱反正和振聋发聩的作用。人类视角、人性主题、普世价值、世界文学,正是莫言创作的一贯指向和归宿所在,也是其创作理念的重要维度。

三、故乡:留恋与超越之间

莫言一心创建的“高密东北乡”文学王国,集中体现了他力图融合古今中外一切创作资源,并做出最大努力去构建伟大文学世界的理想。立足故乡高密,走向全国和世界,是莫言某一天的突然领悟和意识。在 20 世纪 80 年代中期,莫言就有了建构自己文学“根据地”的诉求和愿望,而且这个“根据地”必须与自己童年生活有密切的联系。虽然莫言从骨子里看并不特别赞美故乡,而是更多地保留了对故乡的反思和批判,但是他选择的“根据地”却恰恰是他的故乡。

首先,故乡有自己的父母亲,是母亲生育自己的血地,是作家爱与恨交织的地方。莫言的“血地说”点到了故乡之于作家的关键处。他是这样谈论的:“这地方有母亲生你时流出的血,这地方埋葬着你的祖先,这地方是你的‘血地’。”① 他一出生就落在一堆从大街上扫来的、掺杂着牛驴粪便的干燥尘土上,莫言自我调侃道:“这也可能是我一直土气的原因。”② 这是作家的宿命。哪怕他早已走出了家乡,走进了城市,走向了世界,获得了世界性的荣誉,成了世界性的大作家,但他还是带有很浓厚的“泥土气息”的“乡土作家”。从身体到血缘,从精神到灵魂,作家都离不开故乡,无论她是贫穷、落后、愚昧、闭塞,无论她给作家造成多大的苦难,作家童年生活过的故乡,永远烙印在他的身心上。在谈到“高密东北乡”这个自己的写作背景时,莫言这样认为:“刚开始还有现实的意义,越往后越变得像一个虚幻的遥远的梦境,实际上它只是我每次想象的出

① 莫言:《超越故乡》,《莫言散文新篇》,文化艺术出版社 2010 年版,第 7 页。
② 莫言:《我的故乡与我的小说》,杨扬编:《莫言研究资料》,天津人民出版社 2005 年版,第 28 页。

发点或归宿。"[①]从"高密东北乡"由实到虚的演化过程看,莫言的创作也走过了由摹仿写实一路,到渐趋虚幻现实一路,再到巫幻现实主义风格的形成,也就是到独具特色的莫言式现代主义风格的形成。这种写作的路数就是不断地从故乡出发,又不断地想象故乡,虚构故乡,反顾故乡,最终超越故乡。按照莫言的说法就是:"故乡就是一种想象,一种无边的、不是地理意义上而是文学意义上的故乡。"[②]

一个作家必须出走他乡,或者说必须远离故乡,否则就没有获得反观故乡的参照系。假如周树人不走异地,不离开绍兴,不到日本、北京、上海等地,一直固守在绍兴或杭州,那他就成不了新文学的旗手鲁迅。浙江当代作家余华的创作之路也是如此,如果他固守海盐一地,不到嘉兴,不去北京,那也成不了大作家余华。故乡不仅仅是一个地理概念,而更多地寄托了作家的童年记忆,尤其是寄托了不幸的童年记忆。"如果童年不幸,有可能获得一些独特的感受和经验,而这些独特的东西,恰好是最富有文学意义的。"[③]作为一种想象、一种情结、一种发明、一种精神,故乡就是一个作家存在的悖论性概念。故乡之于莫言,她是苦难的背景,是母亲生育他的血地,也是作为游子的他返回故乡时听到的猫腔(茂腔),是那些或善良或刁蛮的乡邻和他们琐屑而怪诞的故事……一回到故乡,莫言就会产生源源不断的创作冲动,人、情、事、物就活灵活现地喷涌而出。因此,他的《丰乳肥臀》等最具代表性的作品正是在高密县城南关的小院落里完成的。作家与故乡的关系,最理想的状态是在不断出走与回归过程中的循环、激荡、交流、碰撞,进而不断升华的具有张力的故乡观念。

正是这种对故乡既留恋又出走并超越的胸襟和情怀,才使得莫言这样的作家不断地从故乡的大地和乡亲那里汲取丰厚的营养,但是又不拘泥于邮票般大小的故乡以及故乡人们狭隘、蒙昧、落后的思想,而是以世界眼光和世界文学的标准不断自我否定、自我扬弃、自我超越。这实际上是一种作家故乡情结的辩证法。莫言是一个故乡情结很重的作家,他深爱着他的故乡,深爱那里的一切,但同时他又是一个对故乡充满"怨恨"的作家。他参军前曾经无数次梦想着离开这个让他饱受饥饿、屈辱、恐惧等种种苦难的地方,他要"和地瓜干离婚"的想法是如此强烈,以致他参军离开家乡,其他新战士是那么留恋故乡,而他却义无反顾,当知道自己当兵的地方黄县离高密东北乡仅仅不到200公里时,他感到了深深的失望。在他的散文随笔和访谈对话中,这种情绪经常流露出来,十分强烈且触目惊心。然而悖论的是,他经常谈到后来自己置身都市,让他无所适从,这时候他就"想放下一切躲回高密东北乡"。同时,他称作家最重要的资源

① 莫言:《发明着故乡的莫言——2002年3月与〈羊城晚报〉记者陈桥生对话》,《莫言对话新录》,文化艺术出版社2010年版,第258页。

② 莫言:《发明着故乡的莫言——2002年3月与〈羊城晚报〉记者陈桥生对话》,《莫言对话新录》,文化艺术出版社2010年版,第258页。

③ 莫言:《发明着故乡的莫言——2002年3月与〈羊城晚报〉记者陈桥生对话》,《莫言对话新录》,文化艺术出版社2010年版,第258页。

甚至自己的文学根据地为“高密东北乡”。[1]

在《春夜雨霏霏》等作品中，莫言笔下的家乡还是纯情的、可爱的，因为那里有温柔的女人，有勤劳善良的父老乡亲。从《透明的红萝卜》开始，到《红高粱》《欢乐》《红蝗》《十三步》等，“超越故乡”的思想就日益强烈起来。高密没有高山，但是作家可以在作品中让“高密”高山密布；高密东北乡并没有高楼大厦，作家可以在小说中让“东北乡”如大城市般地耸立起高楼大厦；高密并没有一个为了生育男孩而同好多个男人结合以借种的母亲，而作家可以在名为《丰乳肥臀》的小说中塑造这样一个前所未有的母亲上官鲁氏（鲁璇儿），并且让她同来自瑞典的传教士马洛亚牧师（神甫）产生了感情，结合生下儿子上官金童。这既是对其家乡有过一所天主教堂及其神甫的真实历史的艺术表达，但又是一种虚构和幻想。

超越故乡就不能局限于故乡的人事物理，因此广泛借鉴外国文学尤其是现代主义的优秀成果，就是莫言再造“高密东北乡”文学王国的必由途径。正如有学者所指出的：“莫言的文学探索了本土和外国之间的关系，这种关系应被视为现代传统的一部分。在他们迷恋欧洲国家和美国为代表的西方世界的同时，中国知识分子提出了理解和回应外国影响的各种模式。”[2]莫言正是在这种大背景下开始创作并闯出自己的一片新天地的，加之他在虽然贫穷落后但因处于齐文化圈以及近代沿海开放风气潜移默化影响下成长起来的具体环境，他必然会以开放的心态吸纳包括西方在内的优秀文化和文学。

莫言骨子里对故乡充满了反叛和反讽意识，11 岁就失学当了放牛娃的管谟业，走向社会所得到的最大体验和感受就是“受罪”，他写道：“在农村的艰苦劳动中，我学会了受罪的本领。”[3]这种“受罪”体现在方方面面，“当我作为一个地地道道的农民在高密东北乡贫瘠的土地上辛勤劳作时，是对那块土地充满了仇恨。它耗干了祖先们的血汗，也正在消耗着我的生命。我们面朝黑土背朝天，付出的是那么多，得到的是那么少。我们夏天在酷热中挣扎，冬天在严寒中战栗。一切都看厌了：那些低矮、破旧的茅屋，那些干涸的河流，那些狡黠的村干部……”他发誓有一天离开这块土地，就决不再回来。[4] 然而三年后，“当我重新踏上故乡的土地时，我的心中却是那样激动；当我看到满身尘土、眼睛红肿的母亲挪动着小脚艰难地从打麦场上迎着我走过来时，一股滚热的液体哽住了我的喉咙，我的脸上挂满了泪珠。那时候，我就隐隐约约地感觉到了故乡对一个人的制约。对于生你养你、埋葬着你祖先灵骨的那块土地，你可以爱它，也

---

① 莫言：《茂腔大戏——2001 年 6 月与〈南方周末〉记者夏榆对话》，《莫言对话新录》，文化艺术出版社 2010 年版，第 321 页。

② RONG CAI, “Problematizing the Foreign Other: Mother, Father, and the Bastard in Mo Yan’s *Large Breasts and Full Hips*”, *Modern China*, Vol. 29, No. 1, 2003, pp. 108-137.

③ 莫言：《我的故乡和我的小说》，杨扬编：《莫言研究资料》，天津人民出版社 2005 年版，第 29 页。

④ 参见莫言：《我的故乡和我的小说》，杨扬编：《莫言研究资料》，天津人民出版社 2005 年版，第 30 页。

可以恨它,但你无法摆脱它"[①]。对家乡的态度变化是,由无从参照的无意识,到怨恨、逃离,到回避、淡忘,到回忆、回归,再到重新走出、超越等不同的阶段。谈到自己的这种对故乡的心路历程,莫言认为:"我强烈地感觉到,二十年农村生活中,所有的黑暗和苦难,从文学的意义上说,都是上帝对我的恩赐。虽然我身在异乡,但我的精神已回到故乡;我的肉体生活在北京,我的灵魂生活在对于故乡的记忆里。"[②]从整体上看,故乡之于莫言的影响是积极的、正面的、具有创造性的多于消极的、负面的、抑制性的,即使故乡那些不堪忍受的苦难、那些惨不忍睹的贫穷、那些不可遏制的强权以及自己所遭遇的种种屈辱、饥饿和磨难,都化为了作家莫言创作的素材甚或创作的题材和动力。对于《天堂蒜薹之歌》中的紧张对抗关系,在随后的《酒国》中,莫言就进行了调整,故乡甚至成了作家的"一个久远的梦境,是一种伤感的情绪,是一种精神的寄托,也是一个逃避现实生活的巢穴"[③]。《酒国》的实与虚、严肃与戏仿的结合,克服了直面现实写作的烦恼,也超越了现实对文学的桎梏。这是莫言走出故乡、超越故乡的一次重大调整。

如果我们进一步去寻求和探索,则会发现莫言在为文和做人两方面有一种深刻的悖论,或者说存在巨大的反差。为文时的莫言,尤其是创作小说时的莫言,汪洋恣肆,放荡潇洒,一泻千里,泥沙俱下,气吞山河,大气磅礴,鲸鱼般地游弋在大洋深处,并且不屑于同鲨鱼们在一起;而在现实生活中的莫言却随着年岁的增长,变得愈来愈谨小慎微,像个谦谦君子,处处彬彬有礼,甚或沉默寡言,"千言万语,何若莫言!"2009年他在德国法兰克福书展上的演讲,引用了两个德国近代艺术家即贝多芬和歌德来阐释他的为人之道。莫言自称年轻时特别崇拜贝多芬,因为贝多芬和歌德有一次遇到国王的仪仗队,前者丝毫不委屈自己,傲然挺胸地走过,旁若无人;但他不理解或睥睨歌德,因为歌德此时侧立路旁,脱帽敬礼,等待国王的队伍经过。莫言发表演讲时则称,此时此刻他深刻理解了歌德。恩格斯说过,歌德如此的行为反映了其小市民性,而德国的小市民是一种沉浸在自己的精神王国里,而不顾及普通民众生活的一种姿态或性格,而非我们一般理解的小市民性。歌德尊重世俗权威,并不证明他懦弱,一如贝多芬睥睨国王的威势一样。莫言对歌德的这种态度变化反映了他的内心世界的变化。这里既反映了莫言所处的语境,也与莫言自己的性格有关。在创作上,他是当仁不让、天马行空的;但是在日常社会生活中,他又是一个认同、至少不与世俗直接对抗的人。文学的莫言和生活的莫言当分开来看,就像我们分析他的小说,不能把小说的叙述者和作者等量齐观一样。

由此,我们应该反思当莫言刚刚获得诺贝尔文学奖时,上海一位学者称莫言是一个典型的具有浓厚"乡愿"气息的作家,"莫言不是头戴荆冠的耶稣,他只是一个渴望成

① 莫言:《我的故乡和我的小说》,杨扬编:《莫言研究资料》,天津人民出版社2005年版,第30页。
② 莫言:《我的故乡和我的小说》,杨扬编:《莫言研究资料》,天津人民出版社2005年版,第31页。
③ 莫言:《我的故乡和我的小说》,杨扬编:《莫言研究资料》,天津人民出版社2005年版,第33页。

功的职业作家而已。这种‘诺贝尔圣徒’和‘乡愿作家’之间的角色错位，成为引发‘莫言争端’的全部根源”[1]。其言外之意就是莫言不够格，他得奖乃受之有愧。其实，世间有谁人能达到神之子耶稣的超然境界？莫言自己说过：“日常生活中，我可以是孙子，懦夫，是可怜虫，但在写小说时，我是贼胆包天、色胆包天、狗胆包天。”然而，我们读完莫言所有的作品后，再来重新审视上海批评家的这句话，就会发现其判断的随意性和片面性。的确，在日常社会生活中，莫言往往对很多问题保持着沉默，但他对自己的故乡落后、人性堕落、基层干部狡黠、党派邪恶等不是无原则地维护，对民众疾苦与屈辱不是视而不见，而是对此充满深切洞察、同情和悲悯。在作品中，他通过各种方式对此进行调侃、戏谑、揭露和批判。作为一个有着自由灵魂的作家，莫言不会那么幼稚、简单、廉价地认同他厌恶和批判的对象。

莫言在春暖乍寒的20世纪八九十年代继续从家乡出走，最终得以超越故乡，而实现自己创作杰出乃至伟大文学作品的宏愿和梦想，这不仅得力于当时相对自由的创作和批评的氛围，还得力于他们这一代作家(20世纪50年代中后期至60年代出生)得风气之先，广泛吸纳世界上一切新颖先锋的文学思潮和艺术经验，又把自己从生命体验和经历中所获得的感知力、洞察力、想象力、理解力等诸方面能力结合起来的得天独厚的才华，同时加以大胆展现，引领了时代审美风潮。研究现代主义的美国学者欧·豪认为：“一个具有现代主义精神的作家，会自然而然地倾向于试验，即使只是因为他需要明显地、戏剧性地表达出同传统的决裂。”[2]莫言当然不同于西方的现代主义者们，他的实验不仅仅源自对于传统的决裂，而且更取决于对所处的创作情势和语境的深思熟虑。也正由于自身所处的特殊的话语环境，莫言找到了与自己的天赋和个性相一致的现代主义创作原则。他一路走来，从感觉主义到结构现代主义，再到巫幻现实主义，这些实验和探索万变不离其宗，打通并融合感觉的、梦幻的、幻想的、超现实的世界与现实的世界，就是莫言小说叙述的一贯风格。作为当代中国生活和社会经验最为丰富、经历最为坎坷、体验最为深刻、创作之路最为传奇曲折的一代作家的代表，莫言能够把各种艺术思想和手法融为一体，最后建构和创造了自己辉煌的“高密东北乡”文学王国。做到这一点绝不是偶然的，而是有着文学的和历史的必然。莫言的文学世界正是对他自身，也是对这个民族饱经苦难之后在文学艺术上的丰厚馈赠和回报。

---

① 参见朱大可：《莫言在“诺贝尔圣徒”和“乡愿作家”间挣扎》，凤凰网文化，http://culture.ifeng.com/huodong/special/moyannobel/content-1/detail_2012_12/11/20046991_0.shtml。

② [美]欧·豪：《现代主义的概念》，刘长缨译，袁可嘉等编选：《现代主义文学研究》(上)，中国社会科学出版社1989年版，第181页。

结　语

莫言通过精灵般的敏锐感觉和鲸鱼般的磅礴气势，创造了“高密东北乡”文学世界，走出了一条与西方现代主义和中国本土现代派或先锋派都不同的路径，走出了一条真正属于他本人也属于中国的崭新的现代主义之路。莫言的现代主义文学的独特性和创造性至少体现在以下几个方面。

一、立足于乡村和农民世界

莫言扭转了现代主义专注于城市题材、城市市民和小资产阶层的路数，而把写作热情、精力和重心放在乡村社会，放在底层的农民身上，创造了一种专属于自己的巫幻现实主义文学。乡村社会和农民在现代化进程中所遭遇的冲击和磨难最为惨重，农民的心灵世界在这种由传统乡村伦理社会向现代化城市社会转变的过程中，遭受的创伤也最为惨烈。然而，此前的中国新文学仅仅把农民和乡村放在革命对象或革命参与者的角度予以表现，即使把农民作为领导力量来写，也写得出离的“高大全”，缺乏真诚和真实性。近代以来，在席卷全国和全世界的现代化进程中，乡村和农民遭遇的身体创痛及其所引发的强烈的精神痛苦尤为巨大。但是，书写中国农民命运和创痛的文学作品整体看来却差强人意。在鲁迅看来，农民身上承载了国民性之负面性的阿Q精神以及闰土和祥林嫂的蒙昧性，后来的乡土文学继承了鲁迅的这一文学传统，但是仍然没有真正揭示出乡村的破败和农民的精神痛苦，有的也仅是浅尝辄止、蜻蜓点水，根本没有触及农民的精神世界。胡风影响下的路翎创作的《财主底儿女们》稍微触及了农民(包括地主)在时代变局中的命运和心理磨难，但主要笔墨还是用在表现财主的儿女们即知识分子方面。在延安新文学中，农民摇身一变成了革命的主力军，这一崭新认识延续到了20世纪五六十年代红色文学创作思潮当中，以《红旗谱》《创业史》等为代表的红色经典叙述，农民朱老忠、梁生宝等成了乡村中革命、进步和正义的化身。乡村在现代化进程中所遭遇的坎坷,农民在其中所遭受的痛苦,统统被遮蔽或淡化。《创业史》中的梁三老汉还成为被作家和众多批评家贬低和批判的角色。直到浩然的《金光大道》等小说,塑造了光鲜亮丽的农民英雄人物形象,描写了漂亮美丽的乡村画卷,这成为"文革"文学的印记和特点。《金光大道》的主人公高大泉完全蜕变成了"高大全"式的标本和类型化人物。此时期,文学对于乡村和农民的表现走火入魔,不可收拾。改革开放以来,当代文学走向了多元化的路子。自 20 世纪 40～70 年代末期,现代主义文学在大陆基本绝迹。直到朦胧诗派、实验－探索剧派、寻根派、现代派(当时还被称作"伪现代派")、先锋派等文学流派出现,中国的现代主义文学才又得以出现并逐渐繁荣起来。然而,中国当代的现代主义文学带有很浓厚的西方和拉美印记,并且从刘索拉"你别无选择"式的个人主义反叛、徐星"无主题变奏"式的无政府主义"骚乱",到格非的个人无意识、苏童的人性黑洞、余华的冷漠剖析、残雪的黑暗呓语等,往往都陷在对于孤立个体的叙述当中。就文学之于人性及其生存世界来看,先锋文学的这种探索不无价值,它揭开了文学数十年的瞒和骗的把戏,还原了作为此在的人的个体经验和人性善恶美丑交集的存在真相。

莫言属于现代派或先锋派阵营的一员,然而他不同于上述作家的地方在于,他把笔触一直放在乡村和农民身上,且把人物放在时代大背景下的错综复杂关系中加以表现。无论是当代乡村的巨变,还是作为主人公的农民命运和形象的蜕变,莫言都是将其放在一个大系统中加以观照的,而不是抽象地、形而上学地表现所谓人性的本质。即使写那种政治运动不断的动乱年代,写那些遭受饥饿以致饿死的农民的悲惨遭遇,莫言也努力写出其中的生存和生命抗争的"乐趣"和色彩。《透明的红萝卜》中的意象营构和变形,写出了"文化大革命"中极度贫穷的生活,但也透过这"透明的红萝卜"意象而发现了生活中些许的美好和人性人情的温暖。《红高粱家族》中的"我奶奶"和"我爷爷"的"野合",虽然充满了肉欲以及对传统伦理的挑战,但是在追求强力和血性的故事背后,依然有创造新世界的美的活力。《天堂蒜薹之歌》直接切入现实,但又不是对现实亦步亦趋的书写,而是充分借鉴了意识流、梦幻、幻觉等现代小说的手法,写出了遭受巨大损失、痛苦和屈辱的农民的精神世界。在整个中国新文学发展史上,还没有哪一部作品像《天堂蒜薹之歌》那样,写出了官僚体制的邪恶和农民精神世界的悲苦、卑微、无奈甚至绝望。到了 20 世纪 80 年代末,随着巨大的社会政治转型,莫言的创作也经过了一个巨大的转型,其《酒国》由实转虚,写实、戏仿、反讽、元叙述等多元的叙述风格融为一体,成为一个非常独特的小说艺术范本。罪恶与笑剧、冷酷与喜剧、杀戮与饕餮、酒池肉林、性爱交媾,举凡人性的、社会的、饮食的、酒神的、小说的、艺术的、科技的、学术的、历史的、政治的、宣传的、腐败的、犯罪的、乱伦的、爱情的、肉欲的、反腐的、革命的,几乎所有的当代生活的景观,都在小说中予以了展演,简直称得上小说艺术的万花筒。作品对于精细的饮食文化甚至烹食男婴、腐烂的酒文化之登峰造极的描写,可谓当代小说艺术的大观园。这种饮食文化和酒文化泛滥的背后依然是农业文明、乡村伦理、农民道德的现代变种。而20世纪90年代至新世纪的莫言小说创作呈现出更加磅礴和浑厚的气势,现代主义的创作原则和手法更多地沉入对小说传统的反顾和融合当中。《丰乳肥臀》《生死疲劳》《蛙》等长篇小说把源自民间的庞杂浑浊、带有狂欢化色彩的喜剧性,同民间所遭受的种种屈辱、杀戮、饥饿、恐惧等苦难结合起来,使其共同构成了莫言小说创作最为辉煌和壮观的景象,现代主义成为化解和统合其他诸种创作手段的核心原则。

莫言作品所描写的乡村和农民形象已然与传统的乡村和农民形象大相径庭,虽然还是乡村和农民,即使是20世纪早期和中期的乡村和农民,也是经过了作家强烈的主观感觉和情感所折射或过滤的乡村和农民。西方学者曾经这样评析道:"现代主义作为一种高度复杂的美学趋向,从来都不大愿意直接如实地表明它所依托的那些社会上思想上的力量和条件。"另外,急遽现代化、工业化、科技化、乡镇城市化、教育世俗化导致了世界的不稳定性。莫言所处的中国新时期及后新时期正是遭遇3000年未有之大变局之时,传统的一切遭到了彻底解构,至少是受到了怀疑的危机,新的价值根基却远远没有建立起来,或者说统一性的价值标准不复存在了。因此,这一百余年来包括莫言熟悉的乡村以及农民的历史和现实生活同样处于被解构、被怀疑的地步,且较之城市和小市民来说更加严重。在当代乡村与城市,一切都在努力争取自己存在的理由,都在努力扩大自己存在的地盘,互相对立的价值观、世界观和人生观林立,从处在原始社会状态的带有萨满教信仰的东北狩猎民族,到残酷使用奴工、童工的黑砖窑;从延续2000多年且仍在使用的农耕技术,到高度发达的电脑控制的大机器生产流水线;从边远落后的乡村到充满了声光电化的大都市,等等,这就是百年中国、当下中国。传统的古典主义、写实主义、浪漫主义等创作原则和手法已经远远不能表达这个极其复杂的杂糅型中国以及生息其中的民众了,所以才有了莫言这样的作家们,用他们几十年来广泛吸收所形成的中国式现代主义进行创作。莫言自20世纪90年代以来的一系列作品,如《酒国》《丰乳肥臀》《檀香刑》《四十一炮》《生死疲劳》和《蛙》等长篇小说,都在力图表达这一超级复杂形态中的时代和人性。这些作品主要涉及以"高密东北乡"为基地的乡村及其剧烈演变,塑造了一大批充满生存欲望和善恶交织的乡村人物形象,表达了他们身上蕴含的丰富复杂的人性。"酒国"的谵妄疯狂、"丰乳肥臀"的驳杂丰厚、"檀香刑"的残酷暴虐、"四十一炮"的戏谑与聒噪、"生死疲劳"的无常与悲悯,以及"蛙"的象征与真实,每一部作品,都是莫言用宽泛意义上的新颖的现代主义原则所做的一次艰难而悲壮的创造。他以宏富的作品及其创新的手法,把主要的笔墨对准被误解、被扭曲的乡村以及被剥夺、受屈辱的农民,从而不但彻底改变了现代主义在中国主要描写城市和小市民、小资产阶层的局面,而且和拉美等国家、民族的作家们一起彻底扭转了世界现代主义注目于城市和市民阶层的倾向。莫言就在对既有文学范式和思想的亵渎、戏拟、反讽中，进行了全方位的重建工作。他批评了《高山下的花环》之类纪实作品和写实兼煽情传统，就拿出了《透明的红萝卜》；他批判了红色经典，就亮出了《红高粱家族》；他反感于伪现代派假模假样的标准化个人主义，而写出了《天堂蒜薹之歌》；他陷于失望和迷茫可又不认同新写实一派，于是便创作了戏仿“新写实主义”的《烹饪课》(《酒国》)；他不屑于同渐成气候的伪现代派鲨鱼们为伍，于是便推出了鲸鱼般磅礴沉雄的《丰乳肥臀》《生死疲劳》……一路走来，莫言靠着这些称得上辉煌的作品而站在了文学的“珠穆朗玛峰”。

莫言的这一系列创造是一个时代审美风尚巨大转型的一部分，他的创作证明了20世纪很多批评家和理论家理论观点的偏颇甚至是无效。英国学者麦克法兰认为：“现代主义把城市作为它的自然发源地——而这些城市又变成世界性的中心。”[①]李欧梵在《上海摩登》一书中断言，现代主义只能出现在欧美大城市和少数像上海这样的中国大都市中。同时，现代主义艺术所要表达的也是关乎城市、知识分子和市民的，像李欧梵着重研究的上海滩的“新感觉派”那样，其实是一批落魄而迷茫的知识分子写的关于落魄而迷茫的城市青年男女灯红酒绿的身体感觉和外在生活，肤浅的情色是其关注的核心。然而，莫言改变了这种观念，虽然他依旧在大都市里生活，但他创作时往往是在故乡高密，所写的也多是乡村生活和农民的形象、农民的思想、农民的情感和农民的心理世界。然而，这同样是饶有特色的成熟的现代主义文学创作。

二、多层面多角度观照和透视人性

莫言的文学世界敢于正视人性中最卑劣、最阴暗、最无耻的一面，敢于揭示社会的丑陋和黑暗，同时给予人性中的善与良知以充分的重视和敬意，写出了中国人乃至人类人性的复杂性。许多批评家认为莫言的作品多为审丑。笔者在前文曾辟专章论证莫言不但是一个审丑家，还是审荒诞家、审怪诞家、审恐怖家。总之，莫言是一个依靠小说这种艺术形式进行创造的审美家。正是包括莫言在内的具有先锋意识的一代作家，以艺术家的真诚和无畏，充分表现了人性的复杂性，揭开了社会黑暗存在的真相。但莫言不同于其他先锋作家的地方在于，他对苦难和丑陋并不是一味地抨击和揭露，还运用独特的戏谑和反讽方式，对其进行具有多重审美色彩的表达。他创造了一种新的审美类型——逆向身体美学(感性学)。在诺贝尔文学奖颁奖典礼上，瑞典文学院诺贝尔文学奖委员会主席瓦斯特伯格在给莫言的颁奖辞中说道：“他戏谑地揭示了人生境遇中最阴暗的方面，漫不经心地摸索出极富象征力的形象。高密东北乡体现了中国的民间故事和历史，不通过此类故事，你几乎很难脚踏实地地进入一个驴吼猪叫淹没

---

① [英]马·布雷德伯里、詹·麦克法兰编：《现代主义》，胡家峦等译，上海外语教育出版社1992年版，第75页。

了党政领导声音的国度，在那里，爱和恶的呈现已达到超自然的程度。”“继拉伯雷和斯威夫特以及当今的加西亚·马尔克斯之后，还很少有人能像莫言这样写得妙趣横生，惊世骇俗。”[①]这种虽然在写苦难，但透露出深深的喜剧意味的手法，并非平庸之辈所能为之，须有高超的笔法和悲悯的情怀不可。《红高粱》中罗汉大爷被剥皮；《檀香刑》中志士钱雄飞被凌迟，孙丙被施加檀香刑；《生死疲劳》中的地主西门闹惨遭枪毙，甚至到了阎王那里还被火烤油炸；《你的行为使我们恐惧》中的歌唱家吕乐之的自我阉割……社会的恐怖加上人性的凶残，构成了莫言小说的底色和背景，人物在其中变得不是更具活着的韧性就是更加凶狠，或者就是被社会的战车碾碎。《生死疲劳》中，红卫兵对着话筒声嘶力竭狂喊的声音，透过高音喇叭而把上空正在飞翔的大雁给震下来摔死了，聚集来听演讲的人们为了抢夺死雁，相互踩踏，导致死伤许多人。这种自然和社会的多重悲剧不正透露出非凡的喜剧效果吗？西门金龙在小便时不小心把别人刚刚送给他的大大的像章掉进了粪坑，被一起小便的坏分子杨七举报，就立刻由趾高气扬的施暴者变成了受辱者。喜剧的情节夹杂着悲剧的况味，就构成了一幕幕悲喜剧。那些动物思维和人类思维掺和的驴折腾、牛犟劲、猪撒欢、狗精神和猴把戏，写尽了西门闹悲苦无告的生死世界，也写尽了蓝脸孤独坚韧沉默的一生。另外，《生死疲劳》中的那个插科打诨、名叫“莫言”的角色，作为一种类元叙述视角，与《酒国》中的作家“莫言”叙述视角类似，造成了小说别有情味的多声部复调叙述。这些小说的喜剧性在很大程度上是对莫言本尊的戏拟和自嘲。还有屡次高考不中而喝农药自杀的高中生永乐，在濒死前放开思绪狂想，而小说却不无反讽地叫作《欢乐》。《斗士》中的武功，人见人烦，打架斗殴，歇斯底里。在小说里，叙述者写了这么一句话：“我想起了母亲生前悄悄地跟我说过的话：‘这个武功，真不是个东西啊。谁要是得罪了他，这辈子就别想过好日子了。’”武功成了人性恶毒的化身、一个符号般的人物，但又是困苦时代和社会生活的缩影。因为这种极致性的邪恶有其产生的土壤，所以其邪恶和“不是个东西”就是可以理解和解释的了。莫言通过这个短篇小说，又一次反讽了整个时代及其被反复颠过来倒过去的伦理价值观。

莫言的小说就是这样不断让人产生惊悚的阅读感受。作为一个在被忽略、被轻视、被侮辱环境中长大的来自中国落后乡村的作家，“莫言的想象飞掠整个的人生境遇。他是描绘自然的能手；有关饥饿的方方面面，他几乎全都熟知。中国在20世纪中的暴虐无道，也许还从未如此率真地被他描写在他那些英雄、恋人、施虐者、强盗，特别是坚强无畏的母亲的故事之中。他向我们呈现了一个没有真理，缺乏常识或同情心的

---

① [瑞典]瓦斯特伯格：《莫言获奖颁奖辞》，康正果译，http://blog.66wz.com/home.php?do=blog&id=473035&mod=space&uid=192763。

世界，其中的人群都显得鲁莽、无助而荒诞”①。在这样一片精神和尊严的荒野上成长起来的小说家，简直让20世纪的小说同仁们汗颜。比较一下那些曾经和莫言抗衡过或试图抗衡的当代中国作家作品，哪一个/哪一部写出了这种野蛮粗鲁又不无狡黠的黑暗人性？女作家残雪也曾经深入人的心理的黑洞世界，但那种飘忽的叙述格调显得苍白且不着边际，结果留给读者的就只有一团团暗黑的浓雾般的不知所云的意象；余华对人性恶的描写与莫言近似，《活着》中的人物福贵的韧性和忍耐，《兄弟》中的兄弟宋钢和李光头之间的爱与恨，《第七天》中的杨飞“比恨更绝望，比死更冷酷的存在”等，但较之《生死疲劳》《丰乳肥臀》《酒国》等，就有些单薄和生硬了。

与动物思维类似的还有儿童叙述，莫言在小说中有意无意地降低自己的格调和姿态，其“作为老百姓写作”的理念在很大程度上得到了贯彻。《铁孩》《草鞋窨子》《嗅味族》《野骡子》《四十一炮》等短中长篇小说采用儿童视角进行叙述，儿童眼中的世界是没有被洗脑的真实世界，是敢于发现和说出“皇帝的新衣”的世界，那里的真实让成年人瞠目结舌。经过了小说艺术形式的整合，苦难便化作了小说艺术的质料和基因。莫言往往驾轻就熟地调动自己童年时期对于苦难的体验和记忆，但是写来却超越了这些苦难。无论从拉伯雷的小说风格还是米兰·昆德拉的小说观念，无论《汉书·艺文志》中关于小说的看法还是蒲松龄的小说观念，抑或鲁迅、钱锺书的小说理论，莫言的小说创作似乎都能与之勾连起来。正是与深厚的中外文学传统的血肉联系，莫言的故事才“富有神话和讽喻的旨趣，所有的价值在这些故事中都全然改观。在莫言的笔下，当代的中国众生相绝非那种常见的模式化理想人物，他们全都显得生气勃勃，为充分发挥他们的生命力和打破那囚禁他们的命运和政治牢笼，他们的行事甚至采取了非道德的步骤和方式”。莫言的小说连通了古代和现代、中国和外国、人性和兽性、成人世界和儿童世界、文明和野蛮等多个方面，书写了“一个被遗忘的农民世界，其中的一切都被写得活灵活现，即便它的氛围乌烟瘴气，也弥漫有肉欲的气息，其中虽充斥惊人的残忍，却仍浸润着欢快的无私；读起来从不让人感到枯燥乏味”②。如笔者前论，莫言把残忍恐怖和喜剧幽默结合起来，创造了一种残酷的笑的小说类型。将令人毛骨悚然的各类运动和罪名横加到各类人物身上，尤其是当时的地富反坏右“黑五类”，就几乎等于宣判了徒刑甚或死刑。可是生活在莫言家附近农场里的右派，还有他的邻居、右派大学生等，给予他的各种信息却是充满才华的、正面的。莫言通过自己的小说和散文对右派分子表达了十足的仰慕和向往。于是带有戏谑的、笑剧的关于“文化大革命”和“十七年”的叙述就在他笔下纷纷出现了。“十七年”和“文化大革命”的集体劳动和聚

① [瑞典]瓦斯特伯格：《莫言获奖颁奖辞》，康正果译，http://blog.66wz.com/home.php?do=blog&id=473035&mod=space&uid=192763。

② 参见[瑞典]瓦斯特伯格：《莫言获奖颁奖辞》，康正果译，http://blog.66wz.com/home.php?do=blog&id=473035&mod=space&uid=192763。译文稍有改动。

会成了农民们尤其是儿童们欢乐的节日。莫言的这个发现和叙述可谓改写了中国当代文学乃至整个现代文学对于农民和乡村的叙述基调。

三、多方面汲取小说叙事资源

莫言敢于向小说艺术中未被认知的领域和表达方式探索，其小说叙述从中国现代派到摹仿西方，摹仿新感觉派的路数，转向了既借鉴西方现代派和拉美魔幻现实主义，又从自己民族叙述传统和小说艺术表达方式的丰富遗产中汲取营养。到了20世纪90年代，莫言多次重申要回归传统，要向传统致敬。他的《草鞋窨子》《檀香刑》《生死疲劳》等作品正是这种回归和“致敬”的产物。中国新时期文学发展到寻根文学和先锋派就已经处在新与旧、中与西、强调写作技巧与追求思想深度的交汇地带，在这个文学的十字路口，莫言并没有追随时尚和时潮，而是有着自己的选择和节奏。他的《透明的红萝卜》《红高粱家族》等作品不属于寻根文学，但是其对民族文化和民族精神之根的探寻和反思，比任何寻根文学作品都更有力度。莫言虽然可被归为先锋派阵营，但他绝不是那种急先锋，作为前卫或中腰甚至后卫还差不多。他自20世纪80年代中后期直到进入新世纪之后的一系列创作，凸显了他的鲸鱼般的艺术智慧和叙述姿态，由起先的重感觉、精灵、鬼怪、玄幻，到沉潜、雄浑、驳杂、博大，与文学界的“鲨鱼们”既拉开了深度的距离，也拉开了广度的距离。

然而，反观莫言“大踏步撤退”和“向古典文学致敬”的说辞，是真正复归到遥远的古代，钻进古典书籍和古代文化里？还是借着这种后退姿态之虚，而行自己的新小说艺术探索之实？古典和古代传统只是莫言用来阻遏自己多年来追随西方现代派和拉美魔幻现实主义所形成的某种惯性的资源之一部分。因为他意识到自己如果一直如此，就犹如靠近高温的高炉，会被其熔化。因此，这种“撤退”和“致敬”仅仅是他采取的小说艺术表达和创造的策略而已。自己民族的既有传统留给我们的遗产确实很丰富，但是站在现代维护人权、个性发展与艺术自由的角度看，这些丰富的遗产多带有毒素，具有很多负面性。任何一个仅仅依靠全面复归到古代中国的现代学人和作家，他所得到的也仅仅是那些带着毒素、充满浓烈异化性质的文化基因，结果不是沦为民粹主义的信徒，就是掉进寻怪猎奇的陷阱。即使像《檀香刑》这部试图描写一百余年前抗击德国侵略者的山东农民起义的作品，如果仅仅把视野局限在刽子手、行刑者如何担当好自己的角色，如何完成好自己的职责，即如何杀人，哪怕写好这杀人者如何尊重被杀者，作者也摆脱不掉其心理世界中含有一种非人道的、“邪恶的”、猎奇的兴趣作祟的嫌疑。实际上，《檀香刑》除了表现这场抗争中农民的惨痛损失和巨大牺牲外，还写出了刽子手如何炫耀自己精湛的杀人技术，写出了德国侵略者的颟顸残暴和趾高气扬，写出了钱雄飞、孙丙等受刑时所遭受的极度痛苦等。尤其是对德国侵略者的帮凶、山东巡抚袁世凯这一人物形象，虽然着墨不太多，但是从文学的角度彻底否弃和批判了这个阴险毒辣、无耻出卖国家、窃取国权的盗匪之徒。《檀香刑》对于近些年来对这一历史人物发出的所谓历史合法性的鼓吹和聒噪之音，不啻为当头棒喝，掷地有声。历史曾多次给予袁世凯成为真正历史伟人的机会，但是从历史事实看，且不说他那妻妾成群的封建君主趣味，就他的政治作为来看，袁世凯其实就是一个有着独特本事的投机分子和封建专制的维护者、继承者，其眼界之狭隘，其趣味之低下，其思想之僵化，以致于他根本不能成为人们期许的伟人。而小说写了他对老百姓暴虐成性，对慈禧的拍马献媚，对钱雄飞的仇恨和歇斯底里，以及他在德国侵略者面前的谄媚屈膝，这些就已经揭示出一系列酷刑的源头，写出了这一形象的实质。除此之外，《檀香刑》还隐喻着传统文化精致性兼腐朽性的方面，以及在近代衰败时挣扎与残忍的一面；隐喻着以刘光第、钱雄飞等为代表的变法维新派和革命派的艰难探索和惨烈牺牲。同时，作品又确实显示出罕见的“残忍”叙述。既有的历史、体制和人性是残酷暴虐的，无论中国还是整个世界，自古就有着异常庞杂的关于酷刑的素材和资料，一部中国法制史，就是一部中国残忍治术和暴政的历史。

在分析和回顾《檀香刑》这部很有特点的小说时，莫言多次谈到在写作过程中，自己既有叙述的快感，又有悲痛和悲悯情怀。整体观照这部独特的作品，它之所以能够被创作出来，源于莫言心目中对自古迄今刽子手文化心理的一种重构的愿望。他谈到这部小说“重点挖掘的是赵甲这个刽子手的奇特心理，当然也是变态心理。他不奇特不变态就活不下去……”接着，莫言又谈到了共和国历史上“那个在执刑前奉命切断了张志新喉咙的人”，谈到了林昭被杀后“那个惊心动魄的五分钱子弹费的细节”，谈到“那些当年残酷折磨林昭的人，那个发明了那种塞进林昭嘴里，随着她的喊叫会不断膨胀的橡皮球的人”，进而反思自己如果是当时的狱卒或看守，会怎么做？最后他得出自己的看法：“几乎每个人的灵魂深处，都藏着一个刽子手赵甲。”[①]这是很惊心动魄的发现和反思，也是这部小说描写刽子手及酷刑的潜在目的。莫言认同邓晓芒揭示的《丰乳肥臀》的主旨在于上官金童这个形象所蕴含的恋母恋乳情结，是中国现代知识分子幼稚化的表征这个看法。在《檀香刑》中，莫言发现了“几乎每个人的灵魂深处都藏着一个刽子手赵甲”这一惊人的结论，这一发现堪比鲁迅先生发现的中国历史的“吃人”本性。这种深刻的反思意识就不是古代传统士人所具有的，而只能属于经过了诸多的恐怖和屈辱、残暴和血腥，又经过了新时期新启蒙洗礼和西方现代主义影响的、具有高远精神和深邃情怀的现代作家。意大利文艺复兴打着复兴古希腊罗马文化和艺术的旗号，其实质是依靠被黑暗时代掩埋的希腊和罗马文化，重新建构当时欧洲新的文艺和文化，是一种走向未来的文化创造思潮；莫言的所谓“向古典文学致敬”和向传统的

① 莫言：《中国小说传统：从我的三部长篇小说谈起——2006年5月在鲁迅博物馆的讲演》，《莫言讲演新篇》，文化艺术出版社2010年版，第334页。

"大踏步撤退",其实也是一种小说艺术创新的策略。

与此同时,莫言在小说的某些层面和思想上,还是受到了现代主义文学美学观的深刻影响。与非现代主义小说相比,莫言小说在表现现实与叙述逻辑等方面不同。具体来讲,他的小说在几个方面有了根本性的不同:小说形式趋于复杂;内心意识得到新的表现;生活现实表象下的紊乱无序[①],即"驴吼猪叫"的自然和民间世界得到重视。莫言小说形式的复杂性主要体现在其长篇小说中,自《红高粱家族》开始,中经《天堂蒜薹之歌》《十三步》《酒国》,到《丰乳肥臀》《檀香刑》《四十一炮》,再到《生死疲劳》和《蛙》等,无不体现出作者追求复杂性的倾向,其中各种实验性的叙述技巧、叙述线索的设置、叙述视角的变换,以及叙述内容、叙述话语和叙述动作本身,都进入了小说文本。以往在现实主义作家看来头脑简单的农民,在莫言的笔下却是异常复杂、丰富多彩的,因为他不是从简单化的党派、阶级立场出发来处理人物及其内心意识,而是从人性和现代心理学出发去观照人物。对于《天堂蒜薹之歌》中的诸多农民形象所遭受的悲苦无告的境况,莫言多是从其内心世界角度展示,甚至从主人公潜意识的角度表达出来,如怀了身孕又走投无路、想着自杀的金菊同自己肚子里的胎儿的对话,就非常令人惊讶但又让人感到很真实,因为小说写出了一个爱情失意、家破人亡、走投无路的农村女青年凄凉绝望的内心世界。同时,莫言的小说彻底打破了现实生活的线性逻辑及表现套路,写出了人物及其周围世界的虚无性和紊乱感。

四、从无神论到有神论:宗教情怀与人性书写

莫言从"痛恨所有的神灵"到"好谈鬼怪神魔",再到悲悯、罪感与忏悔意识的形成与增强,其宗教情怀与对人性复杂性的认识日趋深入,并且提出了关于人性或人物复杂性的"好人、坏人、罪人说"。莫言的文学尤其是进入 20 世纪 90 年代之后的创作,具有愈来愈强烈的敬畏和信仰品格,极大地改变了中国现代主义文学重感官层面而缺乏信仰的肤浅面貌。这体现在两个方面,首先是其一系列小说日益呈现出莫言对于信仰逐渐深入的探索。《红高粱家族》对于生存信念和民族血性的表达;《食草家族》中的四老妈被置之死地而后生,她对于女性自由观和幸福观的新体认和表达,是小说最为激动人心的情节;尤其是《丰乳肥臀》《生死疲劳》和《蛙》,把对生命、尊严、自然的尊重和维护,看得高于现实的政治和体制,这是源自个人深切体验以及对人生、人性、生存世界的深刻思考及其艺术化和形象化的展示,尤其是其中所表达的有关基督教和佛教的思想与话语,其广度和深度超过了同时代很多同行。其次,莫言在很多对话录、演讲录、访谈录和散文随笔中,不断强化和张扬作为作家所应该具有的类似于宗教的慈悲

① 参见[英]马·布雷德伯里、詹·麦克法兰编:《现代主义》,胡家峦等译,上海外语教育出版社 1992 年版,第 366 页。

与悲悯情怀、忏悔意识等,甚至认为这是文学家及其作品摆脱肤浅和热闹而迈向深邃与高远的一个重要维度。应该说,莫言的思想和创作基本达到了他自己所设定或意识到的这个带有一定超越性维度的目标。

莫言小说创作的艺术独创性已经得到了世人的承认和褒扬,比如诺贝尔文学奖评委会是因为其创作体现了"hallucinatory realism"而授予他诺贝尔文学奖。这里的"hallucinatory realism"有许多理解和翻译,而笔者把它理解、译为"巫幻现实主义"或"幻想现实主义"。"巫幻"和"虚幻""幻想"意义近似,但是差别在于前者基于一种深厚的历史文化和民族审美心理背景,"巫性"或"巫幻"在后世中国人的思维和文化心理中留有浓厚的印记,在楚文化地带,以残雪、韩少功等为代表;在江南文化圈,以格非、毕飞宇等为代表,他们的小说都体现了这一点。这也是曾经的先锋派小说创作的一个相当普遍的审美文化的特征。而在一般人认为的讲求实际、崇尚实用理性的山东文化圈,这种巫性或怪力乱神信仰的文化无从存在。但正如前文所论述的,山东的齐文化和鲁文化的分野,齐文化尤其是齐地的民间文化中的这种巫性幻想的文化心理仍然顽强地存在着,尤其是在胶东一带。

按照李泽厚的观点,所谓的"巫"(Shaman,即"萨满"),后世慢慢与君权合一,从远古到商代"绝通天地",巫成了君的特权职能。张光直认为,巫通天人,王为首巫。① 神权逐渐与王权相结合,并被王权取代。巫(神权)后来有两个演变走向:一是官方体制的、道德化的礼文化、理性文化及史传文化,二是逐渐下降为民间傩文化。② 但李泽厚并没有深入研究沉入民间的巫即傩文化。礼—史传文化和巫—傩文化有一个共同之处,即都是实用性极强的文化。作为底层信仰的巫—傩文化的实用性体现在祛病驱鬼等方面。如礼文化超乎寻常的讲究和谨小慎微:"在父母姑舅之所……不敢哕噫、嚏咳、欠伸、跛倚、睇视,不敢唾洟,寒不敢袭,痒不敢搔。"(《礼记·内则》)而流落民间的巫性或傩文化,作为一种根深蒂固的传统民族民间文化心理,一直潜隐在中国的底层,可以抵御这种礼文化的侵扰,使民间过得相对自在洒脱一些。但巫—傩文化在20世纪中叶几乎消失殆尽,直到20世纪80年代文化寻根热,它又以文学的形式,再次登堂入室,成为寻根派最重要的文学成果和领域。真正的积淀性成果却不是寻根文学,而是那些先锋文学。残雪、格非、莫言、阿来、迟子建等分别之于楚文化、江南文化、齐文化、川藏神佛文化、东北萨满文化等。莫言小说因其基于强韧的民间文化,从而带上了强烈的巫幻现实主义的色彩。从黑孩的沉默、超人般的生存能力和幽灵般的生存机智,到"我爷爷"和"我奶奶"在红高粱地里的大胆恣意野合;从《地道》到《草鞋窨子》到《三十年前的一次长跑比赛》;从《奇遇》《神嫖》到《长安大道上的骑驴美人》《师傅越来越幽默》;从《倒立》到《月光斩》;从《球状闪电》《爆炸》到《红蝗》《欢乐》;从《枯河》到《白

① 转引自李泽厚:《说巫史传统》,上海译文出版社2012年版,第9页。

② 参见李泽厚:《说巫史传统》,上海译文出版社2012年版,第11页。

狗秋千架》;从《天堂蒜薹之歌》到《酒国》;从《丰乳肥臀》《生死疲劳》到《蛙》……莫言的长中短篇小说在意象形象、叙述方式、结构方式和话语表达方式等方面,都努力做出了全新的探索。其背后有一个挥之不去的情结或构思表达方式,即在叙述的过程中,作为小说的巫幻、幻想元素得到了各方面极大的发挥和张扬。马克思说过,人体解剖是猴体解剖的钥匙。那么,现代复合型小说像乔伊斯的《尤利西斯》、福克纳的《喧哗与骚动》、高行健的《灵山》,以及莫言的小说尤其是他的一系列长篇小说《酒国》《丰乳肥臀》《生死疲劳》等,借用马克思的话来说,都具有小说界中某种"人体解剖"般复杂的叙述和描写的特质。

莫言小说在继承和超越方面,几乎达到了当代中文小说的极致。它所继承者,有中国古代小说尤其是蒲松龄《聊斋》的传统,有元杂剧的技法,有欧美爆炸文学、拉美魔幻现实主义文学和经典现代主义文学的叙述技巧、文学思维方式,有对日本作家包括川端康成、大江健三郎以及川岛由纪夫等"细部"描写手法的借鉴,甚至有凡·高式的后期印象派画作的影子……多元的创作来源、先天的禀赋、后发的优势、个人的勤奋和敏感,多种因素促使莫言的小说创作达到了中国当代文学乃至世界文学的高峰。他把以苦难为核心的经验/体验转化为多元化审美表达,把苦难转化为审美,这不是一种廉价的所谓苦难美学,而是一种多维、多层、多元的文学审美世界,它内容庞杂、技法多样、气势磅礴。正如刘再复在给莫言的信,以及对莫言的评论文章中所指出的,希望莫言不做成群游弋的鲨鱼,而要努力成为文学海洋里的鲸鱼。莫言在其后的长篇小说"代序言"中认为:"伟大的长篇小说,没有必要像宠物一样遍地打滚,也没有必要像猎狗一样结群吠叫。它应该是鲸鱼,在深海里。孤独地遨游着,响亮而沉重地呼吸着,波浪翻滚地交配着,血水浩荡地生成着,与成群结队的鲨鱼,保持足够的距离。"①由此,巫性和幻想遇合,就不仅仅是一种属于古代或民间的文化标志,而是借助莫言小说这个足以称得上文学世界里的复杂"人体",而进入普遍人性和美学的领域。巫性中的"诗性智慧"、隐喻象征、萨满—巫傩般的神秘仪式、原始信仰形式和现实生活世界的杂糅,成为当代小说可以借鉴的有力辅佐。

加拿大文学批评家诺思洛普·弗莱提出了一个文学自古迄今的循环模型(文学原型)理论,认为人类由早期的神话,衍生、演变出对应于春天的喜剧,对应于夏天的传奇,对应于冬天的反讽,到达反讽阶段,文学又转而出现喜剧色彩。巫性由原始人的混沌未分的诗性智慧,到后来分蘖出诗性、理性、知性、神性等人类精神诸元素,体现在文学领域就是弗莱所总结的原型类别。莫言作为一个具有后发优势和保持了敏锐感觉的作家,其创作到20世纪80年代中(1984年)便发现或找到了自己的富矿——"高密东北乡"叙述。原始的巫性、孩童般的丰满感觉和怪力乱神信仰的结合,构成了莫言创

① 莫言:《捍卫长篇小说的尊严——代序言》,《生死疲劳》,上海文艺出版社2012年版。

作的重要源泉。批评家罗强烈曾经写道："饱经苦难的拉美作家略萨曾经说过，'爆炸'之前的拉美文学，就一味地表现自己的痛苦、眼泪和伤痕，他和马尔克斯就是要变一种叙事态度。"[①]深受拉美魔幻现实主义或欧美爆炸文学影响的莫言小说创作的变化便是如此，他所面临的生存世界充满了丑陋、凶残、无耻和粗俗。是一味地表现这种痛苦、丑陋、凶残、无耻和粗俗，还是加上点其他的审美因素或品格？这是每一个文学家所面临的重大问题。这种复杂而奇妙的结合，汇集在莫言所生活和体验的饥饿、屈辱、孤独、恐惧等苦难记忆中。但莫言追求的是既能表现出现实的苦难或困境，又能找到超脱苦难或困境的方法，这便是他的巫幻现实主义；而拉美魔幻现实主义的"主要特点并不是创造一系列的人物，或者虚幻世界，而是要发现存在于人与人、人与其周围环境之间的神秘关系"[②]，他们的魔幻现实主义强调人与周围关系的神秘性或神奇性。莫言的小说超乎一般苦难叙述的地方在于，他对苦难的细节描写可谓继承了现实主义的优良传统，很逼真切实，但是他的笔触再往前就到了对这种苦难细节所导致的痛苦的揭示与反思，当然在开始创作时他还忍不住要控诉和批判，到后来他就找到了一种属于自己的叙述方法，叙述变得不仅仅是一种哀怨式的、急切的控诉，而是带有空灵、滑稽、喜剧和幽默的格调，因为现实往往变得不可思议、荒诞不经，而幻想和虚幻则趋于正常和符合逻辑，整个的存在乾坤颠倒了。在这种情况下，反而是巫幻现实主义比现实主义更能接近社会和存在的真实。哪怕是那种可怕的苦难、饥饿生活中也会有一种农民式的"苦中作乐"的人生态度，况且其还被莫言有意地纳入其小说创作当中。这种喜剧的、幽默的小说格调，在弗莱和昆德拉的意义上，即在现代小说美学的层面上是小说发展的崭新品格，它让小说变得轻松、有趣，在充满现代生活和存在的复杂智慧的同时，也使之奇幻无比、妙趣横生，同时使复杂、痛苦、艰难的生活和生存变得滑稽和幽默，因而可以忍受。这又是遥远而古老的小说叙述智慧本身的一个现代回响，是莫言通过小说来艺术地向传统致敬的产物，因为无论古老的中国小说传统如杂史杂传、志人志怪小说、笔记野史小说、传奇话本小说尤其是蒲松龄《聊斋志异》等，还是欧洲传统中的拉伯雷、阿拉伯传统中的《一千零一夜》，都是对平凡生活、庸常人生的某种超越和解构。上述带有民间色彩的各路小说传统源远流长，都极大地冲击和稀释了中国史传正统的小说传统。如此看来，自古迄今、自中至欧，小说自有其深厚的喜剧幽默传统。这些中外古今的叙述传统俱被莫言吸收，他的苦难喜剧化、恐惧幽默化的处理方式可谓深得小说之三昧，是其小说的深层话语及结构的体现。

---

① 罗强烈：《莫言的冲突》，《青年文学》1988 年第 11 期。

② ［墨西哥］路·莱阿尔：《论西班牙美洲文学中的魔幻现实主义》，魏聪国译，袁可嘉等编选：《现代主义文学研究》（下册），中国社会科学出版社 1989 年版，第 789 页。

五、民族审美趣味与审美精神的继承与发展

莫言的小说还体现了极具民族特色的审美取向，如《红高粱》《天堂蒜薹之歌》《食草家族》《嗅味族》《酒国》《十三步》等，都以味觉或嗅觉作为小说叙述的中心。而味觉感官在中国自古迄今一直作为审美感官而存在，由此所造就的中国人异常丰富的各地菜系和美味，构成了缺乏超越维度的中国人的现实生活的重要内容，并且是中国人的审美本身。而自古希腊智者派至康德、黑格尔都认为“美是通过视听给人以愉悦的东西”，视听觉及其审美的超越性由此而来。因此，在味觉等是否为审美感官及何种感官可以成为审美感官上，中国美学与西方美学判然有别。莫言的一系列小说对味觉、嗅觉、体觉（触觉）的大体量、全方位描写，充分体现了鲜明的中国小说的审美特色，也在某种程度上回应了100余年前西方美学家尼采所改写的美学发展方向，即由高蹈的精神世界转向了与人的生存世界和肉身存在息息相关的领域，让我们看到了尼采美学在小说艺术领域的实践成果。可以说，莫言通过自己100余部（篇）小说、戏剧作品和大量散文，向世人表明了他不但实现了建构自己的“高密东北乡”文学王国的目的，而且有意无意当中完成了现代主义文学本土化、中国化的艺术使命。

参考书目

一、莫言作品

(一)莫言作品集(共十六卷),上海文艺出版社 2012 年版。

1. 长篇小说:《红高粱家族》《天堂蒜薹之歌》《十三步》《食草家族》《丰乳肥臀》《酒国》《红树林》《檀香刑》《四十一炮》《生死疲劳》《蛙》

2. 中篇小说集:《欢乐》《怀抱鲜花的女人》《师傅越来越幽默》

3. 短篇小说集:《白狗秋千架》《与大师约会》

(二)《莫言文集》(共二十卷),作家出版社 2012 年版。

1. 长篇小说:《红高粱家族》《天堂蒜薹之歌》《食草家族》《十三步》《酒国》《丰乳肥臀》《红树林》《檀香刑》《四十一炮》《生死疲劳》《蛙》

2. 中篇小说集:《欢乐》《怀抱鲜花的女人》《师傅越来越幽默》

3. 短篇小说集:《白狗秋千架》《与大师约会》

4. 散文集:《会唱歌的墙》《碎语文学》《用耳朵阅读》

5. 戏剧集:《我们的荆轲》

(三)《莫言作品全编》,浙江文艺出版社 2017 年版。

1. 长篇小说:《红高粱家族》《天堂蒜薹之歌》《食草家族》《十三步》《酒国》《丰乳肥臀》《红树林》《檀香刑》《四十一炮》《生死疲劳》《蛙》

2. 短篇小说集:《欢乐》《怀抱鲜花的女人》《师傅越来越幽默》

3. 中篇小说集:《白狗秋千架》《与大师约会》

(四)莫言其他作品集或版本

1.《猫事荟萃》,新世界出版社 1994 年版。

2.《莫言散文》,浙江文艺出版社 2000 年版。

3.《莫言影视剧本精粹:英雄美人骏马》,花山文艺出版社 2002 年版。

4.《良心作证》(莫言、阎连科合著),春风文艺出版社 2002 年版。

5.《丰乳肥臀》(增补修订版),中国工人出版社 2003 年版。

6.《藏宝图:中短篇小说》,春风文艺出版社 2003 年版。

7.《写给父亲的信:散文》,春风文艺出版社 2003 年版。

8.《莫言精品彩绘名著》(全六册,含《白棉花》《筑路》《欢乐》《牛》《战友重逢》《红蝗》),民族出版社 2004 年版。

9.《民间音乐》,春风文艺出版社 2004 年版。

10.《小说在写我:莫言演讲集》,(台北)麦田出版社 2004 年版。

11.《莫言北海道走笔》,上海文艺出版社 2006 年版。

12.《恐惧与希望:演讲创作集》,海天出版社 2007 年版。

13.《作为老百姓写作:访谈对话集》,海天出版社 2007 年版。

14.《北京秋天下午的我:散文随笔集》,海天出版社 2007 年版。

15.《莫言对话新录》,文化艺术出版社 2010 年版。

16.《莫言讲演新篇》,文化艺术出版社 2010 年版。

17.《莫言散文新编》,文化艺术出版社 2010 年版。

18.《变》,海豚出版社 2010 年版。

19.《我的高密》(散文卷),中国青年出版社 2011 年版。

20.《学习蒲松龄》,中国青年出版社 2011 年版。

21.《莫言作品》,长江文艺出版社 2012 年版。

22.《姑妈的宝刀》,上海文艺出版社 2012 年版。

23.《莫言自选集》,四川文艺出版社 2012 年版。

24.《蓝色城堡》,人民文学出版社 2012 年版。

25.《盛典——获奖之行》,长江文艺出版社 2013 年版。

26.《聆听宇宙的歌唱》,中国文史出版社 2014 年版。

27.《故乡人事》,《收获》2017 年第 5 期。

28.《锦衣》,《人民文学》2017 年第 9 期。

29.《七星曜我》,《人民文学》2017 年第 9 期。

30.《天下太平》,《人民文学》2017 年第 11 期。

(五)莫言作品(英文版)

1. *The Garlic Ballads*, Trans. Howard Goldblatt, New York: Arcade Publishing, 1995.

2. *Red Sorghum*, Trans. Howard Goldblatt, New York: Arrow Books, 2003.

3. *Big Breasts and Wide Hips*, Trans. Howard Goldblatt, New York: Arcade Publishing, 2004.

4. *Life and Death: Are Wearing Me Out*, Trans. Howard Goldblatt, New

York: Arcade Publishing, 2008.

5. *The Republic of Wine*, Trans. Howard Goldblatt, New York: Arcade Publishing, 2012.

6. *Shifu, You'll Do Anything For A Laugh*, Trans. Howard Goldblatt, New York: Arcade Publishing, 2012.

7. *Pow*, Trans. Howard Goldblatt, London; New York; Calcutta: Seagull Books, 2012.

8. *Change*, trans. Howard Goldblatt, London; New York; Calcutta: Seagull Books, 2012.

9. *Sandal Wood Death*, trans. Howard Goldblatt, Norman: the University of Oklahoma Press, 2013.

10. *Frog*, trans. Howard Goldblatt, Australia; Beijing: Penguin Group, 2014.

二、莫言研究专著

1. 张志忠:《莫言论》,中国社会科学出版社 1990 年版。

2. 贺立华、杨守森等:《怪才莫言》,花山文艺出版社 1992 年版。

3. 钟怡雯:《莫言小说:“历史”的重构》,(台北)文史哲出版社 1997 年版。

4. 谢静国:《论莫言小说(1983～1999)的几个母题和叙述意识》,(台北)秀威资讯科技股份有限公司 2006 年版。

5. 张文颖:《来自边缘的声音:莫言与大江健三郎的文学》,中国传媒大学出版社 2007 年版。

6. 香港浸会大学文学院编:《论莫言〈生死疲劳〉》,天地图书有限公司 2010 年版。

7. 张灵:《叙述的源泉——莫言小说与民间文化中的生命主体精神》,中央编译出版社 2010 年版。

8. 付艳霞:《莫言的小说世界》,中国文史出版社 2011 年版。

9. 王美春:《莫言小说中的女性世界》,四川大学出版社 2011 年版。

10. 蒋泥:《大师莫言》,安徽文艺出版社 2012 年版。

11. 杨扬主编:《莫言作品解读》,华东师范大学出版社 2012 年版。

12. 张志忠:《莫言论》(修订版),北京联合出版公司 2012 年版。

13. 朱宾忠:《跨越时空的对话——福克纳与莫言比较研究》,武汉大学出版社 2012 年版。

14. 朱向前:《莫言:诺奖的荣幸》,百花洲文艺出版社 2012 年版。

15. 蔡先金:《莫言会灯:对话“讲故事的人”》,齐鲁书社 2013 年版。

16. 管谟贤：《大哥说莫言》，山东人民出版社 2013 年版。
17. 管遵华：《跟莫言学写作》，机械工业出版社 2013 年版。
18. 林间：《莫言和他的故乡》，厦门大学出版社 2013 年版。
19. 刘再复：《莫言了不起》，东方出版社 2013 年版。
20. 刘再复等：《狂语莫言》，明报出版社 2013 年版。
21. 陶林、许海峰编著：《莫言的故事》，江苏文艺出版社 2013 年版。
22. 叶开：《莫言的文学共和国》，北京大学出版社 2013 年版。
23. 叶开：《野性的红高粱——莫言传》，二十一世纪出版社 2013 年版。
24. 张秀奇、刘晓丽：《狂欢的王国：莫言长篇小说细解》，山西人民出版社 2013 年版。
25. 张旭东、莫言：《我们时代的写作：对话〈酒国〉〈生死疲劳〉》，上海文艺出版社 2013 年版。
26. 胡沛萍：《"狂欢化"写作：莫言小说的艺术特征与叛逆精神》，山东大学出版社 2014 年版。
27. 李津、钟宇等：《莫言小说语言专题研究》，湖北人民出版社 2014 年版。
28. 林青：《莫言的另类解读：西蒙与莫言写作比较》，山东大学出版社 2014 年版。
29. 宋庆伟：《莫言小说英译风格研究：基于语料库的考察》，山东大学出版社 2014 年版。
30. 张书群：《莫言创作的经典化问题研究》，山东大学出版社 2014 年版。
31. 曹元勇：《聚焦与印象》，上海社会科学院出版社 2015 年版。
32. 管谟贤、管襄明：《莫言与红高粱家族》，江苏凤凰文艺出版社 2015 年版。
33. [日]吉田富夫编著：《莫言神髓》，曹人怡等译，上海文艺出版社 2015 年版。
34. 张秀奇、覃治华：《浮世的悲欢：莫言中短篇小说细解》，山西人民出版社 2015 年版。
35. 庄森：《胡适·鲁迅·莫言——自由思想与新文学传统》，中国社会科学出版社 2015 年版。
36. 鲍晓英：《莫言小说译介研究》，上海交通大学出版社 2016 年版。
37. 管笑笑：《莫言小说文体研究》，北京师范大学出版社 2016 年版。
38. 泓峻等：《莫言新论》，安徽文艺出版社 2016 年版。
39. 宁明：《微观莫言文学世界》，中国石油大学出版社 2016 年版。
40. 王恒升：《多维视野中的莫言创作研究》，人民出版社 2016 年版。
41. 王育松：《莫言小说研究》，社会科学文献出版社 2016 年版。
42. 楚军：《莫言作品叙事研究》，科学出版社 2017 年版。
43. 王学谦：《九头鸟与猫头鹰——鲁迅与莫言的家族性相似》，时代文艺出版社

2017 年版。

44. 王西强:《讲故事的“人”:莫言小说叙事视角和人称机制研究》,(台北)秀威资讯科技股份有限公司 2018 年版。

三、莫言研究资料集

1. 贺立华、杨守森主编:《莫言研究资料》,山东大学出版社 1992 年版。

2. 苍狼、李建军、朱大可等:《与魔鬼下棋:五作家批判书》,中国工人出版社 2004 年版。

3. 王朔等:《十作家批判书》(二),北京理工大学出版社 2004 年版。

4. 杨扬编:《莫言研究资料》,天津人民出版社 2005 年版。

5. 孔范今、施战军主编,路晓冰编选:《莫言研究资料》,山东文艺出版社 2006 年版。

6. 孙惠斌、柴修森、毛维杰等编:《莫言研究》(1～12 期),莫言研究会 2006～2016 年。

7.《南方周末》主编:《说吧,莫言》,二十一世纪出版社 2012 年版。

8. 高密莫言研究会编:《莫言与高密》,中国青年出版社 2012 年版。

9. 郭小东等:《看穿莫言》,武汉大学出版社 2012 年版。

10. 贾杨、彭云思编:《中国·百年之痒:聚焦莫言》,巴蜀书社 2012 年版。

11. 任瑄编:《高粱红了:对话莫言》,人民日报出版社 2012 年版。

12. 谭五昌主编:《见证莫言——莫言获诺奖现在进行时》,漓江出版社 2012 年版。

13. 杨守森主编:《读莫言 游高密》,山东文艺出版社 2012 年版。

14. 陈晓明主编:《莫言研究》(2004～2012),华夏出版社 2013 年版。

15. 程春梅、于红珍主编:《莫言研究硕博士论文选编》,山东大学出版社 2013 年版。

16. 郭小东等:《为什么是莫言》,花城出版社 2013 年版。

17. 李斌、程桂婷编:《莫言批判》,北京理工大学出版社 2013 年版。

18. 李建军:《是甲虫,还是大象——莫言及当代中国作家作品析疑》,北岳文艺出版社 2013 年版。

19. 林建法主编:《说莫言》(上、下),辽宁人民出版社 2013 年版。

20. 宁明编译:《海外莫言研究》,山东大学出版社 2013 年版。

21. 齐林泉、兰传斌等:《莫言弟子说莫言》,山东大学出版社 2013 年版。

22. 任瑄编:《人生 文学的奋斗历程:走进莫言》,人民日报出版社 2013 年版。

23. 邵纯生、张毅编:《莫言与他的民间乡土》,青岛出版社 2013 年版

24. 王德威、张旭东等:《说莫言》,上海书店出版社 2013 年版。

25. 徐怀中等:《乡亲好友说莫言》,山东大学出版社 2013 年版。

26. 杨守森、贺立华主编:《莫言研究三十年》,山东大学出版社 2013 年版。

27. 张清华、曹霞编:《看莫言:朋友、专家、同行眼中的诺奖得主》,华中科技大学出版社 2013 年版。

28. 张秀奇编著:《走向辉煌:莫言记录》,山西人民出版社 2013 年版。

29. 范晓琴编著:《莫言作品及研究文献目录汇编》,北岳文艺出版社 2014 年版。

30. 蒋林、金骆彬主编:《来自东方的视角:莫言小说研究论文集》,中国社会科学出版社 2014 年版。

31. 王俊菊主编:《莫言与世界:跨文化视角下的解读》,山东大学出版社 2014 年版。

32. 王玉:《莫言评传》,清华大学出版社 2014 年版。

33. 张志忠、贺立华主编:《莫言:全球视野与本土经验》,山东大学出版社 2014 年版。

34. 毛维杰编:《骄子莫言》,山东人民出版社 2015 年版。

35. 孙宜学主编:《从泰戈尔到莫言:百年东方与西方》,上海三联书店 2015 年版。

36. 张清华主编:《莫言研究年编(2012)》,三联书店 2016 年版。

37. 张志忠、尹建民主编:《莫言与新时期文学研究》,中国石油大学出版社 2016 年版。

38. 李红梅、王恒升、王万顺总主编:《莫言经典作品导读》(短、中、长篇小说),山东友谊出版社 2017 年版。

39. 张清华主编:《莫言研究年编(2013)》,三联书店 2017 年版。

40. 张清华主编:《莫言研究年编(2014)》,三联书店 2017 年版。

四、其他相关莫言研究中文著作

1. [法]让-保罗·萨特:《想象心理学》,褚朔维译,光明日报出版社 1988 年版。

2. 袁可嘉等编选:《现代主义文学研究》(上、下),中国社会科学出版社 1989 年版。

3. [英]马·布雷德伯里、詹·麦克法兰编:《现代主义》,胡家峦等译,上海外语教育出版社 1992 年版。

4. [法]米兰·昆德拉:《小说的艺术》,孟湄译,三联书店 1992 年版。

5. [法]安托南·阿尔托:《残酷戏剧——戏剧及其重影》,桂裕芳译,中国戏剧出版社 1993 年版。

6. 魏建、贾振勇:《齐鲁文化与山东新文学》,湖南教育出版社 1995 年版。

7. 杨慧林:《罪恶与救赎》,东方出版社 1995 年版。

8. [德]汉斯·罗伯特·耀斯:《审美经验与文学解释学》,顾建光等译,上海译文出版社 1997 年版。

9. [苏]巴赫金:《巴赫金全集》,钱中文主编,晓河、李兆林等译,河北教育出版社 1998 年版。

10. 洪治纲:《审美的哗变》,百花文艺出版社 1998 年版。

11. 莫言编选:《影响我的 10 部短篇小说》,新世界出版社 1999 年版。

12. 杨小滨:《历史与修辞》,敦煌文艺出版社 1999 年版。

13. [英]乔·艾略特等:《小说的艺术》,张玲等译,社会科学文献出版社 1999 年版。

14. 李洁非:《漂泊者手记》,人民文学出版社 2000 年版。

15. 梁一儒等:《中国人审美心理研究》,山东人民出版社 2002 年版。

16. 刘再复、林岗:《罪与文学》, 中信出版社 2011 年版。

17. 陈永国编译:《游牧思想:吉尔·德勒兹 费利克斯·瓜塔里读本》,吉林人民出版社 2003 年版。

18. 罗婷:《克里斯特瓦的诗学研究》,中国社会科学出版社 2004 年版。

19. [美]孙隆基:《中国文化的深层结构》,广西师范大学出版社 2004 年版。

20. 贺立华:《中国文学思想与知识分子人格精神》,山东大学出版社 2005 年版。

21. 张学军:《中国当代小说中的现代主义》,山东大学出版社 2005 年版。

22. 王洪岳:《审美的悖反:先锋文艺新论》,社会科学文献出版社 2005 年版。

23. [美]李欧梵:《上海摩登:一种新都市文化在中国(1930～1945)》(修订版),北京大学出版社 2005 年版。

24. [美]J. 希利斯·米勒:《小说与重复》,王宏图译,天津人民出版社 2008 年版。

25. 邓晓芒:《灵魂之旅——九十年代文学的生存意境》,上海文艺出版社 2009 年版。

26. [英]E. M. 福斯特:《小说面面观》,冯涛译,人民文学出版社 2009 年版。

27. 李波:《中国食文化批判》,华龄出版社 2010 年版。

28. 王洪岳主编:《美学审丑读本》,北京大学出版社 2011 年版。

29. 李泽厚:《说巫史传统》,上海译文出版社 2012 年版。

30. 赵毅衡:《当说者被说的时候:比较叙述学导论》,四川文艺出版社 2013 年版。

31. 张旭东:《改革时代的中国现代主义——作为精神史的 80 年代》,崔问津等译,北京大学出版社 2014 年版。

32. 张旭东:《全球化与文化政治——90 年代中国与 20 世纪的终结》,北京大学出版社 2014 年版。

33. 刘再复:《审美笔记》,三联书店 2014 年版。

34. [美]葛浩文:《论中国文学》,闫怡恂译,现代出版社 2014 年版。

35. [德]彼得·安德雷·阿尔特:《恶的美学》,宁瑛、钟长盛、王德峰等译,中央编译出版社 2015 年版。

36. 户晓辉:《日常生活的苦难与希望》,中国社会科学出版社 2017 年版。

37. [美]彼得·盖伊:《现代主义:从波德莱尔到贝克特之后》,骆守怡、杜冬译,译林出版社 2017 年版。

五、莫言研究英文文献

1. Thomas M. Inge, "Mo Yan and William Faulkner: Influence and Confluence" ,*Chinese Culture the Faulkner Journal*, 1990,6(1),pp. 15-24.

2. Michael Duke, *Past, Present and Future in Mo Yan's Fiction of the* 1980's, Cambridge: Harvard University Press,1993.

3. Brucc Tucker, "Narrative, Extramusical Form, and the Metamodernism of the Art Ensemble of Chicago", *A Journal of Interarts Inquiry*, 1997,3, pp. 29-41.

4. Haili Kong, "The Spirit of 'Native-Soil' in the Fiction World of Duanmu Hongliang and Mo Yan", *China information*, 1997,XI(4), pp. 58-67.

5. Thomas M. Inge, "Mo Yan Through Western Eyes", *World Literature Today*, 2000,74(3),pp. 501-506.

6. Howard Goldblatt, "Forbidden food: 'the Saturnicon' of Mo Yan", *World Literature today*,2000,74(3),pp. 477-486.

7. Yomi Braeste, "Mo Yan and Red Sorghum", Joshua Mostow ed. , *Columbia Companion to Modern East Asia Literatures*, New York: Columbia University Press, 2003.

8. Rong CAI, "Problematizing the Foreign Other: Mother, Father, and the Bastard in Mo Yan's *Large Breasts and Full Hips*", *Modern China*, 2003,29(c1), pp. 108-137.

9. Jeffrey C. Kinkley, "Modernity and Apocalypse in Chinese Novels from the End of the Twentieth Century", Charles A. Laughlin ed. , *Contested Modernities in Chinese Literature*, New York: Palgrave Macmillan,2005.

10. Sabina Knight, "Defiance and Fatalism in Roots-Seeking and Avant-Garde Fiction", *The heart of Time*: *Moral Agency in Twentieth-Century Chinese Fiction*, Cambridge: Harvard University Asia Center, 2006.

11. Shelley W. Chan, *A Subversive Voice in China : The fictional World of Mo Yan*, New York: Cambria, 2011.

12. He Jixian, "Wordless Mo Yan Sensation: Mobel in China", *International Critical Thought*, 2013, 3(3), pp. 332-344.

13. Angelica Duran, Yuhan Huang, *Mo Yan in context: Nobel laureate and global storyteller*, Indiana: Purdue University Press, 2014.

14. Mariano Siskind, *Cosmopolitan Desires: Global Modernity and World Literature in Latin America*, Evanston; Illinois: Northwestern University Press, 2014.

15. Jing Xin, Donald Matheson, "The Chinese Writer as Empty Signifier: a Corpus-Based Analysis of the English-Language Reporting of the 2012 Nobel Prize in Literature", *Chinese Journal of Communication*, 2015, 8(3), pp. 289-305.

16. Tonglu LI, "Trauma, Play, Memory: Life and Death Are Wearing Me Out and Mo Yan's Strategies for Writing History as Story", *Frontiers of Literary Studies in China*, 2015, 9(2), pp. 235-258.

17. Yiyan Wang, "Fiction in Modern China: Modernity Through Storytelling", Yingjin Zhang, *A Companion to Modern Chinese Literature*, New York: John Wiley & Sons, 2015.

18. Karen Thornber, "Modernist Literary Production in East Asia", Allana Lindgren, Stephen Ross, *The Modernist World*, London: Routledge, 2015.

19. Vitthal V. Parab, "The interpretation of national identity & subjectivity in globalized modern literature", *International Journal of Scientific Engineering and Research*, 2015, 3(7), pp. 163-169.

20. Yingjin Zhang, "Mapping Chinese Literature as World Literature", *CLCWeb: Comparative Literature and Culture*, 2015, 17(1), http://dx.doi.org/10.7771/1481-4374.2714.

21. Lucas Klein, "A Dissonance of Discourses: Literary Theory, Ideology, and Translation in Mo Yan and Chinese Literary Studies", *Comparative Literature Studies*, 2016, 53(1), pp. 170-197.

后 记

本书是我主持的2013年度国家社会科学基金项目“莫言与现代主义文学的中国化研究”(13BZW038)的最终成果。对于莫言研究领域里的第一个国家社科基金项目的结题成果,5位匿名评审专家给出了较高的鉴定成绩(获得了4票优秀)。我在中国社会科学院访学的合作导师、美学家高建平先生为本书作序,从理论的角度对本书进行了中肯的评价,认为本书从美学理论的高度对莫言作品进行了分析和总结,会吸引读者再度进入莫言文学世界;同时,他还提出了一个新名词“莫学(研究)”。莫言的高密同乡、同龄人、文艺理论家杨守森先生为本书作序,认为本书所提出的莫言的“巫幻现实主义”是一个集幻想、虚幻、巫性和现实为一体的中国本土现代主义的代表性类型,是中国式现代主义的实现形式和审美表达,是莫言独创的一种崭新而充满中国智慧的文学审美形式。“与已有的相关见解相比,作者对莫言创作的整体特征与价值的判断,无疑更为客观准确,更为切合莫言创作实际。作者基于‘现代主义文学中国化’这一重要视角,对莫言作品进行的深入切实的评析,是别有理论深度与学术开拓意义的。”著名批评家、莫言研究专家张志忠先生认为:“本成果在对中国当代文学如何向世界讲述中国故事、如何在融入世界文学潮流与保持民族特色等重大命题予以积极的推动方面做出了重要贡献,有较大的学术创新,可圈可点,尤其是其提出的‘巫幻现实主义’,用以命名莫言的创作特征,是一个重要建树,会对莫言研究产生重要影响。它论证的现代主义文学的本土化,也对研究现代主义文学与中国当代文学的关系开拓了新的思路。本成果体现出开阔而透辟的理论视野,对哲学、美学和文艺学的诸家学说都有良好的运用,对莫言作品及相关研究有较好的把握,资料翔实,思路清晰,在诸多莫言研究中独辟蹊径,力排众议,表现出严谨的学风和创新的胆识。”批评家、莫言研究专家、吉林大学王学谦先生认为:“该成果内容非常丰厚,分析论证非常饱满、充实,能够抓住莫言与现代主义关系问题,从各个角度进行分析。成果非常系统、充分，研究也很深入。该成果在莫言研究领域做出了深入的分析和阐发，有较高理论水平和学术价值。”另外还有几位匿名专家也给予了本书较高的评价。其一认为：“本书视点集中，视野开阔，重点论述了莫言文学创作的主体性因素、莫言小说对本土资源的先锋叙述、莫言小说的话语与结构风格、莫言小说的美学特征和思想倾向等问题，阐述了以莫言小说为代表的中国当代文学创作是如何以其创造性和审美特质获得了世界性意义。本书语言流畅，结构完整，逻辑严密，层次清晰，归纳并总结了以莫言为代表的先锋作家实现‘现代主义文学中国化’的艰难探索的理论价值和文学史意义。”其二认为：“成果对莫言文学世界的主体性因素进行了较为充分的阐释和分析，对莫言小说对本土资源的先锋叙述进行了较为全面、深入的论证、分析；对莫言小说的话语与结构风格以及莫言文学的审美之维和文学思想等都进行了较为深入的考察，在充分吸收既往相关研究成果的基础上形成了一些个人独立见解，推动了莫言研究的深化。成果将宏观的理论建构与微观的文本细读较好地结合在一起，对莫言小说创作的特质进行了准确的定位，将其界定为一种‘巫幻现实主义’，对莫言的小说进行了深入的解读和阐释，成果有较高的学术价值和现实意义。”这些美学、文艺理论和莫学研究领域的专家的评语既是对作者这一成果的肯定和厚爱，同时对我也是一种巨大的鼓励和鞭策。

莫言于 2012 年 10 月 11 日成为中国百余年新文学历史上第一位获得诺贝尔文学奖的中国籍作家。近 20 年来，我除了开设“美学”“文学理论”等课程之外，还在南京师范大学和浙江师范大学先后开设了“现代小说美学”选修课，这些课程深受研究生和本科生们的欢迎。他们课堂上活跃的思维和踊跃的研讨也促使我进一步从理论上对现代主义、先锋文学进行总结。而莫言获得茅盾文学奖特别是获得诺贝尔文学奖便是一个契机，这个中国当代文学界的重大事件和莫言的文学世界蕴含着值得从理论上进行研究的丰富资源。于是我开始设计申报国家课题。在此之前，我专门约请了莫言的同龄人和同乡，文论家、批评家如山东大学的谭好哲教授、贺立华教授，山东省社科联的武卫华主编等，就莫言研究的相关问题进行了座谈对话；2014 年春我还专门到上海见到了哲学家、美学家李泽厚先生，在 2016 年应约赴上海师范大学参加由王建疆教授主持的“别现代国际学术研讨会”；在多次参加的中国中外文论学会的年会上，就莫言文学世界的(元)现代主义特征，做过大会发言，并受到了徐放鸣、王成军教授等学者的肯定。与这些文艺理论家、美学家的交往开阔了我的学术视野，拓展了理论思考的深度，同时使我对莫言及其所代表的先锋文学、现代主义文学的认识也进一步加深。因此，从美学的角度进一步分析和观照莫言文学世界，就是一个顺理成章的事情了。感谢上述理论家们！

我还多次赴莫言家乡高密、潍坊等地开会、考察、调研、搜集资料。除了此前有幸见到莫言，在研究过程中我还给莫言先生写过信，得到了他热情的回信。还在高密、潍坊等地见到了莫言的二哥管谟欣先生和莫言的父亲管贻范先生，受到了大哥管谟贤夫妇和莫言文学馆馆长毛维杰夫妇的热情接待，多次切身体验到了高密这块莫言成长了21年的土地及其风物人情。另外，我成长和求学的齐地山东老家及其灿烂的齐鲁文化，我的父老乡亲们的生活、言语、道德、伦理，也带着或多或少的莫言文学世界中的某些影子，这些都促使我能够快速而准确地理解和阐释莫言文学世界。我无以回报，只能以这本专著作为礼物献给他们。理解、解读和研究莫言离不开对历史和文化的把握，因此我进一步把自己的视野由高密延展到了齐文化甚至东夷文化的范围，以图在更广博、更高远的层面来解读和研究莫言文学世界。在北京、济南、潍坊、高密、威海、金华、绍兴等地，我多次见到了莫言研究专家、批评家张志忠、丁帆、贺立华、王学谦、贺仲明、季红真、樊星、张学军、张清华等先生。与他们的交流和对话，增强了我的"莫学"研究的自信。感谢他们！

2016年10月，我到中国社科院文学所理论室跟随国际美学学会主席、中华美学学会会长高建平先生做高级访问学者，高老师的美学和艺术学思想深刻影响了我，增强了我从美学角度去研究莫言文学世界的理论自信。高老师作为莫言的同龄人，对莫言文学有着属于他们那代人的深切理解，加之他作为美学家和文艺理论家的高远眼光，每次同他的谈话都使我有茅塞顿开之感。我还多次就莫言研究向山东师范大学教授、莫言的高密老乡、同龄人、文艺理论家杨守森先生请教，他都耐心地予以指导，还向我讲了很多高密的民间故事和人情物理，每次都让我受益匪浅。他们为本书所作的序言，对本书多有褒奖、鼓励和建议，这将是我继续做好研究工作的动力。感谢两位先生！

我的博士导师、山东大学梁一儒先生及著名作家赵德发先生、温州大学马大康教授、武汉大学朱宾忠教授、沈阳师大的文学评论家季红真教授、中国社科院研究员户晓辉师兄、山东大学丛新强教授、陕西师大外语学院王西强博士、安徽师大张公善博士等惠寄大作；作家李贯通先生、我的大学本科毕业论文指导教师王光东先生、浙江大学黄健先生等关心我的这项研究工作。感谢他们！

莫言家乡潍坊学院文学与新闻传播学院的同仁们有的是我大学同学如尹

建民教授，有的是通过莫言研究而相识，如郭顺敏、李红梅、王恒升、王万顺等老师，他们多次举办的学术会议使我得以结识全国各地的莫言研究者。大学同班同学尹洪东、隋清娥、陈万钦、姜建政、王耀臣、杨富国、郑艳玉、孙淑艳、徐传国等，大部分在山东半岛一带工作，熟悉莫言家乡的风土人情、山川地理，为我的研究提供了力所能及的帮助。山东理工大学文化研究的郭丽教授、杭州师范大学洪治纲教授都给予我宝贵的支持。还有这个世界上为我所爱和爱我的人们，你们的关心和支持是我从事这种精神探索性研究的动力。感谢你们！

感谢本学科张法教授、吴海庆教授和李震博士等其他同仁在我从事本课题研究中所提供的支持和帮助。

此书作为国家社会科学基金项目的最终成果，经过了多位专家的严格评审，最后以优良的成绩顺利圆满结题。因此也达到了本人所供职单位浙师大的有关条件，被列入"丽泽书系"，原本计划由商务印书馆出版，后转至出版了数十部有关莫言研究著作的山东大学出版社，并被荣列为"莫言研究书系"。我很荣幸能够在母校的出版社出版自己关于最知名的校友莫言研究方面的专著。编辑傅侃和郭凯迪认真、严谨的工作保证了本书的出版质量。

我指导的几位优秀的文艺学研究生参与了本书部分研究任务和撰写工作。具体情况如下：杨伟博士撰写第四章第四节之"自涉互文性"部分，余凡博士撰写第九章主体部分，杨春蕾撰写第八章第三节，最后我按照本书整体框架进行了修改和通稿。我们的合作愉快而让人难忘。感谢他们！

为了检视自己的研究并加强与学界同仁的学术交流，我主持的国家社科基金项目课题组还同首都师范大学张志忠教授和山东大学贺立华教授领衔的莫言研究重大课题组联合，于 2018 年 4 月在浙江师范大学召开了由 50 余位来自全国各地的"莫学"研究者参加的"莫言与当代文学批评及文论建设"学术研讨会，南北三所大学联合主办此类学术会议，相互碰撞学术火花，激发了新思想、新思维，对于我修改完善本书也起了很大的推动作用。感谢张老师、贺老师及与会者们的大力支持。

2019 年 4 月，我赴日参加了"日本与东亚文化"及"中日学者关于莫言研究学术研讨会"，发表了两场学术讲演"元现代视野中的莫言文学世界"和"莫言的哲学观"，并引起中外学者的浓厚兴趣。这次日本之行加深了我对莫言及莫言研交的认识，对于完善书稿起了很好的推动作用。

本书部分内容最早应约发表于《潍坊学院学报》，这是莫言家乡的高校学报，也是他最早担任文学院名誉院长的高校学报，后来陆续在《文艺理论研究》

《天津社会科学》《东岳论丛》《探索与争鸣》《学习与探索》《中国社会科学报》《中国文学批评》《贵州师范大学学报》《浙江师范大学学报》《淮阴师范学院学报》《山东女子学院学报》《绍兴文理学院学报》《齐鲁师范学院学报》《莫言研究》及《南国学术》等学术刊物发表。还有部分内容被选入专题文集出版，如张志忠、尹建民主编的《莫言与新时期文学研究》等。感谢这些出版物的责编和主编先生。

本书后面所列参考文献中的莫言研究方面的专著、资料集，尤其是中文版本，我尽力搜集齐全并尽量在撰写和修改时加以参考，也算是为“莫学”研究界提供的一份索引目录。

这部书是我在研究著述生涯中最酣畅淋漓的一次写作，也是我所出版的单本著作篇幅最长的，达到了40余万字，因为这一领域和对象让我找到了学术研究的极大乐趣，在研究和著述时我感觉自己的生命体验和莫言所描绘的文学世界、文学精神、文学审美有了深度的碰撞和共鸣。我研读过莫言几乎所有作品，有的读过四五遍。本课题的研究和本书的出版是一个契机，促使我把对当代最重要作家作品的解读阐释与美学分析在深层次上结合起来。本书肯定还存在着诸多不足之处，我衷心期待读者和方家批评指正。

王洪岳

2018年1月12日初稿

2018年7月3日二稿

2018年11月三稿

2019年10月定稿